24e Livraison.

TRENTE LIVRAISONS A DIX CENTIMES

LES SECRETS
DU
CAPITAINE BURIDAN

(DEUXIÈME ÉPOQUE)

SUITE DES PENDUS DE MONTFAUCON

PAR

LÉON BEAUVALLET

PARIS
AU BUREAU DU ROGER-BONTEMPS,
RUE DU CLOITRE-NOTRE-DAME, 14

TABLE

DES OUVRAGES PUBLIÉS DANS LE VINGT-DEUXIÈME VOLUME DU ROGER-BONTEMPS

ROMANS HISTORIQUES

Les Compagnons de l'Amour, par PONSON DU TERRAIL.
2e partie. La Dame au Gant noir. (Pour ces deux ouvrages voir les numéros 1089 à 1145.)
L'Abbesse de Montmartre, par HENRI AUGU ET GULLAUD. (Voir les numéros 1057 à 1180.)

EXTRAIT DU CATALOGUE
DES

OUVRAGES PUBLIÉS DANS LES AUTRES VOLUMES

L'Hôtel de Niorres, par ERNEST CAPENDU.
Le Roi des Gabiers (suite de l'Hôtel de Niorres), par le même.
Le Tambour de la 32me demi-brigade (fin de l'Hôtel de Niorres et du Roi des Gabiers).

Pour ces trois ouvrages, voir les numéros **941 à 1003.**

OUVRAGES DE PONSON DU TERRAIL

LA JEUNESSE DU ROI HENRI

1° LA BELLE ARGENTIÈRE.
2° LA MAITRESSE DU ROI DE NAVARRE.
3° LES GALANTERIES DE NANCY LA BELLE.
4° LES AVENTURES DU VALET DE CŒUR.
5° LES AMOURS DU VALET DE TRÈFLE.
6° LA SAINT-BARTHÉLEMY.

(Voir les numéros **520** à **621,** soit **102** numéros.)

LES DRAMES DE PARIS. | LES EXPLOITS DE ROCAMBOLE.

1° L'HÉRITAGE MYSTÉRIEUX.
2° LE CLUB DES VALETS DE CŒUR.
3° TURQUOISE LA PÉCHERESSE.
4° UNE FILLE D'ESPAGNE.
5° LA MORT DU SAUVAGE.
6° LA REVANCHE DE BACCARAT.

Voir les numéros **633** à **746**, soit **114** numéros.

OUVRAGES DU MÊME AUTEUR.

Les Voleurs d'héritages. (Voir les numéros 443 à 500.)
Les Secrets de Louis XI. (Du numéro 746 au numéro 792.)
La Nouvelle Tour de Nesle (Du numéro 803 au numéro 828.)
La Reine des Barricades, suite de la Jeunesse du roi Henri. (Du numéro 900 au 929.)
Le Beau Galaor, fin de la Jeunesse du roi Henri. (Voir les numéros 929 à 953.)

LES MYSTÈRES DE PARIS, par EUGÈNE SUE. *(Voir les numéros 827 à 904, soit 78 numéros.*

En cours de publication, dans le *ROGER-BONTEMPS* : **Le JUIF-ERRANT**

CLICHY. — Imp. Maurice LOIGNON, P. DUPONT et Cie, rue du Bac-d'Asnières, 12.

25e Livraison.

TRENTE LIVRAISONS A DIX CENTIMES

LES SECRETS
DU
CAPITAINE BURIDAN

(DEUXIÈME ÉPOQUE)

SUITE DES PENDUS DE MONTFAUCON

PAR

LÉON BEAUVALLET

PARIS
AU BUREAU DU ROGER-BONTEMPS,
RUE DU CLOITRE-NOTRE-DAME, 14

TABLE

DES OUVRAGES PUBLIÉS DANS LE VINGT-DEUXIÈME VOLUME DU ROGER-BONTEMPS

ROMANS HISTORIQUES

EXTRAIT DU CATALOGUE
DES

OUVRAGES PUBLIÉS DANS LES AUTRES VOLUMES

L'Hôtel de Niorres, par ERNEST CAPENDU.
Le Roi des Gabiers (suite de l'Hôtel de Niorres), par le même.
Le Tambour de la 32me demi-brigade (fin de l'Hôtel de Niorres et du Roi des Gabiers).

Pour ces trois ouvrages, voir les numéros **941 à 1093.**

OUVRAGES DE PONSON DU TERRAIL

LA JEUNESSE DU ROI HENRI

1° LA BELLE ARGENTIÈRE.
2° LA MAITRESSE DU ROI DE NAVARRE.
3° LES GALANTERIES DE NANCY LA BELLE.
4° LES AVENTURES DU VALET DE CŒUR.
5° LES AMOURS DU VALET DE TRÈFLE.
6° LA SAINT-BARTHÉLEMY.

(Voir les numéros **590** à **691**, soit **102** numéros.)

LES DRAMES DE PARIS. | LES EXPLOITS DE ROCAMBOLE.

1° L'HÉRITAGE MYSTÉRIEUX.
2° LE CLUB DES VALETS DE CŒUR.
3° TURQUOISE LA PÉCHERESSE.
4° UNE FILLE D'ESPAGNE.
5° LA MORT DU SAUVAGE.
6° LA REVANCHE DE BACCARAT.

Voir les numéros **633** à **746**, soit **114** numéros.

OUVRAGES DU MÊME AUTEUR.

Les Voleurs d'héritages. (Voir les numéros 443 à 500.)
Les Secrets de Louis XI. (Du numéro 746 au numéro 792.)
La Nouvelle Tour de Nesle (Du numéro 803 au numéro 828.)
La Reine des Barricades, suite de la Jeunesse du roi Henri. (Du numéro 900 au 929.)
Le Beau Galaor, fin de la Jeunesse du roi Henri. (Voir les numéros 929 à 953.)

LES MYSTÈRES DE PARIS, par EUGÈNE SUE. (*Voir les numéros* 827 à 904, *soit* 78 *numéros.*

CLICHY. — Imp. Maurice LOIGNON, P. DUPONT et Cie, rue du Bac-d'Asnières, 12.

3e Livraison.

TRENTE LIVRAISONS A DIX CENTIMES

LES SECRETS
DU
CAPITAINE BURIDAN

(DEUXIÈME ÉPOQUE)

SUITE DES PENDUS DE MONTFAUCON

PAR

LÉON BEAUVALLET

PARIS
AU BUREAU DU ROGER-BONTEMPS,
RUE DU CLOITRE-NOTRE-DAME, 14

TABLE

DES OUVRAGES PUBLIÉS DANS LE VINGT-DEUXIÈME VOLUME DU ROGER-BONTEMPS

ROMANS HISTORIQUES

Les Compagnons de l'Amour, par PONSON DU TERRAIL.
2e partie. La Dame au Gant noir. (Pour ces deux ouvrages voir les numéros 1089 à 1145.)
L'Abbesse de Montmartre, par HENRI AUGU ET GULLAUD. (Voir les numéros 1057 à 1180.)

EXTRAIT DU CATALOGUE
DES

OUVRAGES PUBLIÉS DANS LES AUTRES VOLUMES

L'Hôtel de Niorres, par ERNEST CAPENDU.
Le Roi des Gabiers (suite de l'Hôtel de Niorres), par le même.
Le Tambour de la 32me demi-brigade (fin de l'Hôtel de Niorres et du Roi des Gabiers).

Pour ces trois ouvrages, voir les numéros **941 à 1093.**

OUVRAGES DE PONSON DU TERRAIL

LA JEUNESSE DU ROI HENRI

1° LA BELLE ARGENTIÈRE.
2° LA MAITRESSE DU ROI DE NAVARRE.
3° LES GALANTERIES DE NANCY LA BELLE.
4° LES AVENTURES DU VALET DE CŒUR.
5° LES AMOURS DU VALET DE TRÈFLE.
6° LA SAINT-BARTHÉLEMY.

(Voir les numéros **520** à **621**, soit **102** numéros.)

LES DRAMES DE PARIS. | LES EXPLOITS DE ROCAMBOLE.

1° L'HÉRITAGE MYSTÉRIEUX.
2° LE CLUB DES VALETS DE CŒUR.
3° TURQUOISE LA PÉCHERESSE.
4° UNE FILLE D'ESPAGNE.
5° LA MORT DU SAUVAGE.
6° LA REVANCHE DE BACCARAT.

Voir les numéros **633** à **746**, soit **114** numéros.

OUVRAGES DU MÊME AUTEUR.

Les Voleurs d'héritages. (Voir les numéros 443 à 500.)
Les Secrets de Louis XI. (Du numéro 746 au numéro 792.)
La Nouvelle Tour de Nesle (Du numéro 803 au numéro 828.)
La Reine des Barricades, suite de la Jeunesse du roi Henri. (Du numéro 900 au 929.)
Le Beau Galaor, fin de la Jeunesse du roi Henri. (Voir les numéros 929 à 953.)

LES MYSTÈRES DE PARIS, par EUGÈNE SUE. (*Voir les numéros* 827 à 904, *soit* 78 *numéros*.

En cours de publication, dans le *ROGER-BONTEMPS*: Le JUIF-ERRANT

CLICHY. — Imp. Maurice LOIGNON, P. DUPONT et Cie, rue du Bac-d'Asnières, 12.

5ᵉ Livraison.

TRENTE LIVRAISONS A DIX CENTIMES

LES SECRETS
DU
CAPITAINE BURIDAN

(DEUXIÈME ÉPOQUE)

SUITE DES PENDUS DE MONTFAUCON

PAR

LÉON BEAUVALLET

PARIS
AU BUREAU DU ROGER-BONTEMPS,
RUE DU CLOITRE-NOTRE-DAME, 14

TABLE

DES OUVRAGES PUBLIÉS DANS LE VINGT-DEUXIÈME VOLUME DU ROGER-BONTEMPS

ROMANS HISTORIQUES

EXTRAIT DU CATALOGUE
DES

OUVRAGES PUBLIÉS DANS LES AUTRES VOLUMES

OUVRAGES DE PONSON DU TERRAIL

LA JEUNESSE DU ROI HENRI

En cours de publication, dans le *ROGER-BONTEMPS* : Le JUIF-ERRANT

CLICHY. — Imp. Maurice LOIGNON, P. DUPONT et Cie, rue du Bac-d'Asnières, 12.

6e Livraison.

TRENTE LIVRAISONS A DIX CENTIMES

LES SECRETS
DU
CAPITAINE BURIDAN

(DEUXIÈME ÉPOQUE)

SUITE DES PENDUS DE MONTFAUCON

PAR

LÉON BEAUVALLET

PARIS
AU BUREAU DU ROGER-BONTEMPS,
RUE DU CLOITRE-NOTRE-DAME, 14

TABLE

DES OUVRAGES PUBLIÉS DANS LE VINGT-DEUXIÈME VOLUME DU ROGER-BONTEMPS

ROMANS HISTORIQUES

EXTRAIT DU CATALOGUE

DES

OUVRAGES PUBLIÉS DANS LES AUTRES VOLUMES

OUVRAGES DE PONSON DU TERRAIL

LA JEUNESSE DU ROI HENRI

OUVRAGES DU MÊME AUTEUR.

En cours de publication, dans le *ROGER-BONTEMPS* : **Le JUIF-ERRANT**

CLICHY. — Imp. Maurice LOIGNON, P. DUPONT et Cie, rue du Bac-d'Asnières, 12.

8e Livraison.

LES SECRETS

DU

CAPITAINE BURIDAN

SUITE DES PENDUS DE MONTFAUCON

PAR

LÉON BEAUVALLET

PARIS

AU BUREAU DU ROGER-BONTEMPS

RUE DU CLOITRE-NOTRE-DAME, 14

TABLE

DES OUVRAGES PUBLIÉS DANS LE VINGT-DEUXIÈME VOLUME DU ROGER-BONTEMPS

EXTRAIT DU CATALOGUE DES

OUVRAGES PUBLIÉS DANS LES AUTRES VOLUMES

En cours de publication, dans le *ROGER-BONTEMPS* : Le **JUIF-ERRANT**

CLICHY. — Imp. Maurice LOIGNON, P. DUPONT et Cie, rue du Bac-d'Asnières, 12.

livraison

TRENTE LIVRAISONS A DIX CENTIMES

LES SECRETS
DU
CAPITAINE BURIDAN

(DEUXIÈME ÉPOQUE)

SUITE DES PENDUS DE MONTFAUCON

PAR

LÉON BEAUVALLET

PARIS
AU BUREAU DU ROGER-BONTEMPS,
RUE DU CLOITRE-NOTRE-DAME, 14

TABLE

DES OUVRAGES PUBLIÉS DANS LE VINGT-DEUXIÈME VOLUME DU ROGER-BONTEMPS

ROMANS HISTORIQUES

Les Compagnons de l'Amour, par Ponson du Terrail.
2e partie. La Dame au Gant noir. (Pour ces deux ouvrages voir les numéros 1089 à 1145.)
L'Abbesse de Montmartre, par Henri Augu et Gullaud. (Voir les numéros 1057 à 1180.)

EXTRAIT DU CATALOGUE
DES

OUVRAGES PUBLIÉS DANS LES AUTRES VOLUMES

L'Hôtel de Niorres, par Ernest Capendu.
Le Roi des Gabiers (suite de l'Hôtel de Niorres), par le même.
Le Tambour de la 32me démi-brigade (fin de l'Hôtel de Niorres et du Roi des Gabiers).

Pour ces trois ouvrages, voir les numéros **941 à 1093.**

OUVRAGES DE PONSON DU TERRAIL

LA JEUNESSE DU ROI HENRI

1° LA BELLE ARGENTIÈRE.
2° LA MAITRESSE DU ROI DE NAVARRE.
3° LES GALANTERIES DE NANCY LA BELLE.
4° LES AVENTURES DU VALET DE CŒUR.
5° LES AMOURS DU VALET DE TRÈFLE.
6° LA SAINT-BARTHÉLEMY.

(Voir les numéros **520** à **621**, soit **102** numéros.)

LES DRAMES DE PARIS. | LES EXPLOITS DE ROCAMBOLE.

1° L'HÉRITAGE MYSTÉRIEUX.
2° LE CLUB DES VALETS DE CŒUR.
3° TURQUOISE LA PÉCHERESSE.
4° UNE FILLE D'ESPAGNE.
5° LA MORT DU SAUVAGE.
6° LA REVANCHE DE BACCARAT.

Voir les numéros **633** à **746**, soit **114** numéros.

OUVRAGES DU MÊME AUTEUR.

Les Voleurs d'héritages. (Voir les numéros 443 à 500.)
Les Secrets de Louis XI. (Du numéro 746 au numéro 792.)
La Nouvelle Tour de Nesle (Du numéro 803 au numéro 828.)
La Reine des Barricades, suite de la Jeunesse du roi Henri. (Du numéro 900 au 929.)
Le Beau Galaor, fin de la Jeunesse du roi Henri. (Voir les numéros 929 à 953.)

LES MYSTÈRES DE PARIS, par Eugène Sue. (*Voir les numéros* 827 à 904, *soit* 78 *numéros.*

En cours de publication, dans le *ROGER-BONTEMPS* : Le JUIF-ERRANT

Clichy. — Imp. Maurice Loignon, P. Dupont et Cie, rue du Bac-d'Asnières, 12.

10ᵉ Livraison.

TRENTE LIVRAISONS A DIX CENTIMES

LES SECRETS DU CAPITAINE BURIDAN

(DEUXIÈME ÉPOQUE)

SUITE DES PENDUS DE MONTFAUCON

PAR

LÉON BEAUVALLET

PARIS
AU BUREAU DU ROGER-BONTEMPS,
RUE DU CLOITRE-NOTRE-DAME, 14

TABLE

DES OUVRAGES PUBLIÉS DANS LE VINGT-DEUXIÈME VOLUME DU ROGER-BONTEMPS

EXTRAIT DU CATALOGUE
DES

OUVRAGES PUBLIÉS DANS LES AUTRES VOLUMES

L'Hôtel de Niorres, par ERNEST CAPENDU.
Le Roi des Gabiers (suite de l'Hôtel de Niorres), par le même.
Le Tambour de la 32me demi-brigade (fin de l'Hôtel de Niorres et du Roi des Gabiers).

Pour ces trois ouvrages, voir les numéros **941 à 1093.**

OUVRAGES DE PONSON DU TERRAIL

LA JEUNESSE DU ROI HENRI

1° LA BELLE ARGENTIÈRE.
2° LA MAITRESSE DU ROI DE NAVARRE.
3° LES GALANTERIES DE NANCY LA BELLE.
4° LES AVENTURES DU VALET DE CŒUR.
5° LES AMOURS DU VALET DE TRÈFLE.
6° LA SAINT-BARTHÉLEMY.

(Voir les numéros **520** à **621**, soit **102** numéros.)

LES DRAMES DE PARIS. | LES EXPLOITS DE ROCAMBOLE.

1° L'HÉRITAGE MYSTÉRIEUX.
2° LE CLUB DES VALETS DE CŒUR.
3° TURQUOISE LA PÉCHERESSE.
4° UNE FILLE D'ESPAGNE.
5° LA MORT DU SAUVAGE.
6° LA REVANCHE DE BACCARAT.

Voir les numéros **633** à **746**, soit **114** numéros.

OUVRAGES DU MÊME AUTEUR.

Les Voleurs d'héritages. (Voir les numéros 443 à 500.)
Les Secrets de Louis XI. (Du numéro 746 au numéro 792.)
La Nouvelle Tour de Nesle (Du numéro 803 au numéro 828.)
La Reine des Barricades, suite de la Jeunesse du roi Henri. (Du numéro 900 au 929.)
Le Beau Galaor, fin de la Jeunesse du roi Henri. (Voir les numéros 929 à 953.)

LES MYSTÈRES DE PARIS, par EUGÈNE SUE. (*Voir les numéros 827 à 904, soit 78 numéros.*

En cours de publication, dans le *ROGER-BONTEMPS* : Le JUIF-ERRANT

CLICHY. — Imp. Maurice LOIGNON, P. DUPONT et Cie, rue du Bac-d'Asnières, 12.

TRENTE LIVRAISONS A DIX CENTIMES

LES SECRETS
DU
CAPITAINE BURIDAN

(DEUXIÈME ÉPOQUE)

SUITE DES PENDUS DE MONTFAUCON

PAR

LÉON BEAUVALLET

PARIS
AU BUREAU DU ROGER-BONTEMPS,
RUE DU CLOÎTRE-NOTRE-DAME, 14

TABLE

DES OUVRAGES PUBLIÉS DANS LE VINGT-DEUXIÈME VOLUME DU ROGER-BONTEMPS

EXTRAIT DU CATALOGUE
DES

OUVRAGES PUBLIÉS DANS LES AUTRES VOLUMES

L'Hôtel de Niorres, par ERNEST CAPENDU.
Le Roi des Gabiers (suite de l'Hôtel de Niorres), par le même.
Le Tambour de la 32me demi-brigade (fin de l'Hôtel de Niorres et du Roi des Gabiers).

Pour ces trois ouvrages, voir les numéros **941 à 1093.**

OUVRAGES DE PONSON DU TERRAIL

LA JEUNESSE DU ROI HENRI

1° LA BELLE ARGENTIÈRE.
2° LA MAITRESSE DU ROI DE NAVARRE.
3° LES GALANTERIES DE NANCY LA BELLE.
4° LES AVENTURES DU VALET DE CŒUR.
5° LES AMOURS DU VALET DE TRÈFLE.
6° LA SAINT-BARTHÉLEMY.

(Voir les numéros **520** à **621**, soit **102** numéros.)

LES DRAMES DE PARIS. | LES EXPLOITS DE ROCAMBOLE.

1° L'HÉRITAGE MYSTÉRIEUX.
2° LE CLUB DES VALETS DE CŒUR.
3° TURQUOISE LA PÉCHERESSE.
4° UNE FILLE D'ESPAGNE.
5° LA MORT DU SAUVAGE.
6° LA REVANCHE DE BACCARAT.

Voir les numéros **632** à **746**, soit **114** numéros.

OUVRAGES DU MÊME AUTEUR.

Les Voleurs d'héritages. (Voir les numéros 443 à 500.)
Les Secrets de Louis XI. (Du numéro 746 au numéro 792.)
La Nouvelle Tour de Nesle (Du numéro 803 au numéro 828.)
La Reine des Barricades, suite de la Jeunesse du roi Henri. (Du numéro 900 au 929.)
Le Beau Galaor, fin de la Jeunesse du roi Henri. (Voir les numéros 929 à 953.)

LES MYSTÈRES DE PARIS, par EUGÈNE SUE. (*Voir les numéros* 827 à 904, *soit* 78 *numéros*.)

En cours de publication, dans le *ROGER-BONTEMPS* : Le JUIF-ERRANT

CLICHY. — Imp. Maurice LOIGNON, P. DUPONT et Cie, rue du Bac-d'Asnières, 12.

20e Livraison.

TRENTE LIVRAISONS A DIX CENTIMES

LES SECRETS

CAPITAINE BURIDAN

(DEUXIÈME ÉPOQUE)

SUITE DES PENDUS DE MONTFAUCON

LÉON BEAUVALLET

AU BUREAU DU ROGER-BONTEMPS,
RUE DU CLOITRE-NOTRE-DAME, 14

TABLE

DES OUVRAGES PUBLIÉS DANS LE VINGT-DEUXIÈME VOLUME DU ROGER-BONTEMPS

ROMANS HISTORIQUES

Les Compagnons de l'Amour, par PONSON DU TERRAIL.
2e partie. La Dame au Gant noir. (Pour ces deux ouvrages voir les numéros 1089 à 1145.)
L'Abbesse de Montmartre, par HENRI AUGU ET GULLAUD. (Voir les numéros 1057 à 1180.)

EXTRAIT DU CATALOGUE
DES

OUVRAGES PUBLIÉS DANS LES AUTRES VOLUMES

L'Hôtel de Niorres, par ERNEST CAPENDU.
Le Roi des Gabiers (suite de l'Hôtel de Niorres), par le même.
Le Tambour de la 32me demi-brigade (fin de l'Hôtel de Niorres et du Roi des Gabiers).

Pour ces trois ouvrages, voir les numéros **941 à 1093.**

OUVRAGES DE PONSON DU TERRAIL

LA JEUNESSE DU ROI HENRI

1° LA BELLE ARGENTIÈRE.
2° LA MAITRESSE DU ROI DE NAVARRE.
3° LES GALANTERIES DE NANCY LA BELLE.
4° LES AVENTURES DU VALET DE CŒUR.
5° LES AMOURS DU VALET DE TRÈFLE.
6° LA SAINT-BARTHÉLEMY.

(Voir les numéros **520 à 621,** soit **102** numéros.)

LES DRAMES DE PARIS. | LES EXPLOITS DE ROCAMBOLE.

1° L'HÉRITAGE MYSTÉRIEUX.
2° LE CLUB DES VALETS DE CŒUR.
3° TURQUOISE LA PÉCHERESSE.
4° UNE FILLE D'ESPAGNE.
5° LA MORT DU SAUVAGE.
6° LA REVANCHE DE BACCARAT.

Voir les numéros **633 à 746,** soit **114** numéros.

OUVRAGES DU MÊME AUTEUR.

Les Voleurs d'héritages. (Voir les numéros 443 à 500.)
Les Secrets de Louis XI. (Du numéro 746 au numéro 792.)
La Nouvelle Tour de Nesle (Du numéro 803 au numéro 828.)
La Reine des Barricades, suite de la Jeunesse du roi Henri. (Du numéro 900 au 929.)
Le Beau Galaor, fin de la Jeunesse du roi Henri. (Voir les numéros 929 à 953.)

LES MYSTÈRES DE PARIS, par EUGÈNE SUE. (*Voir les numéros* 827 à 904, *soit* 78 *numéros*.

En cours de publication, dans le *ROGER-BONTEMPS* : Le JUIF-ERRANT

CLICHY. — Imp. Maurice LOIGNON, P. DUPONT et Cie, rue du Bac-d'Asnières, 12.

EN VENTE AU BUREAU DU ROGER-BONTEMPS, RUE DU CLOITRE-NOTRE-DAME, 14

LES SECRETS DU CAPITAINE BURIDAN

(DEUXIÈME ÉPOQUE)

SUITE DES PENDUS DE MONTFAUCON

PAR LÉON BEAUVALLET

PREMIÈRE PARTIE

LA TOUR DE NESLE.

I. — OU LE LECTEUR RETROUVE NOMBRE D'ANCIENNES CONNAISSANCES.

Depuis deux ans et dix mois, Philippe le Bel, fils de Philippe le Hardi, est roi de France, c'est dire que notre action se passe au mois de juin 1288, — dix ans, jour pour jour, après l'exécution de Pierre de Labrosses, aux Fourches-Patibulaires de Montfaucon.

Depuis cet événement, — seul éclair qui ait un instant illuminé le règne de Philippe III, — que s'est-il passé ?

Trois mots nous suffiront pour le faire connaître au lecteur.

Le lendemain même de l'exécution de Pierre de

Labrosse, Guy-Raymond de Fénestrange avait vu son nom réhabilité par arrêt et sentence du Parlement.

Sollicité par le roi Philippe lui-même d'accepter le titre de grand chambellan et de premier ministre, Guy-Raymond avait refusé.

« — Depuis huit ans, j'ai tant souffert et tant pleuré que mon front est couvert de rides, et que mes cheveux sont presque blancs. Je n'ai pas quarante ans et j'en parais soixante. Laissez-moi, sire, me retirer en quelque modeste retrait et goûter, loin du tumulte et des intrigues de la cour, un peu de repos et de bonheur. Près d'une épouse chérie et d'un fils que j'adore, permettez, ô mon roi, que je termine mes jours. »

Ainsi parla l'époux de Bérengère.

« — Tu es un sage, Guy-Raymond, avait répondu Philippe. Le palais des rois est un séjour funeste que hantent la trahison et le malheur. Va donc, ami, va goûter près des tiens cette douce quiétude que je n'ai jamais connue, moi ! Va, et que l'estime et les bénédictions de ton roi te suivent en ta solitude. »

Et Guy-Raymond s'était retiré en Artois dans la ville de Béthune, qui venait d'être soumise par Philippe le Hardi.

En un petit manoir, don de son souverain, notre héros vécut alors heureux et tranquille, partageant également ses soins et son amour entre son fils et son épouse.

Mais ce bonheur parfait ne devait pas, hélas, être de longue durée : au bout de cinq ans, Bérengère mourut. Ses souffrances passées l'avaient tuée avant son heure.

Resté seul avec son fils Buridan, Guy-Raymond fit un homme de cet enfant : un homme brave, loyal et généreux comme lui. Comme lui encore, il voulut en faire un savant. Il lui mit sous les yeux tous les manuscrits, tous les livres dont il avait peuplé sa retraite. Il tenta de lui faire comprendre tous les maîtres anciens. Graduellement, il l'initia aux secrets merveilleux de la science et lui révéla enfin quelques-uns des mystères de la mystérieuse nature.

Ayant accompli cette noble tâche, Guy-Raymond s'endormit à son tour de l'éternel sommeil, calme, heureux et souriant.

C'est ainsi que meurent les hommes vraiment bons et vraiment justes. C'est ainsi que devait mourir le sire de Fénestrange.

Sur le mausolée où reposaient côte à côte Guy-Raymond et Bérengère, Buridan demeura longtemps agenouillé.

« — Seul! disait l'orphelin. Je suis seul maintenant! »

Le jeune homme se trompait, il n'était pas seul.

Trois hommes étaient à ses côtés, trois hommes qui veillaient sur lui depuis son enfance et qui étaient prêts à verser leur sang pour épargner à sa jeunesse le plus léger chagrin.

Le premier, c'était Isaac Golden, c'est-à-dire la fortune;

Le second, c'était Cognenbuche, c'est-à-dire la force;

Le dernier, enfin, c'était Gramignole, c'est-à-dire le dévouement.

Le vœu le plus cher de Guy-Raymond avait toujours été de voir son fils devenir un jour un docteur illustre.

D'un avis unanime, il fut décidé, pour que Buridan pût terminer ses études, que l'on se rendrait immédiatement à Paris dont les écoles étaient de jour en jour en plus grande réputation.

C'est donc dans la vieille capitale que nous allons retrouver nos quatre compagnons.

C'était donc sur les derniers jours de juin.

Un soleil de feu dardait ses rayons sur la vieille capitale; et, sous ses ardentes caresses, les tuiles se gerçaient, le sol s'écaillait, la Seine tournait au Mançanarès et les murailles semblaient suer à grosses gouttes.

Si l'antique Lutèce tire la langue de si furieuse manière, messieurs les Parisiens ne sont pas moins altérés.

Aussi, soit dans la Cité, soit dans la Ville, soit enfin dans l'Université, pas un cabaret qui ne regorge.

Oh! dans l'Université surtout, c'est-à-dire sur toute la rive gauche de la Seine, depuis la Tournelle jusqu'à l'ancienne tour de Philippe Amelin, une véritable cohue se presse et s'étouffe dans les tavernes, sous prétexte de se rafraîchir. Il est vrai de dire que c'est aujourd'hui dimanche, et c'est campos pour messieurs les écoliers.

Suivons les rues tortueuses qui mènent à la Sorbonne et pénétrons dans l'un de ces temples de la Buverie, celui-là même qui fait le coin de la rue Saint-Jacques et de celle du palais des Thermes, devenue de nos jours la rue des Mathurins.

A tous les égards, cette riante maisonnette est digne de notre préférence.

Contrairement à tous les bouges étroits et puants éparpillés sur le sol montueux du pays Latin, notre taverne à nous est large et spacieuse et exhale un air d'aisance et de propreté qui réjouit la vue, une senteur de vie et de jeunesse qui réjouit l'âme.

Ses toits bleuâtres, ses murailles blanches et rouges, ses petits volets verts, sa fraîche tonnelle de verdure, formant galerie naturelle tout autour du rez-de-chaussée, tout enfin semble s'être donné le mot pour faire de cette bicoque un retrait privilégié.

Avant de pénétrer dans la maison et de voir ce.

qui s'y passe, jetons un coup d'œil sur l'étrange enseigne qui se carre majestueusement au beau milieu de la façade.

Ladite enseigne représente un pauvre diable de baudet maigre à faire pitié, lequel est placé à une égale distance de deux picotins d'avoine.

Sous cette peinture, assez habilement exécutée, se lisent en lettres d'or, les deux lignes que voici :

A L'ANE DE BURIDAN.

« *Antoine Cramignole donne à boire et à manger.* »

Notre gros Normand s'est donc fait cabaretier, cela s'entend sans explication aucune.

Mais pourquoi cette enseigne ?

A cette demande, les chroniqueurs vont se charger de répondre :

« Jehan Buridan, venu d'Artois à Paris pour y étudier toute clergie et devenir renommé docteur de Sorbonne, avait fait le voyage monté sur un ânon. Or, icelui baudet, furieusement affamé, ayant été placé à égale distance de deux boisseaux d'avoine, était demeuré immobile, attiré semblablement de l'un et de l'autre côté. Si bien que maître Aliboron n'ayant su lequel choisir, s'était laissé mourir de male faim entre ses deux picotins. »

Nombre de savants ont voulu voir dans ce simple fait tout autre chose que ce qui s'y trouve et se sont mis l'esprit à la torture pour deviner quel était le sens de cette proposition, où elle tendait et quelle doctrine voulait en tirer son auteur. Finalement, messieurs les savants n'ont rien deviné du tout, par la raison toute simple qu'il n'y avait rien à deviner.

Quoi qu'il en soit, le trépassement du baudet, ayant grandement gaudi toute la jeunesse des Écoles, *l'âne de Buridan* devint de ce jour une sorte de proverbe et d'exemple qui fut longtemps en vogue à l'Université.

En mettant son établissement sous la protection de cet âne célèbre, Cramignole n'avait donc pas été trop bête, on en conviendra.

En effet, les étudiants affluaient chez le gros Normand. Sa taverne était leur rendez-vous de prédilection, et ce qui s'absorbait de liquide sous la verte tonnelle était quelque chose de mythologique, de pharamineux, d'insensé.

Et que de rires éclatants et sonores, que de caquets assourdissants ! quelle franche et radieuse gaieté !

Ce dimanche-là, c'était merveille, en vérité, que de contempler toutes ces têtes souriantes, tous ces visages épanouis, tous ces fronts de vingt ans, rayonnants d'espérance et d'avenir.

C'était merveille aussi d'entendre, sous le berceau fleuri, cette troupe d'oiselets jaseurs, faisant ramage tous en même temps, et jacassant, babillant, pérorant, bourdonnant sur ceci et sur cela, sur tout et sur rien... et sur bien d'autres choses encore.

Debout sur sa chaise, un jeune Bernardin parle, le verre en main, philosophie et dialectique.

Cet autre, — blonde abeille échappée de la ruche de Cluny, — discute bruyamment sur la théologie, tout en avalant une rissole fumante.

Ceux-ci causent thèse mineure ou majeure, sabatine ou tentative, petite ou grande sorbonique.

Ceux-là font des discours à n'en plus finir sur le *trivium* et le *quadrivium*, sur la clergie en son ensemble, en un mot, sur les sept arts libéraux.

Astronomie, musique, géométrie, rhétorique, physique et grammaire, il faut que tout y passe, et tout y passe en effet.

Le nez dans son verre, un autre de ces jeunes drôles, d'allure tapageuse, ayant l'épée au côté, le bonnet sur l'oreille, les chausses percées aux genoux et le pourpoint troué aux coudes, ne songe, lui, qu'à une seule et unique chose qui est celle-ci : « Quand le gouvernement se décidera-t-il à remettre en vigueur cette mirifique ordonnance du roi Philippe-Auguste qui défendait au prévôt ainsi qu'à toute sa clique d'officiers, de toucher du bout du doigt un écolier et de le conduire en prison. »

Celui qui regrettait si fort cette bénigne ordonnance venait de passer la nuit au Châtelet pour cause de tapage nocturne et pour avoir coupé une demi-douzaine d'oreilles à messieurs les sergents du guet.

Non loin de cette innocente victime, il en est qui avouent franchement n'avoir pour le bonnet de docteur aucune espèce d'enthousiasme. Pour ceux-là, le *nec plus ultra* des jouissances terrestres, ce serait de faire la guerre ; combats, tournois, passes d'armes, à la bonne heure, voilà ce qu'il leur faudrait !

— Fi de la guerre ! s'écria l'un des plus pauvres des Pauvres Écoliers du Val-Sainte-Catherine ; vive la fortune, bien plutôt, vivent les beaux angelots d'or qui permettent de tout souhaiter et font tout obtenir !... Oh ! si j'étais riche, continua le petit gueux avec chaleur, si j'étais riche, je m'achèterais une paire entière de souliers !

— La fortune ! la guerre ! reprit un beau grand diable aux yeux alanguis et bistrés, au visage fatigué, aux mouvements lents et mous, comment en est-il un seul parmi vous, un seul, vous m'entendez, qui songe à quoi que ce soit, si ce n'est à Madame Vénus et à tout ce qui s'ensuit !... Quoi de plus beau qu'une belle ribaude qui vous tend les bras ?... Quoi de plus divin que deux lèvres roses qui s'entr'ouvrent pour vous dire : « Je t'aime ! »

— Le Flamand a raison! s'écrièrent nombre de voix. Vive l'amour!

— Vive la guerre!

— Vive la fortune!

— Vive le diable et vive le bon Dieu!

Et les gobelets s'entre-choquaient par là-dessus, avec un inconcevable mélange de phrases grecques et latines, et de jurons français, anglais, allemands, poitevins, bourguignons, bretons, lombards, siciliens et brabançons.

Un seul parmi tous ne semblait prendre aucune part à la joie bruyante de ses camarades.

C'était un écolier de Sorbonne, grand, de taille bien prise et de traits remarquables; mais bien qu'il eût à peine vingt-trois ans, des rides précoces sillonnaient son front pâle et soucieux. Ses grands yeux noirs lançaient à tout instant de sombres éclairs, et sa main tourmentait convulsivement la poignée de sa dague.

A tous les hurlements de ses jeunes collègues, à leurs cris joyeux, à leurs folles clameurs, il répondait par quelque haussement d'épaules, ou mieux encore par quelque exclamation de colère et d'impatience.

De la bande joyeuse, nul ne faisait attention à lui. Ils s'occupaient d'eux-mêmes, c'était déjà bien assez.

Mais à défaut de ces insouciants jouvençaux, un homme l'observait depuis quelques instants d'un air de pitié et de sollicitude.

C'était le maître de la bruyante hôtellerie, c'était Antoine Cramignole, toujours le même que jadis, c'est-à-dire un brave et digne garçon, un cœur d'or.

Notre vieil ami, se décidant à quitter le seuil de la salle basse, marcha droit à la table isolée où se tenait assis le grand étudiant pâle.

Lui frappant doucement sur l'épaule :

— Messire Enguerrand, lui dit-il avec bonté, vous êtes tout triste et tout morose, qu'avez-vous?

Celui que Cramignole venait d'appeler Enguerrand se retourna brusquement avec une sorte de colère, mais, en reconnaissant le tavernier, son visage se radoucit :

— Ah! c'est vous, maître Cramignole, dit-il.

— Ne voulez-vous pas me confier vos chagrins? demanda le bonhomme.

— Je n'ai rien!... répliqua vivement Enguerrand.

— Messire, reprit le gros Normand, soyez franc et sincère, vous avez l'âme en peine, et quelque vilain souci vous ronge le cœur!... Pourquoi ne pas vous ouvrir à moi! Voyons! est-ce votre escarcelle vide qui vous assombrit de la sorte?... Si c'est cela, dites un mot, et je la remplirai! Est-ce autre chose qui vous manque, dites-le encore, et, foi de Cramignole, je me mettrai en quatre pour vous satisfaire.

Enguerrand prit entre les siennes la main du brave garçon.

— Tu es le meilleur homme du monde, mon cher Cramignole, dit ensuite l'écolier avec émotion, et, de tout mon cœur, je te remercie de tes bonnes paroles et de ton offre obligeante!

— Me remercier! par exemple! s'exclama l'hôtelier. N'êtes-vous pas l'ami intime de mon cher seigneur Buridan, son inséparable, son compagnon d'études et son frère d'armes!... car, enfin, vous avez en sa compagnie couru mainte aventure et soutenu mainte bataille!... Que dis-je, vous l'avez une fois, au péril de vos jours, tiré d'un grand danger... Et je pourrais oublier tout cela!... Mais ce qu'on fait pour mon Buridan, c'est cent fois plus à mes yeux que ce qu'on ferait pour moi-même!... Ainsi donc, ne vous gênez pas, faites chez moi comme chez vous, et puisez dans ma bourse comme vous puiseriez dans la vôtre!

— Encore une fois, merci, mon brave ami, répliqua l'étudiant, mais je n'ai besoin de rien, ou plutôt, ce que je souhaite, tu ne saurais me le donner. N'insiste donc pas et laisse-moi m'assombrir tout seul en mon coin, sans t'attrister de ma tristesse et t'ennuyer de mon ennui!

Cramignole s'éloigna l'âme navrée.

— Ce pauvre garçon-là, murmura-t-il, a quelque gros chagrin qui le mine! Oh! mais, je préviendrai Buridan, et il faudra bien que nous lui tirions les vers du nez!... C'est vrai, ajouta-t-il naïvement, quand je vois un ami qui ne rit pas, ça me donne envie de pleurer! — Riez donc, mes jeunes maîtres, poursuivit Cramignole à voix haute en s'adressant aux étudiants, riez! c'est si bon de rire! Mangez tout votre saoûl! c'est si bon de dîner quand on a faim!... Buvez à tire-larigot, surtout, c'est si bon de lamper quand on a soif. Et s'il en est parmi vous qui n'ose, faute d'argent, faire ripaille complète,... qu'il n'ait souci de cela, entendez-vous, à la taverne d'Antoine Cramignole, on fait crédit à tous les enfants de l'Université, c'est-à-dire à tous les frères de Jean Buridan!

— Buridan est plus que notre frère, répondit l'un des jeunes gens, Buridan est le premier de nous tous, en savoir comme en bravoure, et, d'une commune voix, nous l'avons surnommé notre capitaine.

— Oui! oui! je sais tout cela, reprit Cramignole avec jubilation, je sais que vous l'estimez tous et que vous l'affectionnez tout autant!... Ah! continua le Normand avec des larmes dans les yeux, si son cher père Guy-Raymond vivait encore, c'est lui qui serait fier de ses succès et de sa jeune célébrité!

Essuyant brusquement ses yeux :

— Allons, bon, ne vais-je pas m'amuser à pleurnicher, moi qui prêche si bien la gaieté aux autres.

Allons ! allons ! assez de sentiment comme ça, sarpedienne ! Mes jeunes seigneurs, excusez-moi, je vous prie, de m'être permis de larmoyer ainsi devant vous, ça ne m'arrivera plus !... Comme gage de ma parole, octroyez-moi la licence de vous offrir un certain vin dont vous vous lécherez les doigts !

— Pardieu ! riposta aussitôt, avec cet accent particulier aux fils de la Gascogne, un jeune gaillard de dix-neuf ans à peu près, à la physionomie bien franche et bien ouverte, vous êtes, mon cher Cramignole, la crème des hommes et le modèle des cabaretiers.

— Seigneur Henriot de Barbazan, répondit Cramignole en ôtant son toquet, vos éloges me vont à l'âme... mais ne me font pas perdre la mémoire... Chose promise chose due !...

Courant vers la porte de la salle basse :

— Madame Cramignole, cria-t-il en se faisant un porte-voix de ses deux mains, apportez, je vous prie, à ces jeunes seigneurs, un grand broc plein de Pierrefitte !

Madame Cramignole, c'était Pandore, la belle aux cheveux rouges, veuve du serrurier Vulcain.

Le gros Normand en avait fait sa femme la veille même du jour où il avait quitté Paris pour suivre à Béthune son maître Guy-Raymond. Et depuis quelques années il était père d'un gamin qui faisait son bonheur.

Encore fort belle malgré ses trente-huit ans et la meilleure nature du monde, Pandore n'avait qu'un défaut, c'était d'aimer trop le gamin en question, le premier, le seul enfant qu'elle eût jamais eu.

Tous ses caprices, elles les lui passait ; toutes ses volontés, elle les subissait sans mot dire.

Et, sous peine de pleurs et de grincements de dents, il fallait que Cramignole souffrît, impassible, la tyrannie de son héritier.

« — La paix du ménage, c'est le principal, s'était dit notre gros Normand. Si le petit veut me manger le nez, je me laisserai faire ! Après tout, il faut bien que les enfants s'amusent ! »

Tenant entre ses deux bras blancs et potelés un grand broc noir au ventre rebondi, l'épouse du tavernier fit son entrée sous la tonnelle, flanquée, bien entendu, du jeune Cramignole qui ne lui permettait pas de faire un pas sans qu'il fût accroché à ses jupes.

L'entrée de la belle cabaretière et de son rejeton fut saluée par une formidable acclamation.

Lorsque tous les verres furent remplis du fameux Pierrefitte.

— Mes compères, dit en levant son gobelet le jeune Barbazan, j'éprouve le besoin de porter un toast à la famille Cramignole ! Qui m'aime m'imite !

Comme bien on pense, les futurs docteurs ne se firent aucunement tirer l'oreille pour faire raison au Gascon.

Cramignole était on ne peut plus flatté de la politesse de ses hôtes.

— Pandore, ma mie, dit le bonhomme en se retournant vers son épouse, remerciez ces seigneurs de leur courtoisie... Et vous, Antoine, mon fils, faites une jolie risette bien vite à tout le monde !

Pandore, sans trop se faire prier, salua les écoliers d'assez bonne grâce ; mais le jeune Antoine refusa positivement de servir aux pratiques de son père la *jolie risette* demandée.

— Qu'est-ce que c'est, monsieur mon fils, s'écria Cramignole en essayant de se donner un air sévère qui le rendait le plus plaisant du monde, vous osez désobéir à papa !

— Je n'aime pas rire, moi ! répliqua le jeune Antoine, ça m'ennuie !

— Il n'y a rien à dire à ça ! répliqua Barbazan.

— Est-il assez obéissant, mon fils, grommela Cramignole. Et dire que c'est comme ça pour tout !

Pandore prit l'enfant entre ses bras.

— Voyons ! dit-elle à Cramignole, d'un ton de reproche, tu passes ta vie à le contrarier, aussi !

— Moi ! Si on peut dire ! se récria le gros Normand. Je ne lui dit jamais un mot plus haut que l'autre, et c'est toujours lui qui me fait des misères ! Mes jeunes seigneurs, continua le bonhomme en se retournant vers les écoliers, je vous jure sur ce que vous voudrez que monsieur mon fils me fait tourner en bourrique du matin au soir !

Henriot Barbazan s'empressa de mettre le holà :

— Pas de disputes, sandis ! Et toi, jeune Cramignole, continua le Gascon en présentant son gobelet à l'enfant, bois un fort coup de vin, ça te mettra de bonne humeur !

Le petit bonhomme repoussa le gobelet en faisant une effroyable grimace.

— Je n'aime pas le vin ! dit-il ensuite, ça me dégoûte !

— Tu n'aimes pas le vin ! repartit le Gascon en vidant son gobelet, tu as tort, mon gars ! *Bonum vinum lætificat cor hominis !*

Pour le coup, en entendant cette citation, le rejeton de Cramignole se prit à pousser des cris de paon.

— Je ne veux pas qu'on me parle latin ! ça me donne des coliques !

En disant cela, l'enfant s'échappa comme un fou des bras de sa mère et se sauva dans la cuisine, comme si le diable l'emportait.

— Le cher petit ! s'écria Pandore tout éplorée, on me le fera mourir !

Et elle courut après son fils, pendant que tous les étudiants partaient d'un grand éclat de rire.

Cramignole ne riait pas, lui, il se grattait le front

sans bouger de place, et semblait l'homme le plus intrigué de France et de Navarre.

— Vous conviendrez, messieurs, dit-il enfin, que le caractère de ce jeune hurleur a le droit de me stupéfier quelque peu. « Rire l'ennuie. Le vin le dégoûte et le latin lui donne des coliques. » Le rire ne m'est cependant pas antipathique, à moi... au contraire!... Pour ce qui est du vin, sans être positivement un soulard, j'avoue que le jus de la treille ne me dégoûte pas du tout!... Quant au latin, mon Dieu, je ne vous dirai pas que je suis passionné pour cette langue morte. Certainement je ne vivrais pas uniquement de latin et d'eau claire!... D'abord, je n'en comprends pas un traître mot! Mais enfin, le latin ne me donne pas de coliques, voilà ce qui est positif... Or, comment se fait-il que monsieur mon fils soit tout le contraire de monsieur son père!

— Allons, gros insensé! répliqua Barbazan en lui frappant sur l'épaule, ne vas-tu pas te mettre martel en tête pour des lubies d'enfant!

— Oh! s'empressa de reprendre Cramignole, Dieu me garde de soupçonner en quoi que ce soit la chasteté de mon épouse! D'abord, entre nous, le moutard me ressemble trop pour que je n'en sois pas l'unique auteur! car il me ressemble tant que quelquefois ça m'épouvante!

— Tu vois donc bien! firent tous les étudiants.

— Eh bien! oui, reprit le Normand, de ce côté-là je suis tranquille; mais malheureusement, continua Cramignole avec une sorte de mystère, c'est que ce n'est pas tout!

— Et quoi donc encore? demandèrent les écoliers en entourant le bonhomme.

— Figurez-vous, mes chers seigneurs, que le petit misérable aime... à la folie... aime à l'adoration...

— Achève!

— Eh bien! il aime le pâté!... quoi!... Voilà ce qu'il aime!

Après cette confession, le gros Normand se cacha la tête entre les deux mains avec horreur.

Devant cette dernière révélation, les écoliers ne purent tenir leur sérieux. Un éclat de rire homérique retentit sous la tonnelle.

— Vous riez, mes maîtres, reprit Cramignole en hochant la tête. Si vous aviez tâté comme moi des pâtés de ce vampire de Cabulis, vous ne ririez pas si bien!... Voilà tantôt douze ans que j'ai goûté à ces ignobles produits, n'est-ce pas? eh bien! vrai comme il n'y a qu'un Dieu, je ne les ai pas encore digérés!

Les étudiants se prirent à rire de nouveau.

— Je vous assure que je n'ai guère envie de plaisanter quand je me rappelle cette affreuse histoire-là!... C'est au point que, rien que d'en parler, ça me rend à moitié fou. Ainsi, tenez, en ce moment, bien que je sois au milieu de vous, je crois être encore dans cette horrible boutique! il me semble voir, là, devant moi, l'infâme pâtissier de la rue des Marmousets!

Comme il disait ces mots, apparut soudainement à l'entrée de la tonnelle, un religieux qui portait le costume des disciples de saint Bruno.

II. — LE MOINE BLANC.

C'était un homme de haute taille; sa barbe et ses cheveux étaient grisonnants, et son teint d'un brun rouge foncé contrastait singulièrement avec le capuchon de drap blanc qu'il tenait rabattu sur ses yeux.

A la vue du grand moine, Cramignole devint horriblement blême et fut près de tomber à la renverse.

Et de son côté, le chartreux, en apercevant le Normand, avait fait un mouvement involontaire en murmurant à part lui le nom de « Cramignole. »

Mais se remettant aussitôt, le moine, d'un ton plein d'humilité, sollicita de messieurs les écoliers la faveur de s'asseoir sous la tonnelle, à l'une des tables inoccupées, à seule fin de se mettre quelques instants à l'abri du soleil.

Cramignole ne pouvait détacher ses yeux du moine blanc. Il demeurait cloué au sol et sa grosse face devenait plus pâle de minute en minute.

— Par le diable, demanda Barbazan qui ne comprenait rien à l'émotion subite de l'hôtelier, qu'avez-vous donc, ami Normand?

Cramignole balbutia quelques mots sans suite, quelques syllabes inintelligibles auxquelles les écoliers n'entendirent rien. Mais en lui-même, il se dit avec une véritable terreur :

— C'est lui! c'est lui, bien sûr, ou je suis fou!

— Allons, reprit le Gascon en tirant doucement l'oreille de Cramignole, je crois, Dieu me pardonne, que tout le vin que tu nous as fait boire te monte à la tête!... Dégrise-toi, que diable, et fais rafraîchir ce pauvre moine.

Cramignole, tout titubant et sans trop savoir ce qu'il faisait, exécuta l'ordre que venait de lui donner messire Barbazan.

Tout en plaçant sur la table du moine le broc et le gobelet :

— Ce ne peut être que lui! se dit-il encore. Il n'y a que lui pour avoir ces yeux-là!

Le moine qui avait eu soin, sans faire semblant de rien, de rabattre plus encore sur son visage son large capuchon, ne s'inquiétait plus de Cramignole et ne songeait même pas à vider son gobelet plein de vin.

Il considérait, l'un après l'autre, tous les jeunes écoliers qui avaient repris peu à peu leurs places primitives et s'étaient remis à boire comme devant.

Après un long et consciencieux examen :

— Allons, dit le moine avec un mouvement de colère, l'*étudiant* n'est pas parmi ces drôles!... Il est pourtant, m'a-t-on dit, toujours en cette taverne lorsque sont closes les portes de la Sorbonne.

A peine le chartreux achevait-il cet aparté, que l'un des étudiants, qui de même que les autres, s'étonnait de la mine bouleversée de leur fidèle hôtelier, s'écria tout d'un coup en se frappant le front :

— Par Aristote! je devine, ami Normand, ce qui te met ainsi l'esprit à l'envers et te donne présentement ta face de Carême!... C'est qu'il est quatre heures depuis longtemps déjà et que cependant la place de notre amé et féal capitaine est encore vide.

— Messire Hardouin de Garlande, répliqua Cramignole avec empressement, Dieu merci, mon cher fils Buridan est là-haut dans sa logette en train de parachever sa thèse que prochainement il doit argumenter, disputer et soutenir en Sorbonne! Devant que ne tinte le couvre-feu, le cher enfant ne lèvera pas le nez de dessus ses livres et ses parchemins.

Au nom de Buridan, le moine avait brusquement dressé l'oreille.

— C'est bien, murmura-t-il, je le verrai ce soir!

Se levant aussitôt, il s'inclina devant les étudiants :

— Que Dieu vous ait en sa sainte garde, mes jeunes seigneurs! leur dit-il ensuite.

Puis, d'un pas lent et majestueux, il quitta la tonnelle.

Avant de s'éloigner tout à fait, il jeta sur tous les jeunes écoliers un regard étrange; puis, d'une voix sinistre, il murmura :

— Buvez! riez! chantez, mes beaux jouvenceaux! combien, parmi vous, n'ont plus que quelques jours à vivre!... Combien s'endormiront pour toujours dans les ondes sanglantes de la Seine. Après cela, continua le bizarre religieux avec un lugubre sourire, les morts n'auront pas à se plaindre!... Chacun d'eux n'aura-t-il pas été roi de France pendant toute une nuit!

Lorsque le chartreux fut à une certaine distance de la taverne, Cramignole courut à la table qu'il venait de quitter.

— Messires écoliers, s'écria peu après notre gros Normand, le moine blanc est un faux moine!

— Tu es fou! s'écrièrent les jeunes gens tous ensemble.

— Que non pas, reprit Cramignole avec force. Voyez plutôt son verre!... A peine y a-t-il trempé le bout de ses lèvres!... Or, un moine qui ne boit pas, ce n'est pas un moine!

— Et qui diable serait donc ce saint homme?

— Ce saint homme, messeigneurs, je parierais ma tête à couper, que ce n'est autre que cette horrible canaille de Cabulis, le marchand de chair humaine, le pâtissier assassin!

Hardouin de Garlande, Barbazan et les autres ne répondirent à Cramignole que par des ricanements et des haussements d'épaules.

— Tu es fou! archifou! s'écrièrent-ils tous ensemble.

— Mes jeunes maîtres, repartit le gros Normand en secouant la tête, je souhaite, de tout mon cœur, être aussi fou que vous me faites l'honneur de le croire; mais la main sur la conscience, j'ai grand'peur d'avoir reconnu le serpent, malgré son changement de peau.

— Eh! quand cela serait! reprit Barbazan en se versant une nouvelle rasade, que diantre cela peut-il nous faire, après tout?

— Mes chers enfants du bon Dieu, répliqua Cramignole d'un ton grotesquement lugubre, si l'homme de la rue des Marmousets a fourré son nez par ici, ce ne peut être que dans de méchantes intentions, c'est moi qui vous le dis; et la présence de ce gredin-là, voyez-vous, c'est l'annonce de quelque grand malheur, c'est un présage de mort!

En ce moment, un grand cri, poussé par l'un des étudiants, fit retourner tout le monde.

— Un présage de mort, balbutia le jeune homme, par l'enfer, ami Cramignole, j'ai grand peur que tu n'aies deviné juste!

— Que voulez-vous dire?... interrogea le cabaretier avec émotion.

L'étudiant le prit par la main et l'amena près de la fenêtre d'une petite salle basse dans laquelle celui qu'on appelait Enguerrand s'était glissé sans être vu.

Là, le jeune étudiant pâle avait écrit quelques lignes sur ses tablettes.

Ceci fait, il venait de verser dans un gobelet le contenu d'un petit flacon de métal.

— Du poison! s'écrièrent tous ensemble les étudiants et Cramignole.

Ils s'élancèrent vers la porte de la salle basse. Elle était fermée à double tour et verrouillée intérieurement.

On parvint toutefois à l'enfoncer.

— Un suicide! s'écrièrent les jeunes gens et Cramignole en faisant irruption dans la chambre.

— Un suicide! vous l'avez dit! La mort ne saurait, de longtemps, venir à moi, je vais à elle... —

— Messire Enguerrand, reprit Cramignole avec une émotion des plus violentes, auriez-vous bien le cœur de vous détruire aussi vilainement, vous, notre ami à tous!... vous, le frère de Buridan!

Sans répondre un seul mot, Enguerrand fit un mouvement pour saisir la coupe empoisonnée.

Barbazan lui saisit la main en s'écriant :

— Nous présents, votre funèbre comédie sera sans dénoûment, je vous le jure!

— Oui! oui! reprirent les autres écoliers.

— Qu'est-ce à dire, mes maîtres? répliqua Enguerrand dont les regards s'enflammèrent subitement de fureur. Qui donc, parmi vous, serait assez audacieux pour me faire violence?

— Nous tous! riposta d'une seule voix la bande entière.

— Par l'enfer! reprit Enguerrand en tirant son épée, je n'ai que faire de votre intérêt, messieurs les écoliers... Gardez-le, je vous prie, pour une autre occurrence et laissez-moi disposer à ma guise de ma piètre existence...

— Non! non! hurlèrent les jeunes gens en s'avançant.

Enguerrand, pâle de rage, se plaça l'épée haute devant la table sur laquelle se trouvait le breuvage mortel :

— Arrière! jeunes fous, s'écria-t-il ensuite, arrière, ou, sur mon âme, avant de m'embarquer pour mon dernier voyage, ma rapière saura me choisir, parmi vous, plus d'un compagnon de route!

— Par saint Jean! repartit aussitôt une voix merveilleusement enjouée et sarcastique, je n'ai pas encore visité l'autre monde, je serai ravi de faire cette petite excursion en ta compagnie, mon cher Enguerrand!

Celui qui venait de parler, c'était messire Jean de Fénestrange, ou mieux, c'était le capitaine Buridan, puisque tel était le titre que lui avaient décerné messieurs les écoliers de l'Université de Paris.

III. — JEAN BURIDAN.

Disons quelques mots de notre héros et traçons tout d'abord son portrait en trois lignes.

Premièrement, il avait pour lui la jeunesse, et c'est déjà quelque chose.

Dix-neuf ans à peine! Le bel âge par excellence! L'âge qu'on devrait toujours avoir; mais qu'on n'atteint qu'une seule fois dans la vie... quand on l'atteint!

Outre la jeunesse, Buridan possédait la beauté.

De haute taille, bien fait, hardiment découplé, notre docteur en herbe avait l'allure la plus martiale et la prestance la plus cavalière qui jamais eût distingué un étudiant de l'Université.

« Auprès du duc de Guise, disait madame de Retz, tous les autres princes paraissaient peuple. »

Auprès de notre héros, tous les autres écoliers avaient l'air de truands et de malandrins.

Il avait le pied petit et la main fine, de grands yeux bleus, comme sa mère, et des cheveux d'un noir d'ébène, qu'il portait rejetés négligemment en arrière, et qui retombaient en boucles ondoyantes jusque sur son cou large et fort.

Buridan était enfin ce qu'on peut appeler un joli garçon.

Ce qui surtout était remarquable en lui, c'était son front toujours rayonnant, son regard toujours radieux, sa mine éternellement réjouie et réjouissante.

L'existence lui souriait, il souriait à l'existence.

C'était la gaieté faite homme, c'était la jeunesse personnifiée.

Aussi, dès qu'il apparaissait, les chants éclataient plus sonores, les caquetages devenaient plus légers et plus vif, et la joyeuseté ne connaissait plus de bornes.

De ce caractère séduisant, de cette *humour* extraordinaire, chacun s'émerveillait à bon droit, car Buridan était un érudit, un homme de haute science et d'incomparable savoir.

Or, dans ce temps-là, plus encore qu'aujourd'hui, les vrais savants étaient d'ordinaire sombres et taciturnes. Leurs fronts étaient pâles, leurs traits jaunis et leurs yeux cerclés de bistre. Leurs lèvres ne s'entr'ouvraient jamais pour sourire, et leur démarche lente et majestueuse, leur costume même, rigoureusement noir, indiquaient l'austérité de leur vie et la gravité de leurs travaux.

Mais pour Buridan, l'étude était si douce et si facile qu'il savait, en se riant, résoudre les questions les plus ardues et les problèmes les plus insolubles.

Ce qui pour tous eût été un monde à soulever, n'était pour lui qu'un atome : en une heure, il en faisait plus que les autres en un an.

Il était si merveilleusement doué que nul obstacle ne l'embarrassait et que, par intuition, il semblait tout comprendre.

Comme en une route fleurie, il marchait d'un pas assuré à travers les inextricables dédales de la dialectique; — et, dans les ténèbres épaisses de la théologie et de la philosophie, il voyait clair comme en plein soleil.

Avec une éloquence inouïe, avec une lucidité singulière, il disputait sur les doctrines les plus subtiles, accablant ses adversaires sous le poids des autorités qu'il citait; sa prodigieuse mémoire lui donnait une supériorité assurée en toutes les discussions qu'il soutenait ; ses improvisations merveilleuses confondaient les théologiens, les mathématiciens, les astrologues et les cabalistes les plus experts; sur tous les points de controverse enfin, il était certain du triomphe.

Grâce à cette facilité surprenante, grâce à cette haute puissance intellectuelle, l'étude était donc pour notre héros un délassement plutôt qu'une fatigue, et sa jeunesse avait conservé sa gaieté native, ses fraîches couleurs et son allure séduisante.

Messire Jean de Montigny, prévôt de Paris constate présentement ces effroyables crimes. (Page 13).

Si bien que, non-seulement Jean Buridan était admiré de ses contemporains, mais encore adoré de ses contemporaines. Le nombre de ses conquêtes était prodigieux, et ses folles amours faisaient pousser les hauts cris à tous les pères, à tous les maris de la capitale.

Mais pères et maris se contentaient de geindre et de crier de loin; car à son érudition étonnante, aux grâces de sa personne, aux charmes de son esprit, Buridan joignait un autre avantage : il maniait l'épée comme pas un, et ses prouesses guerrières égalaient ses hauts faits scolastiques et ses exploits amoureux.

De même enfin que cet autre célèbre savant écossais dont parlent les chroniqueurs, Buridan « songeait plus à chasser, à jouter, à monter des chevaux bien dressés, à manier la lance, à faire briller les couleurs, à danser, à faire des armes, à nager, à franchir les obstacles, à jouer à la paume, aux dés et autres jeux d'intérieur; à chanter, à jouer du luth et autres instruments de musique; à fréquenter les bals, les mascarades, les orgies; à faire enfin tout ce qui pouvait le plus divertir, ou plutôt le distraire de ses études sérieuses, étant plus adonné à la compagnie des belles dames et à la coupe joyeuse, en compagnie des fidèles adorateurs de Bacchus, qu'à méditer sur les moyens d'éviter les embûches, les piéges et les filets des arguments serrés, obscurs et cachés, des énigmes et des questions faites, ourdies et tissées par les professeurs de la trois fois renommée Université de Paris. »

Maintenant que le lecteur connaît à fond notre principal personnage, reprenons notre scène au point où nous l'avons interrompue.

A la vue de Buridan, la colère d'Enguerrand avait paru s'apaiser quelque peu.

Machinalement, il baissa son épée, et, d'une voix sourde, il murmura :

— C'est toi, frère!

— Oui, pardieu, c'est moi, répliqua le jeune homme d'un ton enjoué, et j'arrive à temps, ce me semble, pour t'empêcher de faire une lourde sottise.

— Il faut que je meure, repartit Enguerrand avec une sombre résolution.

— Allons donc! reprit Buridan, tu ne mourras

pas plus que moi!... Voyons, trêve à cet enfantillage, poursuivit-il d'un ton d'autorité, jette ce poison de bonne volonté ou je te jure que je l'envoie moi-même à tous les diables!

Les yeux d'Enguerrand lancèrent d'étranges éclairs, et, de nouveau, sa main tourmenta fébrilement la poignée de sa rapière.

— Buridan, dit-il ensuite, j'ai l'esprit en feu et la rage dans l'âme... Au nom du ciel, au nom de notre vieille amitié, n'insiste pas, ou je ne n'ose répondre de ce qui pourrait advenir!

Buridan se mit à rire et s'avança hardiment vers la table.

— Par l'enfer! reprit l'autre, tout à fait hors de lui, arrière, Buridan, ou malheur à toi!

Et, furieux, Enguerrand leva son épée.

— Ah! c'est comme cela! répliqua gaiement notre héros, eh bien! flamberge au vent, alors!... Je suis de l'avis de mon vieux Cramignole, quand les enfants ont une manie, il faut la satisfaire!

A ces mots, Buridan tira sa rapière.

— Buridan! va-t'en! va-t'en!

— En garde! en garde, mon bel ami! Vous avez trop de sang, je vais vous en tirer quelques gouttes; cela vous fera du bien!... Que diable! mon père était médecin, et je le suis aussi; c'est mon devoir de soigner les malades!

Et, tout en parlant, Buridan poussait botte sur botte au grand étudiant.

Cramignole et les écoliers n'essayèrent même pas de s'opposer au combat. Ils savaient que ce que Buridan voulait, nul ne pouvait l'empêcher de le faire.

Du reste, tous étaient certains à l'avance de l'issue du duel. Ils connaissaient trop l'habileté de leur jeune capitaine pour avoir seulement l'ombre d'une crainte.

En effet, le combat fut de courte durée. Au bout de quelques secondes, Buridan faisait sauter à quinze pas l'épée de son furieux ami.

Alors, le plus tranquillement du monde, il alla vers la table, prit le gobelet, et, lentement, en répandit le contenu sur le sol.

Respirant ensuite le gobelet vide :

— Eh mais! si je ne me trompe, dit-il d'un ton railleur, c'était de la ciguë!... Poison charmant, du reste, que Phocion et Socrate ont immortalisé... à leurs dépens! Certes, mon compère, pour un étudiant de Sorbonne, vous avez une étrange façon d'imiter les philosophes anciens! Je doute que votre méthode fasse fortune à l'Université!

Jetant loin de lui le gobelet empoisonné :

— *Vade retro, venenum!* s'écria le jeune homme, et que le diable t'emporte, ciguë, ma mie, toi et toutes les plantes assassines qui sont de ta famille!

Puis revenant à Enguerrand qui, silencieux et humilié, s'était laissé tomber sur une escabelle :

— Eh bien! cher ami, poursuivit Buridan en riant de tout son cœur, tu vois que tu eusses mieux fait de me céder tout de suite!... Tu ne te serais pas escrimé par une chaleur sénégambienne et tu ne serais pas en nage!... C'est égal, ajouta le joyeux enfant en remettant l'épée au fourreau, tu n'y allais pas de main morte, ami Enguerrand, et j'ai vu le moment où, pour t'empêcher de t'empoisonner, j'allais être obligé de te couper la gorge!

Enguerrand était tout honteux de lui-même et n'osait lever les yeux sur Buridan.

— Que diantre as-tu encore? lui demanda ce dernier en s'appuyant amicalement sur son épaule.

— Frère, répliqua Enguerrand avec émotion, c'est infâme ce que j'ai fait!... Tirer l'épée contre toi!... Oh! tu me hais maintenant, n'est-ce pas? et tu me méprises!

— Moi! ah! tu ne me connais guère, par exemple! Eh! non, pauvre grand fou, je ne te hais pas!... Eh! non, je ne te méprise pas, Dieu m'en garde!

— Tu me pardonnes?

— De toute mon âme!... mais à une condition toutefois, c'est que tu vas me dire bien vite tes chagrins et tes ennuis!

— Oui, oui! réplique Enguerrand en soupirant, je te ferai tout connaître!... mais à toi!... à toi seul!

Les étudiants prirent congé des deux amis et s'éparpillèrent bientôt dans la rue Saint-Jacques.

IV. — LA CONFESSION.

Lorsque leurs chants et leurs rires se furent perdus au loin, Buridan s'assit en face d'Enguerrand.

— Maintenant, frère, lui dit-il, je t'écoute!

— Ami, repartit le jeune homme, je suis bien malheureux!

— Quelle drôle de chose! interrompit Buridan, le bonheur est si facile!

— Non!... le bonheur est impossible pour ceux qui, comme moi, ont le cœur dévoré par des désirs effrénés qu'ils ne peuvent satisfaire!

— Que veux-tu dire?

— Je veux dire... je veux dire... que je ne suis rien et que je voudrais être tout!... Oui, moi, pauvre hère, sans sou ni maille, moi, dont le pourpoint crasseux ne m'appartient même pas, puisque je le dois encore à celui qui me l'a vendu, eh bien! j'ai soif d'honneurs et de puissance! Je voudrais dominer et commander!... je voudrais tenir en mes mains la destinée de tous et marcher l'égal des rois!

— Tu es ambitieux, Enguerrand!

— Ambitieux comme pas un! ambitieux au point d'en perdre la raison! Oh! Dieu! être ministre, chambellan, être à la tête du royaume enfin, et faire sourire ou trembler à ma guise tous ces hauts barons, tous ces grands orgueilleux ! Quelle joie pour moi !... quelle indicible volupté !... Et dire, poursuivit avec rage le malheureux jeune homme, dire que ce rêve splendide ne se réalisera jamais ! Végéter sans cesse dans la misère et dans le néant, voilà mon sort ! Ah ! frère, pourquoi as-tu arraché de mes lèvres la coupe empoisonnée !... Tout serait fini maintenant et je ne souffrirais plus !

— Tu ne souffrirais plus ! ceci est une question, répliqua Buridan. Car enfin, rien ne prouve que tout finisse avec la mort !... Dieu merci ! je crois tout le contraire !...

Enguerrand laissa errer sur ses lèvres un sourire incrédule.

— Oh ! tu as beau rire, poursuivit Buridan, c'est mon idée ! Mais ne parlons pas théologie, et revenons à tes moutons !... Ambitieux !... tu es ambitieux ! Parole d'honneur, je t'admire ! Tu veux être ministre ! Tu éprouves le besoin de t'atteler au char de l'État ! Étrange velléité qui ne m'a jamais passée par la cervelle ! J'aimerais mieux être le dernier des rustres et le plus pauvre paysan du plus pauvre village que de me mettre au cou ce collier de misère !.. Quel métier ! bon Dieu !... Être en butte à la haine des uns, à l'envie des autres, aux criailleries de tous !... N'avoir pas un ami, ne voir autour de soi que des flatteurs tout prêts à vous tourner le dos à la première disgrâce !... Mais c'est l'enfer !...

— L'enfer ! soit ! répliqua Enguerrand, mais cet enfer-là, ce serait le ciel pour moi !

— Étranges animaux que les hommes ! interrompit Buridan. Dieu fait tout ce qu'il peut et tout ce qu'il faut pour les rendre heureux, et ces entêtés-là font exprès de passer à côté du bonheur !

— Le bonheur !... répéta Enguerrand avec amertume. Est-ce que le bonheur a jamais existé ?

— Non-seulement il a existé, repartit vivement le jeune homme, mais il existe et j'en suis la preuve. Sous le prétexte que tu es aveugle, ce n'est pas une raison pour nier le soleil !... Le bonheur ! continua Buridan avec chaleur, mais il est pour moi partout et dans tout. Il est dans la jolie fille qui me trouve de son goût !... il est dans la grappe vermeille que le bon Dieu se donne la peine de mûrir et de dorer à mon intention !... Il est dans ce beau ciel d'azur, dans ces pampres verts, dans ces gentilles fleurettes qui m'envoient leurs sourires et leurs senteurs embaumés !... Le bonheur ! mais l'étude me le donne... la science me le prodigue ! je prends à chaque chose enfin ce qui est bon et ce qui me plaît ! En un mot, j'écrème la vie ! Que veux-tu, poursuivit en riant le jeune étudiant, je ne tiens pas à ressembler au pauvre baudet de mon enfance dont la triste image sert d'enseigne à cette taverne, et puisque le Seigneur daigne m'octroyer des picotins de toute sorte, je me gave tout mon soûl et je m'en trouve bien !... Fais donc comme moi, frère, prends le bonheur où il est, et renonce pour toujours à tes rêves de grandeur !

— C'est impossible ! repartit Enguerrand d'un air sombre, car ces rêves fatals, cette ambition effrénée ne sont que la conséquence d'une passion plus effrénée et plus fatale encore !

— Par le ciel ! que dis-tu là ?

— Frère, reprit Enguerrand en serrant avec fièvre la main de Buridan, je suis amoureux !

— Amoureux ! toi !

Buridan partit d'un grand éclat de rire :

— Ne ris pas, mon ami, continua l'écolier avec un indicible désespoir ; cet amour c'est mon malheur éternel, te dis-je, c'est ma damnation !

— Celle que tu aimes t'a donc repoussé ! interrogea le jeune homme.

— Celle que j'aime ne me connaît pas ; car je ne lui ai jamais parlé !

— Et tu oses te plaindre du sort et gémir sur ta destinée ! Ah ! çà, mais, tu as l'esprit malade !... Comment diantre veux-tu que l'on réponde à ton amour, si ton amour ne se donne pas la peine de parler !... Va tout de ce pas trouver la belle et déclare-toi !

— Jamais ! jamais ! répliqua vivement Enguerrand.

— Tu n'as cependant pas autre chose à faire !... Crains-tu qu'elle refuse de t'écouter !... ce n'est pas présumable ! Nos chères Parisiennes ne sont pas, que je pense, des dragons de vertu. Je puis t'affirmer, au contraire, que jamais les aimables filles de Lutèce n'ont été plus encupidonnées !... Quant à moi, je ne sais plus, le diable m'emporte ! où donner de la tête !... C'est chaque jour quelque nouvelle conquête, chaque nuit, c'est quelque nouveau rendez-vous. Lundi passé, c'était la fille de ce riche mercier de la rue Saint-Jacques !... mardi, la femme du vieux Cornélius, le libraire ; mercredi, la belle Lucrèce, la reine du Val-d'Amour, qui n'a rien de commun avec sa chaste homonyme... Jeudi, qui donc était-ce ?... Ah ! la petite cabaretière du Pré-aux-Clercs ; tu sais, Mirza la blonde. Quant à vendredi, — *Dies veneris* — c'était la femme d'un docte professeur... Tu me permettras de te taire son nom !... Je ne veux pas me mettre mal avec la Sorbonne. Samedi, enfin... c'était la cousine du chevalier du guet... Tu vois que la magistrature n'est pas moins tendre que le reste !... Aujourd'hui même... c'est dimanche pourtant, le jour du repos, eh bien, une jeune novice m'attend à la brune... mais c'est la nièce d'un chanoine ; je n'irai pas !... L'exemple d'Abailard me commande cette réserve !... *Timeo Danaos et dona ferentes* ! — Tu vois, cher ami, que l'amour est à l'ordre du jour!... Chasse donc loin de toi les soupirs et la tristesse, et, dans ce beau déluge aphrodisiaque, noie-toi comme les autres, mon compère, et n'aie pas peur de te mouiller.

Enguerrand avait écouté sans rien dire son jeune compagnon.

Lorsqu'il eut cessé de parler :

— Frère, lui dit-il d'un ton grave, tu es jeune et tu es beau, tu es noble et tu es riche, la vie se montre pour toi douce et facile ; mais moi... moi!...

— Quelle chanson me chantes-tu là ! Je suis jeune, dis-tu... Eh bien ! et toi ?

— Moi, j'ai vingt-trois ans ! repartit Enguerrand.

— Voyez ce Mathusalem ! répliqua Buridan. Je suis beau, prétends-tu encore. Merci du compliment! mais je n'y tiens guère ! Est-ce qu'un homme est beau ou laid! D'abord, moi, je trouve tous les hommes affreux, ça vient peut-être de ce que je trouve toutes les femmes charmantes !... Pour ce qui est de ma noblesse, voilà encore une chose dont je me soucie peu et dont ces dames ne se soucient guère ! En tout cas, de ce côté-là, nous pouvons nous donner la main, et les Marigny valent bien les Fénestrange! Reste donc la question de fortune. Cela est vrai : je suis riche, mais tu l'es autant que moi, mon cher Enguerrand, puisque ma bourse est tienne comme mon cœur est tien !

— Tu es un ami vrai, Buridan, répliqua Enguerrand violemment ému.

— Dame ! reprit le jeune homme, j'ai et tu n'as pas, je partage avec toi, c'est tout naturel ! Ainsi, tu le vois, tu n'as aucun motif pour jouer plus longtemps le rôle d'amoureux transi ! Il est convenu et arrêté que tu es jeune comme la jeunesse, beau comme un astre, noble comme Charlemagne et riche comme Crésus ! Déclare-toi donc promptement à celle que tu aimes et fais-toi adorer.

Enguerrand secoua la tête d'un air triste, et deux pleurs brûlants coulèrent lentement le long de ses joues pâlies.

— Buridan, dit-il ensuite, celle dont je suis épris est trop au-dessus de moi pour que j'ose jamais lui révéler la passion qui me tue !

— Trop au-dessus de toi ! répliqua Buridan en devenant soudainement sérieux. Frère, est-ce donc une grande dame que tu aimes ?

— Ne m'interroge pas ?

— Si fait, morbleu ! je t'interroge, au contraire ! Et je veux que tu répondes ! Est-ce madame de Nesle ?

— Non !

— Madame de Lorris ? madame de Narbonne ?

— Plus haut ! cherche plus haut encore !

— Que veux-tu dire ? reprit Buridan avec inquiétude.

— Je veux dire que celle que j'aime, c'est Jeanne de Saint-Martin ! la filleule de la reine !

— Jeanne de Saint-Martin ! s'écria Buridan.

— Oui, reprit Enguerrand. Et voilà pourquoi ces désirs ambitieux s'étaient emparés de tout mon être !... car les honneurs, la puissance, pouvaient seuls m'élever au niveau de cette femme.

— Je comprends ! murmura Buridan, je comprends tout ! et malgré mon aversion profonde pour les grandeurs, je suis forcé de convenir que cette route dangereuse est la seule qui puisse te rapprocher de celle que tu aimes !... Mais ce que je ne puis comprendre, c'est qu'au lieu de mettre tout en œuvre pour essayer de faire fortune à la cour, tu aies voulu ce matin même attenter à tes jours ?

C'est que ce matin même, j'ai appris que Jeanne de Saint-Martin épousait dans huit jours le comte Charles de Valois, frère du roi de France !

— Le frère du roi ! répéta Buridan.

— Tu le vois, poursuivit Enguerrand avec rage, je suis damné !... et je n'ai qu'à mourir !

— Allons donc ! s'exclama Buridan. Mourir !... Jolie façon, vraiment, de sortir d'embarras !... Que diantre ? ce mariage qui te désespère n'est pas encore fait ! Jusqu'à ce qu'il soit célébré, tout espoir n'est pas perdu !...

— Espérer ! interrompit Enguerrand, mais ce serait folie !

— Folie ou non ! espère tout de même !... En huit jours, il peut se passer tant d'événements !... Frère, continua le jeune homme, en serrant les mains de son triste compagnon, jusqu'au jour où Jeanne de Saint-Martin sera comtesse de Valois, jure-moi de ne rien tenter contre ta vie !

Enguerrand ne répondit pas.

— J'exige ce serment de ton amitié, reprit Buridan avec instance. Oses-tu me refuser ?

— Eh bien ! je te jure de vivre, repartit Enguerrand. Mais à l'heure même où le prêtre consacrera cette exécrable union, je tomberai mort sur les marches du temple !

— Eh bien ! moi, repartit Buridan avec une merveilleuse confiance, quelque chose me dit que le hasard nous viendra en aide !

Comme il achevait ces mots, une voix lui murmura doucement à l'oreille :

— Seigneur Buridan, prenez ce billet et lisez !

V. — DANS LEQUEL LE MOINE REVIENT SUR L'EAU.

Le jeune homme se retourna vivement.

Auprès de lui se tenait un religieux de l'ordre des Chartreux.

C'était le même moine blanc qui, peu d'heures

auparavant, avait si fort épouvanté l'ami Cramignole.

— Parbleu ! s'exclama joyeusement Buridan en prenant le billet que lui tendait le moine, le Hasard, que j'invoquais tout à l'heure, m'aurait-il entendu ?

Il ouvrit les tablettes.

Après avoir jeté les yeux sur les quelques lignes qu'elles contenaient :

— Frère, s'exclama-t-il gaiement en se rapprochant d'Enguerrand, messire Cupido est roi de la Cité, te disais-je ce matin, me trompais-je ?... Lis plutôt !

Et le billet passa de ses mains dans celles d'Enguerrand.

Ce dernier lut à haute voix :

« A messire Jean Buridan, écolier de Sorbonne.

« Une haute et noble dame se meurt d'amour pour vous. Vous voir et vous parler serait pour elle le suprême bonheur. Si vous êtes le galant cavalier que l'on dit, vous viendrez au rendez-vous qu'elle peut, en l'absence de son époux, vous octroyer cette nuit en toute assurance !... Lorsque la ville entière sommeillera, lorsque les veilleurs annonceront la dixième heure, trouvez-vous à l'entrée du Petit-Pont. Là, *si vous êtes seul*, un fidèle serviteur se présentera à vous et vous servira de guide jusqu'au logis de celle qui vous aime, et ne vit que pour vous et par vous. »

— Celle qui ne vit que par moi et pour moi ! répéta Buridan en riant aux éclats. Voilà, certes, une passion sur laquelle je ne comptais guère ! — Holà ! mon révérend père, poursuivit le jeune homme, ne saurais-tu me donner sûr cette belle amoureuse quelques renseignements ?

Et tout en parlant, Buridan se retourna vers l'entrée de la tonnelle. Mais, depuis longtemps déjà, le moine blanc avait disparu.

— Ah ! ah ! continua l'étudiant, le messager s'est envolé... Excellent moyen pour ne rien dire !...

— Frère, iras-tu à ce rendez-vous ? questionna Enguerrand.

— Mon cher ami, repartit le jeune homme, en toute autre occurrence, je te répondrais : « Non, » sans hésiter, car je n'ai aucune espèce de goût pour les grandes dames. Tout ce qui touche de près ou de loin aux gens de cour ne me séduit guère, je te l'ai dit !... Mais ce que je refuserais pour moi seul, je dois l'accepter pour toi !...

— Pour moi !

— Oui, pardieu ! Si cette belle inconnue est aussi noble qu'elle veut bien me le dire, elle est toute-puissante et fort bien en cour... Or sus, mon cher Enguerrand, j'userai de son crédit, non pas pour moi qui n'en ai que faire, mais pour toi, frère, pour toi seul, entends-tu ?...

Enguerrand se prit à sourire d'un air de doute.

— Eh ! mon ami, continua le jeune étudiant, ce que femme veut, Dieu le veut ; et quelque chose me dit que l'aventure de cette nuit sera le point de départ de ta fortune ! — Que diable ! reprit-il gaiement, puisque la belle se meurt d'amour à mon intention, et que je daigne lui rendre la vie, c'est bien le moins qu'elle fasse droit à toutes les requêtes que je voudrai bien lui adresser !... Remercie-moi donc, frère !.. futur chambellan, remerciez-moi !

Comme Enguerrand allait répliquer, des cris formidables retentirent par toute la rue Saint-Jacques et, peu après, Henriot de Barbazan et les autres étudiants que nous avons vus déjà dans la taverne firent irruption sous la tonnelle, pâles, agités, furieux.

— Par le Ciel, que se passe-t-il, mes maîtres ? demanda Buridan.

Cramignole était accouru en toute hâte.

— Le feu est-il aux quatre coins de Paris ? questionna le Normand tout effaré.

— Vengeance ! vengeance ! hurlaient les étudiants.

— Mort-diable ! cria Buridan d'une voix de tonnerre, ne vociférez pas tous à la fois, mes compères, et que l'un de vous parle seul !... Henriot, continua-t-il en s'adressant au Gascon, qu'y a-t-il ?

— Capitaine, répliqua Barbazan avec fureur, depuis quelque temps, beaucoup des nôtres ont disparu, vous le savez !

— Oui, répliqua Buridan dont le front s'assombrit, les plus jeunes d'entre nous, les plus beaux et les plus braves !

— Qu'étaient-ils devenus ? nul ne le pouvait dire. Malgré toutes nos recherches, malgré toutes nos plaintes, il nous fut impossible d'avoir jusqu'à ce jour le mot de cette étrange énigme !

— Eh bien ?

— Eh bien ! capitaine, descendez avec nous jusqu'à la grève. Vous verrez étendus sur le sable cinq cadavres livides que l'on vient de retirer du fleuve !

— Cinq cadavres !

— Oui, poursuivit le Gascon avec force, et ces cadavres sont ceux de nos amis disparus !

— Horreur !

— En ce moment encore, des barques sillonnent la Seine et, de minute en minute, quelque nouvelle victime vient se joindre aux autres !

Buridan, Enguerrand et Cramignole avaient écouté en frémissant les paroles de l'étudiant gascon.

Buridan saisit la main du jeune homme :

— Vous êtes sûr, Henriot, dit-il d'une voix émue, vous êtes bien sûr que tous ceux que vous avez vus morts sont des enfants de l'Université ?

— Tous sont nos frères, capitaine, répliqua le Gascon. Bien que défigurés par la mort, nous les avons reconnus, et nos cœurs ont bondi d'horreur et de colère ! Messire Jean de Montigny, prévôt de

Paris, constate présentement ces effroyables crimes!... Il nous a promis de rechercher les coupables et de faire bonne et prompte justice!... Mais saurait-il trouver les assassins, lui qui n'a su empêcher les assassinats?

En cet instant, des chants lugubres retentirent non loin de la taverne, et, peu après, une longue procession de religieux, de gens du peuple et d'écoliers passa devant la tonnelle, escortant quatorze civières portées par des hommes vêtus de noir.

C'étaient quatorze étudiants que l'on avait retirés de la Seine, et que, par ordre du grand prévôt, l'on menait à la Sorbonne, pour qu'ils y fussent exposés, en la cour d'honneur, sur un lit d'apparat, durant trois jours et trois nuits.

Instinctivement, Buridan et les siens se découvrirent devant le funèbre cortège, et chacun mentalement récita la prière des morts.

Lorsque le recteur de l'Université eut reçu les quatorze victimes, lorsque, sur un immense catafalque, les corps eurent été placés l'un à côté de l'autre, la foule, triste et sombre, redescendit lentement la rue Saint-Jacques, et les religieux demeurèrent seuls en oraison auprès des quatorze cadavres.

Une heure après, la ville tout entière dormait d'un profond sommeil, et nul, si ce n'est Buridan et ses amis, n'avait souvenance du funèbre événement qui venait de se passer.

Nos jeunes écoliers, après avoir accompagné jusqu'à la Sorbonne les sinistres civières, étaient entrés chez Cramignole, les yeux pleins de larmes et le front assombri.

Tous gardaient un morne silence.

Buridan le rompit enfin.

— Enfants! s'écria-t-il, si la prévôté ne venge pas la mort de nos frères, je la vengerai, moi!

Interrogé par tous les jeunes gens, Buridan leur fit la lecture du message que le moine lui avait remis.

— Ou je me trompe fort, continua le jeune homme, ou ceux qui m'attendent cette nuit touchent de bien près aux misérables qui ont égorgé les nôtres!

— Je le crois, capitaine! répliqua vivement le Gascon.

— Eh bien! camarades, poursuivit Buridan d'un ton résolu, ce mystère, je le pénétrerai!

— Frère! s'écria Enguerrand, tu n'iras pas à ce rendez-vous!

— J'irai! repartit Buridan d'un ton résolu.

Cramignole s'élança vers le jeune homme :

— Messire Buridan, mon cher enfant! s'exclama le bonhomme avec terreur, vous ne courrez pas de la sorte à une mort certaine! Je ne saurais maintenant avoir l'ombre d'un doute : le messager, c'est Cabulis, c'est l'assassin de la rue des Marmousets!

— Pour venger mes amis traîtreusement occis, je braverai le trépas! répondit Buridan avec force. Si je tombe comme eux sous le couteau des meurtriers, eh bien! vous me vengerez, amis, comme je veux venger ceux qui ne sont plus!

Tous ensemble, les écoliers voulurent détourner leur chef de sa fatale résolution.

— Ce que j'ai dit est dit! répliqua le jeune homme, qu'il n'en soit plus parlé!

— Eh bien! soit, s'écria Enguerrand, mais nous t'accompagnerons!

— Si vous m'accompagniez, camarades, objecta Buridan, nul ne se présenterait au rendez-vous et je ne saurais rien!... Relisez cette lettre; les termes en sont clairs et précis : j'irai seul...

Depuis longtemps déjà, le couvre-feu avait sonné et l'heure fixée dans la missive était proche.

Buridan se disposa au départ; mais comme il prenait congé de ses jeunes compagnons et de son vieil ami Cramignole, deux hommes pénétrèrent dans la salle basse où se tenaient les étudiants, depuis que la nuit était venue.

Le premier de ces hommes n'était autre que maître Noiraud Cognenbuche; le second, c'était Isaac Golden.

Le géant et le juif sont toujours à peu près les mêmes que jadis, et ces dix années écoulées semblent avoir passé sur leurs têtes sans seulement les effleurer.

La barbe de Cognenbuche est un peu moins noire qu'autrefois, les cheveux d'Isaac sont un peu plus gris, et voilà tout.

Comme notre gros Normand, l'ex-Franc-Diable se livre maintenant au commerce, — il s'est fait armurier, — et pour être plus près de Buridan, il a bravement établi ses pénates en face de la taverne de Cramignole.

Le frère de Griffardoche n'a pas changé de métier, lui, il est, comme à Bruxelles, toujours un peu orfèvre, un peu changeur, un peu brocanteur et beaucoup usurier.

Juste à côté de la boutique de Cognenbuche, — véritable arsenal tout encombré de rapières, de dagues, de heaumes, de cuirasses, de gantelets, de brassards, de cuissards, de tanettes et de genouillères, en un mot de toutes les armes offensives et défensives alors en usage, — le vieil Israëlite s'est installé, et sa toute petite et toute modeste échoppe semble s'abriter sous l'ombre formidable de ce bazar guerrier.

A la vue du juif et de son compère, Cramignole poussa une exclamation de joie.

— Ah! venez... venez... s'écria-t-il, peut-être obtiendrez-vous de messire Buridan ce qu'il me refuse, à moi!... ce qu'il nous refuse à tous!

En un instant, Cognenbuche et l'orfèvre furent mis au fait de la situation.

— Messire Buridan, dit alors le géant, votre résolution est-elle irrévocable ?

— Irrévocable ! répondit le jeune homme.

— Ni larmes ni prières ne sauraient vous toucher ? demanda le juif à son tour.

— Ni larmes ni prières !

Les deux hommes s'inclinèrent en signe de soumission.

— Ce que veut l'Enfant, reprit Cognenbuche, nous devons le vouloir.

— Faites donc à votre guise, mon jeune maître, dit le vieux juif.

Tirant ensuite de dessous sa sordide houppelande un petite sac de cuir :

— Ce sac, dit le vieillard, renferme vingt belles livres parisis frappées cejourd'hui même à l'effigie de notre sire Philippe le Bel, roi de France et de Navarre. Prenez ! monseigneur, l'or est un puissant auxiliaire.

— Pardieu ! répliqua Buridan, je suis de ton avis, Isaac, une bourse bien garnie est parfois d'un secours plus efficace que la plus forte armure !

— Vous voudrez bien cependant accepter celle-ci, messire, dit à son tour Cognenbuche en présentant à Buridan une fine cotte de mailles d'un merveilleux travail.

— Qu'est cela ? demanda le jeune homme.

— Un chef-d'œuvre, monseigneur, fabriqué tout exprès par votre vieux Cognenbuche pour vos nocturnes escapades !..: Voyez, c'est flexible et léger comme une tunique de lin... eh bien ! contre ces fines mailles d'acier, les lames les plus fortes et les mieux trempées viendront se briser comme verre !...

— Gloire à toi, mon compère, repartit Buridan, tu es un véritable artiste !

— Endossez-moi cela, mon jeune maître ! reprit Cognenbuche, vous vous en trouverez bien, c'est moi qui vous le dis !

— Allons, soit ! reprit gaiement le jeune homme ; aussi bien, prudence est mère de sûreté, et la précaution peut ne pas être inutile.

Mettant bas aussitôt cape et pourpoint, notre héros revêtit la fameuse tunique.

Cognenbuche radieux contemplait son ouvrage.

— Hein ! dit-il, quelle souplesse ! la peau la plus finement corroyée ne saurait dessiner plus parfaitement le torse de l'Enfant et sa poitrine musculeuse !... Certes, poursuivit-il avec satisfaction, je mets au défi messieurs mes confrères de Florence, tout renommés qu'ils soient, de bâcler quelque chose de mieux réussi !

Buridan avait repris son pourpoint et sa cape.

— Allons ! dit-il joyeusement, maintenant je puis braver tous les coutelas du monde !... Il ne me reste plus qu'à éviter la noyade !

— Prenez ceci, mon cher enfant, dit à son tour Cramignole en s'approchant de Buridan, et vous serez à l'abri de tout.

Et le gros Normand mit entre les mains du jeune homme un morceau de corde d'aspect antique et vénérable.

— Ah ! ah ! s'écria Buridan en souriant, ta corde de pendu !

— Talisman infaillible ! monseigneur, répliqua le bonhomme avec une conviction profonde, qui m'a sauvé maintes fois des plus grands périls et qui, j'ose le dire, a rendu plus d'un service à monsieur votre père !

— Pour le coup, interrompit Buridan en s'emparant de la corde magique, je suis invulnérable, et les diables d'enfer eux-mêmes ne pourraient rien contre moi !

Ce disant, le jeune homme serra cordialement la main de ses compagnons, il embrassa Cramignole, le Juif et Cognenbuche, et, d'un pas allègre, il se prit à descendre la rue Saint-Jacques.

Dix minutes après, il atteignait le Petit-Pont.

VI. — Où commencent les aventures.

De tous les ponts de Paris, disent les chroniques, le Petit-Pont est le plus ancien, du moins par la place qu'il occupe.

En effet, avant que Jules César eût soumis Lutèce à la domination romaine, un pont de bois, à cette même place, joignait la rive gauche à la Cité, laquelle renfermait alors toute la ville, exclusivement composée de huttes rondes et basses, dans le genre des cabanes que se construisent, dans leurs glaces éternelles, les habitants des terres polaires.

Ce pont de bois fut incendié par le peuple qui, de concert avec les Gaulois, s'était révolté contre Labienus, lieutenant de César.

En l'an 886, tandis que les Normands assiégeaient Paris, le Petit-Pont fut brisé par les glaces.

Au douzième siècle, le Petit-Pont fut rebâti en pierre, par Maurice de Sully, évêque de Paris. Le saint prélat voulait que les fidèles de l'autre rive pussent se rendre aux cérémonies de Notre-Dame. « Il voulait aussi, ajoutent les historiens, que les pauvres et les malades n'eussent pas à payer le passage aux bateliers pour aller présenter leurs infirmités et leur misère aux reliques de la cathédrale, aux aumônes de l'Hôtel-Dieu. »

Au siècle suivant, de riches marchands s'emparèrent du Petit-Pont et le transformèrent « en un bazar resplendissant d'orfèvrerie, d'étoffes de brocart et de marchandises de l'Orient. »

En 1280, le pont de Maurice de Sully fut emporté par les grandes eaux.

Rebâti en bois, il fut envahi de nouveau par des marchands de toutes sortes, presque tous Israélites, et c'est ainsi que nous le retrouvons en l'an de grâce 1288, époque à laquelle se passe notre récit.

Longtemps avant l'arrivée de Buridan, toutes les échoppes, toutes les boutiques du Petit-Pont avaient été closes, et toute la juiverie de ces parages ronflait sans doute à qui mieux mieux, car à travers les fentes des contrevents, il était impossible de distinguer le plus mince filet de lumière.

— Par saint Jean! dit Buridan en mettant le pied sur le pont de bois, cette nuit est obscure en diable!... Il y a de l'orage dans l'air!

Il se promena de long en large, pendant quelques secondes, entre la double haie de maisons qui fermaient l'horizon de chaque côté du Petit-Pont et qui lui donnaient la physionomie exacte d'une rue ordinaire.

— Personne! dit notre jeune aventurier, je ne vois personne!... Si mes soupçons sont fondés, s'il existe une corrélation quelconque entre les meurtres passés et le rendez-vous de ce soir, il est possible que l'on se tienne sur le qui-vive et que l'on ne vienne pas!... Morbleu! cela m'enragerait fort! et je serais furieux de m'être dérangé en pure perte!

En ce moment, un éclair traça dans le ciel noir un zigzag de feu, et tout aussitôt un sourd roulement de tonnerre fit trembler le Petit-Pont d'une extrémité à l'autre.

Peu après, de larges gouttes d'eau commencèrent à tacheter les madriers de chêne qui formaient le tablier du pont.

Buridan se prit à maugréer :

— Je n'aime pas la pluie! murmura-t-il. Je ne connais rien de bête comme un amoureux trempé jusqu'aux os!

La voix d'un crieur se fit entendre à quelque distance :

— Il est dix heures!... tout est tranquille!... La pluie tombe! Parisiens, dormez!

— Dix heures! il n'est que dix heures! pensa Buridan. Pardieu, je m'imaginais qu'il était plus tard!...

— L'attente fait paraître le temps double! murmura doucement à son oreille une voix jeune et fraîche.

Buridan se retourna vivement.

Une charmante fille, de quinze ou seize ans au plus, se tenait à ses côtés, toute souriante et toute gracieuse.

— Seigneur Buridan, continua la donzelle, vous êtes venu au rendez-vous, vous ne vous en repentirez pas!

— Ah ah! répliqua le jeune homme, c'est donc toi friponne, le *serviteur fidèle* dont parle le billet.

— C'est moi-même, seigneur! répondit la petite en souriant de plus belle.

— Tiens! tu as de jolies dents, sais-tu? dit Buridan.

— Vous trouvez, messire? fit la donzelle en minaudant.

— De vraies perles! poursuivit le jeune homme en lui serrant la taille. Comment t'appelles-tu?

— Fiammetta!

— Ce n'est pas un nom de chrétienne.

— C'est un nom de bohémienne, monseigneur!

— Tu es bohémienne! s'écria Buridan d'un ton joyeux. Comme ça se trouve, j'adore les bohémiennes!

— Vrai?

— Parole d'honneur! Et je le prouve!

Ce disant, le jeune homme embrassa bruyamment la fillette.

Celle-ci se dégagea vivement des bras de Buridan.

— Venez! dit-elle, on vous attend!

— Tiens, c'est vrai, au fait! répliqua l'étudiant. Tu viens ici de la part d'une autre! Le diable m'emporte, je regrette que tu ne viennes pas pour toi-même!

— Oh! monseigneur, reprit Fiammetta, lorsque vous aurez vu celle qui m'envoie, je vous jure que vos regrets seront vite envolés!

— Elle est donc belle? bien belle? demanda Buridan.

— Vous verrez, messire! Venez! venez!

Et la petite entraîna l'écolier.

— Certes, pensa celui-ci tout en suivant la bohémienne, quelle sotte idée m'étais-je fourrée en tête d'aller supposer que le rendez-vous de cette nuit n'était qu'un ignoble guet-apens!... Cette ravissante fille ne saurait être la complice de lâches meurtriers!... Décidément, je suis humilié d'avoir accepté la cotte de mailles de Cognenbuche.

La petite bohémienne avait, d'un pied léger, gagné le rivage.

— Venez-vous, monseigneur? fit-elle en se retournant.

— Je n'aurais garde de te quitter, ma charmante, et s'il te plaît de me conduire en enfer, je ferai ce voyage, en ta compagnie, le plus joyeusement du monde!

Pendant quelques secondes, l'étudiant et son guide suivirent silencieusement la grève, nue en certains endroits, en d'autres encombrée de maisons bâties sur pilotis, car, en ce temps-là, on respirait dans les rues de la capitale un air tellement infect, tellement empesté que « l'air humide et aquatique de la Seine devenait un objet de luxe et de volupté. »

Les crimes de Cesariot.

Et les chroniqueurs ajoutent : « D'ailleurs, un logis sur l'eau se débarrassait plus facilement des immondices qui, dans les autres quartiers, s'amoncelaient journellement et finissaient par exhausser de plusieurs pieds le sol de la rue, en sorte que le pavé du roi disparaissait sous une couche épaisse de fumier, où les hommes et les chevaux remuaient à leur passage ces exhalaisons putrides, germes permanents des pestes et des épidémies qui n'éclataient jamais sans remplir tous les cimetières de la bonne ville. »

Fiammetta s'arrêta enfin et Buridan fit comme elle.

Il n'était pas possible d'aller plus avant, une véritable forêt de poutres, de madriers et de piliers se dressait sur la grève, soutenant un faisceau de cloaques et de masures, et s'avançait fort avant dans le fleuve.

Buridan considérait d'un œil peu réjoui ce misérable repaire, et, malgré lui, ses premiers soupçons lui revinrent à l'esprit.

— Serait-ce d'aventure en l'un de ces bouges que demeure ma belle amoureuse ? se demanda-t-il.

Mais son désappointement fut de courte durée.

En effet, la bohémienne avait agité son écharpe, et, du milieu des charpentes et des poutres pourries que baignait l'eau du fleuve, une barque était sortie aussitôt, conduite par un rameur tunisien.

Sur un signe de sa jeune et jolie conductrice, l'étudiant s'élança légèrement dans la barque, et la bohémienne y prit place à son tour.

Le rameur noir fit jouer ses avirons, et la légère embarcation glissa sur le fleuve.

La navigation, près des grèves, était singulièrement difficile à cause des roues de moulins, des digues, des vannes et des écueils à fleur d'eau qui se dressaient de toutes parts ; mais l'habile rameur passait sans encombre à travers ces obstacles de toute nature, et l'on atteignit en quelques minutes le pont de Charles le Chauve.

Ce pont, qui traversait les deux bras de la Seine, en commençant au midi entre les rues Pavée et Gît-le-Cœur, et finissait au nord occidental de la rue de la Saunerie, avait été construit vers l'an 860, pour garantir Paris des incursions des Normands.

Il était en bois, assis sur des piles de maçonnerie

et défendu à ses extrémités par deux grosses tours ou châteaux de bois.

A l'époque de notre récit, ce n'était déjà plus qu'une espèce de ruine, qui ne s'avançait pas même jusqu'au milieu de la rivière et servait seulement à soutenir, avec ses piles de pierre de liais scellées de fer et de plomb, la lourde charpente des meules qui tournaient nuit et jour au bénéfice de différentes communautés religieuses, propriétaires du droit de mouture.

L'embarcation s'était arrêtée.

Buridan se mit à rire.

— Mon infante ne serait-elle qu'une simple meunière ! murmura-t-il. Bast !... Pourvu qu'elle soit jolie, c'est tout ce que je demande... Eh bien ! poursuivit-il tout haut, sommes-nous arrivés ?

— Pas encore ! réplique la bohémienne.

— Eh bien ! rame donc, mon drôle, reprit l'étudiant en s'adressant au nègre.

Le nègre ne répondit pas.

— Es-tu déjà à bout de forces ? continua Buridan. En ce cas donne tes avirons, je me charge de mener la barque à bon port.

Le nègre n'eut pas l'air d'entendre.

— Mille diables ! répondras-tu, gibier de potence ? reprit le jeune homme avec colère.

— Pas d'emportement, messire, dit Fiammetta, le pauvre homme est sourd.

— Qu'il le dise alors !

— C'est qu'il est muet aussi !

— Qu'il aille au diable, en ce cas !... Et nous, poursuivons notre route... car ces gros nuages sombres vont tout à l'heure crever sur nos têtes.

— Avant d'aller plus loin, messire, répliqua la bohémienne en souriant de son plus charmant sourire et tout en dénouant la ceinture de soie qui lui serrait la taille, permettez-moi d'attacher sur vos yeux l'écharpe que voici !

— Que veut dire ceci, ma belle ?

— Cela veut dire, répondit la donzelle d'un ton parfaitement simple et naïf, cela veut dire que ma belle maîtresse tient fort à vous voir ; mais qu'elle ne tient nullement à ce que vous voyiez où elle vous reçoit !

Après une seconde d'hésitation :

— Mets le bandeau, petite, repartit Buridan. Je veux avoir le dernier mot de cette aventure !

Fiammetta s'empressa de lui couvrir les yeux de son écharpe.

En route, maintenant ! s'écria l'étudiant.

Les rames jouèrent aussitôt et la barque gagna le large.

Dix longues minutes s'écoulèrent sans que l'on abordât.

Évidemment, pensa Buridan, l'on me promène de la sorte pour me dérouter et m'empêcher de m'y reconnaître !... Où me mène-t-on ? je n'en sais rien !... Ce qu'il y a de certain, c'est que ce n'est pas en paradis ; une bohémienne et un mahométan ne vont pas de ce côté-là !

L'embarcation s'arrêta enfin.

— Messire, nous sommes arrivés, dit la jeune fille.

— Dieu soit loué ! repartit l'étudiant, car voici l'orage qui éclate !

En effet, depuis quelques instants, le tonnerre faisait entendre ses hurlements sinistres, et comme Buridan achevait de parler, une ondée diluvienne se prit à tomber.

Fiammetta avait sauté légèrement hors de la barque.

Prenant ensuite la main de Buridan, elle l'invita à faire comme elle.

— Ouf ! fit le jeune homme en mettant pied à terre, j'étouffe sous ce bandeau ! Puis-je l'enlever enfin ?

— Pas encore ! dit vivement la jeune fille.

Guidé par elle, l'étudiant gravit quatre marches humides et glissantes.

Alors, il entendit une lourde porte qui s'ouvrait.

Tenant toujours la main de la bohémienne, il franchit, sans y voir, le seuil de cette porte qui se referma aussitôt derrière eux en faisant grincer ses gonds rouillés.

Après avoir traversé une salle basse, à l'atmosphère humide et lourde, notre héros s'engagea, à la suite de Fiammetta, dans un escalier en spirale excessivement étroit.

— Où diable suis-je ? se demandait l'étudiant, qui sentait depuis quelques instants ses appréhensions lui revenir à l'esprit.

Tout en portant la main à sa rapière pour bien s'assurer qu'elle jouait aisément dans la gaîne, il s'adressa à la bohémienne :

— Or çà, petite, notre ascension va-t-elle longtemps encore continuer de la sorte ?

— Un peu de patience, mon jeune seigneur, répliqua Fiammetta.

— Soit ! reprit l'écolier. Au surplus, pour trouver le septième ciel, il faut monter haut, c'est logique !

L'orage continuait au dehors avec une inconvenable furie, et les coups précipités du tonnerre faisaient trembler l'escalier à toute seconde.

— Quel temps infernal ! poursuivit le jeune homme. En quelque lieu que je sois, je suis mieux que dehors. C'est là ce qui me console.

Sans plus parler, il gravit encore une quarantaine de marches.

— Me conduirais-tu d'aventure au haut de Notre-Dame ? demanda Buridan.

— Allons, bel impatient, répondit Fiammetta, trente degrés encore, et vous serez au but !

— Va pour trente degrés ! s'écria l'étudiant ; mais, de par le diable, je n'en monterai pas un de plus.

Les trente marches furent gravies.

— Trente ! je les ai comptées ! fit Buridan.

— C'est ici ! répliqua la jeune fille.

L'écolier ouït en effet une deuxième porte s'ouvrir.

— Pénétrez, mon gentilhomme ! reprit la petite.

Buridan fit quelques pas encore, et, soudainement, il sentit que l'atmosphère était devenue singulièrement douce et parfumée.

— Maintenant, messire, dit la jeune fille, regardez !

Buridan arracha son bandeau.

— Par saint Jean ! s'exclama-t-il subitement ébloui par des torrents de lumière, où suis-je ici ? en un manoir enchanté sans doute ; en un palais habité par les fées !

Fiammetta ne répondit pas.

Depuis quelques secondes déjà, elle avait disparu par un panneau mobile, dissimulé dans la boiserie.

— La petite s'est envolée ! continua Buridan.

Curieusement, alors, il se prit à examiner l'endroit où il se trouvait.

VII. — LA DAME AU MASQUE NOIR.

C'était une chambre ronde, décorée à l'orientale.

Des tapis moelleux recouvraient les dalles ; une voluptueuse ottomane garnissait un tiers à peu près de la muraille circulaire, et, dans le milieu de la salle, des parfums enivrants s'échappaient d'une cassolette d'or.

La coupole de ce délicieux réduit était bleu d'azur et toute parsemée d'étoiles d'or. Douze élégantes colonnettes, de style asiatique, soutenaient la voûte sphérique, et de merveilleuses fleurs aux couleurs éclatantes, aux pénétrantes senteurs, étalaient leurs splendeurs dans des vases de porphyre placés au pied de chaque colonne.

Au milieu même du dôme que nous avons décrit, un Amour aux ailes étendues soutenait un lustre d'argent ciselé, à douze branches, et chacune de ces branches simulait une colombe dont le bec entr'ouvert lançait des jets de flamme odorante.

Ce retrait, en un mot, qui ne serait, de nos jours, qu'une chose presque ordinaire, était, à cette époque une véritable merveille, et notre écolier, malgré son mépris de philosophe pour le luxe et l'apparat, demeurait en une sorte d'extase muette et de religieuse admiration.

— Par la gorge de Vénus Aphrodite ! dit-il enfin, jamais logis fut-il plus amoureux et plus séduisant !... les magiques palais dont parlent les légendes ne sont rien auprès de ce que je vois présentement !... D'honneur, l'air que je respire céans est si doucement imprégné de volupté, que je ressens un trouble inconnu et ses désirs inéprouvés.

Il mit la main sur ses yeux et se laissa tomber sur l'ottomane.

Pendant quelques secondes, il demeura de la sorte, à moitié étourdi et comme enivré.

Une voix, plus douce et plus mélodieuse que les plus suaves musiques, lui fit rouvrir les yeux.

Devant lui, gracieusement appuyée sur la cassolette d'or, se tenait une jeune femme dont le haut du visage était recouvert d'un masque noir.

Malgré ce masque, il était aisé de voir que cette femme était d'une étonnante beauté.

Elle avait le front haut et fier, la bouche fine et gracieuse, et ses lèvres roses, qu'entr'ouvrait un adorable sourire, mettaient à découvert une double rangée de dents d'une blancheur ivoirine et d'un éclat insolent.

Vêtue d'une blanche tunique brodée d'or, la belle jeune femme avait les épaules et les bras nus, et sous l'étoffe légère, se devinaient sans peine les formes sculpturales de sa poitrine de vierge.

Une fine cordelière d'or lui serrait la taille, et sur ses hanches aux voluptueux contours, la tunique retombait en plis harmonieux.

Elle avait des mains de fée et des pieds d'enfant et son vêtement échancré sur les côtés, selon la mode antique, laissait nue, jusqu'au-dessus du genou, une jambe si parfaitement belle de dessin et si pure de forme, qu'elle semblait appartenir à quelque chef-d'œuvre marmoréen d'un Praxitèle ou d'un Phidias. Couronnant dignement ce merveilleux ensemble, une luxuriante chevelure, que constellaient des myriades de perles fines, déroulait sur les épaules d'albâtre de la jeune beauté ses longues tresses d'un noir étincelant.

Notre héros était sous le poids d'une indicible émotion. Pour la première fois de sa vie peut-être, il se sentait muet et tremblant devant une femme.

— Messire Buridan, disait l'inconnue, merci à vous d'être venu ! je vois que votre haute réputation de galanterie et de bravoure ne ment pas, et j'en suis heureuse... oh ! bien heureuse !

L'écolier s'était empressé de quitter le divan sur lequel il s'était laissé tomber.

S'avançant d'un pas chancelant vers celle qui lui parlait, il s'agenouilla respectueusement devant elle :

— Madame, murmura-t-il ensuite d'une voix haletante, dites-moi... oh ! dites-moi que je ne suis pas le jouet d'un rêve... dites-moi que vous n'êtes pas une vision céleste, un adorable fantôme qui va s'évanouir à mes yeux !

L'inconnue releva doucement l'étudiant.

— Non! mon gentil bachelier, non! celle que tu vois n'est pas un fantôme, c'est une femme qui t'aime, entends-tu bien, une femme qui n'a jamais aimé et qui n'aimera jamais que toi!

A ces mots, la jeune femme se pencha vers Buridan et ses lèvres fraîches se posèrent sur les lèvres brûlantes de l'étudiant.

— Ah! s'écria ce dernier hors de lui, fusses-tu quelque esprit infernal jeté sur terre pour mon éternelle damnation, n'importe, je suis à toi, corps et âme!

— Oh! Buridan... Buridan de mon cœur, tu m'aimeras donc aussi!

— Je t'aimerai, dis-tu!... Oh! je t'aime déjà, divine créature... répliqua l'étudiant en pressant entre ses bras la belle inconnue. Oui, je t'aime, je le sens au feu qui circule dans mes veines, je le sens aux battements précipités de mon cœur!... Tiens, pose ta blanche main sur ma poitrine bondissante!... Vois mes yeux pleins de flamme et mon front égaré!... Tout cela ne te dit-il pas, ô ma belle inconnue, l'ardeur qui me dévore, la subite passion qui s'est emparée de moi!

— Oh! je te crois... je te crois... Buridan... tu m'aimes!... Pour que tu pusses ne pas m'aimer, je t'aimais trop, moi!

— Vous me connaissiez donc? demanda curieusement l'étudiant, en faisant asseoir la jeune femme auprès de lui.

— Depuis quelques jours seulement!... et dès que je te vis, mon bel écolier, je sentis que je t'appartenais tout entière!... Je résistai pourtant, oui, je fis d'inconcevables efforts pour tenter de vaincre cette passion fatale...

— Que dites-vous?...

— Je ne suis pas libre, ma missive ne te l'a-t-elle pas appris?... repartit l'inconnue d'un ton plein d'amertume : je suis bien jeune, n'est-ce pas, j'ai dix-sept ans à peine, eh bien! depuis longtemps déjà, un hymen que je maudis me tient asservie aux lois d'un époux que je hais!

— Pauvre enfant!

— Mais que m'importe cet homme, après tout, reprit la jeune femme en entourant de ses bras le cou de l'étudiant, pour oublier les heures malheureuses que j'ai dû passer auprès de lui, n'ai-je pas maintenant devant moi toute une éternité d'amour et de bonheur!

— Oui, repartit Buridan, oui, tu seras heureuse!... délicieuse femme! oui, tu seras aimée!

Et le jeune homme, délirant, éperdu, se laissa glisser aux pieds de la belle inconnue.

Appuyant son front brûlant sur les genoux de la jeune femme, il lui fit alors mille serments d'immuable tendresse, mille protestations d'éternelle fidélité.

— A toi... à toi pour toujours! murmura-t-il en couvrant de baisers fiévreux les deux mains charmantes que lui abandonnait l'étrangère. Je serai ton cavalier servant, je serai ton esclave!... Un signe de toi, et j'obéirai... un mot de tes lèvres, et je volerai au bout du monde!

— Buridan!... Buridan!... ces paroles que tu me fais entendre en cette nuit bienheureuse, ne les as-tu pas maintes fois murmurées déjà... Ces serments, combien d'autres femmes les ont reçus!... Car, je sais tout, enfant. Oh! je connais ta vie comme je connais la mienne... Tes maîtresses, on m'a appris leurs noms... on m'a fait le récit de tes jeunes amours! On m'a conté tes galants exploits et tes folles prouesses!... Et je les enviais, ces femmes... Oui, j'en étais jalouse! Il me semblait que tu m'appartenais déjà... il me semblait que cet amour qu'elles obtenaient de toi, elles le volaient à mon cœur!

— De l'amour! interrompit vivement l'étudiant. Oh! ne donne pas ce nom divin, ma belle, à ces passions éphémères, à ces caprices d'un jour que font naître les sens et que le cœur ignore... Non! sur mon honneur et sur ma foi, je n'ai jamais aimé!... Mais, j'aime maintenant, j'aime, continua Buridan avec entraînement, en prodiguant à la jeune femme mille et mille caresses, j'aime avec ferveur, avec religion!... Et cette étrange passion que ta vue seule a su allumer en mon âme! oh! je te le dis et te le jure, ma douce charmeresse, cette passion ne s'éteindra jamais!

Sans force et sans voix, les lèvres frémissantes et tout le corps frissonnant, l'inconnue écoutait avec ivresse les paroles du bel écolier.

Mais, s'arrachant brusquement à ses voluptueuses étreintes :

— Buridan! s'écria-t-elle d'une voix entrecoupée, Buridan! je ne veux pas que tu m'aimes!... Je ne veux pas t'aimer!... Va-t'en!

Buridan s'était élancé vers la jeune femme.

— Qu'as-tu donc? lui demanda-t-il en lui saisissant les deux mains.

— Va-t'en! va-t'en! reprit-elle, cet amour serait ma perte... la tienne aussi, peut-être...

— Par le ciel! que dis-tu là? s'écria l'étudiant.

— Je dis... je dis... que j'étais folle!... mais je ne le suis plus!... Il faut que tu partes... Il faut que tu quittes cette demeure...

— Quitter cette demeure! jamais! interrompit le jeune homme.

— Ceux qui t'ont amené te rouvriront les portes... Fuis, enfant, et donne-moi ta parole de ne jamais chercher à connaître quel est le logis dont tu as franchi le seuil, quel est le nom de celle qui t'a reçu cette nuit !

— Or çà, ma belle, riposta Buridan d'un ton ferme, quel brusque changement et quel dénoûment triste après si gentil prélude ! Tout jeune que je sois, je ne suis plus un enfant, ma charmante, et je ne me laisserai pas éconduire comme un sot !

Le tonnerre grondait toujours au dehors, et, sans discontinuer, l'averse fouettait les vitres d'une verrière que recouvrait une épaisse tenture.

— Comment, poursuivit l'étudiant en raillant, comment, vous voulez me mettre à la porte par un temps semblable !... Je m'y oppose, ma chère, et je demeure céans !

— Buridan ! au nom du ciel !...

— Ne parlons pas du ciel ! il est pour le moment tout noir et tout morose, et ne songe qu'à maugréer !... Ne nous soucions pas plus de lui qu'il ne se soucie de nous, et causons de choses plus gaies et plus riantes !

Et, tout en parlant, Buridan cherchait à l'entraîner.

— Buridan ! s'écria l'inconnue en s'échappant de ses bras, Buridan, si tu m'aimes, va-t'en !

L'étudiant fit entendre une sourde exclamation de colère.

Reprenant aussitôt le ton railleur qui lui était familier :

— Soit, dit-il, je consens à vous obéir, madame ; mais je ne laisserai pas remettre le bandeau sur mes yeux, et je saurai quel est ce logis... je saurai quelle est celle qui l'habite !

L'inconnue porta la main à son masque, comme pour le raffermir sur son visage.

Buridan se prit à sourire :

— Oh ! ne craignez rien ! dit-il, je suis gentilhomme et ne vous ferai nulle violence ! Mais, sans avoir besoin d'arracher ce masque, j'apprendrai de quel nom se nomme la première femme qui se soit jouée de moi ! Adieu donc, madame, ou plutôt, au revoir !

Et Buridan fit quelques pas vers la porte par laquelle il avait pénétré.

Mais la jeune femme s'était élancée vers lui :

— Buridan ! s'écria-t-elle en lui jetant les deux bras autour du cou, Buridan ! reste !... reste ! je t'aime !

— Tu m'aimes ! dis-tu, s'écria Buridan en la pressant sur son cœur.

— Oui ! oui ! je t'aime !... Et quoi qu'il puisse advenir, j'oublie tout... je veux tout oublier, et je suis à toi... à toi jusqu'à la mort !

— Ah ! tu es un ange, et je te bénis ! murmura l'étudiant.

— Un ange ! reprit sourdement l'inconnue. Oh ! un démon bien plutôt !

VIII. — RÉVÉLATION !

Une heure s'était écoulée, lorsque des chants joyeux, des rires étincelants et des entrechoquements de coupes arrachèrent brusquement les deux amants à l'extase voluptueuse dans laquelles ils étaient plongés.

Ce bruit venait d'une chambre voisine.

L'inconnue se leva vivement, en proie à l'agitation la plus violente.

— Ils sont venus ! murmura-t-elle en elle-même avec une sorte de terreur.

— Qu'est-ce donc ? demanda Buridan.

— Rien ! rien ! répliqua la jeune femme en essayant de se remettre de son trouble, ce sont des amis à moi, dévoués et fidèles... Deux amants, comme nous !

— O Vénus ! s'exclama le jeune étudiant, est-ce donc en l'un de tes temples que tu m'a conduit cette nuit ?

Une voix forte et quelque peu avinée parvint presque distincte aux oreilles de Buridan.

— Verse ! verse encore, ma belle ! disait la voix, je veux boire à tes noces prochaines !...

Et, de nouveau, les rires éclatèrent et les coupes s'entrechoquèrent bruyamment.

— Césariot, mon beau soldat, reprit une voix de femme, bien que l'épouse d'un autre, je n'aime et n'aimerai jamais que toi !

— Je l'espère bien ainsi, mille tonnerres ! repartit Césariot. Du reste, ajouta-t-il en riant d'un gros rire, cette belle union-là me met l'âme en liesse... D'habitude, les maris ne sont cornards qu'après leur mariage... le tien le sera avant, pendant et après !

Et les éclats de rire retentirent de plus belle.

— Pardieu ! s'exclama Buridan en riant aussi, je ne voudrais pas être l'époux infortuné dont parlent ces deux tourtereaux !

— Buridan ! Buridan ! dit vivement l'inconnue au jeune étudiant, il faut nous quitter !...

— Qu'as-tu donc, ô ma douce maîtresse ! répliqua l'écolier en l'attirant à lui, tu sembles émue.

— Non ! non ! répondit la jeune femme en simulant un sourire ; mais il est l'heure de nous séparer. Le jour va bientôt paraître et je veux que tu sortes de cette demeure sans être remarqué. Adieu !... adieu !... mon Buridan ! Adieu, mon bien-aimé ! tu ne m'oublieras pas, dis ?

— T'oublier ! s'écria l'écolier avec chaleur. Mais pour t'oublier, il faudrait que je fusse mort !... Que dis-je ! dans le tombeau même, le souvenir de tes ardentes caresses me ferait encore tressaillir !

— Pars, hâte-toi ! dit l'inconnue. La barque qui t'a

amené t'attend au pied des murs de ce logis... Fiammetta va t'y conduire... Tu reprendras le bandeau, n'est-ce pas?... et tu ne tenteras jamais de pénétrer le secret de cette nuit?... Tu ne tenteras jamais de connaître mon nom? Ce serment... oh! ce serment, fais-le moi, mon Buridan!... je t'en conjure!

L'étudiant était devenu tout sombre et tout triste, au fur et à mesure que parlait la jeune femme.

Lorsqu'elle eut achevé :

— Madame, lui dit-il avec amertume, vous ne m'aimez pas!

— Je ne t'aime pas! s'écria l'inconnue, avec une surprise douloureuse. Je ne t'aime pas!

— Non! continua Buridan. Par caprice, par fantaisie, par désœuvrement peut-être, vous, grande et noble dame, vous avez daigné honorer de vos faveurs un pauvre écolier, et maintenant que votre caprice est passé, maintenant que votre fantaisie est satisfaite, vous dites à cet enfant de s'éloigner et de ne jamais chercher à vous connaître!... Si vous agissez de la sorte, c'est que vous ne m'aimez pas, je vous le répète; si vous me laissez partir sans enlever votre masque, c'est que vous ne voulez pas me revoir!

— Je te reverrai, Buridan! s'écria la jeune femme. Oh! je te reverrai

Buridan secoua la tête d'un air de doute.

— Tu ne me crois pas?

— Non! répondit l'écolier.

— Oh! mon Dieu! mon Dieu! s'exclama l'inconnue avec angoisse, je ne puis rien dire, cependant!

— Ne dites rien, madame!... gardez votre secret, puisque vous ne me jugez pas digne de le partager! Ah! continua l'écolier avec un triste sourire, j'avais raison de redouter l'amour des grandes dames... J'étais heureux, gai, insouciant, je riais à l'avenir... Et maintenant... oh! maintenant, je sens que c'en est fait de ma douce quiétude et de mes rêves dorés!... Mais que vous importe, à vous, que ma vie soit perdue et que mon cœur saigne! Vous vous ennuyiez, vous avez pris un hochet pour vous distraire; ce nouveau hochet vous ennuie comme le reste, vous le jetez loin de vous... c'est la loi commune!... Ah! madame!... madame, qu'avez-vous fait?

— Buridan! s'écria la jeune femme en lui saisissant la main, tes plaintes me touchent l'âme et je mérite tes reproches... Quand une femme, quelle qu'elle soit, se donne à l'homme qu'elle aime, elle doit se donner tout entière! Regarde donc mon visage, mon bel amoureux, et sache tous mes secrets!

Ce disant, l'inconnue se démasqua.

Buridan poussa un long cri de surprise et tomba agenouillé en murmurant :

— Jeanne de Navarre! la reine!...

C'était la reine de France en effet, c'était la jeune épouse de Philippe le Bel.

— Oui! oui! mon Buridan, reprit la reine; oui, Jeanne de Navarre!... Comprends-tu, maintenant, cher et doux enfant, comprends-tu pourquoi je refusais d'enlever ce masque et de te dire mon nom? Mais j'avais tort... j'avais tort... tu portes sur ton front et dans tes yeux trop de franchise et de loyauté pour que je puisse un instant douter de toi!... Eh bien! mon gentil bachelier, continua Jeanne de Navarre avec un adorable sourire, croyez-vous que je vous aime, maintenant, et me faut-il encore vous donner quelque preuve de ma tendresse?

Buridan demeurait muet, immobile, interdit.

— La reine! c'était la reine! balbutia-t-il enfin. Est-ce bien vrai, mon Dieu! ou suis-je fou?

— Oui, c'est vrai! c'est bien vrai!... répliqua Jeanne en déposant un ardent baiser sur le front de l'adolescent.

En ce moment, dans la chambre voisine, la voix avinée de Césariot se fit entendre de nouveau.

— Ah! murmura la reine, je les avais oubliés!...

Relevant vivement l'écolier :

— Adieu! adieu! mon Buridan, demain je te reverrai!...

— Oh! madame! madame! s'écria le jeune homme éperdu, si je rêve, par pitié, ne me réveillez jamais.

Buridan fit quelques pas vers la porte.

— Non, dit la reine, pas de ce côté!

Courant à la boiserie qui faisait face à cette porte, elle fit jouer un ressort caché dans la muraille.

Aussitôt un panneau mobile glissa sur ses gonds et découvrit les premières marches d'un escalier secret.

— Buridan, lui dit-elle en lui remettant une petite clef d'or, au bas de cet escalier, est un sombre corridor que ferme une petite porte basse. Ouvre cette porte avec la clef que voici, et tu seras hors du mur d'enceinte... Demain, à dix heures, je t'attendrai, viendras-tu?

— O ma reine! s'écria Buridan, dussé-je, pour arriver jusqu'à vous, passer à travers une armée de démons, je viendrai!

— A demain donc! Un dernier baiser, ô mon jeune amant, et adieu! adieu!

Buridan s'élança vers l'escalier secret; mais il recula brusquement en voyant tout à coup surgir sur le seuil de la porte dérobée une femme vêtue de noir qui avait le visage caché sous un masque, comme, peu avant, la reine Jeanne de Navarre.

Derrière cette femme apparut bientôt un homme de haute taille qui portait l'uniforme des archers royaux et qui tenait à la main une grande rapière.

IX. — DANS LEQUEL ENTRENT EN SCÈNE DEUX NOUVEAUX PERSONNAGES.

A l'aspect de la femme masquée et du soudard, la reine avait poussé une sourde exclamation de terreur, et, soudainement, son front s'était couvert d'une pâleur mortelle.

Se plaçant entre Buridan et les nouveaux venus :

— Qui vous a mandés? demanda-t-elle à ces derniers d'une voix qu'elle essaya de rendre forte et haute. Que voulez-vous?

La femme masquée, laquelle était d'une extrême jeunesse, et semblait être d'une grande beauté, s'avança vers la reine :

— Ce que nous voulons, madame, dit-elle ensuite, nous voulons vous empêcher de vous perdre et de nous perdre avec vous!

— Que signifie?

— Nous savons tout, Majesté, répliqua l'homme armé en s'avançant à son tour. De la Chambre Verte, ce qui se dit céans s'entend à merveille, vous le savez, et, de votre entretien, nous n'avons pas perdu un seul mot!

— Et que prétendez-vous, Césariot?

— Je prétends, Majesté, répondit le soldat avec une impudence mirifique, je prétends m'opposer formellement à vos belles idées de mansuétude et de générosité!

Buridan avait écouté avec une rage contenue les impudentes paroles du soudard.

— Par l'enfer! madame, s'écria-t-il en tirant son épée, quel est donc cet homme et de quel droit ose-t-il parler de la sorte à la reine de France?

Jeanne de Navarre baissa le front et ne répondit pas.

Le soldat toisa insolemment le jeune écolier et planta devant lui sa formidable rapière, deux fois large et deux fois longue comme celle de Buridan.

— Cet homme, dit-il ensuite d'un ton menaçant, cet homme, messire écolier, a nom Césariot le Brabançon, officier des gardes de madame Jeanne de Navarre, gouverneur de la tour de Nesle, et le plus habile troueur de poitrines qui soit présentement au beau pays français.

— Le plus habile! interrompit Buridan en raillant Ah! de par Dieu, mon officier, vous n'êtes pas modeste, et si madame la reine daigne m'en octroyer la licence, je serai charmé de vous donner sur l'heure une petite leçon d'humilité.

— Par le ciel!... taisez-vous!... taisez-vous, Buridan! supplia Jeanne.

— Quoi! vous tremblez devant cet homme! s'écria l'étudiant au comble de la surprise.

— Césariot, au nom du ciel, reprit la jeune souveraine avec instance, laissez le passage libre à cet enfant... je vous en prie, je vous en conjure!

— Vous le suppliez maintenant, vous la reine! interrompit Buridan dont l'étonnement allait croissant de minute en minute.

— Césariot! continua Jeanne de Navarre, laissez-le fuir sain et sauf de cette demeure... J'ai foi en son honneur et je réponds de son silence!

— Madame, dit à voix basse la femme masquée, l'épée de Césariot nous en répondra mieux encore!... Ces terribles secrets d'où dépend votre auguste existence, d'où dépendent notre salut à tous et notre sûreté, ce serait folie à nous d'en laisser un enfant le libre dépositaire!... Honoré des faveurs de la reine, il doit expier par la mort ce suprême bonheur!

— Mais je l'aime, je l'aime! s'écria Jeanne de Navarre!

— Oh! raison de plus, alors, reprit la jeune femme d'un ton implacable, raison de plus pour vous délivrer de lui. Aimé de vous, cet homme vous tiendrait à tout jamais sous sa dépendance, et de nous tous, il ferait ses esclaves!

— Par le ciel, madame l'inconnue, interrompit Buridan en s'adressant à la femme masquée, vous craignez, je le vois, que je ne prévienne votre futur époux des belles relations que vous entretenez avec cet habile troueur de poitrines!... Pardieu! si celui que vous devez épouser est un honnête homme, votre crainte est fondée et je lui dirai tout, coûte que coûte!... Si c'est un coquin dans le genre de monsieur, ajouta l'étudiant en jetant un regard de mépris à Césariot, vous n'avez rien à redouter de moi!... Je n'ai souci que des honnêtes gens!

— Par tous les diables, hurla Césariot en levant sa rapière, tu vas payer sur-le-champ tes insultantes paroles, messire écolier!...

La reine se jeta entre le soldat et celui qu'elle aimait.

— Césariot, s'écria-t-elle avec autorité, je vous ordonne de remettre l'épée au fourreau et de vous retirer sur l'heure!... Je suis votre reine... Obéissez!

— Madame, repartit le soudard avec violence, nous ne sommes pas ici au Louvre, et votre royauté cesse au seuil de cette demeure!

— Malheureux! reprit la reine avec indignation, qu'osez-vous dire?

— J'ose dire, madame, repartit le soldat avec audace, que dans la Tour de Nesle, il n'y a ni reine ni sujets... Je dis qu'il n'y a que des complices, et partant, des égaux!

— Saints du ciel! s'exclama Buridan en saisissant la main de Jeanne de Navarre, des complices! des complices!... Oh! cet homme a menti, n'est-ce pas; cet homme est fou!

Jeanne de Navarre était sous le poids d'une émotion inénarrable. Elle balbutia quelques mots intelligibles et se cacha le visage entre les mains.

— Reine, au nom du Dieu vivant! au nom de votre amour! reprit Buridan presque en délire, oh! dites-moi... dites-moi que cet infâme est un imposteur, et je l'étends mort à vos pieds.

Jeanne de Navarre ne répondit pas.

Césariot reprit avec un rire sauvage :

— Jean Buridan, quatorze cadavres ont été trouvés cejourd'hui dans les eaux de la Seine !... Ce sont des enfants de l'Université comme toi... Eh bien! c'est dans cette chambre même qu'ils ont été assassinés, avant d'être précipités dans le fleuve !

— Horreur ! s'écria Buridan éperdu.

— Tiens! tiens! continua le Drabançon, jette les yeux sur ce tapis... tu y verras de larges taches rouges... C'est le sang de tes frères!

— Malédiction! hurla le jeune homme. — Jeanne de Navarre, poursuivit-il d'un ton terrible, réponds-moi, je veux que tu me répondes. Est-ce vrai, ce que dit cet homme? est-ce vrai ?

La reine tomba frémissante aux pieds de l'étudiant.

— Grâce! grâce! Buridan, gémit la malheureuse en sanglotant.

Et ses mains voulurent saisir celles de l'écolier.

Mais ce dernier se recula avec horreur.

— Ne me touchez pas! ne me touchez pas! s'écria-t-il.

— Ah! je suis maudite! murmura la reine.

— Oh! mes pressentiments! reprit Buridan, vous ne me trompiez donc pas!... Ainsi, continua-t-il, cette chose inouïe, monstrueuse, surhumaine, cette chose est vraie! ces crimes, tu les as commis, indigne souveraine!... Tu as choisi parmi nous de pauvres enfants dont le plus âgé peut-être n'avait pas vingt ans, et après t'être saturée d'amour avec eux, tu as osé, de tes lèvres encore chaudes de leurs baisers, tu as osé commander leur supplice!... Ils sont sortis de tes bras pour aller à la mort! Oh! cela est infâme, cela est horrible! N'as-tu donc pas songé, malheureuse, que ces enfants avaient des mères? N'as-tu pas songé à toutes les larmes que ces pauvres femmes allaient répandre, en ne voyant pas reparaître leurs fils, la joie du foyer, la vie de la maison?...

— Pitié! pitié! gémit Jeanne.

— Et c'est une reine qui a fait tout cela! continua Buridan sans vouloir l'entendre, c'est Jeanne de Navarre!... c'est l'épouse de Philippe IV!... Charlemagne! Philippe-Auguste! saint Louis! cette Messaline est de votre famille!... Qu'en dites-vous?...

Jeanne demeurait muette, toujours agenouillée et les yeux baissés vers le sol.

— Et cette femme n'a que dix-sept ans! reprit l'étudiant avec déchirement. Et cette femme, ô mon Dieu, est belle comme vos anges! Son front est pur... ses yeux sont doux et chastes! sa voix est suave et mélodieuse!... Oh! cela ne devrait pas être, Seigneur!... et les monstres de cœur devraient être des monstres de visage!...

La femme masquée se pencha vers la reine :

— Madame, lui dit-elle, n'avez-vous pas assez longtemps subi les outrages de cet insensé ?... Que tardez-vous encore à faire de celui-ci, ce que vous avez fait des autres? dites un mot, et ses offenses cesseront!

— Ce mot, répondit la reine en se relevant brusquement, je ne veux pas le dire... je ne le dirai pas!... Et n'essayez pas, ajouta-t-elle en jetant un terrible regard à la jeune femme et à son complice Césariot, n'essayez pas d'attenter malgré moi aux jours de cet enfant, où je saurai lui faire un rempart de mon corps et je tomberai morte avant lui!

— Mais c'est de la folie! s'exclama la femme masquée.

— De la folie! reprit la reine avec exaltation, non, c'est de l'amour! — Buridan! continua-t-elle en se retournant vers le jeune homme, Buridan, je suis plus malheureuse que criminelle, et si tu savais tout, tu me pardonnerais peut-être!

— Je ne veux rien savoir de plus, madame! repartit Buridan, et je ne vous pardonnerai jamais!

— Eh bien? moi, répliqua la reine avec force, je veux que tu m'entendes, Buridan, et tu m'entendras! Je n'ai pas dix-sept ans! disais-tu tout à l'heure; cela est vrai! Eh bien! depuis quatre ans déjà, je suis mariée... Oui! oui! j'avais treize ans à peine lorsque dans la vieille cité de Pampelune, je devins l'épouse du fils aîné de Philippe III... Treize ans! reprit la reine, et le fils du roi n'en avait pas encore seize! Nous ne nous aimions, nous ne pouvions nous aimer ni l'un ni l'autre!... Qu'importe! Par cet hymen purement politique, Philippe le Hardi voulait, au moment d'entreprendre sa dernière campagne, s'assurer de la fidélité des Navarrois... Un an après, Philippe IV était proclamé roi de France, et moi... poursuivit Jeanne avec une indéfinissable tristesse, moi, j'étais reine!...

A ces mots, la jeune souveraine laissa s'exhaler de sa poitrine un soupir plein d'angoisse, puis elle reprit :

— Philippe IV, mon époux, était absorbé par les plaisirs de son âge, par la chasse, les folles nuits et les orgies de toute sorte... Jamais un regard pour moi, jamais un sourire, jamais un seul mot de tendresse!... J'avais en l'âme un deuil éternel et des pleurs amers coulaient nuit et jour de mes yeux!... Le séjour de la cour me devint odieux, insupportable...

A l'auberge de Cramignole l'anxiété était vive. (Page 32.)

En face du Louvre, se dressait cette vieille tour toute sombre et toute triste, comme je l'étais moi-même. J'obtins licence du roi d'aller vivre en ce lugubre hôtel, comme une recluse en sa cellule... Durant un long temps, je demeurai presque constamment en cette chambre même, pleurant et priant, et je n'apparaissais plus à la cour qu'à de longs intervalles. Mais un jour, jour fatal! tandis que, selon mon habitude, j'étais agenouillée devant mon prie-Dieu, j'entendis de grands cris joyeux, de folles et jeunes clameurs qui venaient du dehors et montaient jusqu'à moi!... Machinalement, j'interrompis mon oraison et je courus à la verrière de la salle basse. J'aperçus alors une foule de jeunes écoliers qui se querellaient avec les archers de garde à la porte de Nesle, avant d'aller dans le Pré-aux-Clercs se livrer à leurs ébats journaliers. A la vue de tous ces beaux adolescents, le vieux sang espagnol qui circule en mes veines me monta brusquement au cœur. Mes yeux se troublèrent; tout mon être s'embrasa, et d'étranges désirs d'amour et de volupté, jusqu'alors inassouvis, s'emparèrent de moi!...

Désignant du doigt le Brabançon :

— Cette nuit-là même, continua la reine, par les soins de cet homme, gouverneur de la Tour, l'un de ces enfants fut amené mystérieusement dans ce retrait sinistre; et, sans respect pour mon nom, foulant aux pieds la majesté royale, oubliant tout, si ce n'est qu'il était beau et que j'étais jeune, je fis mon amant de cet enfant que je connaissais à peine...

— Après? après? interrogea Buridan avec un accent terrible.

— Lorsqu'avec le jour, la raison me revint à l'esprit, poursuivit Jeanne de Navarre d'une voix haletante, je frémis de l'action honteuse que je venais de commettre, et je songeai en frissonnant à ses formidables conséquences... Alors les hideux supplices réservés aux reines adultères surgirent à mes yeux!... Je me vis condamnée... torturée, que sais-je... et pour empêcher que ma faute ne fût connue du roi...

La reine n'osa pas achever.

Mais Buridan, lui saisissant la main avec violence :

— Dites tout, malheureuse ! s'écria-t-il, je veux entendre votre confession tout entière !

— Pour empêcher que ma faute ne fût connue du roi, reprit Jeanne de Navarre, d'une voix sourde, j'ordonnai le meurtre de l'étudiant.

— Et je lui donnai moi-même le premier coup ! continua Césariot avec bravade.

— Les infâmes ! les infâmes ! gémit Buridan. Et, non contente de ce premier crime, reprit le jeune homme en s'adressant à la reine, vous avez osé livrer aux assassins treize autres victimes ?

— Treize ! interrompit Césariot en ricanant. Crois-tu donc que tous les cadavres qui ont été précipités dans la Seine du haut de cette tour aient été retrouvés ? Détrompe-toi, mon beau damoiseau ! Le nombre des victimes monte présentement à vingt-neuf, et je te jure Dieu que nous compléterons cette nuit la trentaine !

— Horreur ! s'écria Buridan.

Et ses regards semblèrent supplier la reine de démentir les sanglants aveux de son bourreau.

Mais Jeanne de Navarre reprit avec un sombre sourire :

— Lorsque la luxure vous aveugle et vous guide, lorsque l'ardente Vénus fait circuler, au lieu de sang, en vos veines, un fluide embrasé, l'on ne s'appartient plus, l'on ne connaît plus rien, - et, pour arriver à son but, pour satisfaire les effroyables désirs qui vous dévorent, on va tout droit devant soi, sans s'inquiéter de ceux que l'on écrase sur sa route, sans se soucier du sang que l'on verse et des gémissements que l'on entend... Mais un jour... un jour vient où l'amour, ce soleil du monde, vous illumine de sa clarté divine... alors les sens se taisent et le cœur seul est le maître... alors, on comprend tout et l'on gémit... puis l'on pleure comme je pleure... et l'on demande grâce comme je le fais à cette heure ! O mon Buridan ! mon Buridan ! continua la misérable reine en tombant de nouveau agenouillée devant l'étudiant, vois mes larmes et mon repentir... aie pitié de moi... pardonne-moi ma vie passée... oublie mes crimes et aime-moi !... Aime-moi ! et je deviendrai une autre femme... aime-moi ! et Jeanne de Navarre n'existera plus... Aime-moi ! et je serai ton esclave, ta servante ! Je t'obéirai au premier mot, au premier signe !... Aime-moi ! et, si tu le veux, je jetterai loin de moi le sceptre et la couronne, et j'irai vivre seule avec toi, en quelque désert ignoré !... Buridan !... Buridan ! poursuivit Jeanne en se roulant aux pieds du jeune homme, par tout ce que tu as de cher au monde, par ton âme, par ta vie ! oublie et aime-moi !

L'étudiant était au comble de l'émotion. Les remords de cette reine lui déchiraient le cœur; ses sanglots l'attendrissaient et cette parole d'amour et de pardon que cette femme implorait avec tant de soupirs vrais et de sincère repentance allait peut-être s'échapper de ses lèvres...

Mais la voix exécrée de Césariot le fit brusquement revenir à lui et lui remit au cœur toute son indignation et toute sa colère.

— Allons, disait le Brabançon d'un ton railleur, pardonne, Buridan. Qu'est-ce après tout que le meurtre de quelques drôles de l'Université !

— Oublie ! reprit à son tour la femme masquée, tes frères morts te sauront-ils gré de ta vertueuse colère !

Et la jeune femme se prit à rire d'un rire satanique.

— Oh ! s'écria Buridan, merci à vous de m'avoir rappelé à moi-même !...

— Buridan ! Buridan ! gémit Jeanne de Navarre en essayant de saisir les mains du jeune homme.

Ce dernier la repoussa durement.

— Laissez-moi ! laissez-moi ! lui dit-il, vos mains sont rouges de sang !... Laissez-moi ! je vous hais !

— Je t'aime ! je t'aime ! sanglota Jeanne de Navarre.

— Je vous hais ! reprit Buridan avec force. Je vous hais, vous dis-je, je vous méprise !

La reine se releva d'un bond.

— Ah ! c'en est trop ! dit-elle.

Et ses yeux s'allumèrent d'un feu sombre et terrible.

— Je t'ai supplié, continua Jeanne de Navarre, je me suis traînée à tes pieds !... Je me suis humiliée devant toi !... J'ai mendié ma grâce et tu me la refuses... Par l'enfer je serai aussi impitoyable que tu l'as été toi-même !... — Césariot, reprit-elle avec une rage délirante, Césariot, tu m'as demandé cet homme... Prends-le... je te le donne !

— Ah ! je te préfère ainsi, Jeanne de Navarre ! s'écria Buridan. Les larmes ne vont pas à tes yeux... les paroles d'amour ne sont pas faites pour ta bouche !... Pardieu ! continua le jeune homme en se mettant en défense, cette scène de belles sensibleries commençait à me lasser autant que toi !... Place donc ! poursuivit-il en levant son épée, place ! ribaude couronnée ! Place, égorgeuse royale !... ou, de par l'enfer, je pourrais oublier que tu es une femme, et ce fer, avant d'aller à la poitrine de ce bandit, pourrait passer par ton lâche cœur !

— Buridan ! répliqua la reine, il est temps encore de sauver tes jours !... Pour la dernière fois, je te dis que je t'aime. Pour la dernière fois, je te supplie de m'aimer !

— Pour la dernière fois, je te dis que je te méprise, Jeanne la sanguinaire, répondit Buridan avec violence. Pour la dernière fois, je te dis que je te hais et que je te haïrai toujours !

— Ah ! meurs donc, alors... s'écria la reine hors d'elle-même, meurs ! Dans la tombe humide qui t'attend, puisses-tu emporter, avec mon secret fatal, cet infernal amour qui me dévore le cœur !

A ces mots, la reine Jeanne, se retournant vers la femme masquée, lui fit signe de la suivre.

— Non ! répondit celle-ci avec une terrible expression de cruauté, je veux le voir mourir !

— Soit ! répondit Jeanne, demeure céans !...

La reine avait frappé sur un timbre d'argent, et, soudainement, sur le seuil de la porte par laquelle avait pénétré Buridan, Fiammetta la bohémienne était apparue.

— Fiammetta, dit la reine, fais préparer la barque... Je veux passer au Louvre la fin de cette nuit ! — Buridan, continua-t-elle en se retournant vers le jeune homme, adieu !

— Adieu ? repartit le jeune homme d'un ton railleur. Qui sait ? nous nous reverrons peut-être !

Jeanne de Navarre et la bohémienne avaient disparu.

X. — CE QUI SE PASSA DANS LA CHAMBRE RONDE APRÈS LE DÉPART DE LA REINE.

Buridan était seul dans la chambre avec Césariot et la femme masquée.

— Allons, dit le jeune homme en faisant tournoyer son épée, livre-moi passage, maître Césariot !

Et tout en parlant, Buridan se dirigea vers l'escalier secret.

Mais le soudard demeurait immobile devant cette issue et ne semblait nullement disposé à faire place au jeune homme.

— Arrière ! reprit celui-ci avec colère, ou, de par Dieu, double traître, je te tue comme un chien !

— A moi, mes fils ! hurla le Brabançon.

A cet appel, au haut de l'escalier, quatre hommes sinistres apparurent, lesquels étaient armés de rapières et de dagues.

— Certes ! s'écria Buridan, j'étais surpris aussi que tu fusses seul pour soutenir la lutte !

Les quatre sicaires de Césariot entrèrent dans la chambre, l'un après l'autre, et, derrière eux, le panneau mobile se referma.

— Maintenant, s'écria Césariot, recommande ton âme à Dieu, Jean Buridan !

Puis il fit signe aux assassins.

Les quatre sbires s'avancèrent sur Buridan l'épée haute ; mais le jeune homme les attendait de pied ferme.

Adossé à l'une des colonnettes, il se prit à espadonner avec une habileté telle, avec une si prodigieuse dextérité, qu'avant même d'avoir reçu l'ombre d'une égratignure, il étendit à ses pieds deux des bandits.

Le premier était à moitié mort et rendait le sang par les yeux et par la bouche.

Le second avait la gorge trouée et poussait des cris sourds et de rauques gémissements.

Les deux autres reculèrent de deux ou trois pas, surpris autant qu'effrayés.

Buridan se mit à rire.

— Eh bien ! messieurs les coquins, qu'avez-vous donc ? Et pourquoi cette reculade subite ?... Vous ne me connaissiez pas, à ce que je vois ? et vous supposiez apparemment que vous alliez avoir aussi facilement raison de moi que des autres enfants attirés en ce lupanar !... Erreurs, mes maîtres ! Le capitaine Buridan n'est pas le premier venu, et son épée va vous l'apprendre !

— Mille tonnerres ! beugla Césariot en s'avançant à son tour, il faut donc que je m'en mêle, mon beau damoiseau !

— Pardieu ! riposta l'écolier, je le préfère ainsi, car je n'éprouve nul plaisir à éventrer ces pauvres diables, tandis que vous, je serai ravi de vous saigner un peu !

— Caraccas ! Babilon ! reprit Césariot en s'adressant aux deux sbires survivants, chargeons ce drôle, mes fils, et finissons-en !

Suivi de ses acolytes, il s'élança sur le jeune homme.

La lutte devint alors plus sérieuse.

Le Brabançon était un adversaire plus dangereux à lui seul que les quatre spadassins réunis.

— Ah ! ah ! ricana Buridan, à la bonne heure au moins, vous savez votre métier de tueur un peu mieux que ces drôles, maître Césariot !

— Merci du compliment, répliqua le Brabançon, j'en serai digne ! Jugez plutôt !

A ces mots, il porta au jeune homme une botte furieuse en pleine poitrine.

Mais sa gigantesque rapière se brisa en deux et Buridan soutint sans broncher cet épouvantable choc.

— Bien touché ! s'écria l'étudiant en riant de tout son cœur. Allons, Cognenbuche avait dit vrai, continua-t-il, et sa cotte de mailles est un talisman qui a son mérite !...

Césariot avait promptement rompu jusqu'au milieu de la chambre.

— Sang du Christ ! murmura-t-il, le chien est cuirassé !

— Et je m'en réjouis fort ! repartit Buridan en riant toujours. Avec des canailles de votre sorte, toutes précautions sont bonnes à prendre !

La femme masquée avait ramassé sur le tapis la rapière de l'un des archers mis hors de combat.

— Tue-le, Césariot, s'écria-t-elle en donnant l'arme au Brabançon.

Ce dernier saisit l'épée et se mit en devoir de recommencer l'attaque.

— Pardieu, madame, s'exclama Buridan, vous êtes une infâme créature, et si je sors de ce coupe-gorge, comme je l'espère, je vous jure que je vous reconnaîtrai !

Césariot et les siens s'étaient élancés de nouveau sur l'étudiant.

— Enfants, cria le Brabançon, ne visons plus au cœur ! fendons-lui le crâne !... aveuglons-le !...

— Triple bandit ! repartit Buridan en s'escrimant de plus belle, avant que ton épée n'ensanglante mon front, la mienne aura trouvé le chemin de ton cœur !...

Joignant l'action à la parole, l'étudiant porta un coup droit au spadassin et lui enfonça dix pouces de fer dans la poitrine.

Celui-ci poussa un beuglement de douleur et tomba tout de son long dans le milieu de la salle.

La femme masquée s'élança comme une lionne furieuse auprès de son amant :

— Césariot ! Césariot ! s'écria-t-elle.

— Il est mort, madame, et vos cris ne le feront pas revivre. Sur ce, poursuivit le jeune homme en faisant jouer sa terrible épée, faites-moi place, mes maîtres, ou, de par Dieu, je vous tue jusqu'au dernier comme des chiens que vous êtes.

La femme masquée se releva d'un bond.

— Lâches ! cria-t-elle aux deux sbires qui reculaient effarés devant le jeune héros, le laisserez-vous donc fuir ?

Les assassins ne répondirent pas. Ils se sentaient incapables de soutenir la lutte à eux seuls.

Mais, brusquement, la porte par laquelle s'était éloignée la reine, s'ouvrit d'elle-même, et le nègre, qui avait servi de rameur, s'élança dans la chambre ronde, suivi d'un grand diable armé de pied en cap, que Buridan reconnut aisément pour le prétendu chartreux qui lui avait remis le message de Jeanne de Navarre.

Cramignole avait deviné juste : le moine blanc était un faux moine, c'était le lieutenant de Césariot, c'était l'un des tueurs de la tour de Nesle, et son véritable nom était : « Cabulis l'Avignonnais. »

— Parbleu ! s'écria Buridan en s'adressant à ce dernier, je te reconnais, saint père... Benin entremetteur, tu changes de rôle, maintenant, bravo ! celui-ci va mieux à ta physionomie patibulaire !

Cabulis et le nègre, qui était armé aussi, s'avancèrent sans parler sur l'étudiant.

Les deux autres sbires, honteux de leur faiblesse momentanée, vinrent se joindre aux nouveaux venus, et, seul contre quatre assaillants, Buridan fut, pour la seconde fois, obligé de se défendre.

Il combattait toujours cependant avec un indomptable courage, et, peut-être allait-il, malgré tout, sortir vainqueur de cette effroyable lutte...

— Enfer ! s'écria la femme masquée avec rage, ne viendra-t-on jamais à bout de cet homme !

Alors, arrachant de sa ceinture un petit poignard florentin qui ne la quittait jamais, elle se glissa derrière l'écolier et lui plongea dans le cou la lame fine et acérée.

— Ah ! maudite ! gémit Buridan.

Et son épée s'échappa de sa main.

Il tenta de la ramasser ; mais les forces lui manquèrent, et le valeureux jeune homme se sentit chanceler.

— Tu m'as tué celui que j'aimais, s'écria la femme masquée en se baissant vers l'étudiant, je l'ai vengé !

— Démon ! s'écria le blessé, je veux voir ton visage !... Je veux savoir quelle est la complice de Jeanne de Navarre !

Mais l'inconnue se releva brusquement et Buridan ne put la démasquer.

Il parvint seulement à saisir l'une des mains de la jeune femme, et, furieux, il fit à cette main une effroyable morsure.

La femme masquée, poussant un rugissement de douleur, arracha d'entre les dents de l'écolier sa main couverte de sang.

Épuisé par l'effort qu'il venait de faire, Buridan se laissa tomber tout de son long sur le tapis, presque sans connaissance.

Il eut cependant la force de jeter encore à l'inconnue ces paroles de menace :

— Tu peux maintenant garder ton masque, femme !... La marque sanglante que je viens d'imprimer sur tes chairs me permettra de te reconnaître, si le ciel ou l'enfer nous remet jamais face à face !

L'inconnue fit entendre un rire de bravade :

— Misérable insensé ! s'écria-t-elle ensuite, oses-tu donc conserver encore l'espoir de t'échapper vivant de cette demeure ?

— Qui sait ? reprit le jeune homme en essayant de se soulever, Dieu est grand, et peut-être me viendra-t-il en aide !

Tout en parlant, le courageux enfant avait de nouveau étendu la main vers son épée, qui se trouvait à deux pas de lui.

Mais, comme il allait en saisir la poignée, Cabulis, qui ne perdait pas un seul de ses mouvements, prit la rapière par la lame, et, du pommeau, asséna sur le front de l'étudiant un coup des plus vigoureux.

L'enfant poussa un cri sourd, une sorte de râle, et retomba lourdement la face contre terre.

L'Avignonnais poussa du pied le corps de Buridan.

Alors, le bandit se prit à rire :

— Si celui-là vous reconnaît jamais, damoiselle, dit-il ensuite, ce ne sera que dans l'autre monde !

Pendant ces derniers mots, Caraccas et Babilon, les deux sbires survivants, avaient enlevé de la chambre ronde les corps inanimés de leurs deux compagnons et les avaient déposés en une salle de l'étage inférieur.

Quand ils reparurent, la femme masquée leur désigna le cadavre de Césariot.

— Emportez en la Chambre Verte votre seigneur et maître, leur dit-elle ensuite, et demeurez à le veiller la nuit tout entière. Demain, lui seront faites des funérailles dignes de lui !

Les deux sbires prirent le corps ensanglanté du gouverneur de la tour, et disparurent avec le cadavre dans la chambre indiquée.

L'inconnue avait, jusqu'au dernier moment, tenu les yeux fixés sur son amant.

Quand la porte secrète se fut refermée sur lui :

— A tout prendre, murmura-t-elle, peut-être vaut-il mieux qu'il soit mort !... Je l'aimais trop, et l'homme que l'on aime est toujours un danger ou tout au moins un obstacle !

Se retournant vers l'Avignonnais.

— Cabulis, poursuivit l'infâme créature en lui montrant du doigt le corps de Buridan, jette ce cadavre à la Seine et n'oublie pas de prendre les mesures nécessaires pour empêcher ce nouveau crime d'être découvert comme les autres.

— J'ai pris mes précautions, damoiselle, repartit Cabulis. Voyez plutôt !

En ce moment, le grand nègre, lequel avait quitté la chambre ronde depuis quelques instants, reparut portant sur son épaule un sac de grosse et forte toile grise, assez grand et assez large pour qu'un homme pût y entrer sans difficulté aucune.

L'Avignonnais poursuivit :

— Avant de faire faire à messire Buridan son dernier plongeon, je vais l'insinuer dans le sac que voici !... Or, ledit sac étant lesté déjà d'une lourde pierre, je puis vous assurer que ce jeune drôle n'aura nulle velléité de revenir sur l'eau, comme l'ont osé faire cejourd'hui ses nombreux prédécesseurs.

— Voilà qui est bien ! riposta la femme masquée.

Puis il fit signe au Tunisien de la suivre et descendit avec lui.

Peu après, tous deux prenaient place dans la barque amarrée au pied de la tour, et, bientôt, la frêle embarcation glissait sans bruit sur le fleuve encore agité par l'orage de la nuit, et se dirigeait mystérieusement vers le Louvre.

XI. — LES TALISMANS.

Pendant ce temps, Cabulis, après avoir enlevé à Buridan son escarcelle, s'était empressé de faire disparaître dans le sac que l'on sait le corps de l'étudiant.

Prenant ensuite ce corps et ce sac entre ses bras robustes, il les avait portés jusqu'auprès de la verrière, laquelle était de plain pied avec un petit balcon de pierre.

Comme le bandit se disposait à traîner sur la terrasse le sinistre sac ; il s'écria tout d'un coup :

— Par Notre-Dame d'Avignon ! je suis fou sur ma foi, ou je dors à moitié... N'allais-je pas jeter ce cadavre dans le fleuve sans prendre soin de nouer l'ouverture du sac ! C'est la faute à ce grand bélître de moricaud, poursuivit Cabulis, il a laissé en bas le lien de chanvre que j'avais préparé !

A peine disait-il ces mots, qu'il aperçut l'extrémité d'une corde qui sortait de l'escarcelle de l'étudiant.

C'était la corde de pendu, l'antique talisman de Cramignole.

— Perdiou ! continua le coquin en courant au meuble sur lequel il avait jeté l'aumônière de l'enfant, voici qui fera parfaitement mon affaire et m'évitera de descendre.

Alors, brusquement, il tira de l'escarcelle la fameuse ficelle ; mais celle-ci était si bellement entortillée autour du sac de cuir dans lequel se trouvaient les sous d'or octroyés par le Juif, que la bourse fut envoyée au beau milieu de la chambre et que les monnaies neuves s'éparpillèrent sur le tapis avec toutes sortes de bondissements et de gazouillements sonores.

— Ouais ! s'écria Cabulis en ouvrant de grands yeux et de grandes oreilles, que vois-je et qu'entends-je ?... Diantre, si je pensais qu'une bourse d'écolier fût si respectable ! Rattrapons au plus vite ces belles fugitives...

Et, jetant près du sac la corde trouvée dans l'aumônière, il se prit à courir après toutes les pièces blondes qui roulaient de ci, de là, à gauche, à droite et partout, comme si chacune d'elles eût eu le diable au corps.

Certes, si, de sa demeure, l'ami Cramignole eût pu voir ce qui se passait présentement en la chambre haute de la tour de Nesle, il eût, sans aucun doute, attribué à la puissance magique de son talisman cet incident, fort simple en apparence, mais qui devait néanmoins avoir de singulières conséquences.

En effet, tandis que l'Avignonnais s'essoufflait à faire rentrer au bercail les monnaies vagabondes, la porte de la Chambre Verte s'entr'ouvrit doucement, et, dans l'entre-bâillement, apparut peu après la face rébarbative de maître Caraccas.

Après avoir sans bruit refermé la porte, le sbire, à pas de loup, s'avança vers Cabulis et mit la main sur la bourse que l'Avignonnais était occupé à remplir.

— Part à deux, mon compère ! lui dit-il.

— Potence de Dieu ! s'écria l'autre en sursautant. Qui est là ?

— Et ! c'est moi, sangredios ! répliqua le coquin. Je dormais tranquillement auprès de messire Césariot, ainsi que Babilon, mon frère, lorsque le doux bruissement de l'or m'a soudainement réveillé...

— Tonnerre ! grommela Cabulis en s'essuyant le

front. Tu m'as fait une peur de tous les diables... Et que veux-tu, enfin?

— Je te l'ai dit, repartit Caraccas, je veux la moitié de ta trouvaille! Nous avons tué ensemble, j'ai droit autant que toi au butin!

Cabulis fit mine de résister, mais le sbire tira sa rapière.

— Part à deux, te dis-je! reprit-il d'un ton sauvage, ou part à moi tout seul!

Cabulis était parfaitement lâche, comme tous les gredins de sa trempe. Il connaissait maître Caraccas et il savait qu'il n'était pas de force à lutter avec lui.

— Mon compère, lui dit-il, remets ta dague au fourreau, et, sans te fâcher, écoute ma proposition.

— Soit! réplique le sbire, j'écoute.

Cabulis tira de sa poche un cornet et des dés.

— Jouons, dit-il ensuite, les dépouilles de l'écolier. Veux-tu?...

— Jouer! repartit vivement Caraccas, c'est dit!

Et, de même que l'Avignonnais, le sbire tira des dés et un cornet de sa poche.

Cabulis fit la grimace. En effet, ses dés étaient pipés et il connaissait assez son Caraccas pour supposer que les dés de ce dernier étaient aussi peu catholiques que les siens.

Il ne se trompait pas. Si bien qu'à chaque coup, nos deux joueurs amenèrent invariablement le nombre douze.

Au bout de cinq longues minutes, ils étaient juste au même point qu'au commencement de la partie, c'est-à-dire que ni l'un ni l'autre n'avait gagné ni perdu.

Si, pour les deux coquins, ces quelques minutes avaient été sans résultat aucun, il n'en avait pas été de même pour Buridan.

Placé, comme l'on sait, près de la fenêtre ouverte, la grande fraîcheur de cette nuit d'orage avait graduellement rendu au pauvre enfant non pas ses forces, mais bien sa connaissance. Sa blessure, bien que douloureuse, était loin d'être grave du reste, et, sans le furieux coup que lui avait asséné sur la tête le féroce Cabulis, l'étudiant eût été debout depuis longtemps déjà.

Quoi qu'il en fût, pendant la partie de dés des deux assassins, ou plutôt des deux voleurs, Buridan avait peu à peu repris ses esprits.

En se trouvant dans ce grand sac, il n'avait pu tout d'abord se rendre compte de sa situation; mais bientôt les voix de Cabulis et de Caraccas étaient parvenues jusqu'à lui, et leurs contestations l'avaient mis au fait de tout.

— Sans l'or d'Isaac, s'était-il dit alors en souriant malgré tout, je serais déjà au fond du fleuve, bien et dûment enfermé dans ce suaire de nouvelle forme!... Allons! poursuivit-il, — deux talismans déjà ont fait leur devoir. Reste à présent celui de Cramignole... Mais celui-là, je doute fort de son efficacité!

Tout en parlant, il avait doucement passé sa tête hors du sac : sa surprise fut grande d'apercevoir près de la fenêtre la corde de pendu.

— Que veulent-ils faire de ceci? pensa-t-il. Eh! parbleu, c'est le lien qui doit m'enfermer dans ma prison de toile. Certes, continua-t-il, si c'est là le service que doit me rendre ce talisman, je crois que ce que j'ai de mieux à faire, c'est de me sauver au plus vite de ce maudit sac où j'étouffe, de gagner la fenêtre et de me précipiter de moi-même dans la Seine!

Et joignant l'action à la parole, l'étudiant fit d'inconcevables efforts pour parvenir à sortir du sac, sans être entendu des deux bandits.

Mais comme il était près d'arriver à ses fins, il vit Cabulis et Caraccas se lever brusquement.

Il ne se sentait pas en état de soutenir une nouvelle lutte.

Se remettant vivement sous la toile épaisse, il retint sa respiration et demeura immobile.

— Maître Caraccas, dit alors Cabulis, pour jouer l'un contre l'autre, nous avons décidément trop de chance, et notre partie pourrait durer de la sorte jusqu'à la fin des fins!

— C'est mon avis! repartit l'autre en raillant. Faites donc comme je vous ai dit, mon compère, et partageons comme deux honnêtes gens que nous sommes.

L'Avignonnais poussa un gros soupir; mais il lui fallut en passer par ce que voulait son digne complice.

Quand deux parts égales eurent été faites de l'or de Buridan, Cabulis, tout maussade et tout maugréant, retourna vers le sac.

— Allons, je suis bon diable! lui dit Caraccas, et je veux vous aider en votre besogne!

— C'est bien le moins, grommela l'Avignonnais. Tenez! ajouta-t-il, levez le sac, tandis que je vais en ficeler l'ouverture.

Buridan frissonna.

— S'ils entendent battre mon cœur, dit-il, je suis perdu.

Caraccas prit le sac à bras-le-corps et le tint debout, tandis que Cabulis en fermait l'extrémité supérieure avec la corde de Cramignole.

— Ouais! ricana le sbire, voilà une ficelle qui n'est pas de la première jeunesse et qui n'a pas l'air d'être bien solide!

— Bah! riposta Cabulis, c'est assez bon!... Si le mort n'est pas content de celle-là, qu'il en prenne une autre! Allons! continua-t-il, portons ça sur le balcon et finissons-en, car le jour est près de paraître.

Caraccas prit l'étudiant par les pieds et Cabulis par la tête. La main de l'Avignonnais s'appuyait avec force sur la blessure même de l'écolier, et le malheureux enfant souffrait d'intolérables tortures.

Il eut cependant le courage surhumain de garder le silence jusqu'au dernier moment.

Les deux bandits le déposèrent sur la balustrade de la terrasse et s'apprêtèrent à le précipiter dans le fleuve.

En ce moment suprême, Buridan sentit un invincible tremblement parcourir tout son corps, et son cœur se prit à battre avec violence.

— C'est étrange ! fit Caraccas ; mais, le diable m'emporte, il me semble que le mort vient de remuer !

Buridan entendit ces mots, et son front se couvrit d'une sueur glacée.

— J'ai presque envie de lui donner un dernier coup de dague, reprit Caraccas.

L'étudiant n'avait plus une goutte de sang dans les veines. Il était brave pourtant, on le sait ; mais, mourir ainsi, de la main d'un coquin inconnu, mourir sans se venger, sans venger ses amis égorgés, cela était horrible pour lui, épouvantable.

Pendant quelques secondes, — et de quelle durée furent ces quelques secondes pour le malheureux enfant ! — il demeura dans cette inénarrable attente, dans cette foudroyante anxiété.

Enfin la voix de Cabulis reprit d'un ton de mauvaise humeur :

— Bah ! bah ! s'il n'est pas tout à fait mort, tant pis pour lui !... Il souffrira un peu plus, voilà tout ce qu'il y gagnera ! Allons ! assez causé et qu'il aille au diable !

Peu après, les deux hommes, réunissant leurs efforts, précipitaient l'écolier du haut de la tour.

Bien que cette tour eût cent vingt pieds de hauteur, le bruit du corps, en tombant dans l'eau, parvint jusqu'aux deux bandits, lesquels quittèrent le balcon, convaincus que la Seine renfermait un cadavre de plus.

Ils se trompaient cependant, le poids de la pierre placée au fond du sac, joint aux efforts désespérés de Buridan, avaient rompu la corde vieille et usée qu'avait confiée Cramignole à l'écolier. Si bien que le sac était seul allé au fond de l'eau, entraîné par la pierre, et que notre héros s'était retrouvé libre et vivant, au milieu de ce fleuve qui devait le recevoir mort.

Nageur des plus exprimentés, Buridan était hors de tout danger, et sa mâle nature reprenant instantanément le dessus, le jeune homme n'avait plus nulle souvenance des souffrances morales et physiques qu'il venait de subir. Il ne se rappelait, il ne voulait se rappeler qu'une seule et unique chose, c'est qu'il était sauvé, et de ce salut miraculeux il remerciait Dieu de tout son cœur et de toute son âme. Il le remerciait d'avoir inspiré à ses trois vieux amis la pensée de lui avoir remis, avant son départ, ces trois talismans sans lesquels il était infailliblement perdu.

Tout en nageant doucement vers la grève, il vit flotter sur l'eau, à quelques pas de lui, quelques fragments épars de la corde magique.

Il parvint à les atteindre.

En lui-même, il était ravi de pouvoir restituer à Cramignole ces restes précieux.

Bientôt, notre héros put mettre pied sur le rivage, planté de vieux saules, qui s'étendait entre la Seine et l'hôtel de Nesle.

Jetant les yeux vers la rive droite, il aperçut en face de lui le sombre palais du Louvre qui se détachait en vigueur sur le ciel que l'aube commençait à blanchir.

— Jeanne de Navarre ! dit alors le jeune homme avec un terrible accent de menace et de colère, Jeanne de Navarre, reine indigne et lâche, femme sans cœur et sans foi, tes secrets sont maintenant en mon pouvoir et je suis hors de tes atteintes... Jeanne de Navarre, malheur à toi !

Ensuite il porta ses regards vers la grosse tour ronde qui se dressait sur la rive où il venait d'aborder et contre laquelle se brisaient en gémissant les eaux noires de la Seine.

— Là ! murmura-t-il, c'est là qu'elle m'a dit qu'elle m'aimait !... C'est là qu'elle s'est traînée à mes pieds en me suppliant de l'aimer et de lui pardonner !... Elle est belle, cette femme !... poursuivit l'étudiant avec une émotion singulière. Oh ! oui, elle est bien belle !... Mon Dieu ! mon Dieu ! continua-t-il avec une sorte de terreur, si malgré tous ses crimes j'allais aimer cette femme ! Oh ! Seigneur, préservez-moi de cette passion fatale, et faites que mon âme soit tout entière à la vengeance !

L'épisode que nous venons de raconter, tout romanesque qu'il puisse paraître, est cependant parfaitement authentique, et tous les chroniqueurs, bien que différant d'opinions quant aux détails, sont, quant au fond, d'une entière unanimité.

Le poëte des traditions populaires, François Villon, dans sa ballade des *Dames du temps jadis*, où il passe en revue toute la France légendaire, n'a pas manqué de consacrer quelques vers à l'ancienne chronique, dont la principale héroïne est.

« . . . . la reyne
« Qui commanda que Buridan
« Fust getté, en un sac, en Seyne. »

Dans le savant ouvrage du *Moyen Age*, la légende de la tour de Nesle n'a pas été oubliée.

« On racontait au treizième siècle, — dit le livre précité, — qu'au temps jadis, une reine de France guettait, de son logis, sis en la tour de Nesle, au bord de la Seine, les écoliers qui passaient par ce détroit de l'Université, choisissait les plus beaux et les attirait dans sa demeure; puis, qu'après avoir fait servir ces jeunes hommes à ses plaisirs, cette reine, aussi cruelle que lascive, les faisait précipiter de sa propre chambre dans les flots de la rivière, où s'ensevelissaient à la fois la victime et le témoin. On racontait encore que l'un de ces écoliers, plus heureux que les autres, nommé Jehan Buridan, était parvenu à s'échapper. »

Robert Gaguin, contemporain de François Villon, cherche à établir un anachronisme entre Jeanne de Navarre et notre héros.

« Mais, lisons-nous encore dans le *Moyen Age*, comme Bayle, en son dictionnaire critique, au mot Buridan, le remarque judicieusement, cet anachronisme n'est point démontré par Robert Gaguin d'une manière irréfragable, et le mutisme des chroniqueurs officiels, pour qui sait la manière dont alors s'écrivait l'histoire, est loin de fournir un démenti tout à fait sans réplique à ces allégations de la voix populaire. »

Cette opinion est la nôtre, et nous prouverons en temps et lieu que les orgies de la tour de Nesle ont bien réellement commencé avec Jeanne de Navarre.

Ceci posé, reprenons la suite de notre récit.

XII. — LE RETOUR DE L'ÉTUDIANT PRODIGUE.

A l'auberge de Cramignole, l'anxiété était vive, et la nuit tout entière s'était écoulée en conjectures de toutes sortes.

Nous disons « la nuit tout entière, » car aucun des amis de Buridan n'avait voulu prendre seulement une heure de repos.

Enfin le jour parut; mais Buridan n'était pas encore de retour.

Enguerrand releva brusquement la tête :

— Camarades, dit-il ensuite d'une voix émue, il est arrivé malheur à notre frère!

— Buridan est brave et fort! répliqua Cognenbuche, il est sorti vainqueur de bien des périls... En mon âme et conscience, je le crois capable de triompher de tous les obstacles! D'ailleurs, j'ai la conviction profonde qu'avec la cotte de mailles que je lui ai octroyée, sa poitrine est à l'abri de toutes les estocades du monde!

— La cotte de mailles a du bon, repartit le vieux juif, je n'en disconviens pas; mais l'or que j'ai glissé en son escarcelle possède aussi, je crois, un incontestable mérite!

— Ouais! fit Cramignole, et ma corde de pendu, la comptez-vous pour rien! Allons! continua le bonhomme avec assurance, tout bien considéré, notre cher enfant est invulnérable; et s'il n'est pas encore céans, c'est que maître Cupido le retient en ses lacs!

— Bien dit! s'écrièrent en chœur les étudiants.

— Quoi qu'il en soit, continua Cramignole, je propose un toast à la prompte arrivée de votre capitaine.

— Bravo! bravo! hurlèrent les jeunes gens que la confiance des trois vieux amis gagnait peu à peu.

Un large broc fut apporté sur l'heure.

— Messires, dit Cramignole en levant son gobelet plein jusqu'aux bords, je bois à Jean Buridan... je bois à votre frère, mes jeunes maîtres!... dit-il en s'adressant aux écoliers.

Se retournant vers le juif et Cognenbuche :

— Je bois à notre fils, mes vieux camarades!

Aussitôt ce cri retentit par toute la salle basse :

— A la santé du capitaine Buridan!

— A la santé de mes chers frères de l'Université! repartit du dehors une voix toute fraîche et toute rieuse, à la santé des vieux amis de mon enfance!

Puis la porte s'ouvrit bruyamment et Jean Buridan, en personne, fit son entrée dans la taverne.

— Buridan! Buridan! s'exclamèrent tous ensemble les écoliers radieux.

— Oui, messires, répliqua joyeusement le jeune homme, c'est moi-même... un peu éclopé, cela est vrai, mais, de par Dieu! fort complet encore, et tout prêt à chercher d'autres aventures!

Comme bien on pense, les écoliers supplièrent notre héros de narrer au plus vite ses prouesses nocturnes.

— Avant de parler, répondit en riant le jeune homme, permettez-moi de répondre aux avances de ce gentil gobelet qui me tend le bec!... Corps diable! ajouta-t-il en s'approchant de la table, j'ai bu assez d'eau ce matin, c'est bien le moins que j'y mêle quelques gouttes de vin!

Après avoir vidé son hanap :

— Sur ce, messieurs, poursuivit-il, apprêtez vos oreilles, car, ventrebleu! j'en ai long à vous apprendre!

Et Buridan leur fit le récit complet, circonstancié de tout ce qui s'était passé depuis leur séparation.

— Toutefois, — point très-important à noter! — il eut grand soin de ne pas prononcer une seule fois le nom de Jeanne de Navarre et de ne désigner la tour de Nesle, de quelque manière que ce fût.

Si bien que, lorsqu'il eut achevé de parler, les étudiants, aussi bien que Cramignole, le juif et Cognenbuche, lui demandèrent avec instance de compléter ses révélations et de leur apprendre quelle était cette hardie courtisane qui cachait dans le sang ses impudiques amours.

Fiammetta dansait ce jour-là sur la grande place.

Mais Buridan garda le silence durant quelques secondes; enfin, d'un ton grave et pensif, il répondit :

— Bientôt peut-être, pourrai-je vous dire le dernier mot de ce mystère !... Jusqu'au moment voulu, je vous supplie en grâce de ne pas chercher à pénétrer ce secret... je vous conjure même de tenir caché ce que vous savez déjà ! Pour venger nos frères assassinés, pour me venger moi-même, votre discrétion est nécessaire.

— Capitaine, s'empressèrent de répondre les écoliers, vos désirs sont des ordres, et vous pouvez compter sur nous !

Cordialement remerciés par le jeune homme, les étudiants s'éloignèrent peu après, à seul fin d'aller prendre quelques instants de repos.

Le géant, Isaac Golden et notre gros Normand s'étant retirés presque en même temps, dans des intentions parfaitement identiques, Buridan demeura seul en la salle basse, en compagnie de son ami Enguerrand.

— Frère, lui dit ce dernier, ce secret que tu as refusé d'apprendre à ces enfants, tu vas me le dire, à moi ?...

Buridan demeura silencieux.

— Parle !... parle !... au nom du ciel ! continua Enguerrand avec chaleur. Dis-moi le nom de cette femme, de ce monstre !

— C'est impossible ! répondit Buridan.

— Impossible ! Et pourquoi ?

— Parce que... divulguer ce nom, c'est la perdre... la perdre à tout jamais !

— Tu veux donc l'épargner ? demanda Enguerrand stupéfait.

— Frère, reprit Buridan en serrant avec émotion les mains de son ami, comme tu me le disais hier, je te le dis cejourd'hui : Ne m'interroge pas !

— Que signifie ?

— Cela signifie que j'ai peur d'être lâche et de trahir nos frères !...

— Grand Dieu ! s'exclama Enguerrand, je tremble de te deviner !... Cette femme criminelle, cette tueuse d'enfants, cette égorgeuse immonde, l'aimes-tu, frère... l'aimes-tu ?

— Non, non ! répondit vivement le jeune homme. Non ! je ne l'aime pas !... je ne veux pas l'aimer !... Mais si je me retrouvais seul avec elle, je sens que je l'aimerais peut-être !

— Ne la revois pas, Buridan ! repartit Enguerrand avec prière, par l'âme de ton père, ne la revois jamais !

Dénonce-la !... perds-la ! tue-la, puisqu'elle a tué, et venge nos amis morts !

— Oui, oui ! rapnit Buridan dont le front s'assombrit. Oui, c'est aussi ce que je devrais faire... le sang demande le sang, et, pour les meurtriers, toute clémence est folie, toute pitié devient crime !... Pourtant elle est si belle, frère... poursuivit l'écolier dont les yeux s'illuminaient d'étranges clartés. Elle est si belle que je sens, en t'en parlant, mon cœur qui bondit et mes regards qui s'allument !... Son adorable image est là, devant moi... ses grands yeux me fascinent... sa voix amoureuse retentit à mon oreille ravie.

Reprenant brusquement son air sombre et funèbre :

— Mais, auprès de cette adorable vision, continua l'étudiant, de pâles fantômes se dressent menaçants et terribles... Ils me montrent du doigt leurs blessures béantes et leurs poitrines ensanglantées. Ah ! poursuivit Buridan en se laissant tomber éploré entre les bras de son jeune compagnon, à quelle voix faut-il obéir ? Quelle route me faut-il suivre ? Dois-je aimer ? Dois-je punir ?...

— Hé quoi ! repartit Enguerrand, est-ce bien toi que j'entends, frère, toi, le fort des forts, toi, l'homme de la résolution et de la fermeté !... Certes, je ne pensais pas avoir à te donner à mon tour des leçons de philosophie et de courage !...

Buridan releva le front :

— Merci, frère, dit-il ensuite, de me rappeler à moi-même !... De par le ciel ! il ne sera pas dit que Jean Buridan aura perdu sa franche gaîté et sa belle insouciance parce qu'il aura plu à quelque bacchante, ivre de sang et de luxure, de le destiner à l'honneur de sa couche !... Non ! non ! je ne mentirai pas de la sorte à ma vie passée !... Les noires amours ne sont pas faites pour ma jeunesse toute riante et toute folle !... et, bien résolûment, je ne reverrai pas mon démon de cette nuit ! — Frère, es-tu satisfait ? continua le jeune homme, en tendant gaiement la main à Enguerrand.

— Oui, sur mon âme ! répliqua ce dernier avec effusion, car cette passion fatale eût fait ton malheur, comme a fait mon malheur, à moi, l'effroyable amour que je t'ai révélé !

A ces derniers mots de son ami, Buridan devint soudainement pâle et la plus vive agitation se peignit sur ses traits.

— Grand Dieu ! murmura-t-il, j'avais tout oublié !

— Oublié ! répéta Enguerrand.

— Oui, ton secret, ton amour, la promesse que je t'ai faite... — Frère, je viens de te dire que je ne reverrais pas cette femme. Eh bien ! je ne puis tenir ma parole.

— Explique-toi !

— Enguerrand, je veux que tu sois heureux et tu le seras !

— Au nom du ciel !...

— Ne me demande rien, ne m'interroge pas ! poursuivit Buridan, mais espère... oui... espère !...

L'entraînant de force jusqu'à la porte vitrée qui donnait sur la tonnelle :

— Frère, lui dit-il, contemple ce splendide soleil qui sort en ce moment de sa prison de nuages !... Messire Enguerrand de Marigny, reprit l'écolier d'un ton presque solennel, c'est l'astre de votre fortune qui se lève !

XIII. — LA FILLEULE DE LA REINE JEANNE.

Quittons maintenant le cabaret verdoyant de la rue des Thermes, descendons la rue Saint-Jacques et traversons le Petit-Pont.

Passons ensuite le grand bras de la Seine sur le Pont-aux-Changeurs, ainsi nommé parce que Louis le Jeune y établit le change en 1141...

Et, sur la rive droite du fleuve, arrêtons-nous enfin devant cette antique forteresse, à l'aspect formidable, aux abords terrifiants.

Cette forteresse, c'est le Louvre, c'est la demeure de la reine Jeanne et de monseigneur Philippe le Bel, son époux.

C'était une enceinte formidablement fortifiée, dont les sombres murailles, entourées de fossés profonds, étaient percées de meurtrières d'espace en espace.

Des tours rondes, carrées, octogones, flanquaient lesdites murailles et dressaient vers le ciel « leurs flèches ardoisées aux girouettes peintes, leurs plates-formes crénelées et leurs calottes de plomb hérissées de fleurons en fer, » et chaque issue était protégée par une herse et un pont-levis.

Au delà de ces fossés remplis d'une eau bourbeuse et fétide, au delà de ces ponts mobiles, de ces portails sombres, il y avait une cour immense au milieu de laquelle s'élevait la grosse tour dont nous avons parlé plus haut.

« Dans cette tour, dont les murs avaient deux toises d'épaisseur, sous la garde des hommes d'armes, sous la protection d'un second fossé et d'un second pont-levis, dormaient les rois de France, ayant *le trésor de leur épargne* près de leur chevet, et leurs prisonniers d'État sous leurs pieds, car la maîtresse tour était à la fois palais, trésor et prison. »

Les appartements royaux regardaient la cour principale.

C'est dans ces appartements, ou du moins dans l'une des chambres qui les composaient, que nous allons conduire le lecteur.

Tous ces appartements, bien que royaux, étaient « fort spacieux, mais à peu près dépourvus de meubles : des coffres, des bancs, des tables, des dressoirs grossièrement et lourdement travaillés, se montraient seuls dans ces vastes salles, peintes à la colle ou tapissées de cuir doré, avec des lambris de bois de châtaignier sculpté, de hautes cheminées à baldaquin et un *pavement* en terre émaillée. Le bleu, le jaune, le vermillon et le blanc brillaient partout. »

C'était, comme on le voit, d'un luxe douteux et d'un goût contestable.

Mais la chambre dont nous parlons plus haut n'avait rien de commun avec les autres. Tout au contraire, elle était meublée avec une coquetterie, avec un art merveilleux. C'était frais et c'était jeune ; c'était pimpant et c'était gai.

Il est vrai que ce gentil retrait était l'asile favori de la reine Jeanne de Navarre, et l'on a pu voir, par la description que nous avons faite du boudoir de la tour de Nesle, que la belle et jeune souveraine entendait la vie intérieure d'une façon véritablement princière.

Dans cette chambre, la reine Jeanne était seule.

Elle était pâle et tremblée, et ses traits fatigués disaient clairement qu'elle n'avait pas sommeillé un seul instant, depuis son retour au Louvre.

Languissamment étendue sur un lit de repos, elle soupirait, et, de minute en minute, un pleur brûlant s'échappait de sa paupière et coulait lentement le long de sa joue.

Muette, absorbée en sa douleur, elle laissait errer ses grands yeux par la chambre sans regarder et sans voir.

Après un long silence :

— Mort ! s'écria-t-elle avec déchirement, il est mort ! Et c'est moi qui l'ai fait assassiner !... Oh ! je suis infâme, et les lionnes fauves du désert sont moins sanguinaires que moi !... Oui ! oui ! j'aurais dû souffrir tout de lui... J'aurais dû subir toutes ses insultes et tous ses mépris !... Qui sait ? peut-être m'eût-il pardonné plus tard !... Peut-être m'eût-il aimée ?...

Soudainement, son visage s'éclaira d'une indicible joie.

— S'il n'était pas mort ! reprit-elle. Oh ! pour le voir vivant, pour avoir une fois encore l'ineffable volupté d'entendre sa voix, je donnerais tous les trésors du Louvre et tous les joyaux de la couronne !...

Se levant brusquement :

— Qui me prouve qu'il soit mort ? poursuivit-elle. Il est si brave !... si hardi !... Auprès de lui, qu'était-ce que ce lâche Césariot ?... qu'étaient-ce que ces misérables sbires ?... Mon Dieu ! continua la jeune reine en mettant la main sur son cœur, quel espoir enivrant s'empare de mon âme !... Buridan !... Buridan !... existes-tu encore ?... Oh ! Seigneur, Seigneur, faites qu'il n'ait pas succombé !

Mais, en cet instant, l'on heurta doucement derrière une porte basse, dissimulée sous une tapisserie.

Jeanne de Navarre frissonna.

— C'est Cabolis, murmura-t-elle.

La reine courut à la porte secrète et l'ouvrit en tremblant.

Cabulis se tenait sur le seuil.

Le bandit avait repris son froc de moine.

Jeanne lui saisit la main violemment et l'attira dans la chambre.

— Parle ! lui dit-elle ensuite d'une voix haletante, Buridan ?... qu'en as-tu fait ?

— Il est mort, madame ! répondit le ténébreux bandit, et son corps repose présentement dans les flots de la Seine !

Jeanne de Navarre laissa échapper une exclamation douloureuse.

— Ah ! gémit-elle ensuite, je l'aimais et vous me l'avez tué !

Comme elle disait ces mots, Fiammetta pénétra dans la chambre.

La petite bohémienne tenait à la main un pli cacheté.

— Qu'est-ce que cela ? demanda la reine.

— Une missive à l'adresse de madame Jeanne de Navarre, que l'on a voulu remettre à moi seule, avec prière de la faire parvenir sur l'heure.

— Et de qui tiens-tu ce billet ?

— D'un homme mystérieux, dont le visage était entièrement caché sous les plis épais d'un large chaperon et qui s'est enfui avant même que j'eusse pu lui adresser une question.

— Que veut dire ceci ? murmura la reine. Va-t'en ! commanda-t-elle à Cabulis.

Le bandit s'éloigna, et la porte basse se referma sur lui.

Avec un tremblement involontaire, Jeanne rompit le cachet.

Une petite clef d'or s'en échappa et roula à terre.

La reine la ramassa vivement :

— Saints du ciel ! s'écria-t-elle, c'est la clef de la tour de Nesle !... la clef confiée par moi à Buridan !

Alors, pâle d'émotion, le sein palpitant, le front emperlé de sueur, Jeanne jeta les yeux sur le billet et lut ce qui suit :

« L'homme à qui la clef d'or a été remise cette nuit sera, à la dixième heure du soir, dans les ruines du palais des Thermes. Que la femme coupable vienne sans crainte, l'homme viendra sans haine. Il pourrait exiger ce rendez-vous, il se contente de le solliciter. »

Folle, éperdue, enivrée, Jeanne saisit les mains de

la petite bohémienne, non moins radieuse que sa belle maîtresse :

— Fiammetta ! lui dit-elle, l'as-tu bien entendu ?... Buridan existe !

Courant à son prie-Dieu et s'agenouillant pieusement :

— Seigneur ! Seigneur ! murmura la reine en levant les yeux vers le Christ, soyez béni !

En cet instant, la porte de la chambre s'ouvrit brusquement et, sur le seuil, apparut une femme jeune et belle ; mais pâle d'une pâleur étrange et qui semblait en proie à la plus violente agitation.

C'était Jeanne de Saint-Martin, c'était la fiancée du comte Charles de Valois.

La filleule de la reine avait une année de moins que son auguste marraine, c'est dire qu'elle était âgée à peine de seize ans ; mais sa taille imposante, sa beauté virile la faisaient un peu plus vieille que son âge.

C'était toutefois une délicieuse femme, et la passion violente qu'elle avait su inspirer à Enguerrand et au jeune frère du roi de France était parfaitement compréhensible et tout à fait excusable.

A l'entrée de la jeune fille, Fiammetta s'était éloignée.

Dès que Jeanne de Saint-Martin fut seule avec la reine :

— Madame, lui dit-elle d'une voix sourde, Césariot est mort !

— Jeanne, lui répliqua la reine, Buridan est vivant !

Jeanne de Saint-Martin, la filleule de la reine, c'était la maîtresse de Césariot le spadassin, c'était la complice de Jeanne de Navarre, c'était la tueuse de la tour de Nesle !

En apprenant l'existence de l'écolier, la fiancée du comte Charles avait poussé une violente exclamation de surprise ou plutôt de fureur.

— Vivant ! s'écria-t-elle ensuite, vivant ! Quoi ! l'homme de cette nuit ? C'est impossible !...

— Cela est vrai, Jeanne !

— Eh quoi ! repartit la jeune fille, étais-je donc aveugle ! étais-je donc folle !... Je l'ai vu mort, madame, mort, entendez-vous bien !... Il était étendu sur le sol comme l'était Césariot !...

Tirant de sa gaîne le petit poignard florentin dont elle avait frappé le jeune étudiant :

— Tenez ! tenez ! poursuivit-elle d'un ton sauvage, voyez cette lame ! elle est rouge encore du sang de l'écolier...

La reine détourna les yeux avec horreur.

Mais se remettant promptement :

— Buridan est vivant, te dis-je ! j'ai, de son salut, des preuves certaines, irrécusables !

— Eh bien ! répliqua Jeanne de Saint-Martin, tremblante de colère, si, pour notre malheur, Buridan est sorti sain et sauf de la tour de Nesle, il faut prendre nos mesures de telle sorte qu'il n'échappe pas à la mort une seconde fois !

— Que dis-tu ! s'exclama la reine.

La jeune fille, écartant le peliçon dont elle était enveloppée, montra sa main gauche à sa complice.

— Près d'expirer, l'étudiant m'a laissé cette marque ineffaçable, afin de pouvoir un jour me reconnaître !... Avant qu'il me perde, je veux qu'il meure, et je jure Dieu qu'il mourra !

— Mais je l'aime, malheureuse, je l'aime ! Ne me comprends-tu donc pas ?

— Eh ! que me fait votre amour ? repartit la jeune fille d'un ton brusque. Au point où nous en sommes, nous n'avons pas le droit d'aimer. Césariot est mort ! Ne suis-je pas déjà consolée de son trépas, moi ? Soyez forte, madame, comme je le suis moi-même... et que, dès demain, de nouvelles amours nous fassent oublier celles qui ne sont plus !

— De nouvelles amours, dis-tu, et de nouveaux meurtres, n'est-ce pas ? Oh ! jamais ! jamais !

— Certes ! interrompit Jeanne de Saint-Martin d'un ton ironique, voici qui est tout à fait touchant et sentimental. La lionne se fait brebis ! charmante métamorphose !... A votre aise, madame, devenez vertueuse et chaste ! Quant à moi, je reste ce que je suis !

— Ah ! tu es une horrible femme ! s'écria la reine.

— Pas de reproches, madame ! répliqua durement la jeune fille. Si je suis horrible, c'est vous qui m'avez faite ainsi !... Ne vous plaignez donc pas.

— Jeanne !

— Oui, c'est vous ! J'étais pure, innocente, vous m'avez rendue infâme et criminelle !

— Tais-toi ! tais-toi !

Mais sans vouloir l'entendre, Jeanne de Saint-Martin poursuivit :

— C'est vous seule, madame, qui m'avez jeté au cœur ces désirs de luxure qui dévoraient le vôtre !... Trop lâche ou trop faible pour marcher isolée dans le chemin fatal que vous aviez choisi, vous m'avez prise pour compagne, pour associée, pour complice !... Vous m'avez attirée dans ce repaire sinistre où régnaient l'orgie, la débauche et le meurtre... Vous m'avez livrée, vierge de quinze ans, à ce Césariot, dont vous ne vouliez pas, vous, dont vous ne vouliez plus peut-être !

— Tu mens ! Tu mens ! malheureuse ! Lui ! mon amant ! il ne le fut jamais !

— Qu'importe cela, au reste ! Il ne s'agit ici que d'une chose, c'est de notre salut à toutes deux, ou de mon salut à moi seule, plutôt... Que me fait après tout que vous soyez sauvée, vous !... Je vous donne ici ma parole que, si, par miracle, Buridan est encore de ce monde, je ne reculerai devant rien pour me délivrer de lui !... Et si la fatalité veut que ce misérable me reconnaisse un jour et me dénonce, je vous perdrai avec moi. — Adieu !

Lorsque Jeanne de Saint-Martin eut disparu, la reine tomba en sanglotant sur son lit de repos.

Après quelques instants d'un morne désespoir :

— Je lutterai quand même, s'écria-t-elle avec résolution, et, fût-ce au péril de mes jours, dût ma témérité faire tomber ma tête sous la hache du bourreau, je défendrai Buridan et je le sauverai !... Oui, seule contre tous, j'aurai la force de combattre !... Mais que dis-je, je ne serai pas seule... n'aurai-je pas pour moi Dieu et mon amour !

Comme elle achevait de murmurer ces mots, une voix jeune et fraîche retentit doucement à son oreille.

— Maîtresse, disait la voix, je vous ai jusqu'à ce jour servie aveuglément, je vous servirai de même jusqu'à ma dernière heure !...

La reine tourna vivement la tête et reconnut sa chambrière favorite.

— Fiammetta ! dit-elle en tendant la main à la petite bohémienne.

— Oui, madame, reprit celle-ci en s'agenouillant devant la princesse, Fiammetta, la pauvre gitana que vous avez secourue et protégée jadis... Fiammetta, que vous avez aimée, accueillie, malgré sa méprisable origine, malgré sa race honnie et réprouvée... Oh ! je ne suis pas une grande dame, moi, continua naïvement la jeune fille, et je n'oublie pas ce que l'on fait pour moi !

Ce que Jeanne de Navarre avait jadis fait pour la petite bohémienne méritait, au reste, que celle-ci en gardât le souvenir.

C'était à Pampelune, le jour même du mariage de Jeanne, fille de Henri Ier, roi de Navarre, comte de Champagne et de Brie, avec le fils du roi de France.

Fiammetta, alors simple gitana, dansait ce jour-là sur la grande place ; mais, souffrante et malade, elle semblait prête à toute seconde à tomber exténuée sur le sol. Son maître, un hideux coquin, moitié saltimbanque et moitié bandit, furieux de son peu d'entrain la ranimait à coups de fouet.

Tandis que le drôle martyrisait de la sorte la débile enfant, Jeanne de Navarre sortit de l'église où son union venait d'être consacrée.

Bien qu'âgée de treize ans seulement, la petite princesse s'émut de pitié à la vue de la jeune bohémienne. Elle fendit la foule et marcha droit au gitano.

Lui jetant une bourse pleine d'or :

« — Prends cet or, lui dit-elle, et laisse cette jeune fille. A partir de cette heure, elle est sous ma protection, et jamais plus elle ne me quittera. »

En effet, depuis ce jour, Fiammetta était demeurée auprès de Jeanne de Navarre, et la bohémienne avait voué à sa belle protectrice une reconnaissance sans bornes.

En toute circonstance, elle lui avait obéi sans hésitation, sans murmure.

Instinctivement bonne, Fiammetta avait plus d'une fois senti ses yeux se remplir de larmes, lorsqu'il lui était commandé d'aller quérir les pauvres jeunes étudiants que l'on voulait attirer dans la tour sanglante !... Mais la reine ordonnait, et la gitana n'eût eu garde de résister à son auguste maîtresse.

Rieuse et folle, nous avons vu Fiammetta entraîner Buridan vers le sinistre coupe-gorge. C'est qu'elle savait que notre héros n'était pas condamné par Jeanne de Navarre à périr comme les autres.

Aussi sa tristesse avait-elle été profonde lorsqu'elle avait vu le malheureux jeune homme livré, lui aussi, aux assassins de la tour de Nesle.

Mais elle avait appris la résurrection inespérée du gentil cavalier, et sa joie avait été non moins sincère et non moins vive que celle de la reine.

Toujours aux genoux de sa souveraine, elle couvrait ses mains de baisers et semblait toute radieuse.

— Oui ! oui ! disait-elle, je suis à vous tout entière, ma belle maîtresse, à vous corps et âme, cœur et sang ! Je suis brave et forte, et je saurai vous seconder en votre sainte entreprise ! Il est si digne de votre amour celui que vous aimez, que pour vous aider à le sauver, je me sens capable de tous les courages et de toutes les audaces !

— Merci ! oh ! merci ! ma Fiammetta ! s'écria la reine profondément attendrie, en passant ses doigts dans la brune chevelure de sa jeune favorite. En mon affliction, ce m'est une consolation bien grande de trouver un cœur qui me comprenne, qui m'aime un peu et ne me méprise pas ?

— Vous mépriser ! s'exclama Fiammetta.

— Eh bien ! poursuivit Jeanne de Navarre en parlant à voix basse, ce soir tu m'accompagneras ! Pour le revoir, ce jeune héros que j'ai osé abandonner à mes lâches complices, je me fusse aventurée seule au milieu de la nuit, dans les rues sombres de cette ville... mais j'eusse frissonné sans doute et pâli à chaque pas !... Avec toi, ma Fiammetta, je serai à l'abri de toute crainte et de toute lâcheté !

— J'endosserai le costume de l'un de vos pages, madame, repartit la bohémienne, et j'aurai l'épée au côté ! Vous verrez, ajouta-elle avec un petit air fanfaron le plus charmant du monde, vous verrez que je ne suis pas tout à fait inhabile à manier la rapière !... Fille du hasard et du diable, je sais tout faire, et je serai ravie d'exercer mes talents pour le bien de ma reine !

Cinq minutes après cet entretien, le moine blanc

pénétrait mystérieusement chez Jeanne de Saint-Martin, dont les appartements étaient presque contigus à ceux de le reine.

— Cabulis ! s'écria la jeune fille en l'apercevant. Je suis aise de te voir... car j'ai présentement à m'entendre avec toi !

— Je le sais ! répliqua le bandit. Caché derrière la porte basse par laquelle je pénètre d'habitude chez madame Jeanne de Navarre, j'ai surpris votre conversation tout entière.

— Eh bien ! reprit la filleule de la reine, quel est le plan que tu proposes ?

— Oh ! ce plan est bien simple ! repartit Cabulis, il faut cette nuit même nous débarrasser de Buridan.

— Cette nuit ! répéta Jeanne de Saint-Martin. Mais où le trouver !

— Dans les ruines du palais des Thermes ! A la dixième heure, il doit y attendre la reine, laquelle se rendra au rendez-vous, accompagnée de Fiammetta.

— Quoi ! la reine ! seule avec Fiammetta !... C'est impossible !

— Impossible ! reprit le faux moine en riant. Allons donc ! pour une femme amoureuse, il n'est rien d'impossible, et madame Jeanne est amoureuse au premier chef, ou que le diable m'emporte !

— Tu dis vrai ! murmura Jeanne de Saint-Martin en réfléchissant. Oui ! oui ! elle ira !

— Au surplus, continua Cabulis, qu'elle aille au rendez-vous ou qu'elle change de résolution au dernier moment, il est une chose positive, c'est que Buridan sera dans les ruines à l'heure dite !... Or, comme le nègre, Caraccas, Babilon et moi nous y serons avant lui, nous nous arrangerons de telle sorte qu'il n'en sortira pas vivant !

— Allons ! répliqua la jeune femme. Puisse Satan te venir en aide !

— Oh ! Satan est un bon diable, réplique l'Avignonnais en ricanant. Il nous doit une revanche, il nous la donnera cette nuit !

— Va donc ! repartit Jeanne, et demain, au point du jour, viens me dire si nous sommes enfin délivrés de notre ennemi commun !

Le soir venu, lorsque graduellement se furent éteints tous les bruits de la ville, quatre hommes, enveloppés de sombres manteaux, apparurent silencieusement à l'entrée de la rue de la Harpe.

Se glisant le long des maisons, les quatre ombres noires atteignirent enfin l'antique palais des Thermes,

Un instant après, les quatre rôdeurs de nuit avaient disparu au milieu des ruines.

Le premier de ces hommes avait nom Cabulis l'Avignonais.

Les trois autres étaient Babilon, Caraccas et le nègre, les égorgeurs de la tour de Nesle.

XIV. — UNE NUIT DANS LE PALAIS DES THERMES

A l'époque de notre récit, c'est-à-dire vers la fin du treizième siècle, le vieux palais romain, depuis longtemps inhabité, n'était plus qu'une gigantesque ruine, perdue au milieu des vignes et des courtils.

Dominant les massifs de verdure, les murailles écroulées et les décombres éparpillés çà et là, une voûte d'une étonnante hardiesse, qui ne comptait pas moins de quarante pieds de hauteur, se dressait fièrement au-dessus d'une chambre aux proportions colossales.

Cette salle et cette voûte, construites de briques larges et fortes et de ciment indestructible, dont les conquérants d'Italie possédaient seuls le secret, ont su braver les furieuses attaques de seize siècles réunis.

« Les Romains bâtissaient pour l'éternité, — a dit le savant bibliophile dont le nom a déjà plusieurs fois été cité dans le cour de cet ouvrage. — Partout où ils passèrent avec leurs armes victorieuses, ils plantèrent pour étendards des monuments enracinés dans le sol comme des lauriers dans l'histoire. »

En effet, aujourd'hui encore, on peut admirer ces imposants vestiges du Palais des Césars.

Pénétrons dans cette salle immense.

Grâce aux trois grandes arcades ouvertes du côté de la rue de la Harpe, les rayons de la lune y plongent en toute liberté et la font presque aussi claire qu'en plein jour.

L'architecture en est simple et noble à la fois.

Une proue de navire et des figures sculptées à la naissance des arceaux, tels sont ses seuls ornements.

Ces figures sont, selon toute apparence, des naïades qui servaient d'emblèmes à la destination de cet édifice, où se trouvaient les Thermes ou Bains des empereurs romains.

Sous le plancher, se trouve en effet une étuve pour faire chauffer l'eau que des conduits de pierre, encore existants, allaient chercher à Arcueil.

Quelques degrés d'escalier se remarquent au fond. Ils aboutissent à des souterrains qui se promènent sous l'ancien emplacement du palais.

C'est vers ces souterrains que se sont dirigés les trois acolytes de Cabulis.

Quant à ce dernier, immobile à l'entrée de la chambre thermale, il attend, dague au poing, que sonne l'heure du rendez-vous.

Enfin, un bruit de pas retentit sous les arbres.

Un homme venait de pénétrer dans les jardins.

Un ample manteau l'enveloppait et les plis de son chaperon cachaient entièrement son visage.

Cet homme, c'était celui-là même qui avait remis le matin à la bohémienne le message et la clef.

L'homme au manteau se promena de long en large pendant quelques secondes.

Après un long silence :

— Viendra-t-elle ! murmura-t-il.

En cet instant, la voix éloignée d'un veilleur de nuit annonça la dixième heure.

L'homme prêta l'oreille.

— On vient de ce côté ! s'écria-il.

En effet, il aperçut peu après, se glissant à travers les broussailles et les colonnes brisées, une femme voilée, vêtue d'habits sombres.

L'inconnu s'élança vers cette femme :

— Êtes-vous celle que j'attends ? lui murmura-t-il à l'oreille.

— Êtes-vous celui que j'aime ? lui fut-il répondu.

D'un seul et même mouvement, l'homme écarta les plis de son chaperon et la femme releva son voile.

C'était Buridan...

C'était la reine.

— Buridan ! s'écria Jeanne en reconnaissant le jeune homme. Oh ! béni soit Dieu qui me donne cette joie suprême de te revoir !

L'étudiant entraîna vivement Jeanne de Navarre dans la chambre thermale, afin de la mettre, ainsi que lui-même, à l'abri de tout regard indiscret.

Il la fit assoir sur un banc de pierre :

— Vous êtes une courageuse femme ! lui dit-il ensuite.

— Ne m'avez-vous pas ordonné de venir sans crainte ! ne m'avez-vous pas dit que vous viendriez sans haine !

Les rayons de la lune tombaient en plein sur le visage de la reine et l'inondaient de torrents de clarté.

Elle était splendidement belle ainsi et Buridan semblait en extase devant elle.

— De la haine ! de la haine ! murmura-t-il enfin. Eh bien ! non ! je n'ai plus la force de te haïr... je n'ai plus le courage de te détester... Tes traits divins jettent le trouble en mes sens et chassent de mon esprit le souvenir de tes crimes... Oui ! oui ! j'oublie tout... Jeanne de Navarre n'est plus, le démon s'est enfui... Je ne vois auprès de moi qu'une femme ou qu'un ange, et je dis à cet ange : je t'aime, et je dis à cette femme : aime-moi !

— Oh ! oui, mon Buridan, je t'aime et je t'aimerai toujours !

Et la reine de France se laissa tomber éperdue entre les bras de l'étudiant.

Mais en cet instant, un chœur funèbre retentit soudainement non loin du Palais des Thermes.

C'étaient les religieux en oraison près des cadavres exposés dans la grande cour de la Sorbonne qui chantaient le *De Profundis*.

Buridan repoussa loin de lui Jeanne de Navarre.

— Voici qui me rappelle à moi-même ! Près de ces ruines, reposent mes frères assassinés par vous, et c'est pour avoir l'effroyable courage de vous résister que j'ai choisi ce palais pour notre rendez-vous de cette nuit !

Prenant la reine par la main :

— Jeanne de Navarre, dit-il ensuite d'une voix solennelle, à genoux... et priez pour ceux qui ne sont plus !... Priez pour ceux que vous avez tués !

La reine, sans parler, s'agenouilla sur les dalles et se mit en prières. Buridan, se découvrant pieusement, mêla ses oraisons à celles de sa compagne, tandis que s'élevaient lentement, à travers l'espace silencieux, les notes sépulcrales du *De Profundis*.

Lorsque le chant eut cessé de se faire entendre, Buridan releva Jeanne de Navarre.

— Madame, lui dit l'étudiant, je crois à vos remords, à votre repentir, et je vous remercie de vos larmes !

— Buridan ! murmura doucement la pauvre femme, Buridan, dites-moi que vous me pardonnerez un jour !

— Je vous pardonne, madame, répondit gravement le jeune homme.

— Que dis-tu ! s'écria la reine, souriant à travers ses larmes.

— Je dis la vérité, répliqua Buridan. Oui, je vous pardonne. Dieu lui-même ne pardonne-t-il pas à ceux qui pleurent leurs fautes !...

— Merci ! merci ! murmura Jeanne en couvrant de baisers la main de l'écolier. Oh ! poursuivit-elle avec une joie folle, je saurai me montrer digne de ta clémence, va !... Tu verras, tu verras comme je serai bonne maintenant, et charitable pour tous !... Je deviendrai la providence des pauvres et la mère des orphelins !... Toutes les misères, je les secourrai ; toutes les larmes, je saurai les tarir !... Partout on bénira mon nom comme celui d'une sainte... Et quand je mourrai, j'aurai fait tant de bien que tu ne te souviendras plus du mal que j'aurai causé !... Et je te le dis ici, mon Buridan, tu m'aimeras, oui, tu finiras par m'aimer !

— Je vous aimerai, dites-vous ! interrompit le jeune homme avec une émotion violente. Oh ! je vous aime, madame, je vous l'ai dit et vous le dis encore. Mais cet amour profond, ardent, immuable, il me faut le renfermer à tout jamais en mon cœur !... Étrangers l'un à l'autre : tels nous devons être, tels nous serons ! Le sang versé à la tour de Nesle nous sépare pour la vie. S'il m'advenait, en un jour de faiblesse, de mettre en oubli ce que je dis présentement, je vous demande à vous, madame, je vous demande, au nom de votre amour, de me rappeler à moi-même comme l'a fait tout à l'heure le chant funèbre des hommes de Dieu!... Oui, je vous demande cette grâce, ô ma reine, car si jamais, sachant ce que vous avez fait, je redevenais votre amant, je serais lâche, je serais infâme, et, ce jour-là même, je me poignarderais à vos pieds!

— Buridan, reprit Jeanne de Navarre, à partir de ce jour, vous êtes mon frère!

— Merci, Jeanne, répondit Buridan.

Puis lui tendant la main, il ajouta :

— Merci, ma sœur!

— Asseyez-vous maintenant auprès de moi, dit la reine, d'un ton amical et presque enjoué, et parlons un peu, mon gentilhomme, de vos projets d'avenir!... de votre fortune future!... car je veux que vous deveniez l'un des premiers de la cour de France, entendez-vous? Pour le frère d'une reine, il n'est point de charge trop haute et de trop grands honneurs!

— Sur mon âme, madame, s'écria Buridan, vos paroles me rendent la mémoire.

— Que voulez-vous dire ?

— Je veux dire que si j'ai voulu cette nuit, en ce lieu solitaire me retrouver avec vous, ce n'était pas, oh! non, je vous le jure, ce n'était pas pour vous jeter encore au visage de dures paroles et d'amers reproches!... Non. — En revenant à vous, madame, poursuivit le jeune homme, je voulais solliciter de la reine de France une grâce que seule au monde elle pouvait m'octroyer.

— Et cette grâce, quelle est-elle, ô mon Buridan? Quelle qu'elle puisse être, je jure de te l'accorder.

— Madame, reprit l'étudiant en souriant, vous parliez tout à l'heure d'honneurs et de puissance... Eh bien! c'est justement de puissance et d'honneurs qu'il s'agit!

— Dis toi-même ce que tu désires, Buridan, repartit la reine, et s'il n'est pas à la cour de charge assez élevée pour ton ambition, on en créera une! Parle!

— Reine, je ne veux rien pour moi! répliqua vivement le jeune homme. Les honneurs, je les hais, la cour m'épouvante et l'ambition m'est inconnue... Mais j'ai un ami, madame, un ami qui a sauvé ma vie au péril de la sienne, et je l'aime, ce cher compagnon de mon enfance, je l'aime de tout mon cœur et de toute mon âme!

— Et ces honneurs, c'est pour lui que tu les demandes?

— C'est pour lui! oui, reine! Que par vous, il devienne puissant et riche, et de ce que pour lui vous aurez fait, je serai plus reconnaissant mille fois que de ce que vous feriez pour moi-même!

— Buridan, je te donne ma parole royale que l'ambition de ton protégé sera satisfaite. Quel e. son nom? ajouta la reine.

— Enguerrand de Marigny.

— C'est bien! dit Jeanne. Demain, tu me le pr senteras au Louvre. Est-ce tout? demanda-t-ell ensuite avec un adorable sourire.

Buridan ne répondit pas tout d'abord.

— Hélas! non, reine! fit-il enfin, ce n'est pa tout! Et j'ai présentement une plus grave requête vous adresser.

— Pour vous?

— Pour moi? non, reine!... Pour lui, toujours pour Enguerrand.

— Certes, dit Jeanne de Navarre, de notre mé moire de reine, c'est la première fois, mon gentil homme, que se rencontre un solliciteur de votr sorte.

— Oui, je le sais, repartit Buridan, d'ordinaire o demande pour soi et non pour les autres! Mais contre l'opinion générale, je prétends, moi, que cha rité bien ordonnée ne doit pas commencer par soi même!... Je n'ai pas, au reste, grand mérite à cela... je me trouve satisfait de mon sort, et mon humble condition me suffit!

— Et quelle est, reprit la reine avec grâce, cette autre requête si grave?

— Majesté! répliqua le jeune homme, vous avez une filleule!

Le visage de Jeanne de Navarre devint subitement sombre et soucieux.

— Oui! oui! répondit-elle d'une voix sourde, j'ai une filleule... Jeanne de Saint-Martin!

— Elle est fiancée au jeune comte Charles de Valois! poursuivit Buridan.

— Au frère du roi! oui! murmura Jeanne de Navarre, et, dans quelques jours, son hymen sera célébré!

— Reine, reprit Buridan en s'agenouillant devant la reine, si vous m'aimez, faites que cette union ne s'accomplisse pas!

— Que voulez-vous dire? s'écria la reine.

— Jeanne de Saint-Martin est aimée d'Enguerrand, repartit le jeune homme avec chaleur; si elle devient l'épouse du comte, Enguerrand se tuera, et j'implore de vous, ô ma souveraine, la vie de mon ami, la vie, de mon frère!

La reine semblait en proie à l'agitation la plus violente.

Après quelques secondes d'un morne silence :

— Ah! vous aviez raison, dit-elle enfin d'une voix entrecoupée, cette dernière requête est grave, plus grave que je ne pouvais le supposer et que vous ne le croyiez vous-même!

— Alors, vous me refusez? interrogea Buridan.

Le bandit Caraccas et la reine de France.

— Non ! non ! reprit vivement la reine. Te refuser... je n'en ai pas le droit... Et cependant... cependant, continua-t-elle avec une sorte d'égarement, si je fais ce que tu veux, tu m'accuseras un jour...

— Que dites-vous ? s'écria Buridan.

— Rien ! rien ! je ne dis rien... je n'ai rien dit !... Si je parle, poursuivit-elle en elle-même, si je la dénonce, Buridan a tout à redouter de cette femme... Mais si, un jour, il apprend que l'épouse d'Enguerrand, de son ami, de son frère, est ma complice de la tour de Nesles ! quel sera mon désespoir ! quelle sera sa colère !

—Madame, d'où vient ce trouble ?... cette agitation ?

— Buridan ! Buridan ! s'écria la reine en lui prenant les mains, demande-moi tout, excepté cela, et je te l'accorderai... Il est à la cour d'autres femmes plus belles et plus nobles que Jeanne de Saint-Martin ! Que ton protégé choisisse parmi toutes ces femmes, et celle qu'il désignera, je la lui donnerai... mais Jeanne... non, Jeanne ne peut s'unir à lui... Ce mariage est impossible !

— Madame, répliqua le jeune étudiant d'un ton sinistre, votre refus, c'est la mort d'Enguerrand.

— Eh bien ! reprit Jeanne de Navarre, puisqu'il le faut, je vais tout te dire... Lorsque tu m'auras entendue, tu t'opposeras toi-même à ce que cet hymen s'accomplisse !

Mais au moment de parler, elle poussa un cri formidable.

Cabulis et ses trois complices s'étaient glissés dans l'ombre jusqu'auprès du banc de pierre où elle se trouvait avec Buridan, et devant même que ce dernier eût eu le temps de porter la main à son épée, le grand nègre l'avait arrachée du fourreau et, sous son pied, il en avait brisé la lame.

Dans le même temps, Caraccas et Babilon lui avaient jeté un manteau sur la tête pour étouffer ses cris.

— Buridan ! s'exclama la reine en voulant s'élancer au secours de l'étudiant.

Mais Cabulis se précipita sur elle et lui mit la dague sur le cœur en lui disant :

— Si tu pousses un seul cri, tu es morte !

XV. — DANS LEQUEL LES TUEURS DE LA TOUR DE NESLE, SI BELLEMENT JOUÉS PAR BURIDAN, ÉPROUVENT LE BESOIN DE PRENDRE LEUR REVANCHE.

Buridan se débattait avec une inconcevable violence, et les deux bandits avaient toutes les peines du monde à le retenir.

— Yacoub! cria Cabulis au Tunisien, prête-leur main-forte.

Le grand nègre vint se joindre à ses deux complices, et sous leurs efforts, Buridan roula enfin sur le sol en poussant des hurlements sourds.

Caraccas et Babilon lui tenaient les deux bras, et le Tunisien lui avait mis le genou sur la gorge.

— Messire étudiant, reprit Cabulis, vous êtes à l'abri du coutelas! nous allons voir si vous serez aussi bien à l'abri de la corde! Allons! camarades, poursuivit le misérable, étranglez-moi l'écolier... Moi je me charge de la dame!

La reine parvint à arracher de dessus son visage la large main de Cabulis.

Alors elle voulut appeler au secours; mais, comme en quelque effroyable cauchemar, ses lèvres s'entr'ouvrirent sans qu'aucun cri s'en échappât. La terreur la rendait muette.

Elle ne put murmurer que cette seule parole :

— Tu veux assassiner... ta reine!

— Ma reine! repartit Cabulis avec un rire féroce, par l'enfer! il n'y a pas de reine ici pour moi... il n'y a qu'une complice toute prête à trahir... Et pour éviter le gibet qui m'attend, si elle parle, je vais, d'un coup de dague dans le cœur, m'assurer de son silence. Allons, reprit-il durement en la faisant tomber de force sur les genoux, recommande ton âme à Dieu, Jeanne de Navarre.

Pendant ce temps, le nègre était parvenu à passer autour du cou de l'étudiant une corde munie d'un nœud coulant.

Sur l'ordre de Cabulis, le corps du jeune homme fut emporté dans les souterrains par Yacoub et les deux autres bandits.

— Buridan! Buridan! gémit la reine.

— Pourquoi l'appeler? ricana l'Avignonnais. Tu vois bien qu'il ne peut plus te répondre!...

La reine poussa un soupir.

— Je te conseille de te plaindre! continua le bandit, vous allez trépasser en même temps, et, bras dessus bras dessous, vous partirez pour l'autre monde!

— Ah! grâce! grâce! gémit la malheureuse.

Pour toute réponse, Cabulis leva son poignard.

En cet instant, la cloche de Saint-Séverin annonça la douzième heure de la nuit, et le veilleur psalmodia dans l'éloignement :

— Il est minuit, tout est tranquille. Parisiens, dormez!

Cabulis se prit à rire; puis imitant le cri du guetteur :

— Il est minuit, dit-il, on tue la reine de France. Parisiens, priez!

— Comme il achevait, le chant du *De Profundis* se fit entendre pour la deuxième fois.

— Par Notre-Dame d'Avignon! ricana le bandit, ce beau refrain mortuaire arrive fort à point!... Qu'en dis-tu, Jeanne de Navarre? n'est-il pas plaisant que le même *De Profundis* serve en même temps pour les étudiants égorgés et pour la reine égorgée! Qu'on dise donc après cela qu'il n'y a pas une justice au ciel!

Ayant ainsi parlé, le bandit appuya le poignard sur la poitrine de Jeanne, presque morte déjà d'épouvante et d'horreur.

Mais Cabulis, sans enfoncer l'arme fatale, se redressa d'un bond en poussant un épouvantable rugissement de douleur et de rage.

Puis il chancela pendant une seconde comme un homme ivre, et, les bras étendus, les yeux démesurément ouverts, la bouche béante et les cheveux hérissés, il tomba la face contre terre.

Il était mort!

Sans comprendre ce qui venait de se passer, la reine demeurait agenouillée toujours.

Une voix amie la fit sortir de son anéantissement, de sa torpeur.

Et cette voix disait :

— Majesté! vous êtes sauve!

Jeanne de Navarre se releva avec un long cri de joie.

Elle avait reconnu Fiammetta.

La petite bohémienne avait accompagné sa maîtresse au rendez-vous.

Ainsi que cela était convenu, elle avait pris les habits et les armes d'un page.

Inquiète de la longue absence de Jeanne, elle avait quitté l'entrée des ruines, où elle se tenait, et s'était dirigée vers la chambre thermale.

Voyant le danger que courait la reine, elle s'était à bas bruit glissée dans la vaste salle, et rampant sur le sol comme un serpent, elle avait pu s'approcher de l'assassin.

Brusquement alors, elle s'était relevée, et, d'un coup porté d'une main vigoureuse, sa dague, large et forte, s'était, jusqu'à la garde, enfoncée entre les deux épaules de Cabulis.

Caraccas, Babilon et le nègre avaient entendu le cri suprême de Cabulis.

Laissant l'étudiant au fond du souterrain, les trois

bandits étaient promptement rentrés dans la chambre thermale.

La rapière au poing, ils se tenaient immobiles et semblaient chercher à se rendre compte de l'étrange incident qui venait de se produire.

Facilement, ils furent au fait de tout.

Quand ils virent qu'ils n'avaient affaire qu'à Fiammetta, quand ils furent bien et dûment convaincus que la bohémienne était accourue seule au secours de sa souveraine, le courage revint au cœur de ces lâches.

— Babilon, hurla Caraccas, à toi la servante, à moi la reine !

Les deux femmes voulurent fuir.

Caraccas s'empara de Jeanne de Navarre.

— A moi ! à moi ! Fiammetta ! gémit la reine.

La bohémienne fit quelques pas vers elle ; mais Babilon se jeta sur la jeune fille, et de cette furieuse étreinte, il fut impossible à celle-ci de se délivrer.

La reine, folle de terreur, était à moitié évanouie.

— Pardieu ! dit Caraccas en jetant sur la jeune souveraine un étrange regard, sais-tu bien, Babilon, que madame Jeanne est une beauté de premier ordre et fort au-dessus, à mon sens, de toutes les ribaudes, courtisanes et vierges folles de la rue de Glatigny et autres marchés d'amour !

— Certes, reprit Babilon en contemplant à son tour le frais visage de la bohémienne, si la maîtresse est belle, et je n'en disconviens pas, la chambrière, que je crois, a bien son mérite !

— Eh bien ! mon compère, repartit Caraccas, avant de les envoyer toutes deux chez messire Satanas, leur patron et le nôtre, qui nous empêche de faire, en leur compagnie, quelque gentille promenade au pays de Cythère ?

— Bien pensé, mort diable ! répliqua Babilon.

Et les deux ignobles coquins se prirent à rire d'un rire sauvage, en couvant leurs proies d'un œil de satyre.

En entendant les paroles de Caraccas, la reine avait repris ses sens comme par enchantement ; Fiammetta avait poussé une effroyable exclamation de dégoût et d'horreur.

Les deux femmes, se débattant avec furie, tentaient d'échapper aux monstrueuses caresses de ces hideux soupirants.

— Tuez-moi ! tuez-moi ! gémissait Jeanne de Navarre, mais par pitié, épargnez-moi ce dernier outrage !

— Ouais ! ricana Caraccas, vous êtes, cette nuit, bien fière et bien difficile, Majesté. Que diantre ! Caraccas le Castillan vaut bien un étudiant de Paris. Je suis hidalgo, madame la reine, continua le coquin d'un ton superbement grotesque, et quand le diable y serait, un descendant du Cid Campeador peut marcher de pair avec une petite princesse de Navarre !

Ce disant, le Castillan osa approcher ses lèvres du visage de la reine.

La malheureuse laissa échapper un cri d'indicible épouvante ; mais le drôle la serrait de près, et l'issue de cette lutte n'était pas douteuse.

Babilon, de son côté, avait exécuté le même manége avec la bohémienne, et la pauvre enfant, malgré ses efforts désespérés, malgré son mâle courage et sa hardiesse native, était près de tomber au pouvoir du bandit.

— Oh ! démon ! hurlait la petite en tentant une dernière résistance, personne... personne ne viendra-t-il donc à notre secours ?

— Me voici, Fiammetta ! répondit une voix terrible.

Celui qui venait de parler, c'était le grand nègre tunisien, celui qui jusqu'alors avait observé vis-à-vis de tous un silence si profondément obstiné que chacun, et Fiammetta la première, le croyait atteint bien réellement de mutisme et de surdité.

— Yacoub ! s'exclama la bohémienne surprise et joyeuse.

— Yacoub ! répétèrent les deux bandits qui ne pouvaient en croire leurs oreilles et qui étaient à cent lieues de s'attendre à cette transformation du Tunisien.

— Oui, Yacoub ! reprit le nègre en s'avançant sur Babilon, Yacoub, qui aime Fiammetta la bohémienne et qui t'ordonne de la faire libre !

Babilon ne répondit au Tunisien que par un rire de bravade.

L'esclave noir, avec un rugissement de bête fauve, se précipita sur le bandit en tirant son poignard.

— Ah ! Santa Maria ! hurla Babilon, tu m'as blessé, Yacoub ! malheur à toi !

Et le bandit lâcha Fiammetta pour ne plus s'occuper que du nègre.

La petite bohémienne courut alors à la reine qui, désespérément, continuait à lutter contre Caraccas.

— Courage ! madame ! cria la jeune fille à sa maîtresse.

En cet instant, Babilon et Yacoub roulèrent sur le sable, en cherchant l'un et l'autre à se poignarder.

Bientôt Babilon poussa un rauque gémissement.

La dague du grand nègre venait de l'atteindre de nouveau ; mais cette fois, elle lui était entrée dans le cœur.

— A moi, frère, à moi ! beugla le blessé, je meurs... à moi !

Caraccas, bon gré, mal gré, fut obligé de lâcher la reine.

Jeanne de Navarre, brisée, anéantie, tomba évanouie entre les bras de Fiammetta.

Quant au Castillan, il courut aux deux combattants, et la lutte commencée entre Babilon et le Tunisien continua entre ce dernier et le Castillan.

Peu après, un cri furieux se fit entendre.

C'était Caraccas qui, de même que son frère Babilon, venait de recevoir un coup de dague en pleine poitrine.

Le bandit tomba sans connaissance auprès de son frère, rendant le sang par la bouche et se tordant en d'épouvantables convulsions.

Le grand nègre se releva alors ; puis, tout en remettant la dague au fourreau, il poussa du pied les deux corps inertes et sanglants :

— Tu n'as plus rien à craindre de ces chiens, femme ! et tu es maintenant à l'abri de leurs morsures !

— Yacoub ! répliqua Fiammetta avec reconnaissance, sur mon âme et ma vie, je garderai souvenance éternelle de ce qu'en cette nuit tu as fait pour la reine et pour moi !

— Pour la reine ! repartit l'esclave. Non ! je n'aime pas la reine, je n'aime que toi, car c'est toi seule que j'ai voulu sauver !

— Si tu m'aimes ainsi que tu le dis, Yacoub, tu ne dois haïr que ceux que je hais !... Dévoue-toi donc à la reine Jeanne comme je me dévoue moi-même ! C'est une prière que je te fais, c'est une grâce que je te demande. Me la refuseras-tu ?

Le Tunisien s'approcha de Fiammetta et lui prit la main :

— Écoute, femme, lui dit-il ensuite d'une voix solennelle, je sais que tu ne peux m'aimer. On n'aime pas un esclave ! mais jure-moi présentement qu'aucun homme ne sera aimé de toi, et, par Allah ! je te jure à mon tour que dès ce jour je serai corps et sang à toi et aux tiens. Tu n'auras qu'un mot à dire, un signe à faire : le bien ou le mal que tu me commanderas, je l'accomplirai.

— Yacoub, repartit la jeune fille avec émotion, par la mémoire de ma mère, reçois le serment que tu exiges de moi !

— Merci, femme ! répondit le Tunisien. Allah ! continua-t-il en croisant ses bras sur sa poitrine, Allah ! gloire à toi !

En cet instant, de grandes clameurs retentirent à quelque distance des ruines.

— Quel est ce bruit ? demanda Fiammetta avec épouvante.

Le grand nègre courut à la porte de la salle, et son regard d'aigle perçant les ténèbres, il fut en une seconde au fait de ce qui ce passait.

— Femme, dit-il, des écoliers en troupe se dirigent de ce côté... Ils sont armés et brandissent leurs rapières en signe de menace.

— Et ces écoliers marchent sur les ruines ? demanda la bohémienne au comble de la terreur.

Le Tunisien jeta un nouveau coup d'œil au dehors :

— Ils s'avancent directement vers cette salle.

Les clameurs se firent alors plus distinctes.

— Buridan ! Buridan ! criait la bande armée. Sauvons Buridan ! sauvons notre frère !

— Grand Dieu ! s'exclama Fiammetta, si ces hommes pénètrent céans, la reine est perdue ! Il faut fuir, madame ! ajouta la jeune fille en se penchant vers Jeanne de Navarre.

Celle-ci demeura sans connaissance et ne répondit pas.

— Madame... madame... reprit la bohémienne, n'entendez vous donc pas... les cris se rapprochent. Les étudiants ne sont plus qu'à deux pas de ce palais... Tenez, la lueur des torches arrive déjà jusqu'à nous ! Oh ! je vous en prie... je vous en supplie... fuyez !

Un soupir s'exhala des lèvres pâlies de la reine ; mais elle ne fit aucun mouvement et ses yeux ne se rouvrirent pas.

Fiammetta saisit la main du Tunisien :

— Yacoub ! lui dit-elle, emporte la reine et fuyons !

Sans dire un mot, le grand nègre courut à Jeanne de Navarre et la saisit entre ses bras robustes.

— Maintenant, continua la bohémienne, gagnons les jardins sans être aperçus !

Yacoub, muni de son fardeau, s'élança d'un bond vers la porte qui donnait au dehors.

Fiammetta se précipita sur ses pas.

Mais ils furent obligés de rebrousser chemin et de reculer au plus vite jusqu'au fond de la salle.

La bande des écoliers venait de pénétrer dans les ruines, toutes les issues étaient gardées.

— Sang du Christ ! s'écria la bohémienne, c'en est fait de madame la reine !

— Nous n'avons qu'un parti à prendre, répliqua Yacoub, c'est de nous engager dans les caveaux !...

La bohémienne et le nègre eurent promptement gagné l'escalier qui menait aux anciens souterrains du palais des Thermes.

XVI. — COMMENT SE TERMINA LA NUIT SANGLANTE QUE PASSA LA REINE JEANNE DANS LA SOMBRE DEMEURE DU CÉSAR JULIEN.

Au moment même où ils disparaissaient dans la galerie sombre, Enguerrand et les autres étudiants, escortés de Cramignole, de Cognenbuche et du vieux juif, pénétraient tumultueusement dans l'immense salle, dont les voûtes séculaires s'illuminèrent soudainement aux reflets éclatants d'une douzaine de torches.

— Buridan ! Buridan ! hurla de nouveau la bande tout entière.

Mais l'écho répondit seul à cette formidable clameur.

Lorsque, sous les voûtes sonores, les derniers sons de cet appel se furent éteints, un grand silence se fit, silence triste et pénible qui dura pendant quelques secondes.

Enguerrand le rompit enfin.

— Par le diable! dit-il en s'adressant à Cramignole, vous faites erreur, sans doute, ami Normand, et Buridan n'est pas ici !...

— Par le grand saint Antoine, mon vénéré patron, répliqua le gros hôtelier avec conviction, je vous certifie, messire Enguerrand, que mon cher fils Buridan est présentement dans les ruines de ce palais ! Cette nuit, poursuivit Cramignole, lorsque l'enfant nous a quittés, soi-disant pour monter travailler en sa logette, son air soucieux, sa mine préoccupée m'avaient frappé. « Il y a encore quelque chose, » ai-je pensé. Et, sans avoir l'air de rien, tandis que vous jouiez et buviez dans la salle basse, je me suis faufilé sous la tonnelle et j'ai observé. A peine étais-je à mon poste, que j'ai entendu un pas léger dans le petit escalier. C'était l'Enfant. Il était armé et masqué et courait évidemment à quelque nouvelle aventure. Peu après, il s'éloignait de la maison en marchant sur la pointe du pied. Je le suivis de loin, et bientôt, à ma grande surprise, je le vis s'engager mystérieusement dans ces ruines. Dans la prévision d'un événement, je demeurai aux aguets à quelque distance. Vers les dix heures, une femme voilée parut, escortée d'un jeune page. La femme s'empressa de disparaître sous les arbres, et le page resta caché sous un pan de muraille. Pendant longtemps, je me tins en faction sans résultat aucun. Enfin, je vis le page quitter sa place, et, peu après, j'entendis au loin comme un bruit de lutte, des cris étouffés... ! « On assassine Buridan ! » m'exclamai-je aussitôt, et j'appelai à l'aide. Vous êtes accourus, messires... Mais, sur mon âme ! j'ai grand'peur que nous ne soyons arrivés trop tard, car si Buridan n'a pas répondu à notre appel, c'est qu'il est mort !

Comme Cramignole achevait de parler, le petit juif Isaac, qui furetait par la salle, poussa un grand cri.

Tout le monde tourna la tête de son côté.

— Par les os de Moïse ! reprit le vieillard, un cadavre est ici gisant!

— Un cadavre ! reprirent les écoliers.

Les torches ayant été apportées, chacun aperçut le corps de Cabulis étendu dans une mare de sang.

— Un cadavre, reprit Cramignole en tremblant de tous ses membres. Ah ! celui de Buridan, sans doute !

Et le pauvre homme, blanc comme un linge, demeurait à sa place et semblait prêt à s'évanouir.

Cognenbuche s'était approché du cadavre.

Le saisissant par le bras, il le souleva et considéra pendant quelques secondes sa face hideusement livide.

— Par le diable ! s'exclama-t-il, non, ce n'est pas Buridan !

— Ce n'est pas Buridan ! répéta Cramignole avec une joie insensée.

Et brusquement, il s'élança vers Cognenbuche.

— Vois plutôt, mon compère ! dit celui-ci en approchant une torche du visage de l'Avignonnais.

— Grands saints du paradis ! s'écria Cramignole, — en reconnaissant Cabulis, — c'est le moine blanc !

— Le moine blanc ! reprirent tous les étudiants sans comprendre.

— Oui ! continua Cramignole, bien qu'il ait changé de costume, je vous jure que c'est lui !... Et ce que je vous ait dit hier, je vous le redis à cette heure, ce vilain gueux, c'est le marchand de chair humaine, c'est le pâtissier de la rue des Marmousets ! — Est-il bien mort, au moins ? demanda naïvement le gros hôtelier.

— Oh ! je t'en réponds ! fit Cognenbuche. Il est froid comme marbre et son cœur est muet !

— Allons, tant mieux ! tant mieux ! repartit le Normand. C'est une bonne canaille de moins... Le gredin ne fera plus manger de ses pâtés à personne !

En cet instant, un faible soupir se fit entendre à l'autre bout de la salle :

C'était Caraccas qui revenait à lui.

La bande laissa de côté le cadavre de l'Avignonnais et se précipita vers l'endroit où gémissait le mourant près de son frère mort.

— A moi !... disait le sbire, à moi !

— Ouais ! fit Cognenbuche, que s'est-il donc passé cette nuit en ce palais ?

Le moribond fut placé sur un banc de pierre.

Cramignole courut à lui :

— Mon digne compère, lui dit-il d'un ton suppliant, un jeune homme, un étudiant, était céans tout à l'heure... Qu'est-il devenu ?... qu'en a-t-on fait ? où est-il ?

— L'étudiant... reprit Caraccas d'une voix à peine distincte, l'étudiant... est mort !

Une effroyable exclamation accueillit la révélation du blessé.

— Mort ! mort ! répéta Cramignole avec désespoir.

— Oui, poursuivit Caraccas, il est mort... étranglé par le nègre et par les deux femmes !

Le bandit, avant de mourir, voulait, par ce mensonge, se venger de Yacoub, de la reine et de Fiammetta.

— Le nom ! le nom de ces femmes ?... demanda Enguerrand.

Mais Caraccas ne put répondre à cette dernière question. Ses lèvres, entr'ouvertes pour parler, se refermèrent convulsivement, ses paupières se baissèrent, et tout ce qu'il put faire, ce fut de lever le bras dans la direction des souterrains.

Chacun porta les yeux vers l'endroit indiqué par le moribond.

— Les souterrains ! s'écria Cognenbuche. C'est là que les assassins sont réfugiés.

Sans plus s'inquiéter de Caraccas, chacun s'élança vers l'entrée des caveaux.

Cognenbuche, arrachant une torche des mains d'un étudiant, allait s'y engager le premier.

Mais, en haut de l'escalier, le nègre Yaboub surgit subitement, l'œil enflammé et brandissant sa large dague, toute dégouttante encore du sang de Caraccas.

Devant la brusque apparition du Tunisien, Cognenbuche et les autres reculèrent involontairement de deux ou trois pas.

Le fait est que l'amant noir de la bohémienne était formidable d'aspect et d'allure peu engageante.

Mais l'hésitation, la surprise générale durèrent l'espace d'une seconde.

— Place ! vilain chien noir ! s'écria Cognenbuche en s'avançant, et jette ton coutelas, canaille ! ou, de par le diable ! nous accrochons sur l'heure ta brune carcasse au plus haut chêne du courtil !

— Place ! place ! s'exclama tout d'une voix la bande entière.

Le Tunisien ne bougea pas.

Levant sa terrible dague, il toisa d'un regard méprisant tous ces hommes qui hurlaient et se démenaient à ses pieds, puis, d'une voix retentissante :

— De par le Prophète, dit-il, le premier d'entre vous qui ose avancer, je lui plante au cœur la lame que voici !

A cette menace, de nouveaux hurlements répondirent.

— Potence de Dieu ! beugla Cognenbuche, tu nous braves, négrillon maudit !... Tant pis pour ta peau !

Et, jetant sur le sol la torche dont il s'était muni, il tira du fourreau sa gigantesque rapière.

Enguerrand et les autres jeunes gens imitèrent l'ex-franc-diable, et, tous en même temps se ruèrent sur l'esclave.

Yacoub soutint victorieusement ce premier choc.

On eût dit une statue d'airain battue vainement par les vagues d'une mer en furie.

Mais, seul contre tous, le nègre ne pouvait conserver longtemps l'avantage.

En effet, une seconde après, il était désarmé, saisi, enveloppé, et, finalement, arraché de son poste.

Cognenbuche, l'étreignant entre ses bras musculeux, l'emporta, malgré sa résistance, au milieu de la salle.

— A mort ! à mort l'assassin de Buridan ! criaient les étudiants en entourant le Tunisien.

Mais Cognenbuche crut devoir s'opposer à ce que le nègre reçût son châtiment séance tenante.

— Enfants, dit-il, n'éventrons pas encore le moricaud. Avant de le traiter selon ses mérites, il faut qu'il parle, il faut qu'il nomme ses complices, si, par malheur, nous ne les trouvons plus dans le souterrain !

On se contenta donc de garrotter le Tunisien, et, lorsque, pieds et poings liés, le malheureux fut étendu sur la terre, Cognenbuche, Enguerrand et deux ou trois autres s'élancèrent dans les caveaux.

Cinq minutes plus tard, on vit reparaître le géant au haut de l'escalier, tenant par le bras un jeune page qui versait des larmes de rage et faisait, pour se dégager de l'étreinte du franc-diable, des efforts surhumains, mais impuissants.

Inutile de dire que le gentil page révolté n'était autre que Fiammetta la bohémienne.

Bientôt Enguerrand reparut à son tour, portant entre ses bras une femme voilée.

C'était Jeanne de Navarre ; Jeanne, qui venait de reprendre ses sens à l'instant même et qui frémissait et se désespérait.

Et son émotion, son épouvante étaient bien naturelles.

Car ce voile, qu'elle avait pu rejeter à la hâte sur son pâle visage, ces hommes oseraient l'arracher peut-être, et chacun alors allait la reconnaître, elle, la reine de France ! C'était sa perte assurée, inévitable !

— Enfants, cria Cognenbuche, voici les complices du nègre !... voici les deux égorgeuses qui nous ont tué Buridan !

— Calomnie infâme ! s'écria la reine.

— Mensonge ! reprit la bohémienne.

— Elles sont toutes deux innocentes, hurla Yacoub que l'on gardait toujours à vue et qui mordait ses liens avec une fureur insensée.

— Que dis-tu, mécréant ? demandèrent les étudiants en se rapprochant du Tunisien.

— Je dis, répliqua ce dernier avec force, je dis que les femmes ne sont pas coupables... C'est moi qui ai passé la corde au cou de l'étudiant, tandis que les deux chiens que j'ai ensuite éventrés lui tenaient les bras et lui fermaient la bouche !

A cette révélation du nègre, un murmure d'horreur et d'indignation sortit de toutes les poitrines.

— Laissez donc libres ces femmes, continua Yacoub, et tuez-moi, puisque seul j'ai commis le crime !

— Parbleu, messire nègre, répliqua Cognenbuche, tout gredin que vous soyez, vous ne manquez ni de générosité ni de grandeur d'âme ! Je dois vous dire toutefois que votre beau dévouement n'aura pas le résultat que vous en espérez!... Si ces deux aventurières n'ont pas commis le meurtre, elles l'ont commandé, et c'est même chose à nos yeux.

— Commandé le crime! reprit la reine avec éclat. Cela n'est pas! Oh! je jure Dieu que cela n'est pas!

— Nous ne croyons pas à vos serments! reprit le franc-diable avec colère. Mais tout d'abord, madame la mystérieuse, enlevez votre voile que nous sachions qui vous êtes!

— Oui! oui! crièrent tous les étudiants, dévoilez-vous!

Déjà plusieurs mains s'approchaient du voile, comme pour le déchirer.

Mais soudain Enguerrand de Marigny vint se placer aux côtés de la reine en s'écriant:

— Messires, quelque chose me dit que cette femme est innocente du crime que nous lui imputons! La vérité a des accents auxquels le cœur ne peut se tromper, et je vous adjure de ne pas la tenir plus longtemps prisonnière!

— Messire Enguerrand de Marigny, interrompit Hardouin de Garlande, est-ce bien vous que j'entends... vous, l'ami, le frère de Buridan!

— Oui, de pardieu, c'est moi-même, repartit le jeune homme. Les larmes, la terreur, le désespoir de celle que nous accusons ont fini par m'émouvoir et par me convaincre... Et je vous demande en grâce de la laisser libre!

Désignant du doigt l'esclave enchaîné:

— Retenons ce misérable en notre pouvoir, puisqu'il avoue son crime, mais nous faire les tourmenteurs de deux femmes!... cela est indigne de nous! Quant à moi, ce rôle infâme me répugne et je n'en veux plus!

— Messire Enguerrand de Marigny! murmura la reine, vous êtes un grand et noble cœur! Merci à vous!

De sourds murmures avaient accueilli les paroles du jeune étudiant.

Henriot de Barbazan s'approcha d'Enguerrand, l'œil enflammé et les lèvres contractées par la colère:

— Par l'enfer! messire, vous vous déclarez en vain le champion de ces deux aventurières!... Il ne sera pas dit que nous laisserons sans vengeance le meurtre de notre bien-aimé capitaine!... Pour moi, dussé-je croiser le fer avec vous, je saurai rendre nulle votre intervention malencontreuse!

— Et nous aussi! et nous aussi! crièrent les jeunes gens en se rangeant du côté du Gascon.

Enguerrand releva Jeanne de Navarre, et, de son bras gauche, il lui entoura la taille.

Tirant ensuite sa rapière:

— Place, messires! cria-t-il d'une voix retentissante, faites-moi place!

— Non! non! hurlèrent les étudiants.

— Messire Enguerrand, répliqua Barbazan, un seul homme pourrait obtenir de nous ce que vous osez exiger... Cet homme, c'est Buridan, c'est notre capitaine! mais Buridan est mort, et nous voulons le venger!

En ce moment, une voix sonore retentit au fond de la salle.

Et cette voix disait:

— Bas les armes! messieurs les écoliers, et laissez aller cette femme!

Toute la bande se retourna brusquement, et chacun, stupéfié, aperçut Jean Buridan en personne, debout sur le seuil des souterrains.

La mort de Cabulis avait sauvé Buridan:

En entendant le cri formidable poussé par l'Avignonnais, Caraccas, le nègre et Babilon s'étaient empressés de courir au secours de leur chef, et, pour ce faire, ils avaient dû quitter le caveau sans prendre le temps d'achever leur victime.

Si bien que notre héros, pendant la scène que nous venons de décrire, avait pu reprendre ses sens et dénouer la corde fatale qui lui serrait la gorge.

Une longue exclamation d'étonnement et de joie avait accueilli l'apparition inespérée de l'étudiant.

Celui-ci s'approchant de la reine:

— Madame, dit-il en s'inclinant respectueusement, pardonnez-moi d'être la cause involontaire de l'offense qui vous a été faite. Ces pauvres amis me croyaient mort, et, dans leur douleur, ils confondaient la femme criminelle qui m'a livré hier au poignard des assassins avec la femme dévouée et courageuse qui a tenté de me défendre au péril de ses jours! Ne leur en veuillez pas, madame. La grande affection qu'ils me portent les avait égarés!

Tous les jeunes gens se découvrirent avec déférence devant la femme voilée, et se rangèrent pour lui faire place.

— Buridan, murmura doucement la reine à l'oreille de l'écolier, je vous laisse sain et sauf; je pars heureuse!

Ce disant, elle lui tendit la main.

Sur cette main, tremblante encore, Buridan déposa un ardent baiser.

— Messire Enguerrand de Marigny, reprit ensuite la reine en se retournant vers le jeune homme, encore une fois, merci!

Buridan, se penchant à son tour vers Jeanne de Navarre, lui dit à voix basse en lui désignant Enguerrand:

— N'est-il pas vrai, madame, qu'il est digne de la vive amitié que je lui porte et que, mieux que tout autre, il mérite votre haute protection?

— Demain, répliqua la reine, vous pourrez, je vous l'ai dit, vous présenter au Louvre avec lui. J'aurai consulté ma filleule, et cette réponse, que je n'ai pu vous donner ce soir, vous la recevrez !... A demain, n'est-ce pas ?

— A demain ! répliqua Buridan.

La reine, ayant fait signe à Fiammetta de la suivre, s'éloigna de la salle d'un pas lent et majestueux.

Quand les deux femmes eurent disparu, Cognenbuche et les autres portèrent les yeux vers l'endroit où le nègre avait été abandonné.

Mais depuis longtemps déjà, Yacoub avait rompu ses liens et, sans être aperçu de qui que ce fût, il avait pu s'échapper.

XVII. — OU LA FILLEULE DE MADAME JEANNE SE RETROUVE EN PRÉSENCE DE SA MARRAINE.

Le jour commençait à poindre lorsque l'épouse de Philippe IV rentra au Louvre.

Par une galerie secrète, elle regagna sans bruit ses appartements.

Comme elle allait en franchir le seuil, elle vit soudainement surgir devant elle une femme pâle et sombre.

C'était Jeanne de Saint-Martin.

S'avançant lentement vers Jeanne de Navarre, la jeune fille fixa quelques instants sur la reine ses regards qui brillaient d'un feu satanique.

Puis d'une voix sourde :

— Il est vivant ! n'est-ce pas ? murmura-t-elle.

Elle avait remarqué la joie immense qui rayonnait sur le front et dans les yeux de la reine, et elle avait compris que Buridan avait, une fois encore, échappé au trépas.

— Oui, Jeanne, répondit la reine, il est vivant, et j'en rends grâces au ciel !

— Vivant ! reprit Jeanne de Saint-Martin avec rage.

— Une puissance surnaturelle protége ce jeune homme, continua la reine avec exaltation, et je te le dis, convaincue et sincère, il sortira sain et sauf de toutes les embûches, de tous les dangers !

Un sourire ironique plissa les lèvres de la jeune fille.

Ce sourire n'échappa pas à la reine qui poursuivit, plus exaltée encore et plus fanatique :

— Buridan n'est pas un homme ordinaire, Jeanne, c'est un héros, c'est un élu du ciel, et les vaines tentatives des hommes ne sauraient ternir l'éclat de son étoile !

— Vous l'aimez, interrompit en raillant Jeanne de Saint-Martin et votre amour se plaît à faire un Dieu de cet enfant !... Mais moi, je ne vois en lui qu'un homme comme un autre. Il a deux fois échappé à la mort. Pur effet du hasard ! Une troisième tentative sera plus heureuse ; et le poignard de Cabulis saura tôt ou tard trouver le chemin de son cœur.

— Cabulis est mort en voulant m'assassiner ! répliqua la reine.

Et Jeanne de Navarre fit connaître à sa filleule l'odieux attentat de Cabulis et le dévouement de Fiammetta.

— Mort ! répéta Jeanne de Saint-Martin. A son défaut, continua-t-elle, Caraccas et son frère serviront ma vengeance !

— Caraccas et Babilon sont morts aussi !

— Morts aussi ! reprit la jeune fille en devenant soucieuse.

Mais, relevant brusquement le front :

— Eh bien ! Yacoub est brave et fort, et son bras me suffira !

— Yacoub aime Fiammetta, et Fiammetta m'aime ! Yacoub a tué les deux sbires et ne tuera pas Buridan ! Tu vois bien que Dieu est pour lui...

— Qu'importe ! répondit la filleule de la reine avec une sauvage énergie, qu'importe que Dieu soit pour lui si Satan est pour moi !

La reine, à ces derniers mots, marcha droit à la jeune fille.

Lui saisissant les deux mains, et plongeant ses regards dans ses regards :

— Jeanne, lui dit-elle, je t'ai priée, suppliée de renoncer à tes projets homicides. Maintenant, je laisse de côté les supplications et les prières, et j'ordonne, entends-tu bien, j'ordonne que, la main sur le Christ, tu me fasses le serment solennel d'abdiquer ta haine et ta colère !

Stupéfiée d'entendre parler la reine avec ce ton d'autorité, Jeanne de Saint-Martin, malgré toute son audace, demeura un instant interdite.

— Vous ordonnez ! vous ! balbutia-t-elle enfin.

— Ah ! cela te surprend, n'est-ce pas, poursuivit Jeanne de Navarre avec chaleur, cela te semble inouï que j'ose te tenir présentement semblable langage !... En effet, jusqu'ici j'ai tremblé devant toi, comme devant nos lâches complices ; mais aujourd'hui, tout a changé de face !... et je redeviens reine pour sauver celui que j'aime et qui m'a pardonné !

— Qu'oserez-vous donc ? demanda la jeune femme.

— Ce que j'oserai ? reprit la reine avec force. Je te ferai jeter sur l'heure en quelque basse-fosse de ce palais et tu n'en sortiras plus !

— Madame, avant que pour toujours ne se ferme sur moi la porte d'un cachot, ma voix saura se faire entendre !

Enguerrand de Marigny défendant Jeanne de Navarre dans le palais des Thermes.

— Le roi Philippe IV est absent de sa capitale, Jeanne! Jusqu'à son retour, je gouverne seule, et je prendrai si bien mes mesures, que lorsqu'il rentrera au Louvre, tu seras hors d'état de me nuire!

Jeanne de Saint-Martin demeura pendant un long temps silencieuse.

A la contraction de ses traits, au frémissement de tout son être, on comprenait qu'un violent combat se livrait en son âme.

Enfin, éclatant en sanglots, elle se laissa tomber aux genoux de la reine.

— Madame!... madame! lui dit-elle en couvrant ses mains de baisers, j'ai été coupable envers vous... je n'ai payé que par l'ingratitude et l'oubli les bontés et les faveurs dont vous m'avez comblée!... Votre colère est juste et légitime... Vengez-vous de l'audacieuse qui n'a pas craint de vous insulter et de vous menacer! Quelque terrible que soit le châtiment que je subisse, il sera trop doux encore!

— Jeanne, que dis-tu! s'écria la reine, étonnée de ce brusque changement.

— Punissez-moi! punissez-moi, madame! poursuivit la jeune femme avec de nouvelles larmes. Oui! la captivité!... la mort pour moi!... J'ai mérité mon sort et ne me plaindrai pas!

Jeanne de Navarre releva la jeune femme et la pressa tendrement contre son cœur.

— Mon enfant! ma chère enfant! dit-elle ensuite avec effusion, tes remords comblent mon âme d'une joie indicible!... La mort pour toi, dis-tu, lorsque tu te repens, lorsque tu pleures! Non! non! tu vivras et tu vivras heureuse!

— Heureuse! répéta la jeune fille avec un triste sourire. Non! mon coupable passé me défend le bonheur!

— Ce passé, tu peux le racheter, Jeanne! Écoute-moi!

La filleule de la reine jeta sur sa marraine un long regard étonné.

Jeanne de Navarre prit la main de la jeune fille :

— Tu n'aimes pas le comte de Valois? lui dit-elle.

— Par déférence pour le roi de France, j'ai dû

agréer les hommages de son jeune frère et lui promettre ma main ; mais, vous dites vrai, madame, je n'aime pas le comte Charles... je ne l'ai jamais aimé !

— Eh bien ! poursuivit la reine, il ne faut pas que ce mariage ait lieu !

— Que dites-vous ? fit Jeanne de Saint-Martin stupéfiée.

— Enfant, reprit l'épouse du roi Philippe, un jeune gentilhomme, à l'âme grande et noble, aux instincts chevaleresques, qui porte sur son front la fierté de son cœur, s'est épris pour toi d'une ardente tendresse. Si tu n'es pas à lui, il mourra. Il l'a dit. En devenant son épouse, tu sauves ses jours et tu sauves ton âme.

— Quel est donc cet homme ? demanda la jeune fille de plus en plus surprise.

— Il n'est pas de la cour, reprit la reine. Son nom est Enguerrand de Marigny. Inconnu aujourd'hui, il sera quelque jour grand parmi les plus grands. Je me charge de sa fortune et réponds de son avenir. Et, si tu veux savoir quel intérêt puissant me fait la protectrice de ce jeune homme, apprends, enfant, que Buridan est son ami, son inséparable, son frère !

— Le frère de Buridan ! murmura Jeanne de Saint-Martin.

— Sauvé par Enguerrand d'un danger de mort, Buridan a voué dès ce jour à son jeune compagnon une reconnaissance sans bornes, une affection à toute épreuve ! « Faire son bonheur, m'a-t-il dit, ce sera faire le mien. » Et je lui ai promis de mettre tout en œuvre pour le satisfaire. J'ai frissonné d'abord, poursuivit la reine, lorsque Buridan m'a avoué l'amour que son ami ressentait pour toi !... Et, je te l'avoue, j'ai été sur le point de lui révéler qui tu étais.

— Grand Dieu ! s'écria la jeune fille.

— Je ne pouvais prévoir ton heureuse repentance ! Par un favorable hasard, cette terrible révélation n'est pas sortie de mes lèvres !... Et maintenant que tu es redevenue telle que je te voulais, je puis, sans remords, t'unir à ce jeune homme !... Les nuits criminelles de la tour de Nesle ne sont aujourd'hui connues que de Fiammetta et de Yacoub... De leur part, nulle trahison n'est à craindre... Buridan ne saura donc jamais que Jeanne de Saint-Martin fut la complice de la reine de France !

La jeune femme ne répondit pas ; mais elle montra silencieusement à la reine sa main déchirée.

Jeanne de Navarre demeura un instant pensive :

— Ceci est grave sans doute, reprit-elle ensuite ; mais quelque habile précaution saura cacher à tous les yeux cette marque accusatrice !... Jeanne, continua la reine avec solennité, j'attends ta réponse !

— Hélas ! soupira la jeune fille en levant les yeux au ciel, pourquoi me faut-il être obligée de cacher cet exécrable passé ! Pourquoi ne puis-je apporter au noble jeune homme qui m'aime un cœur pur et sans tache, une vie exempte de toute souillure !

— Jeanne, le repentir efface toutes les fautes ! répondit la reine. Rends heureux l'honnête homme que je te donne pour époux, et mets en oubli nos erreurs fatales ! Dieu les oublie lui-même, puisqu'il a permis à ton cœur de s'ouvrir au remords !

— Qu'il soit donc fait selon vos vœux, ma douce marraine ! reprit la jeune fille. Je serai l'épouse de messire de Marigny !... Oui, dussé-je ne jamais l'aimer, dût cet hymen me faire répandre des larmes éternelles, je fais, entre vos mains, le serment solennel de n'appartenir jamais à un autre !

— Merci ! oh ! merci ! ma Jeanne bien-aimée ! s'écria la reine. Tu seras récompensée de ta soumission, car tu aimeras Enguerrand, j'en ai l'assurance, et tu seras heureuse et fière de porter son nom !

Jeanne de Saint-Martin prit congé de la reine.

Quand elle fut seule en la galerie qui conduisait à ses appartements, son visage quitta brusquement son air humble et doucereux, et redevint sauvage et sinistre ; ses yeux, inondés de pleurs, se séchèrent aussitôt et jetèrent de terribles éclairs ; tout son être enfin rayonna d'une joie infernale.

— Oui, sur mon âme ! murmura-t-elle ensuite, oui, ce mariage s'accomplira !... Et lorsque, à tout jamais, Enguerrand et moi nous serons liés l'un à l'autre, alors, je me dévoilerai à toi, Jean Buridan, et ton cœur souffrira mille et mille tortures en apprenant que l'épouse de ton frère chéri n'est autre que la maîtresse de Césariot, la tueuse de la tour de Nesle !... Ah ! de par Satan ! je suis heureuse, bien heureuse que tu sois encore de ce monde, insolent écolier, car ton trépas ne m'eût vengée qu'à moitié !... Mais maintenant, maintenant, ma haine sera splendidement satisfaite ! Merci à toi, Buridan, merci à vous, ma chère marraine, de m'avoir préparé vous-mêmes une si belle vengeance !

XVIII. — QUI SE PASSE DANS L'HUMBLE RÉDUIT D'UN ÉTUDIANT DE SORBONNE.

Dans le même moment à peu près que se décidait, au palais du Louvre, la fortune future, l'avenir tout entier d'Enguerrand de Marigny, ce dernier était seul en la modeste mansarde qu'il habitait à la taverne de Cramignole.

Assis sur le grabat qui lui servait de lit, il tenait, à moitié vêtu, son front entre ses mains, et songeait aux événements étranges de la nuit.

— Quelle est, se disait-il, quelle peut être cette femme mystérieuse dont j'ai pris la défense ?... Se main fine et blanche... sa démarche majestueuse, sa terreur lorsque nos frères, abusés, se sont élancés vers elle pour arracher ce voile sous lequel elle dissimulait ses traits avec tant de soin, tout me dit que cette inconnue est une grande dame, une bien grande dame!... Quel peut être son nom? Buridan a refusé de me le faire connaître. J'ai eu beau l'interroger, il a gardé obstinément le silence. « Ce secret ne m'appartient pas, m'a-t-il dit, et doit mourir avec moi. » Puis, en me quittant pour retourner en son gîte, il a ajouté : « Demain, au lever du soleil, je t'apprendrai d'autres choses plus importantes pour toi, et plus graves que tous les mystères du monde. » Que peut-il avoir à me dire? mon esprit se perd en conjectures. Des rêves bizarres ont agité mon sommeil... j'étais riche, puissant, honoré... Je me voyais l'un des premiers de la cour... et celle que j'aime, enfin, devenait mon épouse! Hélas! tout songe est mensonge!... poursuivit le jeune homme en redevenant sombre; mon palais, à moi, c'est cette pauvre mansarde, et cet asile sera le mien jusqu'au jour où l'on me conduira à ma dernière demeure! A moins, continua-t-il avec un triste sourire, à moins que Cramignole ne se lasse un beau matin de me loger pour l'amour de Dieu!

Comme il disait ces mots, l'huis de son retrait roula sur ses gonds, et Buridan parut sur le seuil.

En l'apercevant, Enguerrand ne put retenir une exclamation de surprise.

En effet, notre jeune étudiant était mis avec une inconcevable recherche.

De goûts simples et modestes, Buridan, malgré sa fortune, n'avait jamais voulu paraître plus que les autres, et ses vêtements avaient été jusqu'alors aussi peu luxueux que possible.

Buridan se contentait de dominer ses jeunes condisciples par son haut savoir et ses talents merveilleux; quant à vouloir les éclipser par la somptuosité de ses habits, il avait trop de tact et de jugement pour que cette idée lui fût une seule fois venue à l'esprit.

Sans dire un mot, et de l'air le plus grave du monde, Buridan fit deux ou trois tours par la chambrette, faisant crier le plancher sous ses éperons dorés, relevant avec affectation l'éclatant panache de sa coiffure et retroussant du bout de sa rapière sa cape élégante, aux riches ornements.

Enguerrand le regardait aller et venir sans lui adresser la parole et se demandait à part lui si les grands dangers courus par son ami, pendant deux nuits consécutives, n'avaient pas quelque peu dérangé ses facultés mentales.

Buridan se décida enfin à parler :

— Messire Enguerrand, dit-il ensuite, que pensez-vous de ma nouvelle tenue, je vous prie?... Ai-je bonne mine ainsi, et ne trouvez-vous pas que, sous ces somptueux oripeaux, j'ai l'air presque aussi bêté que tous ces grands flandrins dont regorge le Louvre?

Enguerrand ne répondit pas. Il comprenait que tout ceci n'était qu'un jeu; mais il cherchait vainement à se rendre compte du motif qui avait pu engager Buridan à rompre avec ses vieilles habitudes.

Toujours assis sur sa couche, il ouvrait de grands yeux, attendant que Buridan lui donnât l'explication de cette brillante mascarade.

Voyant que le jeune fou continuait son manège :

— Me diras-tu, frère, le mot de cette énigme? lui demanda-t-il d'un ton moitié riant, moitié fâché. Cette nuit, lorsque je pris congé de toi, tu m'annonçais que ce matin tu me révélerais des choses sérieuses, importantes!

— Par la mort Dieu, messire, interrompit Buridan avec un aplomb magnifique, ces choses sérieuses, mon riche accoutrement doit vous les faire connaître... Je me rends à la cour cejourd'hui même!

— A la cour! toi! s'exclama Enguerrand.

— Oui, moi, morbleu! moi-même! riposta l'étudiant. Quoi d'étonnant à cela, s'il vous plaît? Votre ébahissement n'est pas des plus obligeants, messire, et l'on dirait, à vous entendre, que je ne suis pas digne de mettre le pied dans le palais de nos rois! Corps-bœuf! ne suis-je pas assez princièrement attifé?... la coupe de mes habits est-elle défectueuse?... mon toquet n'est-il pas de bon goût?... Ces plumes, qui m'entrent dans l'œil à chaque mouvement que je fais, ne sont-elles pas de couleur assez brillante et d'assez belle dimension?... Parlez, parlez, monsieur, que trouvez-vous à redire à mon costume?

— Buridan, par grâce, trêve à cette plaisanterie! interrompit Enguerrand. Es-tu fou ou bien as-tu l'intention de me rendre fou moi-même?

— Eh! non, je ne suis pas fou le moins du monde! répartit Buridan. Je vais au Louvre, parole d'honneur! c'est bizarre, mais c'est comme cela!

— Au Louvre! répéta Enguerrand.

— Eh! oui, grand enfant! répliqua le jeune homme en prenant la main de son ami, et j'y vais avec toi!

— Avec moi! murmura l'autre stupéfié.

— A te dire vrai, je n'y vais même que pour toi! reprit vivement Buridan; car, entre nous, cela ne m'amuse que médiocrement de m'aventurer dans ces sombres parages!

— Avec moi! pour moi! répartit Enguerrand violemment troublé.

— Ami, continua Buridan, je t'ai dit hier que l'astre de ta fortune se levait; je te dis aujourd'hui : il est levé! Fais donc comme lui et habille-toi.

— Quoi!... cette grande dame... tu l'as donc revue?

— Oui, je l'ai revue! et, par son entremise, la reine de France daigne cejourd'hui recevoir messire Jean Buridan, écolier de Sorbonne, et son ami Enguerrand! Habille-toi donc, te dis-je, et en route!

Enguerrand demeurait immobile et jetait un triste regard sur ses chausses passées de couleur et sur son pourpoint usé jusqu'à la corde.

— En ce piètre équipage, murmura-t-il, je ne saurais t'accompagner, frère!

Buridan se prit à sourire et courut à la porte de la chambre.

— Papa Cramignole, cria-t-il, montez-nous, je vous prie, ce que vous savez bien!

Peu après le gros hôtelier pénétrait solennellement chez Enguerrand, portant sur ses deux bras étendus un riche pourpoint, une cape élégante, un brillant chaperon, en un mot un costume complet du plus grand prix et du meilleur goût.

Ces vêtements étaient destinés à Enguerrand.

Pour se les procurer, Buridan, en personne, avait mis en réquisition, le matin même, tous les tailleurs et chapeliers du pays Latin.

Enguerrand était radieux.

Serrant chaleureusement la main de son ami et celle de Cramignole :

— Vous êtes de braves et dignes cœurs! leur dit-il, vous verrez que je ne suis pas de ceux qui oublient,

En quelques secondes, grâce à l'aide intelligente du gros Normand, le jeune homme eut revêtu ses habits de cérémonie.

Cramignole le contemplait avec admiration :

— Par saint Antoine! s'exclama-t-il enfin, voilà des ajustements qui vous vont comme de cire!... Sous cette luxueuse enveloppe, vous êtes beau comme un prince et reluisant comme un soleil!

— Le fait est, cher ami, dit à son tour Buridan, que tu es superbe ainsi! Je mets en fait qu'auprès de toi, tous ces paons qui font la roue dans les salles du Louvre ne vontavoir l'air que d'oisons et de coquecigrues!... Allons, ton triomphe est assuré, la dame de tes pensées va tomber folle de toi, et ton mariage se fera, c'est moi qui te le dis!

A ce mot de mariage, Cramignole dressa vivement l'oreille :

— Eh quoi, demanda-t-il, vous voulez prendre femme, seigneur Enguerrand?... Fâcheuse idée!... L'hymen, voyez-vous, c'est gentil pendant quelques jours... mais, après, sarpedienne! quel désenchantement! Quant à moi, poursuivit le bonhomme avec un soupir, si je me remarie jamais, je veux bien que le loup me croque!

Buridan se mit à rire :

— Que dis-tu? fit-il ensuite. Quoi! la belle Pandore?...

— La belle Pandore, reprit Cramignole, est la crème des femmes... seulement c'est une crème qui tourne trop souvent! Voilà!

— Pauvre ami!

— Pauvre ami! vous dites vrai, mes chers enfants, répliqua l'hôtelier d'un ton navré, mon ménage devient quelque chose d'insoutenable! C'est au point que j'en arrive presque à regretter ma vie dégingandée d'autrefois!... Et tout cela, grâce à M. Toto, grâce à mon fils!... Croiriez-vous que tout à l'heure, il voulait à toute force me fourrer une lardoire dans les mollets. Je me suis rebiffé, il a beuglé, et sa mère m'a appelé : « Tyran! » Et tous les jours c'est quelque histoire dans ce goût-là!... Aussi, voyez-vous, un de ces quatre matins je vais planter là la femme et le moutard, et je ne reviendrai au logis conjugal que lorsque mon fils sera père de famille. Il faut espérer qu'alors il laissera mes mollets tranquilles!

Pendant les jérémiades du bonhomme, Enguerrand avait achevé de se vêtir.

Machinalement, il se prit à fouiller en la riche escarcelle qui pendait à son ceinturon.

Profondément étonné, il retira de l'aumônière une bourse des mieux garnies.

— Qu'est-ce cela? murmura-t-il.

— Cela, mon gentilhomme, répondit en souriant l'étudiant, c'est le complément obligatoire du costume!... Lorsque l'on a de l'or sur ses habits, il est bon d'en avoir aussi dans ses poches!

— Oh! mon ami, mon frère, s'écria Enguerrand ému jusqu'aux larmes, comment reconnaîtrai-je jamais tout ce que tu auras fait pour moi!... Sur ma foi, j'ai honte d'agréer semblables services!... car, en mon dénûment profond, en ma sombre misère je ne puis espérer m'acquitter jamais envers toi!

— Bah! bah! ne parlons pas de ces babioles, interrompit Buridan. La seule chose que je te demande, c'est de te rappeler quand tu seras loin de moi celui qui fut ton frère et qui, lui, ne t'oubliera jamais!

Enguerrand se jeta, attendri, dans les bras de son ami.

— T'oublier! s'écria-t-il. Oh! cher compagnon de mon enfance, quoi qu'il puisse advenir, Enguerrand de Marigny te donne ici sa foi que Buridan de Fénestrange sera toujours et quand même son seul frère et son seul ami!

— Je reçois ton serment! répondit Buridan grave et solennel.

— Écoute, frère, poursuivit Enguerrand en enlevant de dessus sa poitrine une petite médaille d'or sur la face de laquelle était gravée une image de sainte Geneviève, cette médaille, seul joyau que je possède, m'a été donnée, à son lit de mort, par Geneviève de Marigny, ma sainte et pauvre mère. Cette pieuse relique, je te la donne, ami, comme gage de ma parole !...

Après avoir religieusement baisé la petite médaille, Enguerrand la passa lui-même au cou de l'écolier.

— Prends, ami, lui dit-il ensuite. Sur ton cœur comme sur le mien, cette relique maternelle est bien à sa place !

De sonores hennissements, retentissant soudain à la porte de la taverne, mirent fin à cette scène.

Buridan entraîna son ami vers la petite verrière tout encadrée de pampres verts.

Enguerrand aperçut alors, piaffant devant la tonnelle, deux magnifiques alezans, richement caparaçonnés, que deux jeunes pages à cheval tenaient par la bride.

— Pour qui ces superbes coursiers ? demanda Enguerrand.

— Pour nous, mort Dieu ! repartit l'écolier. Nous ne saurions honnêtement, accoutrés de la sorte, nous rendre pédestrement au Louvre... Or donc, en selle, mon gentilhomme !

Peu après, les écoliers étaient à cheval.

— Bonne chance, mes jeunes maîtres ! leur cria Cranignole.

— Grand merci ! répliquèrent les étudiants.

Et, piquant des deux, ils descendirent la rue Saint-Jacques, suivis par les pages.

Chevauchant ainsi de compagnie, nos deux amis étaient véritablement charmants à voir, et, sur les portes des boutiques, les gentilles marchandes se pressaient pour les admirer ; dans le même but, les coquettes bourgeoises mettaient le nez aux fenêtres.

Parmi toutes ces filles d'Ève, plus d'une connaissait Buridan très-intimement, sans doute, car en l'apercevant en semblable équipage, beaucoup laissèrent échapper d'involontaires exclamations de surprise, et rougirent jusque dans le blanc des yeux.

Enfin, nos cavaliers atteignirent la rive droite de la Seine, et bientôt, étincelant sous les rayons du soleil, le Louvre aux cents tours se dressa devant eux.

A l'aspect de la royale forteresse, les deux jeunes gens tressaillirent en même temps et devinrent étrangement pâles.

Mais de leur émotion soudaine, les causes étaient loin de se ressembler.

— Jeanne de Saint-Martin ! murmurait Enguerrand, pour la première fois de ma vie, je vais me trouver en sa présence !...

— Jeanne de Navarre ! disait Buridan de son côté, je vais te revoir, ô ma reine, et te parler pour la dernière fois, peut-être !

S'arrachant enfin à leurs pensées, les deux amis éperonnèrent leurs montures et leur firent franchir rapidement la légère distance qui les séparait encore du Louvre.

Devant l'entrée principale, les cavaliers mirent pied à terre et jetèrent aux mains des pages la bride de leur destriers.

Hardiment alors, ils se présentèrent à l'officier de garde à la poterne.

Ce dernier leur ayant demandé leurs noms, ils le lui dirent, et tout aussitôt, l'officier, s'inclinant avec grande déférence, leur livra le passage.

— Eh bien ! dit Buridan à son ami, lequel tout étourdi et tout ému, le suivait sans mot dire, tu le vois, nous avons nos grandes entrées au Louvre. T'avais-je dit vrai ?

— Frère, murmura Enguerrand, tout ceci me semble tellement inouï que je me crois le jouet d'un rêve !

Deux varlets, aux couleurs de Jeanne de Navarre étaient venus au devant des jeunes gens.

Avec force salutations, ils les avaient priés de les suivre chez la reine :

— Nous sommes aux ordres de madame Jeanne, notre souveraine, répondit Buridan. Conduisez-nous, mes drôles, poursuivit l'étudiant d'un ton de grand seigneur, et prenez ceci pour votre peine !

Ce disant, il jeta quelques sous d'or aux laquais, et messire de Marigny ayant imité son compagnon, les pages, recommençant leurs salutations et leurs courbettes, se confondirent en remerciements.

Et l'un des laquais dit tout bas à son compère :

— A la bonne heure ! voici de vrais gentilshommes !

— Oui, de vrais gentilshommes étrangers ! repartit l'autre, car ceux que nous voyons ici d'habitude sont les plus ladres des ladres et les plus cancres des cancres !

A la suite de leurs guides, nos deux amis gravirent le large escalier qui conduisait aux appartements de la reine.

Bientôt ils se trouvèrent dans une vaste salle où se tenait toute la clique des courtisans.

Et tout cela bavardait, discutait et pérorait en même temps.

Ahuris par cette avalanche subite de paroles incompréhensibles, nos héros se crurent un instant dans une nouvelle tour de Babel ; mais, comme par enchantement, le brouhaha fit place au silence le plus complet.

Les courtisans venaient d'apercevoir les deux nouveaux venus, et chacun s'était arrêté au beau milieu de sa phrase pour examiner à son aise les brillants inconnus.

— Pardieu! murmura Buridan à l'oreille d'Enguerrand, voilà des gens qui commencent à m'agacer singulièrement... nous prennent-ils pour des bêtes curieuses! Si cela dure longtemps ainsi, je tombe sur cette nuée d'oiseaux de cour à grands coups de plat d'épée!

Heureusement pour tous, les pages de la reine reparurent à cet instant et vinrent leur annoncer que madame Jeanne était prête à leur donner audience.

Un murmure d'étonnement circula parmi la foule des courtisans, et chacun se demanda du regard quels pouvaient être ces deux étrangers, assez heureux pour être reçus par la reine à leur première apparition au Louvre.

Buridan entendit les murmures, si légers qu'ils fussent.

Il se prit alors à toiser toute la bande dorée et bariolée d'un air si parfaitement furieux, que, de nouveau, chacun se tut instantanément, et que les phrases commencées ne s'achevèrent pas plus que celles de tout à l'heure.

La porte donnant de la salle d'attente dans la salle de réception de la reine s'étant ouverte à deux battants, les deux pages se placèrent l'un à droite, l'autre à gauche, et de leur voix la plus sonore, ils annoncèrent :

— Messire Buridan de Fénestrange!

— Messire Enguerrand de Marigny!

Avant de pénétrer dans la chambre royale, Buridan jeta un second coup d'œil aux courtisans :

— Décidément, pensa-t-il, tous ces faquins sont déplaisants en diable, et je commence à comprendre pourquoi madame Jeanne a cherché de l'amour ailleurs que chez eux!

Enguerrand, lui, ne songeait guère aux courtisans.

Jeanne de Saint-Martin l'occupait seule, mais l'idée qu'il allait bientôt se trouver en sa présence le jetait en un trouble indicible, et lui mettait au cœur une inexprimable émotion.

Les deux jeunes gens avaient franchi le seuil de la salle de réception.

La porte se referma sur eux, puis tout aussitôt les courtisans reprirent leurs conversations et leurs commentaires.

XIX. — PREMIÈRE RÉCEPTION D'ENGUERRAND DE MARIGNY PAR LA REINE DE FRANCE

La jeune souveraine, en costume d'apparat, était assise au milieu de la grande salle, sur un riche fauteuil exhaussé de trois marches et surmonté des armes de France et de Navarre.

Debout, près de la reine, se tenait Jeanne de Saint-Martin, sa filleule, éclatante, elle aussi, de parure et de beauté; et, de chaque côté du trône, étaient diversement groupées toutes les dames et demoiselles d'honneur de la reine, parées de leurs plus frais atours, de leurs joyaux les plus précieux.

Pas un seul visage masculin ne faisait ombre à ce rayonnant tableau.

A l'aspect de ce gracieux essaim de femmes jeunes et belles, nos deux amis demeurèrent extasiés, éblouis, émerveillés.

— Quels délicieux minois! murmura Buridan, quelles gentilles enchanteresses! Auprès de ces étincelantes beautés, les almées paradisiaques de Mahomet ne sont que des ribaudes d'occasion et des catins de bas étage!

— Approchez, messire, dit la reine Jeanne de sa voix la plus douce.

Buridan osa lever les yeux vers la jeune souveraine :

— Qu'elle est belle! se dit-il, ce n'est pas une femme!... c'est Vénus elle-même! O ma vertu! viens à mon aide!

Enguerrand, pâle, frémissant, considérait à la dérobée Jeanne de Saint-Martin, et son émotion était à ce point violente que ses regards se troublaient et que ses jambes semblaient ne plus avoir la force de supporter son corps.

Nos étudiants s'étaient à pas lents avancés vers l'estrade où se tenait Jeanne de Navarre.

Celle-ci tendit à chacun d'eux l'une de ses mains de fée.

Les jeunes gens, gravissant alors les degrés fleurdelisés, s'agenouillèrent en même temps et posèrent respectueusement leurs lèvres sur les doigts de l'auguste princesse.

Alors seulement, Buridan remarqua que des gants de fine peau odorante couvraient les mains de la reine Jeanne.

Machinalement, il jeta un léger coup d'œil à droite et à gauche, et, non sans surprise, il s'aperçut que toutes les dames et damoiselles d'honneur avaient suivi l'exemple de leur royale maîtresse.

— Quelle est cette nouvelle mode? se demandait-il mentalement, et pourquoi ces fraîches diablesses cachent-elles avec tant de soin leurs petites griffes roses?

Mais comme il se faisait cette question, il se rappela brusquement la femme masquée de la tour de Nesle et la marque ineffaçable qu'il avait imprimée sur sa main.

— Je comprends! poursuivit-il. La veuve de maître Césariot est l'une de ces femmes!

Buridan ne se trompait pas : C'était à son intention que toutes ces gentilles mains féminines s'étaient ainsi couvertes de fins gantelets.

Cette mode, toute nouvelle à la cour de France, était, depuis longtemps déjà, adoptée en Espagne et c'était d'Espagne en effet, — seul pays où fût connu ce genre d'industrie au moyen âge, — que la reine Jeanne avait, tout récemment, fait venir ces gants, « lesquels étaient parfumés à la violette, » à ce que nous apprend du moins Olivier de la Marche.

Notre étudiant tenta de retrouver quand même sa farouche inconnue de la Tour de Nesle et, sans trop d'affectation, il promena son regard sur toutes ces jeunes beautés qui l'entouraient, espérant voir soudainement l'une d'entre elles pâlir, frissonner et baisser les yeux devant lui.

Souriantes et calmes, toutes ces femmes soutinrent le regard de Buridan.

La dernière de toutes, Jeanne de Saint-Martin subit l'examen.

Mais elle avait deviné la pensée secrète du jeune homme, dès qu'elle lui avait vu tourner la tête. Et, tout aussitôt, elle avait su composer son visage de telle sorte que Buridan, après l'avoir regardée, se sentit tout honteux et contrit tant l'air de la jeune fille lui parut doux et chaste, tant ses beaux yeux lui semblèrent candides et purs.

— Pauvre enfant! se dit-il, si la coupable est ici, ce ne saurait être elle! et je me reproche comme un crime d'avoir pu même la soupçonner. — Au surplus, continua-t-il, mieux vaut que l'infâme créature de l'autre nuit me reste inconnue! En pardonnant à Jeanne, n'ai-je pas renoncé à toute pensée de vengeance et de haine!

La reine avait relevé les deux étudiants.

S'adressant directement à Buridan :

— Messire de Fénestrange, lui dit-elle avec un adorable sourire, il est, à la cour de France, une personne qui vous témoigne l'intérêt le plus vif et le plus sincère. Cette personne, qui nous est chère et qui n'a pour nous aucun secret, n'a pas craint de nous révéler les tendres liens qui vous unissaient à elle. « Pour votre protégé, lui ai-je dit alors, demandez donc faveur et grâces. Quelles qu'elles soient, je serai heureuse de les octroyer. » Il me fut alors répondu que vous étiez sans envie, comme sans ambition. « Toutefois, ajouta-t-on, ces faveurs qu'il refuserait pour lui, il serait heureux de les accepter pour un autre. Cet autre, c'est son compagnon d'études, son frère d'armes et son ami le plus tendre. » M'a-t-on dit vrai, messire? répondez.

Buridan s'inclina devant la reine :

— Madame, répliqua-t-il ensuite, oui, ce langage fut le mien.

Enguerrand, ému, tendit la main à son ami.

— Messire, continua la reine, ce beau désintéressement, ce mépris des honneurs et cette philosophie si rare à votre âge nous ont singulièrement touchée, et nous avons résolu d'exaucer votre vœu si louable et si noble, en accordant à messire Enguerrand de Marigny, votre frère, notre royale protection. Il nous eût été doux, poursuivit Jeanne de Navarre avec une émotion qu'elle tentait en vain de maîtriser, il nous eût été doux de vous voir accepter quelque grâce pour vous-même; mais nous sommes heureuse cependant de reporter nos bontés sur M. de Marigny, persuadée que nous sommes que celui qui a su mériter l'estime et l'amitié d'un homme tel que vous est digne de toute notre faveur et de notre bienveillance!

Se retournant ensuite vers les pages et varlets qui se tenaient au fond de la salle, elle leur commanda d'ouvrir aux barons, chevaliers et seigneurs de tous rangs qui attendaient en la chambre voisine.

Peu après, la foule des courtisans pénétrait dans la salle de réception.

La reine s'étant levée, descendit les marches de l'estrade.

— Messire Enguerrand de Marigny, dit-elle au jeune homme, nous vous agréons de ce jour pour notre gentilhomme particulier!

Prenant sur un coussin de pourpre, porté par un page, une épée enrichie de pierreries, lesquelles figuraient sur la poignée les armes de France et de Navarre, la reine la tendit au jeune homme.

— Monsieur notre premier écuyer! continua-t-elle d'une voix sonore, cette épée est vôtre!

Enguerrand prit le glaive; puis mettant un genou en terre :

— Madame, dit-il, je consacre, de ce jour, cette épée à votre défense!

Puis jetant un regard passionné à Jeanne de Saint-Martin :

— Pour vous et les vôtres, je jure de verser jusqu'à la dernière goutte de mon sang!

— Madame, dit à son tour Buridan, bien qu'éloigné de ma reine, je n'en serai pas moins sujet fidèle et serviteur dévoué! Si jamais, ce qu'à Dieu ne plaise, quelque danger vous menace, je serai là!

Comme Buridan disait ces mots, sous les fenêtres, de grandes acclamations retentirent, que couvrirent bientôt d'éclatantes fanfares.

C'était Sa Majesté Philippe IV qui, de retour de son château de Compiègne, rentrait au Louvre, accompagné de son jeune frère, Charles de Valois et suivi d'une armée véritable de majordomes, de gens d'armes, de varlets, de courtisans et de favoris.

La porte d'honneur s'étant ouverte à deux battants, quatre hérauts parurent qui, l'un après l'autre, annoncèrent d'une voix sonore :

— Monseigneur le Roi!

Peu après, Philippe IV pénétrait dans la grande salle.

A sa droite, se tenait un petit être pâle, chétif, à la mine souffreteuse et malingre, aux traits irréguliers, aux yeux cerclés de bistre et toujours baissés.

Ce sombre personnage, c'était le comte Charles, c'était le fiancé de Jeanne de Saint-Martin.

Si le comte de Valois était d'allure déplaisante et d'aspect peu engageant, Philippe IV; en revanche, était rayonnant et splendide.

Villani, écrivain du XIIIe siècle, prétend que le petit-fils de saint Louis était « l'un des plus beaux hommes du monde. » Si bien que, d'une commune voix, Philippe IV avait été surnommé « le Bel, » surnom assez absurde par parenthèse!

Mais en ce temps-là, on avait la rage des surnoms. Tant mieux quand ils étaient mérités!

A l'époque de notre récit, Philippe IV avait vingt ans à peine. Il était donc dans tout l'éclat de sa beauté, et nul autre, à la cour de France, n'eût pu lui être comparé.

C'était l'antithèse vivante de son jeune frère.

Charles était maigre, osseux, anguleux, petit et voûté.

De plus, toujours vêtu d'habits noirs, sans ornements, plus que simples, presque pauvres.

Philippe était superbement et galamment découplé.

Il avait la taille noble et fière, la mine haute, l'allure vraiment royale.

Quant à sa mise, elle était d'une élégance inouïe, d'un luxe étincelant.

Le caractère du premier était taciturne et revêche, ennemi du rire et des joyeux ébats.

L'humeur du second était licencieuse, paillarde, dévergondée.

Parlant du Ciel à tout propos, ne risquant pas un geste sans invoquer le nom de Dieu, le comte s'était fait une loi d'outrer encore la dévotion outrée de Louis IX, son aïeul et de Philippe III, son père, et semblait vraiment né pour les austérités du cloître.

Philippe IV, lui, ne croyait ni à Dieu ni à diable et blasphémait à tout bout de champ, comme une charretée de païens.

A chacun de ses jurons, son frère, comme bien on pense, se signait et marmottait quelque patenôtre; mais le Roi haussait les épaules et se souciait de ses momeries, comme ribaude de galants sans le sou.

Nous devons dire au reste que Philippe ne prenait pas très au sérieux la piété du comte Charles et qu'il n'avait pas tort :

C'était un faux dévot que ce cher comte, un tartufe, comme on disait au XVIIe siècle, un bigot, comme on dit de nos jours.

Pour achever notre parallèle entre les deux fils de Philippe III et d'Isabelle d'Aragon, nous ajouterons que si tous les efforts du plus jeune tendaient à le faire passer pour un petit saint, l'aîné, au contraire, se gardait avec soin de paraître autre que ce qu'il était réellement, c'est-à-dire un amant forcené des jouissances terrestres, un libertin, un joueur, un débauché, un sardanapale enfin...

En attendant mieux!

Buridan considérait Philippe IV avec une émotion singulière.

— C'est l'époux de la reine! murmura-t-il à part lui... C'est son maître et seigneur! Ah! continua l'étudiant avec une sorte de dépit, pourquoi est-il si beau! pourquoi est-il si jeune!... Sur mon âme, je donnerais le plus pur de mon sang pour que le comte Charles fût le roi et que le roi fût le comte Charles.

Jeanne de Navarre avait fait quelques pas au-devant du brillant souverain.

S'inclinant avec grand respect, elle s'agenouilla et lui baisa la main :

Philippe le Bel reçut cet hommage avec indifférence.

Depuis longtemps, il n'aimait plus Jeanne de Navarre.

Mariés trop jeunes, ils s'étaient mutuellement fatigués l'un de l'autre presque instantanément.

Ayant relevé la jeune reine, Philippe jeta machinalement sur elle un regard distrait.

Puis il se prit peu à peu à la considérer avec plus d'attention.

Enfin, se penchant vers son jeune frère :

— Charles, lui dit-il à voix basse, regardez donc la reine!... Voyez l'éclat de ses yeux... l'animation de ses traits!... Jusqu'à présent, je n'avais vu en elle qu'une enfant assez insignifiante... mais depuis tantôt trois mois que je suis éloigné d'elle, l'enfant me semble être devenue femme, et qui plus est, femme d'une grande beauté! N'êtes-vous pas de mon avis?

Le jeune comte rougit, baissa la tête et ne répondit rien.

— C'est juste! murmura le roi en souriant. Excepté la belle Jeanne de Saint-Martin, toutes les femmes sont des diables à vos yeux!

Fixant de nouveau la reine, Philippe reprit à part lui :

— Elle est vraiment fort bien! certes, poursuivit-il, il serait plaisant que je devinsse amoureux de ma femme!

Buridan comprit la pensée du roi.

— Qu'a-t-il donc à la regarder ainsi? murmura-t-il avec une sorte de colère.

Philippe le Bel avait pris la main de la reine.

Jeanne de Saint-Martin, s'agenouilla devant le comte de Valois.

— Madame, lui dit-il, pardonnez-nous d'avoir fait en notre résidence de Compiègne un si long séjour !... Dorénavant, nos absences seront de plus courte durée, et si quelque motif grave nous oblige de nouveau à quitter notre capitale, nous vous prierons de nous accompagner.

Jeanne de Navarre ne répondit au roi que par une froide inclination de tête.

— Quoi qu'il en soit, poursuivit le jeune souverain, nous nous réjouissons fort que la prochaine union de notre frère Charles avec votre bien-aimée filleule nous ait obligé de reprendre cejourd'hui le chemin de notre bonne ville de Paris !... Sans cet hymen qui exige notre présence, peut-être aurions-nous consacré à nos chasses, — notre plaisir favori, vous le savez, madame, — quelque long temps encore, et, d'honneur, nous le regretterions ; car cela eût retardé d'autant le grand contentement que nous éprouvons de vous revoir !

Jamais Philippe n'avait tenu à la reine pareil langage.

Aussi leva-t-elle sur son royal époux ses beaux yeux étonnés.

Buridan semblait hors de lui-même et maudissait mille fois cet infernal mariage du comte Charles, qui rapprochait fatalement le roi de France de celle qu'il dédaignait depuis si longtemps.

Enguerrand n'était pas moins ému que son ami, et quiconque eût jeté un coup d'œil attentif sur les deux jeunes gens eût remarqué sans nulle peine leur pâleur et leur agitation.

Mais nul ne s'occupait d'eux ; tous les regards étaient tournés vers le royal couple.

— Je me réjouis non moins que vous, sire, répondit la reine, qu'un impérieux motif vous ait *obligé* de mettre un terme à vos exploits favoris ; toutefois, il est une chose qui m'afflige, c'est ce que ce mariage, seule cause de votre *prompt* retour au Louvre, ne puisse avoir lieu à l'époque fixée.

— Que signifie ? demanda Philippe surpris.

— Que dit-elle ? murmura le comte Charles dont la face devint soudainement livide.

— Sire, poursuivit Jeanne de Navarre, avec un trouble intérieur qu'elle ne parvenait qu'à grand peine à maîtriser, depuis deux jours, le drapeau noir flotte au faîte de la Sorbonne !

— Le drapeau noir !

— Oui, sire, continua la reine qui faisait, pour paraître calme, d'inconcevables efforts, oui, le drapeau noir ! car quatorze cadavres reposent présentement en la cour d'honneur, et ces cadavres sont ceux de quatorze enfants de l'Université !

— Quatorze écoliers ! assassinés !

— Par des meurtriers encore inconnus, poursuivit la reine avec un frémissement, ces malheureux jeunes gens ont été retrouvés dans les flots de la Seine. Demain, les victimes seront conduites à leur dernière demeure !... Quatre jours seulement après cette triste cérémonie, Paris ne peut donc s'encourtiner et se réjouir. Les fêtes d'un mariage ne peuvent suivre d'aussi près tant de funérailles,.. ce serait insulter à la douleur, aux larmes de tous, ce serait outrager l'Université tout entière. Ce serait s'attirer la réprobation des hommes et la malédiction de Dieu !

— Vous dites vrai, madame, repartit Philippe avec vivacité, les noces de notre frère ne sauraient se célébrer après événement si sombre et si fatal !... Que cette cérémonie soit donc différée !...

Le roi qui se moquait un peu de tout, cependant tenait messieurs les écoliers de Paris en singulière estime.

Il redoutait les colères de cette ardente jeunesse et jusqu'alors, il avait fait en sorte d'être au mieux avec le Pays latin.

Jeanne de Navarre n'ignorait pas les craintes de Philippe à l'endroit de l'Université et malgré sa répugnance à reparler du drame lugubre dont elle était la principale héroïne, elle avait pris ce prétexte pour ajourner indéfiniment l'hymen du comte Charles avec sa filleule, bien certaine à l'avance que ce prétexte devait être aux yeux du roi, d'un effet infaillible.

Peut-être aussi, en révélant la première à son époux les crimes hideux qui s'étaient perpétrés à Paris, durant son absence, peut-être, disons-nous, voulait-elle, par ce coup hardi, se mettre, une fois pour toutes, à l'abri des soupçons.

Quelle que fut la cause, l'issue était des plus favorables aux projets d'Enguerrand.

Tremblant d'émotion et de joie, le jeune homme saisit à la dérobée la main de Buridan.

— Ami, lui dit-il à voix basse, le mariage n'a pas lieu ! l'ai-je bien entendu !

— Ne t'avais-je pas promis que tu serais heureux ? répondit Buridan. — Heureux ! reprit-il à part lui. Ah ! le serai-je encore, moi ? Le serai-je jamais ?

Le lendemain de cette scène, ainsi que cela avait été dit, eurent lieu les funérailles des étudiants assassinés.

Les quatorze cercueils furent enlevés de la Sorbonne pour être conduits en grande pompe à l'église métropolitaine.

Ils étaient escortés par l'Université tout entière, c'est-à-dire par le recteur et par les docteurs, professeurs et écoliers, ces derniers ayant à leur tête Jean Buridan, leur capitaine.

Les communautés religieuses venaient ensuite, puis les bourgeois, puis le peuple, en un mot, une multitude innombrable, Paris et ses faubourgs et tous les villages environnants.

Afin de faire honneur aux écoles et pour avoir l'air de prendre tout à fait à cœur le sombre événement dont, au fond, il s'attristait on ne peut moins, le roi Philippe le Bel se rendit à Notre-Dame, avec toute sa noblesse.

Il voulait assister au service funèbre.

Bien plus, il exigea que la reine l'accompagnât et, malgré l'invincible terreur que lui inspirait la sinistre cérémonie, Jeanne de Navarre dut obéir.

Les quatorze cercueils avaient déjà franchi le seuil de l'église lorsque le cortége royal déboucha sur le parvis.

A la vue du jeune souverain, tous les étudiants entassés sur la place s'écrièrent en même temps :

— Vengeance et justice !

Jeanne se sentit pâlir et frissonner.

— Messires écoliers, s'empressa de répondre Philippe le Bel, d'une voix forte et sonore qui fit taire aussitôt les hurlements de la foule, la justice que vous réclamez vous sera accordée, nous vous en donnons présentement notre parole royale. Oui, continua-t-il, les crimes hideux qui, durant mon absence, se sont accomplis en cette ville, recevront leur châtiment. Vos amis seront vengés, je vous l'affirme, et si haut que soient placés les coupables, ma colère saura les atteindre !

Messire Jean de Montigny, prévôt de Paris, faisait partie du cortége royal.

Philippe l'avisant :

— Monsieur notre grand prévôt, lui dit-il, approchez, je vous prie !

Le magistrat ayant obéi :

— Vous venez d'entendre la promesse octroyée par nous à messires les écoliers de notre fidèle et bien-aimée Université de Paris ?...

Le prévôt, s'inclinant presque à terre :

— J'ai entendu, sire ! répliqua-t-il.

— Eh bien ! poursuivit le roi en appuyant sur chacune de ses paroles, si le dernier jour de l'année où nous sommes s'écoule sans que, — morts ou vifs, — les meurtriers soient entre vos mains, le premier jour de l'année qui vient vous verra marcher, à la place des coupables, aux fourches patibulaires! J'ai dit.

Le prévôt était plus pâle qu'un mort; mais son visage, blêmi par la peur, s'empourpra bientôt de colère, en entendant les applaudissements et les hurrahs frénétiques qui accueillaient les menaçantes paroles du monarque.

Il est utile ici de faire connaître au lecteur que messire Jean de Montigny était exécré du peuple parisien en général et des écoles en particulier.

Voici pourquoi.

Depuis un an qu'il était au pouvoir, il avait, malgré les ménagements que Philippe tenait à garder vis-à-vis de l'Université, il avait, disons-nous, tenté de molester les étudiants de toutes les façons possibles.

Jeanne de Navarre, à la vue des quatorze cercueils, était devenue livide. Tout son être frémissait, et la malheureuse s'appuyait fiévreusement au bras du roi pour ne pas se laisser choir sur le sol.

Mais en cet instant, une voix plus faible que le souffle de la brise murmura à son oreille :

— Remettez-vous, madame, ou vous êtes perdue!

Jeanne se retourna vivement et reconnut Buridan.

Elle tressaillit alors en poussant une légère exclamation.

— Qu'avez-vous donc, madame? lui demanda le roi.

— Sire, balbutia Jeanne, l'émotion que me cause ce sinistre spectacle est à ce point violente, que je me sens toute défaillante et toute troublée.

— Venez donc, madame! reprit le roi. Et vous, messires, continua-t-il en s'adressant aux écoliers, rappelez-vous la promesse que nous venons de vous faire, car nous saurons, nous, ne pas la mettre en oubli!

Le dernier de tous, messire Jean de Montigny quitta le parvis Notre-Dame.

Avant de s'éloigner, le magistrat jeta un regard étrange sur Jeanne de Navarre.

— Comme la reine est pâle et tremblante! murmura le prévôt de Paris en la considérant. Pourquoi?... Pourquoi?

XX. — LE COMTE CHARLES DE VALOIS, FRÈRE DU ROI DE FRANCE

Un mois entier s'était passé depuis les funérailles des étudiants.

Plusieurs fois déjà, le comte de Valois avait reparlé de son hymen, si malencontreusement retardé.

Mais toujours la reine et Jeanne de Saint-Martin elle-même avaient trouvé quelque prétexte pour éluder la question.

Enfin, le comte de Valois se présenta un matin à la filleule de la reine.

— Jeanne, lui dit-il, vous savez combien je vous aime... Depuis un long mois, ma vie est un supplice, et je souffre d'intolérables tourments!... Il faut enfin... il faut que cette union s'accomplisse!... J'ai obtenu l'agrément du roi, mon frère... Obtenez celui de la reine de France, et, par grâce, par pitié, joignez votre voix à la mienne pour que cet hymen, auquel j'aspire de toutes les forces de mon âme, ne soit pas plus longtemps différé!

Jeanne de Saint-Martin avait les yeux baissés vers le sol et ne répondait pas.

— Jeanne! reprit le jeune comte d'une voix tremblante et saccadée, vous demeurez muette... Que signifie votre silence?... Parlez!... Oh! mais, parlez donc!... ne voyez-vous pas que vous rendez me fou!

— Monseigneur! dit enfin la jeune femme, oubliez-moi... renoncez à ces projets d'union... il le faut... je vous le demande à genoux!

Et, joignant l'action à la parole, Jeanne de Saint-Martin s'agenouilla devant le comte de Valois.

Ce dernier était au comble de la surprise, de la stupeur.

— Vous oublier, dites-vous! renoncer à cet hymen!... Sur mon âme, quel étrange langage me tenez-vous présentement, Jeanne?... C'est un jeu, n'est-ce pas?... une épreuve que vous me voulez faire subir?

La relevant brusquement :

— Oh! mais dites-moi donc, poursuivit-il avec violence, dites-moi que vous avez voulu me railler?

— Non! monseigneur, répliqua Jeanne avec fermeté, non, ce n'est pas un jeu, une raillerie!... Et ce que j'ai dit, j'ose le répéter : nous ne pouvons être l'un à l'autre!

— Par l'âme des justes, repartit le comte Charles avec une sourde colère, d'où vient ce changement, damoiselle, et quelles étranges raisons peuvent motiver cette inconcevable rupture?

— Monseigneur, répliqua Jeanne de Saint-Martin, depuis un mois, j'ai réfléchi mûrement à ce que j'allais faire... et j'ai compris que je n'avais pas le droit d'être votre épouse!

— Que voulez-vous dire?

— Je veux dire que je ne suis qu'une pauvre fille de très-petite noblesse et de peu d'apanage, et que je ne suis pas digne de devenir comtesse de Valois!

Le comte se prit à rire d'un rire frénétique :

— Par le Dieu vivant! s'écria-t-il ensuite, vous avez bien tardé, ce me semble, pour en arriver à cette belle conclusion! Vous n'êtes pas digne de devenir comtesse de Valois! Eh! qui donc, si ce n'est moi, peut se faire juge en cette question?...

Je suis libre de donner mon nom à qui je veux et mon amour à qui me plaît ! Je ne suis sous la tutelle de qui que ce soit, je suppose, et nul, pas même le roi de France, n'a le droit de s'opposer aux élans de mon cœur !

— Monseigneur, répartit la jeune femme, aujourd'hui vous m'aimez, et votre passion vous fait parler ainsi !... Mais lorsque notre union serait consacrée, lorsque nous serions liés à jamais l'un à l'autre, lorsque avec le temps, l'indifférence et la satiété seraient venues remplacer en votre âme la passion et l'amour, alors, oh ! alors, vous le maudiriez mille fois cet hymen funeste, vous la haïriez cette femme qui vous empêcherait d'en épouser une autre et plus noble et plus belle, et, malheureux tous deux jusqu'à notre dernier jour, nous appellerions la mort à notre aide comme unique remède à nos maux !... Ah ! croyez-moi, monseigneur, continua Jeanne, vous me remercierez un jour de ce sacrifice et vous me direz avec reconnaissance : « Jeanne, vous avez bien fait ! »

Le comte de Valois prit la main de la jeune femme :

— Jeanne, lui dit-il d'une voix sourde, répondez-moi franchement, loyalement, en tout ceci, est-ce mon intérêt qui vous guide ?... Est-ce parce que vous vous croyez trop au-dessous de moi que vous refusez de devenir mon épouse ?

— En doutez-vous ?

— Oui, sur mon honneur, damoiselle, répliqua le jeune homme avec violence. Oui, j'en doute ! et je vous le dis à cette heure, je ne suis pas dupe de vos prétendus scrupules !... Si vous me tenez présentement cet incroyable langage, c'est que vous ne m'aimez pas, c'est que vous ne m'avez jamais aimé... C'est que vous en aimez un autre, enfin !

Jeanne de Saint-Martin demeura un instant sans répondre.

— Eh bien ! monseigneur, reprit-elle ensuite, je serai franche avec vous et je vous dirai tout ! Oui !... j'en aime un autre !

— Malheureuse ! s'écria le comte en portant la main à son poignard. Et cet autre... cet autre, quel est-il ?...

Jeanne, d'une voix faible, étouffée, laissa échapper le nom d'Enguerrand de Marigny, premier écuyer de la reine Jeanne.

— Enguerrand de Marigny ! répéta sourdement le comte de Valois. C'est bien, je me souviendrai de ce nom !

Et, pâle de rage et de fureur, il s'élança vers les appartements du roi, son frère.

En voyant l'altération de ses traits, le tremblement convulsif qui l'agitait, le roi courut au-devant du jeune homme.

— Charles, lui dit-il, qu'avez-vous, mon frère, et que vient-il de se passer ?

— Sire, s'écria le comte en se jetant éperdu entre les bras du roi, je suis joué, insulté ! Vengez-moi !

— Que voulez-vous dire ?

— Jeanne de Saint-Martin, la filleule de la reine...

— Eh bien ?

— Elle refuse de devenir mon épouse ! acheva le jeune comte d'une voix étouffée.

— Que m'apprenez-vous là ! s'exclama le monarque.

— La vérité, sire !... Ce mariage, seul désir de mon cœur, seul but de ma vie, ce mariage ne s'accomplira pas !

— Et quel grave motif ?

— Jeanne de Saint-Martin aime l'écuyer favori de la reine...

— Le jeune Enguerrand de Marigny !

— Lui-même, sire ! Je ne puis, moi le frère du roi, croiser le fer avec cet homme. Je viens donc vous demander, sire, de me délivrer de cet odieux rival en le faisant enfermer sur l'heure en quelque sombre forteresse d'où jamais il ne sortira !

— Charles, répliqua le roi, ce que vous me demandez est impossible. Ce jeune homme, vous venez de le dire vous-même, est l'écuyer favori de madame Jeanne, et, ce matin même, elle m'a fait promettre de le servir et de le protéger !

— Et vous tiendrez cette promesse, sire ? interrogea le comte de Valois.

— Je la tiendrai, mon frère !... repartit le roi, et je la tiendrai avec joie, poursuivit-il, car je me suis longuement entretenu avec ce jeune homme, et, je vous le dis ici, Charles, ce n'est pas un de ces drôles vulgaires dont regorge notre Louvre, un de ces pauvres inutiles qui ne sont bons à rien si ce n'est à ruiner notre trésor et à perdre notre royaume. Non ! c'est, tout au contraire, un homme remarquable... Ses vues larges m'ont frappé... Sa haute intelligence politique m'a émerveillé ! Mon frère, poursuivit le roi, ou je me trompe fort, ou messire Enguerrand de Marigny sera un jour le plus ferme soutien de mon trône !... Renoncez donc, Charles, par amour pour moi, à cette furieuse colère qui vous a saisi le cœur, et ne tentez rien surtout contre ce jeune homme ; car tout ce que vous oseriez contre lui, ce serait contre moi-même !... Les hommes d'élite sont peu nombreux au temps où nous sommes. On trouve de grands guerriers, de braves capitaines ; mais un habile conseiller, un légiste de haute science, un ministre clairvoyant et sage, sont malaisés à découvrir ! Laissez-moi donc conserver précieusement cet oiseau rare que le hasard veut bien m'envoyer !

Le comte demeurait muet, et ses doigts crispés tourmentaient avec rage la poignée de sa rapière.

— Charles, reprit le roi, j'exige de vous le serment que vous oublierez l'offense involontaire de ce jeune homme. Songez que toute tentative de votre part contre ses jours serait blâmée de tous comme de moi-même... Vous êtes trop haut placé pour vous venger d'un simple écuyer. Laissez donc de côté toute pensée d'animosité et de colère, et mettez en oubli cette femme qui ne vous aime pas !... S'il me faut ici tout vous dire, je ne voyais qu'avec chagrin votre mariage avec la filleule de la reine... Quoi ! vous prince de la maison royale de France, vous qui avez en apanage le comté de Valois, vous seriez devenu l'époux d'une Jeanne de Saint-Martin, fille de basse extraction et de peu de fortune !... Certes, le frère du roi de France peut prétendre à plus haute alliance. Le roi de Naples, vous le savez, a déjà fait demander votre main pour la belle Marguerite, sa fille !... Combien d'autres princesses briguent l'honneur de porter votre nom ! Allons ! allons ! rentrez en vous-même, voyez d'un œil calme et d'un esprit placide votre situation présente, et, bien loin de vous plaindre du sort, bénissez-le, au contraire, puisqu'il vous empêche de commettre une mésalliance et de faire une impardonnable folie !

— Vous avez raison, sire, répliqua le comte de Valois, je dois mettre en oubli mon amour et ma haine !... J'étais insensé... je ne le suis plus !...

— Bien ! Charles ! s'écria le roi en saisissant la main du jeune comte, bien, mon frère !

Lorsque Charles de Valois eut pris congé du roi de France :

— Enguerrand de Marigny est un homme d'élite ! a dit le roi. Priez Dieu, messire écuyer, que Philippe IV se trompe à votre égard. Priez Dieu de ne jamais sortir de votre obscurité, de votre humilité présentes, car si vous devenez un jour puissant et riche, malheur à vous ! Je consens à faire grâce à l'écuyer de la reine, mais, de par l'enfer, je n'épargnerai pas le favori du roi !

XXI. — OU LE LECTEUR EST PRIÉ DE QUITTER LE LOUVRE POUR RETOURNER A LA TAVERNE DE LA RUE SAINT-JACQUES.

Ce jour même, le mariage d'Enguerrand et de Jeanne de Saint-Martin fut résolu ; mais, par égard pour le comte de Valois, il fut décidé que les noces ne seraient célébrées que plusieurs mois plus tard.

Radieux, ivre de joie, Enguerrand courut apprendre à Buridan cette grande nouvelle.

D'un pas allègre, il se rendit à la taverne de Cramignole. Depuis un mois, c'est-à-dire depuis l'installation d'Enguerrand au Louvre, les deux amis ne s'étaient pas revus.

L'écuyer de la reine s'élança sous la verdoyante tonnelle en s'écriant :

— Buridan ! Buridan !

Mais Buridan ne répondit pas à son appel.

Seul, Cramignole apparut sur le seuil de la salle basse, et notre pauvre Normand semblait tout triste et tout lugubre.

— Saints du ciel ! murmura le jeune homme. Cramignole ! que se passe-t-il céans, mon vieil ami ? Est-il arrivé malheur à Buridan ?

— Hélas ! messire Enguerrand, répliqua le tavernier en secouant la tête, s'il ne lui est encore arrivé malheur, il ne s'en faut de guère, car le pauvre enfant est si malade à cette heure qu'il semble à tout instant à deux doigts de son trépassement !

— Que dites-vous ? s'écria Enguerrand en se laissant tomber avec accablement sur une escabelle.

— Je vous dis la vérité vraie, messire ! répondit le bonhomme. Depuis tantôt un mois, le cher seigneur est tout autre que jadis... Il pousse de grands soupirs, lui qui riait toujours !... Il est sombre et taciturne... lui si gai d'ordinaire, si joyeux et si gaillard !... Ah ! par saint Antoine ! continua le Normand avec un chagrin des plus violents, oui, j'ai peur que tout cela finisse mal !

— Eh ! qu'a-t-il enfin ? demanda Enguerrand. Quelle est la cause de cette morne tristesse ?

— J'ai essayé cent fois de l'interroger, repartit Cramignole, mais j'en ai été pour mes frais, il n'a jamais rien voulu me dire !... Enfin, ce soir, pour avoir le cœur net de tout ça, j'ai insinué sous son oreiller les débris de la corde magique qu'il a pris soin de me rapporter !... Mon talisman produit déjà son effet, continua le Normand avec une foi profonde, puisque vous voici, messire Enguerrand. En vous revoyant, vous, son seul ami, vous, son frère, il reviendra à lui, peut-être, et consentira à parler !

— Ah ! s'écria Enguerrand en s'élançant dans le petit escalier qui conduisait à la chambre de Buridan. Oui, oui ! mon brave Cramignole, il faudra qu'il m'ouvre son cœur !

Peu après, Enguerrand était dans la logette de son ami.

Le jeune homme, à moitié vêtu, était étendu sur sa couche.

Il était si terriblement pâle et livide qu'Enguerrand demeura sur le seuil de la porte sans oser avancer.

Mais, au bruit, Buridan avait ouvert les yeux.

— Enguerrand ! Enguerrand ! murmura-t-il.

Le jeune homme courut au malade et lui prit les mains.

Puis il voulut parler, mais il ne put articuler un seul mot. Les sanglots l'étouffaient.

— Je suis bien changé, n'est-ce pas ? lui dit alors Buridan d'une voix faible.

Et sur les lèvres de l'étudiant errait un amer et triste sourire.

— Hélas ! murmura Enguerrand, que s'est-il donc passé ?

— Rien ! rien ! répliqua vivement le jeune homme. Je suis malheureux et voilà tout !...

— Malheureux !

— Frère, reprit l'écolier, il y a un mois, la morne tristesse étreignait ton cœur et blêmissait ton visage !... Et je riais de tes souffrances, et je raillais tes tourments !... Aujourd'hui, c'est à toi de railler, Enguerrand, c'est à toi de rire, car c'est à mon tour de gémir et de désespérer !

— C'est ton cœur seul qui souffre ! interrompit Enguerrand.

— Plût au ciel que ce fût mon corps ! Si horribles que fussent mes douleurs, elles ne seraient rien auprès de celles que je subis.

— Frère, repartit Enguerrand, tu vas tout me dire... il le faut, je le veux !

Le front et les joues du malade s'empourprèrent d'une subite rougeur.

— Je ne puis rien te dire de plus à cette heure que jadis ! murmura le jeune homme. J'aime et voilà tout !... Ah ! l'amour ! l'amour ! poison fatal qui vous ronge les veines et vous dévore l'âme !... Quelques efforts que l'on tente, quelque résistance que l'on fasse pour essayer de s'arracher à ses foudroyantes étreintes, tout est sans effet !... Comme un démon invincible, l'amour vous enchaîne et vous possède ! Vous êtes son esclave, son chien, sa chose ! En votre esprit, en votre cœur, une seule pensée règne et domine, c'est la pensée de celle que vous aimez... Devant vos yeux, toujours, partout, une seule image surgit, c'est la sienne !... Ah ! poursuivit fiévreusement le jeune homme, pourquoi l'ai-je vue, cette femme ?... pourquoi l'ai-je vue ?

— Quelle est-elle donc, cette femme ? interrogea Enguerrand. Ne saurais-tu me dire enfin son nom ?

— Jamais ! répartit vivement l'étudiant. J'emporterai ce secret dans la tombe.

— Mais celle que tu aimes ne t'aime donc pas ? reprit Enguerrand.

— Elle m'aime ! répliqua vivement Buridan. Oh ! oui, elle m'aime, je le crois... j'en suis sûr ! Mais ce qui me tue, ce qui m'accable, ce qui consume mes forces et ma vie, c'est que cette femme que j'aime doit à tout jamais me demeurer étrangère... Sur les cadavres de nos frères assassinés, j'ai fait le solennel serment de ne jamais approcher mes lèvres des lèvres de celle qui a commandé leur meurtre !... Je lui ai pardonné à cette malheureuse ! oui, je lui ai pardonné du fond de l'âme, car elle s'est repentie ; mais le pardon n'est pas l'oubli, et le sang versé par elle nous doit séparer pour toujours !... J'espérais, frère, oui, j'espérais avoir la force de tenir mon serment... Je me croyais grand et courageux ! Hélas ! la jalousie m'a fait comprendre que l'amour était encore maître de mon cœur !

— La jalousie ! répéta Enguerrand.

— Oui, frère, oui, plains-moi ! je suis jaloux !... Car elle est mariée, cette femme, comprends-tu ?... Elle est mariée ! et son époux est jeune !... il est beau, il est noble !... Et ces caresses que je refuse, que mon honneur m'ordonne de refuser à cette malheureuse, malgré l'amour violent dont je suis épris, ces caresses, en ce moment peut-être, son mari les lui prodigue !... Oui, poursuivit le pauvre enfant, en se tordant avec rage sur sa couche, oui, oui ! tandis que je gémis sur ce lit de souffrances, tandis que mes yeux versent du sang, elle se pâme entre les bras de cet époux que je hais...

— Que dis-tu ? interrompit Enguerrand. Mais cela est impossible. Si elle t'aime, peut-elle avoir pour cet époux dont tu parles autre chose qu'une indifférence profonde ?

— Sans doute, elle ne l'aime pas ! repartit Buridan, mais sa nature ardente, passionnée, sa jeunesse fougueuse, lui font accepter ces tendresses sans lesquelles elle ne saurait vivre !... Il est des plantes qui meurent dès que le soleil disparaît à l'horizon. Cette femme est une de ses plantes et la luxure est son soleil !... Comprends-tu maintenant, comprends-tu toute l'horreur de ma situation ?... J'aime cette femme de toutes les forces de mon âme... et mon serment me tient éloigné d'elle... Je l'aime avec fureur, avec frénésie, et c'est un autre qui la possède !... Et cet autre, je te le répète, cet autre est son époux... Il a le droit d'être à ses côtés toujours et sans cesse !... Et contre cette chose odieuse, monstrueuse, effroyable, je ne puis rien ! Non ! il faut que cela soit ainsi et cela sera jusqu'à ce que je meure !... Oh ! si cet homme était son amant, mes souffrances seraient de courte durée... car je le tuerais et tout serait dit ! Ou bien, je mépriserais tellement cette femme que mon mépris étoufferait mon amour !... Mais non, non ! c'est son époux !... son mari !... Et je n'ai même pas la triste joie de l'accuser et de lui en vouloir !... Et ma jalousie est insensée, stupide, injuste... Pourtant, je suis jaloux, vois-tu, jaloux au point de devenir fou, au point de souhaiter la mort comme le plus grand des biens !... Ah ! je comprends maintenant tes idées de suicide, frère, et ce qui m'étonne, c'est que je n'aie pas encore enfoncé le poignard dans ma poitrine ! Car moi, je dois être malheureux toujours et mon cœur doit saigner éternellement !

— Ah ! murmura Enguerrand avec douleur, malédiction sur moi, car c'est le bonheur que tu m'as octroyé qui cause tes tortures !... « Si je revois cette femme, disais-tu, je l'aimerai ! » Tu l'as revue pour moi. Tu l'aimes et tu souffres !

— Ces paroles me rappellent à moi-même, frère ! reprit l'étudiant en tendant à son ami sa main brûlante de fièvre... Pardonne-moi mes plaintes et mes lâches soupirs !... Pour assurer ton bonheur, je dois sacrifier le mien sans regrets et sans larmes... Mais dis-moi au moins, dis-moi que ce que j'ai fait n'a pas été inutile, dis-moi que tu es au comble de tes vœux et que celle que tu aimes va enfin t'appartenir !

— Hélas ! repartit Enguerrand avec une amère tristesse, c'était pour t'annoncer mon prochain mariage que je venais céans !... Joyeux, le rire aux lèvres et l'âme en liesse, j'accourais vers ce cher logis où se sont écoulées nos jeunes années, où est née notre vive amitié, notre affection mutuelle !... Je ne m'attendais pas à trouver ce retrait, si rayonnant il y a quelques jours à peine, si sombre et si lugubre ! Sur mon âme et ma vie ! je donnerais avec joie tout mon bonheur présent pour te rendre, ô mon frère, tout ton bonheur perdu !

— Tu es plus grand et plus généreux que moi, Enguerrand, repartit Buridan en s'efforçant de sourire, j'aurais dû te cacher mes chagrins et mes pleurs !... Frère, encore une fois, pardonne-moi ! pardonne-moi !

Les deux jeunes gens se tinrent longtemps embrassés.

Puis Enguerrand prit congé de son ami; sa charge le rappelait au Louvre.

— Demain, frère, demain, lui dit-il en le quittant, je te reverrai. La reine Jeanne est toute bonne et toute charmante, je lui dirai que tu souffres, et, sans peine, elle m'octroiera la licence de m'absenter du palais pour te venir serrer la main !

Jusques au soir, Buridan demeura presque calme.

Ce que voyant, Cramignole, Cognenbuche et le vieux juif se réjouirent grandement et cessèrent de gémir et de larmoyer.

Pour ces braves cœurs, Buridan était tout, on le sait, et les trois vieux amis étaient depuis un mois comme trois corps sans âme.

Lorsque sonna le couvre-feu, Buridan les conjura, en souriant, d'aller prendre un peu de repos.

— Je vais mieux, bien mieux, leur dit-il, et cette nuit je puis, sans nul danger, demeurer seul en ma logette. Dormez donc, mes braves camarades, dormez et faites de joyeux rêves... Quant à moi, je me sens tout disposé à sommeiller jusques au jour ! La visite d'Enguerrand et les bonnes nouvelles qu'il m'a données m'ont ragaillardi l'âme et ranimé le corps !... Allez donc ! et que le Ciel vous garde !

Pour ne pas laisser supposer à leur cher enfant qu'ils conservaient la moindre crainte sur son état, les trois compères crurent devoir faire selon son désir.

— Bonne nuit je vous souhaite, mon doux seigneur ! dit le gros Cramignole. Ah ! certes, vous êtes sauvé tout à fait, j'en réponds ! et dès demain nous pourrons fermer la porte au nez de tous les mires et physiciens qui vous droguent et vous médicamentent depuis trop longtemps ! Dormez bien ! mon cher fils ! poursuivit le bonhomme ; quant à moi, je vais ronfler comme un bienheureux.

Sur ce, les trois vieux amis, marchant sur la pointe du pied pour ne pas faire de bruit, s'éloignèrent l'un après l'autre de la chambre du malade.

Il va sans dire que Cramignole, pas plus que Cognenbuche et le vieux juif, n'avait l'intention de fermer l'œil.

Comme les autres nuits, au contraire, les trois compères étaient parfaitement résolus à veiller en cas d'accident.

Lorsque Buridan fut seul en sa logette, il ne dormit pas, comme bien on pense.

Son calme était affecté. Il avait voulu, par ce généreux artifice, rassurer un peu ses pauvres vieux amis désespérés.

Sautant brusquement à bas de sa couche, l'étudiant courut à sa fenêtre et l'entr'ouvrit sans bruit.

Alors ses yeux se portèrent au loin, du côté du Louvre.

— Là ! elle est là ! murmura-t-il ensuite sourdement. En cet instant, le roi Philippe est auprès d'elle ! Enfer ! reprit le malheureux en passant sa main sur son front brûlant, est-il un plus effroyable supplice que le mien ?... Jaloux !... être jaloux !... Ah ! ceux-là sont les vrais damnés de ce monde qui connaissent ce formidable tourment !... Et dire que nulle puissance humaine ne pourra me faire grâce de cet infernal supplice ! Aucune puissance humaine ! reprit-il d'un air sombre, je me trompe, ces tortures, je puis m'en délivrer !...

Marchant à bas bruit vers le fond de la chambre, il arracha de sa gaine un poignard appendu à la muraille.

L'ayant considéré pendant quelque temps :

— Bonne lame ! dit-il avec un étrange sourire. C'est un cadeau de ce pauvre Cognenbuche. Certes, il ne pensait guère, en me faisant ce don, que je songerais un jour à tourner cette arme contre mon propre cœur ! Il en sera ainsi, cependant ! continua le jeune homme avec un rire sauvage. Oui ! je veux mourir... je le dois... il le faut ! je n'ai rien à espérer !... je n'ai rien à attendre !... Finissons-en donc avec cette vie absurde qui s'annonçait pour moi si belle, cependant !...

Jetant un regard ému par toute la chambre :

— Adieu ! dit-il, pauvre et chère retraite où j'ai

passé de si doux instants, où de si beaux rêves sont venus dorer mes nuits !...

En cet instant, un chant d'oiseau, mélodieux et charmant, s'éleva dans le silence de la nuit.

— Pendant mes heures d'études et de travail, tu chantais ainsi, rossignolet aimé !... Tu saluas ma vie et tu salues ma mort ! merci à toi!

Après un instant de sombre silence :

— Allons ! reprit-il avec égarement.

Et sur sa poitrine nue, il appuya la pointe de son poignard.

Mais une douce main retint la sienne.

Il se retourna vivement et, stupéfait, il aperçut une femme jeune et belle qui lui souriait d'un sourire d'ange.

C'était la reine Jeanne de Navarre.

XXII. — QUELS EFFETS SUIVIRENT LA VISITE QUE FIT A NOTRE HÉROS L'ÉPOUSE DU ROI PHILIPPE LE BEL

Buridan, stupéfié, considérait Jeanne de Navarre.

— Vous ! vous ! madame ! balbutia-t-il, ici !... dans ce misérable logis !

La reine, sans lui répondre, arracha le poignard qu'il tenait encore à la main.

Jetant l'arme à ses pieds :

— Buridan, dit-elle au jeune homme, est-ce donc bien vrai ce que je viens d'apprendre ? Vous souffrez, et c'est par amour de moi que vous voulez vous donner la mort ?

— Qui vous a dit ?...

— C'est Enguerrand ! De retour au Louvre, son trouble, son émotion, m'ont épouvantée, car je savais qu'il était venu vous voir !... Je l'ai interrogé alors !... Et, sans me rien déguiser, il m'a dit la confession que vous lui aviez faite !... Ah ! quelles furent mes tortures en apprenant les vôtres !... et devant Enguerrand, je dus me contenir cependant et écouter d'un air d'indifférence ce récit qui me brisait le cœur ! A tout instant, je frémissais que des torrents de larmes ne s'échappassent de mes yeux, je tremblais que des sanglots ne s'exhalassent de ma poitrine oppressée !... Oui, vingt fois, je fus près de me trahir et de révéler à Enguerrand que cette femme dont vous lui aviez caché le nom n'était autre que la reine de France !... Vous dire mes angoisses pendant cette horrible scène est impossible !... J'eusse donné tout au monde pour posséder l'anneau mystérieux des légendes, afin de pouvoir m'élancer invisible hors de ce Louvre maudit et accourir vers vous, cher bien-aimé de mon cœur... Mais, hélas ! je n'ai pas la puissance des fées, moi ! je ne suis qu'une reine !

Et Jeanne de Navarre soupira.

— L'âme en deuil, poursuivit-elle, il m'a fallu paraître devant tous joyeuse et souriante... car il y avait fête au Louvre cette nuit... Ah ! ces musiques me semblaient des glas de mort... ces mille lumières n'étaient à mes yeux que des cierges funéraires... et du milieu de cette foule brillante, je voyais soudainement surgir une ombre pâle, livide, ensanglantée... Et cette ombre, c'était vous, Buridan ! c'était vous !... Enfin, la fête se termina, la foule se dissipa peu à peu, les lumières s'éteignirent, j'étais libre ! Alors, seule avec Fiammetta, j'ai pu quitter le Louvre, et me voilà !

Buridan avait écouté la reine sans l'interrompre.

Lorsqu'elle eut achevé, il lui prit la main.

Puis, d'une voix sourde :

— Et le roi ? murmura-t-il, le roi ?...

— Le roi ! reprit Jeanne de Navarre. Grand Dieu ! Enguerrand ne m'a donc pas menti ! tu es jaloux !

— Oui ! répliqua Buridan en versant des larmes de rage, oui, je suis jaloux du roi de France !... C'est insensé, n'est-ce pas, c'est inouï, c'est incroyable ! Cela est pourtant !

— Ah ! malheureux !

— Oui ! vous dites vrai, madame ! bien malheureux !... Ma vie n'est maintenant qu'un éternel supplice !... Tenez ! voyez mes traits flétris ! mes yeux enfiévrés !... mon front pâli !... Cela vous dit ce que je souffre depuis le retour du roi Philippe !

— Mais tu sais bien que je ne l'aime pas... tu sais bien que je ne l'ai jamais aimé !...

— Non ! vous ne l'aimez pas, repartit le jeune homme, mais il est votre époux !... Il a le droit de vous imposer son amour, lui ! car j'ai lu dans ses regards ! Il vous aime, madame ! Jusqu'alors indifférent à vos charmes, il a soudainement compris quels trésors de grâce et de beauté il avait dédaignés ! Et vous-même, Jeanne, vous-mêmes, pourquoi verriez-vous d'un œil froid ses soins et ses tendresses ? N'a-t-il pas tout pour plaire ? Tout pour être aimé ?

— Buridan ! repartit la jeune reine avec force, mon cœur est à vous ! à vous seul ! Je vous l'ai juré... je vous le jure encore ! Oh ! mais, je comprends ce que tu souffres, va ! continua Jeanne en serrant les mains du jeune homme, oui, je comprends cela, car ce que tu éprouves, je l'éprouverais moi-même si l'hymen te liait à une autre femme ! Oui ! oui ! je serais jalouse comme tu es jaloux, et je me désespérerais comme tu te désespères !... Mais que faire ? mon Dieu ! poursuivit Jeanne avec angoisse, que faire pour te rendre le repos et le bonheur ?

L'écolier, comme en délire, serra contre son cœur la reine frémissante.

L'assassin se précipita sur l'étudiant en brandissant sa dague.

— Jeanne, lui dit-il ensuite, en la nuit de nos amours, tu m'as proposé de fuir avec moi. « Ordonne, m'as-tu dit, et je te suivrai au bout du monde ! Je laisserai le sceptre et la couronne, et la reine de France sera ton esclave ! » Telles furent tes paroles ! Te les rappelles-tu ?

— Oui ! répliqua la reine d'une voix ferme.

— Eh bien ! reprit Buridan avec fièvre, te sens-tu assez d'amour au cœur pour tenir cette nuit même la promesse que tu as osé me faire ?... Viens ! viens ! fuyons cette France maudite. Allons, sous d'autres cieux, chercher l'oubli et cacher notre amour ! Inconnus, ignorés de tous, nous finirons nous-mêmes par perdre le souvenir du passé, et nous serons tout au présent, tout à l'avenir, tout au bonheur !

— Buridan ! repartit la reine, sans regrets, sans hésitation, sans arrière-pensée, je te dis ici que je suis prête à te suivre !...

— Saints du ciel ! s'écria Buridan avec ravissement.

— Oui ! poursuivit Jeanne, fût-ce dans le plus sombre désert, dans la solitude la plus sauvage, fussé-je pauvre, misérable ; dussé-je, pour vivre, labourer la terre de mes mains, dussé-je, couverte de haillons, aller mendier mon pain de village en village, j'accepte cette vie avec joie, avec bonheur, avec ivresse !.. Vivre auprès de toi, être ta compagne, ton épouse devant Dieu ! Oh ! ce sera le paradis pour moi !

— Tu consens !... murmura l'étudiant en couvrant de baisers les beaux cheveux de la reine, tu consens !

— De tout mon cœur et de toute mon âme ! répondit la jeune femme. C'est l'accomplissement de mon vœu le plus cher... la réalisation de mon plus doux rêve !... Mais avant de fuir avec moi, Buridan, réfléchis encore !

— Que veux-tu dire ?

— Je veux dire, répliqua Jeanne, qu'en cet instant ta jalousie... ton amour, si tu le veux, étouffe chez toi la voix de la raison!... La fièvre qui te dévore te fait tout oublier... Mais lorsque le calme sera rentré en ton esprit et que tu te retrouveras seul avec moi, oh! alors... alors... tu te souviendras, pauvre enfant, et tu seras plus malheureux mille fois que tu ne l'es aujourd'hui, car tu n'auras plus l'estime de toi-même!

— Jeanne! au nom du ciel! taisez-vous! taisez-vous!

— Je dois tout te dire! reprit la jeune femme. Oui, tu te mépriseras, Buridan, car tu auras trahi le serment fait par toi sur les cadavres de mes victimes... et tu me maudiras, tu me haïras autant que tu m'aimes, moi, qui n'aurai pas eu la loyauté de t'arrêter au bord du parjure!... Alors, ta vie sera un enfer... et je ne serai plus à tes yeux qu'un monstre exécrable! Ces mains que tu presses en ce moment entre les tiennes, tu les verras teintes du sang de tes frères!... Et pour briser cette chaîne fatale qui te liera à moi, sais-tu ce que tu feras? Tu prendras un poignard, comme ce soir, et, cette fois, tu te l'enfonceras dans la poitrine... car cet autre serment, tu l'as fait aussi, et tu ne voudras pas être deux fois parjure!

— Deux fois parjure! murmura sourdement l'étudiant.

— Et ne crois pas, enfant, continua la reine avec chaleur, ne crois pas que ce dénoûment fatal se fasse attendre longtemps! Non! ce sera dans un an, dans un mois, ce sera demain peut-être! Maintenant, reprit Jeanne de Navarre d'une voix solennelle, j'ai dit ce que j'avais à dire. Buridan, veux-tu encore que nous fuyions ensemble? Ordonne, et je pars avec toi!

— Non! Jeanne! répondit l'écolier avec douleur, non, nous ne fuirons pas ensemble! En vous demandant cela, j'étais fou, insensé!... Mais vous aviez toute votre raison, vous! continua-t-il avec amertume, et vous m'avez rendu à moi-même!... Merci à vous, madame, merci!

— Buridan! s'écria la jeune femme, tu doutes de moi!... Tu crois que je t'ai parlé de la sorte pour te faire changer de projet! Tu penses que l'exil m'épouvante!... S'il m'épouvante, pauvre enfant, c'est pour toi et non pour moi, je te le jure!...

— Pour moi! interrompit l'étudiant avec un sourire.

— Tu doutes encore? Eh bien! écoute. Puisque, malgré notre amour, il nous faut être étrangers l'un à l'autre, il est un moyen pour apaiser tes tortures et calmer à jamais tes transports jaloux... un moyen plus sûr que la fuite et qui, du moins, ne te jettera au cœur ni remords ni repentir...

Buridan s'élança éperdu vers Jeanne de Navarre.

— Malheureuse! dit-il, veux-tu donc mourir, toi aussi?

— Mourir pour le monde, oui, ami! répondit la jeune femme avec fermeté. Ce qu'a su faire la tendre Héloïse, moi, coupable, car elle était innocente, j'aurai le courage de l'exécuter... Buridan, dès demain, je n'appartiendrai pas plus au roi de France qu'à vous-même, car les portes d'un cloître se seront refermées sur moi, et je serai toute à Dieu!

— Ah! sur ma vie! s'écria Buridan en tombant aux genoux de la reine, tu es grande et courageuse, Jeanne, et ton sublime dévouement fait honte à ma faiblesse et à mes lâches alarmes!... Mais je n'accepte pas ton noble sacrifice... Non! non! tu ne descendras pas vivante au sépulcre!... Mourir pour le monde, toi si jeune et si belle!... Ah! je serais infâme si je le permettais! Non! non! Jeanne, ton abnégation a dessillé mes yeux! et la folle jalousie a fui à tout jamais de mon âme... Je redeviens moi-même enfin, et, calme, souriant, je te tends la main en te disant : « Tu m'as rappelé mon devoir, merci, Jeanne! merci, ma sœur! »

— Ah! oui, oui, ta sœur, Buridan! ta sœur que tu chériras jusqu'à ton dernier soupir! Mais, continua la jeune femme en fixant sur le visage de l'étudiant un regard scrutateur, tu ne me trompes pas, dis?... Ton calme n'est pas simulé?... Parle! oh! parle encore, dis-moi que tu ne souffres plus et que tes sombres pensées se sont évanouies pour toujours!

— Oui! pour toujours, Jeanne! répliqua le jeune homme. Tiens, interroge mon visage, et vois si toute trace douloureuse n'est pas effacée.

Buridan disait vrai.

Ses traits avaient, comme par miracle, repris leur sérénité passée; ses regards étaient redevenus clairs et limpides, et sur ses lèvres apparaissait le doux et franc sourire d'autrefois.

— Ah! reprit l'écolier avec effusion, bénie soit votre chère visite, madame!... Si je ne vous avais pas revue cette nuit, c'en serait fait de moi... Oui! je serais mort lâchement... honteusement!... comme le soldat sans cœur qui fuit à la première bataille, j'aurais déserté la vie à ma première misère!... Trépas vil, ignominieux, horrible!... Oh! continua-t-il chaleureusement, encore une fois, soyez bénie, ô ma reine, vous qui m'avez sauvé de cette pitoyable fin!

La voix du veilleur annonça la douzième heure.

— Minuit! murmura la reine, déjà!

— Grand Dieu! dit le jeune homme avec terreur, fuyez vite, madame. Si l'on s'apercevait au Louvre de votre absence, vous seriez perdue!

— Oui, perdue! répliqua la reine avec calme.

— Pauvre femme! reprit Buridan, affronter pour me voir tant de dangers!

— Qu'importe cela! répondit Jeanne avec exaltation. En venant, je ne songeais pas à moi, va ! je ne pensais qu'à toi, mon Buridan, à toi seul !

— Mais on pouvait vous suivre, vous épier !

La reine ramena sur son visage les plis épais d'un voile qu'elle avait écarté en pénétrant dans la chambre de l'étudiant.

— Sous ce voile, dit-elle ensuite, sous cet humble costume de femme du peuple, nul ne saurait reconnaître la reine Jeanne de Navarre ; ne crains donc rien pour moi !

— N'importe ! répliqua Buridan, en prenant son manteau et son épée, je vais vous accompagner !

— C'est inutile ! repartit Jeanne, Fiammetta, sous les habits d'un page, m'a escortée jusqu'ici, et l'esclave noir m'attend auprès du Petit-Pont.

— C'est donc jusqu'au Petit-Pont que je vais vous conduire ! reprit Buridan. Venez, reine, venez !

Jeanne et l'écolier quittèrent la petite chambre.

Dans la salle basse, Cramignole, Cognenbuche et le Juif veillaient silencieusement.

L'arivée de la reine Jeanne les avait, comme bien l'on pense, ébaubis.

Toutefois, malgré son voile, ils avaient aisément reconnu dans la nocturne visiteuse la même femme qu'ils avaient déjà vue dans le palais des Thermes ; aussi n'avaient-ils fait nulle difficulté pour la laisser pénétrer chez Buridan.

Et Cramignole, avec une certaine joie, avait aussitôt dit à ses deux vieux compères :

« — L'enfant est déjà mieux ce soir, ou je me trompe fort, ou la dame voilée achèvera la guérison commencée. »

Si bien qu'en voyant apparaître sur le seuil de la grande salle l'écolier et sa mystérieuse compagne, le gros Normand s'écria aussitôt :

— Là ! j'en étais bien sûr ! il se porte comme un charme, et le voici plus fringant que jamais !

Cramignole et les deux autres s'étant levés avec grand empressement, se découvrirent respectueusement devant la jeune inconnue.

Lorsqu'au bras de l'étudiant elle se fut éloignée :

— Ceci nous prouve, dit Cramignole avec gaieté, qu'en fait de médecine, messire Cupido, tout aveugle qu'il soit, en sait plus long à lui seul que tous les hippocrates du monde.

Sous la tonnelle, Buridan et la reine trouvèrent la petite bohémienne qui, la main sur la garde de sa fine rapière, se promenait de long en large avec une crânerie merveilleuse.

— Bonne nuit, mon joli page ! lui dit Buridan.

— Bonne nuit, mon gentilhomme ! répliqua Fiammetta. Vous voici, grâce à Dieu, ressuscité une fois encore, continua la fillette visiblement joyeuse, j'en ai grand contentement, et vous en félicite !

— Merci, mon beau page ! repartit le jeune homme.

Tout en discourant ainsi, l'étudiant et les deux femmes s'étaient éloignés de la taverne, et, d'un pas hâtif, tous trois avaient descendu la rue Saint-Jacques.

Au moment d'atteindre le Petit-Pont, Buridan s'arrêta brusquement :

— Sur mon âme, murmura-t-il après avoir prêté l'oreille, nous sommes suivis !

— Grand Dieu ! s'exclama la reine.

— Peut-être n'est-ce pas à nous que l'on en veut, poursuivit le jeune homme. En tout cas, avant que l'on nous ait rejoints, vous avez le temps de gagner le rivage et de vous jeter dans votre barque. Quant à moi, continua l'écolier, je saurai empêcher qui que ce puisse être de jeter de votre côté un coup d'œil indiscret !

Ce disant, il tira l'épée hors du fourreau.

— Vous exposer encore pour moi ! dit la reine avec effroi.

— Madame, reprit Buridan, nul ne doit vous voir rentrer au Louvre ! Et, de par Dieu, nul ne vous verra !... Partez, partez, madame ! et ne redoutez rien pour moi... vous seule avez tout à craindre en demeurant céans !

La bohémienne entraîna la reine vers la grève.

Peu après, Yacoub faisait jouer ses rames, et la barque gagnait le large.

Au moment où le batelet quittait le rivage, Buridan entendit à peu de distance une voix avinée qui fredonnait un refrain bachique.

S'étant retourné, il aperçut un grand drôle qui, tout en traçant de nombreux zigzags, descendait la rue Saint-Jacques avec assez de rapidité.

— Certes, fit l'étudiant en se mettant à rire, le coquin est soûl comme une grive !... Du diable s'il songeait à suivre la reine comme je le supposais...

Remettant son épée au fourreau :

— Rentrez au gite, ma belle, dit-il ensuite, on n'a que faire présentement de votre office !

Titubant toujours et polissant de son dos les murailles qu'il rencontrait en chemin, l'ivrogne avait en peu de temps atteint la rue Galande, appelée ainsi alors à cause d'un seigneur de ce nom.

C'est à l'angle de cette rue que se tenait notre écolier.

Chantant de plus belle, le servant de Bacchus fit mine de s'engager dans la rue du Petit-Pont ; mais cela avec un empressement tel que Buridan s'en étonna.

Aussi se plaçant au beau milieu de la rue :

— Eh ! là ! là ! le joyeux chanteur, dit l'étudiant en lui barrant la route, où courez-vous si vite, je vous prie ?

L'ivrogne, sans cesser son refrain, voulut passer quand même; mais de sa main de fer, Buridan le retint au collet.

— Sang-Dieu! fit l'homme avec colère, lâchez-moi!

— Ouais! reprit l'écolier peu disposé à lui obéir, vous êtes, ce me semble, moins ivre pour parler que pour chanter!

Mais l'homme reprenant bien vite sa voix avinée :

— Lâche-moi, mon fils! dit-il, on m'attend!

— Et qui cela?

— Mon épouse! Elle me battra, vois-tu, si je suis trop en retard...

Et de nouveau, l'ivrogne fit une tentative pour s'échapper.

— Un mot encore, reprit Buridan qui serra plus fort. Où demeures-tu?

— Où je demeure? répliqua l'autre que cette question sembla déconcerter quelque peu. Parbleu!... je demeure là-bas!

— Où ça, là-bas?

— Eh bien... rue... rue de l'Arche-Marion!

— Parbleu! mon brave, repartit Buridan, je te veux servir de guide jusque-là! Tu n'es pas en état de retrouver ton logis tout seul!... Prends mon bras!

L'ivrogne étouffa une exclamation de colère; mais l'étudiant lui avait pris le bras, et, de force, le lui avait passé sous le sien.

Voyant bien qu'il ne pouvait se délivrer de cette étreinte, il prit son parti.

— Viens donc! dit-il.

Et, violemment, il entraîna Buridan dans la direction du Petit-Pont.

Mais l'écolier modérant l'allure de son compagnon :

— Là! là! doucement, camarade, fit-il en raillant. Pas tant d'ardeur, je te prie! *Chi va piano, va sano*, dit le proverbe italien. Et tout exprès pour les ivrognes, cette belle maxime semble avoir été inventée.

Et Buridan, impassible, força son homme à descendre la rue à pas comptés.

Si bien que lorsqu'ils atteignirent le Petit-Pont, la barque de Jeanne de Navarre s'était depuis longtemps déjà perdue dans les brouillards de la Seine.

L'écolier, bien certain que la reine était hors de tout danger, se décida seulement alors à serrer un peu moins fort le bras de l'ivrogne ou du soi-disant tel.

Celui-ci, sentant la pression diminuer, fit aussitôt un mouvement brusque qui le dégagea entièrement.

Dans le même moment, son corps courbé en deux se redressa, ses jambes fléchissantes un instant auparavant se roidirent soudainement et, rapide comme une flèche, l'homme gagna le Petit-Pont et le franchit en un instant.

— Le coquin n'est pas plus ivre que moi! se dit l'écolier, je m'en doutais!... Quel est cet homme?... Parbleu, je n'ai qu'à courir après lui et je le saurai!...

Et, sans perdre de temps, l'étudiant se mit à la poursuite du fuyard.

Celui-ci avait une certaine avance sur Buridan; mais ce dernier ne le perdait pas de vue et il n'en demandait pas davantage.

Le faux ivrogne s'arrêta enfin.

Il était devant le Louvre.

Buridan le guettait de loin.

— Évidemment, dit-il, c'est à la reine qu'il en voulait! Il savait que c'était-elle... il le soupçonnait du moins!... Grâce à Dieu, poursuivit le jeune homme, le compère en sera pour sa peine... car Jeanne est au port depuis longtemps déjà.

Buridan ne se trompait pas. Yacoub avait fait force de rames, et la reine rentrait en ses appartements au moment même où le rôdeur nocturne échappait à l'écolier.

Celui-ci, après être demeuré en faction aux abords du palais, durant quelques minutes, se décida enfin à lever le siége.

Faisant un grand geste de colère, il rebroussa chemin brusquement et se prit à longer la Seine dans la direction du Pont-au-Change.

Buridan s'était promptement dissimulé dans le creux d'un saule séculaire dont le fleuve baignait le tronc moussu et la ramure échevelée.

De ce poste, il avait pu observer tout à son aise les mouvements du rôdeur mystérieux.

Celui-ci passa à deux pas de notre écolier sans l'apercevoir.

Il ne songeait plus à lui, du reste. Il ne s'était même pas aperçu qu'il l'eût suivi jusqu'au Louvre.

— Pardieu! se dit Buridan lorsque le drôle fut à quelques pas de lui, je n'en aurai pas le démenti et je saurai quel est ce singulier oiseau de nuit.

Alors, quittant sa cachette, il se remit à suivre son homme.

Celui-ci, tout en grommelant, maugréant, finit par atteindre la rue étroite, salle et puante qui était située entre le grand Châtelet et la rivière.

Cette rue s'appelait alors la Vallée-de-Misère, et certes elle ne volait pas son nom. Elle était hideuse d'aspect et monstrueuse de senteurs. Ses boues fétides engendraient une effroyable vermine, et ses malheureux habitants, presque tous mégissiers ou apprêteurs de peaux, étaient en guerre éternelle avec ces infatigables suceurs de sang.

En 1369, sous le règne de Charles V, la Vallée-de-Misère devint le quai de la Mégisserie, nom qu'il a conservé jusqu'à nos jours. On le nomma vulgairement aussi quai de la Ferraille.

Le faux ivrogne s'engagea bravement dans la rue susnommée.

— Ouais! murmura Buridan, hésitant à pénétrer

à son tour dans ce cloaque, le chien ne saurait-il me mener en un lieu plus chrétien ?

L'homme s'était arrêté devant une porte basse toute cuirassée de plaques de fer dévorées par la rouille et qui semblait close depuis des siècles.

Tirant une clé de son escarcelle, il s'apprêta à la mettre dans la serrure.

Mais Buridan s'était doucement approché.

— Eh ! que faites-vous là, mon compère ? s'écria brusquement l'écolier en appuyant sa main sur l'épaule du coquin, vous vous trompez de porte assurément, et ce n'est pas ici que demeure votre épouse !

L'homme se retourna vivement et reconnut l'étudiant.

— Ah ! ah ! fit ce dernier, vous m'avez donc menti, messire ivrogne !... De par Dieu ! avant de rentrer en cette sombre tanière qui te sert de gîte, à ce que je vois, tu me diras, mon maître, en quel but tu tenais tant tout à l'heure à suivre ma compagne ! Allons, parle ! es-tu son frère, son tuteur ou son époux ? Si oui, donne-m'en la preuve et je t'excuserai !... Si non, je te coupe les deux oreilles, drôle, pour t'apprendre à te mêler de ce qui ne te regarde pas !

— Par l'enfer ! riposta l'homme avec fureur, arrière, messire, arrière ! ou malheur à vous !

A ces mots, l'inconnu tira de son pourpoint un énorme coutelas.

— Bravo ! fit Buridan en raillant, te voilà dégrisé tout à fait, canaille !

— Chien maudit, reprit l'autre avec rage, c'est grâce à toi que la femme voilée m'a échappé cette nuit !... Je veux ta vie !

Et l'assassin se précipita sur l'étudiant en brandissant sa dague formidable.

Mais Buridan était sur ses gardes.

Avant même que l'arme n'effleurât sa poitrine, il avait saisi le bras du coquin et l'étreignait en sa main musculeuse comme en un étau de fer.

Alors, de l'autre main, il arracha l'arme des doigts crispés de son adversaire.

— Ah ! vous voulez ma vie ! dit-il ensuite. Tudieu, vous êtes féroce, mon très-cher ! je ne le suis pas, moi ! Et la seule chose que j'exige de vous, c'est une petite confession !... Allons, poursuivit-il en le serrant à la gorge, sois franc, coquin, et réponds présentement à la question que je t'ai fait l'honneur de t'adresser tout à l'heure !

Mais le drôle n'avait garde de parler.

Il ne songeait qu'à une chose, c'était à s'arracher des griffes de l'étudiant.

— Lâche-moi ! lâche-moi ! hurlait-il.

— Parle d'abord et je te lâcherai après !

En cet instant la porte basse s'entr'ouvrit doucement.

L'homme se dégagea par un effort vigoureux et franchit rapidement le seuil.

Buridan voulut s'élancer à sa poursuite...

Mais déjà la porte s'était refermée sur le mystérieux personnage.

XXIII. — DANS LEQUEL JEAN BURIDAN, POUR SE DISTRAIRE TOUT A FAIT DE SES CHAGRINS D'AMOUR, NE TROUVE RIEN DE MIEUX A FAIRE QUE DE RECOMMENCER SA VIE AVENTUREUSE D'AUTREFOIS.

Buridan avait tenté de pousser la porte basse ; mais inutilement.

L'huis avait été bien et dûment fermé et verrouillé à l'intérieur.

— Le pendard, à ce que je vois, a des intelligences dans la place ! se dit notre écolier. Plus je cherche, ajouta-t-il en réfléchissant, moins je devine les desseins de cet homme !... Ce n'est pas un larron ! Ce n'est pas un meurtrier, car il n'a levé le poignard sur moi que pour répondre à mes menaces !... C'est un espion, ce ne peut être autre chose. Aux gages de qui peut être ce coquin ? car assurément il ne travaille pas pour son propre compte !

Tout en monologuant de la sorte, l'étudiant tenait machinalement les yeux fixés sur la muraille sombre où était percée la porte par laquelle l'homme mystérieux avait disparu.

— Par saint Jean ! s'exclama tout d'un coup Buridan en se frappant le front, je suis un grand enfant ! Point n'est besoin d'être Œdipe pour deviner cette énigme !... Ce mur, fort noir du reste, fort humide et tout à fait désagréable à l'œil, n'est autre chose que la muraille d'enceinte du Grand-Châtelet. Or, qui habite le Châtelet ?... D'abord et avant tout, messire Jean de Montigny, prévôt du roi, premier juge ordinaire civil et politique, chef de la noblesse de toute la prévôté et vicomté de Paris. Si quelque chose se fait et s'exécute en ce monument sinistre, c'est le prévôt qui le commande et l'ordonne ! L'homme de cette nuit est donc à Jean de Montigny, c'est clair comme le jour !... Ce qui prouve que le digne magistrat a des soupçons sur la reine Jeanne. « Si, dans un an, vous n'avez pas découvert les assassins des écoliers, lui a dit le roi, vous serez pendu ! » Le cher prévôt se souvient de cette menace et fait en sorte d'éviter la potence !

Après quelques instants de silence, Buridan se prit à rire :

— Cher prévôt de mon cœur, poursuivit-il, vous ne serez, grâce à Dieu, pas plus avancé ce soir que vous ne l'étiez hier!... et nous prendrons si bien nos mesures que vos soupçons n'arriveront jamais à l'état de certitude!... Vous pouvez en conséquence faire vos préparatifs de voyage pour Montfaucon!... Vous êtes innocent des meurtres de la tour de Nesle, mais vous avez fait tant d'autres vilenies, qui eussent dû vous faire pendre, que si vous finissez ainsi, ce ne sera que demi-mal!

Buridan, tout en se disant cela à lui-même, avait quitté la Vallée-de-Misère.

— Ouf! fit-il en s'engageant sur le Pont-au-Change, on respire, aux abords de ce noir Châtelet, d'étranges parfums et de singulières senteurs!... Et dire qu'il y a de pauvres diables qui vivent dans ces immondes parages!

D'un pas rapide, Buridan traversa le Pont-au-Change. Il avait hâte de s'éloigner de ce sombre quartier.

Au bout du pont, notre héros suspendit machinalement sa marche.

Portant le regard vers l'amas d'édifices qui se dressaient devant lui :

— O vieille Cité! dit-il, petit berceau d'une grande ville, combien de fois, en mes escapades nocturnes, ai-je couru par tes rues tortueuses, le nez au vent et le poing sur la hanche! car c'est toi, Cité ma mie, oui, je t'en fais l'aveu, c'est toi qui m'as fourni le plus d'aventures piquantes et procuré les plus galants rendez-vous! Chacune de tes maisons me retrace quelque souvenir... Et s'élançant de tes ruelles mystérieuses, de gentilles voix féminines viennent murmurer à mon oreille des paroles d'amour!

Après un silence :

— Heureux temps que celui-là! reprit l'écolier. Hélas! c'en est fait de toutes ces joyeuses folies!

Et Buridan soupira.

— Eh! pourquoi? reprit-il. Sous le prétexte que, pendant un mois, j'ai renoncé à mes franches équipées d'autrefois, est-ce une raison pour leur dire un éternel adieu?... Non! au contraire, mille fois non!... Le seul moyen de me distraire de mes soucis présents, c'est de recommencer de plus belle l'existence accidentée que je menais si bien jadis!... Jetons-nous donc de nouveau dans cet enfer charmant tout peuplé de diablesses, qui n'aiment pas et que l'on ne peut aimer, Dieu merci! A moi les refrains bruyants et les gaietés sonores!... A moi les nuits d'orgies où l'on joue, où l'on boit, où l'on se tue en s'amusant, enfin! O piliers de tripots!... soulards émérites!... courtisanes charnues!... je vous reviens, estimables canailles! et par le diable, je vais vous en faire voir de toutes les couleurs!

Tout en parlant, l'écolier avait quitté les abords du Pont-au-Change et s'était dirigé vers la place du Palais.

— Oui! oui! continua-t-il, ce plan est bon!... Ah! si j'avais des cheveux gris, je n'essayerais même pas de lutter et de me roidir contre le méchant tour que me joue le destin. Mais je suis jeune, mort-diable! j'ai dix-neuf ans... l'âge de l'insouciance et du plaisir!... et je serais le plus grand niais de la terre si je rampais plus longtemps dans les fanges du désespoir lorsqu'il me suffit d'étendre mes jeunes ailes pour me retrouver dans ma sphère ensoleillée!... Sur ma foi, j'ai déjà trop gémi et trop soupiré!... Que dis-je! j'ai pleuré même!... Oui! j'ai pleuré... moi, Buridan! le roi des rieurs! Et, pour suivre jusqu'au bout l'exemple absurde de mon cher ami Enguerrand, j'ai osé enfin songer au suicide! Ah! d'honneur, je suis révolté contre moi-même, et ma sottise est impardonnable!... La mort!... les larmes!... les soupirs! au diable ces vilaines choses, et vive le plaisir!

Comme bien on pense, Buridan avait pensé tout bas et non pas dit tout haut ce que l'on vient de lire; car il n'est guère de mode, si ce n'est dans nos comédies modernes, de parler à voix haute quand on cause seul avec soi-même.

Toutefois, emporté par son enthousiasme, il éleva le ton involontairement lorsqu'il ajouta :

— Par saint Jean, mon patron! pour ne pas laisser tomber dans l'eau mes belles résolutions, je jure d'entamer cette nuit même quelque nouvelle aventure!

A peine achevait-il, qu'une voix connue s'écria joyeusement à quelques pas de lui :

— Bien! bonne idée! plan superbe! Entamez l'aventure, monseigneur, et, par grâce spéciale, souffrez que je l'entame avec vous!

L'étudiant se retourna vivement et, non sans une stupéfaction profonde, il reconnut son vieil ami Cramignole.

— Toi! s'écria-t-il, toi, ici!

— Moi-même, messire! répliqua le Normand en s'inclinant.

— Et par quel hasard, mon compère, reprit le jeune homme en frappant sur l'épaule de l'hôtelier, par quel hasard rôdes-tu, présentement, par les rues de la Cité, au lieu de ronfler, comme c'est ton devoir, aux côtés de ton épouse légitime?

— Aussitôt après votre départ, répondit Cramignole, j'avais pris le chemin de la chambre conjugale. Une seconde après, je ronflais, comme vous le dites fort bien; oh! mais je ronflais que c'en était une bénédiction. Tout à coup, des piaillements aigus me réveillèrent en sursaut... C'était mon héritier qui hurlait. Il venait de rêver qu'il dévorait un pâté, gros comme un bœuf, et ce pâté, il voulait me forcer à le lui donner. Furieux de son rêve d'abord et de ses beuglements ensuite, je ne me connus plus, et je lui octroyai la plus belle fessée qui jamais eût coloré le séant d'un mioche ! C'est la première que je lui inflige... Entre nous, je crois qu'il s'en souviendra ! En entendant battre son moutard, mon épouse entra dans une rage telle que je crus prudent de m'habiller à la hâte et de filer sans demander mon reste.

Buridan partit d'un grand éclat de rire :

— Je comprends maintenant pourquoi tu erres par les carrefours à cette heure insolite, non vieux Cramignole.

— Pas si vieux que j'en ai l'air. Je n'ai pas encore la quarantaine et je me sens plus fringant que jamais !

— Soit ! fit le jeune homme en tendant gaiement la main au gros hôtelier, je fais droit à ta requête, ami Cramignole, et t'accepte pour second !

— Je saurai me montrer digne de votre confiance ! riposta le Normand.

— En route donc pour l'inconnu ! s'écria l'étudiant. Sans qu'il soit besoin de quitter cette vieille Cité, toute pleine de drames sombres et d'étranges mystères, nous pourrons, je crois, trouver ce que nous cherchons ! En route !

— En route ! répéta le Normand.

Et les deux hommes, se fiant au hasard, s'engagèrent dans la première rue qui se trouva sur leur chemin.

Après quelques minutes de marche :

— Silence ! murmura l'écolier en entraînant le gros Normand, je viens d'apercevoir une grande ombre noire qui se glissait le long des maisons. Tenons-nous cois et observons !

Un homme, enveloppé dans un large manteau, apparut bientôt, en effet, et s'arrêta devant un gros pilier rond qui séparait deux maisons abandonnées et ruinées.

Il jeta un regard à droite et à gauche pour s'assurer s'il était seul dans la rue.

Grâce aux ténèbres épaisses qui régnaient éternellement dans la cité, Buridan et le Normand furent assez heureux pour ne pas être aperçus par le nouveau venu.

Alors ce dernier, intimement convaincu que nul ne l'observait, s'agenouilla dans la fange, et tira une dague de dessous son manteau.

Il allait en appuyer la pointe sur l'une des pierres qui formaient le socle du pilier...

Mais en ce moment, un bruit de pas se fit entendre, et l'homme agenouillé replaça vivement le poignard sous son manteau.

Tendant l'autre main, il se prit à crier de ce ton traînard et pleurnicheur que les mendiants affectionnent :

— La charité, s'il vous plaît, mon doux seigneur !

Celui qu'implorait ainsi de loin l'homme agenouillé s'avança aussitôt d'un pas rapide, en criant, sur le même ton :

— Mon doux seigneur, la charité, s'il vous plaît !

Les deux singuliers mendiants firent alors en même temps le signe de la croix, puis fouillant en leur escarcelle, ils se firent l'aumône mutuellement.

Ceci fait, l'homme agenouillé reprit son poignard et l'enfonça dans la base du pilier qui, tournant immédiatement sur lui-même, découvrit les premières marches d'un escalier pratiqué dans la muraille.

— Comte de Saint-Séverin ! dit le premier mendiant avec courtoisie, passez, je vous prie !

— Après vous, comte de Notre-Dame ! après vous !

Peu après, les deux comtes avaient disparu dans l'escalier sombre, et, de lui-même, le pilier avait repris sa place primitive.

Buridan et son compagnon avaient suivi, sans en perdre un seul, les mouvements des deux mystérieux personnages.

Dès que ces derniers eurent disparu et que le pilier mobile eut repris sa place primitive, l'écolier frappa gaiement sur l'épaule de Cramignole :

— Par saint Jean ! lui dit-il, le hasard, en nous faisant passer par cette ruelle, nous a servis à souhait ! nous étions en quête d'aventures, nous en tenons une, mort-diable ! et plus complète vraiment que nous n'eussions osé l'espérer !

Et tout résolûment Buridan courut au pilier rond.

Naturellement, Cramignole fit comme lui.

— Alors, vraiment, fit-il en jetant un coup d'œil inquiet sur les logis abandonnés, vous allez tenter de savoir ce qui se passe là-dedans ?

— C'est là mon but, cher ami !

— Ne faites pas cela, monseigneur ! répliqua vivement le bonhomme. Quand des chrétiens choisissent pour lieu de réunion un endroit pareil, c'est que ces chrétiens-là ne sont pas bien catholiques !... Laissons-leur donc faire leurs vilaines petites manigances tout seuls et ne fourrons pas notre nez de ces côtés-là !

— Tu prêches en pure perte, ami Normand ! répondit en riant le jeune étudiant. Retourne au gîte, je t'en donne toute licence. Quant à moi, j'aurai le mot de cette énigme.

— Se jeter ainsi de gaieté de cœur dans la gueule du loup ! gémit Cramignole.

— Voir pour savoir ! telle est ma devise ! riposta Buridan.

Se jetant alors à deux genoux sur le sol, il tira sa dague et se prit à poignarder le socle du pilier, ainsi que venait de le faire le premier des deux inconnus.

Au bout d'un instant, la lame rencontra le ressort mystérieux.

Tout aussitôt, le pilier tourna sur lui-même comme précédemment, et nos deux aventuriers purent apercevoir l'entrée secrète par laquelle les étranges mendiants venaient de disparaître.

Cramignole plongea dans la sombre ouverture un regard effaré.

— Fait-il obscur là-dedans! murmura-t-il. Un chat-huant n'y retrouverait pas ses petits! C'est là le trou de l'enfer, assurément!

— Puisses-tu dire vrai! répondit joyeusement Buridan. Je n'ai jamais fait visite à Satanas, je serais ravi de lui tirer les cornes!

Parlant ainsi, l'étudiant s'engagea bravement dans l'étroit escalier.

Cramignole tenta une dernière fois de retenir le jeune audacieux.

Mais celui-ci haussa les épaules en répliquant d'un ton déterminé :

— Ce que je veux, je le veux... et je le fais!

— Sarpedienne! grommela le Normand, vous êtes bien le fils de votre père!

Et tout en maugréant, il suivit machinalement son entêté compagnon.

— Tu viens donc avec moi? fit le jeune homme en se prenant à rire.

— Tiens! pardieu! répliqua l'autre naïvement, pensez-vous que je vais vous laisser écharper sans essayer au moins de vous défendre?... Si vous m'en croyez, toutefois, nous laisserons l'entrée toute grande ouverte. Quand on s'aventure dans un coupe-gorge, il est prudent de se ménager une retraite.

Comme il achevait ces mots, le degré sur lequel il venait de poser le pied bascula de lui-même et fit jouer un ressort qui correspondait au pilier.

Le susdit pilier se replaça brusquement alors devant l'entrée, laquelle se retrouva hermétiquement close.

— Bon! bien! murmura Cramignole, il ne manquait plus que ça! voilà la cage fermée!

— Bah! reprit Buridan, cela nous enlèvera tout désir de retourner en arrière!

Les deux hommes descendirent à tâtons.

Mais les degrés étaient tellement humides et envahis par la moisissure, que Cramignole manquait de tomber à chaque pas qu'il faisait.

— Si je ne dégringole pas, maugréa le bonhomme, j'aurai de la chance!

Enfin, l'on atteignit sans mésaventure la dernière marche.

Jusque-là, nos deux compagnons s'étaient trouvés dans les ténèbres les plus épaisses.

Mais lorsqu'ils furent au bas de l'escalier, ils aperçurent dans l'éloignement une faible lueur rougeâtre qui semblait s'échapper d'une sorte de brêche pratiquée dans le mur.

A bas bruit, les deux hommes se glissèrent jusqu'à l'ouverture. Non sans grande précaution, ils se hasardèrent à jeter un coup d'œil dans l'intérieur du souterrain.

Des hommes étranges y tenaient assemblée.

Ils avaient l'aspect farouche et sauvage, et les plus misérables accoutrements, les loques les plus sordides composaient leurs costumes.

Ils étaient en grand nombre, et tous parlaient en même temps, avec grande animation et force gestes.

Dans tous les yeux, sur tous les fronts, se lisaient la colère, la haine et l'indignation.

— Quels sont ces hommes? se demandait Buridan fortement intrigué.

Mais, au milieu du brouhaha, il était impossible de saisir une seule parole, et leurs phrases n'arrivaient aux oreilles de l'écolier que par lambeaux inintelligibles.

Enfin, une voix sonore réclama le silence.

Et soudainement, à cette voix, les murmures s'apaisèrent et les clameurs se turent comme par enchantement.

Tous se rangèrent alors, et, dans le milieu de la salle, Buridan et son compagnon aperçurent un grand vieillard, qui se tenait debout, et qui, malgré les habits en lambeaux qui le couvraient, avait la mine haute et l'allure majestueuse.

Il avait de longs cheveux, aussi blancs que la neige, qui retombaient en boucles ondoyantes sur son cou large et fort, et sa barbe grise descendait jusqu'au milieu de sa poitrine.

Les reflets de la petite lampe tombaient d'aplomb sur le visage du vieillard, et facilement Buridan pouvait distinguer ses traits nobles et beaux, ses yeux pleins de flamme et son front haut et fier.

— Comte de Notre-Dame, dit l'un des assistants, nous vous écoutons tous de l'oreille et du cœur.

— Enfants, dit alors le grand vieillard, votre résolution est-elle irrévocable?

— Irrévocable! répondit la bande d'une seule et même voix.

— Réfléchissez... réfléchissez encore!... reprit celui que l'on appelait le comte de Notre-Dame. Songez à la vie terrible qu'il vous faudra mener! Songez qu'il n'y aura plus pour vous ni repos ni sommeil... Traqués, poursuivis par les gens du roi, votre dernier gîte, quel sera-t-il? Montfaucon!

— Que nous importe! interrompit avec violence un jeune homme pâle qui n'avait qu'un bras, et dont une large cicatrice balafrait la face, que nous importe la potence!... mieux vaut mourir une seule fois que mourir tous les jours de honte et de misère!

— Bien dit! cria l'assemblée.

La confrérie des Meurt-de-faim.

— Depuis trop longtemps, reprit le jeune homme pâle, nous souffrons sans rien dire. Il est temps d'en finir... Que sommes-nous ici-bas? des parias!... des maudits!... des damnés!... Que faisons-nous sur terre?... Vous, poursuivit-il en s'adressant au grand vieillard, vous mendiez chaque jour, à la porte de Notre-Dame, une misérable obole, que bien souvent on vous refuse...

— Oui, bien souvent! répliqua le vieillard avec un amer sourire.

— Qu'avez-vous fait pour être aussi misérable? continua le jeune homme au front cicatrisé. Depuis longues années, vous ne pouvez travailler... Vos doigts ont été dévorés par les flammes, en arrachant à l'incendie la fille de votre fils!

— C'est vrai! dit le vieux mendiant.

Et sortant ses deux mains de dessous son manteau effiloqué, il les leva jusqu'à la hauteur de la lampe.

Alors chacun put voir que ses mains n'avaient plus de doigts.

— J'étais bon ouvrier, reprit le vieillard avec une indéfinissable tristesse... Parmi les livres réunis par le roi saint Louis dans le trésor de la Sainte-Chapelle, il en était plus d'un que ma main, aujourd'hui mutilée, avait copié et enrichi de précieuses enluminures!... Hélas! depuis longtemps, tu l'as dit, Éloi Valmignot, je mendie, et c'est tout ce que je puis faire!

Éloi Valmignot, — puisque tel était le nom du jeune homme, — quittant le vieux copiste estropié, se retourna vers un autre mendiant qui, debout sur ses deux jambes de bois, se tenait, sombre et triste, appuyé contre la muraille.

— Jacques Tirlemont, dit le jeune homme, tu n'as plus de jambes, toi, et si tu vis aujourd'hui de la charité publique, c'est par nécessité et non par paresse!

L'homme interpellé s'avança vers Éloi à l'aide de ses béquilles :

— Par paresse!... murmura-t-il ensuite avec des larmes dans les yeux; non. Tandis que je sculptais le portail du Louvre, je me suis laissé choir de mon échafaudage !... Depuis ce jour, poursuivit le sculpteur avec chagrin, je n'ai pu remonter sur un autre, et ma main, au lieu de tenir le ciseau, tient la sébille auprès de Sainte-Geneviève !

— Moi, reprit Valmignot avec colère, en levant vers le ciel d'un air de menace l'unique bras qui lui restait, la guerre m'a fait manchot et m'a balafré le crâne !... De par l'ordre du roi, il m'a fallu quitter les miens pour aller en Sicile me faire écloper de la sorte... Quand je suis revenu de là-bas, je n'avais plus ni père ni mère... j'étais pauvre comme Job et j'étais mutilé par-dessus le marché !... Alors, pour ne pas crever de faim, — car si misérable qu'on soit, on a la folie de vouloir vivre quand même ! — pour ne pas crever de faim, dis-je, j'ai pris, moi aussi, la besace du pauvre et j'ai tendu aux fidèles de Saint-Étienne-du-Mont la seule main qui me restait !...

Se retournant successivement vers tous les autres membres de la misérable assemblée, le soldat poursuivit :

— Frères de Saint-Séverin, de Saint-André-des-Arts, de Saint-Eustache, de Saint-Germain-l'Auxerrois, de Saint-Martin, vous tous enfin qui m'écoutez, si chacun de vous vit aujourd'hui de la charité publique, c'est que vous avez été poussés à la mendicité par quelque infirmité grave, par quelque formidable blessure, comme ce vieillard, comme Jacques Tirlemont, comme moi-même !

— Oui ! oui ! répondit la foule.

— Il est temps, reprit avec force l'homme à la balâfre, oui, il est temps de sortir du bourbier hideux de la pauvreté ! Nous sommes de pauvres imbéciles d'honnêtes gens, c'est-à-dire des dupes... Eh bien ! jetons au rencart cette belle honnêteté qui ne nous sert à rien. Ces infâmes sujets des royaumes de Thunes et d'Argot, ces suppôts de l'empire de Galilée, ces gredins assermentés des cours d'Égypte et de Bohême, ces coquins, dont notre confrérie, pure de tout larcin et de tout crime, s'est écartée jusqu'à ce jour avec horreur et dégoût, sont en définitive seuls sensés et logiques. Au lieu de se faire moutons comme nous, et de se contenter de hêler leur misère aux échos insensibles, ils se sont faits tigres et lions, et ce que de bon gré on ne leur donnerait pas, ils le prennent de force ! Faisons donc comme eux ! continua le jeune soldat avec une énergie sauvage. Qui nous sait gré de nous entêter ainsi dans notre honnête pénurie ?... personne ! D'ailleurs, au temps où nous sommes, la conscience est folie, la vertu est un mot !... Partout règnent le meurtre, le libertinage et la débauche ! Hurlons donc avec les loups, et, dans cet océan de vices et d'infamies, noyons sans plus tarder nos honnêtes instincts et nos bonnes pensées !... Les grands nous donnent l'exemple : Le roi tout le premier... ce sont nos maîtres, imitons-les !

Le jeune mendiant disait vrai ; jamais la corruption n'avait atteint de plus effroyables proportions.

Jacques de Vitry, écrivain du treizième siècle, s'exprime ainsi dans ses chroniques :

« Malgré les titres pompeux et les dignités dont ils s'enorgueillissent, les seigneurs ne laissent pas d'aller à la proie et de faire le métier de voleurs, et aussi celui de brigands en ravageant des contrées par des incendies.

» Sur les chemins publics, vous les voyez, couverts de fer, attaquer les passants, sans épargner les pèlerins ni les religieux.

« Sur mer, ils font le métier de pirates et, sans craindre la colère de Dieu, ils pillent les voyageurs, les marchands, brûlent souvent leurs navires, et noient dans les flots ceux qu'ils ont dépouillés.

« Des princes et des nobles sans foi sont les associés de ces voleurs ; loin de protéger leurs sujets et de les maintenir en paix, ils les oppriment ; — loin de réprimer ces scélérats, de les contenir par la crainte des châtiments, ils les favorisent, deviennent leurs patrons, et pour de l'argent qu'ils en reçoivent, ils autorisent leurs attentats. »

Tels étaient les grands seigneurs à cette étrange époque.

« Ces hommes, s'écrie avec indignation l'auteur de l'*Histoire de Paris*, ces hommes auxquels on attribue tant d'exploits glorieux, tant d'actions généreuses et honorables, n'étaient que des brigands impitoyables, des misérables dignes de figurer dans les bagnes ou dans les cachots de Bicêtre ! »

L'assemblée tout entière avait chaudement applaudi aux paroles d'Éloi le balafré.

— Oui ! oui ! reprirent les mendiants d'une commune voix, c'est trop souffrir et gémir en silence !

— Eh bien ! reprit le soldat, ne souffrons plus ! ne gémissons plus, et, sans hésitation, sans scrupules, entrons dans la voie nouvelle que je vous propose !... Faisons comme les autres enfin... soyons infâmes... soyons criminels... soyons voleurs !...

— Oui, oui, soyons voleurs ! répéta la foule.

La voix du grand vieillard se fit entendre :

— Enfants, dit-il, le vol n'est parfois que le prélude de l'assassinat ! Prenez garde !

— Que nous importe ! reprit avec violence le jeune soldat, mieux vaut être assassins qu'assassinés ! Et tel est notre lot depuis que nous sommes au monde... Ne cherchez donc plus, vieillard, à nous détourner de notre résolution !... Il est temps que nous ayons du pain tous les jours !...

— Soit, répondit le vieillard, faites donc selon vos vœux ! Mais avant de vous jeter dans le sombre abîme du crime, j'exige de vous un serment.

— Lequel ? demandèrent les mendiants.

— Écoutez-moi ! Nous souffrons... la faim déchire nos entrailles... Nous n'avons pour reposer notre tête que la terre humide ; nous sommes des humains et nous vivons comme des chiens enragés ; mais sommes-nous seuls à souffrir ?... Non ! il en est encore, non de plus malheureux, cela est impossible, mais d'aussi infortunés que nous !... Nous accusons les riches d'égoïsme et d'indifférence, nous sommes non moins indifférents et non moins égoïstes !

— Que voulez-vous dire ? interrogea l'assemblée.

Le vieillard reprit :

— Oui ! car en parlant des pauvres, nous ne parlons que de nous, de nous seuls !... En ce Paris immense, que d'horribles détresses cependant, que de souffrances cachées, que de larmes qui coulent en silence ! Notre confrérie compte à peine trente membres... Hélas ! des milliers de malheureux gémissent en ce moment suprême... et nous ne pensons pas à eux !

— Eh ! quel allégement saurions-nous apporter à leurs tortures ? interrompit Tirlemont le sculpteur, nous ne pouvons partager notre pain avec eux, nous n'avons pas de pain ! Nous ne pouvons leur offrir la moitié de notre couche, nous n'avons pas de toit !

— Bientôt, vous aurez tout ! répondit le vieillard. Eh bien ! ce que je vous demande, ce que j'exige de vous, c'est qu'avant de profiter pour vous-mêmes du fruit de vos rapines, vous sauviez de la misère et de la faim tous ceux que nous verrons malheureux autour de nous !... Faisons-nous larrons, soit, mais qu'au moins notre sacrifice serve à venir en aide à ces pauvres orphelins qui se tordent de faim sur leurs grabats fétides ; à ces veuves qui pleurent ; à ces familles en deuil ! Faisons-nous les protecteurs de tout ce qui est faible, souffrant et infirme !... Réparons le mal... prévenons-le, surtout !... Empêchons les filles pauvres de se vendre par désespoir ! Sauvegardons la chasteté des épouses et l'honneur des maris ! Alors, notre infamie aura un but, et ce but nous justifiera auprès de Dieu !... Alors, notre tâche, au lieu d'être aride et honteuse, sera grande et noble !... Nous serons, aux yeux des juges qui nous condamneront, d'odieux coquins et des larrons émérites... Mais à nos propres yeux, nous serons plus que des hommes... nous serons des sauveurs !... oui, des sauveurs !... Notre petite cohorte, en se faisant volontairement criminelle, arrachera au crime des milliers de chrétiens, car elle les arrachera à la misère ! Pour prix de tout cela, nous serons pendus, cela est vrai ! Mais du haut de notre gibet, nous serons plus à l'aise pour voir rayonner au sommet du Golgotha, la croix triomphante du Rédempteur !

— Père ! s'écria le soldat en s'agenouillant pieusement devant le vieillard, votre voix est celle d'un apôtre ; et je jure de me vouer dès ce jour au salut des pauvres !

— Nous le jurons tous ! reprirent les autres mendiants.

— Père, continua Éloi, bénissez-nous... votre bénédiction sanctifiera notre entreprise !

Le vieillard étendit ses deux mains amaigries sur la foule agenouillée.

— Enfants, dit-il ensuite, faites le bien, et Dieu sera pour vous !

Les mendiants courbèrent le front sous la bénédiction du vieillard, puis se relevèrent silencieusement.

— Dès demain, dit alors le Balafré, commençons, enfants, notre tâche vengeresse... Nous connaissons les bons et les mauvais de chaque paroisse... que les bons soient respectés ; mais, pour les mauvais, pas de pitié, pas de grâce, pas de merci !...

— Non, non ! hurla la foule.

— Demain, dit un bossu en s'adressant à son escarcelle vide, vous serez, ô ma maigre bourse, plus grasse qu'un chanoine ! Ah ! poursuivit le pauvre gueux, l'on me trouve trop difforme pour me donner du travail !... Nous verrons si mes bosses nuiront à l'agilité de mes doigts !

— Amis, reprit le soldat, demain, en ce lieu même, à l'heure de minuit, nous nous retrouverons ! Puis nous partagerons notre butin, non pas entre nous, mais bien entre tous les malheureux de cette heureuse cité !

— Bien dit, Éloi ! répliqua le vieillard. Que l'or volé passe aussitôt de nos mains dans celles des pauvres !...

— A demain ! reprirent tous les mendiants, à demain !

— Un instant, s'il vous plaît, mes maîtres ! dit une voix ferme et haute. Avant de vous séparer, octroyez-moi, je vous prie, quelques minutes d'attention !

Toute la bande stupéfiée se retourna brusquement, et chacun aperçut un jeune gentilhomme fièrement campé devant la brèche de la muraille.

C'était Jean Buridan.

— Par l'enfer ! hurla le Balafré en s'élançant d'un bond vers l'étudiant, qui es-tu, et que veux-tu ? malheureux !

— D'abord, répliqua gaiement Buridan, je ne sais pas pourquoi vous m'appelez « malheureux. » Je ne le suis pas du tout, quant à présent du moins !...

— Qui es-tu ?... que veux-tu ?... réponds ! hurlèrent tous les mendiants en entourant l'écolier.

— Eh ! mes enfants, ne braillez pas si fort ! repartit le jeune homme, je vais vous le dire.

S'inclinant devant la bande déguenillée :

— Je me nomme Jean Buridan, mes maîtres, et je suis écolier de Sorbonne.

En cet instant, le Normand montra dans l'ouverture de la muraille sa grosse face quelque peu effarée.

— Entrez donc, poursuivit l'étudiant en s'adressant à l'hôtelier ; entrez donc, cher ami, vous n'êtes pas de trop.

Prenant par la main son compagnon d'aventures :

— Mes maîtres, dit-il, je vous présente monsieur Antoine Cramignole, le premier de mes amis et le meilleur des hommes.

— Messire étudiant, interrompit le Balafré d'une voix sourde, tu as entendu tout ce qui s'est dit ici cette nuit ?

— Je n'en ai pas perdu un traître mot... par la raison toute simple que j'ai l'ouïe excessivement fine et que vous parliez excessivement haut.

— Alors, toi et ton compagnon, vous allez mourir ! s'exclama le soldat.

Et de dessous ses haillons, le Balafré tira un coutelas.

Tous les autres en firent autant et s'avancèrent sur les deux hommes en criant à qui mieux mieux :

— Oui ! oui ! à mort les traîtres ! à mort les espions !

Buridan tira aussitôt sa rapière hors du fourreau ; mais, au lieu de s'en servir pour repousser ses nombreux assaillants, il jeta l'arme sous ses pieds et se croisa tranquillement les bras.

Les mendiants, déconcertés par le calme du jeune homme, demeurèrent à leur place, et, machinalement, tous ensemble abaissèrent leurs coutelas.

— Vous voyez, mes compères, dit alors le jeune homme, que j'ai en vous la plus grande confiance... Et cela vient justement de ce que je vous ai entendus, et que je vous tiens tous pour de braves et honnêtes cœurs, incapables d'égorger un homme sans défense.

Le grand vieillard s'approcha seul du jeune étudiant.

— Qui a pu t'amener parmi nous ? lui demanda-t-il.

— La curiosité... Mais ce qui m'a retenu en ces lieux, c'est le désir de vous être utile en vous empêchant de faire l'honorable folie que vous méditez.

— Que veux-tu dire ?

— Ce que je veux dire, vieillard, c'est que vous êtes tous grandement estimables, et qu'il serait dommage de vous voir marcher l'un après l'autre au noir gibet de Montfaucon. Croyez-moi, être pendu n'est pas si gai que vous voulez bien le croire. Les colliers de fer de la Grande-Justice sont peu enviables... J'ai tâté, il y a un mois à peine, d'un simple collier de chanvre, et je vous jure que cela ne m'a procuré qu'un très-médiocre plaisir.

— J'en ai tâté aussi jadis, murmura Cramignole en se rappelant sa pendaison de la Courtille.

— Or, sus, poursuivit Buridan, je veux vous éviter ce désagrément, et je m'oppose formellement à ce que vous quittiez votre vertueux commerce pour entreprendre un métier dont vous ne savez pas seulement le premier mot.

— Par le diable ! interrompirent quelques voix, trêve à cette raillerie !

Mais, sans s'inquiéter des interruptions, l'étudiant continua :

— Vous n'êtes pas plus faits pour être larrons, vous dis-je, que je ne suis fait, moi, pour être pape... Ah ! vous vous figurez, pauvres honnêtes gens que vous êtes, qu'on n'a qu'à se réveiller un matin en se disant : « Je vais me faire voleur. » Tudieu ! mes compères, c'est plus difficile que cela, croyez-moi... pour vous, surtout, infortunés !... Le vol n'est bon que pour les infirmes et les mutilés de la cour des Miracles, c'est-à-dire pour ceux qui ne le sont pas ; mais pour vous, le plus mince larcin est impraticable !... Avec vos bras absents, vos yeux crevés, vos jambes égarées, vous seriez pris, archipris, avant même d'avoir soustrait un sol parisis à un homme de bois... Renoncez donc à ces folles escapades, qui ne serviraient ni à vous ni aux autres malheureux de cette ville, et contentez-vous d'être ce que vous êtes, c'est-à-dire, des honnêtes gens, et voilà tout.

— Quoi ! tu oses nous tenir un semblable langage après avoir entendu le récit de nos misères ! s'exclama le Balafré ; tu es fou, jeune homme, ou tu railles !

— Je ne raille pas, et j'ai toute ma lucidité d'esprit, riposta Buridan. Oui, je vous ai entendus, oui, je sais que vous crevez de faim, je sais que vous n'avez que la pierre du chemin pour reposer votre tête, et j'admets fort bien votre beau plan de rébellion et vos projets de vengeance... Je vous avoue même une chose, c'est que vous seriez tout autres que vous n'êtes, je ne vous eusse pas dit un seul mot pour vous détourner de votre chemin... La main sur la conscience, je n'aime pas plus que vous tous ces grands orgueilleux, tous ces riches libertins, tous ces luxueux coquins qui couvrent d'or et de joyaux une courtisane impure, et qui refusent à un vieillard, à un enfant, l'obole qui pourrait les empêcher d'expirer en maudissant Dieu... Non, je n'aime pas cette clique insolente et vaniteuse... Je ne l'ai jamais aimée... Et vous seriez de force à les dévaliser tous, vous pourriez, sans dommage pour vous, les mettre nus comme vers, je vous dirais : « Allez ! ne vous gênez pas !... » Mais il n'en est pas ainsi, et c'est vous seuls qui seriez les dupes du vilain tour que vous voulez leur jouer... Ne parlez donc plus de cet enfantillage, et, d'une oreille attentive, écoutez ce que je vais vous dire.

Les mendiants se rapprochèrent instinctivement du jeune homme, dominés malgré eux par son air de sincérité et de franchise.

— Vous êtes misérables, reprit le jeune homme, vos misères cesseront !... Je m'y engage !

Un long murmure d'étonnement circula parmi la foule :

— Je m'y engage, vous dis-je ! continua Buridan avec force. — Ce n'est pas tout ! poursuivit-il. Si vous n'êtes pas aptes à faire le mal, vous êtes dignes d'accomplir le bien !... Et cette sainte pensée que Dieu a fait naître au cœur de ce vieillard, ce projet sublime de venir en aide à toutes les misères vraies, de tarir toutes les larmes sincères, de rechercher les détresses cachées au sein de cette ville, ce projet s'accomplira, je le jure devant Dieu, sur mon honneur, sur ma vie, par la mémoire de mon père !

Le vieillard courut à l'étudiant et lui saisit la main :

— Jeune homme... jeune homme... dit-il avec des larmes dans la voix, ne te joue pas de nous... songe à ce que tu oses nous promettre... Venir en aide à toutes les misères vraies, dis-tu... Mais, pour poursuivre un semblable but, ignores-tu donc qu'il faudrait une fortune royale !

— Une fortune royale, tu dis vrai, vieillard ! répliqua Buridan, car ces aumônes, ce seront des mains princières, en effet, qui les distribueront !... Mes compères, poursuivit le jeune homme en se découvrant, je vous parle présentement au nom d'une auguste souveraine. « Je serai, a-t-elle dit, la consolatrice des affligés, la sœur des pauvres, la protectrice des orphelins et des veuves. »

— Son nom ! son nom ! demanda la foule émue.

— Son nom ! répliqua Buridan, c'est Jeanne de Navarre !

— Jeanne de Navarre ! répéta la foule stupéfiée.

— Oui, reprit l'étudiant avec force, Jeanne de Navarre, notre reine... Jeanne de Navarre, désormais la Providence des malheureux... le bon ange de Paris !

Tous les mendiants, versant des larmes d'attendrissement, ôtèrent de dessus leurs têtes leurs pauvres toquets crasseux et délabrés, et bientôt ce cri s'échappa de toutes les poitrines :

— Vive la reine Jeanne ! vive le bon ange de Paris !

— O ma souveraine ! murmura l'étudiant en mettant la main sur son cœur, tu as juré de racheter ton passé par de saintes actions et de pieux sacrifices !... Que ta rédemption commmence !

XXIV. — OU LE LECTEUR FAIT PLUS AMPLE CONNAISSANCE AVEC MESSIRE JEAN DE MONTIGNY PRÉVOT DE PARIS ET AVEC SON AME DAMNÉE, MAITRE GAETAN FANFERDIEU.

Huit jours après la scène que nous venons de décrire, le prévôt de Paris était seul en son vieux cabinet.

Messire Jean de Montigny semblait singulièrement soucieux.

Le front entre les mains, les coudes appuyés sur la table de chêne toute couverte de parchemins et de paperasses, il poussait de temps à autre une sourde exclamation de colère.

Enfin, se levant brusquement, il se prit à marcher de long en large par la chambre.

Après s'être livré pendant quelques minutes à ce va-et-vient silencieux :

— Sang du Christ ! murmura-t-il, ne parviendrai-je donc pas à trouver ce que je cherche ! Je n'en saurais douter, la reine Jeanne est coupable !... Son émotion, son trouble à la vue des quatorze cercueils étaient trop manifestes !... Elle était pâle... elle tremblait !... Pourquoi ?... Cette pâleur, cette agitation n'étaient pas naturelles !... Elle a tenté de se remettre, cependant ; mais on lui avait parlé bas... Oh ! j'en suis sûr... et celui qui m'a semblé lui murmurer quelques mots à l'oreille pour l'engager à reprendre courage, c'était Jean Buridan, celui que les étudiants aiment par-dessus tous, à qui ils obéissent comme à leur chef, et qu'ils appellent pompeusement leur capitaine. Ce Buridan serait-il donc le complice de la reine ?... C'est impossible !... c'est illogique ! Je me perds dans ce dédale de conjectures... J'ai maintes fois eu la tentation de faire arrêter ce Buridan... et de lui arracher quelque aveu par la torture... mais, agir de la sorte, ce serait soulever l'Université tout entière... Et d'ailleurs, ce jeune homme est brave, intrépide... il se laissera torturer et ne dira rien !...

Frappant avec fureur du poing contre la muraille :

— Il faut que je découvre les coupables pourtant ! il le faut !... il y va de ma tête... Le gibet !... le gibet ! le roi a juré... il osera tenir sa parole !... Et ce misérable Fanferdieu !... depuis un mois qu'il est en campagne pour me trouver quelque preuve... quelque indice seulement... Il n'a rien vu... rien découvert !... Il a des soupçons !... Des soupçons !... pardieu ! j'en ai aussi ! j'ai mieux que des soupçons, j'ai des certitudes ! Mais c'est mieux que cela qu'il me faut... ce sont des preuves !... des preuves... Oh ! pour des preuves... je donnerais mon or... je donnerais mon sang !

Comme il disait ces derniers mots, il entendit frapper trois coups derrière la boiserie.

— C'est Fanferdieu ! murmura-t-il avec joie. Aurait-il du nouveau à m'apprendre ?

Courant vivement vers le fond de la chambre, il pressa un ressort caché dans la muraille, et tout aussitôt un panneau mobile roula sur ses gonds.

Peu après, un affreux drôle d'allure patibulaire pénétrait dans la chambre prévôtale.

C'était maître Gaëtan Fanferdieu, l'âme damnée de messire Jean de Montigny.

Si Buridan eût été là, il eût sans difficulté aucune reconnu dans le coquin susnommé son faux ivrogne de la rue Saint-Jacques.

— Eh bien ? demanda le prévôt en allant au devant du nouveau venu.

— Messire, répliqua l'autre mystérieusement, depuis quatre jours, la reine Jeanne quitte le Louvre chaque soir après le couvre-feu.

— Seule ?

— Non ! avec la bohémienne et l'esclave tunisien qui la suit de loin, comme un grand spectre noir !... Elle est voilée, mais je suis sûr que c'est elle !

— Depuis quatre soirs, dis-tu ?

— Depuis quatre soirs !

— Où se rend-elle ainsi ?...

— Dans l'une des plus sales bicoques de la place Maubert ! un vrai trou à rats... un bouge infect ! Le couvre-feu vient de sonner... elle est au rendez-vous... car c'est un rendez-vous...

— Un rendez-vous galant ?

— Sans nul doute ! car un homme se trouve chaque soir au logis cinq minutes avant la reine.

— Et cet homme ?...

— Cet homme, c'est l'écolier, messire, c'est Jean Buridan ; c'est le coquin qui m'a fait manquer mon coup, il y a un mois !

— Jusqu'à quelle heure demeure-t-elle en cette maison ?

— Souvent assez tard. Elle s'y plaît, assurément !

— Et le nègre ? la bohémienne ? questionna le prévôt.

— Ils font tous deux sentinelle aux abords de la place !

— C'est bien ! Le roi Philippe sera ce soir en tiers dans le tête-à-tête ! Quand madame Jeanne de Navarre sera bien et dûment convaincue d'adultère, alors je pourrai l'accuser hautement du meurtre des écoliers ! Viens, Fanferdieu ! reprit le prévôt d'une voix brève en entraînant son second par la porte secrète.

— Où allons-nous, monseigneur ?

— Au Louvre, Fanferdieu ! au Louvre !

En quelques secondes, messire Jean de Montigny eut atteint la royale demeure.

En sa qualité, il put être introduit sur l'heure auprès de Sa Majesté Philippe IV.

— Sire, dit-il, je suis sur la piste d'un secret terrible d'où dépend votre honneur, l'honneur de votre royaume !

— Que voulez-vous dire ? s'écria le roi.

— Sire, reprit le prévôt, ordonnez que sur l'heure la reine Jeanne paraisse devant vous !

— Par tous les saints, monsieur, quel est ce langage ? interrogea le roi qui pâlit malgré lui.

— Ordonnez ! sire, ordonnez ! La reine Jeanne peut seule vous donner l'explication de mes étranges paroles.

Philippe IV fit mander son épouse.

Mais le page chargé d'aller la quérir au nom du roi, revint peu après.

— Sire, dit-il d'un air contristé, madame Jeanne de Navarre est absente du Louvre.

— Absente du Louvre ! répéta le roi stupéfait ; où peut-elle être à cette heure de nuit ?

— Je vais conduire auprès d'elle Votre Majesté, répondit le prévôt.

— Que signifie ?...

— Cela signifie, sire, que la reine Jeanne est adultère.

— Enfer ! Vous mentez ! s'écria le roi.

— Venez, sire, et vous saurez tout.

— Oui, de par Dieu ! répliqua Philippe. Si vous dites vrai, malheur... malheur à elle !... mais si vous me mentez, oh ! ce sera trop peu de tout votre sang pour satisfaire ma juste colère.

Peu après, le roi Philippe, le prévôt de Paris et douze archers pénétraient mystérieusement sur la place Maubert.

Fiammetta et le nègre étaient en sentinelle, comme l'avait dit Fanferdieu.

Par l'ordre du roi, tous deux furent pris et bâillonnés.

Stupéfiés par l'apparition inattendue de Philippe IV, ni l'un ni l'autre n'avaient seulement tenté de faire résistance.

Le prévôt, prévenu par Fanferdieu qui l'avait escorté, comme bien l'on pense, désigna au roi une misérable demeure, à l'unique fenêtre de laquelle brillait une faible lumière.

— C'est ici ! dit-il.

— Venez ! venez ! s'écria Philippe IV ivre de fureur.

Et tirant son épée, il s'élança le premier dans le bouge sombre.

Le prévôt, Fanferdieu et quatre archers s'y précipitèrent après lui.

D'un pas rapide, le roi Philippe s'était pris à gravir un étroit escalier, humide et noir.

Après une ascension de quelques minutes, le jeune

monarque s'arrêta enfin devant l'unique porte qui se trouvait au haut des degrés.

Cette porte n'était fermée qu'au loquet, et, par les fissures, s'échappaient quelques minces filets de lumière.

Le roi s'approcha de ladite porte et prêta l'oreille.

Se retournant ensuite vers le prévôt, qui venait de le rejoindre sur le palier.

— Je n'entends rien ! lui dit-il à voix basse.

— Sire, riposta M. de Montigny, l'on nous a entendus venir, sans doute, et l'on se cache !

— Par l'âme des justes ! murmura sourdement Philippe, se cachassent-ils au fond des enfers, je saurai découvrir la reine et son complice.

Violemment alors il ouvrit la porte ; puis, la poussant avec colère, il pénétra brusquement dans une chambre assez vaste, qu'éclairait une petite lampe accrochée à l'une des poutres transversales.

Le spectacle qui s'offrit aux regards du souverain était loin d'être tel que celui auquel les paroles du prévôt l'avaient préparé.

Dans cette chambre, la reine Jeanne se trouvait cependant, et Jean Buridan s'y trouvait aussi, mais ils n'étaient pas seuls.

Au fond, sur un pauvre grabat, une jeune fille était étendue sans mouvement et presque sans vie.

La pauvre enfant était pâle de cette pâleur ivoirine que possèdent seuls les cadavres, et ses mains amaigries étaient froides déjà de cet horrible froid qui n'appartient qu'à la mort.

Malgré son effroyable pâleur, malgré la fatigue de ses traits et la maigreur de son corps, elle était belle, cette jeune fille, bien belle !

Ce qui surtout était remarquable en elle, c'étaient ses cheveux et ses yeux.

Ses cheveux, si splendidement blonds et si démesurément longs qu'elle semblait enveloppée dans un suaire de drap d'or !

Ses yeux, si bellement azurés qu'ils semblaient refléter le ciel !

Et ces beaux yeux, tout grands ouverts, fixaient dans l'ombre ces perspectives étranges, ces horizons indéfinis que ceux qui nous quittent peuvent seuls distinguer au delà de nos brumes humaines.

Autour du lit, trois femmes étaient agenouillées, et quatre hommes se tenaient mornes et tristes, les yeux en larmes et le front baissé.

Des trois femmes, la première, nous l'avons dit, était Jeanne de Navarre ; les deux autres étaient la mère et l'aïeule de la jeune malade.

Les hommes, c'était Jean Buridan, d'abord, ayant à côté de lui Antoine Cramignole, désormais son inséparable, son second ; c'étaient ensuite le grand vieillard et le soldat manchot que nous avons vus au précédent chapitre, dans les souterrains de la Cité.

Jeanne de Navarre et Buridan avaient tout aussitôt reconnu le roi Philippe IV.

— Vous, sire ! s'exclama la jeune reine en se levant vivement ; vous ici ! reprit-elle au comble de la stupéfaction.

— Le roi de France ! murmura en même temps l'étudiant.

Et tous les autre assistants, avec un mouvement de crainte involontaire, répétèrent à mi-voix :

— Le roi de France !

Celui-ci, sans parler, jeta un coup d'œil surpris par toute la chambre.

Se rapprochant ensuite du prévôt, qui se tenait sur le seuil de la porte, ainsi que Fanferdieu et les archers :

— Messire de Montigny, dit-il d'un ton quelque peu courroucé, et ce sans être entendu de la reine ni des autres personnages, que me parliez-vous donc de galant rendez-vous, de trahison et d'adultère ?... Je ne vois maintenant qu'une fillette en train de rendre l'âme et des gens qui prient autour de son lit de mort !

— Sire, murmura le prévôt, si madame Jeanne était seule en ce bouge avec cette moribonde et les pauvres hères qui sont de sa famille, je vous dirais : J'ai faussement accusé la reine, et je dois subir le châtiment réservé aux infâmes qui osent calomnier l'épouse de leur roi ; mais il n'en est pas ainsi !... et ce jeune étudiant qui se trouve céans avec madame Jeanne doit prouver à Votre Majesté que j'avais dit vrai !

Le ton d'assurance du prévôt fit trembler de fureur le roi Philippe.

Mais il parvint à maîtriser sa colère.

Remettant son épée au fourreau :

— Contenons-nous ! se dit-il, il faut que je sache tout !

S'avançant vers la reine :

— Madame, lui dit-il avec sévérité, il y avait fête cette nuit en notre palais du Louvre. Pour vous éloigner de nos joyeux ébats, vous avez prétexté je ne sais quel malaise, je ne sais quelle fatigue, et vous nous avez demandé licence de vous retirer en vos appartements. Au lieu de cela, que faites-vous, madame ? Vous venez traîner la majesté royale dans ces bouges honteux. Vous osez vous agenouiller, vous, la reine de France ! vous, mon épouse ! devant la couche d'une fille sans aveu ! Qu'est-ce que cette fille, madame ? quels sont ces gueux dont vous ne craignez pas de vous faire la protectrice ?... Parlez, madame, parlez !

— Cette fille, monsieur, répondit la reine d'une voix ferme et haute en désignant la mourante, cette fille est une pauvre mendiante, plus respectable, sire, que bien des femmes nobles et titrées ! car, pour ne pas vendre son corps et prostituer ses charmes, cette enfant a eu le courage de demander l'aumône... Et bien souvent, hélas ! elle a rougi de honte en implorant la charité publique... Les privations de toutes sortes, le froid, la faim, oui, la faim, chose effroyable ! l'ont amenée graduellement à son heure suprême !... Depuis quatre jours, tous nos soins réunis n'ont pu parvenir encore à la sauver... et, présentement, elle se meurt, cette pauvre martyre !... et je priais à son chevet, sire, car devant la mort, une reine n'est plus une reine, c'est une femme... Et toute femme, sire, doit ses prières à ceux que le Seigneur appelle à lui.

Le roi considéra Jeanne de Navarre pendant quelques secondes ; on eût dit qu'il cherchait à lire sa pensée dans ses regards et sur ses traits.

— Quels sont ces gens enfin? demanda le monarque en jetant sur ceux qui l'entouraient un regard méprisant, et comment se fait-il que ce soit en cette demeure que je vous trouve, madame, lorsque votre place est au Louvre?

— Sire, répliqua la jeune souveraine, calme et digne, le devoir d'une reine est de venir en aide aux misères de ses sujets ; la mission d'une chrétienne est de consoler ceux qui pleurent, de secourir ceux qui souffrent, de protéger les faibles et les opprimés. En votre Louvre, le plaisir règne, et les rires éclatent chaque nuit bruyants et sonores... Ces enivrements, ces luxueuses folies, vous les aimez, sire ! moi, je les hais !... Aux clameurs joyeuses de vos courtisans, je préfère les bénédictions des pauvres ; vous voyez donc bien, sire, que ma place n'est pas au Louvre, et qu'elle est bien ici !

— Madame, interrompit le roi avec un emportement qu'il tentait en vain de maîtriser, vous êtes jeune, bien jeune, et votre âge peut seul servir d'excuse à votre folle conduite. Dorénavant, vous voudrez bien me consulter avant de venir en aide à qui que ce soit !... S'il vous plaît de jouer le beau rôle de consolatrice, il ne me plaît pas, à moi, que vous le jouiez aux dépens de notre trésor. Il est dangereux, croyez-moi, de faire ce que vous faites... Donner à toute cette clique de quémandeurs dont est peuplée notre capitale, c'est entretenir la paresse et la fainéantise !... Par Dieu qui me fit !... si je ne mettais ordre à vos beaux élans de générosité intempestive, d'ici à quelques jours, tout Paris se ferait mendiant, et c'est moi, peu après, qui serais forcé à mon tour de tendre la main !

— Sire, répliqua la reine avec chaleur, s'il y a de fausses misères, il y en a de vraies... et mieux vaut risquer de donner parfois à ceux qui n'ont pas besoin, que de ne pas donner à ceux qui ont vraiment faim !

— Mendicité et paresse ! cela est tout un pour moi ! répondit durement le roi.

Le grand vieillard s'avança lentement vers l'insensible monarque :

— Sire, dit-il en levant haut le front, avant de demander l'aumône, j'étais ouvrier du feu roi Louis neuvième, votre pieux aïeul !

Philippe IV jeta un coup d'œil dédaigneux sur le vieillard qui continua :

— On m'appelait alors Praxède l'Enlumineur. J'étais l'un des premiers copistes du benoît monarque, et maintes fois, je le dis avec orgueil, j'ai reçu de sa bouche des éloges mérités !... Un jour, jour de deuil et de larmes, la demeure que j'habitais, non loin du palais de la Cité, fut envahie par les flammes.

Montrant au roi la jeune mourante toujours inanimée sur sa couche, le vieux copiste poursuivit :

— Cette enfant, qui se meurt sous vos yeux, allait périr dans l'incendie. Je m'élançai à son secours et je l'arrachai saine et sauve de l'effroyable fournaise ; mais, continua le vieillard avec une sombre amertume, les flammes avaient dévoré les dix doigts de mes mains, et je ne pouvais plus travailler pour vivre et pour faire vivre les miens !

Le roi fit un mouvement d'impatience ; mais le vieux Praxède reprit quand même :

— Si le roi Louis eût vécu, il ne m'eût pas laissé périr de faim à la porte de son palais ; mais le saint monarque n'était plus, et son vieil ouvrier n'a pu parvenir à faire entendre sa voix à Philippe III, son fils !...

Se rapprochant plus encore de Philippe IV :

— J'ai imploré à son tour le fils de Philippe III, continua le vieillard, mais vous n'avez eu nul souci de ma détresse, sire, et l'âme affolée de douleur, le cœur plein de rage et de haine, j'allais avec tous les vrais pauvres de Paris, ceux que les autres appellent par dérision la confrérie des Meurt-de-Faim, j'allais, dis-je, me lancer dans la voie funeste du crime, lorsque la reine Jeanne est venue à nous, ange consolateur ! et nos clameurs fatales se sont, à sa voix, changées en cris de reconnaissance !

Le roi, dont l'impatience croissait de minute en minute, ne put se contenir plus longtemps.

Frappant du pied avec colère :

— Que m'importe tout cela, vieillard ! Tais-toi !

— Ce qui vous importe, sire, répliqua Praxède d'un ton solennel, je vais vous le dire. C'est que nous maudissions tous, nous, les Meurt-de-Faim, oui, nous maudissions le roi Philippe le Bel, qui, tout entier à ses joies, à ses fêtes, à ses orgies, nous abandonnait, nous, ses sujets, à la plus épouvantable des misères !

— Tais-toi !, hurla le roi.

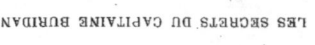

C'est ici ! dit-il.

Mais le vieillard, d'une voix émue et pleine de larmes :

— Remerciez donc, sire, poursuivit-il, remerciez cette noble et sainte femme, qui soudainement a su arrêter sur nos lèvres les malédictions et les anathèmes que nous lancions contre vous !

— Misérable ! s'écria le roi en tirant son épée.

Praxède découvrit sa poitrine.

— Frappez ! sire, j'ai quatre-vingts ans tout à l'heure, vous n'avancerez que de bien peu mes derniers moments, frappez !

Le roi, ivre de fureur, semblait prêt à se précipiter sur le vieillard ; mais, en cet instant, la jeune fille mourante se ranima soudainement, et, s'élançant à moitié nue hors de sa couche, elle courut au vieux mendiant et se jeta entre ses bras.

Tournant ensuite son adorable visage vers le monarque irrité :

— Sire, dit-elle, oserez-vous bien frapper un père près de sa pauvre enfant qui se meurt !

Phillipe IV, muet, interdit à la vue de la jeune fille, demeura immobile.

Machinalement il remit son épée au fourreau, et, les yeux ardemment fixés sur la jeune malade, il murmura à part lui :

— Saints du ciel ! que cette femme est belle !

Après quelques secondes d'un silence profond :

— Par l'enfer ! reprit le roi, me laisserai-je abattre par la seule vue de cette femme !... Non.

Se retournant vers le prévôt :

— Messire Jean de Montigny, dit-il, saisissez-vous de cet homme, et que la captivité la plus terrible lui fasse expier ses insultantes paroles.

— Ma captivité sera de courte durée, sire, répliqua le vieillard avec un sourire.

— Oh ! monseigneur ! s'écria la reine Jeanne, vous révoquerez cet ordre barbare !

— Silence ! madame, s'écria le roi avec menace, je vous ordonne de vous taire !

Le prévôt fit signe à ses archers, qui firent quelques pas vers le vieux Praxède.

— Un instant, dit Éloi le Balafré en s'avançant brusquement au-devant des soldats. Sire, continua-t-il, ce que vous a dit cet homme, je vous le dis à mon tour, oui, nous vous maudissions !... oui, nous vous haïssions tous !... et sans l'intervention de la reine Jeanne, votre palais serait sans doute à cette heure la proie des flammes. Que dis-je? cette ville ne serait plus peut-être qu'un monceau de ruines !... car nous étions résolus à tout... à tout, entendez-vous bien, sire !... On nous aurait pendus, torturés, écharpés !... Qu'était-ce que cela pour nous ?... Vous ne comprenez pas... vous ne pouvez comprendre que le désespoir fasse faire de telles choses !... C'est que vous n'avez jamais eu faim, sire... et c'est une horrible chose d'avoir faim !... C'est une horrible chose surtout d'entendre ceux qu'on aime vous demander du pain et de ne pouvoir leur en donner !...

Le roi, bien loin de s'apaiser, semblait plus furieux au fur et à mesure que les plaintes s'élevaient autour de lui.

— Du pain ! du pain ! répétait-il avec colère. Tu es jeune et tu es fort, tu n'avais qu'à travailler, coquin, et tu aurais eu du pain.

— Ah ! vous croyez cela, sire, répliqua brusquement Éloi Valmignot; vous croyez qu'on n'a qu'à travailler. Mais pour travailler, il faut savoir faire quelque chose... Et je ne sais que me battre, moi; je ne sais que faire la guerre... car, tout enfant, l'on m'a mis, au nom du roi, une épée au côté, une arbalète en main, et l'on m'a dit : « Tu es soldat, va te faire tuer ! » Au lieu de crever en Sicile, comme tant d'autres, j'ai laissé sur le champ de bataille la moitié de mon crâne et l'un de mes bras. Alors, on n'a plus voulu de moi, et l'on m'a dit : « Tu es libre ! » Libre ! répéta le soldat avec un rire terrible, oui, libre d'aller mourir de male mort sur la grande route !... Après m'avoir estropié, l'on me renvoyait ; je n'étais plus bon à rien !... Je me suis bien souvent présenté au Louvre pour implorer votre justice, sire; mais je n'étais pas assez bien nippé pour trouver grâce devant vos varlets et vos pages tout étincelants d'or... Et puis, d'ailleurs, auriez-vous prêté l'oreille à mes plaintes ?... Non ; vous vous amusiez... N'êtes-vous pas jeune ? n'êtes-vous pas roi ?... Maintenant, j'ai parlé, sire; poursuivit le Balafré avec tranquillité, faites-moi partager le sort de ce vieillard... faites-moi jeter dans quelque cachot bien sombre et bien profond... ou plutôt, faites-moi pendre au plus prochain gibet... car si profond que soit un cachot, on s'en évade parfois... Et s'il advient jamais que je sorte du mien, ce sera tant pis pour vous, sire, ce sera tant pis pour tous !

— C'est bien, répliqua Philippe IV avec une sourde fureur, tu seras satisfait. Messire prévôt, continua le roi d'un ton bref, que demain, au point du jour, la potence se dresse pour ce rebelle.

Le prévôt s'inclina silencieusement.

— Que la potence se dresse ! avez-vous dit, sire !... Oubliez-vous que, dans cette sombre capitale, le gibet est toujours en permanence, prêt à saisir un vivant pour en faire un mort?

Celui qui venait de parler, c'était Jean Buridan. Il avait fait, durant toute cette scène, d'inconcevables efforts pour garder le silence ; mais sa patience était à bout, et, malgré les regards suppliants de la reine, il avait quitté le coin sombre où il s'était tenu près de Cramignole et s'était hardiment avancé vers le roi Philippe IV.

Celui-ci lança à l'étudiant un regard de haine satisfaite.

Il semblait n'avoir condamné Praxède et le soldat que pour forcer le jeune homme à prendre leur défense et à se perdre avec eux.

Ayant toisé l'étudiant pendant un long temps :

— Quel est cet homme? dit le roi d'un ton méprisant. Un mendiant aussi, peut-être... un des membres de l'honorable confrérie des Meurt-de-Faim!

Buridan se rapprocha du roi et le regarda en face :

— Sire, dit-il avec fierté, mon nom est Buridan de Fénestrange ! Mon père était ce Guy-Raymond de Fénestrange que vous avez connu, ce Guy-Raymond dont le roi Philippe III, votre père, faisait assez de cas pour vouloir en faire son chambellan et son premier ministre !

— Guy-Raymond de Fénestrange ! répéta le monarque avec un sourire de mépris En effet, j'ai connu cet homme et me rappelle son histoire. Son frère, un chef de bandits, périt à sa place aux fourches patibulaires de Montfaucon !

— Par Dieu ! sire, s'exclama l'étudiant avec emportement, si, comme larron, Lazarre le Lorrain mérita d'être pendu, combien peu, parmi vos hauts barons et vos nobles chevaliers, méritent de ne pas l'être !... Faites faire le jugement à chacun d'eux, et s'il en est un seul qui ne soit pas digne de la potence, je me fais moine !

— Vous insultez notre noblesse, messire Buridan ! interrompit le roi d'un ton de menace.

— N'insulte-t-elle pas, elle, l'humanité tout entière ! réplique le jeune homme. Que sont-ils tous ces nobles ?... des larrons de grands chemins !... des pillards !.. des voleurs !... Et ces gens sont les maîtres du peuple !...

— Par l'âme de mon père ! s'exclama Philippe IV, livide de rage et de fureur, vous jouez votre tête, malheureux, en me parlant ainsi.

— Et ma tête tombera, sire ! Que m'importe !... mais auparavant écoutez ceci : Ce peuple, que vous méprisez si fort, se réveillera un jour, bientôt peut-être, de son sommeil, de son engourdissement!... Cette odieuse féodalité tombera devant qu'il soit peu! Le hideux baronnage européen sera renversé!... Mais ouvrez donc les yeux, sire, regardez ce qui se passe devant vous, autour de vous!... La licence est partout, la férocité règne ainsi que l'homicide, le vol et le pillage!... Le gibet est debout toujours, je vous le répète, fonctionnant sans repos ni trêve! Tous vos grands seigneurs ne sont autres que des bourreaux! Et votre peuple, sire, votre peuple gémit et hurle, et vous restez sourd à sa voix!

— Le peuple!... murmura Philippe le Bel à mi-voix, comme se parlant à lui-même : qu'il obéisse, et nous laisse le soin de le rendre heureux; nous n'avons à recevoir de conseils que de Dieu et de notre conscience.

Et ce roi n'avait que vingt ans!

Il promettait!

On verra par la suite qu'il tint largement ses promesses!

— Sire, poursuivit Buridan avec solennité en montrant au roi la jeune fille qui, épuisée par l'effort qu'elle venait de faire, était retombée inerte sur son lit de douleur, au nom de cette pauvre enfant qui se meurt de misère sous vos yeux, je vous conjure de songer aux maux de votre peuple! Fatigué de travailler sans profit pour lui, il se révolte déjà en maints endroits et refuse de donner ses sueurs à cette terre qu'il ne cultive que pour ses maîtres!... Prenez garde, sire, que ces révoltes partielles ne se répandent bientôt par tout ce royaume!... car alors ce serait la famine et ses sombres horreurs!... Et la famine ne marche jamais seule, vous le savez, sire!... La peste est sa compagne, et la mort suit ses pas!

A ces derniers mots du jeune homme, le roi pâlit malgré lui.

Cette menaçante prophétie pouvait en effet s'accomplir.

La France n'avait-elle pas maintes fois déjà vu s'abattre sur elle d'épouvantables disettes!

De 843 à 876, le nombre des années où les hommes mouraient de faim surpassa celui des années où ils pouvaient vivre.

De 887 à 1005, on compta QUARANTE-HUIT disettes.

Quarante-huit! n'est-ce pas inouï?

On comprend que ce mot fatal de « famine » jeté brusquement à la face de Philippe IV, l'ait fait un instant pâlir et frissonner.

Il eut honte de sa faiblesse.

Reprenant brusquement sa colère et sa soif ardente de vengeance :

— Ces trois hommes au Châtelet! commanda-t-il en s'adressant au prévôt, vous m'en répondez sur votre tête! Allez! et demain, sans jugement, sans procès, qu'ils soient conduits tous trois au gibet de Montfaucon! Telle est ma volonté! J'ai dit!

— Sire, dit en raillant Jean Buridan, si vous êtes le roi de France, je suis le roi de l'Université! Les étudiants de Paris sauront vous demander raison de la mort de leur chef!

— Je ferai raser la Sorbonne et les collèges, et le chanvre poussera sur la place! répliqua Philippe IV avec colère. Depuis longtemps, les écoles lèvent trop haut la tête! Il leur faut une leçon; l'instant est venu de la leur donner!

Faisant de nouveau signe au prévôt :

— Que mes ordres s'exécutent! poursuivit-il.

Le prévôt et ses hommes s'avancèrent vers Buridan et les deux autres.

Mais Jeanne de Navarre, jusqu'alors muette et silencieuse, s'élança d'un bond au milieu de la chambre et se plaça entre les soldats et les trois condamnés :

— Sire! sire! s'écria-t-elle avec force, vous ne pouvez être à ce point cruel et sanguinaire!.. Ces trois hommes sont innocents, vous ne les condamnerez pas!

— Madame, répondit Philippe, ne tentez pas de m'émouvoir! Ce que j'ai dit est dit! Laissez faire ma justice!

— Perdus! ils sont perdus! gémit la reine. Et c'est moi, poursuivit-elle avec désespoir, c'est moi qui suis cause de leur mort!

Se jetant aux pieds du roi :

— Ah! sire! sire! au nom du Dieu vivant! supplia Jeanne avec des sanglots, sire, pitié pour eux!... Grâce! grâce!

Le roi sembla réfléchir pendant quelques instants.

Tendant ensuite la main à la belle suppliante :

— Relevez-vous, madame! lui dit-il, et séchez vos larmes! Il ne sera pas dit que vous m'aurez supplié en vain!

— Que dites-vous, sire? s'écria la reine avec un élan de joie.

— Je dis, madame, répliqua le monarque, que le roi de France oublie les injurieuses paroles qui ont retenti contre lui dans cette demeure!

— Vous oubliez, sire! murmura Jeanne radieuse.

— Oui, j'oublie, continua Philippe avec lenteur, j'oublie et je pardonne!

— Ah! vous êtes grand et bon, sire! s'exclama la reine, et Dieu vous tiendra compte de votre clémence.

— Monsieur le prévôt, reprit le roi en se retournant vers le magistrat, laissez libres ce vieillard et ce pauvre diable...

Ce disant, il désignait Praxède et le Balafré.

Désignant ensuite Buridan :

— Cet homme seul reste votre prisonnier... et seul il marchera au gibet!

— Saints du ciel! s'écria Jeanne de Navarre, lui!... lui!...

— Vous vous êtes faite la protectrice des pauvres, madame, reprit le roi avec un calme effrayant, j'épargne vos protégés!... Quant à cet homme, il vous est inconnu, partant indifférent, et de sa mort, vous ne prenez nul souci, je pense!

— Sire, répliqua Jeanne de Navarre, à moitié folle de terreur! Vous ne le tuerez pas! Oh! dites-moi que vous ne le tuerez pas!

Le roi lui saisit la main avec une violence telle que la jeune femme poussa une exclamation de douleur.

— Malheureuse! s'écria-t-il avec un accent terrible, c'est donc vrai! c'est donc vrai!

— Sire! vous m'épouvantez! que voulez-vous dire?

— Je veux dire que si vous êtes venue en ces lieux, ce n'est pas pour vous asseoir au chevet d'une mourante, c'est pour voir votre amant!

— Mon amant! balbutia la reine.

— Sire!... s'écria Buridan, je vous jure...

— Silence! interrompit le roi, je ne vous interroge pas! Oui! oui! poursuivit-il en se retournant menaçant vers Jeanne atterrée, oui! votre amant, épouse infâme! votre amant!... Ah! vous osez demander sa grâce!... De par Dieu! ce n'est plus la sienne qu'il vous faut solliciter, c'est la vôtre! Vous aussi, vous serez livrée au bourreau!

— Non! sire!... dit une voix faible, non! car la reine Jeanne est innocente!

Cette voix, c'était celle de la jeune fille mourante.

D'un pas chancelant, la pauvre enfant s'avança jusqu'auprès du roi:

— Messire Buridan, continua-t-elle, ne saurait être l'amant de la reine, car c'est mon amant à moi, et c'est pour moi qu'il est ici!

— Malheureuse! que dis-tu! s'écrièrent d'une seule et même voix le vieux Praxède et la mère de la jeune fille.

— Je dis la vérité, répondit l'enfant d'une voix ferme.

— Vous vous accusez pour sauver la reine, reprit Philippe IV.

— Je dis la vérité, répliqua la jeune fille.

— Jurez devant Dieu! reprit le roi.

— Devant Dieu, je le jure! répondit la mourante.

— C'est bien, répliqua Philippe d'une voix brève, je vous crois... Messire Buridan, avouez-vous aussi que cette femme est votre maîtresse?

— Sire!... murmura le jeune homme.

— Avouez-vous? répéta le roi.

— Oui, sire, oui, je l'avoue!

Le roi se retourna brusquement vers l'un des archers.

— Que l'on aille me quérir un prêtre.

— Un prêtre! répétèrent les assistants.

— Je veux que cette nuit même, devant moi, l'union de cette femme et de messire Buridan soit consacrée.

— Sire!...

— A cette condition seulement je croirai tout; à cette condition seulement je ferai grâce à cet homme!... Refusez-vous de rendre l'honneur à cette jeune fille? demanda le roi à Jean Buridan.

L'écolier ne répondit pas.

— Devenez mon époux, lui murmura doucement la mourante à l'oreille; cette nuit je serai morte.

— Eh bien! reprit le roi.

— Faites venir le prêtre, sire, répliqua Buridan, je suis prêt!

XXV. — UN MARIAGE IN EXTREMIS

Sur l'ordre de Philippe le Bel, Fanferdieu et deux archers se rendirent en grande hâte au couvent des Jacobins, à seule fin d'informer le Prieur que le roi de France sollicitait sa prompte venue pour un mariage *in extremis*.

Le couvent susnommé se trouvait rue des Grès, ou mieux, rue des Degrés. On appelait encore cette rue, au treizième siècle, « rue par où l'on va de l'église Sainte-Geneviève à celle de Saint-Étienne. »

Maître Fanferdieu et ses deux acolytes eurent en quelques instants atteint les abords de la maison sainte.

Conduits devant le Prieur, ils lui firent connaître l'office qu'attendait de lui monseigneur le roi de France.

A ce nom redoutable et redouté, le Prieur s'empressa d'obéir, et peu après, guidé par Fanferdieu et les soldats royaux, il franchissait, non sans grand étonnement et non sans quelque secrète terreur, le seuil du mystérieux logis de la place Maubert.

Tout en gravissant les marches vacillantes, usées et disjointes, il jetait à la dérobée un regard inquiet sur maître Gaëtan et sur les deux soudards.

Et son inquiétude avait parfaitement, après tout, sa raison d'être; le second du prévôt était, nous l'avons dit, de mine peu rassurante.

Quant aux deux gens d'armes, leur aspect était celui de tous les soudards de cette sauvage époque, c'est-à-dire brutal et féroce.

Un instant, le saint homme se crut dans un coupe-gorge, et tout bas il recommandait son âme à Dieu.

Mais la porte de la chambre s'étant ouverte, il reconnut le prévôt de Paris, le roi Philippe et la reine Jeanne, et ses appréhensions s'évanouirent comme par enchantement.

Le front rasséréné, il s'avança vers la jeune souveraine, et se confondit en humbles révérences et en patelins compliments.

— C'est bien ! c'est bien ! dit vivement Philippe IV d'un ton qui faisait voir aisément que le petit-fils de saint Louis ne professait pas, à l'endroit de la gent monacale, la même vénération que son pieux aïeul. C'est bien ! épargnez-vous, mon père, ces respects inopportuns et faites votre office !

— Il s'agit, m'a-t-on dit, d'un mariage?

— D'un mariage, oui, mon révérend! répondit le roi.

— Et les fiancés, quels sont-ils? interrogea le prieur des Jacobins.

Buridan et la jeune fille s'avancèrent à pas lents de son côté.

— Nous voici, mon père! dirent-ils ensemble.

Le saint homme tenta de hasarder quelques questions.

Mais le roi, d'un ton bref, interrompit en lui disant :

— Faites vite, mon père !

Le Prieur, bien et dûment convaincu que toutes ses questions n'aboutiraient à rien, se hâta d'annoncer au roi qu'il était prêt à faire ce que l'on exigeait de lui.

La jeune fille avait été revêtue par sa mère d'une longue robe blanche.

Sous ce costume, la pauvre enfant, pâle de son effroyable pâleur, semblait une morte échappée de la tombe et vêtue d'un suaire.

Buridan n'était pas moins pâle que sa fiancée.

Il lui semblait être le jouet d'un songe. Il regardait sans voir, et sans comprendre il entendait parler.

L'homme de Dieu s'approchant des deux fiancés :

— A genoux, enfants ! dit-il.

Buridan obéit machinalement.

Quant à la jeune fille, elle dut, pour s'agenouiller, s'appuyer sur le bras de sa mère.

On eût dit, tant elle était faible et languissante, que la vie était prête à l'abandonner.

Agenouillés ainsi au milieu de cette grande chambre nue et triste, fantastiquement éclairée par la lueur tremblottante d'une lampe près de s'éteindre, les deux jeunes gens semblaient attendre que le prêtre commençât pour eux, non la messe du mariage, mais l'office des agonisants.

Le Jacobin considérait, sans parler, ces fiancés étranges, et malgré lui un sentiment de pitié commisérative lui venait en l'âme.

Enfin, surmontant son émotion, il remplit jusqu'au bout son saint ministère.

Pendant tout le temps que dura la cérémonie, la reine Jeanne était non moins pâle que les deux fiancés. Elle semblait prête à toute seconde à tomber sans connaissance, et son sein haletait avec une telle violence que l'on pouvait compter, sous le drap d'or de son corsage, ses battements précipités.

— Tout cela est vrai ! murmurait-elle en fixant un regard plein d'angoisses sur Buridan, tout cela est bien vrai ! Je ne suis pas en délire... ce que je vois existe réellement... Il épouse une autre femme... et j'assiste à cette union... moi !... moi !...

Et la malheureuse reine se sentait l'âme en proie à d'affreuses angoisses, à d'indicibles tortures.

En apprenant la furieuse jalousie de son amant, ne lui avait-elle pas répondu :

« Je comprends ce que tu souffres ! car ce que tu éprouves, je l'éprouverais moi-même si jamais il advenait que l'hymen te liât à une autre femme. Oui ! je serais jalouse comme tu es jaloux, et je me désespérerais comme tu te désespères. »

Elle avait dit tout cela, et ses tourments, ce désespoir, elle les ressentait.

Cependant, domptant sa douleur, elle songea que cette jeune fille, inconnue encore à Buridan quelques jours auparavant, ne pouvait être aimée de lui.

Elle comprenait que cette pauvre enfant ne devait avoir pour l'étudiant aucun amour, et que c'était seulement pour la sauver, elle, la reine de France, qu'elle avait fait ce pieux mensonge et ce sublime parjure.

— D'ailleurs, ajoutait Jeanne, la malheureuse se meurt. Chaque minute qui s'écoule la conduit fatalement à sa dernière heure !

Et malgré elle, la reine se sentait heureuse de la fin prochaine, inévitable de cette jeune fille.

C'est en vain qu'elle se reprochait cette joie criminelle...

C'est en vain qu'elle tentait d'exiler de son âme ce sentiment impie...

Elle était heureuse...

Bien heureuse ! car, en la regardant, cette enfant mourante, elle la trouvait belle, étonnamment belle, malgré sa pâleur livide et ses traits flétris.

Et, frémissante, elle pensait que si Dieu, par un miracle, ne la rappelait pas à lui, elle pensait que Buridan pourrait aimer cette femme, cette vierge, et l'oublier, elle, la reine !

Le roi Philippe ne quittait pas du regard le visage soucieux de Jeanne de Navarre.

Il cherchait à lire sur ses traits la pensée secrète de son âme.

Car, lui aussi, il se sentait dévoré par tous les serpents de la jalousie.

Jusqu'alors indifférent aux charmes de son épouse, il semblait que son cœur, si longtemps endormi, se fût soudainement éveillé.

Tant qu'il avait vu la reine rechercher ses tendresses, attendre, anxieuse, un mot, un regard de lui, il ne lui avait témoigné que froideur et mépris.

Depuis son retour, nous l'avons dit, une sorte de caprice l'avait rapproché quelque peu de son épouse ; mais ce caprice s'était éteint presque aussitôt, et son indifférence avait repris le dessus.

Malgré cela, du moment que la dénonciation du prévôt de Paris lui avait appris que cette femme, si longtemps méprisée par lui, en aimait un autre, il avait compris, aux furieux transports qui l'étaient venus agiter, que la reine Jeanne ne lui était pas aussi étrangère qu'il l'avait cru jusqu'alors.

Parfois il détachait cependant son regard de son épouse pour le reporter sur la jeune fiancée de celui qu'il avait cru son rival.

Et, chose étrange ! cette émotion violente, qu'il avait éprouvée en voyant la jeune fille pour la première fois, il l'éprouvait encore.

Et ce luxurieux monarque, tout en songeant à sa jalousie, c'est-à-dire à Jeanne de Navarre, convoitait cette jeune femme qu'il obligeait Buridan à prendre pour épouse.

Enfin l'étrange et sinistre cérémonie se termina, et la bénédiction nuptiale fut donnée aux deux jeunes époux.

C'en était fait.

La volonté de Philippe IV était satisfaite.

Buridan et Geneviève étaient unis à jamais l'un à l'autre.

Geneviève était le nom de la jeune fille.

D'après les instructions du roi, un acte en bonne forme avait été dressé séance tenante par le Prévôt de Paris.

Cet acte fut présenté d'abord aux nouveaux époux, qui, l'un après l'autre, y apposèrent leur signature.

Philippe le Bel mit ensuite son nom au bas du parchemin.

Présentant ensuite la plume à Jeanne de Navarre :

— Signez, madame ! lui dit-il.

La reine, dont l'émotion croissait de minute en minute, prit la plume que lui tendait le roi.

Mais elle tremblait tellement que la plume s'échappa de sa main et tomba à ses pieds.

Le roi lança à son épouse un regard foudroyant.

— Qu'avez-vous, madame ? lui demanda-t-il d'une voix sourde.

La reine se remit promptement.

Grimaçant un sourire :

— Je n'ai rien !... rien !... balbutia-t-elle. Il fait froid cette nuit et je frissonne.

Philippe lui saisit la main.

— Il fait froid ! dites-vous, reprit-il en ricanant, votre main est brûlante cependant.

A ces mots, Philippe fit signe à l'un des gardes de ramasser la plume.

La présentant de nouveau à la reine :

— Signez ! continua-il d'un ton impérieux, signez donc !

Jeanne, se soutenant à peine, traça enfin son nom auprès de celui de Philippe IV.

Et, tout en signant, elle murmurait ces mots :

— Si Dieu la laissait vivre pourtant !

Mais revenant à elle :

— Oh ! je suis infâme ! reprit-elle avec horreur, je suis un monstre ! Elle me sauve, et j'ose souhaiter sa mort ! Lâche cœur, tu mérites de souffrir éternellement pour avoir formé cet exécrable vœu !

Peu à peu elle reprit toute sa force et sa sérénité habituelles ; ses yeux, égarés et sombres peu avant, s'illuminant d'une douce clarté, se portèrent avec attendrissement sur la jeune épousée.

Le roi ne perdait pas de vue Jeanne de Navarre.

Il vit son calme et sa tranquillité.

Alors lui aussi redevint calme, et son visage quitta son aspect dur et farouche.

— Si elle était coupable, se dit-il ensuite, si cet homme était aimé d'elle, elle se serait trahie, elle aurait refusé de signer cet acte !...

Se retournant brusquement vers le prévôt :

— Cet homme est l'ennemi de la reine, continua-t-il ; il l'a faussement accusée.

A pas lents, il s'approcha du magistrat et lui mit la main sur l'épaule.

Le prévôt trembla de tous ses membres.

— Messire Jean de Montigny, lui dit Philippe IV d'un ton glacial, l'épouse de César ne doit même pas être soupçonnée. Vous avez fait plus que de soupçonner madame Jeanne de Navarre, vous l'avez accusée !...

— Sire ! murmura le prévôt d'une voix étranglée.

— En vous accompagnant céans, poursuivit le roi impassible, quel langage vous ai-je tenu ? répondez !

Le prévôt demeura muet.

— Vous l'avez oublié ! reprit Philippe en raillant ; je m'en souviens, moi ! j'ai bonne mémoire.

Appuyant sur chacun de ses mots, le roi poursuivit :

— « Si la reine est coupable, malheur à elle ! vous ai-je dit ; mais si vous ne pouvez fournir les preuves de son crime, vous payerez de votre tête vos imputations calomnieuses. » Telles furent mes paroles, messire prévôt. Donnez-moi votre épée, et rendez-vous sur l'heure en la tour du Louvre. Vous y demeurerez jusqu'au jour de votre exécution !

Le prévôt, plus pâle qu'un mort, tira son épée du fourreau et la tendit au roi.

Philippe commanda au chef de ses archers de s'emparer de l'arme présentée.

— Cet homme est votre prisonnier ! dit-il ensuite au capitaine des gardes. Qu'on le conduise au Louvre ! Allez !

La reine, bonne et clémente, oublieuse du mal terrible que lui causait le prévôt, voulut conjurer le roi de lui faire grâce.

Mais Philippe, d'un ton qui n'admettait pas de réplique :

— Madame, dit-il, j'ai fait trois fois grâce en cette même nuit. Le nombre impair plaît aux dieux ! Je craindrais d'offenser le ciel en octroyant un quatrième pardon !

Le prévôt, d'abord abattu et consterné, était devenu peu à peu sombre et furieux.

Il jetait de féroces regards sur Jeanne de Navarre qui venait d'intercéder pour lui cependant, et de ses lèvres blêmes s'échappaient de sourdes exclamations de désespoir, de colère et de menace.

— Pourquoi vous plaindre ? reprit le roi avec une ironie cruelle, ne vous avais-je pas promis une place au gibet de Montfaucon ! Demain ou dans un an, qu'importe !... A tout bien considérer, mieux vaut cela pour vous. Ce prompt châtiment épargnera des recherches pénibles et assurément infructueuses, si j'en juge par le piètre résultat obtenu par vous jusqu'à ce jour !

Le prévôt, à cette raillerie barbare, ne put contenir un mouvement de rage.

Mais le roi poursuivit avec un nouveau sourire ironique.

— Au surplus, je me réjouis fort de tout ceci ! Mon peuple est mécontent, dit-on. En ce cas, votre pendaison sera fort de son goût, et fera taire ses plaintes comme par enchantement. Il est bon, croyez-moi, de pendre un prévôt de temps à autre. Cela fait plaisir au populaire !

Le magistrat voulut répliquer, et la reine s'avança vers Philippe pour lui adresser une nouvelle prière en faveur du prévôt.

Mais le roi fit un signe, et messire Jean de Montigny fut entraîné par les archers.

Peu après, Philippe le Bel s'éloigna avec la reine et le prieur des Jacobins.

Lorsque tous eurent disparu, Buridan passa la main sur son front.

— Est-ce un rêve ? se demanda-t-il à voix haute. Ce qui vient de se passer est-il bien réel, ou n'est-ce qu'un jeu de mon esprit en délire ?...

La voix de Cramignole retentit soudain à son oreille.

— Oui, mon jeune maître, disait le gros Normand, c'est réel, très-réel, tout ce qu'il y a de plus réel. Vous cherchiez des aventures... en voilà, que je crois, et des plus singulières ! Hein ! ce que c'est de la vie, pourtant ! poursuivit le bonhomme. On sort de chez soi, bien tranquille, dans le simple but de venir en aide à de braves gens qui sont dans la débine, et quand on rentre au logis, il se trouve qu'on a une femme sur les bras ! Car enfin, il n'y a pas à dire, vous voilà marié comme père et mère !

— Marié ! répéta Buridan, sans se rendre compte encore de sa situation. Marié !

— Oh ! mon Dieu, oui, riposta Cramignole ; et vous devez vous trouver bien heureux encore de ne pas être père de famille ! C'est égal, continua le Normand après avoir entr'ouvert la porte de l'escalier, pour bien s'assurer que nul n'était là qui pût espionner, c'est égal, notre sire le roi, que Dieu garde !... et que le diable emporte !... est un gaillard qui n'est pas commode tous les jours !... Il vous a un regard mauvais qui vous glace le sang dans les veines !... On dirait d'un jeune tigre qui sent la chair fraîche !... Sarpedienne ! Je plains madame Jeanne... Elle ne doit pas être heureuse en ménage, celle-là !

Buridan n'écoutait plus son loquace compagnon.

A part lui, il répétait encore et toujours cet éternel mot :

— Marié !

— Ah ! reprit Cramignole, c'est dur à digérer, je conçois ça ! Mais c'est tout de même une crâne idée que cette pauvre jeunesse a eue là de faire cette menterie ! Sans quoi, mon cher enfant, votre affaire était claire, et celle de madame la reine semblablement !

— Oui ! oui ! tu dis vrai, Cramignole, répliqua vivement Buridan. Oui, cette pauvre Geneviève nous a sauvés tous deux, et plutôt que de rester là à m'extasier sur mon sort, je devrais être à ses pieds et lui rendre mille grâces de son sacrifice et de son dévouement !

Joignant l'action à la parole, l'écolier courut à Geneviève.

La jeune fille était, après la bénédiction nuptiale, retombée inerte sur sa couche.

Elle était brisée, exténuée par l'effort surhumain qu'il lui avait fallu faire.

L'une de ses mains pendait hors du lit.

Buridan la saisit entre les siennes et y appuya ses lèvres.

A ce contact, la jeune malade tressaillit d'un tressaillement étrange et rouvrit les yeux.

— Vous ! vous ! dit-elle en reconnaissant l'écolier.

Et ses yeux rayonnaient d'une joie ineffable.

— Vous ne m'en voulez donc pas ? poursuivit-elle avec une voix douce et charmante.

— T'en vouloir ! pauvre et chère petite ! répondit Buridan, t'en vouloir lorsque tu as sauvé ma vie et la vie de la reine !... Oh ! sois bénie, au contraire, sois bénie mille fois !

— Que vous êtes bon, messire, de me parler

ainsi !... répliqua Geneviève en serrant les mains de l'écolier. Vous me faites mes derniers instants plus heureux que ne fut jamais mon existence !

— Tes derniers instants ! s'exclama vivement l'écolier. Sur mon âme ! tu ne mourras pas, chère enfant !... Non, tu ne mourras pas !... Dieu ne saurait t'enlever si tôt, toi, si bonne et si belle !

La jeune malade se redressa brusquement comme mue par un ressort.

Sa pâleur avait disparu par miracle.

Les couleurs de la vie reparaissaient sur ses joues.

— Qu'as-tu donc ? lui demanda Buridan, surpris, effrayé presque de ce changement subit.

— Messire, avez-vous bien réfléchi à ce que vous venez de dire ? « Tu ne mourras pas ! » En proférant ces mots, avez-vous songé à ce qu'il adviendrait si la mort ne voulait pas de moi ?

— Je te comprends, pauvre fille ! répliqua Buridan. Tu crois que ces paroles ne sont qu'une de ces consolations banales que chacun peut octroyer à ceux en qui s'éteint la flamme de la vie !... Tu crois que ce langage n'est que sur mes lèvres et n'est pas dicté par mon cœur !... Tu crois, enfin, que si j'ai consenti à te prendre pour femme, c'est uniquement parce que j'ai vu, comme tous les tiens, comme toi-même, que ta fin était proche et que notre union forcée ne durerait que quelques heures !

— Oui ! oui ! murmura Geneviève, j'ai cru cela...

Et, frémissante, éperdue, elle ajouta :

— Ne dois-je donc pas le croire encore ?

— Non ! répondit le jeune homme ; non ! car cela n'est pas ! En t'acceptant pour épouse, la pensée de ton trépas était bien loin de mon cœur !

— Mais si je ne mourais pas cependant ! s'exclama Geneviève, vous consentiriez donc à rester mon époux ?... vous ne me chasseriez donc pas d'auprès de vous !...

— N'ai-je pas juré à Dieu, juré sur les saints Évangiles, sur mon honneur et sur mon nom, de te prendre pour compagne ? répliqua Buridan calme et grave ; ce serment, je dois le tenir, et je le tiendrai !

— Oh ! mais vous ne m'aimez pas, pourtant !... Vous ne pouvez m'aimer, moi, une fille sans nom, une mendiante !

Buridan, depuis quelques instants, considérait Geneviève avec une attention étrange.

Il la considérait pour la première fois peut-être, depuis qu'il venait, en compagnie de la reine Jeanne, faire visite à la pauvre famille du vieux copiste.

Jusqu'alors, il n'avait même pas songé à jeter un regard sur l'infortunée jeune fille.

Jeanne n'était-elle pas là !

Mais, maintenant que la radieuse présence de la reine n'absorbait plus tous les regards, toutes les pensées de Buridan ; maintenant qu'il lui était donné de contempler en toute liberté les traits de cette enfant, il la voyait telle que l'avaient vue le roi Philippe et Jeanne de Navarre elle-même, telle qu'elle était enfin, c'est-à-dire belle d'une beauté d'ange, et digne d'inspirer le plus ardent amour au plus blasé des libertins.

Or, Buridan, malgré ses nombreux hauts faits, était loin d'être blasé ; il se sentit étrangement ému et troublé auprès de cette délicieuse créature, et ce fut avec une joie singulière qu'il se dit qu'elle lui appartenait.

Sans parler, il fixait sur ses yeux ses yeux pleins de larmes, et murmurait à part lui.

— Elle est à moi ! elle est à moi !

La pensée de Jeanne de Navarre semblait s'être évanouie en l'esprit du jeune homme.

Mais peu à peu la raison lui revint :

— Insensé ! dit-il en se reculant avec vivacité du lit de la jeune fille : elle ne m'aime pas, cette enfant !... Si elle est mon épouse, c'est par dévouement et non par tendresse ! Quelque autre homme a son amour peut-être...

Tournant les yeux vers Éloi Valmignot, qui se tenait pensif et les yeux pleins de larmes en un coin de la chambre :

— Ce pauvre garçon adore Geneviève... Oh ! j'en suis sûr... et peut-être cette affection profonde, la partageait-elle !... Allons ! je dois être honnête homme jusqu'à la fin !... Et celle-là aussi doit être une sœur pour moi !

Saisissant par la main le gros Normand :

— Viens ! viens ! Cramignole !

Geneviève poussa une douloureuse exclamation :

— Vous fuyez ! murmura-t-elle ensuite.

— Il le faut ! Il le faut ! répondit le jeune homme avec un trouble manifeste. Car en demeurant auprès de vous, Geneviève... je craindrais...

— Achevez !...

— Eh bien ! je craindrais de vous aimer !...

— Que dites-vous ! s'écria la jeune fille rayonnante.

— Je dis ce qui est, répliqua Buridan avec émotion. Oui ! oui ! je le sens aux battements de mon cœur, au frémissement de tout mon être... je vous aimerais et je ne le veux pas... je ne le dois pas !

— Vous ne le devez pas ! répéta Geneviève.

— Non ! car vous ne sauriez partager cet amour, vous !

— Je ne saurais le partager ! répliqua Geneviève radieuse et comme transfigurée. Ah ! messire, depuis deux ans, je vous aime en silence, et, si je suis mourante à cette heure, ce n'est pas la misère qui me tue... c'est mon amour pour vous... mon amour que vous deviez ignorer à jamais !

L'aïeule se tenait accroupie près d'Elvi le Balafré.

Buridan, au comble de la surprise, se rapprocha d'un bond du lit de la jeune fille, et la supplia de lui confier cet étrange secret.

XXVI. — LE SECRET DE GENEVIÈVE

La jeune malade s'étant recueillie durant quelques instants, prit enfin la parole en ces termes :

— Il y a deux ans, messire, dans cette même chambre où nous sommes, sur cette même couche où depuis si longtemps la souffrance me tient courbée sous ses dures étreintes, un homme jeune encore se mourait.

En achevant ces mots, Geneviève, soupira, et deux pleurs coulèrent lentement le long de ses joues pâles.

Essuyant ses larmes du revers de sa main, la malade poursuivit en désignant Praxédo :

— Cet homme, messire, c'était le fils de mon aïeul.

Montrant ensuite l'une des deux femmes dont il a été parlé dans un des précédents chapitres :

— C'était l'époux de cette pauvre femme qui prie en ce moment pour moi, continua Geneviève, c'était mon père, enfin !

— Votre père ! murmura Buridan.

— Oui ! reprit la malade, mon père ! un loyal artisan... On le nommait Gerbaut le tisserand, et chacun avait pour lui amitié et estime. Un jour, il avait osé réclamer le prix de son travail à l'un de ses débiteurs. Ce débiteur était un seigneur de la cour. Il chassa mon père. Le pauvre homme se plaignit. Le seigneur le fit châtier par ses varlets, et cette bande furieuse laissa le malheureux sur la place, à moitié mort et couvert de sang. Quelques jours après, je n'avais plus de père !

— Sarpedienne ! grommela Cramignole qui, non moins attentif que l'étudiant, écoutait le récit de la jeune fille, en voilà un grand seigneur tant soit peu gredin !... Et dire que ces messieurs-là ont tous à peu près la même façon de payer leurs dettes ! — C'est égal, poursuivit le Normand, vous n'avez pas de chance dans votre famille !

— Vous dites vrai ! répliqua Geneviève avec un triste sourire. Quand le malheur entre dans une maison, il s'y installe en maître et n'en déloge plus ! Le trépas de mon père ne devait pas être le dernier coup de la fatalité. Au moment même où il expirait, sa mère perdait la raison...

Indiquant du doigt l'aïeule qui se tenait accroupie près d'Eloi le balafré en un coin de la haute cheminée :

— Tenez, continua Geneviève, voyez ses regards fixes et hagards, observez son étrange maintien ! Elle est insensible maintenant à tout ce qui se passe autour d'elle... Elle ne songe qu'à son fils... à mon pauvre père... Elle le revoit partout... et nul d'entre nous n'existe plus pour elle !

Cramignole s'était machinalement approché de la vieille !

— Pauvre femme ! murmura-t-il en jetant sur elle un regard de pitié.

L'idiote leva les yeux sur le Normand :

— Approche, lui dit-elle en lui prenant la main.

Lui montrant la flamme qui serpentait dans le foyer :

— Vois-tu ces flammes ? demanda la vieille. C'est le feu d'enfer ! Tiens, regarde... regarde... vois ces hommes qui se tordent en hurlant dans l'ardente fournaise... Ce sont les damnés... ce sont les meurtriers... les bourreaux de mon fils !... Vois !... vois ! comme ils grimacent et se contorsionnent !... Entends leurs gémissements rauques et leurs sanglots désespérés !...

Avec un rire frénétique, effrayant, terrible, l'aïeule poursuivit :

— Gémissez ! hurlez ! sanglotez ! maudits !... désespérez-vous, lâches ! jusqu'au jour du jugement vous souffrirez ainsi vos intolérables souffrances !... vous verserez vos larmes sanglantes !... Oui !... oui !... continua la folle avec une exaltation sauvage, pour les mauvais de ce monde, l'éternel châtiment, l'éternelle colère !

Soudainement, le visage de la vieille se radoucit et sa voix quitta son accent rauque et furieux.

— Laissons l'enfer ! reprit-elle. Laissons les sombres flammes!

Fixant d'un œil radieux les tourbillons de fumée qui s'élevaient lentement vers le haut de l'âtre :

— Ici, poursuivit l'idiote, c'est le séjour des justes, c'est l'asile béni des souffrants et des pauvres, des hommes bons et loyaux, des cœurs pieux et charitables !... C'est là qu'est mon fils, mon enfant bien-aimé !...

— Tiens ! dit l'aïeule en s'adressant à Cramignole, vois comme il me sourit et comme il semble heureux !... Heureux !... il l'est !... Et pourquoi ne le serait-il pas ?... Oh ! ne lui envie pas son bonheur... il a tant souffert ici-bas... il est juste qu'il ne souffre plus là-haut !

Puis, la vieille cessa de parler.

Les yeux ardemment fixés sur les nuages blanchâtres qui couraient dans le foyer, elle se prit à envoyer des baisers à sa vision, et ne s'inquiéta plus de Cramignole.

Buridan qui, machinalement, avait prêté l'oreille aux tristes divagations de l'aïeule, se retourna vers Geneviève en la suppliant d'achever son récit :

— Continuez, continuez ! lui dit-il, j'ai hâte de tout connaître !

La jeune malade reprit :

— Les hommes noirs étaient venus enlever le cadavre de Gerbaut le tisserand, pour le conduire à sa dernière demeure. Seuls, mon grand-père, ma mère et moi, nous suivions le pauvre cercueil ! Sur le chemin du cimetière, quelques jeunes étudiants étaient attablés à la porte d'une taverne et devisaient joyeusement. A l'aspect de notre triste cortège, l'un des jeunes gens se leva vivement et se découvrit en disant à ses insouciants compagnons : « Messires, trêve à nos chants et à nos gais ébats. Devant la mort et la misère, les propos mondains doivent cesser, et les rires doivent faire place au plus respectueux silence. » A la voix du jeune homme, tous les écoliers se turent et se découvrirent devant le convoi du pauvre.

Après un temps :

— Ce n'est pas tout, reprit Geneviève. Le jeune étudiant, s'adressant de nouveau à ses amis : « Il ne sera pas dit, s'écria-t-il, que ce vieillard et ces deux femmes serviront seuls d'escorte au pauvre diable qu'on emporte ainsi là-bas ! Accompagnons-le, camarades, et faisons-lui des funérailles moins tristes et moins lugubres ! » Et les jeunes étudiants suivirent le cercueil, silencieux et le front nu, et lorsque la dernière pelletée de terre eut été jetée sur mon père mort, le noble jeune homme tira de son escarcelle tout ce qu'elle contenait et le versa dans les mains de l'orpheline en lui disant : « Va, ma pauvrette, et quand tu auras dépensé ces quelques sols, viens m'en demander d'autres ; ma demeure est à la taverne où tu m'as vu tantôt, et mon nom est Jean Buridan. »

— Que dis-tu ? s'exclama l'étudiant.

— Oui, messire, continua Geneviève, ce généreux jeune homme, c'était vous !...

— Certes, reprit Buridan, je n'avais nulle souvenance, je vous l'avoue de cette action si simple et si naturelle !

— J'en avais gardé la mémoire ! répliqua Geneviève, car depuis ce jour, messire, votre image n'a pas cessé un seul instant d'être présente à mon esprit, à mon cœur ! Ah ! ces choses-là, voyez-vous, ne peuvent s'oublier jamais !

— Chère enfant ! reprit Buridan en serrant les mains de la malade. Et pourquoi, dis-le-moi, pourquoi ne t'ai-je jamais revue ?... car j'ai beau fouiller en mes souvenirs, je ne me rappelle pas t'avoir jamais retrouvée sur ma route !... Au lieu de souffrir de la misère, depuis deux ans, tu eusses dû venir à moi, et, sur mon âme, j'eusse été heureux de te tenir la promesse que je t'avais faite !

— Je n'ai pas osé ! répondit Geneviève.

— Et pourquoi ? demanda l'écolier.

— Non, je n'ai pas osé ! poursuivit la malade. Car je vous aimais, messire, je vous aimais de toutes les forces de mon âme ! et j'avais honte de demander du pain à l'homme dont l'amour eut été tout pour moi ! Vingt fois, non pour moi, mais pour ma pauvre famille, j'ai couru jusqu'à la taverne de la rue Saint-Jacques pour vous tendre la main... Mais au moment d'en franchir le seuil, je demeurais immobile. A travers les pampres de la tonnelle, j'entendais prononcer votre nom, je reconnaissais votre voix adorée ; je n'avais qu'un pas à faire pour me trouver en votre présence, et ce pas je n'avais pas le courage de le faire !... Et cependant, on se mourait de misère en ce logis, et j'avais faim !... Oh ! oui, chaque fois que je me suis mise en route pour aller vous trouver, j'avais bien faim !... mais j'aimais mieux mourir de faim que de mourir de honte... Et je suis sûre qu'après vous avoir demandé l'aumône, je serais tombée morte à vos pieds !

— Pauvre Geneviève ! murmura Buridan attendri.

— Ah oui, poursuivit la jeune fille, pauvre Geneviève ! vous pouvez le dire. Quand je songe à ce que j'ai souffert, je ne puis comprendre par quel miracle je ne suis pas encore morte !... car je souffrais non-seulement pour moi... mais pour eux, pour eux tous !... Et je m'accusais de leur malheur !... je me trouvais infâme et lâche, car, sur ma demande, vous m'auriez secourue, j'en étais certaine... C'était donc ma faute si tous ces pauvres gens étaient sans pain !... Alors, à moitié folle, je retournais là-bas, à votre taverne !... Mais j'avais beau faire, mes hésitations recommençaient et la honte empourprait mon front... Alors, à pas lents, courbée en deux, et comme si j'eusse rampé sur le sol, je me glissais jusqu'à la tonnelle, et, doucement, bien doucement pour que nul ne pût m'entendre et me remarquer, j'écartais les feuilles et les branches, et, durant des heures entières, je demeurais là, muette, immobile, retenant mon haleine, je contemplais en extase vos traits chéris, je m'enivrais du son de votre voix !... Et je n'avais plus faim, je ne souffrais plus !... j'oubliais tout excepté mon amour, et j'étais heureuse !

Tournant les yeux vers Éloi le balafré :

— Éloi, continua la jeune malade, vous m'avez dit une fois que vous m'aimiez, et vous m'avez suppliée de devenir votre épouse... Comprenez-vous présentement pourquoi j'ai répondu par un refus à vos instantes prières ?

Le soldat quitta la place où discrètement il se tenait à l'écart, et lentement il s'approcha de Geneviève Gerbaut.

Il avait le cœur gros, et deux larmes brillaient au bord de ses paupières.

— Oui, oui ! murmura-t-il, je comprends, Geneviève !... Ah ! je comprends tout ! Entre messire Buridan et le pauvre soldat éclopé, votre cœur ne pouvait hésiter !

— Vous m'en voulez, Éloi ? demanda doucement la malade.

— Vous en vouloir ! s'exclama le balafré. Terre et sang ! quel vilain mot venez-vous de dire là !... Vous en vouloir ! et pourquoi donc vous en voudrais-je ? Vous ne m'aviez jamais rien promis, je n'ai donc rien à vous reprocher ! Ah ! si votre cœur s'était donné à quelque méchant gueux comme il y en a tant dans ce monde... si vous vous étiez prise d'une belle tendresse pour quelqu'un de ces damoiseaux si fiers de leur naissance et de leur fortune, qui sont lâches et mauvais, et qui voient d'un œil sec les misères des autres, ah ! peut-être... oui, peut-être vous en eussé-je voulu, Geneviève ; peut-être la haine serait-elle entrée dans mon cœur et pour vous et pour votre préféré !... Mais votre cœur était trop bon et trop noble pour faire un pareil choix !... Celui que vous aimez est digne de toute votre estime !... C'est l'ami des pauvres, c'est notre frère à tous... oui, notre frère !...

Se tournant vers Buridan, le soldat continua :

— Le chêne superbe n'est-il pas le frère de l'arbre rabougri qui croît sur la lande aride ?... Pardonnez-moi donc de vous donner ce nom, messire, et ne vous en offensez pas !

— M'en offenser ! s'empressa de répondre Buridan. Sur mon âme, je m'en glorifie, au contraire, et donnez-moi votre main, mon brave Éloi ; il est doux pour moi de serrer la main d'un honnête homme !

— Ah ! messire, balbutia le balafré en serrant avec émotion dans sa rude main la main loyale qui lui était tendue, vous êtes un vrai, vous, je ne vous dis que ça ! Et tout manchot que je suis, je mets à votre service le seul bras qui me reste avec accompagnement de mon cœur, qui n'est pas manchot, lui, je vous en réponds !

— Merci, merci, mon camarade ! répliqua Buridan profondément attendri.

Cramignole, dans son coin, larmoyait de joie.

— Quelle drôle de chose ! murmura-t-il. Dire qu'il y a tant de gens qui se donnent une peine affreuse pour faire le mal, quand c'est si facile de faire le bien!... Le bon Dieu, qui peut tout, devrait envoyer au diable tous les mauvais et ne laisser sur terre que des gens vraiment bons et vraiment honnêtes! Si pareille chose arrivait, poursuivit le Normand, y en aurait-il dans Paris de ces maisons vides!

Geneviève avait fait, pour achever son récit, d'inconcevables efforts.

Épuisée, haletante, la pauvre enfant était retombée sur son lit, plus pâle et plus faible encore.

La malheureuse semblait ne plus avoir que quelques secondes à vivre.

Buridan et les autres assistants entouraient la mourante, et, d'un œil anxieux, épiaient chacun de ses mouvements.

Épouvanté de son immobilité, l'étudiant la saisit entre ses bras en s'écriant :

— Geneviève! Geneviève! parle-moi!... Je veux que tu me parles!

Mais la jeune fille demeurait muette et ses yeux restaient fermés.

— Saints du ciel! poursuivit l'écolier, est-ce donc fait!... La mort a-t-elle déjà saisi sa proie!... Geneviève! Geneviève! continua-t-il avec une sorte de délire, reviens à toi, chère enfant!... tu ne peux mourir ainsi!... non! tu ne mourras pas!... Ah! c'est affreux!... c'est horrible!... Misérables que nous sommes!... Quoi! nous pouvons tout contre la vie... et nous sommes impuissants contre la mort! Je veux qu'elle vive pourtant!! reprit le jeune homme avec force: oui, je le veux!... Tu m'aimes, Geneviève!... mon amour te sauvera!... Oui! oui! poursuivit-il, je veux te sauver!... Arrière, sombre Mort! éloigne-toi!... Cette femme est mon épouse!... et je saurai te la disputer!

Effrayés de l'exaltation du jeune homme, Cramignole et les autres se rapprochèrent de lui.

Mais Buridan, les éloignant du geste :

— Laissez-moi! continua-t-il avec fièvre, laissez-moi tous! Geneviève est à moi... Elle m'aime et je l'aime!... Je l'aime, entendez-vous? et je vous dis que je la sauverai!

. . . .

A Romainville, non loin d'une Léproserie en ruine dont il n'existe plus un seul vestige aujourd'hui, se trouvait à l'époque de notre récit, une petite demeure, qui n'était pas une chaumière et qui n'était pas un château.

C'était un adorable petit retrait, tout plein de soleil et de parfums, un vrai nid dans une touffe de fleurs.

Ces fleurs, bien que nous soyons à Romainville, n'étaient cependant pas encore des lilas, par la raison concluante que le lilas, originaire du Levant, ne fut apporté à Vienne, par l'ambassadeur Rusbecq, que vers la fin du seizième siècle, c'est-à-dire trois cents ans après notre action.

A défaut de ce délicieux arbrisseau, assez rare aujourd'hui dans ces parages, le bois de Romainville avait, au treizième siècle, de grands arbres moussus, dont les racines vigoureuses se cachaient douillettement sous les gazons verts tout émaillés de fleurettes aux odorantes senteurs.

Sur chaque branche, quelque oiseau pépiait follement, dans chaque touffe d'herbe, quelque insecte aux ailes d'or bourdonnait son refrain.

Nous devons dire que ce matin-là, — car c'était un matin, — il faisait le temps le plus séduisant qu'il se pût faire.

Le soleil s'était levé tout brillant et splendide, et la nature tout entière fêtait sa bienvenue.

Bientôt, sous les arbres séculaires, un jeune homme et une jeune femme apparurent tendrement enlacés.

Ils étaient merveilleusement beaux, ces deux enfants, et, comme les oiseaux et les fleurs, ils semblaient se réjouir et rayonner.

La jeune femme était en extase.

Ravie, elle admirait ce site délicieux, elle écoutait ce concert aérien, et son visage reflétait un tel bonheur, une si complète béatitude, que l'on était heureux rien qu'en la contemplant.

— Oh! s'écria-t-elle enfin, c'est le paradis, ici!... Que vous êtes bon, ajouta la jeune femme en pressant la main de son compagnon, que vous êtes bon et que je vous aime, vous, qui m'avez arrachée à la mort, à l'enfer, et qui m'avez donné le ciel et la vie!

A ces mots, le jeune homme prit entre ses deux mains la tête de sa compagne, et baisa longuement ses beaux cheveux blonds et ses grands yeux bleus.

Ensuite, il murmura d'une voix attendrie :

— Tu mérites ta destinée nouvelle, chère et douce enfant! et ce gentil paradis est ton véritable asile. N'es-tu pas un ange?

Celui qui venait de parler ainsi, c'était Buridan.

Sa radieuse compagne, c'était Geneviève, c'était la fille de Gerbaut le tisserand, c'était la pauvre mendiante de la place Maubert.

L'étudiant avait dit vrai.

Il avait chassé la mort du chevet de la malade.

Son amour avait sauvé Geneviève.

Depuis cette nuit étrange, depuis ce sinistre mariage, deux mois seulement s'étaient écoulés, et la métamorphose de la jeune femme était complète.

L'air pur du grand bois, le vivifiant soleil de cette belle colline, avaient achevé la guérison de Geneviève, ou mieux, sa résurrection.

Tout entiers à leur amour, à leur bonheur, les deux jeunes époux, — les deux jeunes amants, — se tenaient cachés à tous les regards.

Nul à Paris ne savait la retraite de Jean Buridan, et sa disparition avait, comme bien on pense, fait naître des commentaires de toute sorte.

Cramignole seul connaissait le secret de son jeune maître, et le digne garçon se serait plutôt fait hacher par morceaux que de révéler à qui que ce fût ce qui avait été confié à sa discrétion.

Malgré son grand désir d'accompagner messire Buridan en son ermitage, malgré sa belle résolution de planter là son hôtellerie, son époux et son fils, notre gros Normand avait repris le chemin du logis conjugal.

Car tout en envoyant au diable l'acariâtre Zinah et son moutard, il les adorait tout de même et ne pouvait se résoudre à les abandonner tout à fait.

Le vieux Praxède et sa famille avaient suivi les deux jeunes époux dans leur riant domaine, et ces pauvres gens semblaient, comme Geneviève, être sous l'empire de quelque songe merveilleux, et se croyaient, eux aussi, en un coin du paradis.

La vieille idiote, elle-même, paraissait peu à peu devenir moins sombre et moins fatale.

Ses visions étaient moins terribles et ses cris de haine et de malédiction ne s'échappaient plus de ses lèvres qu'à de rares intervalles.

Enfin, tous ces gens étaient heureux, et ce bonheur était l'œuvre de Buridan.

— Pour vous remercier de tout ce que vous faites et pour les miens et pour moi, lui disait Geneviève, que pourrai-je faire, mon Dieu?... Dites, oh! dites Buridan, et, quoi que vous exigiez, quoi que vous ordonniez, esclave obéissante, je saurai l'accomplir.

— Comme remerciement, ma mie, répondit le jeune étudiant avec un sourire, je ne réclame et ne réclamerai jamais de vous qu'une seule et unique chose, la plus précieuse de toutes à mes yeux : c'est votre amour!

— Mon amour! répliqua la jeune femme, oh! jusqu'à mon dernier souffle, il est à vous, mon cher seigneur!... Et pour l'arracher de mon cœur, il faudrait que mon cœur fût arraché de ma poitrine!... Oh! oui! oui! poursuivit Geneviève avec abandon, oui, je vous chéris et vous chérirai dans l'éternité!...

Devenant subitement sombre et soucieuse :

— Mais vous, monseigneur... vous, m'aimerez-vous toujours? poursuivit-elle en baisant les yeux.

— Sur mon âme, répliqua vivement l'étudiant, j'en jurerais! Tu es trop bonne et trop belle pour que mes yeux cessent de t'admirer et que mon cœur s'éloigne du tien!

— Cependant, reprit Geneviève en hésitant, il y a deux mois à peine... vous en aimiez un autre... et cette autre, vous ne l'aimiez plus, puisque vous n'aimez que moi!

— Une autre! répondit Buridan avec une soudaine émotion. Oui! tu dis vrai, Geneviève. Aussi bien, pourquoi manquerais-je de franchise envers toi!... ne l'as-tu pas devinée cette passion fatale qui brûlait mes veines et consumait l'épouse du roi Philippe... Chère enfant, poursuivit le jeune homme avec reconnaissance, sans toi, elle ne serait plus peut-être, cette pauvre reine, et sa tête, comme la mienne, serait tombée sous la hache du bourreau!... Oui, je l'aimais, continua Buridan, mais de ce sentiment tu ne saurais être jalouse, car Jeanne était une sœur pour moi, j'étais un frère pour elle!

Comme Buridan achevait ces mots, le galop précipité d'un cheval se fit entendre à quelque distance.

Les deux jeunes gens se retournèrent vivement, et bientôt un cavalier apparut à leurs yeux.

— Enfin! s'écria ce dernier en apercevant Buridan, il y a assez longtemps que je te cherche!

Celui qui venait de parler, c'était Enguerrand de Marigny, c'était le premier gentilhomme, l'écuyer favori de madame Jeanne de Navarre.

Buridan avait, du premier coup d'œil, reconnu son frère d'armes, son compagnon d'études, son ami intime.

— Enguerrand! mon cher Enguerrand! s'exclama-t-il en s'élançant vers lui.

En un instant, l'écuyer de la reine eut mis pied à terre.

Courant à l'étudiant et le pressant affectueusement entre ses bras :

— Buridan! mon cher Buridan! murmura-t-il. Quelle joie de te revoir!... de te serrer sur mon cœur! Sais-tu, frère, sais-tu que depuis deux longs mois je te réclame à cor et à cris?... sais-tu que je demande à tous les échos de la capitale mon vieil ami du pays latin!... Hélas! les échos demeuraient insensibles et le capitaine Buridan avait pris son vol devers d'autres climats!...

S'avançant vers Geneviève qui, toute rougissante et honteuse, était demeurée immobile à sa place, Enguerrand la salua courtoisement et lui prit la main :

— Lorsqu'on possède un si parfait trésor, dit-il ensuite en s'adressant à son ami, je comprends que l'on en soit avare et qu'on l'enfouisse en quelque coin bien secret et bien mystérieux!

Geneviève s'inclina gracieusement devant le jeune écuyer.

— Si secret et si mystérieux que soit l'asile où je me suis réfugié, reprit Buridan avec un sourire, tu as su le découvrir, frère, et je m'en réjouis fort! car je puis te serrer la main et te présenter celle que, devant Dieu et devant les hommes, j'ai prise pour ma compagne!

— Ton hymen est connu de tout Paris, repartit Enguerrand, et ta fuite amoureuse défraye présentement et la cour et la ville !... Hier, la reine elle-même s'en entretenait devant moi avec sa camériste !...

— La reine ! dit vivement Buridan.

— La reine ! murmura Geneviève à son tour.

Buridan jeta un regard sur sa jeune femme.

Il la vit pâle et troublée.

— Pauvre enfant ! se dit-il.

Et changeant brusquement la conversation :

— Mais toi, Enguerrand, reprit-il, tes amours, où en sont-elles ?... Ton mariage, quand se célèbre-t-il ?

— Cela dépend de toi, cher ami, répliqua l'écuyer, et c'est pour prendre tes ordres que je suis venu te relancer jusqu'ici !

Buridan et Geneviève jetèrent sur Enguerrand un long regard de surprise.

Celui-ci se rapprocha des deux jeunes gens :

— La reine Jeanne, notre bien-aimée souveraine, m'a, depuis longtemps déjà, octroyé son acquiescement ; mais le roi, pour donner le sien, exige formellement, irrémissiblement, que Buridan, mon frère et mon ami, Buridan, le premier de l'Université de Paris, consacre de sa présence la solennité de mes noces.

— Que dis-tu ! s'écria Buridan.

— Ce n'est pas tout, reprit Enguerrand.

— Ce n'est pas tout ? répéta le jeune homme avec une surprise croissante.

— Non ! répliqua Enguerrand, car, le roi l'exige encore, ta jeune épouse doit t'accompagner au Louvre.

— Moi ! murmura Geneviève avec une sorte de terreur.

— Elle ! au Louvre ! s'exclama Buridan en devenant singulièrement soucieux.

— Oh ! reprit la jeune femme en se jetant éplorée entre les bras de l'étudiant, messire Buridan, oserez-vous bien obéir à cet ordre ?

— Quelle peut être la pensée du roi ? dit l'époux de Geneviève comme se parlant à lui-même. Quel est son projet ? quel mobile le fait agir ?

— Nul ne peut lire en l'âme de Philippe le Bel, répliqua Enguerrand.

— Oh ! reprit l'étudiant à part lui, je devine son but cependant ! oui ! je le devine !... Il veut de nouveau nous remettre en présence, la reine Jeanne et moi... Il veut nous faire subir à tous deux une nouvelle épreuve !... Devant Geneviève, il espère sans doute que Jeanne se trahira !... Refuser d'assister à ce mariage, refuser d'y faire assister cette enfant, c'est révéler au roi que je le redoute, c'est lui dire que ses soupçons étaient fondés, que sa jalousie était légitime.

Prenant la main d'Enguerrand :

— Frère, lui dit-il, nous ferons selon la volonté du roi Philippe. Geneviève et moi, nous assisterons à ton mariage.

— Que dites-vous ! s'exclama la jeune femme avec une sorte de terreur.

— Il le faut ! répondit doucement Buridan.

Geneviève ne répliqua point ; mais son front pâlit singulièrement et son cœur battit avec une extrême violence.

Un invincible effroi s'était emparé d'elle.

— Au Louvre ! moi, au Louvre ! s'écria-t-elle enfin.

Buridan lui prit la main.

— Il le faut, Geneviève, lui dit-il vivement à voix basse, pour Jeanne de Navarre !... pour votre bienfaitrice !

En entendant ces mots, la jeune femme se remit aussitôt.

— J'obéirai ! murmura-t-elle, j'obéirai !

En cet instant, une voix sinistre retentit à travers les arbres.

Et cette voix disait :

— Le Louvre est la demeure des méchants qui ont tué mon fils, qui ont tué ton père... Ne va pas au Louvre, jeune fille... ne va pas au Louvre !

Celle qui parlait ainsi, c'était l'aïeule de Geneviève, c'était la folle.

Malgré lui, Buridan tressaillit aux sombres paroles de la vieille femme.

Il lui semblait que le ciel se servait de la pauvre insensée pour l'empêcher de se rendre à la cour.

Mais, surmontant cette crainte passagère :

— Allons, dit-il, le malheur n'est qu'un mot !

Le jour même, Buridan et Geneviève quittèrent la riante retraite des bois de Romainville.

Lorsque la jeune femme prit congé de sa mère et de Praxède, elle vit des larmes dans leurs yeux.

— Pourquoi pleurer ? leur dit-elle, bientôt je serai de retour !

Mais la folle se tenait auprès de Geneviève, et de ses lèvres sortit son éternel refrain :

— Ne va pas au Louvre ! ne va pas au Louvre !

Surmontant l'émotion qui lui étreignait l'âme, Geneviève s'élança sur la blanche haquenée qui lui était destinée, et peu après, escortée de Buridan et de l'écuyer de la reine, la jeune femme s'éloignait en toute hâte de ces chères solitudes où s'étaient écoulés les seuls instants heureux de sa vie.

Au fur et à mesure que la distance se faisait plus grande, la tristesse de la pauvre enfant augmentait.

Buridan n'était pas moins soucieux que sa jeune compagne.

Seul, Enguerrand était heureux et rayonnant.

Son rêve n'allait-il pas se réaliser !

De retour au Louvre, il s'empressa de rendre compte au roi de l'heureux résultat de son voyage.

— C'est bien ! répliqua le jeune souverain. Demain, la filleule de madame Jeanne sera votre épouse !

Et tous les ordres furent donnés en effet pour que les noces d'Enguerrand de Marigny et de Jeanne de Saint-Martin fussent célébrées le lendemain dans la chapelle du Louvre, en présence de Philippe IV, de la reine et de toute la cour.

XXVII. — LE MARIAGE D'ENGUERRAND ET CE QUI S'ENSUIVIT.

A l'heure fixée pour la cérémonie, Buridan et Geneviève se rendirent en la royale demeure.

A l'aspect du jeune couple, un murmure d'admiration éclata soudainement.

Et c'était justice.

En leur costume d'apparat, ils étaient étincelants tous les deux.

Toute gracieuse et charmante, la reine prit par la main l'épouse de l'étudiant.

Jeanne avait à tout jamais banni de son cœur les méchantes pensées qui l'étaient venues agiter dans la triste bicoque de la place Maubert.

— Je dois expier mes crimes par toutes les abnégations et tous les sacrifices, s'était-elle dit, et j'aurai la force de voir une autre femme posséder le cœur de celui que j'aime !

Et la reine tenait parole.

Comme Buridan, elle pensait que le roi Philippe n'avait exigé la présence de Buridan et de Geneviève que pour lui faire subir une nouvelle épreuve.

Buridan et la reine se trompaient.

Depuis la nuit étrange passée chez les mendiants, Philippe IV, le luxurieux monarque, s'était souventes fois rappelé cette vierge si belle malgré sa pâleur, si séduisante malgré ses larmes, et, tout résolûment, il s'était fait à lui-même la promesse de faire sa maîtresse de cette étonnante beauté.

En apprenant surtout que Buridan la cachait à tous les regards, il avait senti ses impurs désirs excités plus vivement encore.

S'il la dérobe ainsi à tous les yeux, s'était-il dit, c'est qu'il l'aime...

Et cette pensée l'enflammait davantage.

— Par Dieu qui me fit ! avait-il ajouté, je l'ai donnée à l'étudiant, je saurai la lui reprendre !

Et, pour en arriver à ses fins, il avait imposé, comme condition *sine qua non* au mariage d'Enguerrand, la présence au Louvre de Jean Buridan et de sa jeune épouse.

Tous deux venaient de pénétrer dans la grande salle, lorsque les pages annoncèrent d'une voix retentissante :

— Monseigneur le roi !

Philippe IV parut bientôt, plus splendidement beau que jamais.

Malgré sa beauté, malgré sa jeunesse, le fils de Philippe III avait toutefois quelque chose de fatal dans la physionomie.

Ses yeux semblaient illuminés d'un feu sombre. C'était l'ange des ténèbres.

C'était Satan !

Son regard se porta d'abord vers la belle Geneviève.

Il ne l'avait vue qu'une fois.

Il la reconnut cependant.

— Oh ! sur ma vie, murmura-t-il, elle sera à moi ! et de mon écrin amoureux, ce sera le plus rare et le plus pur joyau !

L'heure de la cérémonie nuptiale ayant sonné, l'on se rendit à la chapelle du château.

Peu après c'en était fait.

Enguerrand de Marigny était l'époux de Jeanne de Saint-Martin, filleule de la reine de France.

Au moment où le prêtre achevait de bénir les deux nouveaux époux, un jeune homme, vêtu de noir, aux lèvres minces et blêmes, aux yeux cerclés de bistre, apparut soudainement à l'entrée de la chapelle.

— Enguerrand de Marigny, murmura l'homme noir avec une expression impossible à décrire ; malheur à toi ! malheur ! De ce moment, je me voue à ta perte... et je jure Dieu que je me vengerai de toi !

Celui qui venait de lancer cet anathème sur la tête d'Enguerrand, c'était le comte Charles de Valois, c'était le prince dédaigné de Jeanne.

On verra par la suite quel fut l'effet de la haine implacable qu'il avait jurée à Enguerrand.

Ce dernier était radieux et ne songeait pas au malheur.

Durant tout le temps de la cérémonie, le roi tint ses regards fixés sur Geneviève.

Mais celle-ci priait, et son cœur était tout à Dieu.

Quant à Buridan, il contemplait Jeanne de Saint-Martin, l'épouse de son cher Enguerrand.

Il la trouvait belle, bien belle, cette jeune femme, et cependant, il lui semblait voir en ses yeux, sur son front, quelque chose de ce feu satanique qui rayonnait sur le visage de Philippe le Bel.

Il faisait tous ses efforts pour chasser de son esprit cette impression fâcheuse, injuste, mais c'était en vain.

Enfin, lorsque la cérémonie fut terminée, Jeanne de Saint-Martin, se tournant brusquement vers l'étudiant, lui lança un tel regard de triomphe et de vengeance satisfaite, qu'il sentit un frissonnement lui parcourir les veines.

— Oui ! oui ! il avait peur, non pour lui, mais pour Enguerrand, il comprenait que quelque épouvantable malheur planait sur la tête de son ami ! . . . .

. . . .

Le soir, pour célébrer les noces d'Enguerrand et de la filleule de la reine, une fête fut donnée au Louvre.

Les musiques éclataient sonores et joyeuses, les couples tourbillonnaient vertigineusement, et les mille lumières odorantes répandaient par tout le palais leur fantastique clarté et leurs enivrantes senteurs.

Buridan et Geneviève, sur l'invitation de Philippe IV et de la reine, étaient demeurés à cette fête.

Un pressentiment semblait cependant les engager tous deux à s'éloigner.

Geneviève surtout se sentait mal à l'aise sous ces lambris dorés, exposée aux regards de toute cette foule de courtisans, de ces mignons libertins, de ces femmes orgueilleuses.

Mais la reine Jeanne était, pour la craintive jeune femme, si prévenante et si affable, elle la priait avec tant de grâce de rester auprès d'elle, que Geneviève n'avait plus osé parler de se retirer.

Buridan, soucieux et pensif, songeait malgré lui à l'étrange regard que lui avait jeté, dans la chapelle, Jeanne de Saint-Martin, après la célébration de son mariage.

— Pourquoi, se disait-il, pourquoi ses yeux, en se fixant sur moi, avaient-ils cette expression terrible, menaçante?... Je ne la connais pas, cette femme!... Je ne l'ai vue que deux fois en ce palais, et je n'ai pu l'offenser!... Que peut signifier cela?

— Je vais te le dire, Jean Buridan! lui murmura doucement à l'oreille une voix féminine.

Buridan se retourna brusquement.

Devant lui se tenait Jeanne de Saint-Martin, l'épouse d'Enguerrand.

L'écolier, tremblant malgré lui, considéra sans parler la jeune femme.

Il n'osait l'interroger.

— Messire, reprit Jeanne de Saint-Martin avec un effroyable sourire, te rappelles-tu la nuit de la tour de Nesle.

— Saints du ciel! murmura l'étudiant, que dites-vous là, madame?

Jeanne arracha violemment le gant qui lui couvrait la main :

— Tiens, dit-elle ensuite à Buridan terrifié, vois cette marque qui devait te servir à reconnaître la complice inconnue de la reine!

— Horreur! murmura Buridan.

— Dénonce donc maintenant l'épouse d'Enguerrand, ton ami et ton frère!

L'étudiant épouvanté allait répondre lorsque des cris désespérés retentirent dans les jardins du Louvre.

En entendant ces clameurs de détresse, Buridan devint effroyablement pâle.

Il avait reconnu la voix de Geneviève.

— Saints du ciel! s'écria-t-il, que veut dire ceci?

Et quittant brusquement Jeanne de Saint-Martin, il s'élança dans la salle voisine où, peu d'instants auparavant, il avait laissé sa jeune épouse aux côtés de Jeanne de Navarre.

Mais la reine de France était seule avec ses dames et demoiselles d'honneur.

— Madame, madame, demanda le jeune homme d'une voix haletante, Geneviève?... Où est Geneviève?...

La reine, non sans grande surprise, considéra Buridan.

— Répondez! répondez! s'écria l'étudiant. Où est-elle? Je veux la voir!

— Ne venez-vous pas de l'envoyer quérir par un de nos pages il y a quelques minutes à peine.

— Moi! répliqua le jeune homme. Non, madame, non!

— C'est en votre nom cependant, reprit la reine, que l'on est venu! Et c'est pour vous rejoindre dans les jardins, que votre jeune épouse a pris congé de nous!

— Sang du Christ! hurla Buridan. Il se trame céans quelque infâme complot!

Et tirant son épée, le malheureux jeune homme, à moitié fou de douleur, se précipita vers l'escalier qui conduisait dans les jardins.

— Geneviève! Geneviève! cria l'étudiant d'une voix déchirante. Geneviève! au nom du ciel, réponds moi! réponds-moi!

Mais le plus profond silence régnait dans les allées sombres.

Délirant, éperdu, l'écolier parcourut les jardins immenses en continuant ses appels désolés.

Ce fut en vain.

Nulle voix ne répondit à la sienne.

Pâle, livide, effrayant, l'infortuné rentra dans les salons.

La reine Jeanne, presque aussi pâle que lui, courut à sa rencontre et l'interrogea du regard.

— Geneviève n'est plus en ce château, madame! répondit le jeune homme avec un accent terrible.

— Grand Dieu! s'exclama Jeanne avec terreur. Quel est ce mystère?...

Se retournant vers la foule des varlets et des pages qui se tenaient dans une galerie :

— Que l'on cherche sur l'heure mon page Gabriel! commanda-t-elle.

Toute la valetaille s'empressa d'exécuter l'ordre de la reine.

Mais au bout d'un quart d'heure, pages et varlets reparurent l'un après l'autre en annonçant que le petit page Gabriel était introuvable.

Capitaine Balthazar, que trente de nos gardes fassent escorte à ses trois hommes.

On avait fouillé vainement tous les coins et recoins du château, les galeries et les cours, voire les souterrains et les combles.

En recevant cette accablante nouvelle, Buridan laissa échapper une indicible exclamation de fureur et de désespoir.

— Malheur ! malheur sur vous tous ! s'écria-t-il ensuite.

En cet instant, le roi Philippe le Bel parut dans la grande salle, entouré de ses jeunes et brillants favoris.

Tous riaient et devisaient follement.

Buridan, l'œil en feu, la bouche écumante, s'élança vers le jeune monarque.

— Sire, lui dit-il en le regardant en face, c'est par votre ordre que Geneviève et moi nous avons, cette nuit, franchi le seuil de ce palais, de cet enfer ! si Geneviève a disparu, c'est par votre ordre aussi peut-être !... Sire, qu'en avez-vous fait?

Tout d'abord, Philippe le Bel feignit un profond étonnement.

Toisant ensuite du regard le jeune homme frissonnant de colère :

— Messire écolier, dit-il d'un ton railleur, quelle étrange question me venez-vous présentement adresser, je vous prie ?... Je ne puis vous comprendre et ne vous comprends pas !

— Sire, reprit l'étudiant avec fureur, qu'avez-vous fait de Geneviève ?

— Sur mon âme ! répliqua Philippe, me l'avez-vous donnée à garder ?

Buridan poussa un cri terrible.

— Ah ! c'est la réponse de Caïn après le meurtre de son frère ! Avez-vous donc fait assassiner cette femme ?... poursuivit-il en marchant menaçant sur le roi.

En voyant le geste et l'attitude hostiles du jeune homme, tous les courtisans, et la reine elle-même, se précipitèrent entre lui et le jeune souverain.

— Malheureux, dit vivement Jeanne à l'oreille de l'étudiant, vous vous perdez !

Mais Buridan ne l'entendait pas.

Repoussant avec une inconcevable violence les gentilshommes du roi :

— Laissez-moi ! laissez-moi tous ! vous êtes des lâches, et je vous maudis !... Roi Philippe, poursuivit-il en tentant de se rapprocher du monarque, une voix secrète me dit que c'est par les ordres infâmes que Geneviève a disparu !... Tu répondras devant Dieu de ta félonie et de ta trahison !

— Gardes ! s'écria le roi, que l'on se saisisse de cet homme !

Les archers royaux étaient accourus en grande hâte.

Buridan, malgré sa résistance furieuse, fut désarmé, saisi et garrotté.

— Je t'ai fait grâce une fois ! reprit Philippe IV. Par Dieu qui me fit, insolent écolier, ma clémence est à bout, n'attends donc de moi ni pitié ni merci !

En cet instant, Enguerrand de Marigny parut dans la grande salle.

Jeanne de Saint-Martin s'appuyait amoureusement sur son bras.

En apercevant son ami entre les mains des gardes, Enguerrand s'élança vers lui en s'écriant :

— Frère ! frère ! est-ce bien toi, grand Dieu ! Qu'est-il donc advenu ?

— Enguerrand ! Enguerrand ! répliqua l'étudiant comme en délire. Geneviève ! ils m'ont pris Geneviève !... Sauve-là !... sauve-là !...

Comme il disait ces mots, il aperçut Jeanne de Saint-Martin.

— Ah ! cette femme !... cette femme ! s'écria l'infortuné avec horreur. Elle est complice des ravisseurs peut-être !...

— Que dis-tu ? interrompit Enguerrand.

— Je dis... je dis... repartit Buridan avec exaltation, je dis, malheureux ami, que nous sommes tombés dans un hideux repaire, dans une immonde tanière, où le crime est un jeu, où l'infamie fait loi !... Fuis, Enguerrand, fuis ce Louvre maudit sans regarder en arrière... Oublie ton exécrable hymen... Laisse ton épouse au sein de ses pareils et quitte ce manoir sinistre ! il y va de ton bonheur... de ton honneur... de ta vie !

— Reviens à toi ! supplia Enguerrand. Songes-tu bien à tes paroles ?

— Fuis ! fuis ! reprit l'étudiant avec instance.

S'adressant à Jeanne de Saint-Martin qui le considérait impassible :

— Madame, continua-t-il ordonnez-lui de fuir, ou malheur à vous !

— Enfer ! s'exclama Enguerrand, tu menaces l'épouse de ton frère !

— Mon ami, dit vivement Jeanne de Saint-Martin d'un air de pitié, ne voyez-vous donc pas que ce jeune homme est fou !

— Je suis fou !... je suis fou !... hurla l'étudiant avec violence. Oses-tu bien parler ainsi, infâme créature !... Ah ! je suis fou... reprit-il en riant d'un rire terrible. Eh bien ! écoute donc, Enguerrand, écoute donc ce qu'elle a fait cette femme...

Mais en cet instant, une voix lui murmura ces mots à l'oreille :

— Si vous la dénoncez, elle me perdra avec elle... et je ne pourrai rien pour le salut de Geneviève.

Buridan avait reconnu la voix de Jeanne de Navarre.

Il comprit aussitôt que s'il disait un mot de plus, la jeune femme dont la disparition le désespérait serait désormais sans secours aucun, et sans protection.

Enguerrand, le visage empourpré et tout frissonnant :

— Buridan ! Buridan ! s'écria-t-il, quelle accusation oses-tu porter contre Jeanne de Marigny ?... contre mon épouse ?... Je veux que tu parles... Je le veux, entends-tu bien...

Jeanne de Saint-Martin, poursuivant son rôle, considérait l'étudiant d'un air de compassion profonde et murmurait :

— Pauvre jeune homme ! le désespoir lui a fait perdre la raison !

Buridan demeurait silencieux devant Enguerrand.

— Réponds ! réponds ! continua ce dernier avec une sourde rage. Réponds ! ou de par l'enfer, ce sera trop peu de tout ton sang pour payer tes calomnieuses attaques !

Mais l'étudiant ne répondit rien.

En lui-même, il murmura seulement ces mots :

— Pour Geneviève... je dois taire cet horrible secret !

Puis, regardant fixement Enguerrand de Marigny, il lui dit :

— Qui es-tu ?... que me veux-tu ?... qu'attends-tu de moi ?

Enguerrand fut épouvanté de la fixité des regards de son ami, et subitement sa fureur s'évanouit.

— Buridan ! dit ensuite le jeune homme, reprends tes sens... reconnais ton ami, ton frère !

— Les fous n'ont pas d'amis ! répondit l'écolier avec un rire étrange. Les fous n'ont pas de frères ! Et je suis fou, moi... je suis fou... cette femme l'a dit... et elle a sa raison, elle, toute sa raison !

Ce disant, il montrait du doigt Jeanne de Marigny.

— Il est fou ! il est fou ! s'écria Enguerrand avec douleur.

Courant au roi :

— Sire, poursuivit-il en s'agenouillant devant le jeune monarque qui, d'un air d'indifférence, avait assisté à cette scène, sire, n'oubliez-vous pas les offenses de ce pauvre insensé :

— Messire Enguerrand, répliqua le monarque, les fous de cette espèce sont dangereux et nuisibles !... En mon propre palais, il a osé me jeter à la face d'indécentes menaces et d'outrageantes paroles! Cet homme a mérité la mort!

— Sire, soyez clément ! supplia Enguerrand.

Jeanne de Navarre s'avança frissonnante vers son inflexible époux.

— Monseigneur ! lui dit-elle en joignant les mains, grâce pour lui ! grâce !

Philippe IV jeta sur la reine un regard froid et mauvais.

— Épargnez-vous, madame, repartit-il ensuite, des supplications oiseuses et d'intempestives prières. Cet homme doit mourir, il mourra !

Buridan, les mains chargées de chaînes, se tenait immobile entre les archers royaux.

Et, sans émotion, sans trouble, il entendit son arrêt de mort sortir de la bouche de Philippe IV.

— Mourir ! mourir ! s'écrièrent d'une seule et même voix Enguerrand et Jeanne de Navarre.

— Mourir ! répétèrent de nouveaux personnages qui, depuis le commencement de cette scène, écoutaient attentifs en la galerie voisine.

Tous les assistants, le roi lui-même, se retournèrent, et la foule des courtisans, ayant aperçu et reconnu ceux qui venaient de parler ainsi, s'écarta instinctivement pour les laisser passer.

Les deux nouveaux venus portaient le costume moitié religieux, moitié guerrier des chevaliers du Temple, c'est-à-dire l'armure et le manteau de toile de lin blanche, orné de la croix rouge à huit pointes, symbole de l'engagement pris par chaque chevalier de verser mon sang pour la défense de l'Église.

Il portaient en outre une ceinture de fil de lin, symbole de chasteté.

Le premier de ces deux hommes avaient trente-cinq ans à peu près.

On le nommait Jacques-Bernard de Molay.

Français, comme la majeure partie des membres de l'ordre, il descendait de la famille des sires de Longwic et de Raon, en Bourgogne.

Tout jeune encore, presque enfant, il avait été admis, en 1265, parmi les templiers.

Une fois armé chevalier, Jacques de Molay était parti pour la Terre Sainte, où il avait acquis un grand renom de gloire et de vertu.

Appelé à Paris pour les affaires de l'ordre, car Paris était le chef-lieu de toutes les commanderies, il devait repartir prochainement.

Le roi Philippe le Bel exécrait cet ordre puissant des templiers, mais, par cela même que les templiers étaient puissants, il les craignait et ne manquait jamais nulle ocasion de les flatter et de les caresser.

Aussi s'était-il empressé de demander à Jacques de Molay d'honorer de sa présence la fête qui ce soir-là était donnée au Louvre, et le héros de la Terre Sainte avait obtempéré au désir du jeune roi.

La vie des chevaliers du Temple était, au reste, mondaine, leurs devoirs étaient à peu près nuls, et chaque membre vivait à sa guise, disent les chroniqueurs, et dans l'abondance de toutes choses.

Pourvu qu'un chevalier fût brave, on ne lui demandait rien de plus.

Jacques de Molay avait donc pu sans hésiter accepter l'invitation royale, et sa présence au Louvre, au milieu d'une fête, n'avait rien de blâmable ni de choquant.

Le compagnon du sire de Molay avait douze ans de moins que lui.

On l'appelait Phœbus, et nul ne connaissait son père ni sa mère.

Plein d'admiration pour le courage étonnant, pour la haute vertu de Jacques de Molay, Phœbus s'était voué à lui corps et âme.

Il eût combattu à ses côtés au milieu d'une fournaise ardente, et sur un simple signe, il se fût précipité dans un gouffre sans fond.

Philippe le Bel, avec déférence, avait fait quelques pas au-devant des deux templiers.

— Soyez les bienvenus au Louvre, chevaliers, leur dit le monarque d'une voix mielleuse; l'éclat de notre fête sera sans pareil, puisque vous daignez y prendre part.

— Que parlez-vous de fête, sire, répliqua Jacques de Molay d'un ton sévère et triste; qui donc pourrait présentement songer à se réjouir en ce palais?... Un homme ne vient-il pas d'être condamné par vous, ici même, à la peine de mort?

— Cet homme est un coupable, messire chevalier, répondit Philippe IV.

— Sire, reprit le templier, celui-là ne saurait être coupable que possède l'esprit de folie!

— Sire de Molay, interrompit Philippe IV d'un ton bref, ne tentez pas, je vous en conjure, d'obtenir de moi la grâce de ce traître ! tout mon peuple à genoux intercéderait pour lui, que je demeurerais inflexible !

— Sire, repartit le chevalier, vous oubliez que les fous appartiennent, non pas aux hommes, mais à Dieu! En livrant au bourreau ce malheureux insensé, vous commettriez, non pas seulement une injustice, mais un sacrilége!... Fils de Philippe III ! petit-fils de saint Louis ! poursuivit Jacques de Molay, ferez-vous cette insulte à la Divinité?

Philippe le Bel sembla hésiter un instant :

— Non ! non ! s'écria-t-il avec une sourde colère, pas de grâce !... Gardes, continua-t-il d'un ton impérieux, qu'on entraîne cet homme à la Tour !

Les archers se disposèrent à exécuter l'ordre du

roi ; Mais Jacques de Molay s'élança vers le prisonnier et le couvrit de son manteau de lin.

— Sire, dit alors le chevalier, le Temple est lieu d'asile, et le manteau du templier est une égide qui rend inviolable quiconque en couvre ses épaules !

— Chevalier ! s'écria Philippe IV ivre de colère ; que faites-vous ?

— Mon devoir ! répondit Jacques de Molay d'une voix ferme et haute ; ce lin sacré doit protéger en tous lieux, contre tous, même contre vous, sire, les souffrants et les pauvres, les faibles et les opprimés ! Le Rédempteur a couvert de sa robe sainte les petits enfants de Jérusalem ! Serviteur du Christ, j'imite mon maître... Les fous ne sont-ils pas les enfants chéris du Seigneur !

Écartant de la main les archers intimidés :

— Arrière donc, vous tous ! continua le chevalier avec majesté, arrière !

Les soldats s'écartèrent silencieusement et livrèrent passage à Jacques de Molay et à son protégé.

Le chevalier Phœbus s'était placé à la gauche de Buridan, et tous trois se dirigèrent à pas lents vers la grande porte.

Le roi était livide de rage :

— Messire templier, s'écria-il, vous oubliez que vous êtes en mon pouvoir, et qu'un mot de moi suffirait pour vous faire jeter sur l'heure en quelque basse-fosse de ce château !

— Ce mot, répliqua Jacques de Molay calme et digne, vous ne le direz pas.

Le roi étouffa une exclamation de fureur et baissa le front.

Il savait en effet qu'il ne pouvait rien contre celui qui osait le braver ainsi.

Attenter à la liberté d'un chevalier du Temple, c'eût été compromettre sa couronne ; car cet ordre était alors à l'apogée de sa puissance et de sa popularité.

En Europe seulement, les templiers possédaient NEUF MILLE commanderies.

Le Grand-Maître se trouvait donc à la tête d'une armée formidable, contre laquelle aucun prince de la chrétienté n'eût pu seulement essayer de lutter.

— Non ! non ! murmura Philippe avec une sourde colère, je ne puis rien ! rien !

Relevant le front et lançant un regard de haine au templier :

— Messire Jacques de Molay, lui dit-il d'un ton menaçant, je me souviendrai !

— Et moi, sire, j'oublierai ! répondit le chevalier avec un tranquille sourire.

S'inclinant ensuite devant le roi :

— Que Dieu garde Votre Majesté !

Les templiers et l'étudiant franchirent le seuil de la grande salle, et descendirent les degrés qui conduisaient à la cour d'honneur.

— Capitaine Balthazar, s'écria le roi en s'adressant au chef des archers, que trente de nos gardes fassent escorte à ces trois hommes jusqu'à la porte du Temple. Durant la nuit entière, vous veillerez aux abords de la sainte maison... Vous y demeurerez demain, toujours, s'il le faut... et si le traître condamné par moi ose s'en échapper, je veux qu'il meure !... je le veux, entendez-vous !... Ne rentrez en ce Louvre qu'en me rapportant son cadavre ! Allez.

Le capitaine Balthazar, qui n'était autre que celui que nous avons connu jadis, tirant aussitôt son épée du fourreau, s'empressa de répondre au monarque :

— Sire, il sera fait selon votre volonté.

Puis, suivi de sa bande, il s'élança sur les pas des templiers et de Buridan.

Peu après ces derniers, escortés des archers royaux, quittaient le Louvre et prenaient la route du Temple de Paris.

A la tête de la troupe, le capitaine Balthazar, tout en frisant les poils gris de sa gigantesque moustache, considérait attentivement l'étudiant qui marchait entre les deux templiers.

Frappant brusquement sur l'épaule de l'un de ses soldats :

— Ami sergent ! lui dit-il, regarde bien ce bel étudiant.

— Je le regarde, répondit le sergent.

— Tel que tu me vois, poursuivit Balthazar, j'ai jadis pourchassé son père durant toute une nuit !

— Tel que tu me vois, dit à son tour le sergent, je l'ai pourchassé durant toute une nuit et un jour !

— Et l'as-tu attrapé ? questionna le capitaine.

— Attrapé ! reprit l'autre en haussant les épaules, l'homme au masque de bronze était inattrapable ! Cependant, continua le sergent avec un sourire, j'ai attrapé quelque chose cette nuit-là ; c'est un grand coup d'estoc qui m'a fendu en deux comme un porc qu'on étripe !

Celui qui parlait ainsi, c'était le sergent Claude Roubestan, dont il a été parlé en la première partie de cet ouvrage et que le lecteur n'a sans doute pas oublié.

— Sergent, mon ami, reprit le capitaine Balthazar, jette l'œil présentement sur ce petit templier à poils roux qui chemine à sa gauche.

— Je jette l'œil ! reprit le sergent.

— Ou je me trompe fort, poursuivit Balthazar, ou je me suis trouvé jadis avec lui !

— Et moi aussi ! répliqua le sergent.

— On l'appelait Phœbus.

— Phœbus ! justement, et il était page à la cour du roi Philippe III.

— Sais-tu ce qu'on disait de lui, ami Claude ?

— Qu'il était le fils du sire de Labrosse.

— C'est cela même ! Eh bien, que penses-tu de tout cela ?

— Qu'en pensez-vous vous-même, capitaine ?

— Qu'il est bizarre que le fils de l'homme qui a fait pendre Labrosse, soit justement sauvé par le fils du pendu ! car, il n'y a pas à dire, sans le templier roux et son compagnon, le Buridan y passait !

— Rassurez-vous, capitaine, reprit Claude Roubestan, ce qui ne s'est pas fait ce soir, se pourra faire plus tard !... Croyez-vous qu'il soit vraiment fou ?

— Pas plus que toi, mon fils ! répliqua le vieux soudard.

— Alors, il ne restera pas dans le Temple !

— C'est ma conviction intime ! d'autant plus que sa belle a disparu, et qu'il fera tout au monde pour la rattraper !

— Tant pis pour lui, en ce cas ! répliqua Roubestan avec un rire quelque peu féroce. Si j'ai manqué le père, je ne manquerai pas le fils !...

— Ni moi, mort-diable ! reprit Balthazar. D'autant plus que si nous le laissions filer, nous serions sûrs de notre affaire !

— Bonne garde donc, capitaine ! répliqua Claude, il y va de notre peau à tous !

Durant ce dialogue, Jacques de Molay, Phœbus et leur jeune compagnon avaient, nous l'avons dit, atteint les abords de la maison sainte.

Devant la grande porte d'entrée, ils s'arrêtèrent. Phœbus gravit alors les quelques degrés de pierre qui conduisaient à cette entrée, et mit en mouvement la cloche d'appel.

La porte s'ouvrit alors et Jacques de Molay gravit à son tour l'escalier tenant toujours sous son manteau protecteur l'étudiant morne et silencieux.

Le jeune homme semblait étrangement abattu. Balthazar remarqua cet accablement, cette prostration.

— Ami Claude, dit-il au sergent, je crois décidément que nous nous trompions et que l'étudiant est bien réellement fou ! Sans cela, je le connais, il eût déjà tenté de nous brûler la politesse !

— Tant mieux pour lui, s'il est fou ! répliqua Roubestan. C'est ce qui peut lui arriver de plus heureux. Cela lui évitera le désagrément de se faire trouer la gorge par messieurs les archers du roi Philippe !

L'étudiant et les deux templiers avaient franchi le seuil du monastère.

La lourde porte d'entrée roula de nouveau sur ses gonds et se referma avec un bruit sourd.

Puis tout rentra dans le plus profond silence.

— Qu'il soit, fou ou non ! dit alors Balthazar, garde à vous, camarades.

Et tous répétèrent en tirant leur épée :

— Garde à vous !

XXVIII. — LA PETITE MAISON DE M. PHILIPPE LE BEL, ROI DE FRANCE ET DE NAVARRE.

Louis XV, qui fut surnommé le Bien-Aimé, comme Charles VI, ce qui n'empêcha pas le peuple de couvrir de boue son cercueil, Louis XV, disons-nous, possédait à Versailles une petite maison que l'on appelait le Parc-aux-Cerfs.

Il logeait là les maîtresses obscures que la Pompadour, la maîtresse en titre, voulait bien tolérer, soit par politique, soit par indulgence.

Le Parc-aux-Cerfs a grandement servi à faire exécrer le nom de Louis XV.

C'était un établissement étonnamment mystérieux que ce Parc-aux-Cerfs, mystérieux à ce point, que les historiens les mieux renseignés n'ont jamais su dire où il était placé.

Les uns en font une ancienne habitation de chasse du roi Louis XIII, transformée en une suite de petits palais entourés de bois touffus et de jardins ombreux.

Les autres le confondent dans l'ermitage de madame de Pompadour.

D'après quelques renseignements donnés par madame Campan dans ses Mémoires, on a fini par apprendre que la petite maison du roi Louis XV était située rue Saint-Médéric.

« La tradition et le témoignage de plusieurs personnes attachées à la cour, dit Lacretelle, ne confirment que trop les récits consignés dans une foule de libelles relativement au Parc-aux-Cerfs.

« On prétend que le roi y faisait élever des jeunes filles de neuf ou dix ans.

« Le nombre de celles qui y furent conduites est immense.

« Elles étaient dotées et mariées à des hommes vils ou crédules.

« Les dépenses du Parc-aux-Cerfs coûtaient plus de cent millions à l'État.

« Dans quelques libelles on les porte jusqu'à un milliard. »

Si nous parlons ici du galant retrait de Louis le Bien-Aimé, c'est que le galant retrait en question n'était qu'une copie de la petite maison du roi Philippe le Bel.

Cette dernière cependant n'était pas située à Versailles.

Au treizième siècle, Versailles n'était pas encore une ville.

Non, le Parc-aux-Cerfs de Philippe IV était situé sur le bord de la Bièvre.

A cette époque, la Bièvre venait se jeter dans la Seine, presque sous les murs de Paris, et ses rives, tapissées de verts gazons, étaient couvertes de saules « qui pleuraient sur ses eaux. »

Pénétrons dans la mystérieuse demeure.

Là, une jeune femme se tord les bras avec désespoir :

— Buridan !... s'écrie-t-elle. Qu'ont-ils fait de toi, es lâches !... T'ont-ils donc assassinés, que tu me aisses seule, ici, sans secours et sans protection !

Cette femme, c'était Geneviève.

Attirée par le page Gabriel dans les jardins du Louvre, où Buridan l'attendait, lui disait-on, la pauvre jeune femme s'était vue brusquement enlevée par des hommes masqués.

Elle avait, on le sait, poussé une exclamation de détresse ; mais on avait promptement étouffé ses cris en la bâillonnant.

Puis l'un de ces hommes l'avait emportée à moitié évanouie hors des jardins.

Sur la Grève, des chevaux tout sellés attendaient les ravisseurs.

Après une course furieuse à travers les rues de Paris, l'on avait gagné la campagne.

Quand Geneviève était revenue à elle, elle s'était trouvée seule en une chambre luxueusement ornée, et toute brillante de lumière.

La porte en était close.

La prisonnière avait inutilement tenté de l'ouvrir.

Mais contre son attente, cette porte s'ouvrit enfin d'elle-même.

Sur le seuil, un jeune homme apparut.

Geneviève recula terrifiée.

Elle avait reconnu le roi Philippe le Bel.

Philippe franchit vivement le seuil de la porte, laquelle se referma immédiatement.

— Le roi ! le roi de France ! murmurait Geneviève.

— Oui, répondit Philippe, le roi qui t'aime, Geneviève, et à qui tu vas appartenir !

Et, brusquement, le monarque s'avança vers la jeune femme qui se prit à fuir devant lui.

— Sire ! sire ! suppliait la malheureuse, laissez-moi... laissez-moi !...

— Que dis-tu là ? ricana le roi. Quel vilain langage oses-tu bien me tenir ? Te laisser ! non, de par Dieu, ma belle ! Tu seras à moi ! je l'ai juré, et je tiendrai mon serment... une fois n'est pas coutume !

— Oh ! mais c'est infâme, sire ! c'est indigne d'un gentilhomme, ce que vous faites là ! c'est indigne d'un roi !

— Erreur, ma chère ! tous les gentilshommes, tous les rois de la terre agiraient comme j'agis moi-même !... Si Dieu m'a octroyé la couronne, c'est pour que tous mes désirs soient accomplis, pour que toutes mes volontés s'exécutent. Or, tu me plais, je te désire, et nulle puissance humaine ne saurait t'arracher à mon amour !

Ce disant, le roi s'élança vers la tremblante jeune femme et la saisit entre ses bras.

Mais Geneviève, avec une force singulière, parvint à se dégager de l'étreinte de Philippe.

— Sire... pitié... pitié ! gémit-elle en fuyant éperdue par la chambre.

Le roi lança à la jeune femme un regard ardent de colère.

— Misérable folle ! s'écria-t-il ensuite, le roi de France consent à descendre jusqu'à toi, et tu oses lui résister !...

— Il est vrai, répliqua Geneviève en redressant le front, je ne suis qu'une pauvre fille... mais j'ai de l'honneur comme une autre et j'y tiens !

— De l'honneur ! reprit le roi avec éclat.

— Oui, sire ! de l'honneur ! Ah ! vous ne comprenez pas, vous ne pouvez comprendre... que Geneviève Gerhaut, la fille de pauvres artisans, Geneviève la mendiante ne tombe pas, radieuse, entre vos bras, et ne se livre pas à vous corps et âme ! En effet, les filles du peuple, chose infâme, inhumaine, ne doivent-elles pas se donner à leurs seigneurs avant d'appartenir à leurs époux ?... Mais croyez-vous donc, sire, que si jusqu'à présent toutes ces malheureuses ont obéi à cette loi monstrueuse, croyez-vous qu'elles l'ont fait sans gémir et se désespérer ?... Non ! non ! tous les cœurs, toutes les consciences se révoltent contre cet usage inhumain ! Plus d'une vassale a préféré la mort à cette honte !

— L'amour d'un roi ne peut donner la honte, Geneviève, reprit Philippe en se rapprochant de la jeune femme, et plus d'une noble dame serait fière de mon amour !

— Eh bien ! prenez-les donc, vos grandes dames, sire ! répondit Geneviève. Pourquoi me choisir, moi qui ne vous aime pas, moi qui ne peux vous aimer ! lorsque sur un geste de vous, tant d'autres femmes jeunes, belles et nobles sont à vos ordres !

— Eh ! que me font les autres ! repartit le monarque avec emportement. C'est toi que je veux, c'est toi que j'aurai !

— Buridan ! Buridan ! s'écria Geneviève avec terreur.

Le roi se prit à rire d'un rire frénétique.

— Buridan est loin de cette demeure ! dit-il ensuite. Et fût-il auprès de toi, son bras ne saurait te défendre ! car Buridan est fou !...

— Sang du Christ ! s'exclama Geneviève avec un indicible accent de désespoir. Que dites-vous, sire !

— Buridan est fou ! répéta le cruel monarque. N'attends donc pas de lui un secours illusoire !... D'ailleurs, avant de le laisser arriver jusqu'à toi, ceux de mes archers que j'ai commis à sa garde sauraient le percer de mille coups !

— Ah ! vous êtes un tyran, sire ! s'écria Geneviève avec horreur, vous êtes un souverain sans âme et sans cœur ! et Dieu vous punira de ne vous servir du pouvoir qu'il vous a donné que pour faire des lâchetés et des infamies !

Que Dieu me punisse ou non, ceci me regarde ! répliqua le monarque en raillant ; fais donc trêve, insolente vassale, à tes déclamations inutiles !... Tes beaux discours ne sauraient me toucher, et, l'enfer tout entier se vînt-il placer entre nous deux, je passerais à travers une armée de démons pour aller jusqu'à toi !

— Mon Dieu ! mon Dieu ! balbutia Geneviève, personne ne viendra-t-il donc à mon aide ?

— Personne ! non, personne ! repartit Philippe IV, cette maison est isolée dans la campagne, et des hommes à moi la défendent contre toute approche ! Ne tente donc pas une résistance impossible, et cède de ton plein gré !

— Jamais ! jamais s'écria Geneviève avec rage.

— Eh bien ! rugit le roi, j'emploierai la violence ! c'est toi qui l'auras voulu !

Et Philippe, hors de lui-même, affolé d'amour et de colère, s'élança vers la malheureuse jeune femme, et de nouveau s'efforça de la saisir entre ses bras.

Geneviève s'accrocha désespérément à la tenture qui tapissait entièrement la chambre afin d'étouffer et d'absorber les cris de celles qu'on y amenait de force.

Bientôt, sous les effort fébriles de la jeune femme, tout un côté de cette tenture se détacha brusquement et découvrit une étroite fenêtre qui était de plain-pied avec la chambre.

En apercevant la verrière, Genevière poussa un long cri de joie.

Elle y courut d'un bond et l'ouvrit brusquement.

— A moi ! à moi ! s'écria-t-elle alors en se précipitant sur le petit balcon de pierre qui y attenait.

— Nul ne t'entendra, te dis-je ! répliqua le monarque. La solitude règne autour de cette retraite !

— Vous vous trompez, sire ! reprit Geneviève avec joie. J'entends au loin le galop précipité de plusieurs chevaux. On vient à mon secours, peut-être !... A l'aide ! à l'aide ! criait-elle de nouveau d'une voix retentissante.

Le roi s'approcha de la verrière et prêta l'oreille.

Le bruit entendu par Geneviève était bien réel, mais les cavaliers étaient loin encore.

— Que veut dire ceci ! murmura Philippe inquiet. Que m'importe, après tout ! reprit-il avec violence. Devant qu'ils soient près de cette demeure, j'aurai vaincu ta résistance !

Il mit le pied sur le balcon où se tenait encore Geneviève.

C'en était fait !

La jeune femme vit le péril.

Gravissant aussitôt la petite balustrade de pierre, elle tint le roi en respect.

— Sire, lui dit-elle d'une voix ferme et haute, si vous faites un pas de plus, je vous jure que je me précipite du haut de ce balcon !

Philippe IV était demeuré immobile à sa place.

— Malheureuse ! murmura-t-il enfin. La rivière coule sous cette fenêtre... Profondes et rapides, ses ondes ne lâchent leurs proies qu'après en avoir fait des cadavres !

— Que me fait le trépas ! répondit Geneviève.

— Insensée ! se dit Philippe en souriant. J'ajoute foi à tes vaines menaces ! Tu n'oserais te tuer !

— Vous me croyez donc aussi lâche que vous ? répliqua la jeune femme d'un ton méprisant.

— Eh bien ! rugit le roi en délire, meurs donc ou appartiens-moi !

— Je meurs, sire, et j'appartiens à Dieu !

En disant ces mots, Geneviève s'élança dans le vide.

En entendant le bruit sinistre que fit le corps de sa victime en tombant dans la rivière, Philippe IV eut un instant de stupeur et frémit malgré lui.

Puis il passa la main sur son front en murmurant :

— Qu'ai-je fait ?

Machinalement, il courut à la fenêtre et se pencha par-dessus la balustrade.

Mais la nuit était obscure.

Il ne vit rien.

Alors il écouta.

Aucun murmure, aucune plainte ne monta jusqu'à lui.

Il se retira précipitamment du balcon et se laissa tomber accablé sur un siége.

— Morte ! elle est morte ! dit-il ensuite.

Mais peu après, il se releva, le front illuminé d'une joie infernale :

— Elle a mérité son sort, après tout ! reprit-il. Nul ne doit résister au roi de France !

Frappant ensuite fiévreusement sur un timbre d'argent placé sur une crédence, il appela d'une voix forte :

— Gabriel !

Il voulait quitter sa maison de Bièvre et retourner au Louvre.

Malgré l'appel du roi, le petit page ne parut pas.

Philippe frappa une deuxième fois sur le timbre avec violence, et de nouveau il cria à trois reprises différentes :

— Gabriel ! Gabriel ! Gabriel !

Nulle voix ne répondit à la sienne.

Une soudaine inquiétude envahit l'esprit du monarque.

D'un pas rapide, il courut à la porte.

Tirant de son escarcelle une clef presque imperceptible, il l'introduisit dans la serrure.

La porte s'ouvrit, et, non sans grande appréhension, le roi se prit à descendre les degrés de l'escalier secret qui conduisait dans les salles basses.

Après avoir descendu une vingtaine de marches, le roi prêta l'oreille.

— Rien! dit-il, je n'entends rien! c'est étrange!

Il continua à descendre.

Après avoir traversé une longue galerie toute couverte de moelleux tapis et doucement éclairée par des lampes d'albâtre suspendues à la voûte, Philippe IV atteignit enfin un large vestibule, décoré non moins luxueusement que les autres parties de l'amoureux réduit.

C'est dans ce vestibule que se tenaient d'ordinaire le page Gabriel et les quatre drôles que Philippe le Bel avait faits les ministres de ses plaisirs secrets.

Ces quatre pourvoyeurs n'étaient pas, comme on le pourrait supposer, de simples laquais, des coquins de bas étage.

Non! c'étaient des gentilshommes italiens.

On les nommait les frères génois.

Car tous quatre avaient eu le même père, et la république de Gênes était leur patrie.

En leur pays, ces quatre personnages avaient fait, disait-on, pis que pendre.

Cela devait être.

Philippe le Bel, en pénétrant dans le vestibule, poussa une exclamation d'inénarrable surprise.

Les quatre Génois étaient assis à droite et à gauche de la salle, en une immobilité complète.

Le roi alla droit à celui qui se trouvait le plus rapproché.

— Fabio! cria-t-il en lui frappant sur l'épaule.

L'homme ne répondit pas.

On eût dit un cadavre.

Philippe appela successivement les trois autres :

— Urbain!... Giacomo!... Rafaël!

Mais, comme leur frère, les trois Génois ne firent aucun mouvement.

Le roi chercha des yeux le page Gabriel.

Mais il avait disparu.

— Inexplicable mystère! murmura Philippe IV, en devenant singulièrement pâle. Ces hommes sont empoisonnés! Qui leur a versé le poison?... Gabriel, peut-être!... Oh! non, c'est impossible!... Quel eût été son but?... Lui-même est mort, sans doute, car s'il n'était pas mort il serait auprès de moi...

Le roi frissonna malgré lui.

— Il y a quelque embûche dressée ici contre moi, poursuivit-il, fuyons!

Et, tirant son épée, Philippe IV s'élança vers l'issue qui donnait au dehors.

Mais, à travers les ais massifs de la porte, il entendit distinctement une troupe de cavaliers qui mettaient pied à terre.

Une seconde après, une voix haletante cria :

— Ouvrez! ouvrez! ou, de par l'enfer, nous enfonçons la porte!

— Quelle est cette voix? murmura le roi, il me semble l'avoir déjà maintes fois entendue.

— Ouvrez! reprit-on.

Mais le roi se garda bien d'obéir.

— Par Satan! dit alors une voix autre que celle qui s'était fait entendre primitivement, ouvrons nous-mêmes!

Comme on achevait de proférer ces mots, un choc formidable ébranla la porte.

— Sang du Christ! fit le roi livide de terreur, quels sont ces hommes?

Un deuxième choc fit voler en éclats les ais massifs, et la serrure vint tomber aux pieds du roi.

Dans le même moment, quatre hommes se précipitèrent dans la maison royale.

Philippe IV, l'épée au poing, se prit à battre en retraite jusque dans le vestibule.

Mais les assaillants le suivaient de près.

Alors, à la lueur des lampes, l'un de ces hommes reconnut le roi de France.

— Philippe! s'écria-t-il, Philippe! c'était donc toi!

Le roi put reconnaître à son tour celui qui venait de parler.

— Buridan! murmura-t-il avec épouvante.

En effet, c'était l'étudiant.

Ses trois compagnons, c'étaient Antoine Gramignole, Isaac Golden et le géant Cognenbuche.

C'est ce dernier qui, faisant d'un arbre mort un bélier, avait enfoncé la porte.

— Buridan! répéta le roi.

— Oui, Buridan, répliqua l'écolier, Buridan, qui vient te reprendre Geneviève, que tes lâches complices ont enlevée cette nuit pour te la livrer, infâme souverain!

— Geneviève! Vous êtes fou! repartit Philippe.

— Non! de par Dieu! Majesté, je ne suis pas fou; je ne l'ai jamais été... Parle donc, roi Philippe, où est Geneviève?... où est-elle? parle! ou je ne réponds pas de ce qui pourrait advenir!

— Geneviève n'est pas ici, répliqua le roi de France... Faites-moi donc place, messire, je vous l'ordonne, moi, votre roi... Obéissez!

Et, levant son épée, Philippe fit quelques pas en avant.

Mais Buridan l'arrêta au passage.

— Vous demeurerez céans, sire, dit-il avec fermeté, jusqu'à ce que vous m'ayez rendu Geneviève!

Philippe le Bel et Geneviève dans la petite maison de Bièvre,

— Elle n'est pas ici! répliqua le roi. Elle n'a jamais franchi le seuil de cette retraite!

— Vous mentez, Majesté! s'écria Cognenbuche qui venait de visiter la chambre haute.

— Misérable! s'exclama le roi avec indignation.

— Oh! pas de grands mots! interrompit le géant. S'il y a un misérable ici, un infâme, c'est vous! car si Geneviève n'est plus céans, c'est qu'elle est morte, et si elle est morte, c'est que vous l'avez tuée!

— Geneviève! morte! s'écria Buridan.

— Oui! reprit Cognenbuche. Là-haut, sur le balcon d'une fenêtre ouverte, j'ai trouvé ce bracelet...

— Ce bracelet! dit vivement l'écolier, en s'emparant du joyau.

Alors, avec désespoir, il put le reconnaître.

Ce bracelet était orné de ce même portrait que le frère d'Isaac Golden, en expirant dans la forêt de Bondy, avait remis à Guy-Raymond et qui, des mains de ce dernier, avait passé plus tard en celles de son fils.

— Oui! poursuivit Cognenbuche, elle est morte, la pauvrette... Elle a préféré se jeter à l'eau que de vous céder!

Buridan était demeuré quelques secondes brisé, anéanti par la douleur.

Il releva le front enfin.

Son œil étincelait d'une flamme vengeresse :

— Roi Philippe, dit-il, tu as commis ce soir ton dernier crime! Prie Dieu de te pardonner, et prépare toi à la mort.

XXIX. — LA GRANDE CLÉ DU BOURREAU DE PARIS.

En entendant la menace de Buridan, le roi de France sentit ses cheveux se dresser, et soudainement une sueur glacée inonda son visage.

L'épée à la main, il reculait toujours devant le

jeune étudiant, qui s'avançait en le foudroyant du regard.

— Fabio! Rafaël! cria Philippe IV désespérément, on assassine votre maître!... Giacomo! Urbain! à l'aide!... à l'aide!

Cramignole et ses compagnons aperçurent alors les quatre Génois immobiles à leurs places.

— Quels sont ces hommes-là? s'exclama le Normand stupéfié. L'on dirait des cadavres!

Le petit juif s'était hâté de courir aux quatre frères.

— Des cadavres! dit-il. Non! par Moïse! ce sont des vivants. Je sens battre leur cœur! Ils ne sont qu'endormis!

En entendant ces mots, le roi reprit courage.

— A moi! à moi! hurla-t-il.

— Inutile de vous enrouer à les appeler, Majesté! répliqua Cognenbuche, nous allons les mettre dans l'impossibilité de vous venir en aide!

Et le géant leva sa dague sur la poitrine de Fabio.

— Quand ces gaillards-là vont se réveiller, pensa Cramignole, ils seront tous morts! C'est ça qui les étonnera!

— Pas de meurtres inutiles! dit vivement Buridan. Le sang du maître doit seul couler.

— Soit! reprit Cognenbuche en remettant sa dague au fourreau, épargnons les valets! Toutefois, ajouta-t-il, si d'aventure il leur prenait envie de sortir de leur engourdissement, il est bon de les mettre hors d'état de nous nuire!...

Se retournant vers le juif et Cramignole :

— Compagnons, poursuivit l'ex-Franc-Diable, ficelons ces quatre chiens avec les bandelettes de leurs chaperons!

— Bien dit! répliquèrent le Normand et l'Israélite. Toutes précautions sont bonnes à prendre.

En un instant, les quatre Génois furent étroitement garottés.

— Roi Philippe, reprit Buridan, as-tu recommandé ton âme à Dieu?

— Malheureux! s'exclama le monarque ivre de terreur, oseras-tu donc égorger ton roi?

— J'oserai tout pour venger la mort de Geneviève!

— Oh! mais c'est infâme! c'est horrible! gémit Philippe IV. Arrière, meurtrier, arrière!

Buridan ne répondit que par un éclat de rire frénétique.

— Arrière, vous dis-je! poursuivit Philippe le Bel, je suis votre maître, je suis votre roi!

— Vous ne l'êtes plus! répondit l'étudiant implacable. Quand un roi ne craint pas de se conduire vis-à-vis d'une femme sans défense comme le dernier des lâches et le plus vil des hommes, il n'est plus un roi : c'est un infâme, que tout homme de cœur doit châtier et flétrir! Vous avez oublié, sire, que vous portiez la couronne. Ce n'est pas à moi de m'en souvenir! Allons! défendez-vous donc, roi Philippe!... vous avez une épée en main... Prouvez que votre courage ne consiste pas seulement à violenter une femme!... Défendez-vous! poursuivit Buridan avec fureur, en se mettant en garde.

— Je ne me défendrai pas! répliqua le monarque. Non, le roi de France ne croisera pas le fer avec un sujet rebelle!...

Brisant son épée sur son genou, il en jeta les morceaux aux pieds de l'étudiant :

— Frappe-moi, maintenant, reprit Philippe le Bel, assassine-moi, Jean Buridan! fais ton office, régicide, je suis prêt à mourir!

Puis, entr'ouvrant son pourpoint, il s'avança vers l'étudiant, la poitrine nue.

Buridan demeura immobile.

Après quelques instants d'un morne silence, il remit brusquement l'épée au fourreau.

— Non! dit-il, non! je ne puis être meurtrier! je ne veux pas être bourreau! Partez, sire, poursuivit-il, je remets à Dieu le soin de ma vengeance!

Philippe le Bel se dirigea lentement vers la porte.

Au moment d'en franchir le seuil :

— Messire Jean Buridan, dit-il, priez le ciel de ne jamais tomber en mon pouvoir; car, sur mon âme, je saurai vous faire payer cher vos menaces insultantes et votre pitié plus insultante encore!

— Partez! s'écria Buridan. Ne me tentez pas!

Le monarque toisa le jeune homme d'un regard haineux et vindicatif. Puis il se disposa à quitter la salle basse.

Mais, à bas bruit, Cognenbuche s'était glissé vers la porte qui donnait au dehors, et lorsque Philippe le Bel voulut en franchir le seuil, il trouva le géant qui lui barrait le chemin.

— Allons, place, coquin! fit le roi.

Cognenbuche ne bougea pas.

— Place! reprit Philippe avec colère.

— Non, sire! répliqua le Franc-Diable.

— Que veut dire ceci? s'exclama le monarque.

— Ce que cela veut dire, repartit l'athlète en gouaillant, je vais l'expliquer à Votre Majesté. Voici la chose : messire Buridan, qui est la grandeur d'âme incarnée, s'est laissé prendre à vos semblants de courage. Vous voyant désarmé, il vous a fait grâce... Vous vous attendiez à ce dénoûment, car vous saviez fort bien à qui vous vous adressiez!...

— Malheureux! s'écria le roi avec indignation.

— Oh! pas de grands mots! interrompit Cognenbuche, toujours avec le plus grand flegme, je vous ai déjà dit que les grands mots ne faisaient sur moi aucun effet!...

Le roi étouffa un cri de rage.

— Je vous disais donc, reprit le géant, que si

Buridan a bien voulu vous faire l'aumône de la vie, il n'en était pas de même de votre serviteur !... Ce noble enfant ne veut pas être meurtrier! Je l'approuve! Il refuse de se faire bourreau ! Je le comprends mieux encore ! mais moi, c'est différent, je n'ai pas de scrupules ! Je suis un ancien chenapan, un vieux routier que rien n'émeut, que rien n'intimide, et de vos airs majestueux, je me soucie comme de l'an mil !... Si je vous avais vu, reconnaissant et repenti, rendre grâces à messire Buridan de vous laisser la vie sauve, je vous eusse peut-être laissé filer d'ici, sans vous retenir ; mais au lieu d'être gracieux et poli, vous faites le méchant et vous menacez ! Tant pis pour vous !

— Que prétends-tu faire ? s'exclama le monarque.

— Je prétends vous ôter à jamais le pouvoir de faire le mal ! répondit Cognenbuche. En vous rayant du nombre des vivants, quelque chose me dit que je rendrai un crâne service au royaume, car d'après ce que vous avez déjà fait, il est aisé de prévoir ce que vous ferez plus tard !

— Ah ! s'écria Philippe, personne ne viendra-t-il donc à mon aide ?

Buridan s'élança entre Cognenbuche et le roi.

— Je t'adjure de lui laisser la vie ! dit l'étudiant au Franc-Diable.

— Désespéré de vous refuser, répliqua ce dernier; mais je ne saurais acquiescer à votre demande !... Si nous le laissons vivre, il n'aura rien de plus pressé à faire que de mettre nos têtes à prix et de nous faire pendre tous les quatre ! La potence a du bon et, quant à moi, je préférerais cette mort-là à beaucoup d'autres ! mais vous, mon cher enfant je ne veux pas que vous finissiez ainsi !... Votre digne père Guy-Raymond vous a confié à nous, à son lit de mort ! nous devons remplir notre mission en conscience !

— Cognenbuche !

— Oh ! il n'y a pas de Cognenbuche qui tienne, reprit le géant, la mort de monseigneur Philippe, c'est votre salut, c'est notre existence à tous... c'est le bonheur de ce pays peut-être... Eh bien ! qu'il meure donc et vive la France !

— Ah ! vous êtes des infâmes ! vous êtes des lâches ! s'écria le roi.

— Infâmes ! lâches ! tout ce que vous voudrez, Majesté ! répliqua Cognenbuche ; mais vous aurez beau dire et beau faire, vous ne me ferez pas changer de résolution. Ainsi donc, épargnez-vous des discours inutiles et finissons-en !

Et le géant s'avança, la dague haute sur le roi !

En cet instant, Fabio et ses frères revinrent à eux.

Le narcotique qui leur avait été versé ne devait les laisser assoupis que durant deux heures, et les deux heures étaient écoulées.

A l'aspect du roi menacé par le formidable Cognenbuche, les quatre Génois se crurent les jouets de quelque rêve étrange, et poussèrent tous ensemble une longue exclamation de surprise.

— A moi ! hurla Philippe IV. A moi ! mes gentilshommes !

A cet appel désespéré, les vapeurs du breuvage somnifère se dissipèrent tout à fait, et les Génois purent se rendre compte immédiatement de la situation.

Ils tentèrent d'inconcevables efforts pour se délivrer de leurs liens et voler au secours de leur roi ; mais ce fut en vain.

— Inutile de vous démener de la sorte, mes petits pères ! leur dit en riant Cramignole, c'est comme si vous chantiez !

Le géant était parvenu jusqu'auprès du roi.

— Allons ! fit-il d'une voix sourde, il est temps !

Philippe sentit ses jambes vaciller.

— Grâce ! grâce ! supplia-t-il, ne me tuez pas !

— Geneviève a dû vous demander grâce aussi ! l'avez-vous épargnée, vous ?

— Grâce ! dit encore le roi.

Buridan courut à Cognenbuche.

— Ah ! c'est horrible ! s'écria le jeune homme.

— Allons donc ! interrompit brusquement Cognenbuche. Pensez à votre épouse morte... pensez au sort qui nous attend, si nous lui faisons grâce de la vie ! Ce serait folie à vous de retarder plus longtemps l'heure de la vengeance !

— Mais c'est un assassinat ! reprit Buridan.

— Eh non ! mon seigneur, c'est une exécution ! Ne retenez donc plus mon bras et laissez faire la justice des hommes, en attendant la justice de Dieu !

A ces mots, il repoussa l'étudiant.

Le roi tournant les yeux vers les frères génois :

— Vous vengerez ma mort, enfants ! leur cria-t-il. En quelque lieu que ce soit, en quelque temps que ce puisse être, reconnaissez les meurtriers du roi de France et livrez-les au bourreau !

— Nous le jurons, sire ! répondirent d'une seule voix les quatre gentilshommes.

— C'est bien ! repartit Cognenbuche, une fois au fond de la Bièvre, nous verrons si vous tiendrez votre serment !

Ce disant, il saisit Philippe IV par le bras et leva sa dague.

— Ah ! je n'ai pas prié !... s'écria le monarque en repoussant fébrilement l'arme fatale. Laissez-moi... oh ! laissez-moi prier !

— Prier ! répliqua le géant. Eh ! qu'espères-tu donc ? Crois-tu d'aventure, par ta prière hypocrite, acheter du bon Dieu le pardon de tes crimes !... Certes, ce serait vraiment chose commode et facile. On ferait toutes les infamies, on serait coquin jusque dans la moelle des os, et puis après on n'aurait qu'à marmotter quelques patenôtres pour aller tout droit dans le royaume des cieux!... Non, non! monseigneur! vous aurez beau faire, saint Pierre ne vous ouvrira pas les portes du paradis... et vous irez chez Satanas, comme j'irai moi-même, du reste... et comme bien d'autres iront aussi!... Ne priez pas, allez, et prenez votre parti comme je le prendrai moi-même quand mon heure sera venue!

Buridan s'élança vivement vers Cognenbuche :

— Tout homme, quel qu'il soit, a le droit de prier et de se repentir à son heure dernière!

Tirant son épée :

— Priez, sire, dit le jeune homme, et pendant tout le temps que durera votre oraison suprême, je jure que votre vie sera sauve!

Se plaçant devant le roi, l'épée haute :

— Priez, sire! reprit l'étudiant.

Philippe IV s'agenouilla lentement.

— Tout cela est bel et bien, grommela Cognenbuche, mais avec vos idées chevaleresques, messire, vous nous ferez arriver quelque méchante affaire.

Comme il disait ces mots, un sifflement aigu retentit par la chambre, et, rapide comme la foudre, une flèche d'airain vint se ficher dans la poitrine du géant.

— Là! qu'est-ce que je disais! beugla l'ex-Franc-Diable avec fureur, voilà que ça commence!

Une bande d'archers fit irruption dans la salle en criant :

— Vive le roi!

C'étaient Balthazar et ses hommes.

Philippe IV s'était promptement remis sur pieds.

— Balthazar! dit-il avec une joie folle, en reconnaissant le capitaine.

— Oui, sire! Balthazar qui arrive à temps, Dieu merci!

Buridan, le juif et Cramignole s'étaient promptement mis en état de défense.

Quant à Cognenbuche, il avait arraché le vireton de sa poitrine, et de la plaie béante le sang coulait à gros bouillons.

Le géant tenta cependant de tenir ferme; mais il tomba sur le sol, en poussant des vociférations de rage et d'épouvantables blasphèmes.

— Ah! ah! messire, dit alors le roi Philippe à l'étudiant, les rôles sont changés maintenant! Je suis hors de vos mains et vous êtes mes prisonniers!

— Pas encore! répondit Buridan, en faisant jouer son épée.

Mais la lutte était impossible.

Les archers royaux étaient au nombre de trente, et les quatre frères génois, délivrés de leurs liens, s'étaient mis à leur tête.

Buridan et ses deux compagnons résistèrent pendant un assez long temps.

Cinq ou six archers furent mis hors de combat; mais à la fin, l'étudiant et les siens durent céder au nombre.

— Ne les tuez pas! ne les tuez pas! commanda Philippe d'un ton impérieux. Je les veux vivants!... vivants! entendez-vous!

Buridan, le juif, Cramignole et Cognenbuche lui-même, tout blessé qu'il était, furent chargés de fers.

L'étudiant garrotté, tourna les yeux vers le roi :

— Tu nous laisses la vie, lui dit-il d'un ton sarcastique. Tu as tort! Si bien gardée que soit une prison, on en sort; si nombreux que soient les verrous, on les ouvre; si fortes que soient les grilles, on les brise! Crois-moi, Philippe, crois-moi! fais-nous tuer tout de suite!

Le roi considéra le jeune homme et ses trois complices en souriant d'un féroce sourire.

— Non, non! répliqua-t-il ensuite, non! je ne veux pas que vous mouriez ainsi!... Je veux vous emmener vivants, bien vivants!

— Je te comprends, reprit Buridan; je devine en tes regards le projet que tu médites!...

— Tu devines mon projet! répondit le monarque, avec un nouveau sourire plus effrayant encore; je ne le pense pas!...

— Si, je te devine, repartit l'étudiant avec calme, tu veux nous faire périr tous quatre aux fourches patibulaires!...

Le roi ne répondit rien.

— Insensé! continua Buridan en raillant. Avant que nous ayons seulement atteint la sinistre colline, mes frères de l'Université m'auront délivré!

— L'Université ne te délivrera pas! répliqua le roi.

— Tu te trompes! poursuivit l'écolier. Et le peuple tout entier prêtera main-forte aux étudiants!

— Le peuple ne fera pas un mouvement!

Se tournant vers le capitaine Balthazar et vers Claude Roubestan :

— Bâillonnez ces hommes!

— Que veux-tu donc faire de nous? demanda Buridan.

— Tu le sauras bientôt! reprit Philippe IV avec un calme funèbre.

— Hélas! mon Dieu! gémit Cramignole, je crois que quelque chose de bien vilain se prépare pour nous!

Les quatre prisonniers furent bâillonnés.

Ceci fait, on les entraîna hors de la petite maison.

Peu après, le roi de France, les gentilshommes génois et les archers quittèrent Bièvre au grand galop.

A quelque distance des murs de Paris, le cortège fit halte.

Alors le roi appela le capitaine Balthazar et lui dit quelques mots à l'oreille.

Le capitaine partit à franc étrier et entra dans la ville par la porte Saint-Jacques.

A l'extrémité de la rue de la Huchette, le soudard mit pied à terre.

Puis, prenant son cheval par la bride, il s'engagea dans la ruelle du Trou-punais.

En cette ruelle ignoble, toute rouge de sang, tout imprégnée de fétides senteurs, se trouvaient, — nous l'avons dit, en la première série de ces drames, — treize bouges sinistres.

Les douze premiers étaient des clapiers de bas étage, ce que dans l'argot de nos jours on appelle des tapis-francs.

Là grouillaient des ribaudes immondes, d'effroyables bandits.

C'était hideux.

Le treizième bouge était plus hideux encore et plus sinistre que les autres.

Ses murs étaient rouges.

On eût dit qu'ils fussent barbouillés de ce même sang qui coulait éternellement à travers les immondices de la ruelle.

Au-dessus de la porte, on avait peint, en guise d'enseigne, un immense corbeau noir sous lequel se lisait cette lugubre légende :

« Au rossignol de Montfaucon. »

Quel était le propriétaire de ce cabaret funèbre ?

On s'en souvient :

C'était le bourreau de Paris.

Balthazar, non sans une certaine répulsion, frappa du pommeau de son épée contre la porte close.

— Qui frappe ? demanda une voix de l'intérieur.

— Ouvrez, au nom du roi ! répondit le soudard.

La porte roula sur ses gonds.

Le capitaine se trouva alors en présence du maître de l'endroit.

C'était le fils de celui que nous avons vu tant de fois à l'œuvre sous le ministère de Pierre de Labrosse.

Le malheureux était tout jeune encore ; mais il avait déjà l'air d'un vieillard.

Son effroyable office avait ridé son front et blanchi ses cheveux.

Son métier lui faisait horreur.

Il tuait malgré lui.

Mais, fils du bourreau, il avait dû accepter l'horrible succession de son père.

— Pour quelle nouvelle exécution me venez-vous chercher ? demanda l'exécuteur d'un ton douloureux. Quatre hommes ont été pendus cejourd'hui et deux autres ont été roués ! n'est-ce donc pas assez ?

— Rassurez-vous, maître, répliqua Balthazar, ce n'est pas vous que je viens chercher céans !

Le bourreau regarda le capitaine d'un œil surpris.

Les deux aides, seuls compagnons du malheureux, couchés sur un grabat, en un coin de la chambre, s'étaient réveillés et considéraient, eux aussi avec étonnement, l'envoyé du roi Philippe.

Balthazar, à qui le jeune monarque avait apparemment recommandé la plus grande discrétion, se pencha vers le bourreau et lui parla bas à l'oreille.

Lorsqu'il eut achevé, l'exécuteur voulut questionner le soudard.

Mais ce dernier, d'un ton bref :

— Ne m'interrogez pas, maître, et faites vite ce que vous avez à faire.

Le bourreau s'inclina et, se dirigeant vers un grand placard qui tenait tout un côté de la salle, il l'ouvrit.

Parmi tous les instruments de torture, qui gisaient pêle-mêle dans ce capharnaüm, l'exécuteur prit une clef gigantesque toute couverte de taches de rouille qui semblaient être autant de taches de sang.

Sans être vu de ses deux aides, il remit la clef à Balthazar.

— C'est bien ! dit celui-ci. Et, maintenant, bonne nuit, maître, et que Dieu vous envoie de doux songes.

Le bourreau sourit amèrement :

— Dieu ne jette point ses regards sur cet asile maudit, murmura-t-il, et les doux songes ne sauraient me faire visite, car le sommeil m'est inconnu.

Le soudard avait franchi la ruelle.

Il s'élança sur sa monture et reprit en grande hâte le chemin de la porte Saint-Jacques, où le roi et sa troupe attendaient son retour avant de se remettre en route.

— Voici l'objet, sire ! dit Balthazar en montrant à Philippe IV la grande clef.

— Gloire à toi, mon fils ! s'écria le monarque. En route, maintenant !

Et les cavaliers piquèrent des deux.

Les quatre prisonniers avaient parfaitement vu, comme tout le monde, l'énorme clef que le capitaine venait de montrer au roi.

— Qu'est-ce là ? s'étaient demandé Buridan et les siens.

Et, malgré tout leur courage, ils avaient frissonné.

Le roi et son escorte suivirent silencieusement les murs d'enceinte jusqu'à la porte Saint-Victor.

A la hauteur de la Tournelle, qui terminait l'enceinte de la partie méridionale de Paris, l'on passa la Seine à l'aide du bac qui y était établi, et l'on atteignit la rive droite.

Alors, au grand galop, on gagna la campagne, et l'on ne s'arrêta qu'au pied d'une sombre éminence, au sommet de laquelle se trouvait un monument d'une construction bizarre et d'un aspect effrayant.

C'étaient les Fourches patibulaires de Montfaucon.

Nous avons dit jadis quel était l'effroyable gibet.

Tel nous l'avons vu, tel nous le retrouvons ; aux longues chaînes de fer, d'informes squelettes sont suspendus, de hideux cadavres sont accrochés.

Tous ces ossements, tous ces cadavres, se balancent entre les piliers sanglants.

Et des nuées de corbeaux volètent à l'entour en poussant leurs croassements funèbres.

On entend même, dans le charnier qui se trouve sous le gibet, le bruit sourd que font les rats gigantesques en train de disséquer les cadavres amoncelés dans cet épouvantable caveau.

Non, rien n'est changé.

Rien.

C'est Montfaucon.

Aussi hideux, aussi effrayant que jadis.

Plus hideux et plus effrayant peut-être, car depuis longues années déjà les Courtilles étaient inhabitées, et l'on ne voyait plus que les ruines des tavernes disséminées au pied de la colline de la Mort.

Le roi et les siens mirent pied à terre.

On fit ensuite descendre Buridan et les trois autres prisonniers.

Ceux-ci reconnurent aussitôt le lieu sinistre où l'on venait de les conduire.

— Allons ! pensa Cognenbuche, car le pauvre diable était bâillonné comme les autres, on le sait, et ne pouvait parler haut, il était dit que je finirais à Montfaucon ! Après tout, autant cette mort-là qu'une autre !

Sur l'ordre du roi, les quatre prisonniers, escortés par les archers, durent gravir l'éminence.

Devant le gibet, l'on fit halte.

— Capitaine Balthazar, dit le roi, ouvrez le charnier.

Les prisonniers, malgré leurs bâillons, poussèrent une sourde exclamation.

Ils comprenaient enfin le but de Philippe le Bel.

Balthazar avait mis la grosse clef dont il était porteur dans la serrure de l'ossuaire.

A ce bruit, les milliers de rats acharnés après les cadavres s'arrêtèrent indécis au milieu de leur ignoble besogne, et finirent par s'enfuir épouvantés.

— Jetez là les prisonniers, commanda le roi.

Balthazar et Roubestan les précipitèrent l'un après l'autre dans le trou aux morts

— C'est bien, reprit Philippe avec un effroyable sourire, refermez la grille maintenant, refermez-là bien.

Balthazar obéit.

Lorsque la clef eut tourné deux fois dans l'énorme serrure, il là retira.

Alors le roi s'approcha du charnier et secoua la grille de ses deux mains pour s'assurer qu'elle était bien close.

Lorsqu'il en fut convaincu :

— Adieu, Jean Buridan ! cria-t-il à travers les barreaux, avant le lever du soleil, les rats de Montfaucon auront fait leur office !... Tu vois bien que tes frères de l'Université ne viendront pas à ton aide, et que le peuple ne se soulèvera pas non plus pour te délivrer !

Se retournant vers ses hommes :

— En route, compagnons ! reprit le cruel monarque.

Peu après la colline était déserte.

Au moment même où le galop des chevaux s'éteignait dans la plaine, un bruit sourd et hideux se fit entendre dans le charnier.

C'étaient les rats de Montfaucon qui reprenaient leur nocturne travail.

XXX. — LES RATS DE MONTFAUCON

C'était un effroyable endroit que cette cave creusée sous le gibet, dans laquelle, à la fin du précédent chapitre, nous avons laissé Buridan et ses trois compagnons, enfermés vivants avec tous ces morts !

Qu'on ne croie pas au moins que cet immonde charnier ait été inventé et créé par nous pour les besoins de notre œuvre et dans le seul but d'ajouter une horreur de plus à toutes les horreurs de ce sinistre moyen âge.

Non, non ! ce trou aux morts existait bien réellement.

M. de Lavillegille, en son savant travail sur les *Anciennes Fourches patibulaires*, le mentionne en ces termes :

« Au centre de la masse qui supportait les piliers, était une cave destinée à servir de charnier pour les cadavres des suppliciés, soit que l'action destructive du temps les eût séparés de leurs chaînes, soit qu'il eût fallu faire de la place à de nouveaux arrivants.

« C'est dans cette cave que les magiciens venaient nuitamment dérober les cadavres pour leurs opérations quand ils ne les enlevaient pas du gibet même. »

Dans les registres de *la Tournelle criminelle*, il est dit qu'en 1407, le Parlement chargea le prévôt de Paris de procéder à des informations contre les individus qui avaient dépouillé certains gibets des environs, des squelettes de ceux qui y avaient été pendus.

Tous les autres chroniqueurs, tous les historiens parlent du charnier de Montfaucon.

L'auteur de *Notre-Dame de Paris* ne l'a pas oublié :

« Montfaucon, nous dit-il, ressemblait à un cromlech celtique où il se faisait aussi des sacrifices humains.

« C'était un horrible profil sur le ciel que celui de ce monument; la nuit surtout, quand il y avait un peu de lune sur ces crânes blancs, ou quand la bise du soir froissait chaînes et squelettes et remuait tout cela dans l'ombre.

« Il suffisait de ce gibet, présent là, pour faire de tous les environs des lieux sinistres.

« Le massif de pierre qui servait de base à l'odieux édifice était creux.

« On y avait pratiqué une vaste cave, fermée d'une vieille grille de fer détraquée, où l'on jetait non-seulement des débris humains qui se détachaient des chaînes de Montfaucon, mais les corps de tous les malheureux exécutés aux autres gibets permanents de Paris.

« Dans ce profond charnier, où tant de poussières humaines et tant de crimes ont pourri ensemble, bien des grands du monde, bien des innocents sont venus successivement apporter leurs os. »

Ainsi parle Victor Hugo.

La cave sinistre qui va servir de lieu de scène au présent chapitre est donc bien authentique et tout à fait réelle.

Aussi réelle, aussi authentique que le gibet lui-même, le plus ancien du royaume, à ce que nous apprend S uval, et « le plus superbe ! » ajoute-t-il avec une naïve admiration.

La vieille grille détraquée, dont parle le Poëte, était encore solide et ferme à l'époque de notre récit.

Deux ans avant d'être pendu, le sire Pierre de Labrosse avait eu soin de faire restaurer entièrement la Grande-Justice, et, comme le reste, la grille avait été renouvelée.

Certes, cette ouverture basse, étroite, avec ses gros barreaux de fer envahis par la rouille, à travers lesquels s'exhalait éternellement une effroyable odeur de cadavre et de sang, cette ouverture, disons-nous, était d'aspect sombre et funèbre, et quiconque la contemplait frissonnait malgré lui.

L'extérieur, cependant, n'était rien relativement au dedans.

Pénétrons hardiment dans l'effroyable basse-fosse.

Grâce aux pâles rayons de la lune qui se glissent craintivement à travers les barreaux, nous allons pouvoir distinguer à peu près cette horrible sépulture.

Douze degrés de pierre vont nous permettre d'en atteindre le fond.

Ils sont rouges de sang !... verts de moisissure !

N'importe !

Descendons.

C'est une cave carrée, un tiers moins grande que la plate-forme sous laquelle elle est creusée.

Or, ladite plate-forme ayant quarante pieds, le caveau en a vingt-trois à peu près.

Vingt-trois pieds en hauteur et en largeur.

C'est suffisant.

On peut entasser là-dedans bien des cadavres, bien des squelettes, bien des débris humains.

Aussi n'en manque-t-il pas.

Le sol en est littéralement jonché.

Amoncelés les uns sur les autres, ils s'élèvent maintenant presque au niveau de la grille.

A qui ont appartenu ces ossements !

A tout le monde.

Depuis le commencement du treizième siècle, époque présumable de la fondation du monstrueux édifice, combien cet ossuaire a-t-il reçu de visiteurs ?

C'est incalculable.

Honnêtes gens et coquins, roturiers et gentilshommes, portefaix et ministres, tout est venu là.

De tout ce monde, que reste-t-il maintenant ?

Un peu de poussière ! sur cette poussière, des ossements épars !

Et c'est dans cet antre de la mort que l'on vient de plonger quatre hommes, pleins de force et de vie !

Ils sont là tous les quatre, et n'ont pas même la triste consolation de se parler, d'appeler à l'aide, d'invoquer Dieu tout haut.

Ils sont bâillonnés !

Supplice intolérable !

Et malgré leurs efforts surhumains, ils ne peuvent rien !

Rien !

Ils peuvent voir seulement l'horible repaire où, peu à peu la mort, l'horible mort doit venir à eux.

Cette torture est inénarrable.

Cela n'a pas eu lieu ! dira-t-on, peut-être.

Au moyen âge, tout a pu se faire et tout s'est fait.

Enterré vif !

Mais c'était un supplice fort commun, au contraire !

Citons encore M. de Lavillegille :

« Parmi les supplices autrefois en usage, il en est dont la barbarie révolte l'imagination. On frémit en songeant que plusieurs femmes furent enterrées toutes vives sous le gibet. »

Que disions-nous ?

Buridan et ses infortunés complices étaient en proie au plus sombre désespoir.

Ils enviaient furieusement tous ces squelettes, tous ces morts qui gisaient sous eux et autour d'eux.

Comme ils fixaient leurs yeux hagards sur les derniers cadavres jetés dans le charnier, il leur sembla que ces cadavres s'animaient peu à peu.

C'étaient les rats de Montfaucon qui, dérangés par les quatre nouveaux venus, se remettaient à l'œuvre.

Il y en avait par milliers.

En un instant, la cave tout entière se repeupla de ces hôtes terribles.

La menace du roi Philippe se représenta alors à l'esprit des quatre condamnés.

Elle apparut en traits flamboyants sur les murailles suintantes de l'ossuaire :

« Avant le lever du soleil, les rats de Montfaucon auront terminé leur office. »

Fous d'horreur et d'épouvante, les malheureux sentirent leurs cheveux se dresser, et leurs membres s'agitaient convulsivement.

Alors chacun d'eux supplia Dieu de le faire mourir avant de servir de pâture à ces innombrables vampires.

Comme fascinés par le spectacle qu'ils avaient sous les yeux, ils regardaient les ténébreux anatomistes se livrer à leur immonde travail.

Effarés, ils voyaient les cadavres passer graduellement à l'état de squelettes.

— Bientôt, pensaient-ils, ce sera notre tour !

Et les misérables regardaient toujours.

Lorsque les rats eurent achevé leur œuvre de dissection, ils s'approchèrent peu à peu de Buridan et de ses compagnons.

En se voyant assaillis par cette armée innombrable, les quatre prisonniers, bien qu'enchaînés, — car c'étaient des chaînes de fer qui les liaient, nous l'avons dit, et non de simples cordes, — parvinrent, en agitant leurs bras et leurs jambes, à éloigner les impitoyables rongeurs.

Un instant effrayés, les rats gigantesques reprirent promptement courage, et, malgré tout, Buridan et les siens furent assaillis par la bande dévorante.

Un quart d'heure après, leurs vêtements étaient littéralement déchiquetés, et déjà les infortunés sentaient s'enfoncer dans leurs chairs leurs petites dents tranchantes et aiguës.

Tous en même temps poussèrent un long cri de douleur.

Mais la douleur fit place à l'étonnement en s'apercevant que, cette fois, ils avaient pu crier sans que leur voix fût étouffée par leur bâillon.

Bientôt ils comprirent que les rats avaient seuls opéré ce prodige.

Ils avaient rongé les bâillons comme le reste.

Dans leur détresse, ce fut pour les infortunés une grande joie que de pouvoir respirer à leur aise.

Sans compter que leurs cris formidables avaient mis en déroute momentanément tous ces ignobles mangeurs de chair humaine.

Cramignole, le premier, se prit à parler.

— Ah ! grand saint Antoine, mon vénéré patron ! dit-il, je vous promets une fière chandelle si vous me sortez de ce nid à rats !... Grand saint Antoine ! grand saint Antoine ! ayez pitié de votre pauvre Cramignole, qui est bien navré pour le quart d'heure, et qui aimerait mieux être au diable que d'être ici !

— Mille millions de millards de tonnerres ! beugla Cognenbuche, est-ce bien possible que nous allons crever dans ce charnier infect !... Sang-Dieu, je pensais finir en haut du gibet et non dessous !

— Dieu de Moïse ! gémit à son tour le petit juif, protégez-nous !

Seul, Buridan ne dit rien.

— Seigneur Buridan, mon très-cher maître ! dit le gros Normand inquiet de son silence, vous ne parlez pas !... Vous serait-il déjà arrivé malheur ?

— Lâche ! infâme monarque ! rugit le jeune homme. Exécrable tyran !... Oh ! si par un miracle, il m'était donné de m'enfuir de cet enfer, quelle vengeance !... oh ! quelle vengeance !...

— Las ! mon cher maître, reprit Cramignole, le miracle n'est pas possible !... Nous laisserons notre peau ici, c'est clair comme le jour !... Quand je dis que nous laisserons notre peau, je me trompe, poursuivit le pauvre garçon ; ces canailles de rats auront soin de la becqueter comme le reste de notre individu !... J'ai déjà un mollet entamé !... ça me cuit comme les cinq cents diables !

En cet instant, il vit un rat énorme qui, plus brave que les autres, venait de grimper jusque sur sa poitrine.

— Tenez ! tenez ! continua Cramignole tout effaré, voyez-vous ce monstre qui s'installe sur mon estomac ?... Est-il gros, ce brigand-là ! il est dodu !... Il me rappelle ce gredin de Cabulis !... C'est peut-être l'âme de cet ancien vampire qui a passé dans le ventre de ce carnivore !

Cramignole se mit à pousser des cris stridents pour faire fuir le rat gigantesque.

Mais ce dernier, au lieu de se sauver, avançait tout doucement vers le visage du malheureux Normand.

— Veux-tu te sauver ! veux-tu te sauver ! vilaine bête ! s'exclama Cramignole. Ah ! bien ouiche ! il se moque pas mal de ce que je lui dis !... Il a l'air de rire dans sa barbe, ce gueux-là !... Mais est-il énorme ! reprit le malheureux avec terreur, ce n'est pas un rat, c'est un bœuf !

— Il s'arrêta brusquement de parler et poussa un cri perçant :

— Ah ! le filou ! dit-il ensuite, il me grignotte le nez !... Au secours ! au secours !

Le rat finit par s'enfuir ; mais d'autres revinrent à la charge.

— Allons, bon ! allons, bien ! sanglota Cramignole, voilà toute la clique qui se remet à mes trousses !... Aïe ! aïe ! aïe ! la jambe ! aïe ! aïe ! aïe ! le pied ! aïe ! aïe ! aïe ! tout le reste !... Au voleur ! à l'assassin !

Le visage était entièrement caché sous une cagoule de pénitent

Et le pauvre diable se mit à se débattre, autant du moins que ses liens le lui permettaient.

Les trois autres faisaient comme lui ; mais les hideux animaux se familiarisaient peu à peu avec les cris et la résistance de leurs proies, et les prisonniers durent perdre toute espérance d'éviter le monstrueux supplice qui leur était réservé.

— Potence du diable ! s'écria Cognenbuche, je souffre comme un damné ! Ces vermines ont senti le sang de ma blessure, et leurs dents s'enfoncent avec rage dans ma plaie !... Enfer ! on dirait qu'on me fourre dans les chairs mille aiguilles rougies au feu !

— Oh ! et moi, donc ! reprit le Normand avec désolation, j'ai toute une jambe à vif ! ils sont au moins cinq cents après !... Voilà ce que c'est que d'être gras ! reprit-il piteusement, si j'étais un simple coucou, comme ce brave père Isaac, j'aurais moins d'amateurs.

Isaac ne répondit que par un douloureux gémissement.

Le vieillard n'était pas plus épargné que les autres.

— Allons ! dit Cramignole, il paraît que je me trompais !... Décidément, ces chiens d'animaux-là n'ont pas pour deux liards de cœur ! ils ne respectent ni les gens maigres ni les gens mûrs !

— Allons ! dit Buridan avec un sombre découragement, nous sommes perdus ! bien perdus !... Essayer de lutter plus longtemps serait folie à nous !... Courbons-nous donc devant notre infâme destinée, et que Satan nous prenne !

— Mon maître ! mon cher maître ! supplia Cramignole, au nom de Dieu, ne parlez pas ainsi !... Ranimez votre courage !... Résistez !... résistez encore !... Le jour viendra prochainement, et, avec le jour, Dieu nous enverra sans doute quelque sauveur !

— Le jour viendra bientôt, dis-tu ? — répliqua Buridan avec amertume. Non ! non ! mon pauvre ami. Avant le lever du soleil doivent s'écouler encore de longues heures ! La terreur centuple le temps pour toi !... mais nous ne sommes ici que depuis quelques minutes ! Lorsque luiront les premiers feux de l'aurore, nous serons des cadavres ?... Qui sait ! nous serons peut-être déjà des squelettes !... Ah ! poursuivit l'étudiant, pour en arriver à cet anéantissement complet de tout notre être, quelles souffrances sans nom, quelles indicibles tortures nous va-t-il falloir endurer !...

— Oui ! oui ! maugréa Cognenbuche, c'est mourir mille fois que de mourir d'une telle mort !... Se voir crever ainsi petit à petit, brin à brin, morceau par morceau ! c'est odieux !... Être tout vivant et tout fort et assister soi-même à son trépassement, c'est quelque chose d'ignoble !... Potence de Dieu ! beugla le géant en faisant un soubresaut convulsif pour faire lâcher prise aux vampires acharnés après lui, j'ai la poitrine dévorée... J'ai beau me secouer et me tortiller comme une anguille, ces teignes-là s'accrochent à ma viande et la rongent à belles dents !

A ces derniers mots, la voix du Franc-Diable s'affaiblit sensiblement.

Au bout d'un long temps, Cognenbuche reprit d'une voix à peine distincte, qu'il essayait cependant de rendre enjouée et joyeuse :

— Mes enfants !... mes pauvres enfants !... je crois que je ne serai pas long maintenant à tourner de l'œil... Je sens que ça vient tout doucettement !... Allons ! je vais quitter le royaume des rats pour aller faire un tour dans le royaume des taupes !... Mille démons !... poursuivit le malheureux en se contorsionnant, je n'ai plus un lambeau de chair sur la poitrine et je suis rongé jusqu'aux os... Ah !... cria-t-il, leurs dents m'entament le cœur ! c'est fini... fini... Adieu, mes pauvres compagnons, je pars le premier !... c'est lâche de ma part... mais ce n'est pas ma faute !

— Cognenbuche ! s'exclamèrent les trois autres.

— Cognenbuche s'en va ! repartit le géant. Adieu, les amis... Adieu, mon pauvre cher enfant !... C'est égal, ajouta-t-il avec un soupir, je m'étais fait à l'idée que je mourrais pendu !... ça me chiffonne de mourir mangé !...

Ayant ainsi parlé, le géant poussa deux ou trois soupirs rauques, gutturaux, étouffés. Puis son corps se roidit et ses yeux demeurèrent fixes.

Ses compagnons l'appelèrent désespérément.

Ce fut en vain.

Cognenbuche n'existait plus.

— Mort ! il est mort ! dit le petit juif d'un ton sombre.

— Mort ! répéta Buridan. Il est bien heureux !

— A qui le tour maintenant ! gémit Gramignole. Je crois bien que ça va être à moi ! Ah ! saint Antoine ! saint Antoine ! vous m'abandonnez complètement, c'est bien peu délicat de votre part !... Ce n'est pas étonnant ! poursuivit le gros garçon avec naïveté, ma corde de pendu était dans ma poche et ces canailles de rats ont dévoré mon cher talisman avec le reste !... maintenant, je suis sûr d'y passer ! Ah ! c'est dur tout de même de finir comme ça ! J'eusse préféré terminer mes jours dans un bon lit et surtout à un âge très-avancé, vers quatre-vingt-quinze ans, par exemple ! mais mourir à la fleur de l'âge... et d'une mort si bête que ça, c'est révoltant ! c'est inique !...

Changeant brusquement de ton et tournant la tête vers Buridan :

— J'ose me plaindre, reprit-il, quand votre sort est non moins affreux que le mien ! Ah ! mon cher enfant, pardonnez-moi... Je suis un gros égoïste... et un pas grand'chose... mais c'est ma situation qui me fait perdre la tramontane, voyez-vous !... J'ai des rats dans le cerveau, comme l'on dit. Si je n'en avais que là ! poursuivit-il, mais hélas ! j'en ai partout maintenant... J'en ai sur les bras, sur les jambes et sur la tête... J'en ai plein le dos, surtout ! ça, je peux le dire !

— Silence ! silence ! dit vivement Isaac Golden.

— Qu'est-ce donc ? interrogèrent Cramignole et l'étudiant.

— On marche au pied de la colline ! répondit le vieillard.

— Que dites-vous ?

— Écoutez ! écoutez !

Les trois hommes prêtèrent l'oreille.

Le juif ne s'était pas trompé.

Un bruit inusité s'entendait à peu de distance, et ce bruit se faisait plus distinct et semblait se rapprocher du gibet de minute en minute.

— Appelons !... appelons à l'aide ! s'écria Cramignole. On viendra... on brisera ces carreaux... on nous sauvera peut-être !

— Appelons ! dit à son tour Buridan. Au surplus, nous n'avons rien à craindre, et nous ne pouvons qu'espérer !

Alors, tous en même temps, les trois malheureux poussèrent un long cri de détresse, à trois reprises différentes.

— Au secours ! au secours ! reprit Cramignole d'une voix stridente. Là... dans le charnier... nous mourons !... A l'aide ! au nom du ciel, à l'aide !

Après ces cris, le bruit qui se faisait au bas de la colline sembla s'éteindre subitement.

— Je n'entends plus rien ! dit Isaac avec désespoir.

— Rien ! reprirent les deux autres.

— Ah ! nous sommes damnés ! murmura Buridan en laissant retomber sa tête.

— Courage ! courage ! s'écria joyeusement Isaac qui de nouveau avait prêté l'oreille. Le bruit se renouvelle !... Par Moïse ! on approche du gibet !... On dirait une troupe d'hommes qui s'avance à bas bruit !... Ah ! l'on nous a entendus ! poursuivit le vieillard avec une joie délirante. On vient nous délivrer! nous sommes sauvés!

— Sauvés! répétèrent Cramignole et l'étudiant.

La troupe s'avançait toujours dans la direction du charnier.

— Les voici! les voici! reprirent les trois prisonniers presque fous de bonheur.

Mais leur exclamation de joie se changea en un cri d'effroyable stupeur et d'amer désappointement.

Cette troupe qui, silencieuse, marchait vers le trou-aux-morts, ce n'était pas une troupe d'hommes, c'était une bande de loups affamés qui venaient, comme chaque nuit, rôder aux abords de l'effroyable ossuaire.

Les hideux carnivores vinrent en foule à la grille, et tous, à qui mieux mieux, firent d'inconcevables efforts pour passer à travers les barreaux.

On voyait étinceler dans l'ombre leurs prunelles phosphorescentes et l'on entendait leurs crocs grincer d'une formidable manière.

— Oh! s'écria Buridan avec rage, que ne peuvent-ils venir à nous! ce serait plus tôt fini!

Le juif était anéanti.

Quant à Cramignole, la terreur, l'épouvante, clouaient la langue à son palais, et le pauvre diable n'osait même plus respirer.

Après avoir rôdé quelque temps en silence devant l'ouverture du charnier, les loups commencèrent à pousser des hurlements sourds, puis furieux, et enfin terribles.

Comme réveillé en sursaut par cet effroyable concert, Cramignole revint brusquement à lui.

— Ah! seigneur, mon Dieu! gémit-il, quel charivari! quel bacchanal! On parle de l'enfer! ça ne doit pas être pire! Les entendez-vous brailler et grincer des dents?... Ils sont vexés de ne pas avoir leur part de nos individus!... quelle société il y a par ici, Seigneur!... Ah! c'est un endroit bien mal fréquenté!

Comme Cramignole achevait ces mots, Buridan et le juif levèrent vivement la tête et poussèrent un cri d'étonnement.

— Isaac, dit l'étudiant à voix basse, regarde... regarde donc!

— Je regarde, monseigneur, et je vois...

— Je ne suis donc pas fou, continua le jeune homme. Et ce qui se passe ici présentement est bien réel?

— Bien réel, répliqua le juif.

— Qu'est-ce donc? demanda Cramignole qui ne voyait rien, lui.

— Pas un mot! pas un mot! dit vivement l'Israélite. Regarde là-bas... là-bas, et sois muet!

Le gros Normand tourna la tête alors, et demeura muet de surprise.

Que se passait-il donc dans le caveau funèbre?...

Le voici :

Au fond du charnier, à travers les squelettes et les débris humains, deux êtres venaient de surgir, pâles, livides, effrayants, enveloppés de longues tuniques blanches.

Ces deux êtres étranges semblaient être deux fantômes, deux spectres échappés à l'éternel néant.

L'un d'eux tenait à la main une petite lampe funèbre.

L'autre tenait une urne de bronze.

Quels étaient donc ces deux fantastiques personnages, et que venaient-ils chercher dans le charnier de Montfaucon?

XXXI. — QUELS ÉTAIENT LES DEUX ÉTRANGES PERSONNAGES QUE NOUS AVONS VUS APPARAITRE A LA FIN DU PRÉCÉDENT CHAPITRE, ET CE QU'ILS VENAIENT FAIRE DANS LE TROU-AUX-MORTS.

De ces deux fantastiques visiteurs, le premier était un homme.

C'est celui-là qui portait la grande urne de bronze.

Cet homme semblait âgé d'une cinquantaine d'années à peu près.

Ses cheveux et sa barbe étaient grisonnants.

Son vêtement consistait, nous l'avons dit, en une longue tunique blanchâtre, et son front était ceint d'une couronne de chêne.

L'autre était une femme encore jeune.

Cette femme était d'une pâleur cadavéreuse.

On eût dit qu'elle sortait du tombeau.

Promenant autour d'elle la lampe sépulcrale qu'elle tenait à la main :

— Jacques Paviot, dit-elle à son compagnon, où m'as-tu conduite? Ne m'as-tu donc arrachée de mon sépulcre que pour me replonger dans un cachot plus effroyable encore?

L'homme ayant déposé son urne sur un monceau d'ossements :

— Titania! répliqua-t-il, tu as atteint, cette nuit, ta vingt-sixième année... et ta captivité va cesser!

— Vingt-six ans!... je n'ai que vingt-six ans! murmura Titania.

— Oui, vingt-six ans! reprit Jacques Paviot, deux fois treize... le nombre voulu!

Et, continua la jeune femme, depuis treize années entières, je n'ai pas vu la lumière du soleil!

Buridan, Cramignole et le juif considéraient sans parler les deux nouveaux venus.

Tous trois, oubliant momentanément leur situation, étaient tout entiers aux mystérieux personnages.

Il est vrai de dire que la clarté de la lampe avait

su mettre en fuite fort à propos la horde dévorante qui les assaillait.

Après un silence :

— Jacques, reprit Titania, tu viens de me dire que ma captivité allait avoir enfin un terme. Ne m'as-tu pas trompée ?

— Non ! répliqua l'homme blanc, cette nuit même tu seras libre après avoir rempli l'office que j'attends de toi !

— Quel est cet office ?... Parle.

— Écoute-moi ! Il y a bien des siècles, ce pays était sous la domination de magiciens puissants, de devins infaillibles ! Ils étaient vêtus de blanc comme je le suis moi-même, et se couronnaient, ainsi que moi, de feuilles de chêne. On les appelait des druides. C'étaient les seuls maîtres de ces contrées. Hésus et Teutatès étaient leurs dieux. La nuit, dans les forêts, au milieu des landes désolées, ils leur immolaient, à la lueur des flambeaux, des victimes humaines sur des autels sauvages ! Le sol se gorgeait de sang, les gémissements remplissaient l'espace, les dieux étaient heureux ! C'était grand, enfin, c'était beau ! Mais un jour, — jour fatal ! — la religion du Christ devint la reine des Gaules, les autels druidiques furent renversés, les sacrifices humains furent interdits, et les prêtres de Teutatès furent traqués comme des bêtes fauves et exterminés.

Prenant la main de la jeune femme :

— Titania, poursuivit Jacques Paviot d'un ton étrange, tu vois en moi le dernier descendant des druides gaulois !... Leur culte vénéré, leur science magique, leur puissance surnaturelle, se sont transmis d'âge en âge jusqu'à moi, et les destins m'ont choisi pour venger les ministres de Teutatès !

— Les venger !

— Oui, les venger ! reprit l'illuminé avec une exaltation sauvage. Depuis l'avénement du Christ, treize siècles se sont écoulés. — Treize, entends-tu bien : le chiffre fatal ! Devant que ce treizième siècle, où nous sommes, n'atteigne sa dernière heure, l'antechrist aura poussé son premier rugissement, et sous son souffle infernal, la croix divine s'embrasera et se réduira en cendres.

L'antechrist ! répéta la jeune femme.

— Oui ! oui ! poursuivit Jacques Paviot, dont l'exaltation croissait de minute en minute ; l'antechrist ! le plus cruel ennemi de la religion chrétienne !... non pas l'antechrist de l'Apocalypse, dont on annonçait la venue pour l'an mil, dont le règne ne devait durer que trois années et demie, et que Jésus-Christ devait foudroyer par un effet de sa toute-puissance. Non ! non ! Titania, continua-t-il, le vengeur dont je te prédis à cette heure la triomphante apparition, ce vengeur régnera éternellement sur a Gaule. Alors, enfant, alors les temples, les églises disparaîtront pour faire place aux anciens autels !... alors, au lieu d'encens, le sang humain recommencera à fumer ! alors, la faucille d'or coupera le gui sacré sur le chêne séculaire, et la religion druidique, la religion de mes ancêtres, sera en honneur jusqu'à la fin des fins !

La jeune femme considérait d'un œil surpris son étrange interlocuteur.

Celui-ci se prit à sourire.

— Tu crois, dit-il, tu crois, Titania, que l'esprit de folie s'est emparé de moi ?... Non ! non ! mon père, en expirant, m'a annoncé ma haute destinée... A toi, Jacques, m'a-t-il dit, à toi l'honneur de créer l'antechrist !... Alors, il m'a révélé ce que j'avais à faire, et, de ce jour, je me suis mis à l'œuvre.

La jeune femme semblait être la proie d'un rêve, et, de ses grands yeux étonnés, fixait son fantastique compagnon.

Jacques Paviot se rapprochait d'elle :

— En la sombre caverne que les chênes séculaires de la forêt voisine protégent de leur ombre, je travaille depuis treize longues années, à la création du démon vengeur de ma race !... Un parchemin couvert de sanglants hiéroglyphes, que les miens se sont légué d'âge en âge jusqu'à moi, et que mon père, à son heure suprême, m'a appris à déchiffrer, ce parchemin, dis-je, m'a fait connaître les terribles secrets, grâce auxquels naîtra l'implacable ennemi des chrétiens.

Tirant de sa poitrine une longue bandelette roulée :

— Ce livre mystérieux, poursuivit-il avec respect, le voici.

Après l'avoir lentement déroulé :

Écoute ce que la main vénérée des anciens a tracé sur cette feuille.

Ayant ainsi parlé d'une voix grave et solennelle, il lut ce qui suit :

« Treize siècles après la naissance du Christ, le vengeur apparaîtra.

« Pour le créer, le dernier de notre race se servira des ossements pulvérisés des suppliciés.

« Il délayera cette poussière avec le sang d'un enfant juif et de deux enfants chrétiens.

« Il formera ensuite avec cet argile funeste, une statue monstrueuse, ayant trois têtes et trois bras. »

Jacques Paviot, interrompant sa lecture :

— Cette statue, dit-il avec orgueil, je l'ai faite, Titania, je l'ai faite !

Puis il reprit :

« Dans la poitrine du monstre, seront alors enfermés un cœur de juif et deux cœurs de chrétiens, mais ces cœurs devront être arrachés vivants, chauds, palpitants encore, par la main d'une vierge ayant atteint deux fois sa treizième année sans qu'un seul mot d'amour soit sorti de ses lèvres, sans qu'un seul mot d'amour ait frappé son oreille. »

Titania poussa un cri.

— Je comprends, murmura-t-elle ensuite. Ah ! je comprends tout.

— Oui, poursuivit Jacques en replaçant précieusement sur sa poitrine le parchemin magique, voilà pourquoi je t'ai tenue prisonnière au fond de ma sombre demeure, Titania, après t'avoir enlevée toute jeune à ta famille !... Voilà pourquoi, jusqu'à ce jour, j'ai rivé à ton pied une lourde chaîne de fer. Car tu es belle et je ne voulais pas que l'on t'aimât, je ne voulais pas que tu pusses aimer, surtout ! Maintenant, les destins vont s'accomplir. L'heure a sonné !... Titania, remplis ta mission !

— Que voulez-vous dire ? interrogea la jeune femme. En cet asile funèbre, je ne vois que la mort, et les cœurs ne battent plus !

— Tu te trompes, Titania ! répliqua le sorcier. Maugars, le lépreux, qui couche sous le gibet et que j'ai fait mon confident, est venu à moi cette nuit et m'a tenu ce langage :

« Quatre vivants se trouvent présentement parmi les morts de Montfaucon, va, et que nos Dieux te conduisent ! »

— Alors, poursuivit Jacques, j'ai couru à ton caveau, j'ai brisé ta chaîne et t'ai amené en ce charnier par la galerie souterraine que mes frères les sorciers et moi nous avons creusée de nos mains !

En achevant ces mots, le hideux personnage se prit à rire d'un rire frénétique :

— Ces chrétiens, dit-il ensuite, ils ont fermé ce caveau d'une lourde grille de fer, pour mettre les cadavres des suppliciés à l'abri des sorciers ! mais les sorciers sont comme les morts ! ils passent partout !

Arrachant de sa ceinture une faucille d'or :

— Prends cette arme sacrée, dit-il à Titania, et que sa lance acérée entr'ouvre les poitrines des victimes !

Titania prit la faucille en frémissant.

— Jacques ! Jacques ! murmura-t-elle ensuite, cela est-il donc bien vrai, ce que vous avez dit ?

— Obéis ! obéis ! répliqua vivement l'illuminé.

Sur ce, il ramassa l'urne de bronze.

Prenant ensuite des mains de la jeune fille la lampe sépulcrale, il marcha devant elle et lui commanda de le suivre.

Titania obéit.

Mais elle marchait avec peine, à cause de la lourde chaîne qui, depuis son enfance, avait été rivée à sa jambe.

Elle quitta, de même que son maître, le fond du charnier, et tous deux se dirigèrent vers la grille.

Sous leurs pas, les ossements craquaient, les squelettes tombaient en poussière, et des carcasses en pourriture, des myriades d'insectes fantastiques s'échappaient avec un bruit indescriptible.

Les rats, nous l'avons dit, s'étaient enfuis, terrifiés par la subite clarté de la lampe.

Mais, à leur défaut, de hideux oiseaux de nuit, mis en émoi par la lumière, voletaient de ci, de là, par le charnier, en poussant de petits cris effarés, et de gigantesques phalènes non moins éperdues, venaient frôler la flamme de leurs ailes poudreuses.

Plus effrayées encore, plus stupéfiées que les oiseaux et les papillons de nuit, des araignées colossales, aux corps velus, aux yeux de feu, se balançaient désespérément au bout de leurs fils et tentaient de regagner leurs toiles qu'elles avaient quittées pour se repaître, elles aussi, de sang humain !

Tout cela formait un tableau effrayant, formidable.

Et, muet d'étonnement et d'horreur, Buridan et ses deux infortunés compagnons considéraient cette scène d'un œil hagard.

En voyant cet homme et cette femme pâles au milieu de ces monstres aériens, foulant aux pieds tous ces morts qui semblaient se plaindre, les trois prisonniers crurent un moment que tout cela n'était qu'un jeu de leur imagination délirante.

Mais la voix de Jacques Paviot les rendit bientôt à eux-mêmes.

— Titania ! s'écria le sorcier avec une horrible joie, ce sont eux ! ce sont eux !

Il venait d'apercevoir l'étudiant et les siens.

— Quatre ! reprit ensuite le fils des druides, ils sont quatre ! Maugars le Lépreux avait dit vrai !

Il se baissa vers Cognenbuche.

— Voici le mort !... Nous n'avons que faire de lui ! Aux vivants, Titania, aux vivants !

Peu après, il était, ainsi que la jeune fille aux côtés du petit juif.

Il le reconnut aisément à son nez crochu, à sa barbe taillée en pointe.

— Salut à toi, fils d'Israël !...

Se retournant ensuite vers Cramignole et l'étudiant :

— Salut à vous, chrétiens ! Et vous, poursuivit le sorcier avec enthousiasme, et vous, divinités protectrices de ma race, vous qui me livrez les trois victimes dont le sang doit donner l'être au Messie druidique ! Soyez bénies ! soyez bénies !

— Qu'elles soient maudites, plutôt ! s'écria une voix grotesquement furibonde. Qu'elles aillent au diable, vos divinités ! Joli chef-d'œuvre qu'elles ont fait là de nous faire tomber dans vos griffes !

Celui qui parlait, c'était Cramignole.

Jacques Paviot ne répondit rien.

Il se contenta de faire signe à sa compagne.

Mais celle-ci ne bougea pas.

Muette, silencieuse, elle contemplait Buridan.

Et tout bas elle murmurait :

— Pauvre jeune homme ! pauvre jeune homme !

— Titania ! cria brusquement le sorcier, que le sacrifice commence !

— Sarpedienne ! s'exclama Cramignole, est-il permis de tomber dans des guêpiers pareils ! Mangés par des rats ! convoités par des loups ! et, finalement, étrippés par des sorciers !

Buridan et le juif ne parlaient pas, eux.

Ils attendaient leur sort avec calme, avec bonheur même.

Oui, sans doute, avec bonheur !

Mourir poignardés !

Ce trépas n'était-il pas mille fois préférable à celui qui les attendait ?

Jacques Paviot prit Titania par la main.

Lui désignant ensuite Buridan :

— A celui-ci, d'abord !

Mais Titania demeura immobile.

— Sang et tonnerre ! reprit le sorcier avec fureur. Qu'as-tu donc ?

— Jacques Paviot, répondit la femme pâle, fais-lui grâce à lui à lui seul !

Le druide répondit à sa compagne par un rire terrible.

— Lui faire grâce ? Tu es folle ! Les destins l'ont condamné ! Son cœur, comme celui de ces deux hommes, doit animer le monstre druidique. Allons ! n'hésite plus, Titania !... Comme Pygmalion, j'ai créé ma statue... comme le divin sculpteur, je veux que ma statue prenne vie !... Encore une fois, que le sacrifice commence !

Buridan prit alors la parole :

— Allons ! dit-il en souriant à Titania, frappe, jeune fille, frappe donc ! termine notre supplice...

— Que sa voix est douce ! murmura la femme pâle.

Et peu à peu, ses joues livides se coloraient d'une furtive rougeur.

— Titania ! Titania ! maugréa le sorcier, le jour va bientôt paraître !... Devant que le coq chante, il me faut avoir terminé mon œuvre ! hâte-toi ! hâte-toi !

— Est-il assez agaçant, ce vieux gredin-là ! grommela Cramignole. Il est enragé, bien sûr !... Comprend-on une idée pareille ! nous prendre nos cœurs pour les octroyer à une statue ! à une statue à trois têtes !... comme les veaux phénomènes que montrent les bateleurs à la foire du Landy !

— L'heure passe ! l'heure passe ! reprit Jacques Paviot avec une agitation singulière. Titania ! ne demeure pas de la sorte immobile !... Fais vite ton sanglant office... Et après... après, la liberté pour toi !... la liberté, entends-tu bien ?

— La liberté ! répéta la jeune fille avec émotion, la liberté !

Alors elle s'agenouilla vers l'étudiant, et la pointe acérée de la faucille d'or ensanglanta la poitrine du jeune homme.

Mais, brusquement, elle se releva.

Jetant l'arme à ses pieds :

— Je ne puis le tuer ? s'écria-t-elle, je ne le pourrai jamais !

— Que dis-tu ? interrogea le druide avec fureur.

— Je dis... je dis... répliqua la jeune femme avec une émotion croissante, je dis que je ne veux pas assassiner cet homme.

— Enfer ! hurla Jacques Paviot. Il faut qu'il meure pourtant, il faut qu'ils meurent tous les trois !

— Ils ne mourront pas de ma main ! répliqua Titania avec force.

— Ah ! ah ! mon gaillard, dit joyeusement Cramignole en s'adressant au sorcier, voilà qui vous défrise, pas vrai ? vous ne vous attendiez pas à celle-là !... Le fait est, continua le Normand, le fait est que c'est vexant pour vous ! Élever comme ça une petite tueuse à la brochette, pendant si longtemps, et puis la voir, au beau moment, vous laisser en plan ! C'est dur à digérer !

Jacques Paviot avait ramassé la faucille d'or.

Se rapprochant de Titania :

— Enfant ! lui dit-il d'une voix presque suppliante, tu veux m'effrayer, n'est-ce pas ? tu veux te jouer de moi ?... Dis-moi... oh ! dis-moi que tu raillais !... dis-moi que tu rempliras la mission divine que les destins t'ont dévolue !

— Je ne la remplirai pas ! repartit la jeune femme.

— Oh ! démon ! reprit Jacques avec rage, dussé-je guider ta main, tu obéiras !

— Jacques, s'écria Titania avec enthousiasme, pour remplir cette tâche sanglante, il faut, m'as-tu dit, une vierge ayant atteint deux fois treize ans sans qu'un mot d'amour ait frappé son oreille, sans qu'une parole de tendresse soit sortie de ses lèvres ?

— Eh bien !

— Eh bien, continua la jeune femme, je ne suis plus digne d'immoler les victimes !

— Que dis-tu ?

— Je dis que j'aime ce jeune homme ! répliqua Titania avec chaleur en s'élançant vers Buridan.

— Tais-toi ! tais-toi ! malheureuse ! hurla le sorcier.

— Je l'aime ! je l'aime ! je l'aime ! reprit la femme pâle, en prenant entre ses bras amaigris l'étudiant enchaîné.

Ah ! bah ! s'écria Cramignole, elle l'aime ! celle-là aussi !... Décidément, seigneur Buridan, vous avez de la chance avec les femmes.

— Oui ! oui ! continua Titania avec une sorte de délire, je t'aime, ô mon bel inconnu !... Je venais à toi pour t'arracher le cœur, et c'est moi qui te donne le mien !

Approchant ensuite ses lèvres de celles de l'écolier :

— Reçois ce baiser comme gage de ma tendresse, dit-elle ; c'est le premier que je donne !

— Ce sera le dernier, maudite ! interrompit Jacques Paviot ivre de rage.

Et d'un mouvement sauvage il enroula autour de sa main la longue chevelure de Titania, et la força violemment à se relever.

La jeune femme poussa un cri de douleur.

— Lâche ? murmura Buridan.

— Monsieur Paviot, dit à son tour Cramignole avec colère, vous êtes un vilain gredin !

Mais Jacques ne s'inquiétait plus des trois prisonniers.

Tout entier à sa colère, à sa soif de vengeance, il approchait la faucille d'or du sein palpitant de Titania.

— Tu vas mourir ! lui dit-il d'une voix farouche.

— Que m'importe ! répondit Titania avec placidité.

Mais, au moment de frapper, le druide se ravisa.

— Non ! dit-il sourdement, la mort serait un châtiment trop doux pour toi !

Souriant d'un effroyable sourire :

— Tu vivras, Titania, tu vivras ! poursuivit-il, mais ta vie ne sera qu'un effroyable supplice, une souffrance de tous les instants, une éternelle torture !

— Je sais souffrir ! répliqua la malheureuse en levant les yeux au ciel. Depuis que tu m'as arrachée à ma famille, à ma mère, morte de douleur aujourd'hui peut-être, crois-tu donc que je n'aie pas appris à tout supporter ?

— Ah ! par l'enfer ! repartit Jacques avec menace, les tourments passés ne seront rien auprès de ceux qui t'attendent !

— Je te brave ! dit la jeune femme avec exaltation ; quel que soit mon sort, je l'accepte avec joie !... J'aime maintenant ! je suis heureuse !

— Tu aimes ! reprit le sorcier d'un ton étrange, eh bien ! celui que tu aimes va expirer sous tes yeux, et, près de son cadavre encore palpitant, tu vas devenir la proie d'un homme que tu hais !

Portant à ses lèvres un sifflet de fer, il en tira un son aigu.

Presque dans le même moment, surgit par l'entrée souterraine pratiquée au fond du caveau, un être hideux, repoussant, effroyable.

Son visage et son corps à moitié nu, étaient couverts de larges taches violettes et d'horribles ulcères.

Ses cheveux étaient tombés par place et ses sourcils étaient aux trois quarts dégarnis.

La peau de ses bras, de ses jambes, était noircie et tellement desséchée qu'elle semblait adhérer à ses os.

Ce monstre, c'était le confident intime, le seul ami de Jacques Paviot.

C'était Maugars le Lépreux.

— Tu m'appelles, Jacques ? demanda le misérable.

— Maugars, répliqua le sorcier, tu es le seul homme que j'aie laissé jamais pénétrer auprès de Titania, car tu ne pouvais lui inspirer que la répulsion et le dégoût !... Et c'est ce qui est advenu !... Mais si tu n'es pour elle qu'un objet d'horreur, elle a su, tu me l'as dit, exciter tes désirs et ta convoitise ?

— Ah ! oui ! oui ! répliqua le lépreux en couvant Titania d'un regard de satyre.

— Eh bien ! sois heureux, mon fidèle, reprit Jacques Paviot, car, de ce moment, cette fille est à toi, je te la donne !

— Oh ! grand saint Lazare, patron des lépreux ! s'écria Maugars avec un frémissement terrible, tu me donnes Titania, Jacques, tu me la donnes ?

— Oui, répondit le sorcier en jetant la jeune femme entre les bras du monstre, prends-la !

Titania poussa une exclamation formidable.

Et les trois prisonniers, en même temps que la malheureuse, laissèrent échapper un cri d'horreur et d'épouvante.

Mais Jacques et le lépreux répondirent à cette quadruple clameur par un éclat de rire sauvage et satanique.

S'approchant ensuite de Buridan, le sorcier leva sur sa poitrine sa faucille d'or.

— Meurs ! meurs ! maudit ! s'écria-t-il en brandissant l'arme fatale.

Mais en ce moment, la grille s'ouvrit brusquement, et, sur les marches, un homme de haute taille apparut, lequel était enveloppé d'un ample manteau et dont le visage était entièrement caché sous une cagoule de pénitent, percée de deux ouvertures rondes à la hauteur des yeux.

A la vue du mystérieux inconnu, Jacques Paviot effrayé éteignit vivement la petite lampe qui avait servi à éclairer cette scène ; puis, sans prendre le temps de frapper l'étudiant, il s'enfuit à la hâte par le passage souterrain.

Quant à Maugars le Lépreux, il avait disparu depuis longtemps déjà par la même issue, emportant entre ses bras Titania folle de terreur.

Le nouveau venu avait descendu d'un pas rapide les quelques marches du charnier.

Lorsqu'il eut atteint le dernier degré, il tira de dessous son manteau une lanterne sourde.

Buridan et les siens n'osaient proférer un seul mot.

— Quel est cet homme? pensaient-ils. Est-ce un nouvel ennemi? Est-ce un sauveur?

— Je n'entends rien! dit l'homme à la cagoule, rien! Sont-ils donc morts déjà?

Dirigeant la lumière de sa lanterne vers l'endroit où gisaient les trois prisonniers, il put les apercevoir.

— Ce sont eux! dit-il.

Et l'inconnu s'approcha.

— Messire Jean Buridan, dit-il alors en se penchant vers l'étudiant. Suis-je donc venu trop tard pour vous sauver?

— Me sauver! s'écria le jeune homme en sursautant.

— Vivant! murmura le mystérieux personnage. Que le ciel soit loué!... Et vos compagnons, messire? questionna-t-il.

— Des trois, deux seulement survivent! répliqua l'écolier.

— Un seul sur quatre! reprit l'inconnu. Bénissez Dieu, car il a fait un miracle! Une nuit passée dans le charnier de Montfaucon, c'est la mort!

S'agenouillant, à ces mots, auprès de Buridan, l'homme à la cagoule déposa sur le sol sa lanterne sourde.

Tirant ensuite de dessous sa robe une lime de fin acier, il eut, en peu d'instants, coupé les fers qui liaient les bras et les jambes de l'étudiant.

Celui-ci, sans parler, le laissait faire.

Il était tellement stupéfié de ce secours inespéré qui leur arrivait, qu'il ne trouvait pas un mot à dire.

L'étonnement le rendait muet.

Mais, quand il se sentit libre, tout à fait libre, quand il vit son sauveur jeter au loin ses chaînes brisées, il poussa un soupir de joie.

Puis, comprimant sa tête entre ses deux mains :

— Est-ce maintenant que je rêve? murmura-t-il. Est-ce tout à l'heure que je rêvais?

Il voulut se lever, alors.

Mais, à peine debout, il retomba lourdement sur le sol en murmurant :

— De l'air! de l'air!

L'inconnu le prit entre ses bras.

Gravissant avec son fardeau les douze degrés de pierre, il déposa l'étudiant évanoui devant la porte du charnier.

— Sarpedienne! gémit Cramignole en voyant s'éloigner l'homme à la cagoule, est-ce qu'il va nous oublier ici? Eh! là-bas! cria-t-il, mon bon monsieur, limez un peu nos férailles, je vous prie!... Ne nous laissez pas grignotter de nouveau par ces goinfres sans pudeur!... Tenez! tenez! poursuivit le Normand avec désespoir, les voici qui reviennent. A l'aide! à l'aide!...

L'homme à la cagoule reparut dans le charnier.

Et les chaînes de Cramignole et du juif tombèrent comme venaient de tomber celles de Buridan.

Ce dernier avait repris peu à peu ses forces et ses esprits.

Bientôt, à ses côtés, il aperçut ses deux compagnons.

— Sauvés! sauvés! s'écrièrent-ils enfin tous ensemble.

L'inconnu avait refermé la grille du charnier.

Ceci fait, il vint rejoindre Buridan et les deux autres.

— Venez vite, mes maîtres! le jour commence à poindre!

— Où nous conduisez-vous? demandèrent les trois hommes.

— Craignez-vous de m'accompagner?

— Non, sur mon âme! s'empressa de répondre l'étudiant. Fût-ce en enfer, je suis prêt à te suivre partout.

— Après nous avoir tirés du pétrin, dit à son tour Cramignole, vous pouvez maintenant faire de nous ce que vous voudrez!...

— Venez donc!

Peu après, ils étaient tous les quatre au pied de la colline.

Là, des chevaux attendaient sous la garde d'un jeune page qui portait un masque sur son visage.

L'homme à la cagoule s'approcha de l'adolescent.

— L'un des prisonniers n'est plus, dit-il; voici les trois survivants.

Le page jeta un regard effaré vers les trois compagnons.

— Grâce à Dieu! dit-il avec joie, Buridan est encore de ce monde.

Se retournant vers le mystérieux sauveur de l'étudiant et des siens :

— Merci, maître! reprit-il, je rendrai compte à qui de droit de votre bon office!... Sur ce, que Dieu vous garde! Je me charge présentement des prisonniers.

— Adieu donc! reprit l'étrange personnage. Fasse le ciel que votre entreprise ait bonne réussite!

Disant ces mots, il s'inclina et se disposa à s'éloigner.

Mais Buridan le retint par le bras :

— Un instant! dit-il. Vous ne nous quitterez pas ainsi, mon maître!... S'il est bon de connaître ses ennemis, il n'est pas moins urgent de connaître ses amis!... Vous venez de nous sauver de la plus effroyable mort à laquelle des humains puissent être condamnés; il ne sera pas dit que vous vous séparerez de nous sans que nous sachions au moins votre nom, sans que nous serrions votre main dans les nôtres!

Yacoub porte Geneviève dans la cabane du pêcheur.

— Mon nom ! répliqua tristement l'inconnu. Si j'osais vous le dire, messire, vous retireriez bien vite cette main que vous me tendez en ce moment !... car mon nom est maudit et fait horreur à tous !

— Par la vie de mon père ! repartit vivement Buridan, fusses-tu Satan en personne, je jure que ton nom ne saurait m'effrayer. Nomme-toi, mon maître ! et donne-moi ta main sans crainte et sans scrupules. Dût-elle brûler la mienne du feu d'enfer, je la serrerai avec joie, avec reconnaissance !

A ces mots, l'inconnu releva la cagoule qui lui couvrait la tête.

Puis, désignant du doigt le gibet de Montfaucon qui se détachait, sombre et sinistre, sur le ciel étoilé :

— Voyez-vous bien ce monument infâme, lui dit-il avec une étrange amertume, j'en suis le pourvoyeur !

Buridan et ses deux compagnons se reculèrent machinalement.

L'homme poursuivit :

— Regardez ces innombrables squelettes, que la brise du matin secoue au bout de leurs chaînes... regardez ces cadavres, dont les corbeaux se disputent, en criant, les lambeaux sanglants !... Ces squelettes, ces cadavres, c'est ma main qui les a accrochés là-haut !

— Le bourreau ! c'est le bourreau ! murmurèrent l'étudiant, Cramignole et le juif.

— Le bourreau ! oui, vous l'avez dit, mes maîtres ! reprit l'homme à la cagoule. Eh bien, vous le voyez, mom nom seul vous épouvante, et votre main s'écarte de la mienne avec répulsion !

— De par Dieu ! non ! répliqua Buridan. Eh ! pourquoi t'en voudrais-je de la fatale mission que le destin t'impose ? En veut-on au poignard qui frappe ?... En veut-on même à la main qui tient le poignard ?... Non ! la pensée qui dirige le bras est seule coupable !... Le magistrat qui condamne à la peine de mort est seul responsable, aux yeux de Dieu comme aux yeux des hommes !

Tendant la main au bourreau :

— Voici ma main, mon maître ! et de cet instant, vous n'êtes plus pour moi ni paria ni maudit, vous êtes mon ami, mon frère, et, jusqu'à mon dernier jour, je garderai souvenance de ce qu'en cette nuit vous avez fait pour mes compagnons et pour moi !

Le bourreau prit avec grande émotion la main du jeune homme.

— Messire Buridan, lui dit-il, moi aussi je m'en souviendrai !

Puis il porta la main du jeune homme à ses lèvres.

Rabattant ensuite son capuchon sur son visage, il s'éloigna vivement en disant à part lui :

— Je ne tuerai plus !

Lorsqu'il fut à quelque distance, le petit page présenta à Buridan ainsi qu'aux deux autres des manteaux et des masques.

— Des masques ! dit Buridan, par Dieu ! la précaution n'est pas inutile !

— Certes, reprit Cramignole, les manteaux ne sont pas de trop non plus ! Ces diables de rats ont si bellement entamé nos pourpoints et nos chausses, qu'il ne nous en reste sur nos pauvres individus que des lanières insignifiantes !... D'honneur, nous avons l'air d'être vêtus avec des ficelles !

Les trois compagnons s'étaient empressés de jeter les manteaux sur leurs épaules et s'étaient masqués.

— Maintenant, à cheval ! dit vivement le petit page.

Et sans plus attendre, il s'élança sur l'un des destriers.

Les autres l'imitèrent.

Et, peu après, nos quatre cavaliers, le page en tête, prenaient au grand galop la route de Paris.

Ils suivirent le mur d'enceinte jusqu'à la fortification de Barbille-sur-l'Eau.

Là, ils passèrent la Seine dans le bac dont il a déjà été parlé.

C'était le même chemin que le roi Philippe avait fait prendre aux prisonniers, à seule fin de ne pas éveiller l'attention des Parisiens en traversant la ville en semblable équipage, à cette heure de nuit.

Buridan, surpris de cette coïncidence, interrogea le petit page.

— Patience ! patience ! mon gentilhomme ! répondit l'enfant.

L'on avait gagné la rive droite du fleuve.

A peine hors du bac, les montures avaient été éperonnées de plus belle, et l'on parvint, avant que le jour fût venu, sur les bords verdoyants d'une petite rivière aux ondes murmurantes.

— Saints du ciel ! s'écria Buridan, c'est la Bièvre !

Désignant du doigt un châtelet, dont les tourelles élégantes et les coquettes sculptures se miraient dans l'eau :

— C'est ici la petite maison de Philippe le Bel ! reprit-il en frissonnant. Je la reconnais ! Je la reconnais !

— Vous l'avez dit, mon gentilhomme ! répliqua le page. C'est en cette charmante demeure que Sa Majesté le roi de France attire les belles filles qu'il veut bien honorer de ses faveurs !... C'est ici que Geneviève, votre épouse, a été conduite cette nuit !

— Que dis-tu, malheureux ! s'exclama l'étudiant, qui t'a révélé cet effroyable mystère ?... Étais-tu donc l'un des complices de l'infâme ?

Le page ne répondit pas.

Suivis à peu de distance par Cramignole et le juif, Buridan et l'enfant avaient longé le rivage tout planté de saules, tout émaillé de fleurettes et de gazons verts.

Bientôt les quatre cavaliers se trouvèrent devant une cabane de pêcheurs qui s'élevait solitaire au milieu des arbres.

Dans l'intérieur de cette maisonnette, une lumière brillait.

— Mettons pied à terre ! dit le page.

Les quatre cavaliers sautèrent tous ensemble à bas de leurs montures.

— Approchons de cette pauvre demeure ! reprit l'enfant. C'est là que nous attendrons le jour !

Après avoir attaché leurs chevaux aux saules du rivage, ils se dirigèrent à bas bruit vers la cabane.

Désignant à Buridan une étroite fenêtre ronde percée à hauteur d'homme dans la muraille :

— Regardez, monseigneur ! dit le page.

L'étudiant s'approcha machinalement de la petite verrière.

Il jeta dans l'intérieur de la cabane un regard presque indifférent.

Mais bientôt il poussa une exclamation de surprise et de bonheur.

Dans l'intérieur de la cabane, il avait vu la reproduction exacte de la scène à laquelle nous avons fait assister le lecteur dans la mansarde de la place Maubert.

Sur un lit, Geneviève se trouvait étendue, et près d'elle, la reine Jeanne de Navarre se tenait attentive.

— Vivante ! vivante ! s'écria Buridan au comble de l'émotion.

Courant au vieux juif, et à Cramignole :

— Mes amis ! mes bons amis ! poursuivit-il, comprenez-vous ma joie ! mon bonheur !... Geneviève !... elle est là !... regardez ! regardez !

Isaac et le Normand s'approchèrent à leur tour de la petite fenêtre.

— Madame Geneviève ! dit Cramignole à moitié fou de surprise, vivante ! Et madame Jeanne est à son chevet !

— Eh bien, messire, murmura doucement le petit

page à l'oreille de l'écolier, vous le voyez, la reine est près de sa rivale !... Avouez que nous valons mieux que vous !

Le petit page, c'était Fiammetta.

Bientôt, Buridan et les siens, guidés par la bohémienne pénétrèrent dans l'humble cabane.

— Buridan ! s'écrièrent les deux femmes en apercevant l'écolier.

Ce dernier s'agenouilla devant la reine Jeanne :

— Vous aviez fait serment, madame, lui dit-il, de devenir la protectrice des pauvres et la consolatrice des affligés !... Ah ! vous remplissez dignement votre promesse, et Dieu vous en tiendra compte !

La reine leva les yeux vers le ciel.

— Je l'espère comme vous, messire, dit-elle ensuite... Ah ! poursuivit la jeune femme avec un triste sourire, il sera juste que je sois heureuse là-haut, car ici-bas, j'aurai bien souffert !

Buridan comprit seul le sens de ses paroles.

— Pauvre femme !... murmura-t-il. Mais, reprit l'écolier à voix haute, par quel miracle tout cela s'est-il accompli ?... Comment cette pauvre femme a-t-elle échappé à la mort?... Pourquoi vous retrouvé-je à son chevet ?

Jeanne de Navarre se retourna vers la bohémienne :

— Fiammetta a tout fait ! dit-elle.

Puis, prenant la main de la malade, — Geneviève vous expliquera tout.

Ce disant, elle se leva :

— Le jour va bientôt paraître ! continua la jeune souveraine. Il me faut partir !...

Tendant la main à l'étudiant :

— Adieu, Buridan ! je ne vous reverrai peut-être jamais !

— Que dites-vous, madame ! s'exclama le jeune homme singulièrement ému.

— Geneviève sait tout, vous dis-je ! répliqua la reine. Elle va tout vous dire !

Se retournant vers sa camérière :

— Viens, Fiammetta, viens !

— Je suis aux ordres de ma reine.

En cet instant, un homme, vêtu d'un humble costume de pêcheur, parut sur le seuil de la porte.

La reine courut à lui :

— Angélo ! lui dit-elle à voix basse, il faut que tous ces gens soient à l'abri des poursuites du roi Philippe. Il faut que tu les sauves, entends-tu bien ? Il le faut !

— Je les sauverai ! répondit le pêcheur. Pour plaire à ma reine, je ferai tout ce qu'il est humainement possible de faire ! Pour plaire *à ma sœur*, je ferai l'impossible !

— Adieu donc ! J'emporte ta promesse !

Et la reine Jeanne s'éloigna, escortée de la bohémienne.

DEUXIÈME PARTIE

LES FAUX-MONNAYEURS

I. — COMMENT GENEVIÈVE FUT SAUVÉE ET QUELS ÉVÉNEMENTS AVAIENT PRÉCÉDÉ SON ENLÈVEMENT DANS LES JARDINS DU LOUVRE.

Le petit page Gabriel et les quatre frères génois, âmes damnées de sa majesté Philippe le Bel, avaient été mandés en particulier, par leur jeune et voluptueux souverain pendant le bal qui avait suivi le mariage d'Enguerrand et de Jeanne de Saint-Martin.

Sous un petit pavillon de verdure, situé en la partie la plus écartée des jardins, Philippe IV avait réuni les Génois et le petit page.

« — Mes fidèles, leur avait dit alors le roi de France, que pensez-vous, je vous prie, de l'épouse de messire Buridan de Fénestrange ?

« — C'est un trésor !... un ange !... une merveille !... une incomparable beauté ! » avaient répondu les quatre gentilshommes.

« — Un vrai morceau de roi ! » avait ajouté le petit page.

« — Un vrai morceau de roi !... Bien dit, mon fils ! répliqua Philippe. Aussi je veux cette femme, et je compte sur vous. »

S'adressant aux Génois :

« — Que six chevaux tout sellés attendent à la porte qui donne sur la grève. Rafaël et Fabio les garderont seuls. Urbain et Giacomo se tiendront cachés dans les bosquets qui sont au pied de l'escalier d'honneur... Ces préparatifs terminés, Gabriel ira quérir Geneviève de la part de son époux. Une fois dans les jardins, vous vous emparerez de la belle, vous la bâillonnerez et vous prendrez avec elle le chemin de ma petite maison de Bièvre au grand galop ; là vous l'enfermerez dans la chambre haute et... je me charge du reste. »

Les Génois s'inclinèrent en souriant.

« — Ayez soin surtout de mettre vos masques, il est bon que nul ne puisse vous reconnaître. »

Se retournant vers le page :

« — Quant à toi, mon Gabriel, tu quitteras le Louvre en même temps que les Génois, mais au Pont-au-Change, tu les laisseras seuls poursuivre leur route et tu m'attendras, masqué aussi avec le sixième cheval. Après le bal, je te rejoindrai. »

Les ordres du roi avaient été exécutés à la lettre.

Le lecteur se rappelle la scène qui avait suivi

l'enlèvement, c'est-à-dire l'arrestation de Buridan et l'intervention des chevaliers du Temple.

Tandis que ceci se passait au Louvre, le petit page Gabriel attendait à l'endroit désigné.

Après avoir fait sentinelle pendant un bon quart d'heure, il commençait à s'impatienter quelque peu :

« — Le roi Philippe a-t-il donc l'intention de me laisser morfondre ici longtemps encore ? grommela le jeune homme ; cette nuit est froide en diable, et l'humidité de la Seine me pénètre jusqu'à la moelle des os ! »

Pour se réchauffer, Gabriel mit pied à terre.

A l'un des saules du rivage, il attacha son cheval et le destrier destiné à Sa Majesté Philippe le Bel.

Puis il raffermit son masque sur son visage, s'enveloppa dans son large manteau et se prit à se promener de long en large devant l'entrée du Pont-aux-Changeurs.

Tandis qu'il se livrait à ce fastidieux exercice, il lui sembla distinguer dans l'ombre une forme noire qui se glissait à travers les arbres du rivage et se dirigeait à bas bruit de son côté.

« — Qu'est-ce là ? fit le jeune homme, est-ce un tireur de laine ou bien un tireur de sang ?... »

L'ombre noire se rapprochait insensiblement du petit page.

« — Par la sang-dieu ! poursuivit ce dernier, c'est à moi qu'il en veut. Il n'y a pas à en douter ! »

Rejetant vivement son manteau en arrière, Gabriel tira sa dague hors du fourreau.

« — S'il vient, il trouvera à qui parler ! »

Le rôdeur de nuit ne fut bientôt plus qu'à une vingtaine de pas du jeune homme.

« — C'est, pardieu ! bien moi qui l'attire, reprit Gabriel. Arrière, continua-t-il en haussant le ton. Passez au large, mon maître, ou malheur à vous ! »

Mais, à cette injonction, une voix féminine répliqua gaiement :

« — Eh ! là ! là ! gentil page, pas tant de colère, je vous prie !... Ce soir encore vous me parliez d'amour ! Voulez-vous donc maintenant me couper la gorge ?

Le page reconnut cette voix aussitôt :

« — Fiammetta ! » s'écria-t-il en remettant sa dague au fourreau.

« — Eh ! oui ! vraiment ! fit la petite bohémienne en accourant, c'est moi-même. »

« — Toi ! reprit le page étonné ; qui t'amène céans, ma belle, et pourquoi ce costume ? »

La bohémienne avait en effet quitté ses vêtements habituels.

Elle avait endossé l'habillement d'un page de la cour, celui-là même sous lequel nous l'avons vue déjà plusieurs fois escortant la reine Jeanne de Navarre.

« — Ce qui m'amène céans, messire Gabriel, répliqua la jeune fille en minaudant, vous allez le connaître. Pourquoi ce travestissement ? je vais vous le dire.

« — En vérité ! murmura le page en entourant de son bras la fine taille de la bohémienne, tu t'humanises donc, friponne ? Ce soir, cependant, tu m'as vertement éconduit...

« — Ce soir... ce soir... je devais agir de la sorte... mais cette nuit, je puis agir autrement !... »

« — Pardieu ! réplique le jeune drôle d'un air fat, je savais bien que tu finirais par céder !... »

« — Vous le saviez ! murmura la petite d'un air passablement gouailleur.

« — J'en étais sûr ! Est-ce qu'une femme a jamais eu le courage de me résister ! »

Et le jeune homme, serrant la Navarroise contre son cœur, tenta de lui prendre un baiser.

Fiammetta s'échappa de ses bras.

« — Prenez garde ! lui dit-elle, ici, à deux pas du Châtelet, on pourrait nous voir... et je serais compromise ! »

Et la jeune fille s'enfuit, comme une biche effarouchée, jusque sous la première arche du Pont au Change.

Comme bien on pense, Gabriel s'élança à sa poursuite...

Quelle fut sa surprise en trouvant sous l'arche, non pas seulement la gentille camérière, mais avec elle un grand diable noir qui, lui étreignant le bras de sa main de fer, lui mit un coutelas sur la poitrine en lui disant :

« — Ne crie pas, ou je t'éventre ! »

Le grand diable noir, c'était le sauvage amoureux de la bohémienne, c'était Yacoub le Tunisien.

« — Yacoub ! s'exclama le page, plus stupéfié qu'effrayé. Que diantre fais-tu ici, vilain chien noir !... Allons ! allons ! retourne à ton chenil, ou sinon... »

Et le jeune homme porta la main à son côté pour prendre sa dague.

Mais Fiammetta la lui avait enlevée sans qu'il s'en aperçût.

Il se prit à trembler alors :

« — Que voulez-vous donc ? » balbutia-t-il.

La bohémienne s'approcha de lui :

« — Nous voulons empêcher Geneviève de tomber cette nuit au pouvoir du roi. »

« — Que dis-tu ? » s'exclama Gabriel.

« — Je sais tout ! répliqua la petite. Cachée dans les jardins du Louvre, à deux pas du pavillon de verdure, j'ai tout entendu ! »

« — Et tu penses sauver cette femme ! » ricana le page.

« — Je l'espère du moins ! » répondit Fiammetta.

Gabriel se prit à rire.

« — Yacoub ! continua froidement la bohémienne, garrotte-le. »

Ce disant, elle jeta aux pieds du nègre de fortes cordes de chanvre.

« — Me garrotter ! cria le page. De par Dieu ! c'est ce que nous allons voir ! »

Et le jeune homme se mit à se démener et à gesticuler comme un beau diable.

Mais malgré ses efforts, il lui fut impossible de s'arracher des griffes du Tunisien.

« — Messire page, lui dit ce dernier, laissez-vous faire de bonne volonté ou vous vous en repentirez !

« — Me laisser faire ! jamais !

« — Prenez garde !...

« — Jamais ! jamais ! te dis-je, répliqua le jeune homme avec force. J'appellerai... et les archers de garde au Châtelet viendront à mon aide !

« — Messire, dit vivement Fiammetta, nous ne voulons pas que le roi vous retrouve au rendez-vous !... Notre but n'est pas d'attenter à vos jours ; mais si vous résistez, prenez garde !

« — Vous oseriez m'assassiner ! » murmura le jeune page.

« — Entre nous, repartit la bohémienne, le mal ne serait pas grand. Vous êtes un démon de la pire espèce, seigneur Gabriel, et, bien que le plus jeune, c'est vous le plus dangereux, le plus traître et le plus vil de tous les valets de monseigneur le roi. Mais, je vous le répète, nous n'en voulons pas à vos jours !... Laissez-vous donc garrotter et bâillonner de bonne grâce, et conduire en quelque endroit sûr où vous demeurerez jusqu'à nouvel ordre ! »

En cet instant, le page aperçut au loin sur la grève un homme masqué qui s'avançait, à pas précipités, dans la direction du Pont-au-Change.

« — C'est le roi ! s'exclama le petit page. Je suis sauvé !... A moi ! » s'écria-t-il.

Mais son exclamation de détresse ne sortit qu'à moitié de ses lèvres.

Et comme une masse inerte, il roula sur le sol sans prononcer un mot, sans pousser seulement un soupir.

La dague du Tunisien lui avait traversé le cœur.

« — Yacoub ! qu'as-tu fait ! » murmura Fiammetta.

« — Je l'ai tué ! C'est lui qui l'a voulu !... Et puis, ajouta le nègre, il a osé te dire qu'il t'aimait ! il ne te le dira plus maintenant ! »

Prenant ensuite le corps du jeune page entre ses bras puissants, il s'avança jusqu'au bord de l'eau et le lança dans le fleuve.

« — Qu'Allah le conduise ! » dit-il.

La bohémienne demeura muette et soucieuse.

« — Mieux vaut qu'il soit mort ! dit-elle enfin. Il nous aurait perdus !... Allons ! ne songeons qu'à Geneviève !... Yacoub ! cours à Bièvre... et, caché aux abords du retrait mystérieux, attends-moi !...

« — J'attendrai ! » répondit le Tunisien.

« — Prends ces liens ! » reprit la bohémienne en lui désignant le paquet de cordes destinées primitivement au page Gabriel.

Le nègre les prit et quitta l'arche sous laquelle venait de se passer la scène que nous venons de dire.

Ayant gagné le pont, il le traversa d'un trait et prit la route de la porte Saint-Jacques, plus rapidement sans doute que n'eût pu faire le coursier le plus léger.

Il ne courait pas, il volait.

Ses pieds ne semblaient pas toucher la terre.

Aussitôt après la disparition du Tunisien, Fiammetta mit un masque sur son visage et jeta un manteau sur ses épaules.

Puis elle courut aux chevaux amenés par Gabriel.

Les ayant détachés, elle s'élança sur le destrier du page, et, tenant en bride celui du roi, elle alla se mettre en faction à l'entrée du Pont-au-Change.

L'homme masqué que le page aperçut au loin la rejoignit peu après.

Gabriel ne s'était pas trompé.

C'était Philippe IV.

Fiammetta avait la même taille que le petit page.

Sous le masque et le manteau, il était impossible qu'aux yeux du roi elle ne passât pas pour celui qui venait de mourir.

En effet, Philippe s'avança sans défiance vers le cheval libre, et mit le pied dans l'étrier.

Dès qu'il fut en selle, il piqua des deux en disant à mi-voix :

« — Et maintenant, Gabriel, au châtelet des Saules !

Tel était le nom de la petite maison des bords de la Bièvre.

Quand ils arrivèrent à ce temple du plaisir et de la volupté, Yacoub était caché, depuis quelques minutes déjà, dans les hautes herbes du rivage.

Quant aux quatre gentilshommes génois, après avoir enfermé Geneviève dans la chambre haute, ils s'étaient attablés, comme de coutume, dans l'élégant vestibule dont nous avons fait, en un précédent chapitre, une description particulière.

Le roi s'était empressé d'aller trouver sa belle prisonnière ; Fiammetta était demeurée seule avec les frères génois.

« — Allons, quitte ton masque, beau page ! avait dit Fabio, et viens choquer ta coupe contre les nôtres !... Après semblable chevauchée, quelques lampées d'hypocras doivent être les bienvenues ! »

Le faux page se garda bien d'enlever son masque ; mais il s'empressa de venir s'asseoir à leur table.

Sans chercher seulement à savoir par quel caprice leur jeune compagnon ne se démasquait pas, les Génois remplirent les coupes jusqu'au bord et les vidèrent d'un trait.

Le faux page ne vida pas la sienne, lui.

Il se contenta d'en jeter le contenu sous la table, et ce, bien entendu, sans être vu des quatre gentilshommes.

Ceux-ci voulurent renouveler leurs libations :

Mais, sans pouvoir même porter une seconde fois leurs hanaps à leurs lèvres, ils tombèrent tous les quatre sur leurs siéges comme frappés de la foudre.

Sans être aperçue, Fiammetta avait mêlé à l'hypocras un puissant narcotique dont l'effet avait été presque instantané.

« — C'est bien ! » dit alors la bohémienne.

Elle courut à la porte d'entrée, l'ouvrit sans bruit et appela doucement :

« — Yacoub ! »

Le nègre apparut aussitôt.

« — Je suis là ! » fit-il à voix basse.

La bohémienne lui montra les quatre frères.

« — Tu ne m'avais pas trompé, murmura-t-elle, le sommifère a déjà fait son œuvre !

« — Je l'ai composé moi-même, répliqua le nègre avec un sourire. Je savais ses vertus !

« — Et ces hommes se réveilleront !...

« — Dans deux heures !

« — Tu en es sûr ? »

Yacoub fit un signe de tête affirmatif.

« — Gloire à toi ! exclama la bohémienne. Maintenant, sauvons Geneviève ! »

A ces mots, elle s'élança, suivie du Tunisien, dans la galerie éclairée par les lampes d'albâtre.

Bientôt ils atteignirent tous deux l'escalier secret qui conduisait à la chambre haute.

Ils l'eurent gravi en peu d'instants.

Comme ils s'apprêtaient à enfoncer la porte, la noble et courageuse jeune femme, préférant le trépas au déshonneur, se précipitait dans les eaux de la Bièvre.

« — Trop tard ! gémit Fiammetta, nous venons trop tard !

« — Peut-être ! reprit Yacoub. Viens, femme ! »

Ils redescendirent à la hâte, et, se précipitant hors de la demeure maudite, ils coururent au rivage.

Peu après, le nègre disparaissait à son tour dans les flots de la Bièvre.

Mais, pendant un long temps, ses recherches furent vaines.

Enfin le ciel seconda ses généreux efforts.

Fiammetta le vit reparaître à la surface de l'eau, tenant Geneviève.

Mais le Tunisien semblait épuisé.

« — Courage ! Yacoub ! lui cria la bohémienne. Courage ! je t'aime !

A ces mots, le nègre se reprit à lutter contre les flots avec une nouvelle ardeur. Bientôt il put aborder et déposa sur la rive le corps inanimé ; mais à moitié mort lui-même, il chancela et tomba sur le sol sans pouvoir dire un mot.

Geneviève ne donnait plus signe de vie.

« — Grand Dieu ! murmura Fiammetta, la pauvrette est-elle déjà trépassée !

« — Las ! je le crains ! » répondit le nègre d'une voix faible.

« — Et personne !... personne pour nous venir en aide, reprit la bohémienne avec douleur. Ces rives sont désertes, et nul vivant n'habite en ces parages ! »

Mais le Tunisien avait relevé la tête.

De ses yeux de lynx, il aperçut au loin une espèce de cabane cachée sous les saules, non loin de laquelle une barque était amarrée.

« — Là-bas... là-bas... dit-il, je distingue une hutte de pêcheur !... Il faut y transporter cette femme. »

Fiammetta courut dans la direction indiquée.

Mais la demeure était hermétiquement close et paraissait inhabitée.

La bohémienne heurta plusieurs fois sans résultat aucun.

Elle allait retourner sur ses pas, le désespoir dans l'âme, lorsqu'il lui sembla entendre à l'intérieur un léger bruit.

« — Ouvrez ! ouvrez ! » demanda-t-elle avec instance, en recommençant à frapper.

Mais on ne répondit pas.

« — Ouvrez, au nom du ciel ! Une pauvre femme est près d'expirer, faute de secours !... Ouvrez ! et vous serez royalement récompensé... Je m'y engage au nom de madame Jeanne de Navarre ! »

A peine la jeune fille avait-elle prononcé ce dernier mot, que la porte s'ouvrit brusquement, et sur le seuil apparut un grand jeune homme aux traits énergiques, à la barbe d'un noir de jais, et qui, malgré les modestes hardes de pêcheur qui le couvraient, avait la mine haute et l'air d'un grand seigneur.

« — Quel nom viens-tu de prononcer, jeune homme ? interrogea le pêcheur, qui donc es-tu ?

« — Je suis au service de madame la reine, et, je te le répète, c'est elle qui te récompensera !

« — Pour Jeanne de Navarre, je suis prêt à tout faire, répliqua le maître de la cabane, avec une émotion qui n'échappa pas à la bohémienne. Que veux-tu ?

« — Un asile pour une jeune femme que l'on vient de sauver des flots, et qui, faute d'un peu de secours, est prête à rendre l'âme.

« — Qu'elle vienne ! » répondit le pêcheur.

Peu après, Yacoub, qui avait pu reprendre ses forces, amenait dans la cabane Geneviève, toujours inanimée.

Une torche de résine fut allumée.

Dès que ses reflets ardents eurent illuminé le visage du jeune pêcheur, Fiammetta poussa une exclamation de surprise :

« — Angélo le Navarrois ! le frère de lait de madame Jeanne !

« — Qui donc es-tu, toi qui me connais si bien ? » interrogea le jeune homme.

La bohémienne enleva son masque.

« — Fiammetta !

« — Moi-même, maître Angélo ! répondit la petite. Ma surprise est grande de vous retrouver, vous, le hardi chasseur de la montagne, sous l'humble habit d'un pêcheur !

« — J'ai fait bien d'autres métiers, répliqua le Navarrois en souriant : mais de mes aventures nous n'avons point loisir de nous occuper ! Il ne nous faut présentement songer qu'à cette pauvre femme ! »

Ce disant, il se rapprocha de Geneviève qui venait d'être placée sur la couche rustique du pêcheur.

Non sans grande peine, on parvint à rendre un peu de chaleur à ses membres glacés, et la vie sembla peu à peu revenir.

Lorsque la bohémienne eut reçu l'assurance que Geneviève était hors de danger, elle prit congé du pêcheur.

« — Ma chère maîtresse, dit-elle, est ignorante encore de tout ce qui vient de se passer. Elle s'étonne de mon absence, car il m'a fallu quitter le Louvre sans lui rien révéler. Je retourne auprès d'elle. Maître Angélo, je laisse cette femme sous votre garde. Quand je reviendrai céans, continua la petite d'un ton singulier, peut-être ne serai-je pas seule.

« — Que voulez-vous dire ? demanda vivement le pêcheur.

« — Je veux dire que madame Jeanne sera probablement du voyage !

« — Ma sœur Jeanne ici ! balbutia Angélo en tremblant.

« — Oui ! votre sœur Jeanne, maître ! Vous voyez que vous avez bien fait de répondre à mon appel !... Adieu donc, ou plutôt au revoir ! »

Et, suivie de Yacoub, la bohémienne quitta la cabane.

Quand ils repassèrent devant le châtelet royal, Philippe, ses gentilshommes et ses archers avaient fui depuis longtemps déjà.

Naturellement, ni le nègre ni Fiammetta ne se doutaient de ce qui s'était passé dans la petite maison de Philippe le Bel.

« — Le roi et les Génois sont retournés au Louvre ! dit la bohémienne. Ils ont pris tous les chevaux et même le mien, car je ne le vois plus attaché à la grille. »

Comme elle achevait ces mots, des hennissements se firent entendre à peu de distance.

C'étaient les montures de Buridan et de ses compagnons.

Ils se dirigèrent mystérieusement de ce côté.

« — Quatre chevaux ! murmura le nègre.

« — Que veut dire ceci ? »

Ils s'approchèrent alors du châtelet royal.

Ils virent la porte enfoncée, et sur le seuil deux archers morts.

« — Que s'est-il donc passé ? » se demandèrent-ils tous deux.

Mais ils eurent beau se mettre l'esprit à la torture, ils ne purent rien deviner.

« — N'importe ! reprit le nègre, nous avons des chevaux, c'est le principal. En selle, mon beau page !

« — Emmenons les deux autres coursiers ! dit vivement Fiammetta. Peut-être en aurons-nous besoin. »

Une heure plus tard, nos deux cavaliers mettaient pied à terre à la petite porte du jardin du Louvre.

Fiammetta avait eu soin de se munir d'une clef de cette issue secrète.

Elle pénétra dans les jardins, et Yacoub demeura au dehors avec leurs chevaux.

La bohémienne, d'un pas rapide, se dirigea vers les appartements de madame Jeanne.

Au moment de gravir l'escalier qui y conduisait, elle entendit dans l'une des salles basses de grands éclats de rire et des entre-choquements de coupes.

Elle se glissa sans bruit de ce côté.

Se hissant jusqu'à l'une des verrières, elle plongea le regard dans l'intérieur de la salle.

« — Les frères génois ! » murmura-t-elle.

C'étaient les quatre gentilshommes du roi Philippe. Ils étaient de retour au Louvre depuis longtemps déjà et s'entretenaient en riant des événements de la nuit.

Aux trois quarts ivres, ils parlaient à voix haute, et sans nulle peine, la bohémienne put les entendre.

Au bout de quelques instants, elle savait que Buridan s'était échappé de la Maison du Temple et qu'il était accouru, escorté de Cramignole, du juif et de Cognenbuche, au secours de Geneviève.

Elle apprit ensuite que Balthazar et ses archers avaient sauvé le roi, et, finalement, elle connut l'emprisonnement des quatre malheureux dans le charnier de Montfaucon.

« — Oh ! c'est affreux ! c'est horrible ! » gémit la jeune fille.

« — A cette heure, reprit l'un des Génois en riant d'un rire aviné, le bel étudiant et ses trois complices ne sont plus que d'immondes squelettes !... Les rats de la Grande Justice sont impitoyables, et quand ils tiennent une proie, ils la gardent !

« — Mais si l'on venait les délivrer! » ajouta Rafaël.

« — Impossible! répliqua Giacomo, la grande clef du bourreau de Paris peut seule ouvrir la porte du charnier, et cette clef vient d'être remise par le roi lui-même à l'exécuteur, avec ordre exprès de ne rouvrir le caveau que demain après le coucher du soleil. »

Fiammetta ne voulut pas en entendre davantage.

Elle courut chez la reine.

Jeanne de Navarre veillait encore.

Elle avait essayé vainement de goûter quelques instants de repos.

Le sommeil fuyait sa paupière.

Elle songeait à Buridan, à Geneviève, et de douloureux soupirs gonflaient sa poitrine, des pleurs s'échappaient de ses yeux.

« — Et je suis seule! seule! murmurait-elle. Personne n'est là pour me consoler... pour me guider en tout ceci!... Fiammetta... Fiammetta elle-même m'abandonne!... Ah! personne ne m'aime!... personne ne m'a jamais aimée! »

C'est à ce moment que la petite bohémienne heurta doucement à la porte de la reine.

« — Qui frappe ! » interrogea Jeanne étonnée.

« — C'est moi, ma chère maîtresse, » répondit la camérière.

« — Fiammetta! » s'écria la princesse avec joie en reconnaissant la voix de sa favorite.

Elle poussa les verrous et la petite pénétra dans la chambre

Elle mit promptement la reine au fait de tout ce qui venait de se passer.

« — Grand Dieu! s'exclama Jeanne de Navarre après cet effroyable récit, que me dis-tu, Fiammetta?... Geneviève?... Buridan?...

« — Geneviève se meurt en ce moment dans la cabane d'Angélo le Navarrois... Quant à Buridan, il est peut-être mort déjà, comme ses malheureux compagnons !

« — Il faut les sauver! » dit la reine avec agitation.

« — Le bourreau de Paris peut seul pénétrer dans le sépulcre de Buridan!

» — Eh bien! reprit la reine avec chaleur; viens! viens! Fiammetta!

» — Où voulez-vous donc vous rendre?

» — Chez le bourreau! viens!

Et la reine, jetant un voile sur son visage, quitta ses appartements et, dans le plus profond mystère, gagna la petite porte du parc, devant laquelle Yacoub faisait sentinelle.

S'élançant sur l'une des montures que gardait le Tunisien, elle prit en grande hâte le chemin qui conduisait à l'horrible cloaque où gîtait l'exécuteur.

Elle mit pied à terre, ainsi que Fiammetta, à l'entrée de la ruelle du Trou-Punais.

Hardiment elle s'engagea dans l'ignoble sentier encombré d'immondices et rouge de sang.

Devant la porte sinistre, au-dessus de laquelle planait le grand corbeau noir, elle s'arrêta.

Durant quelques secondes, elle demeura immobile, n'osant frapper.

Mais, surmontant sa faiblesse momentanée, elle saisit brusquement le heurtoir de fer.

Peu après, l'huis roula sur ses gonds et le bourreau parut.

« — Une femme! » fit le jeune homme stupéfié.

C'était la première fois, en effet, qu'une femme osait se présenter en ce sombre repaire.

« — Madame, continua l'exécuteur, vous vous trompez sans doute, et ce logis n'est pas celui que vous cherchez.

« — Je ne me trompe pas, répondit la reine, et c'est à vous, maître, c'est bien à vous que je veux parler. »

Le bourreau jeta sur elle un long regard d'étonnement.

« — Entrez donc! » lui dit-il.

« — Non! non! répliqua vivement Jeanne de Navarre, je puis vous entretenir ici. »

Le bourreau sourit tristement.

« — Je comprends, murmura-t-il avec amertume; parlez donc, madame, je vous écoute.

« — Maître, reprit la reine, quatre hommes, quatre vivants gémissent présentement dans le charnier de Montfaucon!

« — Oui, repartit l'exécuteur d'une voix sourde, je le sais.

« — Vous seul pouvez rendre la liberté à ces infortunés, maître! continua Jeanne. Au nom du Dieu vivant, sauvez-les!

« — Madame, je suis aux ordres du roi de France! répondit le bourreau. Sa Majesté Philippe le Bel a condamné ces hommes, et je ne puis les sauver!

« — Mais ils sont innocents!

« — D'autres sont morts aussi qui n'étaient pas coupables!

« — Grâce! grâce pour eux!

« — Le roi veut leur mort!

« — Mais la reine veut qu'ils vivent, et c'est elle qui te supplie de les sauver! »

Ce disant, Jeanne de Navarre releva son voile et découvrit son visage, aux regards éblouis de l'exécuteur.

« — La reine!... la reine de France! » s'exclama ce dernier au comble de l'émoi.

« — Oui, la reine qui vous implore, maître, et qui vous demande à genoux la grâce de ces malheureux! »

La reine de France et le bourreau de Paris.

Et la jeune princesse se courbant devant le bourreau, joignit les mains en signe de prière.

« — Majesté, répliqua vivement l'exécuteur, je sauverai l'étudiant et ses complices ! »

« — Ah ! merci à vous, maître ! Soyez béni ! » s'écria la reine radieuse.

Fouillant vivement dans son aumônière, elle en retira une bourse pleine d'or :

« — Acceptez ce faible don, en témoignage de ma sincère gratitude. »

Le bourreau repoussa le riche présent qui lui était offert.

« — Reine, dit-il avec un douloureux sourire, je n'ai pas besoin d'or ! les parias vivent de peu !

« — Vous dites vrai, repartit la reine, nul trésor, si grand qu'il pût être, ne saurait payer une action comme la vôtre ! »

Otant alors de son doigt une petite bague ornée de ses armes :

« — Vous ne refuserez pas, je l'espère, ce modeste souvenir ! »

Le bourreau prit la bague et la baisa pieusement.

« — Reine, lui dit-il, ce précieux joyau ne me quittera qu'avec la vie !

« — Quoi que vous puissiez désirer un jour, quoi que vous sollicitiez de moi, reprit Jeanne de Navarre, présentez-moi cet anneau, et vous obtiendrez tout ! »

Le bourreau rentra dans son repaire, se munit de la grande clef du charnier, jeta un large manteau sur ses épaules et se couvrit le visage d'une cagoule noire.

Puis, il monta sur l'un des destriers ; Fiammetta fit de même, et tous deux prirent au grand galop la route de Montfaucon.

A l'auberge des *Quatre fils Aymon*, ils prirent deux autres chevaux, et l'on sait le reste.

Quant à la reine Jeanne, elle s'était, elle aussi, remise en selle, et, sous l'escorte du Tunisien, elle arrivait à la cabane d'Angélo le Navarrois, au moment même où Buridan, le Juif et Cramignole franchissaient le seuil de l'épouvantable charnier qui devait leur servir de tombeau.

II. — QUI N'EST AUTRE QUE LA SUITE DU DERNIER CHAPITRE DE LA PREMIÈRE PARTIE.

Une heure après le départ de Jeanne de Navarre tout reposait dans la modeste cabane du pêcheur Angélo.

Buridan sommeillait au chevet de Geneviève.

Soudain, un bruit étrange vint frapper son oreille.

C'était comme un bruit métallique.

Tandis qu'il cherchait à connaître d'où pouvait provenir ce bruit, il vit le pêcheur se glisser mystérieusement dans la chambre.

Il feignit de dormir alors.

Angélo s'avança doucement, bien doucement...

Avec grandes précautions, il souleva une trappe, par laquelle il disparut bientôt.

Au bout d'un instant, l'étudiant se leva.

Marchant sur la pointe des pieds, il alla vers la trappe.

Il l'ouvrit...

Regarda...

Et il vit...

Il vit une trentaine d'hommes à peu près qui tous éventraient d'énormes sacs...

Et de ces sacs s'échappaient des flots d'or.

Buridan remarqua, non sans surprise, que tous ces hommes portaient des costumes de charbonniers, qu'ils avaient la face et les mains noires, et que leurs sacs d'or simulaient à s'y méprendre des sacs de charbon.

En apercevant Angélo, tous vinrent l'un après l'autre lui serrer la main.

— Carboneros, mes frères, leur dit le Navarrois, soyez les bienvenus.

Inutile de dire que *carbonero* veut dire « charbonnier » en langue espagnole.

— Par Notre-Dame de Navarre! reprit Angélo, que je sois roué vif si je m'attendais cette nuit à votre visite!... Qu'est-il donc advenu, et pourquoi cette surprise dont, entre nous, je me serais fort bien passé cejourd'hui?

— Que voulez-vous dire, maître? interrogèrent les carboneros.

— Chut! chut! fit vivement Angélo. Quatre étrangers reposent là-haut présentement. Ne les réveillez pas, sangredios! je ne tiens pas à les faire nos confidents!

— Des étrangers! répéta la bande à voix basse.

— Oui! L'un n'est autre que messire Jean Buridan, l'étudiant de Sorbonne, que plus d'un parmi vous connaît de nom, sans doute!

— Je le connais, moi! dit l'un des hommes noirs; j'ai eu l'honneur de lui octroyer ses premières notions de théologie!

— C'est juste! dit Angélo; avant d'être des nôtres, maître Cornélius, vous fûtes professeur en Sorbonne!

— Il faut bien commencer par être quelque chose! répliqua l'ex-savant d'un ton modeste.

— Que diantre veut dire tout ceci? se demanda Buridan violemment intrigué.

— Je le connais aussi! dit un petit bonhomme à la face réjouie, bossu par devant et par derrière. C'est un digne cœur, j'en réponds!

— Parbleu! pensa Buridan, j'ai déjà vu ce petit gnome quelque part.

— Et les trois autres étrangers, quels sont-ils? interrogèrent plusieurs voix.

— Isaac Golden!

— Le changeur de la rue Saint-Jacques?

— Lui même. Quant, à l'autre, c'est le gros Cramignole, l'hôtelier des étudiants.

— Une vieille connaissance à moi! dit maître Cornélius. J'ai maintes fois dîné chez lui, et j'ai toujours oublié de le solder, faute de monnaie!... Je dois dire à sa louange, ajouta le vieux théologien, que le digne Normand a toujours oublié, lui, de me présenter sa note!

— Et le dernier étranger? reprit l'un des assistants.

— Le dernier étranger, c'est une étrangère!

— Une femme!

— L'épouse de Jean Buridan.

Interrogé de nouveau, le Navarrois crut devoir faire alors le récit complet, exact, des événements singuliers qui avaient motivé la venue en sa demeure de l'étudiant et des siens.

— Maître Angélo! dit l'un des assistants, un homme à l'aspect farouche, à la voix dure, à l'œil fauve, vous avez eu tort de recevoir chez vous les gens que vous venez de nommer!... Lorsque nous vous avons choisi pour être le gardien de notre entrepôt de la Bièvre, vous avez fait serment de vous faire tuer plutôt que de laisser franchir à qui que ce fût le seuil de votre retrait, qui communique à nos souterrains.

— J'ai juré, c'est vrai, seigneur Barabbas, répondit Angélo, mais j'ai ouvert au nom de la reine Jeanne.

— La reine est notre ennemie! s'écria Barabbas, comme le roi, comme tous ceux de sa cour!

— Le roi! répliqua le Navarrois avec vivacité. Je vous l'abandonne. Toute sa clique de seigneurs, de juges et de bourreaux, je vous la livre; mais quant à la reine Jeanne, halte-là! s'il vous plaît:

pas un mot sur elle, pas une insulte! La reine Jeanne est ma compatriote, ma mère l'a nourrie de son lait... c'est ma sœur... je l'aime plus que ma vie, plus que mon sang, et quoi qu'elle puisse exiger de moi, je l'accomplirai!... Si quelqu'un l'accuse, je la défendrai!... Si quelqu'un l'outrage, je le tuerai!

Barrabas étouffa une sourde menace et lança au Navarrois un regard de haine.

Le bossu s'était approché d'Angélo.

— La reine Jeanne est une digne et sainte femme, dit-il, c'est la protectrice des pauvres et le bon ange des opprimés!... Pour la défendre, Angélo, je serai ton second!

— Merci, camarade! répondit le Navarrois en serrant la main du difforme. — Sur ce, mes maîtres, qui vous amène céans cejourd'hui?

— Des choses graves!... bien graves! repartit Cornélius en hochant la tête. Le chef est présentement entre les mains des gens du roi, et demain, au point du jour, il subira son supplice.

— Le chef est pris!... s'exclama Angélo. Quoi! Olivier d'Orgemont! le plus prudent d'entre nous! le plus habile et le plus fort!

— Olivier d'Orgemont a été arrêté la nuit dernière en son hôtel de la rue Saint-Martin! Il y avait grande fête, comme d'habitude, et quelques-uns d'entre nous s'y trouvaient. Au beau milieu du bal, messire Jean de Marle, qui remplace à la prévôté messire de Montigny, a fait irruption dans l'hôtel, escorté du chevalier du guet et de tous ses sergents, et sans dire un seul mot, ils ont appréhendé Olivier d'Orgemont, l'ont chargé de chaînes et conduit au Châtelet. Le prévôt s'est ensuite rendu en la chambre de marbre. Il a trouvé le secret de la porte ronde, et, dans l'armoire de fer, il a saisi les outils et les moules que le chef venait de terminer et qui, cette nuit même, devaient commencer leur office à l'Abbaye-aux-Bois!

— Tout cela est étrange! interrompit Angélo d'un ton soucieux; qui a pu exciter les soupçons du prévôt?... qui a pu surtout, lui révéler le secret de la chambre de marbre?... Il y a là-dessous quelque trahison!

— Nous le croyons tous! dit un autre, et c'est en prévision de quelque nouveau malheur que nous avons enlevé de l'abbaye-aux-Bois les quatre sacoches, les dernières qui s'y trouvent, afin de les partager entre nous et de les répandre dès demain au marché de Poissy... Nous revendrons les bestiaux à Paris, et nous aurons en poche de beaux et bons ducats à la place de ceux-ci... Après quoi, nous nous séparerons, mes frères, et chercherons fortune chacun de notre côté; car d'Orgemont ne sera plus d'ici deux heures, et son secret sera mort avec lui

— Oh! merveilleux secret! s'exclama le bossu avec un désespoir comique, qui transforme en or pur les plus vils métaux! pourquoi ne te possédé-je pas!... Sur mon âme! continua-t-il, je donnerais de grand cœur mes deux bosses pour être initié à ce sublime mystère!... Mais, hélas! le chef était muet là-dessus, et, sans lui, nous sommes tous maintenant comme des corps sans âme!

— Non! murmura Barabbas avec colère, jamais il n'a voulu parler!... Égoïste et cupide, d'Orgemont a gardé sa science pour lui seul, afin de nous tenir tous sous sa dépendance!... Le ciel a puni son orgueil, et, pour ma part, je ne le plains pas!... Non! non! poursuivit-il en lui-même, je ne te plains pas, Olivier, et je me réjouis de t'avoir dénoncé!

— Ainsi, reprit Cornélius en jetant un regard piteux sur les quatre sacoches, voici nos dernières ressources?... il nous faut donc dire adieu à notre belle existence de grand seigneur!... Plus de fêtes!... plus d'orgies!... plus de ces belles nuits où l'on joue des milliers de pièces d'or sur un coup de dé!... Oh! le jeu! le jeu! poursuivit le vieillard avec fièvre, le jeu, avec ses enivrements!... ses voluptés!... c'est si beau!... Et je ne jouerai plus!

— Le jeu n'est rien, maître, répliqua le bossu; ce sont les femmes que je regrette, moi!... Les femmes! qui s'éloigneront de moi comme jadis, quand mes deux vilaines bosses ne seront plus dorées sur toutes les coutures... Ah! belles courtisanes! voluptueuses houris! il me faut donc renoncer à vos douces caresses!

Tous, l'un après l'autre, versèrent quelques larmes sur cette vie délicieuse à laquelle il allait falloir renoncer.

— Et tout cela, reprit Angélo avec colère, parce qu'un traître a livré notre chef!... car, je le répète, d'Orgemont a été trahi!

— Mais, s'il en est ainsi, s'écria la bande, le traître est parmi nous!

— Je le crois! répliqua le Navarrois.

Et, malgré lui, son regard se porta sur Barabbas. Mais celui-ci soutint hardiment le regard d'Angélo.

— Il est malheureux, reprit le pêcheur en changeant de ton, que le chef ait toujours refusé de nous initier à ses secrets... il est malheureux qu'il n'ait jamais vu en nous que des valets, et non pas des amis!... Ah! Barabbas disait vrai... Olivier était égoïste et cupide... et si sa mort ne nous jetait pas tous dans la misère, que Satan me serre la gorge si je regretterais de le voir pris!

Barabbas, ravi de voir les choses tourner ainsi, s'avança vers Angélo, en disant :

— Je suis heureux que tu partages mon avis, frère!

— Nous le partageons tous! répondit le Navarrois! Ah! continua-t-il, pourquoi personne parmi nous n'a-t-il jamais cherché à surprendre ce secret qu'il nous cachait avec tant de soin!... Mais, non, non, obéissant à ses ordres comme des chiens craintifs, nous n'avons jamais osé pénétrer auprès de lui, pendant son travail!... Fous! insensés! bêtes brutes!... Ah! nous sommes aujourd'hui terriblement punis de notre belle délicatesse!... Par l'enfer! j'ai eu maintes fois de furieux désirs de m'adjuger par surprise une part de sa science mystérieuse... Et toujours... toujours une honte imbécile m'a retenu!... Une sorte de terreur superstitieuse m'a arrêté sur le seuil de son laboratoire!... Je m'en repens!... oh! oui! je m'en repens bien!... Si je n'avais été si niais et si poltron, je vous dirais à cette heure : « Je sais tout ce que savait l'autre : voulez-vous de moi pour votre chef! » Et vous m'acclameriez avec joie.

— Oui! par Vénus! s'écria le bossu.

— Oui! oui! répétèrent tous les assistants.

Barabbas sourit alors d'un sourire de triomphe.

— Reconnaissez-moi donc pour votre chef, mes maîtres, dit-il d'une voix haute, car ce que nul de vous n'a osé faire, je l'ai osé, moi!

— Que dis-tu? interrogea la bande avec une joyeuse surprise.

— Oui, je l'ai osé! continua Barabbas. Caché dans le retrait de d'Orgémont, j'ai assisté à son merveilleux travail, et non moins habilement que lui-même, je puis dès ce moment le mener à bonne fin!

— Toi! toi!

— Moi-même!... poursuivit-il avec orgueil. Plus de soupirs, mes maîtres, plus d'amers regrets!... En notre vie de luxe et de splendeur, rien ne sera changé... Réjouis-toi donc, vieux joueur, ajouta Barabbas en frappant sur l'épaule de Cornélius, tu pourras te livrer encore à ton passe-temps favori!... Maître bossu, reprends ton joyeux visage; ton sérail ne se dépeuplera pas! Redevenons tous enfin hilares et fringants!...

Se frappant le front :

— Ici, mes maîtres, est notre fortune à tous!

— Vivat Barabbas! cria la bande. Vive notre chef!

Angélo seul n'avait pas pris part à l'enthousiasme général.

Quand ce premier mouvement d'effervescence se fut apaisé :

— Frères, dit-il, je vous ai dit tout à l'heure qu'un traître se trouvait parmi nous!... Ce traître, c'est cet homme!

Ce disant, il désigna Barabbas.

— Barabbas! murmura l'assemblée, en se reculant de celui que le Navarrois venait d'accuser.

— Infâme calomniateur! s'écria Barabbas en tirant son poignard, malheur à toi!

Mais Angélo saisit le bras du traître, et lui arracha sa dague.

— Oui, tu es un traître, dit-il ensuite d'un ton grave!... Depuis longtemps, je te soupçonnais... Tes plaintes éternelles contre d'Orgemont, tes sourdes menaces, ta rage de n'être pas le premier de nous, tout enfin m'avait ouvert les yeux!... pour avoir le cœur net de ta félonie, j'ai feint tout à l'heure de partager ta haine à l'endroit du chef!... J'ai menti pour te faire parler! Car tu voulais être à notre tête... Je le savais. Oui! ton ambition, ta jalousie, je les connaissais. D'Orgemont était ton ennemi parce qu'il avait la science et que tu ne l'avais pas!... Alors tu lui as volé son secret, et tu l'as dénoncé lâchement aux gens du roi pour t'imposer à nous comme notre chef!... Mais, en te hâtant trop de nous dire tes projets, tu t'es trahi toi-même!... Tu aurais dû attendre encore, et mieux jouer ton rôle; mais, comme tous les coquins de bas étage, tu n'es qu'un niais, et tu es tombé dans le piége que je t'avais tendu!

— Tu mens!... tu mens! rugit Barabbas, je n'ai pas dénoncé d'Orgemont.

S'adressant à tous les autres :

— Vous ne le croyez pas!... dites-moi que vous ne le croyez pas!

Mais tous, d'une seule et même voix, répondirent, en se reculant de lui :

— Nous le croyons!

Barabbas demeura quelques instants muet, accablé, anéanti.

Puis il redressa le front avec insolence.

— Eh bien! dit-il, oui, c'est vrai, je l'ai livré!

Une exclamation de dégoût et d'horreur répondit à cet impudent aveu.

— Oui! je l'ai livré! reprit le traître. D'Orgemont était mon ennemi... votre ennemi à tous!... Nous étions des manœuvres pour lui, des ouvriers, des machines! Jamais il n'a voulu nous traiter en égaux. Tout fier de son secret, il nous tenait par là et faisait de nous tout ce qu'il voulait. Eh bien! j'ai surpris son secret, je le lui ai volé, si vous aimez mieux, et j'ai prévenu le prévôt de Paris par un écrit anonyme! Je l'ai puni de son orgueil, enfin, je me suis vengé!

— Barabbas! réplique Angélo avec une sourde fureur, tu es un misérable, un assassin! Grâce à ta délation, notre chef infortuné va subir l'épouvantable supplice réservé aux faux-monnayeurs!... Tu as mérité la peine du talion, et, de par Satan, c'est ce qui aura lieu!

— Oui! oui! cria la bande, la peine du talion!

Barabbas se prit à hausser les épaules.

Puis se mettant à rire :

— Vous ne me tuerez pas! dit-il, vous avez trop d'intérêt à ce que je vive... car de ma vie dépend la vôtre!... Non! non! continua-t-il, non! vous n'enlèverez pas un cheveu de ma tête, et bien plus, vous deviendrez mes chiens, comme vous étiez ceux de d'Orgemont !... Seul maintenant, je puis vous empêcher de tomber dans la misère et de courir par les bourgs comme des loups affamés. Seul je puis vous faire riches ! et tout assassin que je suis, puisque c'est ainsi que vous voulez bien m'appeler, tout traître, tout infâme que vous me trouviez, vous aurez pour moi tous les égards et toutes les déférences !

L'assemblée demeura muette.

— Vous ne répondez pas? poursuivit le drôle. Preuve que j'ai deviné juste. Qui ne dit mot consent !

— Barabbas ! répliqua Angélo, si nous ne répondons pas, c'est que l'indignation et le dégoût glacent nos paroles sur nos lèvres !... Toi, notre chef ! Sur ma vie ! si parmi nous il était des hommes assez lâches pour te placer à leur tête, je me plongerais plutôt les deux poings dans la fonte bouillante plutôt que de travailler sous tes ordres.

— Bah ! scrupules d'enfant ! reprit Barabbas. Ton opinion, maître Angélo, nul ne la partage !... Qu'importe la porte par laquelle l'or entre dans vos escarcelles ! L'important est d'en avoir !... J'ai trahi d'Orgemont ! Eh bien, après ? le mal est-il donc si grand ?... D'Orgemont était plus que sexagénaire !... D'un moment à l'autre, il pouvait trépasser et nous laisser tous en plan !... J'ai avancé sa fin de quelques années, de quelques mois, de quelques jours peut-être ! cela n'est qu'une peccadille et ne vaut pas la peine que l'on en parle !... Acceptez donc franchement et sans récriminations aucunes la situation nouvelle que je vous fais, et, dès cette nuit, remettez-vous à l'œuvre avec moi !

Un silence funèbre accueillit l'imprudente tirade du dénonciateur.

— Mes frères, dit Angélo, si nous laissons la vie sauve à cet homme, c'est la fortune pour nous, la richesse et toute sa suite de splendeurs et de voluptés !... Si nous le faisons périr, c'est la misère et ses sombres horreurs !... Quel est votre arrêt ?... Lui laissez-vous la vie ou voulez-vous sa mort ?

— Soyons pauvres et qu'il meure ! répondirent d'une seule voix tous les faux-monnayeurs.

Barabbas pâlit horriblement.

Angélo vint à lui :

— Barabbas, lui dit-il d'une voix solennelle, tes frères, à l'unanimité, te condamnent à la peine de mort !

Barabbas croyait avoir mal entendu :

— Cela n'est pas ! cela n'est pas ! s'écria-t-il ; non ! vous ne pouvez renoncer ainsi à tout un avenir de bonheur !... S'il en est quelques-uns parmi vous assez fous pour agir de la sorte, les autres ne le feront pas, c'est impossible !

A ces mots, le vieux Cornélius, le premier de tous, s'approcha de Barabbas.

Puis, d'une voix ferme :

— Tu es un meurtrier, et je te condamne à la peine de mort !

Après le théologien, tous les faux-monnayeurs, s'approchant l'un après l'autre du misérable, lui répétèrent cette phrase terrible :

— Tu es un meurtrier, et je te condamne à la peine de mort !

Buridan écoutait toujours.

L'oreille collée contre la porte, il n'avait pas perdu un seul mot de tout ce qui s'était dit dans le souterrain.

En entendant l'arrêt rendu par les membres de la mystérieuse assemblée.

— Allons, dit-il, tous ces gens-là sont honnêtes à leur manière, et si le hasard m'a conduit en cette demeure et m'a mis au courant de toutes leurs affaires, il est évident que c'est dans un but utile et pour eux et pour moi !... Livrons-nous donc, sans regarder en arrière, à notre nouvelle destinée !

Comme il disait ces mots, il souleva doucement la trappe et mit le pied sur l'étroite échelle qui conduisait dans la cave où venait de se passer la scène que nous avons racontée.

Après avoir, avec les plus grandes précautions, refermé la trappe sur sa tête, il descendit les échelons sans faire le moindre bruit.

Mais, quand il eut atteint le dernier échelon et qu'il mit pied à terre, il s'aperçut, non sans grande surprise, que la chambre souterraine était complètement vide.

Une lampe était appendue à l'un des piliers et jetait assez de clarté pour que notre jeune aventurier pût distinguer tous les coins et recoins.

— Durant le temps que j'ai mis à descendre, il paraît que les juges et le condamné se sont éclipsés... Par où diantre ont-ils passé ?... Parbleu ! ils sont sortis par où ils sont venus ! Mais par où sont-ils venus ? voilà la question, car je ne vois de porte nulle part.

Alors, il chercha à s'orienter.

— Voyons, poursuivit-il ; de ce côté, c'est la Bièvre. Il ne peut donc y avoir par ici de sortie ou d'entrée. Je ne suppose pas que ces dignes faiseurs d'or soient amphibies.

Se tournant ensuite vers le mur qui faisait face à celui dont il venait de parler :

— C'est dans ces parages que doit se trouver la mystérieuse ouverture.

Il s'approcha de la muraille :

— J'entends un bruit sourd derrière ces platras, dit-il ; je ne m'étais pas trompé.

Comme il s'efforçait de découvrir la fameuse porte,

il sentit que le sol cédait tout à coup sous ses pieds et l'entraînait tout doucement.

Ce plancher mouvant descendit durant quelques secondes, puis s'arrêta.

Buridan vit alors devant lui l'entrée d'une galerie souterraine au fond de laquelle il entendit distinctement les faux-monnayeurs qui marchaient silencieusement.

Il les suivit alors.

Après avoir marché sous terre pendant un temps considérable, l'étudiant aperçut enfin la clarté du jour, clarté faible d'abord, mais qui augmentait de minute en minute.

Enfin, il atteignit les premières marches d'un escalier, les gravit, et bientôt il se trouva dans les ruines d'une antique abbaye, qu'une impénétrable forêt de chênes séculaires enveloppait de toutes parts.

C'est ce qu'on appelait l'Abbaye-aux-Bois.

Cette abbaye avait été occupée jadis par des religieuses de Notre-Dame-aux-Bois, qui étaient venues s'y établir après avoir quitté leur première maison, fondée dans le diocèse de Noyon.

Au milieu de ces ruines, Buridan distingua des amas de plomb et d'étain, des cuves de fer, des fourneaux, des moules, des outils de toutes sortes, en un mot, tous les instruments, tous les accessoires indispensables à la fabrication de la fausse monnaie.

Là, Buridan retrouva tous ceux qu'il avait aperçus précédemment dans la cave d'Angélo.

Au milieu d'eux se trouvait Barabbas étroitement garrotté.

Le misérable était plus pâle qu'un mort, et bien qu'à une assez grande distance de lui, l'étudiant le voyait frissonner des pieds à la tête.

Tous ses juges semblaient muets.

On eût dit des hommes de marbre.

Enfin, Angélo prit la parole :

— Barabbas, dit-il d'un ton lugubre, le soleil se lève ! En cet instant, Olivier d'Orgemont est conduit sur la place du Palais !... Sur un ardent brasier, une cuve d'huile bouillante est préparée pour lui !... Barabbas ! tu vas subir la peine du talion... Fais ta dernière prière !

Faisant signe à deux de ses frères :

— Allumez les fourneaux ! commanda-t-il.

En un instant, un feu ardent illumina les ruines sombres et fit pâlir la clarté du soleil levant.

Alors, sur la fournaise, fut placée une des cuves, où l'on jeta de gigantesques lingots de plomb.

Lorsque la matière fut en fusion, quatre bras vigoureux saisirent le traître et l'emportèrent vers la cuve.

III. — DE QUELLE FAÇON LES FAUX-MONNAYEURS DE L'ABBAYE-AUX-BOIS SAVAIENT PUNIR LES TRAITRES.

Le traître Barabbas poussait des exclamations sourdes, rauques, gutturales.

C'étaient des supplications et des prières, des blasphèmes et des malédictions.

Tantôt des torrents de larmes s'échappaient de ses yeux, tantôt de sombres éclairs s'en élançaient.

Mais les faux-monnayeurs étaient inexorables.

Et, tous ensemble, Angélo le Navarrois et les autres juges de Barabbas, firent signe à ceux qui tenaient le condamné de poursuivre jusqu'au bout l'effroyable office qu'ils avaient accepté.

Alors ils continuèrent à entraîner le misérable vers la grande cuve.

Lorsque Barabbas ne fut plus qu'à deux pas de la fournaise, il jeta sur le plomb en fusion un regard effaré, hagard, éperdu.

Puis, d'une voix déchirante, il s'écria :

— Vous ne me ferez pas périr de cette épouvantable mort !... Vous ne serez pas à ce point barbares et impitoyables !... Tuez-moi, si vous voulez : je n'ai pas peur du trépas !... Mais mourir ainsi !... oh ! non ! non ! cela ne peut pas être !... Par grâce ! par pitié !... dites-moi que cela ne sera pas !

Lentement, silencieusement, les juges s'approchèrent du condamné, et formèrent un cercle parfait autour de la grande cuve.

Puis, Angélo, d'un ton grave et solennel, parla de la sorte à Barabbas :

— En cet instant, Olivier d'Orgemont, notre chef vénéré, qui jamais ne s'est souillé d'une trahison ni d'une lâcheté, Olivier d'Orgemont subit le supplice auquel ta félonie l'a fait condamner. Ne te plains donc pas ! ta mort ne sera pas plus horrible que la sienne !

Le petit bossu prit la parole à son tour :

— La seule différence, dit-il d'un ton railleur, c'est que le plomb fondu va remplacer l'huile bouillante que la loi veut bien nous octroyer, quand nous sommes pris ! Mais, que veux-tu, cher ami Barabbas, à l'Abbaye-aux-Bois, nous n'avons pas toutes nos aises et nous devons nous contenter de ce que nous avons sous la main !

Le petit bossu disait vrai.

Les faux-monnayeurs, que l'on ne punissait primitivement que de la perte des yeux, furent condamnés ensuite « à être bouillis dans l'huile. »

Le vieux Cornélius s'était détaché du cercle et s'était avancé vers le condamné.

En sa qualité d'ancien théologien, il venait cotroyer à Barabbas, à son heure dernière, les secours de la religion.

Mais le traître le repoussa, malgré ses liens :

— Laissez-moi ! laissez-moi ! cria-t-il délirant, je ne veux pas... je ne veux pas mourir !

Le vieux théologien le conjura de se confesser et de se repentir ; mais Barabbas n'écoutait rien et répétait à moitié fou :

— La vie ! la vie ! je veux la vie !

Triste et le front baissé, Cornélius regagna son rang.

Angélo vint alors le remplacer auprès du condamné :

— Écoute, lui dit-il, nous voulons bien avoir pitié de toi.

Barabbas poussa un cri d'indicible joie.

— Vous me laissez vivre ! s'exclama-t-il.

— Non ! répliqua vivement le Navarrois, les traîtres, quels qu'ils soient, doivent être supprimés. Les chiens enragés, on les étrangle... les animaux nuisibles, on les tue ! Il faut qu'il en soit de même des hommes !... Si l'on rayait du nombre des vivants tous les coquins qui fourmillent ici-bas, ce serait tant mieux pour l'humanité : l'indulgence pour le crime engendre les criminels ! Tu ne peux donc vivre et tu ne vivras pas ! Mais, continua Angélo, nous avons pitié de toi, je le répète, et nous t'épargnerons les souffrances surhumaines que va subir le malheureux vieillard que tu as osé dénoncer.

Désignant au condamné la cuve gigantesque, Angélo poursuivit :

— Pour que ton supplice fût semblable à celui de notre chef, il faudrait que cette matière dévorante te consumât petit à petit, brin à brin, membre par membre !... Oui !... c'est ainsi que les gens du roi font pour les faux-monnayeurs qui tombent entre leurs griffes. Dans l'huile en ébullition, on les plonge peu à peu, lentement, insensiblement, et leur martyre ne cesse que lorsque l'ardent liquide parvient au cœur ! Eh bien, cette éternité de douleurs, nous t'en ferons grâce ! Tu ne te verras pas mourir toi-même, et d'un seul coup, c'en sera fait !

— Eh quoi ! hurla Barabbas avec rage, c'est là la faveur qui m'est octroyée ?

— Que justice se fasse ! commanda Angélo, en allant reprendre sa place parmi ses frères.

Les deux hommes qui tenaient le condamné s'apprêtèrent à exécuter la sentence ; mais Barabbas, dont la terreur décuplait les forces, brisa ses liens et se prit à se débattre désespérément.

— Sauvez-moi ! sauvez-moi ! cria-t-il en s'adressant à ceux des faux-monnayeurs qu'il supposait lui être le moins hostiles. Sauvez-moi ! et, je vous le répète, c'est la fortune que je vous donnerai. Ne me tuez pas ! car vous tueriez avec moi l'étonnant secret que je possède seul aujourd'hui ! Jusqu'à la fin de mes jours, enfermez-moi dans quelque sombre cave de ce monastère, et je vous révélerai tout !... Tout ! entendez-vous bien ? Oh ! grâce ! grâce ! laissez-moi vivre, et vous serez à jamais heureux, riches et puisants !

Mais chacun repoussa le traître.

— Nous serons pauvres et tu mourras ! dit ensuite Angélo. Cette réponse, nous te l'avons faite une fois déjà, nous te la faisons encore ! Adieu donc, Barabbas, que Dieu te pardonne !

De nouveau, l'on se saisit du misérable ; mais il luttait encore avec une telle furie que quatre hommes suffirent à peine à le maîtriser.

On le tint suspendu une seconde au-dessus de la cuve et bientôt un cri effrayant, monstrueux, surhumain fit connaître que le misérable venait d'être précipité dans le plomb en fusion.

On entendit alors un effroyable bouillonnement, un grésillement hideux.

Une fumée épaisse s'éleva au-dessus de la cuve, puis d'ignobles senteurs de chairs calcinées se répandirent par les ruines.

C'en était fait du traître.

C'en était fait du dénonciateur.

— Compagnons, dit alors Angélo, qu'une fosse soit creusée et que l'effroyable contenu de cette cuve maudite y soit jeté sur l'heure !

En peu d'instants, la fosse fut terminée, le plomb fondu fut précipité dans la terre.

Du misérable il ne restait nulle trace, nul vestige.

Et cependant, chose étrange ! le plomb, en se solidifiant, dessina l'image presque parfaite d'un corps humain.

On eût cru voir, au fond du trou béant, un homme étendu, et le métal qui s'était promptement terni à l'air à cause de la rapidité de son oxydation, avait pris des teintes violacées qui donnaient à cette quasi-statue l'aspect d'un véritable cadavre.

Les faux monnayeurs laissèrent échapper une longue exclamation de surprise à ce spectacle, et, superstitieux comme tous l'étaient à cette époque, ils virent là-dedans un prodige que la main du diable avait pu seule créer.

Satanas cependant était fort innocent de tout cela.

La tombe creusée avait, par pur hasard, reçu la configuration d'un corps, et, dans la terre ainsi préparée, le métal s'était moulé naturellement.

La fosse ayant été comblée, l'on plaça dessus une croix grossière avec cette inscription en lettres rouges :

« CI-GIT UN TRAITRE. »

Quant à la cuve maudite qui avait servi à l'exécution, elle fut brisée en mille morceaux et réduite presque en poussière, laquelle fut éparpillée çà et là.

— Maintenant, camarades, dit Angélo, quittons à tout jamais ces ruines antiques et reprenons le chemin de ma demeure. Après avoir fait le partage de l'or qui nous reste, nous nous dirons un éternel adieu !...

— Ouais ! gémit le théologien, triste destinée que celle qui nous attend désormais !

— Il me va donc falloir reprendre la besace ! dit à son tour le petit bossu. Redevenir mendiant et gueux après avoir été riche et heureux, c'est dur !... Ah ! soupira le difforme, ma prospérité n'aura pas été de longue durée !... il y a deux mois à peine, je tendais la main à la porte de Saint-Séverin ! Dégoûté de ce métier qui ne me rapportait que rarement un morceau de pain, fatigué de ne recevoir une malheureuse pièce de monnaie que tous les trente-six du mois, j'ai eu l'idée d'en vouloir fabriquer moi-même, et je me suis carrément enrôlé dans le régiment du sire d'Orgemont ! Aujourd'hui, voilà notre général trépassé, et le régiment va s'enfuir à tire d'ailes comme une nuée d'oiselets effarouchés ! Par ma double bosse ! nous avons tort, mes frères, de nous débander de la sorte !... Que diable ! faute d'un moine l'abbaye ne chôme pas !... l'Abbaye-aux-Bois moins que toute autre !... Quoique nouvellement venu parmi vous, permettez-moi, je vous prie, de vous donner un conseil que je crois bon !...

— Parle, Mailleux ! parle ! dirent les faux-monnayeurs.

Ce nom de « Mailleux » était le seul sous lequel on connût notre bossu.

Sans père ni mère, il avait été trouvé une nuit sur les marches de Saint-Séverin.

Élevé tant bien que mal, plutôt mal que bien toutefois, par l'une des pauvresses de l'église, le petit difforme avait appris, tout enfant, à bégayer ces mots :

« — Une petite maille, mon bon seigneur !... une petite maille, ma bonne dame ! une petite maille, pour l'amour de Dieu ! »

La maille était une petite monnaie de cuivre qui ne valait, comme l'obole, que la moitié d'un denier.

« C'est pourquoi, dit Trévoux, il y avait des *mailles parisis*, des *mailles tournois* et des *demi-mailles.* »

En 1303, Philippe le Bel fit frapper des *mailles blanches.*

Au moyen âge, on quémandait donc aux passants « une petite maille » comme on quémande aujourd'hui « un petit sou. »

A force d'entendre notre jeune bossu psalmodier à tout instant du jour son éternelle chanson, les fidèles de Saint-Séverin octroyèrent à l'enfant le nom de « petit Mailleux. »

Et ce nom lui resta.

Plus tard, dans le langage populaire, bossu et mailleux furent synonymes.

De nos jours encore ce sobriquet est de mode.

L'orthographe du nom a seule subi une légère transformation.

Au lieu de « mailleux » on écrit « mayeux, » mais la prononciation est la même.

Autorisé à parler, notre bossu s'exprima de la sorte :

— L'union fait la force ! ceci est indiscutable... L'homme isolé ne peut rien ! Mais trente gaillards déterminés qui s'entendent bien, peuvent entasser des montagnes et donner une chiquenaude au soleil !

— Où veux-tu en venir, bossu ? demanda le théologien.

— A ceci, mon docte maître !... Nous ne pouvons plus être faux-monnayeurs, n'est-ce pas?... Nous étions, tous tant que nous sommes, d'excellents ouvriers ; nous exécutions à miracle les ordres du chef ; mais aujourd'hui que le chef est mort, nos talents ne peuvent nous servir à rien ; nous sommes un corps sans tête et sans âme, et, partant, nous devons faire notre deuil de ce beau métier-là !... Ceci est arrangé et convenu ; soit. Mais n'y a-t-il pas d'autres professions que celle qui nous fait défaut ?... Il y a deux mois, quelques gueux dans mon genre, pauvres rats des églises de Paris, las de pourrir dans la misère et de ne grignoter qu'à grand'peine les miettes de pain jetées aux ordures, nous formâmes le projet de sortir de la tourbe où nous gémissions en nous faisant franchement et hardiment larrons et voleurs de grand chemin ! Malheureusement, ces pauvres héros étaient estropiés et infirmes !... et seul peut-être entre tous, je remplissais les conditions nécessaires pour faire notre nouveau métier !... En effet, les uns n'avaient pas de bras, les autres pas de jambes ; ceux-ci étaient aveugles, ceux-là sourds, et cætera, et cætera ! moi seul, j'étais au grand complet... que dis-je ? j'avais même mes deux bosses par-dessus le marché !

Et maître Mailleux se prit à rire.

— Malgré tout, continua-t-il, nous étions décidés à faire à messieurs les richards de Paris la plus rude guerre qu'on leur eût jamais faite... Mais ce plan mirifique tomba dans l'eau grâce à l'intervention de ce même étudiant de Sorbonne auquel vous avez octroyé cette nuit l'hospitalité. Il nous fit comprendre poliment que nous étions plus bêtes que des oies et plus bouchés que des pots... que nous nous ferions tous éventrer jusqu'au dernier avant d'avoir seulement soutiré une obole à nos contemporains !... La reine Jeanne de Navarre prit toute la pauvre bande sous sa haute protection, et notre clique vengeresse, qui devait mettre tout Paris à feu et à sang, devint le lendemain même plus douce qu'un troupeau de moutons !...

Le vieux Louvre sous Philippe le Bel.

« Seul, je me suis sauvé du bercail et je suis venu à vous !... Comme je tiens essentiellement à ne pas y être venu pour rien, ou du moins pour peu, je vous propose de faire ce que les pauvres de Paris n'ont pu faire jadis !

— Que dis-tu ? s'exclama Angélo.

— Je dis, pardieu ! riposta le bossu avec volubilité, je dis que nous sommes tous forts comme des Turcs et malins comme des démons, et que nous possédons toutes les qualités requises pour faire des filous de première catégorie.

— Frère, interrompit Angélo d'un ton sévère, tu es nouveau parmi nous et tu ne nous connais pas encore, sans quoi tu ne nous aurais pas tenu le langage insultant que tu viens de nous tenir !

Maître Mailleux considéra Angélo d'un regard étonné.

— Nous ne sommes pas, nous ne voulons pas être des voleurs ! continua le Navarrois.

— Oh ! mon Dieu ! répliqua naïvement le bossu, être faux-monnayeur ou voleur, c'est tout un !... être tireur d'or ou faiseur d'or, c'est tout comme !

— Tu te trompes, répondit Angélo, car le vol n'est que le prélude de l'assassinat ! et nul de nous n'a jamais trempé ses mains dans le sang !

— Ah ! dame, je conviens, riposta le bossu, que, lorsqu'on vole à main armée, il faut de temps à autre faire jouer la dague... mais, en définitive, on ne tue jamais que ceux qui se défendent ou qui crient au voleur !

— Nous ne voulons pas tuer ! dit Angélo, ou, si nous tuons, poursuivit-il en désignant la croix rouge qui s'élevait sur la tombe de Barabbas, si nous tuons, c'est pour punir !... Nous sommes faux-monnayeurs, soit ; cela est un crime, et la loi nous châtie quand elle nous découvre !... Mais, tout en étant criminels, nous avons fait en sorte que notre crime ne fût pas préjudiciable au petit peuple, aux pauvres travailleurs !

— Je sais cela, répliqua Mailleux ; en fait de fausse monnaie, vous ne fabriquez, vous n'avez fabriqué du moins, que des livres parisis, des angelots, en un mot, rien que des monnaies d'or, et l'or n'entre pas dans l'escarcelle du peuple!... quand il y entre de l'argent, c'est déjà fort joli!...

— Ceci te prouve, mon compère, reprit Angélo, que nous ne sommes pas si diables que nous en avons l'air au premier coup d'œil, et que beaucoup d'honnêtes gens de ce royaume valent vingt fois moins que nous!

— Je n'en disconviens pas, repartit le bossu; mais, quoi qu'il en puisse être, il est navrant, il est mortifiant de nous quitter de la sorte, sans essayer de tirer un parti ingénieux de notre association. Quant à moi, je ne puis me faire à cette idée-là!

— Il faudra cependant bien que tu t'y fasses, camarade, riposta le Navarrois; car cejourd'hui même tout sera fini entre nous.

— Et vous dites cela tout tranquillement! s'exclama Mailleux avec un dépit grotesque; vous êtes philosophes, vous autres!... Quand je pense que c'était si simple de promettre la vie sauve à Barabbas et de lui extorquer de la sorte le secret qu'il avait volé à d'Orgemont!

— Que dis-tu? interrompit Angélo en fronçant le sourcil.

— Je dis, mordiable! qu'il est permis de trahir un traître!... Une fois qu'on lui aurait tiré les vers du nez, on se serait délivré de lui, et, de cette façon, nous ne serions pas dans le pétrin!

— Frère, dit vivement le Navarrois, ce que nous avons fait, nous devions le faire!... Barabbas a été condamné d'une voix unanime, et nul n'a protesté contre le jugement rendu!

— Je le sais, et moi-même j'ai fait chorus avec vous!... Dans le premier moment, on se laisse emporter par l'enthousiasme; mais après, quand vient la réflexion, on comprend qu'on a fait une sottise et l'on s'en mord les pouces!... Pour moi, poursuivit le difforme avec naïveté, je me les mords jusqu'au sang, je l'avoue avec franchise, et je parie que je ne suis pas le seul à regretter ce beau désintéressement, qui eût été de mise du temps des anciens Romains, mais qui de nos jours me semble tout à fait déplacé!... Sous le règne de notre cher sire Philippe quatrième, les actions chevaleresques font piteuse mine, et personne ne nous saura gré d'avoir ainsi fait les généreux!

— Vous vous trompez, mes maîtres! répondit une voix sonore qui vibra soudainement au fond des ruines.

Chacun se retourna stupéfié.

Celui qui venait de parler, c'était Buridan.

A sa gauche, se tenait le vieux juif Isaac.

Ce dernier avait été installé, de même que Cramignole, dans un hangar voisin de la chambre où reposait Geneviève sous la garde de Buridan, et leur hôte Angélo s'était jeté, comme eux-mêmes, sur le tapis d'herbes sèches étendu sur le sol, en guise de lit.

Cramignole dormait comme un loir et ronflait comme un soufflet de forge.

Mais le vieil Israélite, toujours sur le qui-vive, — et pour cause, — ne sommeillait qu'à demi.

Avant Buridan, avant Angélo lui-même, il avait entendu, malgré l'éloignement, ce bruissement métallique qui semblait sortir des entrailles de la terre.

Et le vieux juif, à ce gentil murmure que faisaient les pièces d'or ou les soi-disant telles en s'échappant des sacoches, avait soudainement dressé l'oreille.

Alors, il avait vu Angélo quitter en toute hâte, quoique avec grande précaution, sa couche rustique et se diriger à bas bruit vers la chambre de Geneviève.

Redoutant quelque nouveau danger, l'Israélite s'était levé à son tour et, silencieusement, il avait rampé jusqu'à la porte.

Là, de même que Buridan, il avait aperçu le Navarrois disparaissant par la trappe.

Durant tout le temps que l'étudiant était resté à son poste d'observation, il n'avait pas donné signe de vie; mais il était tout préparé à prêter main-forte au jeune homme en cas de besoin.

Lorsqu'il vit l'écolier s'engager à la suite d'Angélo dans la chambre souterraine, il réveilla bien vite Cramignole et lui dit bas à l'oreille :

« — Veille sur Geneviève! moi, je rejoins Buridan. »

Tandis que le gros Normand, bien qu'endormi encore, courait machinalement au chevet de la jeune femme, Isaac Golden se glissait dans la cave par l'ouverture que l'on sait.

Peu après, il était auprès de l'écolier, lequel, en quelques mots, le mit au fait de ce qu'il avait vu, et lui confia le plan que cet incident nouveau avait fait germer en son esprit.

Les faux-monnayeurs, à l'aspect des deux hommes, avaient porté tous ensemble la main à leur poignard.

Mais Angélo, d'une voix forte :

— Laissez vos dagues au fourreau! s'écria-t-il. Ces hommes sont mes hôtes, et j'ai juré à ma reine de leur donner aide et protection!... D'ailleurs, s'ils viennent à nous, ce ne sont pas des traîtres! et s'ils nous ont entendus, ils garderont le silence. Je réponds d'eux comme de moi!

— Merci, répondit Buridan en serrant cordialement les mains du Navarrois. Vous n'aurez pas, je vous le jure, à vous repentir de votre confiance. Quant à vous, compagnons, poursuivit le jeune homme en s'adressant à la bande qui jetait sur lui des regards craintifs et défiants, quittez, je vous prie, vos mines de chats effarouchés et daignez m'octroyer quelques instants d'attention !

IV. — LA MALÉDICTION DE LA LÉPREUSE.

Prenant de nouveau la main d'Angélo, l'étudiant poursuivit :

— Mon hôte vous a narré ma sombre histoire, celle de mes compagnons et de ma jeune épouse !... Le roi croit que ses victimes ont succombé !... mais cejourd'hui même, lorsque l'on viendra enlever du charnier de Montfaucon les squelettes chargés de chaînes, pour les pendre aux fourches patibulaires, on reconnaîtra que des quatre prisonniers, trois ont pu s'évader !... Alors Philippe IV, en sa furie, confisquera nos biens, livrera nos logis aux flammes et mettra nos têtes à prix... Nous sommes donc présentement plus pauvres que vous, messires *carboneros*, et, de plus, nous sommes des proscrits !... En cette détresse extrême, je jette loin de moi tout scrupule et toute arrière-pensée, je foule aux pieds toutes les hésitations et toutes les faiblesses, et je viens à vous pour vous dire : « Voulez-vous de moi pour votre chef ? »

— Vous ! vous, seigneur Buridan ! s'exclama Angélo stupéfié.

— Vous, mon cher élève ! fit à son tour le théologien en levant les bras au ciel.

— Par saint Séverin ! reprit le bossu au comble du ravissement, un chef !... nous aurions un chef !...

Mais, redevenant soudainement soucieux :

— Las ! monseigneur ! vous voulez rire sans doute, et vous gouailler de nous !

— Non, de par le ciel, messire Mailleux ! riposta Buridan, ce que j'ai dit est sérieux, tout à fait sérieux, et je suis, dès ce jour, prêt à partager votre vie aventureuse et vos labeurs périlleux !... Je vous le demande donc une fois encore : « Voulez-vous de moi pour chef ? »

— Mais, répliqua Angélo, le secret de d'Orgemont, vous le connaissez donc ?

— Je le connais ! reprit le jeune homme. Albert le Grand le révéla jadis à mon père comme il l'avait révélé à d'Orgemont. Tous deux étaient ses disciples chéris, et l'illustre maître leur prodiguait également les inappréciables trésors de sa science prodigieuse ! Dans les manuscrits poudreux que m'a légués mon père, j'ai retrouvé tout au long ce secret que vous croyiez perdu !... et ce secret, je vous l'apporte. Le voulez-vous ?

Un formidable hourra accueillit les paroles du jeune homme.

— Vive Jean Buridan ! cria la bande enthousiasmée, vive notre chef ! vive notre roi !

Lorsque les exclamations eurent cessé, Angélo s'approcha de l'écolier :

— Messire, lui dit-il avec émotion, avant de vous jeter dans cette vie de dangers continuels et d'éternelles alarmes, réfléchissez, réfléchissez encore !... Les persécutions dont le roi de France vient de vous accabler, vous et les vôtres, vous égarent en ce moment et vous poussent à commettre une action dont vous vous repentirez bientôt !...

Un amer sourire vint errer sur les lèvres de Buridan.

— J'ai toute ma raison, maître Angélo, répliqua-t-il, et j'ai mûrement pesé ce que je devais faire. Ne me parlez donc plus de dangers ni d'alarmes ; ce ne sont pas là des obstacles qui puissent me faire rebrousser chemin.

— Oh ! je le sais, nous le savons tous, repartit vivement le Navarrois, celui que les étudiants de Paris ont unanimement nommé leur capitaine est le bravo des braves et le fort des forts. La crainte, monseigneur, n'a jamais fait pâlir votre front, et vous verriez la mort en face, que vous marcheriez de vous-même au-devant d'elle. Mais songez... songez que ce métier que nous faisons n'est, après tout, qu'un métier honteux et infâme !...

Désignant le petit bossu :

— Cet homme disait vrai tout à l'heure ; faux-monnayeur ou voleur, c'est tout un. Je me suis révolté contre ses paroles ; mais au fond de l'âme, je lui donnais raison, et pas un homme sensé ne lui donnera tort !... Nous aurons beau tenter de dissimuler la vilenie de nos prouesses sous un manteau de générosité et de justice, nous n'en serons pas moins, je vous le répète, honnis à juste titre et méprisés de tous !... Renoncez donc à vos projets, monseigneur. Guy-Raymond de Fénestrange, votre noble père, publiquement réhabilité par le parlement, est mort entouré du respect de tous ! Si tout ne finit pas avec nous, que dira-t-il, lui, l'honnête homme, en voyant son fils à la tête d'une bande de parias et de bandits ?

— Les hommes ne font pas leur destinée, Angélo, répliqua Buridan d'un ton grave ; je suis fataliste comme les musulmans, et je dis, ainsi qu'eux : « C'était écrit. » Le hasard m'a pris par la main et m'a conduit vers vous ! J'obéis au hasard, et je me donne à vous corps et âme !

Angélo voulut tenter un dernier effort pour le dissuader.

— Ne me dites plus rien, interrompit le jeune homme. Que ferais-je, d'ailleurs, poursuivit-il, si vous me repoussiez ?... Que feraient mes deux vieux amis ?... que ferait ma jeune compagne ?... Tristes, errants, proscrits, nous irions en quelque lointain pays porter notre misère et notre rage inassouvie !... Et chacun nous chasserait comme des chiens malfaisants, comme des animaux immondes !... et bientôt, las de cette vie lugubre, nous en arriverions à attenter à nos jours... tandis qu'avec vous, notre existence sera pleine de mouvement et d'imprévu. Pardieu ! je ne me fais pas d'illusions, je vous l'avoue, et fabriquer de la fausse monnaie ne me paraît pas le *nec plus ultrà* du beau et du bien !... Oui ! c'est un métier infâme ! c'est un métier honteux ! mais ce n'est pas un métier bête, et c'est l'important pour moi !... D'ailleurs, sans vouloir voir en vous des héros et des saints, je suis loin de vous prendre pour des coquins vulgaires ! et vous avez tout d'abord gagné mes sympathies en punissant le dénonciateur sans vouloir l'entendre. Ceci soit dit sans vous fâcher, mon cher monsieur Mailleux, ajouta gaiement Buridan en frappant sur l'épaule du bossu. Oui ! j'ai trouvé cela tout à fait chevaleresque ! Quant à votre idée, de ne vous attaquer qu'aux grands et aux puissants en ne confectionnant que de la monnaie d'or, cela est encore tout à fait de mon goût et mérite tous mes suffrages ! Je vous le dis donc en toute sincérité, vous me plaisez tels que vous êtes, et j'espère que je vous plairai tel que je suis !...

Quittant le ton enjoué qu'il avait conservé jusqu'à ces derniers mots, Buridan devint brusquement sombre et sinistre.

Son front se plissa et ses yeux lancèrent d'étranges éclairs.

— Maintenant, poursuivit-il, je veux être sincère jusqu'au bout ! je veux vous révéler mes pensées secrètes et le but auquel j'aspire en me mettant à votre tête !... ce but, c'est la vengeance !

— La vengeance ! s'exclama la bande.

— Oui, reprit l'étudiant, je veux me venger du roi Philippe ! je veux me venger de toute sa clique infâme de courtisans et de flatteurs qui applaudissent à toutes ses cruautés, qui prêtent les mains à tous ses crimes ! S'ils sont si orgueilleux, si lâches, si ce roi de vingt ans est déjà si perfide et si luxurieux, savez-vous pourquoi ?... C'est parce que tous ces hommes sont effroyablement riches ! c'est parce que l'or leur pleut des mains comme les fruits trop murs tombent de l'arbre secoué par la tempête !... Eh bien ! poursuivit Buridan avec force, il faut que ce roi sans pudeur, il faut que ces gentilshommes sans honneur et sans foi, en arrivent à ne plus voir un sou d'or dans leurs escarcelles !... Philippe le Bel me fait pauvre et misérable ! je veux faire Philippe le Bel pauvre et misérable ! je veux que sa bande méprisable de pourvoyeurs et de proxénètes en soit réduite à se voler entre elle, comme les rôdeurs de lupanars ! je veux enfin que, dans le royaume de France, les seuls riches soient les pauvres d'aujourd'hui. Alors, alors, mes maîtres, je vous le prédis à cette heure, et le dieu des vengeances me dicte mes paroles ! il adviendra que tous ces grands, que le roi lui-même, avide de luxe et de plaisirs, et n'ayant plus les moyens d'éteindre cette soif dévorante, il adviendra, dis-je, que tous ces grands affamés se jetteront sur les petits pour les dévaliser ; pour rattraper quelques bribes de leur ancienne opulence, ils entasseront horreurs sur horreurs, bassesses sur bassesses, si bien qu'à la fin, tout ce monde pourri de vices, gorgé d'ignominies, tombera dans le sang et dans la fange, maudit par le peuple et le front écrasé sous son talon vengeur !...

S'avançant vers les faux-monnayeurs et leur serrant fébrilement les mains :

— Voilà mon but, mes maîtres, continua-t-il ; comprenez-vous maintenant pourquoi je suis venu à vous ? comprenez-vous pourquoi je veux prendre ma part de votre infamie et de votre honte ?

— Oui, oui ! répondit l'assistance avec entraînement, oui, nous te comprenons, et nous te servirons de toutes nos forces et de tout notre pouvoir !

— Mais, dit Angélo, espérez-vous donc, messire, en arriver à la réalisation de ce rêve immense ?

— Je n'espère pas, répliqua Buridan, je suis sûr !... Jusqu'à présent, vous n'avez lancé votre or faux dans Paris qu'avec crainte, avec défiance ! Dès demain, il en sera autrement : il en entrera par charretées dans la ville !... Olivier d'Orgemont ne vous a donné qu'une faible idée de ce que peut faire une association comme la vôtre... Par Satan ! je vous ferai voir, moi, ce dont vous êtes capables ! Tout l'enfer déchaîné ne sera rien auprès de vous !

S'adressant au vieux théologien :

— Tu aimes le jeu, Cornélius ? poursuivit l'étudiant : des tripots surgiront tout exprès pour toi aux quatre coins de la capitale !... Là, des fortunes entières viendront s'engloutir... et ceux que le sort favorisera n'emporteront en échange de leurs belles et bonnes monnaies que des semblants de pièces qui ne vaudront pas la dixième partie de ce qu'elles paraîtront.

Se retournant vers le bossu :

— Tu ne vis que pour les femmes, maître Mailleux, reprit le jeune homme : je te donnerai les plus belles et les plus enivrantes ! ce seront des filles nobles et des femmes de grand nom !... Tu les gorgeras d'or, de notre or à nous ! et tu verras jusqu'où peut aller la cupidité féminine !... Malgré ta laideur native et ta difformité, tu verras les plus jeunes et les plus belles se rouler à tes pieds en te disant : « Je t'aime ! »

Le petit bossu se prit à gambader comme un fou en poussant des exclamations joyeuses.

— Le jeu ! la luxure ! poursuivit Buridan, avec

cela, nous tenons tout! Des dés et des femmes! ce seront là nos agents les plus actifs. Grâce à eux, notre or maudit se répandra par tout ce royaume comme une lèpre infâme, comme une peste formidable, et personne n'échappera à la contagion!

Montrant ensuite aux faux-monayeurs le vieil israélite qui, durant toute cette scène, avait observé le silence, mais dont les regards n'étaient pas demeurés muets, l'étudiant continua :

— Par cet homme qui éleva mon enfance et qui m'est dévoué jusqu'à la mort, nous aurons pour nous tous les juifs de Paris!

— Oui! dit l'israélite en souriant d'un fauve sourire, tous les juifs de Paris! A ma voix, tous prêteront les mains à nos projets!... Et de toutes les échoppes crasseuses de la rue de la Juiverie-en-la-Cité, de tous les bouges sordides du Petit-Pont et du Pont-au-Change, des torrents d'or faux sortiront tout doucettement pour rentrer peu après au bercail bellement transformés en livres et en angelots parisis marqués au bon coin et légitimement nés en l'hôtel royal de la Vieille-Monnaie!

— Vous le voyez, reprit Buridan, le succès est certain, et nous tiendrons bientôt en notre pouvoir le roi et le royaume! Bientôt, les seuls puissants, ce sera nous!... Pour nous disséminer dans tous les quartiers, dans tous les palais, dans tous les hôtels, nous jouerons tous les rôles, et prendrons toutes les formes!... Nous deviendrons d'insaisissables Protées, et les plus fins limiers de la police royale n'y verront que du feu!... Charbonniers et marchands de bestiaux, tels furent jusqu'à ce jour vos uniques travestissements!... Pardieu! vous en verrez bien d'autres!... Notre bande mystérieuse endossera tous les habits et choisira tous les masques! Nous planterons nos tentes en plein cœur de Paris, et nous aurons des ateliers jusque dans la cave du Louvre, jusque dans les prisons de la Prévôté!... Nous serons partout enfin, et nous ne serons nulle part!... Ah! notre vie sera merveilleusement accidentée, mes maîtres, et je vous promets les plus étranges péripéties!... Mais, pour que je touche au but sans empêchement et sans encombre, j'ai besoin d'un entier dévouement, et d'une obéissance sans bornes! Ce dévouement, cette obéissance, me les promettez-vous?

— Nous faisons mieux que de te les promettre! s'exclama Angélo avec chaleur, nous te les jurons!... Oui, nous te faisons ici le serment d'être à toi corps et âmes et de te demeurer fidèles jusqu'à la mort!

— Jusqu'à la mort! répéta la bande tout entière.

Angélo courut à la tombe de Barabbas :

— Si jamais un de nous manque à sa parole, qu'il en soit de lui comme du traître que nous avons puni!... Tu es maître de nos jours, Jean Buridan! Celui de nous que tu condamneras expirera à l'heure dite, sans qu'une seule voix s'élève pour demander sa grâce!

— C'est bien! répliqua le jeune homme; je crois en vous, compagnons, croyez en moi.

Après quelques instants de silence :

— J'ai maintenant une prière à vous faire, continua l'étudiant. En la demeure d'Angélo repose en ce moment celle que la Destinée a faite ma compagne et que mon cœur a faite ma bien-aimée!... Je vous demande en grâce de ne lui point révéler ce que nous sommes et ce que je suis!... Sa tendresse s'alarmerait des dangers qu'il me faudra désormais affronter!... Qui sait? elle aurait horreur peut-être de la destinée qui va, de ce jour, devenir la mienne! elle ne comprendrait pas mon but, elle me mépriserait, et je ne veux pas de ses mépris!

— Mes mépris! s'écria soudainement une jeune femme qui venait de surgir au milieu des ruines; mes mépris! reprit-elle, oh! mon admiration bien plutôt!

— Geneviève! Geneviève! exclama Buridan.

C'était Geneviève en effet.

Cramignole était à ses côtés, et le pauvre garçon semblait tout étourdi encore des événements qui s'étaient succédé depuis le mariage d'Enguerrand de Marigny.

Il écarquillait ses petits yeux et considérait d'un air grotesquement effaré les nouveaux compagnons du capitaine Buridan.

Ce dernier s'était élancé vers son épouse.

— Geneviève! reprit-il, vous! vous ici!

— Oui! répliqua la jeune femme avec fermeté, et je sais tout!

— Tu as entendu?...

— Tout! vous dis-je, et j'applaudis à vos projets!... Vos désirs de vengeance sont légitimes; votre indignation, votre courroux, la félonie du roi de France les autorise et les justifie!... Oui! oui! vengez-vous de ce lâche monarque et de ses valets, plus lâches encore que lui; vengez-vous, puisque Dieu vous en donne lui-même le pouvoir!... Mais je veux avoir ma part de vos dangers, Buridan!

— Toi! toi! Geneviève!

— Oui! moi! répliqua la jeune femme avec enthousiasme. Élevée à la rude école de la misère, j'ai appris de bonne heure à avoir toutes les forces et tous les courages!... Oui! reprit-elle je veux partager votre vie d'aventures et de périls!... Je suis votre compagne, et c'est là mon devoir...

— Tu es une noble créature! s'écria Buridan en serrant son épouse contre son cœur!... J'accepte ton dévouement, Geneviève!... Aussi bien, pour te laisser ignorer l'existence nouvelle que j'embrasse, il m'eût fallut te mentir sans cesse et me cacher de toi! c'eût été un supplice de tous les jours, de toutes les heures!... Merci à toi de ne pas m'imposer ce supplice!

— Ainsi, je ne vous quitterai pas, Buridan? reprit Geneviève dont le front rayonnait.

— Tu ne me quitteras plus!

— Je serai à vos côtés, toujours?

— Toujours!

— Oh! vous me faites heureuse, ami! vous me faites bien heureuse!

L'étudiant prit la main de Geneviève et l'amena vers les faux-monnayeurs :

— Frères, leur dit-il ensuite, voici mon épouse! qu'elle soit votre sœur!... Comptez sur elle comme sur vous-mêmes!... Fût-elle livrée au tourmenteur, elle ne vous trahira pas! eût-elle la tête sous la hache, elle sera muette!

— Je le jure! dit la jeune femme avec solennité.

— Ta présence parmi nous sanctifiera notre cause!... Tu sera le bon ange de notre armée de démons, et tu nous feras triompher!

Les faux-monnayeurs acclamèrent leur nouvelle compagne, et tous, l'un après l'autre, vinrent lui serrer la main.

Cramignole s'approcha timidement du jeune capitaine :

— Et moi, monseigneur, demanda-t-il, que vais-je devenir dans tout cela?

— Toi, mon brave ami, répliqua Buridan, tu feras comme nous! à moins toutefois que le métier ne te répugne!

— Oh! mon Dieu! dans la passe désastreuse où je me trouve présentement, je n'ai guère à choisir! répondit le bonhomme d'un air piteux. C'est égal, continua-t-il, quand je croquais en Normandie les pommes de feu mon père, je ne songeais guère que j'en arriverais un jour à fabriquer de la fausse monnaie!... Ah! mon cher seigneur, je voulais, il y a deux mois, courir les aventures pour me distraire de mes soucis conjugaux! je crois que j'en viendrai prochainement à rechercher mes soucis conjugaux pour me distraire de mes aventures!

Changeant de ton brusquement :

— Ah! sarpedienne! cria-t-il, à propos de mes soucis conjugaux, et ma femme! et mon rejeton! que diantre vont-ils penser de moi?... Lorsque, la nuit passée, j'ai quitté le logis pour vous accompagner à Bièvre, j'ai filé comme un fou sans rien dire à Zinah! car la discrétion n'est pas sa vertu dominante! Elle va me croire mort, sans doute, et la pauvrette se tuera de désespoir! elle m'aime tant!

Et le bonhomme se prit à pleurer à chaudes larmes.

Mais au beau milieu de ses jérémiades, il s'arrêta net en entendant rire derrière lui.

Il se retourna vivement et vit le petit juif Isaac qui, contre son habitude, se livrait à un violent accès d'hilarité.

— Ouais! mon compère, dit Cramignole, d'où vous vient, je vous prie, cette gaieté soudaine?

— Camarade, répondit Isaac, Zinah ne se tuera pas, c'est moi qui te le dis!

— Qu'en savez-vous, compère?

— Elle ne se tuera pas, et se consolera de ta disparition et même de ta mort!

— Pas possible! se consoler! elle?

— Eh! camarade, reprit le vieux juif, en ce moment elle est peut-être consolée déjà!

— Oh! oh! que veut dire ceci?

— Cela veut dire que lorsqu'on possède une femme encore jeune et passablement belle, on ne se fait pas le tavernier de messieurs les étudiants de l'Université!

— Allons, bon! s'exclama le Normand, il ne manquait plus que ça! Si jamais je reviens chez moi, je vais me trouver à la tête d'un tas de petits Cramignole! ça sera gai!... Ainsi, j'ai reçu des coups d'estoc et des volées de bois vert; j'ai été étrillé et battu; dans le temps, j'ai été pendu à moitié; et cette nuit, j'ai été mangé aux trois quarts par des rats enragés! ce n'est pas encore assez! il faut que je sois cornard, maintenant! Si jamais je reprends femme, le diable m'emporte si j'irai la chercher à la Courtille!

Les faux-monnayeurs accueillirent par un bruyant éclat de rire les doléances comiques du gros Normand.

— Vous riez, vous autres! continua celui-ci. Vous trouvez ça drôle, à ce qu'il paraît! On voit bien que ce n'est pas vous que le bât blesse! Après ça, au fait, vous avez peut-être raison!... Il vaut mieux rire que pleurer, c'est moins triste! Et puis, mon Dieu... si je porte des cornes, il y a une chose qui me console, c'est que je ne suis pas le seul à en porter!...

— Bien! fort bien, camarade, dit maître Mailleux en s'approchant de Cramignole. Il faut être philosophe! Ne le suis-je pas, moi? et ce que j'ai sur le dos se voit plus que ce que tu as sur le front!

— Va pour la philosophie! répliqua le Normand avec résignation, et livrons-nous au faux-monnayage avec acharnement, ça chassera les papillons jaunes qui me trottent par la tête!

Le jour même, sous les ordres de Buridan, chacun se mit à l'œuvre, et bientôt l'on put se convaincre que le jeune chef avait dit vrai et que le secret d'Olivier d'Orgemont lui était connu.

A l'aspect des premières pièces qui sortirent du moule, un vivat général retentit aussitôt.

Cramignole ne pouvait en croire ses yeux.

Il tournait et retournait entre ses doigts les beaux angelots neufs.

— C'est aussi beau que l'or véritable! s'écria-t-il.

Que dis-je ! c'est cent fois plus beau ! et j'aurais à choisir, c'est ça que je prendrais !

Tous les faux-monnayeurs reprirent leurs acclamations enthousiastes, et, durant un long temps, les échos des ruines les répétèrent.

. . . .

Une dizaine de mois après la scène que nous venons de dire, des cris non moins bruyants retentirent à l'Abbaye-aux-Bois.

L'antique monastère avait, pour la première fois peut-être, quitté son austérité habituelle.

Et ses hôtes eux-mêmes avaient un air de fête et de joyeuseté qui faisait plaisir à voir.

Ils avaient tous en main des rameaux verts et des gerbes de fleurs fraîches écloses.

Bientôt au haut des degrés qui conduisaient à l'ancien réfectoire des religieuses, Buridan et Geneviève apparurent.

A leur vue, de nouveaux vivats éclatèrent et les verts rameaux s'agitèrent joyeusement.

Derrière eux marchait notre ami Cramignole.

Le brave garçon tenait entre ses bras deux charmants petits enfants tout blonds et tout roses.

Ces deux enfants, c'étaient les fils de Buridan et de Geneviève.

Tous deux étaient âgés de trois mois à peu près.

Ils étaient venus au monde le même jour, à la même heure, et les deux jumeaux allaient être baptisés ensemble.

Voilà pourquoi les hôtes de l'Abbaye-aux-Bois étaient en fête.

Un autel rustique avait été dressé au milieu des ruines, et près de cet autel, un vieillard se tenait en prières.

C'était un pauvre ermite, qui vivait solitaire sur la lisière de la forêt.

Le pauvre homme était aveugle, et les faux-monnayeurs, qui le connaissaient de longue date, n'avaient pas craint de l'aller quérir et de l'amener au milieu d'eux.

Buridan et Geneviève prirent les deux enfants des bras de Cramignole et vinrent s'agenouiller devant le saint homme.

Le vieillard prononça d'une voix chevrotante les prières d'usages, et les jumeaux reçurent le baptême sous le nom de Philippe et de Gautier.

Deux faux-monnayeurs, les plus anciens de la bande, servirent de parrains.

Le vieil ermite, étendant les mains sur la tête des deux néophytes :

— Au nom du Dieu sauveur, dit-il, vous êtes chrétiens, enfants ! soyez heureux !

Comme le vieillard achevait ces mots, une voix sourde répéta au fond des ruines :

— Heureux ! heureux !

Et bientôt un éclat de rire strident, frénétique, retentit sous les chênes séculaires.

Chacun, terrifié, demeura immobile.

Peu après, une femme surgit non loin de la tombe de Barabbas.

Elle semblait jeune encore cette femme, et paraissait à peine âgée d'une trentaine d'années.

Elle avait été belle ; mais une lèpre hideuse tachetait son visage et son corps, dont un vêtement blanc en lambeaux cachait à peine l'horrible nudité.

S'appuyant d'une main sur la haute croix rouge plantée sur la tombe, elle se reprit à rire de son rire démoniaque, en répétant à plusieurs reprises :

— Heureux ! heureux ! Et qui donc peut être heureux, sur cette terre maudite ? Le monde, c'est l'enfer... Et nous sommes tous damnés !

Geneviève s'était relevée vivement, et la jeune mère avait pris ses deux fils et les serrait avec épouvante contre sa poitrine.

— Quelle est cette femme ? quelle est cette femme ? murmura-t-elle d'une voix étouffée.

Buridan considérait la terrible apparition d'un regard effaré.

— Mon Dieu ! mon Dieu ! balbutia-t-il, cette malheureuse, je la connais... c'est elle... c'est Titania !

La femme l'entendit :

— Titania ! Titania ! répéta-t-elle. Je ne m'appelle plus Titania ! je m'appelle la Lépreuse !

Quittant la tombe, elle s'avança vers Buridan.

La pauvre femme ne marchait qu'avec peine.

— Je m'appelle aussi la Boiteuse ! continua-t-elle en riant ; car lorsque je marche, je crois toujours traîner après moi la lourde chaîne qui durant treize années m'a retenue captive !

— Titania ! reprit Buridan avec douleur. Elle ! c'est elle !

— Oui ! c'est moi ! répliqua la misérable.

Montrant ses plaies affreuses et ses ulcères repoussants :

— Jacques Paviot m'a donné à Maugard le lépreux. Voilà ce que Maugard le lépreux a fait de moi !

Elle s'était approchée peu à peu de Buridan.

Lorsqu'elle fut en face de lui, elle poussa un cri épouvantable.

— Terre et sang ! hurla-t-elle ensuite. C'est l'homme du charnier ! Eh quoi ! poursuivit-elle en délire. Pour t'avoir sauvé, je me suis perdue, moi !... Et tu m'as oubliée pour une autre ! car, je le sens à la rage de mon cœur, au bouillonnement de mon sang, cette femme est ton épouse et ces enfants sont les tiens !

Ce disant, elle lançait sur Geneviève épouvantée des regards menaçants.

— Ah ! qu'elle soit maudite, cette femme ! poursuivit la Lépreuse, qu'ils soient maudits comme elle, ces fruits de votre amour !

— Tais-toi ! tais-toi ! s'écria Buridan éperdu.

— Heureux ! continua Titania. Ce prêtre a osé dire qu'ils seraient heureux !... Non ! non ! ma malédiction les suivra partout !... Malheur sur eux ! malheur !

Et la Lépreuse, répétant son terrible anathème, disparut enfin à travers les arbres, laissant Buridan et ceux qui l'entouraient en proie à la plus profonde terreur.

Après la disparition de Titania, le vieil ermite fut reconduit par le petit bossu et par Cramignole à sa modeste demeure.

— Allons bon ! grommela le Normand, me voilà chien d'aveugle, à présent ! Il est dit que j'aurai fait tous les métiers !

— Là ! vous êtes chez vous, mon saint père, lui dit-il. Dormez bien et ne faites pas de mauvais rêves !

— Merci à vous, mes deux fils ! répondit le vieillard, que Dieu vous garde !

A peine les deux compères furent-ils à une centaine de pas que l'ermite, se redressant brusquement, arracha sa robe de bure, sa vénérable barbe et ses cheveux blancs.

Puis il s'élança hors de l'ermitage en s'écriant avec joie :

— Jean Buridan ! je te tiens, maintenant ! à nous deux !

V. — OU L'ON SAIT POURQUOI LE VIEIL ERMITE N'ÉTAIT PAS AVEUGLE, ET POURQUOI LE VIEIL AVEUGLE N'ÉTAIT PAS ERMITE.

Le vieil ermite, ou du moins le soi-disant tel, redevenu brusquement tout jeune et tout ingambe, au lieu de s'engager dans la forêt, comme venaient de le faire Cramignole et Mailleux, prit en grande hâte la route qui menait à Paris.

Après deux heures de marche, notre homme atteignit les murs d'enceinte.

Il tenait apparemment à ce que nul ne pût le reconnaître, car, bien que la nuit commençât à tomber, il mit un masque sur son visage.

En ce temps-là, comme le lecteur a pu le remarquer, les masques étaient tout à fait de mode.

Aujourd'hui, cet usage semblerait passablement étrange ; mais c'était alors la chose la plus simple du monde.

Le faux ermite entra dans Paris par la porte Saint-Jacques.

Il traversa l'Université, passa la rivière et pénétra dans la Cité.

Une fois dans le dédale des petites rues tortueuses, boueuses et ténébreuses qui représentaient alors le berceau de l'antique Lutèce, l'homme masqué chercha à s'orienter.

— Rue aux Fèves ! murmura-t-il ensuite. Oui ! c'est là que je le trouverai, sans doute ! A moins toutefois que le drôle n'ait été pendu depuis notre séparation !... Enfin, au petit bonheur ! s'il est crevé, je me passerai de son aide ; mais, s'il est encore de ce monde, je m'en réjouirai fort, car le coquin est habile et me sera assurément d'un grand secours !

Notre homme, tout en monologuant de la sorte, avait gagné la rue aux Fèves.

Après avoir fait quelques pas dans cette rue hideuse, il s'arrêta devant un cabaret sombre.

A la porte de ce taudis, une enseigne se balançait en grinçant sur sa tringle rouillée, et cette enseigne représentait un animal si fantastiquement dessiné qu'il eût été impossible de le définir sans ces mots qui se lisaient au bas de l'écriteau :

« AU LAPIN BLANC. »

Ce cabaret existait, on le voit, déjà au moyen âge.

S'il faut en croire les chroniqueurs, son existence remonterait au huitième siècle.

L'homme au masque parvint, non sans peine, à déchiffrer les trois mots de l'enseigne.

— Au Lapin blanc ! dit-il ensuite. C'est bien ici que le drôle passait autrefois ses soirées et ses nuits ! Espérons qu'il a conservé ses honnêtes habitudes !

La porte du cabaret n'était fermée qu'au loquet.

L'inconnu l'ouvrit et jeta un coup d'œil sur les hôtes ignoblement pittoresques qui encombraient le taudis.

Il y avait un peu de tout là-dedans.

Un peu de tout en fait de coquins, entendons-nous.

C'était un ramassis hideux de filous et de coupe-jarrets, de vagabonds et de filles sans aveu.

Et cette tourbe immonde riait, chantait et se soûlait avec un laisser-aller merveilleux, avec un inconcevable sans-gêne.

Parmi ces chenapans déguenillés, parmi ces ribaudes débraillées, notre homme chercha longtemps avant de trouver ce qu'il cherchait.

Enfin, en un coin de la salle, devant une table boiteuse, ornée d'un grand broc d'étain au ventre rebondi, et d'une tasse égueulée faisant l'office de coupe, il aperçut une espèce de grand sacripant dont les lèvres avinées, le nez bourgeonnant et le menton écarlate indiquaient aisément l'ébriosité.

Le drôle buvait silencieusement, mélancoliquement même, si nous pouvons le dire.

Après un moment d'hésitation, l'inconnu se décida à pénétrer dans l'ignoble bouge.

Chez l'Ermite.

A moitié suffoqué par les senteurs infectes qui s'exhalaient de toutes parts, il marcha cependant vers le soulard solitaire, sans que les autres buveurs fissent seulement attention au nouveau venu.

Comme l'homme à la tasse égueulée allait, pour la cinquième ou sixième fois peut-être, porter à ses lèvres son énorme hanap, le faux ermite lui retint le bras en lui disant d'un ton bref :

— Trêve à tes libations, ami Fanferdieu! tu es ivre déjà! ne te soûle pas davantage!

Fanferdieu, — car l'ivrogne était bien réellement maître Gaétan Fanferdieu, l'âme damnée de l'ancien prévôt de Paris, Jean de Montigny, — Fanferdieu, disons-nous, profondément surpris d'être dérangé au beau milieu de sa chère besogne, reposa sur la table sa coupe détériorée et lança à l'inconnu un coup d'œil furibond.

Par les trippes du dieu Bacchus! grommela-t-il ensuite, de quel droit, triple importun, te permets-tu de te jeter au travers de ma buverie? Sache, pour ta gouverne, que depuis un an, mon seul ami, c'est le vin! Dès que le soleil luit, je me mets à lamper, et quand sonne le couvre-feu, je lampe encore, histoire de passer le temps!

— C'est juste, répliqua l'homme masqué, depuis que la prévôté a changé de maître, tu n'as plus rien à faire?

— Rien de rien! maugréa l'ivrogne. Le nouveau prévôt, que le diable emporte, a eu l'indécence de refuser mes services!

— En vérité?

— C'est comme j'ai celui de vous le dire. Et pourquoi, je vous demande? Parce que j'ai été un peu voleur dans le temps! Il veut faire de la moralité! On voit qu'il est nouveau dans le métier!... Ah! messire Jean de Montigny n'a pas fait tant de manières, lui, quand j'ai mis à sa disposition mes petits talents et ma longue expérience. Il m'a accepté tout de suite... Et, sous son règne, j'étais heureux comme un vrai coq en pâte!... Mais, hélas! tout a une fin dans ce bas monde, et messire Jean de Montigny a été détrôné... A l'heure présente, il est en prison... et moi je suis sans place !... Ah ! il faut qu'un magistrat ait bien peu de cœur pour enlever ainsi le pain à un honnête homme !

— Si le pain te fait faute, reprit l'homme masqué en souriant, tu te rattrapes sur le vin ! C'est une compensation !

— C'est bien le moins ! fit le soulard. Ah ! j'ai bien souffert, allez ! poursuivit-il en pleurnichant.

Puis, prenant sa tasse pleine et la vidant jusqu'à la dernière goutte, il ajouta d'un air désolé :

— J'ai bu le calice jusqu'à la lie !

Mais, reposant brusquement sa coupe sur la table, il se leva en titubant de dessus son escabelle, et se prit à regarder entre les deux yeux son mystérieux interlocuteur.

Celui-ci, souriant toujours et sans quitter son ton de raillerie :

— Quelle mouche te pique ? demanda-t-il à l'ivrogne. La lie de ton calice est-elle donc à ce point amère que tu ne puisses t'empêcher de faire ainsi la grimace ?

Mais l'autre, s'avançant sur l'inconnu, l'œil menaçant et le poing fermé :

— Ou je me trompe fort, maugréa-t-il, ou je crois que j'ai eu tort de répondre à vos questions !

— Et pourquoi crois-tu cela ? ami Fanferdieu.

— Pourquoi ?... pourquoi ?... parce que vous me faites l'effet d'être quelque espion payé par le nouveau prévôt, quelque agent provocateur chargé de me tirer les vers du nez, à seule fin de me jeter ensuite dans une basse-fosse du Châtelet.

— Tu es fou ! répliqua l'homme masqué. Le nouveau prévôt ne songe pas à toi. Il a bien d'autres chiens à peigner !

— Au surplus, continua Fanferdieu avec bravade, si tu es ce que je crois, je m'en bats l'œil ; et ton prévôt, je m'en moque comme de Colin-Tampon !... Quand j'ai bu, vois-tu, je ne me soucie pas plus du tiers que du quart, et ce que j'ai sur le cœur, je le lâche !... *In vino veritas !* dit-on à la Sorbonne. C'est mon opinion. L'homme soûl et l'homme franc, ça ne fait qu'un. Or, je suis toujours soûl, mille tonnerres ! voilà mon caractère !... Maintenant, va me dénoncer à ton Jean de Marle, si bon te semble, et laisse-moi ingurgiter mon liquide, en attendant que les gens de la prévôté me mettent la main au collet !

Ce disant, Fanferdieu se laissa retomber sur son escabeau qui gémit sourdement, et vida dans sa tasse ce qui restait au fond du broc d'étain.

Mais l'homme masqué, pour la deuxième fois, lui mit la main sur le bras au moment où il se disposait à boire.

— Assez ! corps diable, lui dit-il ensuite, as-tu donc envie de rouler mort ivre sous la table. Allons, sortons d'ici ! j'ai des choses graves à te dire et je ne puis parler devant tous ces coquins !

— Sortir ! fit l'ivrogne. Jamais de la vie... je suis bien ici et je reste !

— Suis-moi, te dis-je ! reprit l'autre d'un ton d'autorité.

— Dis donc, eh ! toi, là-bas, inconnu, mon ami, est-ce que je suis ton chien pour te suivre ?

— Obéis, triple gueux ! répliqua l'homme masqué avec insistance.

Mais le soulard haussa les épaules et ne bougea pas.

— Laisse-moi boire en paix, lui dit-il ; depuis l'emprisonnement de messire de Montigny, je n'ai plus de maître et n'obéis plus à personne !

— Obéis donc alors, obstinée canaille, reprit l'autre à voix basse en se penchant vers Fanferdieu, car Jean de Montigny, c'est moi !

A ces mots, il ôta vivement son masque, mais il avait eu soin de se placer de telle sorte que les autres buveurs ne pouvaient distinguer ses traits.

Nous devons dire, au reste, que nul ne s'inquiétait de ce qui se passait au fond de la salle.

Ribaudes et truands s'occupaient d'eux-mêmes et c'était bien assez.

Fanferdieu avait poussé une exclamation d'indicible surprise en reconnaissant l'ex-prévôt de Paris.

Ébahi, stupide, il ouvrait, sans pouvoir dire un mot, une bouche colossale et, comme une brute, il considérait Jean de Montigny.

— Allons, dit celui-ci en remettant promptement son masque sur son visage, me suivras-tu, maintenant ?

— En enfer, si vous voulez, monseigneur, répondit enfin l'autre en quittant sa place.

— C'est heureux ! murmura le prévôt.

Après avoir fait une dizaine de pas, Fanferdieu se frappa le front et rebroussa chemin.

— Eh ! qu'as-tu donc encore ? questionna le sire de Montigny.

Sans lui répondre, le soulard prit sur la table sa tasse encore pleine et la vida d'un trait.

Ce qu'ayant fait, il rejoignit en zigzaguant celui qui l'attendait, et lui dit d'un ton grave :

— Il ne faut pas perdre le vin du bon Dieu ! Et puis, voyez-vous, si je n'avais pas ingurgité ce dernier bol, j'aurais eu mal au cœur !

Les deux hommes avaient gagné la porte de la rue.

— Sang du Christ ! fit le prévôt en mettant le pied hors du bouge. Il était temps que je sortisse de ce cloaque empesté !... Un peu plus et j'étouffais !...

Et Jean de Montigny respira longuement.

En comparaison des fétides exhalaisons du cabaret, l'atmosphère, peu séduisante cependant de la rue aux Fèves, semblait au prévôt imprégnée des plus purs parfums d'Arabie.

— Comment tous ces gueux-là peuvent-ils vivre là-dedans sans crever? murmura-t-il.

— L'habitude, monseigneur, répliqua Fanferdieu. Ça pue un peu, mais on s'y fait bien vite!... Laissons ces futilités, continua l'ivrogne, et parlons de vous!... Sur ma vie, je suis encore tout suffoqué de votre bienheureuse apparition, et j'ai de furieuses envies de crier au miracle! car enfin, dans la bicoque de la place Maubert, je vous ai vu, de mes yeux vu, entraîné par les archers royaux!... Ils vous ont conduit à la tour du Louvre, et de votre prison vous ne deviez sortir que pour aller à Montfaucon!... Oh! j'ai bonne mémoire, allez, quoique je sois soûl comme une grive!... Le roi vous avait promis le gibet, et ces promesses-là, ce cher sire se garderait bien de ne pas les tenir!... Vous avez donc pu vous évader!... Voilà qui est merveilleux, et vous êtes le premier qui se soit échappé sain et sauf de cette tour du diable.

— Le roi Philippe est venu lui-même m'ouvrir les portes de ma prison.

— Le roi Philippe! s'exclama Fanferdieu au comble de l'étonnement.

— Il y a un mois à peu près! « Messire de Montigny, m'a dit le monarque, peu de temps après votre incarcération, un homme m'a menacé, insulté, moi le roi! Il m'a forcé à m'agenouiller devant lui, et sans l'arrivée de mes fidèles archers, j'étais mort! Cet homme, ce traître, c'est Jean Buridan, c'est l'écolier de Sorbonne!... Je l'ai fait jeter vivant dans le charnier de Montfaucon, ainsi que ses complices. Mais un seul squelette a été retrouvé dans l'ossuaire, et ce cadavre n'est pas le sien. Buridan et deux de ses compagnons ont été délivrés. Le bourreau de Paris a disparu. Est-ce lui qui a sauvé les prisonniers?... Pour lui enlever la clef du charnier, l'a-t-on assassiné? nul ne le saurait dire! Quoi qu'il en soit, Buridan et ses deux complices ont pu s'enfuir, et malgré toutes les recherches, depuis neuf mois entiers, les trois infâmes sont introuvables!... Ce que n'a pu faire Jean de Marle, votre successeur, a poursuivi le roi, faites-le, vous, et non-seulement je vous rends la liberté, non seulement je vous fais grâce de la vie, mais je vous rappelle à la prévôté. »

— Le roi a dit cela? murmura Fanferdieu.

— Le roi a dit cela, répondit Jean de Montigny.

— Naturellement, reprit l'ivrogne, vous avez accepté la liberté et la vie! Je comprends cela! Quant à la prévôté, c'est une autre histoire! Le Buridan est un malin de la pire espèce, et le fin matois doit se cacher de telle sorte que, lorsqu'on le trouvera, il pleuvra des boudins, ce qui se voit rarement.

— J'ai découvert la retraite de Buridan! répondit le prévôt.

— Vous!

— Moi!

— Pas possible!

— J'ai découvert sa retraite, te dis-je, et aujourd'hui même, je me suis trouvé face à face avec lui.

— Gloire à vous, monseigneur! vous êtes un habile homme! car ce que vous a dit le roi est la vérité même, depuis la fuite de l'étudiant toute la prévôté est en campagne, et les dignes sergents de Jean de Marle sont toujours revenus les mains vides. De cela je me réjouissais fort, comme bien vous pensez! aujourd'hui je m'en pâme d'aise, puisque cela vous sauve de la corde et va vous permettre de rentrer en maître en cette chère demeure dont les tourelles se dessinent là-bas si gentiment sur le ciel bleu!

Tout en parlant, Fanferdieu désignait au loin le Grand-Châtelet.

Les deux hommes, tout en devisant, avaient, comme on le voit, quitté les rues sombres de la Cité, et machinalement ils avaient gagné le bord de l'eau.

— Tenez! tenez! monseigneur, continua maître Gaétan, entendez-vous d'ici bavarder les girouettes de notre ancien palais? Elles nous ont vus sans doute et nous disent « à bientôt! »

— Oui! oui! murmura Jean de Montigny, qui fixait d'un œil ardent de convoitise ce Châtelet où il avait jadis commandé, oui, bientôt, demain peut-être, je reviendrai au pouvoir!

— Mais, reprit Fanferdieu, que la brise du soir avait presque instantanément dégrisé, par quel étonnant prodige avez-vous pu dénicher les fugitifs?

— C'est bien simple! le roi m'avait dit les noms des deux complices de Buridan. — Le premier, c'est l'hôtelier des étudiants.

— Antoine Craquignole! dit Fanferdieu, le gros Normand, je connais son vin!

— L'autre, c'est le juif Isaac, le changeur de la rue Saint Jacques.

— Je connais son argent! reprit Fanferdieu, il m'a prêté deux livres parisis! et je lui en ai rendu quatre! Ah! celui-là entend joliment le commerce! Ce vieux gueux-là aime son or plus que sa peau!... Il doit en manger, bien sûr!... Si on lui ouvrait le ventre, je parie qu'on en trouverait dans ses boyaux!

— Oui! le juif aime l'or! reprit le prévôt. J'ai pensé cela comme toi! et c'est là-dessus que je me suis basé pour en arriver à trouver un indice quelconque. « Un israélite, ai-je pensé, n'abandonne pas sa maison pleine sans y revenir, fût-ce au risque d'être écorché vif. » Malheureusement un long temps s'était écoulé depuis la fuite d'Isaac, et j'avais tout lieu de supposer que le vieux drôle était déjà revenu au bercail, afin d'enlever les trésors qu'il y avait forcément abandonnés.

— La supposition était parfaitement juste, fit Fanferdieu avec un hochement de tête approbatif.

— Malgré cela, poursuivit M. de Montigny, j'ai pris e chemin de la rue Saint-Jacques. Mais quel fut mon désappointement en m'apercevant que l'échoppe du changeur avait été livrée aux flammes.

— En effet, reprit maître Gaétan, le lendemain même de la disparition de l'étudiant, le cabaret de Cramignole, la boutique de l'armurier Cognenbuche et la cassine de l'israélite ont été démolies et incendiées par ordre de Jean de Marle.

Le pauvre niais! s'exclama l'ex-prévôt en haussant les épaules; il ne sait pas le premier mot de son métier! Il fallait laisser tout parfaitement intact, au contraire; il fallait feindre d'avoir tout oublié!... Cramignole avait une femme et un enfant!... Il se serait hasardé à revenir au logis une nuit ou l'autre! Le juif avait son or, et cela l'eût infailliblement attiré, de même que l'aimant attire le fer!

— C'est ce que j'ai pensé, monseigneur, répondit Fanferdieu; mais en moi-même j'étais ravi de voir *notre* successeur aussi bête que cela, et je me suis frotté les mains en me disant: « On nous regrettera! »

Le prévôt se prit à sourire:

— Tandis que je considérais tristement les décombres noircis qui s'élevaient à la place de la maison du changeur, j'entendis un léger bruit de pas à une certaine distance. Je me dissimulai sous l'auvent d'une boutique voisine, et, peu après, je vis passer devant moi une vieille femme encapuchonnée dont l'allure me parut quelque peu suspecte... La vieille, après avoir regardé à droite et à gauche, pour bien s'assurer sans doute que nul ne la suivait, s'avança directement vers les ruines de l'échoppe. Voyant cela, elle se prit à hausser les épaules et laissa échapper un petit rire sardonique. Évidemment j'allais apprendre quelque chose. En effet, la vieille s'approcha des décombres, et tirant de dessous sa mante une orte dague, elle fouilla le sol avec une vigueur on ne peu moins féminine.

— Oh! oh! fit Fanferdieu grandement attentif, voici qui devient palpitant.

— Mais, poursuivit le prévôt, en ce moment une ronde de nuit déboucha par la rue des Thermes, la vieille se releva d'un bond et s'enfuit avec une rapidité telle que les sergents du guet n'eurent pas même le temps de l'apercevoir.

— Stupides sergents! grommela Fanferdieu; ils avaient bien besoin de venir là!... Ils veulent plaire au prévôt et ne font que des boulettes!

— Elle reviendra demain, pensé-je, continua Jean de Montigny; et je revins le lendemain dès que la nuit fut venue. Pour pouvoir espionner en toute liberté, je me cachai dans une énorme barrique défoncée, qui venait sans doute des caves de Cramignole. Mais j'attendis vainement la nuit tout entière. Le surlendemain, je revins encore à mon poste d'observation; rien encore.

— Maudite vieille! maugréa Fanferdieu, que diable faisait-elle donc?

— Pendant cinq nuits entières elle fut invisible!... Enfin, la sixième nuit, j'allais, découragé, abandonner ma cachette, lorsque vers une heure du matin à peu près je vis reparaître la rôdeuse mystérieuse

— C'est heureux! fit Gaétan avec satisfaction.

— Comme la première fois, elle se prit à poignarder le sol, puis, ayant déblayé la place, elle mit à découvert un gros anneau de fer, qu'elle saisit de ses deux mains. Elle put soulever alors une large pierre, et dans la cavité que cette pierre recouvrait, elle prit une énorme besace qu'elle se passa bien vite autour du cou. Cette besace était pleine d'or, je ne pouvais en douter; un bruissement métallique avait frappé mon oreille. De ce moment j'étais fixé: la vieille n'était autre que le juif Isaac.

— C'était clair comme le jour!

— Malgré la pesanteur de son fardeau, le juif s'enfuit alors avec une célérité merveilleuse. Je m'élançai hors de mon tonneau et je suivis mon homme. Il me sentait derrière lui sans doute, car, pendant près d'une heure, il erra par les rues comme une âme en peine. Mais je le serrais de près et ne le perdais pas de vue. Enfin, dans la rue Mouffetard, il s'arrêta exténué. Je m'arrêtai aussi et me cachai dans l'ombre. Il crut m'avoir dépisté et s'approcha d'une maison qui faisait face à la rue de l'Épée-de-Bois.

— Je connais l'endroit, interrompit Fanferdieu; c'est la maison Hantée, comme on l'appelle. Le diable habite là à ce qu'il paraît, car, la nuit, on entend parfois des bruit étranges, et des lueurs sinistres viennent éclairer les vitres. Depuis un temps infini, la masure est déserte, et nul ne se hasarderait à en franchir le seuil.

— Le juif l'a osé cependant! reprit M. de Montigny.

— En vérité! s'exclama l'autre. Après ça, les juifs, ça n'a pas peur du diable!... Ils sont tous à moitié sorciers et doivent s'entendre avec lui.

— Cela doit être, continua le prévôt, car le vieil Isaac a demeuré là jusqu'au point du jour, et, quand la trompette du guet royal a annoncé le lever du soleil et l'ouverture des portes, notre homme est sorti de la maison Maudite, non plus affublé de ses oripeaux féminins, mais bien travesti en ouvrier teinturier, ayant les bras verts jusqu'aux coudes et des vêtements multicolores. Sur son épaule il portait un fort paquet de laine, tout humide encore, au milieu duquel était caché sans nul doute son trésor de la rue Saint-Jacques ; d'un pas allègre, il gagna la porte Saint-Marcel et se dirigea vers les teinturiers du canal de Bièvre, comme s'il se rendait au travail.

— Vous le suiviez toujours ? demanda Gaétan.

— Certes !... Il passa devant les premières fabriques sans y entrer ; mais, lorsqu'il eut atteint la dernière de toutes, il s'arrêta. La porte de la teinturerie était close encore, car les ouvriers n'étaient pas encore à la besogne. Mon homme se mit alors à chantonner une espèce de refrain, et la porte s'ouvrit.

— C'était là la retraite de Buridan.

— Je le crus d'abord comme toi ; mais au bout d'un instant, je vis ressortir le vieux juif sous une nouvelle forme. Cette fois, il avait pris l'enveloppe parfaite d'un faiseur de charbon. Ses bras n'étaient plus verts, mais noirs comme de l'encre, et sa face même était toute barbouillée. Quant au lourd paquet de laine, il l'avait abandonné, et je reconnus sur son dos la besace de la veille. S'appuyant sur un gros bâton noueux, le charbonnier improvisé se remit en route, et je fis comme lui.

— Ah çà ! mais, s'exclama Fanferdieu, c'est donc le juif errant, que ce vieux gredin-là !

— Nous côtoyâmes tous deux la rivière pendant une grande heure. Enfin, nous laissâmes loin derrière nous le châtelet des Saules. J'étais mort de fatigue et je ne me traînais plus qu'avec une peine infinie.

— Je le crois bien ! vous n'aviez pas fermé l'œil de la nuit !

— Cependant, continua l'ex-prévôt, je ne perdais pas la piste, et mon regard était toujours braqué sur Isaac. Je vis ce dernier s'avancer vers une hutte de pêcheur qui s'élevait sur le bord de l'eau. Je crus d'abord qu'il allait s'y arrêter ; mais, en ce moment, il jeta un coup d'œil de mon côté et m'aperçut sans doute, car, doublant le pas aussitôt, il quitta le rivage et s'enfuit, avec une incroyable rapidité, dans la direction de la vieille forêt de Bièvre.

— Il avait le diable au corps, décidément, dit maître Gaétan.

— Le diable au corps ! tu l'as dit, reprit Jean de Montigny... Furieux de le voir ainsi m'échapper, je sentis toute ma fatigue disparaître, et, doué d'une nouvelle vigueur, je courus après le fuyard ! « Quand je devrais te pourchasser jusqu'au jour du jugement dernier, lui criai-je avec rage, je te pourchasserai, canaille, et je saurai trouver ton repaire ! » En entendant ces mots, le juif, au lieu de continuer à fuir, s'arrêta brusquement. Jetant sa besace à ses pieds, il se campa au beau milieu de la route, et, le bâton levé, il m'attendit de pied ferme. Je pensais avoir bon marché de ce chétif vieillard ; je tirai mon épée, et je m'élançai vers lui. Après une lutte de quelques instants, mon épée volait en éclats, et le bâton noueux de mon adversaire s'abattait sur mon front et m'étendait sur le sol sans mouvement et presque sans vie.

— Ah ! trippes du diable ! s'exclama Fanferdieu.

— Le juif me crut mort. Le fait est qu'il pouvait s'y tromper. J'avais la tête fendue, et, de la plaie béante, mon sang coulait à gros bouillons !

Le bandit me traîna alors jusque dans la forêt, et là, dans un épais taillis, sous les ronces et le lierre, il cacha mon cadavre et poursuivit sa route. Pendant un long temps, je demeurai sans connaissance ; le lendemain seulement, au point du jour, je revins à moi !... A grand'peine, je me débarrassai du monceau de broussailles et de feuilles mortes sous lesquelles mon assassin m'avait enterré... J'essayai alors de me lever et d'appeler au secours... mais je n'en eus pas la force ; ma voix expira sur mes lèvres et je retombai sur le sol en gémissant. Lorsque je parvins enfin à me traîner hors de la sombre forêt, le soir était déjà venu. Après avoir suivi en rampant la lisière de ces bois qui avaient failli devenir mon dernier asile, il me sembla apercevoir au loin une grande ombre blanchâtre qu'éclairaient fantastiquement les rayons de la lune. Je me sentais mourir, je poussai une plainte désespérée, et, par miracle, ma plainte fut entendue. La grande ombre vint à moi. C'était un pieux solitaire dont l'ermitage était proche. Le digne vieillard me prit entre ses bras et me porta dans sa pauvre retraite. Bien que privé de la vue, il prit soin de moi et me sauva.

— Parbleu ! voilà un saint homme ! s'écria Fanferdieu, et vous lui devez une fière chandelle !

— Ma guérison fut lente !

— Ça se comprend ! une tête fendue en deux, ça ne se raccommode pas aisément.

— Depuis quelques jours seulement, continua le prévôt, je suis sur pieds ! Hier, à la nuit tombante, je pris congé de mon sauveur. A peine avais-je quitté l'ermitage, que je vis deux hommes sortir de la forêt. Dans la crainte de quelque danger, je me blottis bien vite derrière un arbre et je demeurai immobile !... Les deux hommes se dirigèrent alors vers la demeure du vieillard, et, dans l'un de ces hommes, je reconnus l'hôtelier de la rue Saint-Jacques. L'autre m'était inconnu.

— L'hôtelier ! répéta Fanferdieu.

— Oui, le Normand Cramignole ! le complice du juif et de l'étudiant ! lorsqu'ils eurent franchi le seuil de l'ermitage, je me glissai furtivement jusqu'à la porte qu'ils avaient pris soin de refermer sur eux. Alors, j'entendis le Normand demander au vieil ermite s'il consentirait à donner le baptême à deux frères jumeaux. — « Quels sont ces enfants ? » interrogea le vieillard. — « On ne peut vous le dire. » lui fut-il répondu. — « Où dois-je me rendre pour les baptiser ? » — « Vous ne pouvez le savoir, répliqua le compagnon de Cramignole. Si vous acquiescez à notre requête, demain nous reviendrons céans et nous conduirons vos pas jusqu'à notre retraite. » — « Vous savez donc que je suis aveugle ! » — « Nous le savons ! sans quoi nous ne serions pas venus à vous. » — « Qu'il soit donc fait selon votre désir ! repartit le vieillard. Demain, je vous attendrai ! » Les deux hommes s'éloignèrent et rentrèrent sous bois sans m'avoir aperçu. Quant à moi, dès qu'ils furent à une centaine de pas, je vins retrouver l'ermite et le conjurai de me laisser prendre sa place dans la cérémonie du lendemain.

— Et il a consenti ? interrogea Fanferdieu.

— Non ! répondit Jean de Montigny en passant la main sur son front. Non ! il a refusé !

— Refusé ?

— Oui ! murmura le prévôt d'une voix étouffée.

Après avoir silencieusement considéré son ancien maître durant quelques instants :

— Je comprends ! dit Fanferdieu, l'ermite n'est plus de ce monde ?

— C'est infâme, ce que j'ai fait !... reprit Jean de Montigny.

— Oh ! mon Dieu ! nécessité n'a pas de loi ! répliqua Gaétan d'un air dégagé. Un ermite vous gêne, vous supprimez l'ermite !... Il n'avait qu'à vous laisser de bonne volonté baptiser les deux mioches à sa place !

— Je l'ai prié !... supplié !.. Il a été inflexible ! Mais c'est horrible !... c'est horrible !... car il m'avait sauvé, lui !

— Le fait est que c'est une vilaine manière de payer ses bons offices ! Mais bast ! à la guerre comme à la guerre ! Pour en arriver à ses fins, si l'on reculait devant quelques gouttes de sang, on ne ferait jamais rien de bon !

— Tu as raison ! repartit le prévôt. Au diable le remords ! Ce n'est pas moi qui l'ai tué, après tout, c'est la destinée !

— Parbleu !... Et vous avez alors endossé sa robe de bure ?....

— Oui !... Et j'ai osé attacher sur mon front sa longue chevelure blanche !... J'ai osé cacher mes traits sous sa barbe vénérable. J'ai osé enfin commettre un dernier crime, un dernier sacrilège en baptisant sous son nom les deux fils de Buridan et de Geneviève !

— Eh quoi ! s'exclama Fanferdieu, Geneviève Gerbaut ! la femme de l'étudiant ! On la disait noyée !... En voilà des nouvelles ! Que le diable me brûle, si je m'attendais à apprendre tout cela ce soir !

— Patience ! ce n'est pas tout !

— Alors, reprit Fanferdieu avec admiration, vous avez pu jouer votre rôle de bénisseur jusqu'au bout ! Ce n'est pas pour dire, poursuivit-il en éclatant de rire, mais voilà deux jeunes moutards qui peuvent se vanter d'être crânement bien baptisés ! Et personne ne s'est aperçu de la supercherie ?

— Personne ! Ils ne se doutent de rien, et je les tiens tous !... Oui, Buridan est maintenant en mon pouvoir, ainsi que tous les siens !

— Tous les siens ! s'est-il donc fait chef de routiers ?

— Chef de routiers ? mieux que cela !

— Mieux que cela ? que voulez-vous dire ?

— Jean Buridan est présentement chef d'une bande de faux-monnayeurs.

— Jean Buridan ! l'étudiant de Sorbonne ! s'écria Fanferdieu au comble de la stupéfaction.

— Jean Buridan ! l'écolier de Sorbonne ! répondit l'ex-prévôt.

— Trippes du diable ! vous disiez vrai, monseigneur ! voici qui est assurément plus étrange que tout le reste. L'étudiant, à ce que je puis voir, continue l'estimable commerce d'Olivier d'Orgemont bouilli, il y a dix-huit mois, pour crime de fausse monnaie.

— Cela doit être... La bande de Buridan est évidemment celle du vieux renard dont tu parles.

— Et vous dites, monseigneur, que cette bande va tomber en votre pouvoir ?

— J'en suis sûr !

— Expliquez-vous.

— Le quartier général de cette armée de réprouvés se trouve au sein même de la forêt de Bièvre, dans les ruines séculaires de l'Abbaye-aux-Bois. Or, dans ces ruines, c'est la nuit seulement que ces démons se livrent à leur coupable industrie. Là, dès que le monde entier repose et sommeille, tout cet enfer s'anime ! Les fournaises s'allument... les creusets se remplissent !... les métaux vils se parent des livrées étincelantes de l'or pur !... Les moules reçoivent la fonte, et l'œuvre ténébreuse s'accomplit... Mais, dès que le soleil se lève, tout se tait à l'Abbaye-aux-Bois, l'or faux s'entasse dans les sacoches, et les bandits quittent leurs ruines sombres pour répandre par la ville le produit de leur infâme labeur !

— C'est donc la nuit qu'il faut surprendre toute la bande, interrompit Fanferdieu.

— Non ! répondit le prévôt en souriant ; nous ne pénétrerons dans les ruines que lorsque le jour sera venu.

— Mais nous ne trouverons plus personne ?

— Nous trouverons Geneviève et ses enfants.

— Geneviève et ses enfants !... Ah ! ah ! je commence à comprendre !... Nous nous emparons de la mère et des mioches, et par eux, nous attirons peu après Buridan et les autres.

— Tu as deviné, mon compère !

— Et c'est à nous deux seulement que nous exécuterons cette triple soustraction !

— A nous deux seulement ! je ne veux mettre personne dans le secret, et pour cause !

— C'est plus prudent !

— Ne penses-tu pas que nous soyons de force à venir à bout d'une femme et de deux enfants nouveau-nés ?

— Si, pardieu !... le tout est de savoir si Buridan ou quelque autre de sa clique ne reste pas d'ordinaire à veiller sur eux !

— S'il en est ainsi, nous attendrons ! Il adviendra forcément un moment où nous les trouverons seuls !

— C'est juste !

— Et puis, s'il ne s'agit que d'un ou deux coups de dague à octroyer, nous les octroierons !

— Ouais ! si c'est à Buridan que nous avons affaire, ce sera moins aisé que vous ne pensez ! L'étudiant est un rude jouteur, et de plus habiles que nous n'ont pu en venir à bout !

— Buridan est terrible quand on l'attaque en face !... mais, frappé en traître, il tombera comme tout autre !

— Vous raisonnez à vous seul comme les sept sages de la Grèce, monseigneur, et tout résolûment, je réponds du succès !

Durant cet important entretien, les deux hommes avaient traversé le Pont-aux-Changeurs.

Ils gagnèrent d'un pas rapide la rue Saint-Denis, et ne s'arrêtèrent en leur course nocturne que lorsqu'ils furent à la hauteur de la rue des Lombards.

— Où diantre, monseigneur, courons-nous de la sorte ? demanda enfin Fanferdieu.

— Tu vas le savoir !

VI. — LE PAVILLON MYSTÉRIEUX DE LA RUE DE LA FERRONNERIE.

Le prévôt reprit bientôt :

— Nous nous rendons chez Jacques d'Aunay !

— Jacques d'Aunay !

— Oui ! l'époux de ma fille. Il m'est dévoué, et je puis, sans crainte de refus, lui demander l'hospitalité pour toi et pour moi jusqu'au point du jour !

Désignant à Fanferdieu une petite maisonnette toute simple et toute modeste :

— C'est ici, dit-il.

— Cette humble demeure ? fit l'autre étonné.

— Oui ! tous deux ont horreur du luxe et de l'éclat ! Ils ont toujours voulu vivre loin du bruit de la cour, et les fêtes somptueuses du Louvre n'ont jamais pu les attirer !... Bien leur en a pris ! Grâce à leur obscurité, ils ont pu éviter le contre-coup de ma disgrâce.

Ce disant, il frappa du heurtoir contre la porte du petit hôtel.

Un guichet s'ouvrit dans ladite porte, comme c'était l'usage alors, et la face hébétée d'une servante aux trois quarts endormie apparut à l'ouverture.

— Qui est là ? demanda-t-elle.

— Ouvrez, Maritorne ! répondit le prévôt d'un ton impérieux.

Mais la servante ne se hâta pas d'obéir à cet ordre.

— Par le diable ! reprit Jean de Montigny en se démasquant, reconnais-moi, coquine, et ne me laisse pas ainsi morfondre dans la rue !

Maritorne avança sa lanterne, dont la lumière tomba en pleine figure sur le visage du prévôt.

— Bonne Sainte Vierge ! s'exclama la servante. Est-ce bien vous, messire de Montigny, ou n'est-ce que votre ombre ?

— C'est moi, sangdieu ! Ouvre donc, grosse brute, ou je te fais chasser sur l'heure !

L'huis roula enfin sur ses gonds.

Le prévôt et Fanferdieu furent introduits dans le petit hôtel.

— Seigneur d'Aunay !... Dame Isaurine ! cria Maritorne, toute effarée. C'est monsieur de Montigny !... c'est votre père !

Jacques d'Aunay et son épouse accoururent promptement aux cris de la servante.

Seuls avec Fanferdieu, peut-être, les deux jeunes gens avaient déploré l'incarcération du prévôt, et, comme tout le monde, ils ignoraient sa mise en liberté.

A son aspect, ils semblèrent non moins surpris que la grosse servante, et poussèrent tous deux une exclamation involontaire.

— Oui ! c'est moi ! c'est bien moi ! dit Jean de Montigny sans attendre que les deux jeunes époux l'interrogeassent. Le roi m'a fait grâce.

— Libre ! vous êtes libre, mon père ! s'écria Isaurine au comble de la joie. Ah ! que Dieu soit béni ! il a exaucé enfin mes ardentes prières !

— Il a exaucé les miennes aussi, messire ! reprit à son tour Jacques d'Aunay. Votre malheur a fait couler nos larmes bien souvent !

Le prévôt prit la main du jeune homme et déposa un baiser sur le front d'Isaurine.

— Vous êtes tous deux de braves cœurs ! dit-il ensuite. Réjouissez-vous donc, car avec ma liberté, je recouvrerai bientôt mon ancienne opulence et toute ma puissance !

— Ah ! mon père, dit la jeune femme avec tristesse. Votre opulence!... En avez-vous besoin? partagez avec nous notre modeste aisance et renoncez à ces dangereux honneurs qui durant si longtemps vous ont séparé de nous!

— C'est impossible, enfant! répliqua Jean de Montigny. Il faut que je rentre à la prévôté la tête haute. Mes ennemis ont été trop heureux de ma chute. Il me faut une revanche, et de par Dieu, je l'aurai!

— Mon père! supplia Isaurine.

— N'insiste pas, enfant! Nulle voix humaine ne saurait être assez éloquente pour me détourner de mes projets!... Les soldats désertent-ils au moment du combat? Eh bien! la chose publique, c'est notre champ de bataille, à nous autres magistrats, et quand une fois nous avons pris part à cette lutte incessante, nul ne saurait nous faire retourner en arrière!... Nous sommes blessés parfois dans la bagarre, comme je viens de l'être, moi!... Mais aussitôt guéris, nous revenons à la charge, plus furieux, plus acharnés que jamais!

— Ah! mon père! murmura doucement la jeune femme, vous auriez été si heureux près de nous!... Nous vous aurions entouré de soins et d'amour. En cette calme retraite, vous auriez oublié les soucis, les durs labeurs de votre vie passée!... Ah! que ne puis-je vous convaincre! Fasse le ciel que vous ne vous repentiez pas un jour d'avoir de nouveau rivé à votre existence la lourde chaîne du pouvoir!

— J'ai cinquante ans passés, ma chère Isaurine, répliqua le prévôt d'un ton railleur, à mon âge, l'avenir, c'est le présent!... N'insiste donc plus, te dis-je, et de tout cela qu'il ne soit plus parlé!

La jeune femme étouffa un soupir et baissa la tête.

— Sur ce, reprit Jean de Montigny, causons de choses plus urgentes.

— Je vous écoute, mon père.

— Si j'ai bonne mémoire, au fond du jardinet attenant à cet hôtel, il existait jadis un petit pavillon isolé.

— C'est là que ma mère a rendu le dernier soupir, dit Isaurine avec des larmes dans la voix.

— Je l'avais oublié! murmura le prévôt d'un ton indifférent.

Peu après, il continua :

— Ce pavillon existe-t-il encore?

— Toujours!... Tel il était lorsque mourut ma mère, tel il est aujourd'hui : c'est une retraite sacrée pour moi, et je m'y rends chaque jour pour m'agenouiller et prier!

— La prière est une douce chose, et je ne puis qu'approuver ta piété, ma chère enfant, répliqua Jean de Montigny d'un ton qui semblait démentir étrangement ses paroles; toutefois, ma belle, il te faudra pendant un ou deux jours, trois ou quatre, peut-être, choisir un autre oratoire!... car ce pavillon, j'ai besoin de l'avoir à ma disposition dès ce soir. Je l'habiterai jusqu'à nouvel ordre avec maître Gaétan Fanferdieu, l'un de mes fidèles d'autrefois et mon meilleur serviteur.

Le susdit Fanferdieu, durant l'entretien du prévôt avec sa fille et son gendre, avait mis le temps à profit en lançant à la grosse servante quelques œillades amoureuses.

Le coquin trouvait Maritorne tout à fait de son goût.

— Superbe gaillarde! se disait-il à part lui. Elle est dodue comme une loche, rouge comme un coq, et c'est ce que j'aime! Sans compter qu'elle a des pieds énormes et des mains comme des battoirs! C'est bien la femme que j'ai rêvée!

C'est au beau milieu de ces réflexions que le drôle avait entendu prononcer son nom.

Quittant vivement des yeux l'objet de ses désirs, il fit un salut profond à Jacques d'Aunay et à son épouse, et leur adressa ensuite un sourire qu'il crut le plus gracieux du monde et qui n'était que grotesque.

Isaurine, à l'aspect de l'ignoble drôle, ne put retenir un mouvement de répulsion et de dégoût.

Se remettant promptement :

— Maritorne, dit-elle à la servante, allez tout disposer dans le pavillon du jardin.

— Tu auras soin, je te prie, ajouta le prévôt en se retournant vers la grosse fille, de me préparer une légère collation.

— Prenant la main de son gendre :

— Vous ne m'en voulez pas, mon cher Jacques, de donner des ordres céans?

— Chez ses enfants, un père n'est-il pas chez lui? répondit le jeune homme avec déférence.

— Mille grâces! je n'attendais pas moins de votre urbanité.

Allant à Fanferdieu et lui frappant sur l'épaule :

— Va aider cette fille en ses préparatifs. La besogne ira plus vite et nous reposerons plus tôt!

Comme bien on pense, Fanferdieu ne se fit pas prier pour accompagner la servante.

Quand ils revinrent tous deux annoncer que tout était disposé dans le pavillon pour recevoir monseigneur Jean de Montigny, l'affreux drôle avait un petit air vainqueur qui prouvait aisément que la belle n'était pas positivement une vertu bien farouche et qu'elle avait écouté, sans trop se gendarmer, la première déclaration du soudard amoureux.

Le fait est que lorsque le prévôt et son fidèle Achate eurent pris congé des deux jeunes époux, Maritorne suivit longtemps de l'œil l'habitué du *Lapin blanc*, tout en murmurant :

Le prévôt de Paris dans le pavillon de la rue de la Ferronnerie. (Voir la 15e livraison.)

— Il est vraiment aimable, ce monsieur Fanferdieu, et ses manières sont tout à fait celles d'un seigneur de la cour !

On voit que la brave fille était déjà aveuglée par l'Amour, ou bien elle était encore à moitié endormie.

En quelques secondes, le prévôt et son digne policier eurent atteint le pavillon qui devait leur servir de gîte.

Ils en franchirent le seuil et s'enfermèrent à double tour.

Ceci fait, Jean de Montigny se dirigea vers la dernière pièce du logis, laquelle lui était destinée.

C'était la chambre même dans laquelle la dame de Montigny, son épouse, avait trépassé.

Depuis ce jour, deux années entières s'étaient écoulées, et cependant, ainsi que l'avait dit Isaurine, tout était encore dans le même état.

Le lit, le prie-dieu, les autres meubles avaient été laissés à la même place.

La dame de Montigny semblait être demeurée, elle aussi, en ce retrait qu'elle avait tant aimé, car son portrait en pied couvrait l'un des panneaux de la muraille, et ce portrait, peint par un des plus habiles artistes de l'époque, reproduisait les traits de la défunte avec une fidélité telle que cette image avait toutes les apparences de la vie.

Le prévôt ne jeta pas même un regard sur cette merveilleuse peinture.

Faisant signe à Fanferdieu de prendre la lampe et de l'éclairer, il marcha vers le fond de la chambre et souleva une épaisse tenture qui couvrait la muraille depuis le plafond jusqu'au plancher.

La tenture écartée mit alors à découvert une porte basse, dont les ais massifs étaient cuirassés de larges lames de fer.

— Sang et tonnerre ! cria Jean de Montigny après avoir jeté les yeux sur la serrure, laquelle était bien et dûment fermée à double tour, la clef n'y est pas !

Mais se frappant le front :

— Je me rappelle ! dit-il.

Il courut au portrait.

Malgré lui, en se retrouvant face à face avec l'image de celle qui avait été son épouse, il tressaillit.

Mais ce ne fut qu'un éclair.

Il pressa un ressort, et le portrait se souleva à moitié.

Dans une petite cachette pratiquée dans le panneau, se trouvait un trousseau de clefs.

Il en détacha une.

C'était celle de la porte basse.

Rejetant les autres, il fit jouer de nouveau le ressort secret et le portrait reprit sa place primitive.

Jean de Montigny mit la clef dans la serrure.

Non sans difficulté la lourde porte s'ouvrit.

Étonné, Fanferdieu reconnut que cette issue donnait sur une rue sombre.

C'était la rue de la Ferronnerie.

Cette rue, que l'attentat de Ravaillac devait rendre, au seizième siècle, sinistrement célèbre, était, à l'époque de notre récit, à peu près ignorée.

Elle datait cependant du règne de saint Louis, lequel avait permis à de pauvres brocanteurs d'occuper quelques places le long du charnier des Innocents. Ces marchands ne vendaient, pour la plupart, que de vieilles ferrailles. De là le nom de la Ferronnerie donné à cette rue.

— Quel est ce passage noir? demanda Fanferdieu.

Le prévôt le lui dit.

— Fort bien, reprit le policier; de cette façon, nous pourrons entrer et sortir sans passer par l'autre corps de logis.

— Justement, mon compère.

— Voilà qui est parfait; sans être inquiétés, nous amènerons ici la mère et les moutards.

— Tu l'as dit!

— Mais, objecta le coquin, si le sire d'Aunay ou son épouse s'aperçoivent de leur présence?

— Ne t'inquiète de rien. Geneviève et ses fils ne demeureront ici que quelques heures.

— Et de cette demeure où les mènerons-nous?

— Au Châtelet.

— Au Châtelet!... c'est juste, et nous serons sûrs qu'ils ne s'en échapperont pas. Nous veillerons sur eux nous-mêmes.

— Et nous veillerons bien, je te le jure!

Le Prévot avait refermé la porte de la rue de la Ferronnerie.

Il vint s'attabler devant la collation qu'il avait commandée lui-même.

— Vous avez faim, monseigneur? demanda Fanferdieu.

Et, tout en faisant cette question insidieuse, il regardait d'un œil de convoitise une splendide volaille froide et deux jambonneaux fumés qui avaient la mine la plus appétissante du monde.

Jean de Montigny ne répondit pas tout d'abord à l'interrogation.

— Ventre affamé n'a pas d'oreille! grommela le policier d'un air piteux. Le proverbe dit vrai.

Mais il ne se tint pas pour battu.

— Monseigneur, reprit-il, vous devez avoir un appétit d'enfer?

Le prévôt leva les yeux sur le drôle et se prit à sourire.

— Et toi? dit-il.

— Moi! répliqua l'autre en feignant l'indifférence. Oh! mon Dieu, ce n'est pas que j'aie faim positivement; car j'ai bu pas mal ce soir; mais, sans façon, je grignoterais bien tout de même quelques os de volaille!... histoire de vous tenir compagnie, monseigneur, ajouta le grand diable en s'inclinant respectueusement devant son ancien maître.

— Allons, prends une escabelle et assieds-toi!

— Quoi! Votre Seigneurie daignerait m'admettre à sa table? Oh! je ne suis pas digne d'un tel honneur!

Mais, tout en parlant, Fanferdieu avait pris un siége et s'était installé en face du prévôt.

— Quel morceau préfères-tu, mon drôle? demanda ce dernier.

— Si ça vous est égal, je choisirai le croupion... j'ai un faible pour le bonnet d'évêque!

Le prévôt mit sur l'assiette de son convive le morceau demandé, orné de plusieurs autres.

Fanferdieu, en un rien de temps, eut tout engouti.

Après le poulet, un jambonneau y passa tout entier.

— Et tu n'avais pas faim! observa Jean de Montigny en se mettant à rire.

— Non! parole! répartit l'autre avec naïveté. Si je ne vous avais pas vu à table, je n'aurais pas songé à manger!... Du reste, ce que j'en ai fait...

— C'était pour me tenir compagnie, je sais.

— Oui, d'abord!... mais c'était aussi pour aiguiser un peu ma soif!

— Diantre! fit le prévôt, en fait de soif, tu rendrais des points à Tantale. Je t'ai vu à l'œuvre, estimable soulard!

— Quoi! parce que j'ai vidé un broc au *Lapin Blanc?* Ah! monseigneur, j'en ai vidé bien d'autres!... Tel que vous me voyez, je jauge une feuillette!

— Eh bien, dit Jean de Montigny, prends ce dernier flacon et laisse-moi reposer; mais songe au point du jour à être sur pied.

— Monseigneur peut compter sur moi.

— Au surplus, je te réveillerai, va!

— Oh! monseigneur n'aura pas cette peine!... J'aurais beau vider en une nuit toutes les barriques de la rue de la Tonnellerie, cela ne me ferait pas être en retard pour une affaire sérieuse!... On est homme ou on ne l'est pas, voilà mon opinion.

Ce disant, il fit quelques pas vers la porte; mais, revenant vivement sur ses pas :

— Ah! per Bacco! et mon flacon que j'oubliais!... Monseigneur, je vous souhaite toute espèce de doux songes et à moi aussi!

Il sortit de la chambre du prévôt, et se jeta sur le lit dressé pour lui dans la première pièce.

Après avoir longtemps hésité, il se décida à ne pas vider son flacon avant de s'endormir :

— Il faut garder une poire pour la soif! se dit-il, en plaçant son vin auprès de son lit.

Sur ce, il ferma les yeux en murmurant :

— Ah! Maritorne! Maritorne! vous êtes une adorable créature, ma mie, et, sur ma foi, il suffit d'un mot de vous pour que ce beau nom de Fanferdieu ne s'éteigne pas avec moi!

Dès que son confident se fut éloigné, le prévôt se leva de table.

— Allons, dit-il, sommeillons... La fatigue m'accable et mes yeux se ferment malgré moi.

Il se dirigea vers sa couche.

Mais, au moment de s'étendre dessus :

— C'est là qu'est morte celle qui, durant vingt ans, fut ma compagne! murmura-t-il.

Et machinalement il se recula.

— En vérité, reprit-il, je crois que j'ai peur!... Peur!... et de quoi donc?... des morts?... Les vivants sont seuls à craindre.

Surmontant sa faiblesse, il se jeta sur le lit.

Le portrait se trouvait juste en face de lui, et la lumière tremblottante de la lampe, donnant en plein sur le tableau, semblait l'animer et le faire vivre.

Le prévôt quitta sa couche.

— Je ne pourrai dormir là, dit-il.

Il s'étendit dans un fauteuil et tenta de fermer les yeux.

Mais le sommeil fuyait sa paupière.

Et fatalement le regard de Jean de Montigny se reportait toujours sur le fantastique tableau.

Alors, il tourna franchement la tête vers le portrait, et, comme si cette peinture eût été, non pas l'image de son épouse, mais son épouse elle-même, il lui parla ainsi :

— Adrienne, que veux-tu? Pourquoi tes yeux semblent-ils s'arrêter sur les miens avec menace?... Pourquoi tes lèvres semblent-elles s'entr'ouvrir pour me jeter à la face de durs réproches et des paroles amères?... Ne sais-tu donc pas, toi qui sais tout aujourd'hui, ne sais-tu pas que tout ce que j'ai fait jusqu'à ce jour, j'ai dû le faire?... Oui! oui! poursuivit le prévôt, j'ai été poussé en avant par une volonté plus forte que la mienne! j'ai suivi l'impulsion, voilà tout!...

Se levant brusquement, il poursuivit, en s'approchant plus encore de l'image d'Adrienne :

— Non, femme!... non! je ne suis pas coupable... Durant les quelques mois que j'ai siégé sous le dais fleurdelisé du Châtelet, j'ai condamné souvent, c'est vrai!... j'ai livré à la torture, au supplice, à la mort, bien des pauvres gens qui n'avaient pas fait grand mal, et qui, bien évidemment, étaient moins criminels que nombre de gentilshommes qui dînaient à ma table et me serraient la main... mais il me fallait agir ainsi!... Un prévôt de Paris est fait pour punir... à tort ou à raison. Qu'importe!... Qu'il punisse d'abord... qu'il peuple Montfaucon, qu'il entasse les prisonniers dans les cachots!... Si le gibet existe, cela est indispensable! si les piloris et les échelles se dressent à tous les carrefours, c'est pour pendre, c'est pour exposer les criminels!... Si la croix du Trahoir s'élève rue Saint-Honoré, est-ce pour orner la ville?... Non, c'est pour marquer la place où l'on tire à quatre chevaux les canailles qui ont mérité ce supplice!... Si les bûchers s'allument au marché aux Pourceaux, c'est pour brûler les hérétiques!... Si le Louvre, Vincennes et tous les palais royaux ont leurs tours et leurs basses-fosses, est-ce donc pour rien?... Est-ce donc pour rien, enfin, que le Châtelet renferme en ses flancs tout son attirail de tortures, toute son armée de tourmenteurs?... Non! non! continua le prévôt avec une sorte de fièvre, tout cela a été créé pour servir!... Tout cela sert! Ce que j'ai fait, les autres l'ont fait avant moi... Ceux qui me succéderont le feront encore!

Retombant sur son fauteuil, Jean de Montigny poursuivit d'une voix sourde :

— Cependant, que de supplices injustes! Que de sang versé qui n'aurait pas dû l'être!... Que de morts inutiles!

Après un temps, le prévôt reprit en changeant de ton :

— Philippe IV me donnait l'exemple! Je l'ai pris pour modèle... Je devais le prendre : c'était le roi!... Si quelqu'un est coupable, c'est donc lui seul et non pas moi!

Ces derniers mots, proférés à voix haute, réveillèrent Fanferdieu, endormi dans la chambre voisine.

— Je crois, le diable m'enlève, pensa celui-ci, que ce cher prévôt de mon cœur est poursuivi par quelque méchant cauchemar!... Ce sont peut-être les spectres de ceux qu'il a fait pendre, écarteler, rouer ou bouillir, qui viennent lui faire visite pendant son sommeil! Que dis-je? c'est peut-être le vieil ermite de la forêt qui lui chatouille la plante des pieds!... Ce que c'est que d'avoir quelque chose à se reprocher, pourtant! poursuivit le coquin en refermant les yeux. Ainsi, moi, je suis pur comme l'enfant qui tette! J'ai tué dans le temps, c'est vrai;

mais c'était pour voler!... J'ai dénoncé plus tard mes anciens complices!... c'est encore vrai; mais c'était pour les faire pendre!... Ah! fit l'immonde chenapan, en s'étirant avec délices, on est heureux d'être honnête homme!

Comme si quelque invisible contradicteur l'eût apostrophé, il reprit en appuyant sur ces mots :

— Oui, sangdieu! je suis un honnête homme!... Tout ce que j'ai fait jadis, je devais le faire!... Quant à ce que j'ai fabriqué une fois que j'ai été au service de messire de Montigny, je m'en lave les mains! le prévôt de Paris était mon chef, et c'est lui qui est responsable de tout!

Comme on le voit, Fanferdieu rejetait ses coquineries sur le prévôt, comme le prévôt avait rejeté ses lâchetés sur le roi.

Quant à ce dernier, sur qui rejetait-il ses crimes? Sur Satan, sans doute, son chef suprême!

En haut, en bas, tous les hommes se ressemblent!

Et c'est tant pis!

Car ce sont de vilains animaux!

Quoi qu'il en soit, maître Fanferdieu se disposa à reprendre son somme interrompu.

Mais, se ravisant soudain :

— Avant de retourner à Morphée, soyons poli avec Bacchus! Il faut avoir des égards pour tout le monde.

Il étendit le bras, prit son flacon et but à même.

Quand il le retira de ses lèvres, il était vide.

— Ouf! fit alors le chenapan en donnant un dernier baiser à sa fiole bien-aimée, c'est une sublime chose que le vin!... Si je n'étais moi, je voudrais être tonneau!

Là-dessus, il s'endormit en murmurant, avec la meilleure foi du monde :

— C'est égal, je serais bien malheureux si je n'avais pas la conscience tranquille!... Cela m'empêcherait de boire et d'aimer!... Et c'est si doux de boire, lorsque le vin est bon!... C'est si doux d'aimer, lorsque celle qu'on aime est une gaillarde comme Maritorne!

Le prévôt, lui aussi, finit par s'endormir.

Mais son sommeil était agité, pénible, fiévreux.

Il rêvait.

Et, dans son rêve, il lui semblait que le portrait d'Adrienne de Montigny se détachait de son cadre et s'avançait jusqu'auprès du fauteuil où il reposait.

Il essayait de chasser cette vision...

Mais son corps demeurait inerte, et il lui était impossible de faire un seul mouvement, un seul geste.

Alors, en son imagination, il vit l'image droite devant lui, entr'ouvrir les lèvres comme pour parler.

En effet, il crut entendre, ou mieux il entendit réellement en son rêve des paroles que disait la morte et qui arrivaient à son oreille comme le murmure plaintif d'une harpe éolienne :

« Jean de Montigny, le Seigneur, en sa toute-puissance, vient d'animer l'image de celle qui fut ta compagne et qui t'aima jusqu'à son dernier jour d'une immuable tendresse! Si Dieu a fait ce miracle, c'est pour te dire, ami, de te repentir et de penser au jour du jugement! »

Le prévôt de Paris répondit d'une voix altérée :

— Me repentir!... il est trop tard!

Mais l'image fantastique reprit la parole :

« Il est toujours temps de demander au ciel le pardon de ses crimes! Il est toujours temps d'expier les fautes de sa vie passée, en renonçant à commettre de nouveaux crimes... N'exécute pas le plan infâme que tu projettes... Laisse à Jean Buridan ses enfants et son épouse... et Dieu te recevra en son sein!... C'est Dieu qui te parlait par la voix d'Isaurine, l'unique fruit de notre amour, lorsque la douce enfant te conjurait de renoncer à tout jamais à la prévôté! Je viens te conjurer à mon tour!... Au nom du ciel, n'accomplis pas tes projets! »

— C'est impossible!... impossible! murmura le prévôt, qui faisait d'effroyables efforts pour faire cesser ce terrible rêve.

« Ne tente pas de repousser le fantôme qui te parle, reprit l'image d'Adrienne. Je ne suis pas une vaine apparition créée par ton esprit enfiévré. Non! je suis sortie du monde des esprits pour t'empêcher de vider jusqu'à la lie la coupe criminelle où tu as bu tant de fois à longs traits!... Ma tendresse pour toi a survécu au delà de la tombe, malgré toutes tes cruautés et tout le sang que tu as versé!... Entends ma voix! »

Mais Jean de Montigny résistait toujours :

« Rappelle-toi, continua la vision d'une voix adorablement mélodieuse, rappelle-toi nos premières années, nos premières amours!... Alors j'étais tout pour toi!... mais un jour... jour fatal!... l'ambition vint prendre en ton cœur la place de ta tendresse!... Tu courus les honneurs... tu ne rêvas plus que le pouvoir suprême, et tu oublias ton épouse... tu n'aimas plus ton enfant!... Je mourus de désespoir, et tu me vis d'un œil froid jeter dans le cercueil!... Ce jour même, le roi t'appela à la prévôté de Paris, et ce jour même, chose inique! pour signaler ton avénement, tu fis rouer sous tes yeux, sur la place du Châtelet, treize hommes, dont le seul crime était de ne pas avoir ôté leurs bonnets sur ton passage. Treize! et tous sont morts!... Et parmi eux il y avait des vieillards et de jeunes enfants!... Treize! chiffre fatal qui t'a porté malheur, car, chaque jour, ta main a signé quelque nouvel arrêt de mort!... Et le peuple t'a maudit, et ton nom est devenu odieux à tous!... Jean de Montigny!

continua la vision avec prière, pour la dernière fois, je te supplie et t'adjure de ne pas retourner à l'Abbaye-aux-Bois ! »

Mais, en ce moment, le jour parut, le chant du coq retentit sous les fenêtres du pavillon, et le prévôt se réveilla en sursaut.

Il jeta un regard effaré vers la place où s'était tenu l'apparition.

— Elle n'est plus là ! dit-il en respirant; c'était un rêve !

Puis il porta les yeux sur le tableau.

Il était bien tel qu'il l'avait vu avant de s'endormir.

Mais les dernières lueurs de la lampe qui se mourait, semblaient donner encore à la fantastique peinture une apparence de vie.

Brusquement alors Jean de Montigny éteignit la lampe, et la chambre de la morte ne fut plus éclairée que par les pâles lueurs de l'aube matinale.

— Stupide chose que les rêves ! s'écria le prévôt avec colère, en courant à la chambre de Fanferdieu.

— Allons, dit-il en secouant le dormeur, debout, mon compère, le jour est levé, il est temps de nous mettre en route !

Maître Gaétan fut sur pied en une seconde.

Comme il avait dormi tout habillé, sa toilette ne fut ni longue ni difficile à faire.

— Ouf! dit-il avec satisfaction, j'ai bien dormi !... je suis content de ma nuit !

— Tu es bien heureux, toi, répliqua le prévôt, je n'ai pu reposer, moi !... J'ai fait un rêve terrible !

Et le prévôt raconta à son compagnon le songe qui l'était venu agiter.

— Tout songe est mensonge ! reprit Fanferdieu d'un ton dogmatique. Moquez-vous de ces billevesées, monseigneur, et suivez votre petit bonhomme de chemin, comme vous l'aviez résolu !

— C'est pardieu bien ainsi que je l'entends ! répliqua Jean de Montigny. En route donc, mon compère !

Peu après, les deux hommes étaient dans la rue de la Ferronnerie.

Après avoir refermé à double tour la porte basse, le prévôt mit la clef dans son escarcelle.

— Il fait froid en diable ce matin ! grommela Fanferdieu.

— Patience ! nous allons nous réchauffer en route !

— Nous rendons-nous tout droit à la forêt de Bièvre? questionna le frileux.

— Non pas, mort diable ! Pour ramener à Paris la mère et les enfants sans être remarqués, il nous faut tout au moins une charrette quelconque !

— C'est juste ! nous ne pouvons raisonnablement revenir de là-bas avec une femme sur le dos et deux enfants dans les bras !

Nos deux aventuriers s'engagèrent dans la rue de la Lingerie, dont les échoppes commençaient à s'entr'ouvrir.

Au bout de cette rue, se trouvait celle de la Grande-Friperie.

C'est là qu'ils s'arrêtèrent.

Dans une misérable boutique, la première de toutes, il entrèrent.

Une vieille fripière, à moitié endormie, leur vendit en bâillant tout ce qu'ils demandèrent.

C'est-à-dire deux vêtements complets de marchands de légumes.

Ils revêtirent dans la boutique même leurs nouveaux costumes, soldèrent la bonne femme qui bâillait de plus belle, et regagnèrent la rue.

Ainsi travestis, nos deux hommes regagnèrent d'un pas rapide le marché voisin.

Là, pour quelques livres, ils achetèrent une carriole attelée d'un cheval et tout encombrée de paniers vides.

Puis ils prirent tranquillement la route de Bièvre comme deux braves paysans qui s'en retournaient au village après avoir vendu à Paris leurs herbes et leurs légumes.

VII. — QUI SE PASSE, EN PARTIE, COMME AU PRÉCÉDENT CHAPITRE, DANS LES RUINES DE L'ABBAYE-AUX-BOIS

Au fur et à mesure que Jean de Montigny et son compère s'approchaient de la porte Saint-Marcel, le prévôt remarquait, non sans surprise, un mouvement inaccoutumé, une animation extraordinaire.

En effet, nous l'avons dit, il faisait à peine jour, et, d'habitude, à cette heure matinale, la ville était encore endormie aux trois quarts.

Mais, ce matin-là, Paris tout entier semblait s'être donné le mot pour sortir du lit en même temps que le seigneur Phœbus.

Et tous ces dignes bourgeois, toutes ces chères bourgeoises avaient endossé leurs plus beaux atours, leurs accoutrements les plus coquets.

— Que diantre veut dire ceci ? demanda Jean de Montigny en se penchant vers son compagnon de route qui, le fouet à la main, conduisait la petite carriole dont il a été parlé.

Maître Fanferdieu regarda le prévôt d'un œil surpris.

— Eh ! quoi, monseigneur...

Le prévôt l'interrompit vivement :

— Ne m'appelle pas « monseigneur ! » Veux-tu donc, triple idiot ! me faire reconnaître ?

— C'est juste !... De ce moment, je vais vous appeler Jean-Pierre, et je vais vous tutoyer !... Je ne serai pas fâché, poursuivit-il en lui-même de traiter mon chef passé et futur sur le pied d'égalité !

— Parle donc, reprit Jean de Montigny. Pourquoi le populaire est-il déjà debout? pourquoi toutes ces femmes sont-elles enrubannées de la sorte? Nous ne sommes pas aujourd'hui dimanche, que je crois!

— Non, monseigneur... non, Jean-Pierre, veux-je dire, nous ne sommes pas cejourd'hui dimanche; mais c'est fête tout de même, et grande fête, en vérité!

— Grande fête!

— Eh! oui, sans doute! Depuis tantôt un an, mon bon Jean-Pierre, que ce cher sire le roi t'a enlevé à la circulation, il s'est passé certaines choses que tu ignores totalement.

— Que s'est-il donc passé? demanda le prévôt avec impatience.

— Voici l'objet, mon bon Jean-Pierre, voici l'objet! il y a trois mois, madame Jeanne de Navarre, celle-là même qui m'a tant fait courir inutilement jadis, et qui a été cause de tous vos déboires... et des miens aussi, hélas!

— Mortdiable! chien de bavard, finiras-tu?

— Avant de finir, mon bon Jean-Pierre, il faut que je commence!...

Et le drôle, avec tranquillité, continua de la sorte:

— Madame Jeanne de Navarre, dis-je, il y a trois mois, a daigné octroyer à monseigneur Philippe le Bel un héritier!

— Un héritier! s'exclama le prévôt. Le roi de France a un fils!

— Mon Dieu, oui! pour peu qu'il ressemble comme caractère à monsieur son père, ça sera encore un crâne roi que nous aurons là plus tard!... Mais, poursuivit Fanferdieu avec un sourire significatif, il y a beaucoup de raisons, à mon sens, pour que le jeune prince ressemble à un autre.

— Que veux-tu dire?

— Je veux dire, parbleu! que l'on ne m'ôtera jamais de l'idée que le Buridan était au mieux avec la reine de France. La femme masquée que j'ai suivie jadis dans la rue Saint-Jacques et que ce gueux d'écolier m'a empêché de suivre plus loin que le Petit-Pont, était bien certainement l'épouse du roi Philippe! Ce qui prouve, mon bon Jean-Pierre, poursuivit le coquin avec une gravité grotesque, que ce cher sire, tout monarque qu'il soit, est tout aussi cornard que le commun des martyrs!

Là-dessus, il cingla d'un grand coup de fouet les jambes maigriottes du vieux cheval attelé à la carriole, en lui criant d'un ton rude:

— Va donc, eh! vieille rosse! puisqu'on te paye!

— Dis-moi, je te prie, interrompit le prévôt, dis-moi quels rapports il existe entre la naissance du prince royal et la fête d'aujourd'hui?

— Comment! quels rapports? Ah! Jean-Pierre, mon bon Jean-Pierre, pour un malin comme toi, ce n'est pas fort la question que tu me fais là!

— Pendard! maugréa Jean de Montigny.

— Quand un enfant vient au monde, reprit Fanferdieu, on le baptise, pas vrai?... Vous en savez quelque chose, vous qui venez de vous livrer à cet exercice à l'endroit des mioches de l'Abbaye-aux-Bois!... Eh bien! c'est aujourd'hui le baptême du prince, et voilà pourquoi, bourgeois et bourgeoises de Paris ont aujourd'hui tiré du bahut leurs plus riches affiquets!... voilà pourquoi la ville se pavoise et s'encourtine!... voilà pourquoi de tous les côtés, par toutes les portes de la ville, débouchent des étrangers de tout rang, avides de voir par leurs yeux les réjouissances publiques, lesquelles, dit on, vont surpasser en éclat tout ce qui s'est fait jusqu'alors!

Ce que disait Fanferdieu était vrai.

Jeanne de Navarre avait donné un héritier au roi Philippe.

Et, chose étrange, elle avait ressenti les premières douleurs de l'enfantement au moment même où Geneviève mettait au monde les deux frères jumeaux dans les ruines sombres de la forêt de Bièvre.

Par une coïncidence singulière, le baptême du prince royal, qui devait régner plus tard sous le nom de Louis le Hutin, allait être célébré le lendemain même du jour où les fils de Buridan avaient été baptisés par le faux ermite.

Laissons Jean de Montigny et son acolyte poursuivre leur route, et précédons-les à l'Abbaye-aux-Bois.

La terrible bande des faux-monnayeurs est prête à prendre son vol devers la capitale.

Selon l'usage, c'est dans Paris même qu'ils vont répandre les monnaies peu catholiques fabriquées pendant la nuit.

Cette fois, l'armée de Jean Buridan a quitté le costume traditionnel.

La casaque brune, le bonnet de feutre noir des *carboneros* ont été remplacés par de riches vêtements de style asiatique.

Le jeune chef et dix des siens, parmi lesquels se trouvent Angélo, le docteur Cornélius et le juif Isaac, sont travestis en seigneurs arméniens.

Ils sont vêtus de longues robes de pourpre et portent, selon la mode sarrasine, le corselet d'acier poli.

Des casques étincelants, aux panaches flottants, couvrent leurs front basanés à dessein, et le cimeterre recourbé pend à leur côté.

De longues barbes de toutes les nuances, non moins fausses, bien entendu, que l'or qui gonfle leurs escarcelles, achèvent de métamorphoser entièrement Jean Buridan et ses dix compagnons.

Des destriers sont préparés pour nos princes improvisés, et leurs housses faufilées de perles, leurs étriers d'or, n'ont rien à envier au luxe asiatique des maîtres.

Les autres faux-monnayeurs représentent les gardes et serviteurs des seigneurs arméniens.

Ceux-ci portent d'étranges armures, où l'or, l'argent et le fer se disputent la préséance.

Ceux-là ont pris l'allure parfaite d'esclaves noirs, habillés, comme tous les autres, avec une sauvage magnificence.

Parmi ces derniers était le petit bossu.

Notre ami Mailleux avait su se noircir la face et les bras avec un art tel que, sous ses brillants oripeaux, sous son turban oriental, il ressemblait, à s'y méprendre, à l'un de ces petits nains difformes qui pullulaient alors à la cour et dans les manoirs féodaux, noirs joujoux enlevés aux rives nubiennes pour servir en France de fous et de bouffons.

De même que les seigneurs imaginaires, nos gardes d'occasion et nos esclaves de contrebande possèdent, eux aussi, de merveilleuses montures.

Presque tous ces chevaux au vigoureux poitrail, à la fière encolure, sont de véritables palefrois numides que les frères de l'Abbaye-aux-Bois ont payé leur pesant d'or... leur pesant d'or faux, cela s'entend.

Si Buridan et les siens ont revêtu cejourd'hui ces luxueux travestissements, c'est qu'ils n'ignorent pas que la capitale est en fête.

Or, comme l'a dit plus haut Fanferdieu, la pompe et l'éclat des réjouissances qui doivent suivre le baptême du prince royal vont attirer à Paris des myriades de riches étrangers, grâce à ce grand tumulte, à cet encombrement, conséquences obligées de toute cérémonie publique, la bande ténébreuse peut, en toute sécurité, s'installer en plein cœur de la capitable.

Évidemment, cette journée devait être pour nos faux-monnayeurs tout à fait bonne et fructueuse. Aussi chacun se réjouissait fort, et l'armée tout entière semblait rayonnante.

Seul, Buridan ne paraissait pas prendre part à l'entraînement général.

Sombre et triste, il pressait sur son cœur Geneviève et ses deux fils.

On eût dit qu'une voix mystérieuse l'avertissait qu'un grand danger planait sur la tête de ceux qu'il aimait tant.

Il essaya cependant de s'arracher à cette préoccupation sinistre et tenta de grimacer un sourire.

Mais ses efforts furent vains, et de ses lèvres contractées un douloureux soupir s'échappa.

Geneviève s'aperçut enfin de la tristesse funèbre qui oppressait le cœur de son époux.

— Buridan, mon ami, lui demanda-t-elle inquiète, qu'avez-vous ? Quelles fatales pensées vous agitent ? Votre poitrine se gonfle et vos yeux sont humides de larmes. Au nom du ciel, dites-moi vos soucis !...

— Geneviève ! ma douce Geneviève ! répondit l'étudiant en serrant fiévreusement la main de la jeune femme, pardonne-moi... Je suis fou !... mais au moment de m'éloigner de toi, de mes enfants, j'ai peur... oui, j'ai peur !

— Que dis-tu ?

— Oui ! je ne sais pourquoi, mais il me semble que quelque péril te menace ! Il me semble que le malheur rôde en ces ruines !

— Le malheur ?

— La malédiction de la Lépreuse résonne encore à mon oreille ! continua le jeune homme. Elle a jeté l'anathème sur toi, sur tes enfants. Et depuis ce moment une invincible crainte s'est emparée de tout mon être !

— Eh ! quel danger peut venir me trouver en ce lieu solitaire ? nul ne saurait pénétrer en cet asile !... Retirée au plus profond des ruines, dans la chambre souterraine de l'ancien réfectoire, je puis échapper à tous les yeux, à toutes les recherches. Ne craignez rien !... Ne craignez rien pour moi, mon cher seigneur !... je ne suis pas de ces femmes timides et faibles que le péril épouvante et qui se pâment de peur à la première alerte !... Non ! non ! cette vie aventureuse, sauvage, a su aguerrir mon cœur ! Ne redoutez donc rien pour votre épouse, ne redoutez rien pour vos enfants ! Si, par miracle, quelque danger nous venait menacer, je saurais y faire face et j'en sortirais victorieuse.

— Oh ! je le sais, ma Geneviève ! tu es intrépide comme nous tous, et comme nous tous pleine de force et de courage !... Mais n'importe ! je ne veux pas que tu demeures seule cejourd'hui.

Allant vers les faux-monnayeurs qui tous semblaient impatients que le chef donnât le signal du départ :

— Compagnons ! leur dit Buridan, si vous avez pour moi quelque peu d'affection, vous ne m'accompagnerez pas tous à Paris, et quatre d'entre vous resteront céans pour veiller au salut de mon épouse et de ses fils !

Toute la bande laissa échapper un cri de surprise.

C'était la première fois, en effet, que le jeune chef faisait aux siens une semblable demande.

— Cela vous étonne, continua l'étudiant, d'entendre Jean Buridan vous parler ainsi ? En effet, jusqu'à ce jour, insouciant et joyeux, j'ai marché à votre tête... Mais depuis hier, j'ai d'horribles pressentiments, non pas pour moi... mais pour Geneviève... pour ses enfants !... Si vous m'aimez, vous excuserez ma faiblesse et vous m'aiderez à protéger les miens contre tout malheur

Cramignole, vêtu en garde arménien, sauta le premier à bas de sa monture.

— Monseigneur Buridan, dit le Normand, je renonce de grand cœur à faire partie de l'expédition!...

Geneviève prit la main du bonhomme.

— Oh! ne me remerciez pas, dame Geneviève, reprit naïvement l'ex-hôtelier, il n'y a vraiment pas de quoi, allez!... D'abord j'ai un satané casque qui me serre tellement que j'en ai le front tout détérioré!...

Il enleva son casque.

— Là! qu'est-ce que je disais? continua-t-il en se tâtant le front. J'ai déjà deux bosses qui me poussent. Deux bosses! reprit-il avec un chagrin comique. Deux cornes, bien plutôt!... Ensuite, voyez-vous, dame Geneviève, poursuivit le Normand en hochant la tête, chaque fois que je retourne à Paris, ça me fend le cœur... parce que ça me fait penser à mon pauvre cabaret si verdoyant jadis, si plein de rires et de chansons!... et dont il ne reste plus présentement que quelques décombres! Ça me fait penser surtout à Zinah, mon épouse!... à Toto, mon fils!... Et, voyez-vous, à ces souvenirs-là, je ne peux jamais m'empêcher de soupirer comme une bête et de pleurer comme un veau!

Et le bonhomme, en disant ces derniers mots, se prit à larmoyer.

— Vous voyez, reprit-il, rien que d'en parler, ça me tire une larme! Si je savais ce qu'ils sont devenus tous les deux, encore! ça serait une consolation pour moi!... Mais non, rien! je ne sais rien! Sont-ils morts?... sont-ils vivants?... suis-je marié?... suis-je garçon?... suis-je père ou non, enfin? Je l'ignore!

— Pauvre Cramignole! dit Geneviève en prenant la main du Normand.

— Bah! répliqua celui-ci en essuyant ses larmes, ne pensons pas à moi et ne songeons qu'à vous, dame Geneviève, à ces deux gentils chérubins que le bon Dieu vous a octroyés en un moment de bonne humeur!...

Se retournant vers Buridan:

— Vous pouvez vous éloigner sans crainte, mon jeune seigneur! Avant de toucher du bout du doigt ceux que vous aimez, il faudra qu'on me coupe par petits morceaux et qu'on m'arrache le cœur et les entrailles!

— Merci, Cramignole! répondit Buridan. Je n'attendais pas moins de ton dévoûment.

Angélo s'était approché à son tour de Geneviève et des deux enfants.

— Monseigneur, dit-il vous pouvez compter sur moi comme sur vous-même pour protéger les vôtres... Je demeurerai ici.

— Nous resterons aussi! reprirent deux autres faux-monnayeurs qui s'étaient avancés en même temps que le Navarrois.

C'étaient les parrains des deux enfants, les plus vieux de la bande, nous l'avons dit.

Le premier s'appelait Gautier le Chevelu.

Le second, Philippe le Centenaire.

C'est pourquoi les deux jumeaux avaient reçu les noms de Philippe et de Gautier.

— Voici qui est bien! s'écria Buridan, dont le front s'était rasséréné. Je pars confiant maintenant!

Il embrassa une dernière fois Geneviève et ses fils.

Puis il serra les mains de Cramignole, d'Angélo et des deux vieillards, lesquels, par parenthèse, en dépit de leurs cheveux blancs et de leur âge, étaient les plus braves et les plus redoutables de la bande.

— Adieu! adieu! dit encore Buridan.

S'élançant alors sur sa monture qui piaffait d'impatience, il piqua des deux, s'élança hors des ruines, suivi de sa brillante armée.

Nos cavaliers s'engagèrent bientôt dans un sentier secret et connu d'eux seuls, et, sans bruit aucun, ils atteignirent les extrêmes limites de la forêt.

Alors tous demeurèrent soudainement immobiles.

Seul, le petit juif Isaac descendit de cheval et se glissa en rampant à travers les taillis.

Avant de gagner la grande route, il voulait s'assurer que le chemin était libre.

Lorsque son regard d'aigle se fut promené dans toutes les directions, il se remit en selle en criant:

— En avant!

A ce cri, la petite armée s'ébranla, et peu après nos cavaliers étaient hors de la forêt.

Ils eurent promptement atteint le bourg Saint-Marcel.

Comme ils allaient y entrer, ils aperçurent dans la campagne deux paysans qui conduisaient une carriole attelée d'un vieux cheval.

L'un des paysans se pencha vers l'autre en lui disant:

— Tenez, monseigneur, voilà déjà les étrangers qui accourent en foule! D'ici à une heure, on ne pourra plus circuler dans les rues.

Et tout en parlant, il désignait à son compagnon les brillants cavaliers qui galopaient dans la direction de Paris.

Inutile de dire que les deux paysans n'étaient autres que le prévôt et maître Fanferdieu.

Bientôt les faux Arméniens ne furent plus qu'à deux pas des faux villageois, et ces derniers s'arrêtèrent une seconde pour laisser passer la cavalcade.

Le petit juif Isaac marchait le dernier de tous.

En l'apercevant, le prévôt de Paris laissa échapper un petit cri de surprise.

Là-bas, gémit l'infortuné, il y a des hommes qui sont heureux.

— Je suis fou, dit-il ensuite, ce n'est pas lui !.. ce ne peut être lui !

De son côté, Isaac, tout en galopant, avait lancé un coup d'œil à Jean de Montigny.

— Sur ma vie ! murmura-t-il, j'ai déjà vu cette face-là quelque part !

Après avoir cherché quelque temps en sa mémoire :

— Oui ! oui ! ce rustre ressemble à l'homme que j'ai tué il y a un mois... à Jean de Montigny... car c'était lui... c'était bien lui !... Je l'avais reconnu avant de le frapper !

Mais, après avoir une seconde fois observé le prévôt, il haussa les épaules :

— Je perds le sens, vraiment ! les morts ne reviennent pas !... Et si le Montigny revenait, je ne pense pas que ce fût sous cette forme !

Et sans plus s'inquiéter du villageois, il éperonna sa monture et rejoignit ses compagnons.

Le prévôt de Paris et Fanferdieu, eux aussi, se remirent en route.

Mais, tout en marchant, Jean de Montigny se disait :

— Cette ressemblance-là est bien étrange ! et je me trompe fort, ou ce petit mauricaud, enfoui sous son turban et ses bandeaux de pourpre, n'est autre que mon coquin de juif !...

Durant ce temps, Fanferdieu fouettait à tour de bras l'infortunée jument.

Il est vrai de dire que la pauvrette traînait avec une humeur visible le petit véhicule auquel elle était attelée.

— Hue donc ! hue donc ! vieille rosse ! braillait Fanferdieu, lequel affectionnait, on le voit, cette expression pittoresque. Comprend-on cette chienne de bête-là, qui fait des manières pour marcher ?

Au bout d'un instant, le coquin reprit :

— Elle sait peut-être pour quel office nous la menons là-bas, et ça la chiffonne de prêter les... pattes à cette espièglerie... C'est égal! poursuivit-il, je troquerais volontiers cette vieille poussive-là contre un des destriers de ces seigneurs étrangers qui viennent de nous passer devant le nez.

— N'as-tu rien trouvé de singulier en ces gentilshommes ? interrogea le prévôt en se rapprochant de Fanferdieu.

— Non ! si ce n'est leur magnificence et leur mine noble et altière.

— J'ai remarqué autre chose que tout cela.

— Autre chose !

— Oui, mon compère.

— Que voulez-vous dire ?

— Je veux dire que ces nobles étrangers, si splendide d'allures et si parfaits de désinvolture et de grâce ne sont pas plus étrangers que grands seigneurs, et pas plus grands seigneurs qu'étrangers.

— Tripes du diable ! s'exclama Fanferdieu stupéfait ; qu'est-ce donc que ces gens-là ?

— Ces gens-là, ce sont les frères de l'Abbaye-aux-Bois... C'est Jean Buridan et ses faux monnayeurs !

— Vous en êtes sûr ?

— J'en mettrais ma main au feu ! J'ai reconnu le petit juif Isaac !... Il a des yeux comme des escarboucles, ce vieux bandit, et quand une fois on a vu ces yeux-là, on s'en souvient toujours ?... Malgré sa face brunie et son accoutrement oriental, c'est bien mon homme de la forêt, c'est bien le chien qui m'a fendu le front, et qui me croit à cette heure disparu du monde des vivants !

— Pourvu, monseigneur, répliqua Fanferdieu avec une sorte d'appréhension, pourvu que le juif, si c'est lui réellement, ne vous ait pas reconnu comme vous l'avez reconnu vous-même !

— C'est impossible !... Il me croit mort, te dis-je, et, d'ailleurs, fussé-je vivant encore, il ne pourrait croire que ces rustiques vêtements cachent Jean de Montigny.

— C'est égal, monseigneur, reprit le policier, si vous m'en croyez, nous hâterons notre marche !... Cette vieille idiote de jument trotte comme une poule mouillée !... et si nous n'activons pas la promenade, nous courrons grand risque de voir toute la bande nous tomber sur les reins avant que nous ayons seulement opéré la soustraction de la mère et des petits.

— Tu as raison, camarade, il est urgent d'arriver vite !... De gré ou de force, fais donc marcher ta bête !... Ensanglante-lui les flancs à grandissimes coups de fouet, et qu'elle se réveille, corps diable ! qu'elle se réveille !

Les coups de fouet tombèrent dru comme grêle sur l'osseuse carcasse de la pauvre jument, laquelle de guerre lasse, se décida à se livrer à une espèce de petit trot à peu près convenable.

Depuis la nuit de la tour de Nesle, c'est-à-dire depuis le commencement de notre deuxième drame, treize mois et demi s'étaient écoulés.

Or, la susdite nuit s'étant passée vers la fin de juin de l'an 1288 ; on était donc alors dans les premiers jours du mois d'août de l'an 1289.

Si bien que depuis le lever du soleil la fraîcheur de la nuit avait été, presque sans transition, remplacée par une chaleur foudroyante.

— Par tous les diables d'enfer ! se prit à grommeler Fanferdieu ruisselant de sueur, je fonds ! parole d'honneur, je fonds ! Chienne de température ! Il y a une heure à peine, j'avais un froid de loup, et maintenant je cuis !... Ventrebleu ! j'enrage de n'avoir pas emporté avec moi une bonne outre pleine de vin !

— Eh ! maudit pleurard ! riposta le prévôt, pensestu donc que l'eau ait été inventée pour les chiens seulement !... la rivière coule à tes pieds ; bois et fais trêve à tes jérémiades !

— Ouais !... Que dites-vous là, monseigneur ? vous voulez que moi, Gaëtan Fanferdieu, fervent adorateur du dieu Bacchus, j'aille tremper mon groin dans cette onde fadasse !... Pouah ! rien que d'y penser, ça me donne le hoquet !... L'eau, voyez-vous, c'est bon pour les grenouilles ; mais pour moi, merci, je sors d'en prendre !... J'aimerais mieux crever de soif au bord d'un ruisseau que d'avaler seulement une goutte de ce liquide bête et désagréable !... Ah ! que ne sommes-nous à l'époque des vendanges ! j'aurais chance de trouver sur la route quelques grappes oubliées !... mais non ! nous sommes en pleine moisson... et le blé, je n'en ai que faire.

— Ivrogne ! fit le prévôt.

— Que voulez-vous ! ce n'est pas ma faute ! Dieu m'a fait ainsi ! Je suis trop bon chrétien pour aller contre sa volonté.

On commençait à distinguer au lointain les cimes élevées de l'antique forêt de Bièvre.

— Nous sommes bientôt au but ! reprit le prévôt.

— Tant mieux ! murmura Fanferdieu en s'épongeant le front, une fois à la besogne, je ne songerai peut-être plus à ma gueuse de soif... J'ai le palais sec comme pendu, mille tonnerres ! et si ça continue, ma langue va prendre feu !

Comme il disait ces mots, il aperçut de l'autre côté de la rivière le Châtelet des Saules.

— Il doit y avoir là-dedans quelque fiole en réserve ! pensa le soulard. Si je savais nager, je pourrais gagner l'autre rive et j'irais chercher ma vie dans le royal lupanar !... Malheureusement, mon aversion pour l'eau m'a toujours empêché d'apprendre cet exercice.

Après avoir laissé loin derrière eux la petite maison de Philippe le Bel, ils se trouvèrent enfin à la hauteur de la cabane d'Angélo, c'est-à-dire à une centaine de pas seulement de la forêt de Bièvre.

Le prévôt jeta un coup d'œil vers la petite masure, auprès de laquelle était amarrée une barque encombrée de filets qui séchaient au soleil.

— Cette bicoque m'intrigue! murmura Jean de Montigny. Voici la troisième fois que je passe devant, et toujours la porte en est close.

— Voulez-vous, monseigneur, demanda Fanferdieu, que je hèle l'habitant de ce réduit? Peut-être a-t-il un verre de vin à me céder!

Et le policier fit quelques pas dans la direction de la cabane.

Mais le prévôt le retint par le bras.

— Pas de bruit en ces parages! Je saurai plus plus tard à quoi m'en tenir au sujet de ce pêcheur invisible!... Continuons notre route et faisons vite!

Ils franchirent la distance qui les séparait encore de la sombre forêt.

— Diable! murmura Fanferdieu en contemplant les taillis séculaires et les inextricables broussailles qui protégeaient les abords des grands bois, si nous parvenons à nous frayer un chemin là-dedans, nous aurons de la chance!... Il nous faudrait pour cela être des loups ou des renards!

— Le sentier qui mène à l'Abbaye n'est pas de ce côté. Marchons! marchons encore!

Les deux hommes se prirent alors à longer la forêt.

Au bout d'une demi-heure à peu près, le prévôt s'arrêta.

Prenant Fanferdieu par la main, il lui fit remarquer sur le sol une large tache rougeâtre.

— Qu'est-ce cela, monseigneur? questionna le policier.

— C'est le sang de la blessure que m'a faite ce damné d'Isaac!... vois!...

— Corps-bœuf!... le vieux gredin n'y a pas été de main morte!

— Oh! reprit le prévôt avec un terrible sourire, je lui revaudrai cela!

— Espérons-le, monseigneur, répliqua Fanferdieu. Si le chien tombe entre nos mains, nous lui en ferons voir de toutes les couleurs!

Ils se remirent en chemin.

Bientôt le prévôt devint affreusement pâle et se prit à frissonner.

— Qu'avez-vous, monseigneur? est-ce une nouvelle trace de votre sang que vous retrouvez?

— De mon sang! répondit le prévôt d'une voix sourde, de mon sang!... Non! non!

Et, tout en parlant, il désignait d'une main fébrilement agitée une petite maisonnette surmontée d'une croix rustique qui s'élevait solitaire sur la lisière de la forêt.

— Ah! bon! fit le policier. Je comprends. C'est là que repose le vieil ermite.

Le prévôt, immobile à sa place, fixait d'un œil hagard la sainte retraite.

— S'il allait m'apparaître! murmura-t-il avec horreur. Si son ombre allait surgir devant moi!

— Allons donc! Revenez à vous, monseigneur! C'est de l'enfantillage de trembler de la sorte! On dirait, à vous voir ainsi pâle et grelottant, que vous ne savez pas ce que c'est que la mort!... Que diantre! durant les quatre mois que vous avez été prévôt, vous en avez fait bien d'autres!

— Je n'ai jamais tué! je n'ai jamais tué! balbutia le misérable.

— Vous n'avez jamais tué, non; mais vous avez fait tuer, et c'est tout comme.

— Tais-toi! tais-toi!

— Je veux bien me taire, mais je n'en pense pas moins.

— Un vieillard! un vieillard! reprit le prévôt, dont la face était devenue livide.

— Un vieillard! répéta Fanferdieu. Raison de plus pour avoir moins de regret de l'avoir envoyé *ad patres!*... Il était tout prêt à partir! Vous lui avez ouvert la porte, voilà tout!

— Il me semble entendre en sa demeure une voix qui me maudit!

— Eh! non, monseigneur. Ce sont les corbeaux de la forêt qui chantent le *De Profundis*.

— Oh! je n'oserai jamais repasser devant cette demeure maudite!

— Allons, bon! voilà une autre histoire, à présent! grommela Fanferdieu. Est-ce que vous perdez l'esprit? N'avez-vous pas peur, par hasard, que l'ermite ne sorte de chez lui pour vous prendre au collet?... D'abord, il aurait beau revenir à la vie, il ne vous reconnaîtrait pas, puisqu'il était aveugle et qu'il ne vous a jamais vu!... Voyons! voyons! chassez vos idées de l'autre monde et gagnons le sentier de l'abbaye!

— Je n'ose pas! je n'ose pas!

— Ventre du diable! reprit le policier en haussant les épaules, c'était bien la peine alors de me trimballer jusqu'ici par une chaleur pareille! Vous auriez aussi bien fait de me laisser au *Lapin blanc!*

— Le portrait!... le portrait m'a parlé cette nuit! je te l'ai dit!... « Prends garde! laisse à Buridan son épouse et ses fils, ou malheur à toi! » Telles sont les paroles du fantôme d'Adrienne. Pour m'empêcher d'accomplir mon fatal projet, c'est elle encore, sans doute, c'est Adrienne qui me jette au cœur la terreur qui m'oppresse! C'est elle qui m'ordonne ainsi de retourner sur mes pas!

— Décidément, fit maître Fanferdieu en considérant le prévôt d'un air de pitié, décidément ce cher seigneur baisse d'une crâne manière. Il croit aux spectres... aux portraits qui causent, à un tas de turlutaines auxquelles une homme sérieux ne doit même pas faire attention !

Jean de Montigny voulait entraîner son compagnon.

— Viens ! viens ! lui dit-il. Rebroussons chemin ! fuyons ces lieux maudits !

— Parole sacrée ! maugréa Fanferdieu, la plaisanterie passe quelque peu les bornes. Comment, monseigneur ! vous venez vous-même devant cette satanée baraque, et une fois que vous y êtes, vous faites toutes ces simagrées-là ?... Corps-diable ! vous saviez que l'ermitage était de ce côté !... C'était donc bien plus simple de rester à Paris !

— Je me croyais plus fort que je ne l'étais ! repartit le prévôt avec accablement. Oui ! je pensais pouvoir me retrouver sans frémir près de ma victime ! Je me trompais !

— Fressures de porc ! ricana le policier, si tous les gars qui ont flanqué un coup de couteau dans leur vie, jouaient la belle comédie que vous me donnez-là, on ne verrait par toutes les rues, par tous les bourgs et par toutes les places que des hommes agenouillés dans la crotte, en train de se frapper le ventre en ânonnant leur *meâ culpâ !*

Le prévôt avait de nouveau prêté l'oreille.

— Sur mon âme ! reprit-il avec une indicible épouvante, j'entends une voix dans l'ermitage !

Et ses dents claquaient, tandis qu'il parlait, au point de se briser.

— Une voix dans l'ermitage ! répéta Fanferdieu en haussant les épaules. Vous y tenez, décidément ! Puisque le vieux est mort, sarpebleu ! il ne peut pas jacasser dans sa niche !... Il faut être logique, que diable !... Croyez-moi, allez, quand on est crevé, c'est une affaire toisée ! Pour moi, j'avoue que les vivants seuls peuvent m'effaroucher... Quant aux défunts, je me soucie d'eux comme d'une barrique sans vin !

Le drôle se frappa le front.

— A propos de vin, continua-t-il en changeant de ton, votre satané ermite devait en avoir bien sûr quelques pots en réserve ! Car, entre nous, ça ne crache pas sur le jus de la treille, les ermites !... Ça fait semblant, devant le monde, de se nourrir de l'air du temps, de racines et d'eau fraîche !.. mais une fois qu'ils sont seuls, ils s'administrent de bonnes vieilles liqueurs et des chapons gras !... Pour bien vous prouver que votre bonhomme ne songe pas à vous faire des inconvenances, je vais carrément entrer dans sa boîte et jeter un coup d'œil dans son cellier !

Et le coquin marcha vers la cabane.

Jean de Montigny s'élança sur ses pas.

— Arrête ! arrête ! cria-t-il.

— Allons donc ! je veux vous faire voir une bonne fois pour toutes, que toutes vos terreurs ne sont que des farces !

D'un bond, il atteignit l'ermitage...

Mais comme il allait y pénétrer, la porte s'ouvrit d'elle-même, et sur le seuil, apparut un homme de haute taille, dont le visage était d'une pâleur cadavérique et dont les cheveux étaient presque blancs, de même que la longue barbe qui descendait jusqu'au milieu de sa poitrine.

A l'aspect de cet homme, Fanferdieu recula effaré jusqu'auprès du prévôt.

Quant à celui-ci, il était demeuré immobile à sa place, fixant avec une sorte d'égarement l'étrange apparition et murmurant à mi-voix :

— L'ermite !... c'est lui !... c'est lui ! ce sont ses traits !

— Sainte Vierge Marie ! balbutia le policier qui, de son côté, tremblait comme la feuille, grand saint Gaëtan, ô mon patron ! prenez pitié de nous !

L'homme à la longue barbe descendit à pas lents les quelques degrés de l'ermitage.

Puis, s'avançant vers Jean de Montigny et vers son compagnon, il leur dit d'une voix lugubre :

— A genoux ! à genoux ! et priez pour l'ermite de Bièvre ! Priez pour l'âme du martyr !

VIII. — QUEL ÉTAIT CELUI QUI RESSEMBLAIT SI FORT A L'HOMME ASSASSINÉ PAR JEAN DE MONTIGNY, ET D'OU PROVENAIT CETTE MIRACULEUSE RESSEMBLANCE.

Le prévôt de Paris et maître Fanferdieu, comme dominés par une force supérieure, s'étaient laissé tomber à deux genoux sur le sol.

L'inconnu, désignant la masure de l'ermite poursuivit peu après :

— En cette demeure, le meurtre a pénétré, traînant la mort après lui !... Le signe vénéré de la rédemption n'a pas fait reculer les assassins ! Les cheveux blancs du saint vieillard n'ont pas retenu leur bras sacrilége !... Ah ! celui qui n'est plus était grand cependant parmi les plus grands... bon parmi les meilleurs... noble parmi les plus nobles !

S'approchant des deux hommes toujours agenouillés :

— Il faut que vous sachiez quel était ce vieillard, reprit l'étrange apparition, il faut que vous appreniez ce qu'il a fait !... Écoutez donc : Un jour, un édit barbare fut promulgué qui proscrivait la race juive du royaume de France. Simon de Nevers, un chrétien, lui, un vrai chrétien, osa élever la voix en faveur de ces malheureux. Blanche de Castille condamna le comte de Nevers à avoir la tête tranchée en place publique. Mais, lorsque sonna l'heure du supplice, le bourreau, gagné par les amis du condamné, ne parut pas. La reine Blanche, s'adressant alors à Tristan d'Argennes, écuyer favori de Simon de Nevers : « — Tu remplaceras le bourreau! » lui dit-elle. Tristan d'Argennes répondit : « — Faites-moi périr, mais ne me demandez pas une infamie ! — Soit, reprit la cruelle princesse, la mort pour toi et pour ton fils Robert! » Mais ce dernier était lâche, il eut peur de la mort, et, s'agenouillant devant la reine. « — Faites-moi grâce, madame, s'écria-t-il, et je ferai l'office du bourreau que refuse mon père! » Blanche de Castille consentit avec joie. Robert d'Argennes gravit les marches de l'échafaud, et, saisissant la large épée de l'exécuteur, il fit tomber à ses pieds la tête du comte de Nevers. « — Tu rempliras désormais cette mission sanglante, dit la reine au jeune homme, et tes fils la rempliront après toi ! »

A ces derniers mots, l'inconnu passa la main sur son front et étouffa un douloureux soupir.

Puis il continua de la sorte :

— Blanche de Castille, s'adressant ensuite au père généreux de ce fils sans honneur : « — Tristan d'Argennes, lui dit-elle, l'obéissance de ton enfant te sauve de la mort ! Je te fais grâce ! — Remercie-moi, mon père ! » dit alors le jeune homme en s'approchant de Tristan. Mais celui-ci le repoussa en s'écriant : « — Je ne suis plus ton père, et je te maudis ! » Le jeune homme voulut lui prendre la main : « — Arrière, assassin ! arrière, bourreau ! reprit l'écuyer avec horreur, tes mains sont rouges de sang... les miennes ne les peuvent toucher !... Oui ! oui ! continua-t-il d'une voix formidable, je te maudis ! je te maudis ! je te maudis ! » Arrachant ensuite de sa ceinture une fine lame florentine, il se creva les deux yeux pour ne plus voir l'infâme qui avait souillé son nom ; puis il s'enfuit. Le hasard le conduisit en cette demeure, qu'un saint anachorète habitait avant lui. Le fils de cet homme, Robert l'exécuteur, eut un fils, lui aussi, et ce fils dut accepter l'effroyable héritage que lui légua son père en expirant. Ce fils devint le bourreau de Paris. On l'appelait Tristan le Rouge.

— Tristan le Rouge ! répétèrent machinalement le prévôt et Fanferdieu.

Ce nom-là, en effet, leur était bien connu.

— Oui ! Tristan le Rouge ! reprit avec un amer sourire l'homme à la longue barbe. Son vrai nom n'existait plus, et le peuple ne le connaissait plus que sous ce nom-là, car Jean de Montigny, le grand tueur du roi, commandait chaque jour à Tristan quelque nouvelle exécution, quelque nouveau massacre, et le bourreau avait toujours les mains rouges de sang humain ! Enfin, un jour, un honnête homme, qui le connaissait pourtant, prit ses mains entre les siennes, et ce contact les purifia. De ce moment, Tristan le Rouge fit le serment de ne plus tuer, et pour tenir sa parole, pour s'arracher à sa mission maudite, il s'enfuit; et, dès lors, il est errant par les villes... Il vit comme un chien, comme un animal immonde, comme un damné... A son approche, les hommes s'écartent, les femmes se signent, et les petits enfants se sauvent épouvantés... Nul ne sait cependant qui il est ! Nul ne sait le rôle infâme qu'il a rempli là-bas dans la ville sanglante !... Mais la malédiction divine le désigne à tous comme un être fatal, effrayant et funeste !... Dès qu'il passe en un endroit, un malheur survient, la peste éclate !... la famine sévit !... Si, vers la nuit, il entre en un village, les chiens hurlent à la mort et les corbeaux poussent leurs cris funèbres, comme si le misérable apportait avec lui l'effroyable odeur du sang qu'il a versé !... Oui ! oui ! les calamités naissent sous ses pas !... Sa présence seule engendre les crimes !... Tout à l'heure, il a pénétré dans ces bois qu'il croyait inhabités. « — Seul en ces lieux, pensait-il, je ne pourrai nuire qu'à moi-même ! » Mais, mourant de faim, il a dû franchir le seuil de cet ermitage, et là... là... étendu sur sa couche rustique, il a vu un vieillard égorgé !... Sur les marges de son livre de prières, ce vieillard avait écrit l'histoire de sa vie !... Le maudit a lu cette lugubre légende, et, l'âme en deuil, le cœur gonflé d'épouvante, il s'est enfui de ce sanglant asile ! et son aspect seul vous a fait pâlir et frissonner tous les deux !... Ah ! priez Dieu... priez Dieu, pauvres hères, et pour la victime et pour vous-mêmes !... car, Tristan le Rouge, Tristan le maudit, Tristan le bourreau, c'est moi !...

— Le bourreau de Paris ! murmurèrent le prévôt et son compagnon.

— Oui, le bourreau de Paris ! reprit le malheureux avec une exaltation sauvage. Je suis le fils de Robert le lâche, et je porte la peine de sa félonie !... Voyez mes cheveux blanchis, ma barbe grisonnante... Voyez les rides profondes qui sillonnent mon front ! Je parais soixante ans !... je n'en n'ai pas quarante !... Oh ! cela vieillit vite de tuer !... Ne tuez pas... ne tuez jamais... car l'anathème céleste vous poursuivrait comme il me poursuit... la solitude se ferait pour vous... le néant montrerait à vos regards effarés ses insondables abîmes !

Le néant !... le néant !... reprit-il comme en délire. Oh ! ne tuez pas !... ne tuez jamais !...

En achevant ces derniers mots, le misérable s'enfuit par les bois, meurtrissant ses pieds nus aux cailloux de la route, laissant aux ronces et aux épines quelques lambeaux de ses haillons.

Après avoir longtemps erré à l'aventure, le vagabond atteignit une colline abrupte et sauvage.

Il en gravissait le sommet en s'appuyant péniblement sur son bâton de voyage.

Du haut de cette colline dénudée, il distinguait au loin Paris perdu dans les brouillards.

— Là-bas, gémit l'infortuné avec désespoir, là-bas... il y a des hommes qui sont heureux, qui vivent comme tous les autres hommes, qui existent enfin!... Et moi... moi... je suis un mort parmi les vivants... je suis une chose parmi les êtres... Moi, je n'ai pas un ami... Non! pas même un chien... car les chiens ont peur de moi et s'enfuient à ma voix! Je n'ai pas de compagne!... Je suis un monstre enfin!... Pas de compagne! non! je n'ai pas osé ce qu'a osé mon père... car si un fils m'était né, je ne voulais pas que ce fils pût me maudire comme je maudis celui qui m'a donné l'être, c'est-à-dire l'infamie, le désespoir, l'éternel malheur!

Après un temps, le vagabond se prit à sourire.

— L'éternel malheur! reprit-il. Éternel! et pourquoi?... ne puis-je donc à mon gré terminer mes misères?... Sur mon âme! je ne poursuivrai pas plus longtemps ma course aventureuse...

Prenant son bâton et le brisant sous son pied, il en jeta les morceaux loin de lui.

Puis, s'étendant tout de son long sur la colline :

— Je demeurerai sur cette butte aride, poursuivit avec fermeté l'homme à la longue barbe, jusqu'à ce que la mort veuille de moi!... Oui, je resterai là sans manger et sans boire... Je ne veux pas commettre un dernier meurtre sur moi-même... et, de cette façon, je ne me tuerai pas... je me laisserai mourir, voilà tout!... Je crois, continua le malheureux en souriant, que je n'aurai pas longtemps à attendre!... Depuis deux jours entiers, je n'ai pas approché de mes lèvres un morceau de pain!... Et déjà... déjà... je sens l'horrible faim m'éteindre les entrailles de ses griffes de fer!... Allons!... bientôt, tout sera fini... tout... et je ne souffrirai plus!

Mais en ce moment un être humain se dressa à ses côtés sur la colline.

C'était Titania la Lépreuse!

IX. — OU L'ON RETROUVE JEAN DE MONTIGNY ET SON COMPAGNON.

Nos deux faux villageois, durant tout le récit du bourreau vagabond, s'étaient bien, comme on pense, gardés de lever le nez.

En effet, Tristan le Rouge les avait vus maintes fois tous les deux pendant les quelques mois que Jean de Montigny avait passés à la prévôté, et, malgré leurs travestissements, peut-être eût-il fini par les reconnaître.

Quand le malheureux exécuteur fut loin d'eux et que le bruit de ses pas se fut perdu dans les profondeurs de la forêt, Fanferdieu, le premier, releva la tête.

— Il est filé! dit-il en se remettant sur pieds. Ouf! le satané fou! Il peut se vanter de m'avoir flanqué une venette bien conditionnée!... Le diable m'emporte! j'ai cru, dans le premier moment, que c'était véritablement votre vieux chafoin d'ermite qui sortait de chez lui!

— Sur mon âme, je l'ai cru comme toi! répliqua le prévôt, qui s'était relevé en même temps que Fanferdieu. C'était la vivante image du mort!

— Ce n'est pas bien étonnant, reprit Fanferdieu, puisque le susdit mort est son aïeul! On se ressemblerait de plus loin!

Le prévôt essuya son front, qu'inondait une sueur glacée.

— Quelle effroyable apparition! murmura-t-il.

— Ah! dame! répliqua l'autre en ricanant, je comprends qu'au premier abord vous n'avez pas dû être trop à votre affaire!... d'autant plus que vous étiez tout entier à vos idées de spectres vengeurs et de fantômes récalcitrants!... Dieu merci! vous en êtes quitte pour la peur! Et vous voyez maintenant qu'un homme, même un ermite aveugle, reste tranquillement où on l'a mis, quand on a pris la peine de le tuer!... Sur ce, ne perdons plus une minute et faisons ce que nous avons à faire, sans quoi nous serions forcé de remettre la partie à un autre jour, et ça manquerait d'agrément!

Le prévôt ne fit pas un mouvement :

— Il a des remords, dit-il, il a des remords! lui!... lui!... ce malheureux!... Et cependant, il n'est pas coupable!... Il n'a fait qu'exécuter les ordres qu'il avait reçus! mais moi, qui ai donné ces ordres... moi, qui ai frappé de ma main celui qui m'avait sauvé!

— Ah! par l'enfer! interrompit brusquement Fanferdieu, si vous recommencez votre antienne de tout à l'heure, je vous préviens d'une chose : je vous lâche!... Si ce grand déguenillé a tant de remords que ça, c'est que ça lui fait plaisir apparemment!... Quant à moi, je trouve que c'est un idiot prétentieux et voilà tout!... De quoi se mêle-t-il? On lui dit de pendre. Il pend! On lui dit d'écarteler. Il écartèle! On lui dit de couper une tête. Il coupe une tête! Est-ce que ça le regarde en définitive? Ça regarde ses chefs!... Mais non, il y a des gens qui ont toujours quelque chose à dire contre ce qui se fait!... Est-ce que je m'occupe de toutes ces histoires-là, moi! J'en serais bien fâché: On me commande n'importe quoi. Je fais n'importe quoi, ça m'est bien égal!... Ce serait du joli si tous les bourreaux étaient aussi stupides que celui-là! Entre nous, du reste, je le crois un peu toqué!... Il tient de son grand'père de ce côté-là. Car enfin, il faut être pas mal fou pour se crever les yeux sous prétexte qu'on ne veut pas voir quelqu'un qui vous déplaît!... Dans ce cas-là, on n'a qu'à fermer les yeux. C'est bien plus simple!... Mais, que voulez-vous? Il y a des natures comme ça! des espèces d'extravagants qui font une montagne d'un grain de sable, et prennent une araignée pour un chameau. Moi, je vois les choses à leur vrai point de vue, et je m'en trouve bien! Suivez mon exemple, et vous ne vous en trouverez pas mal!

— Des crimes! des crimes encore! gémit le prévôt.

— Un crime n'est crime, répartit Fanferdieu, que lorsqu'on le commet par partie de plaisir. Mais du moment qu'un crime a son utilité, ce n'est plus un crime! C'est une action toute simple et toute naturelle! Est-ce qu'un homme est blâmable de manger quand il a faim? Non! Eh bien! alors, pourquoi serait-on coupable d'octroyer un coup de couteau à un camarade, quand ce camarade vous gêne en quoi que ce soit?... Vous ne répondez pas? Fort bien! Qui ne dit mot approuve!... Puisqu'il en est ainsi, réveillez-vous et filons à l'abbaye!... Songez que si vous hésitez plus longtemps, vous pouvez dire bonsoir à la prévôté.

— La prévôté! s'exclama Jean de Montigny, allons! tu as raison, Fanferdieu, je dois aller jusqu'au bout!

— C'est heureux! fit le policier.

Puis, prenant la jument par la bride :

— Allons! vieille rosse, en route! et ne renifle pas trop fort, ou je te tire les oreilles!

Peu après, le prévôt et Fanferdieu s'engageaient dans le sentier qui faisait face à l'ermitage.

C'est par ce sentier que Jean de Montigny, sous la robe et le capuchon du vieil aveugle, avait été conduit aux ruines de l'abbaye par Cramignole et le petit bossu.

— Sarpebleu! fit le policier à voix basse, voilà une forêt qui rendrait des points, comme obscurité, à sa sœur la forêt de Bondy! Fait-il assez noir ici! on ne voit pas seulement le bout de son nez!

Après avoir marché silencieusement pendant quelques minutes, le prévôt s'arrêta.

— Qu'est-ce qu'il y a? demanda Fanferdieu. Est-ce que vous avez marché sur un serpent?

— Nous allons laisser ici la carriole, répliqua Jean de Montigny. Attache le cheval autour du chêne.

Fanferdieu obéit.

— C'est bien! reprit le prévôt. Maintenant, suis-moi,... et fais en sorte que les branches mortes ne crient pas sous tes pieds!

— N'ayez crainte! Quand il le faut, je sais être plus léger que les sylphes de l'air!

Ils se remirent en marche, et quiconque eût pu apercevoir ces deux hommes glissant ainsi à travers les halliers sans prononcer un mot et sans que le bruit de leur pas se fît seulement entendre, les eût pris sans doute pour deux êtres fantastiques, pour deux esprits des bois.

Bientôt nos compagnons eurent atteint les ruines sombres de l'Abbaye-aux-Bois.

Le prévôt et Fanferdieu, sans s'aventurer plus avant, prêtèrent l'un et l'autre une oreille attentive.

— Rien! murmura ensuite Jean de Montigny, je n'entends rien!

Ils se hasardèrent alors à ramper à travers les lierres et les lianes séculaires qui couvraient les murailles d'enceinte de l'antique monastère.

Par une issue connue du prévôt, ils pénétrèrent dans l'intérieur du cloître.

— Personne! dit Jean de Montigny en comprimant les battements précipités de sa poitrine.

— Personne! répéta Fanferdieu.

— Ils gagnèrent à bas bruit l'ancienne cour de l'abbaye, celle-là même où se trouvaient les fourneaux et les outils des faux-monnayeurs.

— C'est là que ces chers amis font leur petite cuisine! murmura le policier. Ils ont tout ce qu'il leur faut!

— Silence! dit vivement le prévôt; j'entends du bruit.

Fanferdieu écouta.

— Dieu m'étrangle! fit-il en tirant une large dague de dessous sa casaque villageoise; il y a quelqu'un qui ronfle je ne sais où.

Le prévôt, lui aussi, mit le poignard à la main.

Puis ils continuèrent à s'avancer.

Ils n'étaient plus qu'à quelques pas seulement de l'escalier qui conduisait à l'ancien réfectoire.

Les ronflements se firent entendre plus distinctement.

— Cette fois, je suis sûr de ce que je dis! reprit Fanferdieu; il y a par ici un ou plusieurs dormeurs.

Ils s'avancèrent plus encore.

Alors, dans les hautes herbes qui croissaient sur les marches mêmes de l'escalier, ils finirent par apercevoir deux hommes étendus à l'ombre et profondément endormis.

C'étaient Gautier le Chevelu et Philippe le Centenaire.

Les deux vieillards s'étaient mis en faction devant le réfectoire; mais, accablés par la chaleur, ils s'étaient laissé graduellement gagner par le sommeil.

Du reste, ils étaient sans appréhension aucune, et, malgré les pressentiments de Buridan, ils étaient intimement convaincus que nul danger ne menaçait les hôtes de l'abbaye.

Fanferdieu les considéra durant quelques secondes.

— Ils dorment comme des marmottes, et ils sont vieux comme père et mère! ils ont au moins trois mille ans à eux deux.

— Des vieillards! murmura le prévôt en pâlissant.

— Oh! rassurez-vous! dit l'autre, ils ont l'air rudement solides! On dirait deux hercules!

Ce disant, il leva sa dague.

Instinctivement le prévôt lui retint le bras.

— Eh bien, quoi donc! reprit Fanferdieu, est-ce que vous avez peur que je leur fasse du mal? Vous voulez peut-être les conserver dans du vinaigre? Il fallait le dire alors!... Allons, voyons, reprit-il, ce n'est pas tout ça, pendant que je vais expédier celui de droite, expédiez celui de gauche! Ils n'y verront que du feu, et ça ne les dérangera pas!... Moi, j'ai des égards pour les gens qui dorment!... Il n'y a rien d'agaçant comme d'être réveillé en sursaut!

C'est horrible! gémit le prévôt.

— Pourquoi ça?... Si nous ne les empêchons pas de crier, ils gueuleront comme des ânes, et nous ne ferons rien de bon!... Frappons donc, sacrebleu! un seul coup, mais qu'il soit bon!

Peu après, les deux faux-monnayeurs n'étaient plus à redouter.

Ils dormaient encore.

Mais, cette fois, de l'éternel sommeil.

Fanferdieu essuya froidement sur l'herbe sa dague rouge de sang.

— Là! dit-il ensuite avec une tranquilité parfaite, voilà deux braves gens qui n'ont plus maintenant à s'inquiéter de rien! voilà leur avenir assuré! Ont-ils eu un nez de rester ici!... Sans ça, ils auraient fini leurs jours dans une cuve d'huile bouillante, comme Olivier d'Orgemont! Parole d'honneur! continua-t-il d'un ton profondément convaincu, il y a des mâtins qui ont de la chance!

— Allons! dit le prévôt avec fièvre, à Geneviève maintenant!

— Ah! ah! répliqua Fanferdieu, voilà que vous commencez à vous émoustiller un peu!... A la bonne heure!... Du reste, voyez-vous, vous étiez mollasse tout à l'heure, et je comprends ça! car enfin vous êtes resté en prison pendant un an. Et, dans ces endroits-là, on se rouille; c'est si humide!

Le prévôt et son second gravirent d'un pas rapide les degrés qui conduisaient au réfectoire.

Ils se trouvèrent bientôt dans une espèce de grande salle délabrée, dont les murs ruinés servaient d'abri à des myriades de corbeaux.

— C'est là que demeure la belle? demanda Fanferdieu en ricanant. Vilain logis, où les rhumes de cerveau doivent s'attraper avec une facilité désastreuse!

Il y avait une vieille porte ogivale au fond de cette salle.

— Ce doit être là que se trouvent Geneviève et les enfants! dit le prévôt.

— C'est plus que probable, répliqua Fanferdieu, par la raison toute simple qu'il n'y a pas d'autre porte. Entrons, et nous le verrons bien!

Cette porte n'était pas fermée.

— Bravo! dit le coquin, ça nous évitera l'ennui de faire sauter la serrure!

Ils poussèrent la porte.

Une galerie à perte de vue se présenta alors à leurs regards.

— La mère ni les moutards ne sont en ces parages, grommela Fanferdieu. S'il y avait une mère par ici, on l'entendrait embrasser ses mioches, et les susdits mioches lui répondraient en braillant! C'est si gentil, les enfants! J'ai toujours eu envie d'en avoir!... Si je n'en ai pas un jour ou l'autre, c'est que ça ne sera pas l'idée de Maritorne!

Les deux hommes s'étaient engagés dans la longue galerie.

— Où diable allons-nous par là? continua l'ignoble gredin.

— Viens! viens! il doit y avoir une issue au bout de ce corridor.

— Je veux bien, moi, mais, soit dit sans vous offenser, ça ne me fait pas cet effet-là.

En effet, après avoir gagné l'extrémité de la galerie, le prévôt put se convaincre que son complice avait dit la vérité.

— C'est étrange! dit-il, c'est bien étrange!

— Étrange ou non, reprit Fanferdieu, il n'en est pas moins vrai qu'il n'y a pas plus de porte ici que dans mon œil!... Il serait plaisant, vous en conviendrez, que nous fussions venus chasser si loin pour nous en retourner bredouilles! Enfin, ajouta-t-il philosophiquement, nous ne serons pas venus tout à fait pour rien. Nous avons supprimé deux coquins! et c'est toujours çà. Il y en a tant de coquins! C'est un grand service à rendre à la société que de l'en délivrer!

— Il est impossible qu'il n'y ait pas en cette galerie quelque entrée secrète! reprit le prévôt. Geneviève est descendue par les degrés de la grande cour! Je l'ai vue, de mes yeux vue...

— Oh! de vos yeux, objecta le policier, vous voulez dire que vous l'avez vu avec les yeux du vieil aveugle! puisque c'étaient ceux-là que vous aviez empruntés pour baptiser les deux moutards.

— Cherchons! cherchons!

— Cherchons, puisque ça vous fait plaisir; mais ça n'aboutira pas à grand'chose, c'est moi qui vous le dis!

Comme il achevait ces mots, une voix se fit entendre sous ses pas.

— Père Gautier! disait cette voix, est-ce que c'est vous qui jacassez dans la galerie?

Ne recevant pas de réponse, celui auquel appartenait cette voix reprit peu après:

Dans le même moment une dalle se souleva, et apparut la tête de Cramignole.

— Père Philippe ! est-ce donc votre voix que j'entends ?

— Que te disais-je ? murmura le prévôt avec joie.

— C'est, ma foi, vrai ! répondit Fanferdieu, il y a quelqu'un là-dessous.

Dans le même moment, une dalle se souleva au milieu de la galerie, et par cette ouverture apparut la tête de Cramignole.

Le prévôt n'était éloigné que de quelques pas seulement.

Aussi, quelle que fût sa promptitude à se jeter en arrière, il ne put empêcher le Normand de l'apercevoir.

Si bien que ce dernier, à la vue de l'étranger, poussa un cri formidable et rentra au plus vite dans le souterrain.

— Allons, Fanferdieu, s'exclama Jean de Montigny, suivons-le ! S'il est seul pour défendre Geneviève, nous aurons facilement raison de lui !

Ce disant, le prévôt s'avança vers l'issue secrète, et Fanferdieu se disposa à l'imiter.

Mais par l'ouverture un homme s'élança la dague au poing et fit brusquement reculer le prévôt jusqu'à la muraille.

Fanferdieu courut aussitôt à la trappe et fit retomber la lourde dalle qui la fermait. Puis, pour empêcher qu'on ne pût la soulever de nouveau, il plaça sur la dalle un énorme bahut de chêne.

Ceci fait, et ce fut l'affaire d'une seconde, le policier courut au secours de Jean de Montigny.

— Qui es-tu ? que veux-tu ? criait l'homme qui venait de surgir dans la cave.

— Qui je suis ? répliqua le prévôt de Paris. De par Dieu, mon maître ! je ne t'adresserai pas la même question. A tes vêtements, je devine sans peine que tu n'es autre que le mystérieux pêcheur de la cabane du bord de l'eau. Ah ! ah ! il paraît que le faux-monnayage est une industrie séduisante et que tous les sujets du roi Philippe s'entendent pour se livrer à ce beau métier-là !

— Tu sais nos secrets ! répondit Angélo, — car

c'était lui, — malheur à toi, espion !... malheur à toi, traître !

Et la formidable dague du Navarrois effleura la poitrine de Jean de Montigny.

Mais l'intervention subite de Fanferdieu permit au prévôt de parer le coup.

Alors Angélo songea à se défendre et non plus à attaquer.

Ce fut une lutte longue, effroyable, terrible ; mais Jean de Montigny et son digne complice étaient de rudes joûteurs.

Avant d'avoir reçu autre chose que quelques égratignûres, ils avaient pu blesser leur courageux adversaire.

Celui-ci, couvert de sang, battit en retraite jusqu'à la porte.

— Gautier ! Philippe ! hurla-t-il désespérément. A moi ! à moi !

— Ne te fatigue pas à gueuler en pure perte ! répondit Fanferdieu en ricanant. Ceux que tu appelles étaient fatigués ; ils dorment si bien que tu ne les réveilleras pas !

— Lâches ! reprit Angélo, vous les avez assassinés !

— Parfaitement ! répliqua le policier. Avoue que nous avons bien fait de prendre cette précaution.

— Mais que voulez-vous !... que voulez-vous donc enfin ? interrogea le misérable qui vomissait le sang et ne parlait plus qu'avec une inconcevable difficulté.

— Ce que nous voulons, répondit Fanferdieu, nous consentons à te le dire. On doit des égards aux gens qui vont aller voir là-haut si j'y suis ! Nous voulons Geneviève et ses deux héritiers !

— Mais qui êtes-vous, infâmes, et que vous a fait cette malheureuse femme ?

— Je suis le prévôt de Paris, répondit Jean de Montigny. Nous sommes ici par l'ordre du roi Philippe le Bel, notre maître et le tien !

— Par ordre du roi Philippe ! murmura Angélo avec désespoir. Il m'a pris ma sœur Jeanne !... Il m'a pris celle que j'aimais !... Il me prend la vie maintenant ! C'est bien ! Qu'il soit heureux !

Le prévôt, désignant du doigt le malheureux :

— Achève-le, dit-il à Fanferdieu, et viens !

Angélo voulut recommencer la lutte. Il parvint à se soulever et tenta d'empêcher les deux assassins de poursuivre jusqu'au bout leur infâme mission.

Mais à peine avait-il fait en chancelant quelques pas vers la trappe, qu'un nouveau coup de dague de Fanferdieu l'étendait mort au milieu de la galerie.

— Ouf ! fit le coquin. L'algarade a été sérieuse ! C'est maintenant surtout que je viderais volontiers un verre de vin !

Le prévôt avait débarrassé la trappe du lourd bahut de chêne.

Moins aisément il put soulever la dalle.

— Attendez, lui cria Fanferdieu en accourant, je vais vous donner un coup de main !

La dalle fut enfin soulevée.

— Pourvu, pensa le policier, qu'il n'y ait pas là-dedans une bande de gredins prête à nous écharper ! Bast ! au petit bonheur ! Je passe devant. Qui m'aime me suive !

Cinq minutes après, le prévôt et son valet atteignaient la dernière marche d'un étroit escalier qui donnait dans une espèce de cour circulaire chaudement éclairée par les rayons du soleil.

Cette cour était déserte.

Au milieu se trouvait une profonde citerne.

Fanferdieu y courut tout d'abord.

— Il y a peut-être des gens cachés là-dedans ! dit-il.

Après avoir regardé :

— Non ! reprit le bandit, j'entends au fond le murmure de l'eau. Si quelque coup de jarnac est à craindre, ça ne viendra pas de ce côté.

En cet instant, un homme surgit brusquement devant le policier.

Cet homme, c'était Cramignole.

Le Normand, après avoir vainement essayé de soulever la dalle de la trappe, afin de porter secours à Angélo, s'était armé d'une énorme barre de fer et s'était caché derrière la margelle de la citerne pour attendre les deux assassins.

Brandissant son arme terrible, le brave garçon s'élança sur Fanferdieu en criant :

— Satanée canaille ! je vais te casser la tête, et ça ne sera pas trop tôt !

Mais Cramignole n'avait pas le coup d'œil juste apparemment, car, au lieu de s'abattre sur le crâne du coquin, l'énorme barre de fer frappa dans le vide.

Fanferdieu, en se jetant de côté, avait aisément esquivé le coup.

Prompt comme la foudre, il se rua sur le Normand et saisit la barre de fer.

Le prévôt voulut venir en aide à son second.

Mais celui-ci lui cria :

— Occupez-vous de dénicher la femme ; je me charge de ce pendard et de cette mince ferraille qui devait m'occire !... Je vais l'exterminer bel et bien !

En effet, comme il disait ces mots, il arracha des doigts crispés de Cramignole l'arme formidable.

— Maintenant, triple vermine ! beugla le coquin en menaçant le Normand, je ne te manquerai pas, moi !

Mais quelle fut sa surprise !

Cramignole, se voyant perdu, s'était précipité dans la citerne.

— Que Satan l'y conserve ! dit Fanferdieu. Son agonie sera plus lente, voilà tout ce qu'il y gagnera !

Là-dessus, il alla rejoindre le prévôt, lequel venait

de pénétrer dans une chambre élégamment, luxueusement décorée même.

En cette chambre était Geneviève, tenant entre ses bras ses deux petits enfants.

IX. — DANS LEQUEL GENEVIÈVE PEUT SE CONVAINCRE QUE LES PRESSENTIMENTS DE BURIDAN N'ÉTAIENT QUE TROP FONDÉS.

Attenant à la cour circulaire dont il a été parlé au précédent chapitre, se trouvait un petit jardinet tout plein de fruits et de fleurs, de gazons verdoyants et d'oiselets chanteurs.

Une petite issue, à moitié enfouie sous le lierre et les plantes parasites, permettait de communiquer de la cour dans ce gentil paradis.

Une grande salle gothique s'élevait au fond du courtil.

C'était ce qu'on appelait la chambre basse du réfectoir de l'Abbaye-aux-Bois.

Un an auparavant, toute nue et délabrée, cette salle, grâce aux soins ingénieux de Buridan et de ses compagnons, était devenue le plus délicieux réduit qui se pût voir.

Là, dans toute sa splendeur, se déployait le luxe de l'époque.

Les plus riches tableaux, les peintures les plus belles, œuvres renommées des premiers artistes italiens, ornaient les murailles tendues partout de luxueuses étoffes d'Orient.

De belles nattes de jonc, aux dessins multicolores, recouvraient les dalles séculaires, car alors les parquets étaient chose rare, sinon inconnue.

La Hongrie, l'Allemagne et les Pays-Bas avaient fourni l'ameublement.

C'étaient des bahuts en bois d'ébène, agrémentés de lames d'argent finement ciselées ;

Des crédences en noyer poli, surchargées de vases élégants et d'objets précieux ;

Des escabeaux et des fauteuils en bois de cèdre, à clous d'argent, des tables élégamment sculptées, de larges coussins aux riches couleurs.

C'était encore un lit en ivoire massif incrusté d'or, véritable couche royale !

Dans les vases nombreux placés sur les dressoirs, des fleurs rares, des arbustes exotiques étalaient leur luxuriant feuillage et répandaient par toute la vaste salle leurs senteurs embaumées.

Buridan avait fait enfin de cette salle dégradée et triste une sorte de petit palais, que visitait en toute liberté le vivifiant soleil, grâce à quatre hautes verrières qui donnaient sur le jardinet et qu'encadraient coquettement des fleurettes grimpantes, aux mille couleurs, aux mille parfums.

Depuis le jour où Dieu avait octroyé à Geneviève ses deux petits enfants, la jeune mère demeurait en ce riant asile, presque continuellement.

Et là, contemplant ses fils, se jouant avec eux sur les pelouses couvrant d'ardents baisers leurs cheveux d'or, l'épouse de Buridan était heureuse !

Si parfaitement heureuse qu'elle ne pouvait penser que le malheur osât jamais obscurcir l'azur de son ciel.

Et dans le moment même que ses quatre défenseurs tombaient, l'un après l'autre, sous les coups du prévôt et de Fanferdieu, elle riait follement, la pauvrette, et se raillait des sombres pressentiments de son époux.

Elle s'était retirée en son logis avec ses deux enfants, aussitôt après le départ de Buridan.

Cramignole et le Navarrois s'y étaient rendus en même temps qu'elle, laissant en faction dans les ruines Philippe le centenaire et Gautier le Chevelu.

Pour veiller à leur tour au dehors, le Normand et le pêcheur avaient pris congé de la jeune femme.

Comme ils venaient de gagner, au sortir du jardin, la cour de la citerne, ils avaient entendu un bruit de voix et de pas dans la galerie haute.

Cramignole avait alors couru à l'escalier, croyant que ceux qui marchaient et parlaient n'étaient autres que leurs deux camarades.

Les ayant appelés en pure perte, le Normand s'était empressé de soulever la trappe.

Mais en apercevant le prévôt de Paris, sans le reconnaître toutefois, il avait redescendu bien vite une dizaine de degrés.

Interrogé par Angélo, qui le suivait de près, le bonhomme lui avait révélé en deux mots la cause de son effarement.

Le Navarrois avait alors tiré sa dague et s'était élancé dans la galerie haute.

Cramignole avait tenté d'y pénétrer aussi, mais moins alerte qu'Angélo, il avait trouvé l'issue fermée, et malgré tous ses efforts, il lui avait été impossible de soulever la dalle sur laquelle Fanferdieu avait placé l'énorme bahut de chêne.

Le pauvre Normand, plus mort que vif, avait entendu le bruit de la lutte terrible qu'avait soutenue le Navarrois contre ses deux assaillants.

Quelques secondes après, Angélo rendait le dernier soupir.

— Il est mort ! il est mort ! avait gémi Cramignole. Ah ! nous sommes tous perdus maintenant, et c'en est fait de madame Geneviève et de ses enfants !

Comme il disait ces mots, il avait en chancelant regagné la cour ; mais avant qu'il eût eu le temps de rentrer dans le jardin pour prévenir Geneviève et se mettre avec elle en état de défense, Fanferdieu avait paru au bas de l'escalier.

Le pauvre diable s'était en toute hâte caché derrière la margelle de la citerne, et c'est là qu'il avait trouvé la grosse barre de fer dont il avait fait un si maladroit usage.

Se voyant près d'être assommé par le policier, il s'était précipité dans la citerne, sans pousser un seul cri.

Si bien que Geneviève, retirée au fond de son logis, ignorait tout ce qui venait d'avoir lieu.

Assise près de l'une des fenêtres, elle berçait sur ses genoux ses deux enfants et chantonnait à mi-voix un refrain populaire, lorsque Jean de Montigny avait pénétré dans le jardin.

Ce dernier s'était glissé à bas bruit à travers les massifs, et bientôt il avait ouï la douce voix de la jeune femme.

— On chante par ici ! s'était-il dit alors. Fort bien. Il paraît qu'on ne se doute de rien !... Je le préfère ainsi !... cela m'évitera d'employer la violence, et la ruse pourra me suffire.

Il avait caché sous sa casaque de paysan sa dague toute dégouttante encore du sang du Navarrois.

Puis ramenant sur ses yeux son large bonnet villageois, il avait composé son visage et s'était ensuite mystérieusement dirigé vers la salle basse.

Fanferdieu l'avait promptement rejoint et s'était fait un devoir d'imiter en tout point son estimable chef.

De telle sorte que tous deux avaient franchi le seuil de l'habitation de Geneviève presque en même temps.

A l'aspect des deux hommes, la jeune femme avait brusquement interrompu sa complainte.

Serrant ses enfants contre son sein :

— Quels sont ces hommes ? murmura-t-elle.

Puis se levant vivement et faisant quelques pas vers la porte :

— Angélo ! Cramignole ! se prit-elle à crier. Où donc êtes-vous ?

Mais le prévôt lui dit à voix basse :

— Silence ! silence ! madame ! au nom du ciel ! Vous vous perdez !

— Silence ! dit à son tour Fanferdieu en plaçant son doigt sur ses lèvres.

Mais Geneviève ne semblait pas disposée à suivre la recommandation qui lui était faite.

— Madame, reprit alors le prévôt d'un ton mystérieux, c'est Buridan, c'est notre chef qui nous envoie pour vous sauver, vous et ces deux petits anges !

— Buridan ! répéta la jeune femme sans comprendre, Buridan ! C'est Buridan qui vous envoie céans ?

— Lui-même !

— Grand Dieu ! s'exclama Geneviève. Qu'est-il donc advenu ?

— Monseigneur Jean de Marle, prévôt de Paris, sait présentement que l'Abbaye-aux-Bois sert de repaire à une bande de faux-monnayeurs !... Il sait que Jean Buridan, l'ennemi du roi Philippe le Bel, est à la tête de cette armée ténébreuse, et dans ce moment même, tous les gens de la prévôté cernent les ruines !

— Saints du ciel ! s'écria la jeune femme. Mais Buridan ! Buridan !

— Buridan est sain et sauf ! Dieu merci ! répondit vivement le prévôt. Il est caché avec quelques-uns des nôtres dans une retraite sûre, et c'est auprès de notre chef bien-aimé que nous devons vous conduire.

Geneviève considéra les deux hommes d'un regard scrutateur.

— Je ne vous ai jamais vu à l'Abbaye-aux-Bois, dit-elle ensuite.

— C'est la première fois, en effet, que nous mettons le pied dans les ruines de Bièvre, et sans l'imminence du danger, nous n'eussions jamais quitté la capitale, où nous demeurons sans cesse, ainsi que cent autres compagnons, pour les besoins de notre entreprise.

— En effet ! murmura Geneviève, je sais cela.

— Elle sait cela ! pensa Fanferdieu en riant à part lui ; il paraît que le prévôt vient de mentir vrai !

— Les frères de l'abbaye, les faiseurs d'or, ceux que vous connaissez enfin, reprit Jean de Montigny, ne pouvaient, sans crainte d'être arrêtés, venir jusqu'ici pour vous prévenir, car toutes les portes de Paris sont gardées, et le signalement de Buridan et de tous ceux qui l'ont accompagné ce matin a été donné aux agents de la prévôté. Mais nous, grâce à Dieu ! nous avons pu, sous ce costume villageois, parvenir jusqu'ici sans encombre, et notre premier soin a été de faire fuir au plus vite Cramignole et nos trois autres compagnons.

— Ils ont fui sans moi ! s'exclama la jeune femme douloureusement étonnée.

— Il le fallait ! Demeurer à l'abbaye, c'était se perdre sans vous sauver... Nous les retrouverons aux côtés de notre capitaine, car ils nous précéderont à Paris, où chacun d'eux doit pénétrer par une porte différente, afin de n'éveiller aucun soupçon.

— Mais nous !... nous !... questionna Geneviève, comment pourrons-nous quitter ces ruines sans être inquiétés ?... Ne me dites-vous pas que les gens de la prévôté cernent le monastère ?

— Ils marchent sur l'abbaye pour la cerner, c'est là ce que j'ai voulu dire, reprit Jean de Montigny sans aucune hésitation, mais, à travers les inextricables sentiers de la forêt, leurs chevaux ne marchent qu'avec peine, et nous avons dix fois le temps d'être hors des ruines avant qu'ils en aient seulement atteint les abords. Une fois dans les bois, nous serons sauvés. Dans le chemin frayé que nous seuls connaissons et qui nous a été indiqué par Buridan, une carriole nous attend, dans laquelle vous vous jetterez avec vos deux enfants, et nous pourrons après gagner la grand'route en toute assurance.

— C'en est assez! dit fiévreusement Geneviève, allons!

Alors elle se prit à couvrir ses enfants d'une ample mante de laine.

Fanferdieu profita de ce mouvement pour se pencher vers le prévôt.

— Ah! ça! dites donc, lui murmura-t-il à l'oreille, vous lui dites que les quatre gars que nous venons d'escoffier sont en train de jouer des pattes! Que va-t-elle penser en voyant les carcasses du pêcheur et des deux vieux?

— Précède-nous là-haut et fais disparaître ces cadavres!

Telle fut la réponse du prévôt.

— C'est juste! pensa Fanferdieu, ce n'est pas plus difficile que ça!... Je vais jeter un coup d'œil au dehors, reprit-il à voix haute, et m'assurer si nous pouvons fuir sans danger.

A ces mots, il s'éloigna rapidement.

Geneviève avait fait pour elle-même ce qu'elle venait de faire pour les enfants, c'est-à-dire qu'elle s'était enveloppée d'une large pelisse de voyage.

— Je suis prête! dit la jeune femme en prenant ses fils entre ses bras, hâtons-nous! hâtons-nous!

En cet instant, Fanferdieu reparut.

— Rien! cria-t-il de loin.

— Venez, venez, madame! fit vivement le prévôt en prenant la main de la jeune femme.

Quand Jean de Montigny passa près du policier, ce dernier lui dit à voix basse :

— J'ai proprement serré le pêcheur dans le grand bahut. Quant aux deux vieux, je les ai couverts de gazon et de feuillage, et la petite n'y verra que du feu!

Les deux hommes et Geneviève eurent bientôt traversé le jardinet et la cour circulaire.

Au moment de gravir l'escalier qui menait à la galerie haute, la jeune femme crut entendre un gémissement sourd qui semblait venir de la citerne.

Elle prêta l'oreille; mais le bruit ne se renouvela pas.

— C'est cette drogue de Cramignole qui se crève! pensa Fanferdieu, si j'avais un pavé sous la main, je le lui jetterais dessus, histoire de l'empêcher de soupirer si haut!

— C'est étrange! murmura la jeune femme, je croyais ouïr une plainte éloignée.

— C'est le vent qui s'engouffre dans la citerne! répliqua le prévôt d'un air indifférent. Ne perdons pas de temps! songez que d'une minute dépendent votre salut et celui de vos enfants!

Geneviève s'élança la première dans l'escalier, et bientôt l'on eut atteint la galerie haute.

Cette galerie n'était éclairée que par deux étroites verrières.

Grâce à la demi-obscurité qui y régnait, la jeune femme ne remarqua d'abord aucune trace de sang.

Mais, comme elle allait franchir le seuil de la galerie, elle vit sur le chambranle de la porte une marque rougeâtre toute fraiche encore.

Et, non sans surprise, non sans terreur, elle finit par reconnaître que cette marque sanglante était celle d'une main.

En effet, Angélo blessé s'était, on s'en souvient, traîné jusqu'à la porte pour appeler à son aide Philippe et Gautier.

— Qu'est cela? qu'est cela? murmura la jeune femme.

— Ne faites pas attention, dame Geneviève, dit vivement Fanferdieu, je me suis mis les mains en sang en écartant les ronces et les épines de cette chienne de forêt, et je me suis appuyé là tout à l'heure pour pousser cette porte qui ne voulait pas s'ouvrir... Voyez, dit le misérable en montrant ses mains à la jeune femme, j'ai les pattes qui saignent encore!

Geneviève n'avait nul motif pour penser que Fanferdieu l'abusait.

Elle quitta la galerie et traversa la grande salle délabrée.

Comme elle allait mettre le pied sur la première marche qui conduisait au dehors, elle s'arrêta.

Des hennissements de chevaux se faisaient entendre à peu de distance.

C'étaient Buridan et les faux-monnayeurs qui rentraient à l'abbaye.

Mais Geneviève ne pensait qu'aux sergents de la prévôté.

— Saints du ciel! dit-elle en rebroussant chemin, les archers!

Le prévôt et Fanferdieu étaient non moins atterrés que la jeune femme.

Car ils savaient à quoi s'en tenir, eux, au sujet des survenants.

— Mille démons! rugit Jean de Montigny, nous avons trop tardé!

— Eh! c'est de votre faute! lui répondit Fanferdieu à voix basse, avec toutes vos simagrées, tous vos remords! C'est de la faute aussi de cette buse de bourreau! Que le diable vous emporte tous! grommela enfin le policier en manière de conclusion.

Geneviève, haletante, écoutait toujours.

— Ils approchent! ils approchent! murmura-elle. J'entends maintenant distinctement les pas des chevaux!

— Nous sommes perdus! s'exclama le prévôt.

— Oui! grommela Fanferdieu d'un air piteux, je crois que notre affaire va être bonne!

Geneviève poussa un grand cri de joie.

— Venez! venez! dit-elle, nous pourrons leur échapper!

— Ah! bah! fit le policier. Ma foi, ce n'est pas de refus.

Et de même que le prévôt, il se prit à suivre la jeune femme.

Celle-ci redescendit à la hâte l'escalier de la galerie.

— Ventre de chien! pensa Fanferdieu, en voilà un satané escalier que je connaîtrai! sans compter qu'il est roide en diable.

Les deux hommes, à la suite de leur guide rentrèrent bientôt dans le jardinet, puis enfin dans la salle basse.

Geneviève courut alors vers le fond de cette salle. Elle s'arrêta devant un dressoir en bois d'ébène.

— Déplacez ce meuble! commanda-t-elle aux deux hommes.

Derrière le dressoir, Jean de Montigny et son second purent apercevoir une porte secrète.

Geneviève l'ouvrit aisément.

— Venez! dit-elle, venez!

Le prévôt s'engagea après elle dans un souterrain sombre.

Quant à Fanferdieu, apercevant sur le dressoir un coffret rempli de joyaux précieux, il s'en empara en disant :

— Il ne faut rien laisser traîner!

Puis il alla rejoindre Geneviève et Jean de Montigny, en ayant grand soin toutefois de fermer la porte secrète.

Ce souterrain, dans lequel venaient de s'engager nos trois fugitifs, n'était autre que celui qui conduisait à la cabane d'Angélo.

Après une longue marche silencieuse au milieu des ténèbres, ils atteignirent enfin la susdite cabane, ou du moins la salle basse où s'était tenu jadis le conciliabule des faux-monnayeurs.

— C'est la demeure d'Angélo, dit Geneviève.

— Ah! c'est la demeure d'Angélo! murmura Fanferdieu comme si ce nom qu'il entendait pour la première fois lui était parfaitement connu. Il n'y fait guère clair, chez ce brave Angélo!... Et voilà quelque chose comme une douzaine de horions que je me flanque à la tête!

— Silence! dit impérieusement le prévôt.

— C'est juste! je tais mon bec et je fais le mort.

On gravit la petite échelle, au haut de laquelle se trouvait la trappe par où Buridan avait pu assister, dix mois auparavant, au jugement de Barabbas et à sa condamnation.

On se trouva enfin dans la chambre principale de la petite maisonnette.

— Ah! ah! fit le policier. Il fait à peu près jour ici, ce n'est pas malheureux.

Comme il disait cela, il aperçut en un coin un grand flacon de vin.

Il y courut et le vida d'un trait.

— Tripes du diable! cet Angélo est un digne compagnon, et son liquide est tout bonnement un nectar digne des dieux!

Geneviève avait ouvert la porte qui donnait sur le rivage de la Bièvre.

Lorsque le prévôt et Fanferdieu furent hors de la cabane, ils reconnurent la hutte mystérieuse qui les avait si profondément intrigués.

— Il paraît que l'Angélo en question est tout bonnement le pêcheur que nous venons d'éventrer! murmura le policier à l'oreille de Jean de Montigny. Je ne suis pas fâché de savoir son nom. C'est vrai! c'est bête comme tout de tuer des gens dont on ne connaît même pas l'étiquette!

— Il nous est maintenant impossible de rentrer dans la forêt pour prendre la carriole! dit le prévôt à Geneviève.

— Qu'importe! dit celle-ci, grâce à cette capuche qui me couvre le visage, grâce à cette large mante sous les plis de laquelle je puis cacher mes pauvres petits enfants, je pourrai pénétrer dans Paris, sans qu'on se doute de rien!

— Je l'espère! répliqua Jean de Montigny. Mais saurez-vous, avec ce lourd fardeau, marcher jusqu'à la ville?

— Pour sauver mes enfants, pour revoir leur père, je ferais cent lieues sans me plaindre! répondit la jeune femme avec exaltation.

— Qu'il soit donc fait selon vos vœux! reprit le prévôt. Marchons!

— C'est égal, pensa Fanferdieu, si j'avais su qu'il dût en être ainsi, c'est moi qui me serais privé de traîner jusqu'à Bièvre cette vieille rosse de jument! Enfin, je ne suis pas forcé de la retraîner jusqu'à Paris, c'est toujours ça!

Après une heure et demie de marche, les deux complices et la jeune femme pénétraient dans Paris par la porte Saint-Marcel.

La pauvre Geneviève avait dévoré l'espace.

Elle croyait, l'infortunée, que le danger se faisait moins imminent au fur et à mesure qu'elle s'éloignait des ruines de l'abbaye.

Et cependant, si elle fût quelques secondes de plus demeurée dans l'antique monastère, elle eût été sauvée.

Mais le sort était contre elle.

La fugitive et ses deux compagnons avaient donc pu sans encombre entrer dans la capitale.

Quand nous disons sans encombre, ceci n'est pas tout à fait exact ; car, il était alors près de deux heures de l'après-midi, et la fête que nous avons vue le matin à son point de départ était alors en pleine effervescence.

Grands seigneurs et manants, clercs, archers et bourgeois, tout Paris, en un mot, semblait piqué de la tarentule.

Les marchands avaient tendu de vieilles tapisseries les piliers de leurs boutiques ; les petits artisans, qui n'avaient pas de tapisseries à leur disposition, avaient couvert la moitié de leurs modestes échoppes sous mille et mille rameaux plus ou moins verdoyants et plus ou moins fleuris.

Bien que la journée fût grandement avancée, on affluait encore dans la ville de tous les côtés à la fois.

Si bien que nul ne songeait à faire attention à cette femme encapuchonnée, qui arpentait les rues plus légère et plus vive qu'une biche aux abois, en compagnie de deux campagnards couverts de poussière, suant sang et eau, et qui semblaient exténués de fatigue.

Au moment où ils gagnaient la Cité, un brillant cortége traversait lentement le parvis Notre-Dame, littéralement inondé de flots de curieux, de mendiants et d'écoliers.

Ce cortége, c'était celui du prince royal qui venait de recevoir le baptême dans l'église métropolitaine et que l'on ramenait au Louvre.

Jeanne de Navarre et le roi en personne avaient assisté à la cérémonie.

De loin, Geneviève aperçut Philippe le Bel.

— Le roi ! le roi ! dit-elle en frissonnant.

Et la jeune femme rabaissa instinctivement son capuchon sur son visage.

Serrant ensuite sur sa poitrine ses deux enfants :

— Pauvres petits ! murmura-t-elle, votre baptême à vous fut moins fêté que celui-ci !

— Le fait est, pensa Fanferdieu en jetant un coup d'œil sur le prévôt, que de ce côté-là ils n'ont pas été trop bien partagés.

L'on quitta la Cité.

Nos voyageurs se firent passage, non sans peine, à travers des myriades d'oiseleurs qui offraient aux badauds des colombes, des rossignols, des chardonnerets, voire même des cigognes, « accompagnant chaque offre, dit le chroniqueur, d'une piquante prophétie, selon l'âge, le sexe et la profession des personnes. »

Geneviève et son compagnons atteignirent enfin la rive droite de la Seine.

Un quart d'heure plus tard, ils entrèrent dans la rue de la Ferronnerie.

Le prévôt prit en son escarcelle la clef du pavillon, la mit dans la serrure et la porte roula sur ses gonds.

— Entrez ! entrez! dit Jean de Montigny à la jeune femme.

Celle-ci se précipita dans la chambre où se trouvait le portrait d'Adrienne.

Le prévôt et Fanferdieu y entrèrent après elle.

Puis la porte fut refermée à double tour.

Geneviève ayant jeté les yeux à droite et à gauche :

— Je ne vois pas Buridan ! dit-elle étonnée.

— Bientôt il sera près de vous, répondit Jean de Montigny, prenez patience !

Il fit un signe ensuite à Fanferdieu de le suivre, et disparut avec lui dans la première pièce.

Il poussa aussitôt la porte de la chambre et la ferma à double tour, comme il venait de faire pour celle de la rue.

— Là ! dit Fanferdieu en ricanant, voilà l'oiseau en cage !... Maintenant, monseigneur, dit-il en s'inclinant profondément devant Jean de Montigny, à vous la prévôté !

— Fanferdieu, répliqua le prévôt à voix basse, demeure en cette pièce, et, quoi qu'il advienne, ne laisse pénétrer personne auprès de Geneviève. Je me rends auprès de Jacques d'Aunay et d'Isaurine, afin de ne leur donner nul soupçon, puis je courrai au Louvre et j'apprendrai tout au roi.

— Et vous reviendrez céans, répliqua Fanferdieu, avec une escorte digne de vos nouvelles fonctions?

— Tu l'as dit !

A ces mots, Jean de Montigny quitta le pavillon.

Le policier le rappela.

— Monseigneur !

— Que veux-tu ?

— Je tombe d'inanition, et je crève de soif ! Si vous étiez assez compatissant pour me faire octroyer une légère collation, dans le goût de celle d'hier soir, vous me rendriez un grand service.

— Tu dîneras au Châtelet, coquin ! répondit le prévôt, je ne veux pas que tu te soûles en m'attendant.

Fanferdieu eut beau supplier, ce fut en vain.

Quand le policier fut seul :

— Si c'est permis, dit-il, de faire jeûner de la sorte un homme qui possède une faim pareille !

En cet instant, les enfants se prirent à pleurer dans la chambre voisine.

— Ah ! ah ! poursuivit Fanferdieu, il paraît que les deux jeunes gens éprouvent aussi le besoin de collationner un peu !... Ils sont plus heureux que moi, ils ont toujours leur dîner prêt, eux !

Les cris des enfants ayant cessé :

— Qu'est-ce que je disais ? voilà qu'ils ferment leur boîte.

Il mit l'œil à la serrure.

— Oui, oui, reprit le coquin, les deux mioches sont à table... S'en donnent-ils, ces goinfres-là... ! s'en donnent-ils !... parole d'honneur, ça me fait venir... le lait à la bouche !... Sont-ils assez gueusards, ces oiseaux-là ! ils ne m'en offriraient seulement pas une goutte !

— Qu'est-ce que vous regardez donc là, monsieur Fanferdieu ? dit brusquement derrière lui une voix féminine.

Le policier quitta bien vite son poste d'observation en s'écriant :

— On n'entre pas !

Mais changeant de ton tout à coup.

— Tiens ! c'est la belle Maritorne !

C'était la grosse servante en effet.

Elle avait doucettement entr'ouvert la porte du pavillon, sans être entendue de Fanferdieu, et depuis quelques secondes, elle le considérait en silence.

Le policier courut avec empressement au-devant de Maritorne.

— On n'entre pas ? avez-vous dit, reprit cette dernière en minaudant. La défense, je suppose, ne me concerne pas ?

Fanferdieu était on ne peut plus embarrassé.

Placé entre son devoir et son faible pour la femme aux grosses mains, l'affreux drôle se trouvait exactement dans la même situation que ce fameux âne qui servait au temps jadis d'enseigne à Cramignole.

— Belle Maritorne, répliqua enfin notre coquin, vous le savez, quand un soldat reçoit une consigne de son général, il faut qu'il l'exécute, malgré tout le désagrément qu'il peut en éprouver. Or, messire Jean de Montigny est mon général, et je ne fais que lui obéir en vous priant, à mon grandissime regret, de ne pas mettre le nez en ce pavillon !

— C'est bien, fit la grosse fille avec dépit, je vous laisse, monsieur !... Du moment que je vous gêne, je n'insiste pas !

— Vous me gênez ! s'exclama Fanferdieu. Vous me gênez ! Ah ! ne croyez pas cela, Maritorne de mon âme !... C'est-à-dire que, dans tout autre moment et dans tout autre lieu, je serais ravi, radieux, enthousiasmé de vous recevoir avec tous les égards dus à vos charmes puissants !

— Ne cherchez pas à m'abuser, répliqua la servante en pleurnichant, je vois bien que vos belles paroles d'hier au soir n'étaient que des gouailleries ! Vous m'avez parlé d'amour comme vous m'auriez parlé de la lune !

— Maritorne, je vous jure par le dard de Cupidon...

— Le dard de Cupidon n'a rien à faire ici ! interrompit la grosse fille d'un ton irrité. Et dire, poursuivit-elle en reprenant son ton larmoyant, dire que j'ai pu croire, dire que j'ai cru aux protestations hypocrites de ce sauteur !... à ses serments fallacieux ! Ah ! pauvre innocente que j'étais !... Mais non, continua la grosse gaillarde avec un désespoir des plus grotesques, non ! il est dit que nous autres, faibles femmes, nous nous laisserons toujours pincer par ces crocodiles-là !

— Crocodille ! s'écria Fanferdieu. Oh ! ne me comparez, ange de ma vie, à ce monstre vorace qui remplace le canard dans les marais de l'Égypte et qui sert de dieu au besoin !... Non ! divine créature, je ne t'ai pas menti, hier au soir, lorsqu'en ce pavillon, dont une consigne que je déplore t'exile aujourd'hui, je t'ai dit que je t'idolâtrais !... Je l'ai dit !... je te le redis... et te le redirai sans cesse... Je te le prouverai même... mais pas ici... le prévôt peut revenir d'un moment à l'autre, et notre doux tête-à-tête finirait en queue de morue ! Donnez-moi, oh ! donnez-moi, je vous en conjure, quelque rendez-vous pour ce soir ! A la brune, ô ma blonde, je serai tout à toi ! Et tu verras que mon cœur est un Vésuve qui ne demande qu'à déposer sa lave à tes pieds majestueux.

— Tout ça, c'est des frimes, riposta vertement la belle Maritorne, gardez votre Vésuve pour vous et ne me parlez pas de rendez-vous !... Je venais, en l'absence de mes maîtres, vous octroyer les quelques minutes de liberté qu'ils me laissent ! et vous me recevez à la porte en me priant de ne pas entrer !... Tout est fini entre nous !... Et moi qui avais la bonhomie de m'occuper de vous, encore !

— Vous vous occupiez de moi ?

— Oui ! j'étais assez bête pour ça ! Je m'étais dit : « Ce pauvre monsieur Fanferdieu, il n'a rien pris depuis hier soir, et il doit avoir l'estomac dans les talons. »

— Vous vous disiez cela ?

— Oui ! Et comme une grosse dinde que je suis, je vous apportais un broc de vin d'Argenteuil avec un restant de porc aux petits oignons que j'avais confectionné ce matin en pensant à vous !

— Du vin ! du porc aux oignons ! s'écria Fanferdieu. Et vous ne disiez pas cela tout de suite !... Donnez-vous donc la peine d'entrer, je vous en prie !

A ces mots, il ouvrit toute grande la porte qu'il avait tenue jusqu'alors entre-bâillée, et prenant la servante par la main il l'attira de force au milieu de la chambre.

La grosse fille portait un panier tout plein de provisions.

Fanferdieu s'en empara.

Fourrant sa tête dans le panier, il se prit à humer voluptueusement les senteurs délicieuses qui s'en échappaient.

Moi, je tapais dans le tas comme dans du beurre.

— Du porc aux oignons ! dit-il ensuite. C'est pourtant vrai ! c'est du porc aux oignons ! Mon régal favori !... Et vous aviez deviné cela, ô Maritorne de mon âme ! Vous ne vous contentez donc pas d'avoir les ailes d'un ange !... vous avez donc aussi la baguette d'une fée !

— Petit flatteur ! fit l'autre en minaudant.

Fanferdieu avait tiré du panier le fameux broc de vin.

Sans prendre le temps de se servir d'un gobelet, il leva le broc, puis, ouvrant toute grande son énorme bouche, il fit tomber dedans un large jet de liquide.

— Ouf! dit-il ensuite en se frottant l'estomac, quelle douce sensation ! Ça rafraîchit et ça réchauffe en même temps ! Ah ! ma foi, au diable la consigne !... je la foule aux pieds, la consigne !... Je lui fais la nique, à la consigne, et je me livre corps et âme à Comus, dieu des goinfres... en attendant mieux ! ajouta le lubrique coquin en embrassant bruyamment les plantureuses épaules de sa puissante amoureuse.

— Ah ! je te retrouve enfin, mon galant chevalier s'exclama Maritorne, se pâmant d'aise.

— Mettons la table ! reprit Fanferdieu.

Mais il n'y en avait pas dans la salle.

— Attendez ! répliqua la grosse fille, je vais aller en chercher une dans la chambre de la morte !

— Impossible ! fit le drôle en la retenant, la porte est fermée à double tour et le prévôt a mis la clé dans sa poche.

— Pourquoi donc ça ? questionna Maritorne.

— Oh ! fille d'Ève, répliqua Fanferdieu, comme tu tiens bien de madame ta mère !

— D'abord, riposta la servante, ma mère ne s'appelait pas Ève, puisqu'elle se nommait Jeannette la Torpiaude !... Ensuite, je ne tiens pas d'elle, vu qu'elle était maigre comme un échalas et que je suis grasse comme une loche !... Ceci bien entendu, j'en reviens à ma question. Pourquoi messire de Montigny a-t-il emporté la clé ?

— Maritorne, ne m'interrogez pas, et ça me fera plaisir, parce que je serais forcé de ne pas vous répondre, et ça me ferait de la peine.

— Je parie qu'il y a quelqu'un dans cette chambre?

— Non ! parole d'honneur, il n'y a pas un chat !

En ce moment, l'un des enfants se remit à crier comme précédemment.

— Sarpedieu ! fit le coquin, voilà les crapauds qui recommencent leur chanson !... Ils ont pourtant assez teté, bien sûr !

— Ah ! ah ! vous me mentiez donc, monsieur Fanferdieu ? reprit la servante.

— Moi ? pas du tout ! Je vous ai dit qu'il n'y avait pas un chat dans cette chambre. Et c'est vrai ! les enfants ne sont pas des chats !... Ça ne les empêche pas de miauler et d'aimer le lait !

— Est-ce que, par hasard, vous seriez l'auteur de ces enfants ? demanda Maritorne d'un ton solennel.

— Moi ? jamais de la vie ! Je puis vous certifier qu'il sont venus au monde sans même m'en faire part ! Et je les ai vus aujourd'hui pour la première fois !

— Alors, c'est donc le prévôt qui est leur père ?

— Lui ! répliqua Fanferdieu en se mettant à rire, le pauvre cher homme ! il ne songe guère à ça, je vous en réponds ! Il a bien d'autre soucis en tête !

— Alors, qu'est-ce que ces mioches-là ! et comment avez-vous pu les amener ici sans qu'on s'en soit aperçu !

— Je vais vous dire, répliqua l'autre avec embarras, nous les avons trouvés dans le jardin, sous un chou !

— D'abord, il n'y a pas de choux dans le jardin !

— Ah ! reprit l'autre, désappointé. Comment ! vraiment, il n'y a pas de choux? continua-t-il pour changer la conversation. Eh bien ! c'est un tort ! Le chou est un excellent légume. D'abord, c'est très-léger et pas indigeste du tout !... Ainsi, il y a encore un mets que j'affectionne beaucoup : c'est un bon chou farci, avec beaucoup d'épices et de chair à saucisse. Oh ! ça, écoutez, c'est à s'en lécher les babines pendant onze jours !... Par exemple, il faut que ça mijote longtemps !... sans ça, va te promener, c'est raté !... Quand nous serons unis, ô ma reine ! vous me ferez un chou farci, pas vrai ? Mais en attendant le chou, ne négligeons pas les oignons, qui ont bien leur mérite aussi, surtout lorsqu'ils sont accompagnés d'un luxuriant morceau de porc comme celui-ci !

Fanferdieu avait tiré le plat du panier et, faute d'une table, il allait tout bonnement mettre le couvert sur son lit, lorsqu'il aperçut par la verrière, une petite table rustique plantée en pleine terre, sous une charmille.

— Voilà notre affaire ! s'écria-t-il, portons là le liquide et les comestibles, et nous allons faire un petit déjeuner qui ne sera pas piqué des hannetons. Est-ce dit?

— C'est dit ! répliqua Maritorne.

Fanferdieu quitta le pavillon et courut à la charmille.

Mais Maritorne, avant de le suivre, mit l'œil à la serrure de la chambre voisine.

— Il y a une femme avec les deux petits ! murmura-t-elle. Elle est toute jeune et toute belle, et ses enfants ont l'air de deux chérubins ! Qu'est-ce que tout ça veut dire ? Oh ! je le saurai !...

— Eh bien ! eh ! Maritorne ! cria le policier qui déjà s'était assis sur un banc de gazon placé près de la table. Qu'est-ce que vous fabriquez donc par là ?

— Me voici ! me voici ! répondit la grosse fille en accourant. J'essayais d'attraper...

— Quoi donc ? une puce ?

— Non ! un papillon !

— C'est plus poétique ! riposta le coquin ; mais laissez ces gracieux sylphes de l'air, qui sont vos frères, ô ma sylphide ! et venez vous seoir à ma gauche, côté du cœur ! Venez, venez, céleste bayadère ! le porc vous tend les bras !

Peu après, la servante était auprès de Fanferdieu.

Ce dernier était rayonnant.

— Est-on bien ici ! est-on bien ! s'écria-t-il. Ah ! j'étais né pour vivre à la campagne, au sein des fleurs, avec un tas de poules picorant autour de moi !... avec des agneaux blancs, ornés de faveurs roses... et puis, de bons gros cochons bien gras, bien dodus... C'est si gentil tout ça... et si commode en même temps !... Aussitôt qu'on a faim, v'lan, une poule au pot !... Un ami vient-il vous demander à déjeuner, vite un agneau sur le gril... un cochon à la broche !... Quand nous serons mariés, nous nous retirerons du côté d'Argenteuil, à cause de son vin, le seul qui me plaise !... Il y a des gens qui ne l'aiment pas... moi, je l'adore... je le trouve gai comme un pinson... et je suis pour la gaieté, moi, ventre de louve !... A la tienne, ma sultane !

— A la vôtre, monsieur Fanferdieu !

— Ne m'appelle pas monsieur, ça jette un froid dans la conversation. Tutoie-moi, va, je te le permets ! Oh ! je ne suis pas fier !

Disant cela, il vida son large gobelet.

Il va sans dire que, tout en parlant, maître Fanferdieu avait vigoureusement attaqué les comestibles.

— Par la mamelle gauche de madame Vénus ! reprit le coquin la bouche pleine, je n'ai jamais si bien boustifaillé qu'aujourd'hui !... Positivement, ce cabaret improvisé enfonce à trente pieds sous terre celui du *Lapin Blanc*, qui est cependant un joli endroit, et rudement bien composé... C'est là que nous ferons notre repas de noces.

— Alors, nous nous marierons ? interrogea Maritorne. C'est vrai... c'est bien vrai ?

— Vrai comme il n'y a qu'un Dieu !... Je serai ton petit mari, et tu seras ma petite femme !... Tu verras comme je te rendrai heureuse !... Tu auras tant de satisfaction avec moi que tu ne sauras où la mettre !

Sur ce, il l'embrassa à plusieurs reprises.

— Finissez ! finissez ! dit la servante en se défendant mollement.

— Que veux-tu, sous cette verte charmille je me sens tout émoustillé !... C'est l'argenteuil... le grand air... et le parfum des fleurs... car ça sent bon ici que c'en est une bénédiction !... L'odeur du jasmin et des roses se marie au fumet du porc aux oignons, c'est adorable !... Ah ! Maritorne, tu as eu une rude idée en venant me dire bonjour avec un panier au bras !

Mettant sur son assiette le restant de la viande :

— Eh ! allez donc, reprit-il, tout y passera !

Il ne fit qu'une bouchée de l'énorme morceau.

— *Requiescat in pace !* dit-il ensuite. C'est du latin ceci, ma charmante, continua le drôle d'un air important.

— Vous savez le latin ! s'exclama la grosse fille émerveillée.

— Je sais toutes les langues, répliqua le policier avec aplomb, et je m'en sers comme pas un !... A ta santé !

— A la vôtre !

— Tiens ! fit Fanferdieu en riant, il est tombé une araignée dans mon vin.

— Et deux chenilles dans le mien, ajouta Maritorne en repoussant son gobelet.

Fanferdieu retira tranquillement l'araignée de son verre et le vida comme si de rien n'était.

La servante voulut écraser le hideux insecte.

Le policier s'y opposa.

— Pauvre petite bête ! ne lui faites pas de mal !... J'ai un faible pour les araignées !... Va, ma petite, va, continua-t-il en posant délicatement l'insecte sur une feuille. Eh bien, vous ne buvez pas ?

— Ma foi, non ! Si vous aimez les araignées, je n'aime pas les chenille, moi ; ça me dégoûte !

— Tiens ! que c'est drôle ! répliqua Fanferdieu en prenant le gobelet de Maritorne, ça ne me dégoûte pas, moi, au contraire.

Et, fourrant son doigt dans le vin, il retira les deux chenilles, les plaça près de l'araignée et vida le verre de Maritorne comme il avait vidé le sien.

— Eh bien, dit-il ensuite, vous me croirez si vous voulez, mais la chenille ajoute un charme à l'argenteuil... Ouf ! poursuivit le drôle en dégrafant son pourpoint, ça commence à aller mieux !... Un léger morceau de fromage maintenant, et j'aurai mon soûl.

— Vous aviez faim, à ce que je vois.

— Tiens ! vous êtes bonne, vous ! Si vous aviez fait la trotte que je viens de faire... Savez-vous que depuis le lever du soleil je suis sur mes pattes ?

— Vous avez donc été bien loin !

— Plus loin que cela encore, répliqua l'autre qui commençait à être passablement gris.

— Pour aller chercher les deux petits et leur mère ! ajouta vivement la servante.

— Comme vous dites, pour aller chercher les deux mères et le petit... Non, je veux dire... Enfin, ça ne fait rien, vous comprenez ?

— Oui, oui, je comprends. Et, poursuivit Maritorne, quelle est cette belle dame-là ?

— Cette belle dame-là ?... Eh bien, pardine, c'est...

Mais, s'arrêtant brusquement :

— Eh ! dis-donc, toi, la grosse biche ! tu m'as l'air de vouloir me faire bavarder ?... ça n'est pas bien !... Sous le prétexte que j'ai tiré les chenilles de ta tasse, ce n'est pas une raison pour me tirer les vers du nez !

— Eh ! quoi, reprit la servante en le câlinant, vous vous méfiez donc de votre petite Maritorne, de votre petite femme ?

— Ah ! sirène ! tu me cajoles ! tu me cajoles !... mais tu auras beau faire, va, tu ne sauras rien, c'est ma consigne... Ne parlons donc plus de tout ça et causons d'amour, il n'est que temps.

A ces mots, il prit Maritorne entre ses bras et voulut lui dérober quelques baisers.

Mais la grosse fille lui octroya une vigoureuse bourrade qui l'envoya rouler sur le sable.

— Ouais ! fit le coquin en se relevant, voilà une rude femme, par exemple ! Quel coup de poing ! J'ai les côtes en capilotade ! Ma petite Maritorne ! ajouta-t-il en se rapprochant.

— Turlututu, mon bon ! riposta aigrement la servante, pas de confidence, pas d'embrassades !

— Mais je brûle, mon infante ! je brûle !

— Vous avez beau braire, interrompit l'inflexible beauté, vous n'aurez pas de son !

— O amour ! tu le veux donc ! Eh bien ! tant pis, je vais tout te dire ! Au surplus, comme nous allons nous marier bientôt, et que le mari et la femme ne doivent faire qu'un, ce que je sais, tu dois le savoir !

— Ah ! ce n'est pas malheureux ! s'écria Maritorne en se rasseyant. Voyons ! qu'est-ce que c'est que cette inconnue-là ?

— Cette inconnue-là, c'est la conjointe de l'étudiant !...

— De l'étudiant ?...

— Eh bien, oui ! de celui qui est proscrit... que la prévôté cherche depuis dix mois et qu'on ne trouve pas plus qu'une aiguille dans une botte de foin ! En un mot, quoi, c'est la moitié de Jean Buridan.

— Jean Buridan ! répéta la grosse fille qui ne savait nullement, et cela se comprend, quel était celui dont elle entendait le nom. Et qu'est-ce qu'il avait donc fait pour être proscrit ?

— Il avait eu des mots avec le roi Philippe.

— Avec le roi !

— Oui, il paraît comme ça qu'il l'avait traité de grand propre à rien et d'espèce de grande canaille !... Entre nous, je ne dis pas qu'il avait tort !... Mais c'est égal, on fait de ces compliments-là à un camarade ; mais à un roi de France et de Navarre, c'est roide !... Ah ! pour être roide, c'est roide ; convenons-en !

— Et la femme... les enfants... que va-t-on en faire ?

— On va les déposer proprement au Châtelet.

— Au Châtelet !

— Parfaitement. A seule fin d'attirer à Paris le Buridan en question et toute sa bande !

— Toute sa bande !

— Oui, ma fille. Depuis que l'étudiant a quitté le latin, il fait dans le faux-monnayage.

— Il est faux-monnayeur !

— Rien que ça !... Or, ce n'est pas encore autorisé par la loi. Ça viendra peut-être, mais plus tard !

— Et vous croyez que le pauvre jeune homme se laissera prendre au piége ?

— Je le crois fermement. On s'arrangera pour ça !

— Alors tous ces gens-là sont perdus !

— A mon sens, ils sont tous fricassés. La mère, le père, les moutards et les amis, tout sera bouilli, écartelé, roué vif ou pendu, au choix des amateurs !

— Ah ! les malheureux ! s'écria Maritorne en se levant vivement. Courons tout dire à dame Isaurine !

Ce disant, elle quitta la charmille et se prit à fuir avec rapidité dans la direction de l'habitation.

— Eh bien ! eh ! là-bas ! fit Fanferdieu, stupéfié. Qu'est-ce qui vous prend ? Est-ce que vous avez encore trouvé des chenilles dans votre verre ?

— Mes maîtres sont de retour et je les entends qui m'appellent ! cria de loin la grosse fille. Adieu ! adieu !

Fanferdieu était l'homme le plus désappointé du monde.

— Eh bien ! c'est du joli !... En voilà des bourgeois embêtants qui se permettent de déranger leur domestique quand elle a quelque chose à faire !...

Vidant dans son gobelet le restant du vin qu'il avait absorbé presque à lui seul :

— Bacchus, mon ami, console moi, je te prie, du départ de Cupidon !

Après cette dernière rasade, le drôle se laissa tomber tout de son long sur son banc de gazon et s'endormit bientôt d'un profond sommeil.

Il ronflait depuis une dizaine de minutes à peu près, lorsque dans le jardin apparut Jacques d'Aunay, pâle, agité et tenant à la main son épée nue.

Il s'élança d'un bond vers le pavillon.

Mais les ronflements sonores du soulard l'arrêtèrent en sa course.

Jacques d'Aunay courut à la charmille.

Après avoir considéré quelque temps Fanferdieu, il remit son épée au fourreau, puis remonta vers l'habitation, d'où il ressortit peu après, suivi d'Isaurine et de la grosse servante qui tenait un deuxième broc de vin.

Tous deux s'avancèrent à bas bruit.

Jacques d'Aunay commanda à Maritorne de poser le broc sur la table du coquin.

— Reste près de lui, dit-il ensuite, et s'il se réveille, verse-lui à boire et retiens-le !

— Je le retiendrai, répliqua Maritorne avec assurance.

— Mais, demanda Isaurine avec crainte, s'il a quelque soupçon... s'il refuse de boire et s'il veut s'opposer...

Jacques d'Aunay frappa sur son épée et répondit d'un ton ferme :

— S'il ose dire un mot, il n'en dira pas deux !

— N'ayez crainte ! s'empressa de riposter Maritorne. Entre ce broc de vin et votre servante, messire, ce beau dormeur-là sera trop bien pour songer à s'enfuir.

— Venez donc, Isaurine ! reprit Jacques d'Aunay.

Les deux jeunes époux se dirigèrent alors vers le pavillon.

Avant d'en franchir le seuil, Isaurine leva les yeux vers le ciel et joignit les mains en murmurant :

— Mon Dieu ! mon Dieu ! protégez-nous !

X. — DANS LEQUEL LES FAUX-MONNAYEURS DISENT UN DERNIER ADIEU A LA FORÊT DE BIÈVRE.

A la fin du précédent chapitre, nous avons laissé Isaurine et Jacques d'Aunay franchissant le seuil du pavillon où Geneviève et ses enfants étaient enfermés.

Avant de faire connaître quels événements suivirent l'arrivée des deux époux, il est de toute utilité que nous disions ce qui s'était passé à l'Abbaye-aux-Bois, après la fuite précipitée de la jeune mère, du prévôt et de son acolyte.

Ces deux derniers ne s'étaient pas trompés.

Les cavaliers étaient bien réellement Buridan et ses compagnons.

Malgré les quatre défenseurs qu'il avait laissés à Geneviève, le jeune chef, à peine éloigné d'elle, avait senti ses craintes lui revenir à l'esprit plus violentes qu'au moment du départ, et l'on avait hâté le retour.

Au moment même où Jean de Montigny et sa victime atteignaient la cabane d'Angélo le pêcheur, Buridan et sa phalange mettaient pied à terre dans l'intérieur du cloître.

Jetant la bride de son destrier aux mains du petit Mailleux, Buridan, le premier de tous, s'élança vers la grande cour du réfectoire.

Isaac, Cornélius et quelques autres le suivirent, tandis que le reste de la bande prenait soin des chevaux.

Au moment de pénétrer dans la cour, le jeune capitaine et ses compagnons ouïrent un bruit étrange, mystérieux, funèbre.

— Qu'est cela ? murmura l'étudiant en s'arrêtant surpris.

— Par les os de Moïse ! s'exclama Isaac après avoir prêté l'oreille, on dirait les sourds croassements d'une armée de corbeaux !

— Les oiseaux de la mort ! murmura Buridan en pâlissant.

— Je fais erreur, sans doute ! reprit l'Israélite. Ces sinistres vampires ne quittent point les murailles hautes du réfectoire. Or, leur vilaine chanson ne saurait nous venir aux oreilles aussi distinctement !

En proie à une émotion qu'il essayait en vain de maîtriser, Buridan pénétra dans la grande cour.

Le juif et les autres y pénétrèrent après lui.

Alors un singulier spectacle s'offrit à leur vue.

Tous les larges degrés de l'antique escalier qui menaient à la chambre haute étaient littéralement couverts de grands oiseaux noirs qui semblaient former comme un mouvant tapis de deuil.

Le petit juif avait deviné juste.

C'étaient des corbeaux.

Contre leur habitude, ils avaient abandonné le sommet des ruines et les cimes élevées de la forêt, et, pour la première fois, sans doute, ces mangeurs de chair humaine s'ébattaient dans les mousses et les herbes qui croissaient en abondance sur les marches de l'escalier séculaire.

Buridan étreignit fiévreusement la main du petit juif.

— Isaac, lui dit-il, si ces noirs bandits ont quitté leur repaire aérien, c'est qu'il y a céans quelque cadavre !

— Je le crois comme vous, monseigneur !

Tous les faux-monnayeurs, s'armant de bâtons, coururent sus à l'horrible cohorte qui, d'un seul mouvement, quitta la place en poussant de longs cris de colère et d'effroi.

Mais quand cette masse sombre se fut lentement élevée à une certaine hauteur, elle demeura juste au-dessus de l'escalier, battant de l'aile et croassant.

Et cela formait comme un grand voile funèbre tendu sur les ruines de l'Abbaye.

Ce qui avait attiré cette horde de rapaces, on le devine.

C'étaient les cadavres de Philippe le Centenaire et de Gautier le Chevelu.

L'effroyable chaleur du soleil d'août avait hâté la décomposition des corps, et la bande noire s'était empressée d'accourir au hideux festin qui lui était offert.

A l'aspect des deux vieillards assassinés, Buridan et les siens poussèrent un cri d'horreur qui fit accourir le reste de la troupe.

— Enfants, leur dit Buridan avec un sombre sourire, vous le voyez, mes pressentiments ne me trompaient pas ! En notre absence, le crime a pénétré céans !

Gravissant d'un pas rapide le large escalier :

— Allons ! poursuivit-il avec fièvre, sachons toute l'étendue de mon malheur.

Tous les faux-monnayeurs se précipitèrent à sa suite dans la grande salle du réfectoire.

Ils virent la vieille porte toute grande ouverte, et la première chose qu'ils aperçurent, ce fut la main rouge imprimée sur le chambranle.

— Un autre crime s'est commis en cette galerie ! murmura Buridan.

Le petit juif s'était baissé.

De son œil de lynx, il remarqua, malgré l'obscurité qui régnait dans le long corridor, une large traînée de sang.

Il suivit cette trace, et quand il fut près du bahut de chêne, il s'arrêta.

Ayant ouvert les deux battants du vieux meuble, il vit alors le cadavre d'Angélo.

Buridan ne dit pas un mot, ne poussa pas un cri.

Les autres imitèrent son sinistre silence

Le jeune chef se dirigea vers la trappe ; il descendit lentement les marches nombreuses de l'étroit escalier, et bientôt il se trouva dans la cour circulaire.

Isaac et les autres s'y trouvèrent en même temps que lui.

Ne voyant rien dans cette cour, ils allaient gagner le jardin, lorsque les gémissement sourds vinrent frapper leur oreille.

Tous s'arrêtèrent alors, et le juif courut à la citerne.

— Il y a là-dedans quelqu'un qui se meurt ! s'écria-t-il.

— Attachez-moi une corde autour du corps, dit e petit bossu. Je descendrai dans la citerne, moi !

La corde serrée autour des reins, Mailleux sauta légèrement sur la margelle.

Confiant ensuite la corde à deux vigoureux compagnons :

— Tenez bien ça, vous autres, et laissez-moi glisser doucement jusqu'à ce que je vous dise : halte Ne lâchez pas la ficelle surtout ! reprit-il, je suis en nage, et, dans ce moment, un bain à la glace serait malsain pour moi !

On descendit le bossu jusqu'au fond de la citerne.

Il aperçut bientôt le malheureux Cramignole, désespérément accroché à une grosse pierre en saillie qui était à peu près au niveau de l'eau.

Mais le pauvre diable gisait là depuis une grande demi-heure.

Le froid le pénétrait jusque dans la moelle des os, et ses doigts engourdis n'avaient plus la force de soutenir son corps.

L'infortuné Normand avait la face violacée, et ses lèvres convulsivement contractées laissaient échapper des plaintes inarticulées et de sourds gémissements.

— C'est Cramignole! cria le petit bossu qui venait de saisir le bonhomme par le bras au moment même où ses doigts inertes lâchaient leur point d'appui.

— Cramignole répéta la bande, qui entourait la citerne.

— Est-il seul? demanda anxieusement Buridan.

— Je ne vois que lui du moins! répondit le bossu. Jetez-moi une seconde corde, camarades, j'attacherai le Normand et vous le remonterez; quant à moi, je ne m'en charge pas; avec lui dans mes bras, je serais sûr de faire casser la ficelle.

Il fut fait comme le désirait le petit Mailleux, et, peu après, ce dernier était tiré hors de la citerne en même temps que Cramignole.

Le pauvre noyé était à peu près sans connaissance.

Tout son corps grelottait et ses dents claquaient sans discontinuer.

Mais on étendit le bonhomme au grand soleil, on versa dans sa bouche quelques gouttes d'un cordial puissant, et bientôt son frisson diminua, ses joues, tachetées de larges marques violettes, reprirent leur coloris habituel; bref, ses yeux se rouvrirent et la parole lui revint.

Il raconta tout alors, tout ce qu'il savait du moins.

— Enfin, dit-il en terminant, tandis que l'un des deux coquins s'apprêtait à m'assommer avec mes propres armes, l'autre s'élança dans le jardin en disant : « A Geneviève, maintenant, à Geneviève! »

L'on courut à la salle basse.

— Geneviève!... mes enfants! s'écria Buridan.

Mais nul ne répondit à sa voix.

— Les misérables les ont-ils donc assassinés comme ils ont assassiné Angélo et ses deux compagnons?

— Non, répondit le juif, il n'y a ici nulle trace de lutte. Si Geneviève et ses fils étaient victimes d'un meurtre, nous trouverions en cette salle quelques traces sanglantes, comme nous en avons trouvé dans la galerie haute.

Comme Isaac achevait ces mots, Buridan s'aperçut que le grand dressoir d'ébène n'était plus à sa place habituelle.

— Mes enfants et leur mère ont été enlevés! s'écria-t-il. Les ravisseurs se sont enfuis avec eux par le souterrain du bord de l'eau.

Des torches furent allumées en toute hâte, et Buridan, suivi de quelques-uns des siens, se précipita dans la galerie qui conduisait à la cabane d'Angélo.

La porte était restée toute grande ouverte.

— Évidemment, s'écria Buridan, ils ont pris ce chemin.

En effet, l'herbe qui croissait devant la porte conservait encore l'empreinte des pieds des fugitifs.

Suivant cette piste, le jeune chef et ses compagnons marchèrent d'un pas rapide durant quelques minutes.

Mais Buridan, interrompant sa course brusquement :

— Notre poursuite ne saurait avoir de résultat, dit-il; les ravisseurs avaient, cela n'est pas douteux, des chevaux vigoureux, et peut-être sont-ils en ville depuis longtemps déjà.

— C'est plus que probable, répliqua le juif.

Toutefois le petit vieillard, grimpant comme un écureuil à la cime d'un arbre, se prit à promener son regard d'aigle dans toutes les directions.

Mais il ne vit rien.

Geneviève, malgré son précieux fardeau, à cause de lui peut-être, avait marché avec une rapidité vertigineuse.

Son pied léger effleurait à peine le sable de la route.

Comme bien on pense, le prévôt et Fanferdieu, qui pensaient bien que les faux-monnayeurs allaient les poursuivre, avaient non moins d'intérêt que Geneviève à hâter leur marche, si bien que les fugitifs étaient déjà dans le bourg Saint-Marcel, lorsque Buridan et les siens n'étaient encore qu'à une faible distance de la cabane d'Angélo.

— Rien! cria Isaac, perché sur sa branche comme un oiseau gigantesque; je ne vois rien à l'horizon. Aussi loin que peut se porter ma vue, les sentiers sont déserts, et nul voyageur, nul cavalier ne galope sur la route.

— Rebroussons chemin, camarades, commanda Buridan.

— C'est ce que nous avons de mieux à faire, dit le petit juif en sautant légèrement sur l'herbe.

L'on reprit tristement la route que l'on venait de suivre.

En rentrant dans la salle basse du réfectoire, Buridan, sombre et triste, parcourut une dernière fois des yeux ce tranquille réduit, où, malgré sa destinée fatale, il avait, durant une année entière, goûté le bonheur le plus parfait et le plus pur.

Des pleurs brûlants coulèrent le long de ses joues.

Mais, les essuyant brusquement :

— Pas de larmes! dit-il, soyons fort!... soyons homme!... et ne songeons qu'à venger ceux que j'aime!...

Après un instant de silence :

— Les venger ! reprit-il, et comment ? Quels sont-ils, les infâmes qui m'ont volé les miens ?... Ce ne sont pas les gens de la prévôté. Jean de Marle n'a aucun soupçon, sans quoi nous eussions été arrêtés tous à notre entrée en ville !... Si le coup qui me frappe partait du Châtelet, ce ne sont pas deux hommes qui seraient venus à l'Abbaye-aux-Bois, c'est une armée tout entière !... Non, non, il y a là-dessous quelque trahison !

— Une trahison ! s'écrièrent tous ensemble les faux-monnayeurs.

— Oh ! reprit vivement le jeune chef, il n'en est pas un seul parmi vous que je puisse accuser. Je vous connais tous, amis, comme je me connais moi-même... Mais nous avons dans la ville bien des complices, et peut-être...

— Nos complices de la ville sont ceux de ma tribu, monseigneur, interrompit Isaac Golden d'un ton solennel, je réponds des juifs de Paris comme je réponds de moi !

— Mais qui donc alors a pu commettre tous ces crimes ? demanda Buridan. Et rien ! pas un indice qui puisse nous faire découvrir les ravisseurs !

Tout en disant ceci, son regard s'était porté machinalement sur le dressoir d'ébène.

— Les joyaux de Geneviève ont disparu ! s'écria-t-il, le coffret qui les contenait a été volé !

On se rappelle, en effet, que Fanferdieu, avant de s'éloigner, avait eu soin de s'emparer dudit coffret.

— Allons, reprit le jeune homme, peut-être, grâce à ces joyaux, pourrons-nous bientôt pénétrer cet effroyable mystère.

— Quels que soient les coupables, répliqua le vieux juif, il est maintenant une chose avérée, c'est que l'on connaît notre retraite de l'Abbaye-aux-Bois, et, partant, ce que nous faisons. Il est clair comme le jour que l'on va venir nous traquer tous ici comme des bêtes fauves si nous demeurons seulement une minute de plus.

— Oui, tu dis vrai, répondit Buridan ; il faut fuir et dire à ce vieux monastère un éternel adieu !

— Il faut plus encore, mon cher enfant, reprit Isaac Golden.

Interrogé par toute la bande :

— Il faut, continua l'israélite, il faut renoncer, sinon pour toujours, du moins pour un long temps, à notre ténébreuse industrie... Nous avons présentement en réserve assez d'or de bon aloi pour n'avoir pas besoin de sitôt de recourir à l'autre. Rentrons donc dans Paris, et, disséminés dans tous les quartiers, attendons, silencieux, que l'orage d'aujourd'hui soit bien et dûment apaisé.

— Oui ! cela est prudent, répliqua le jeune chef, sans quoi nous n'échapperions pas au supplice ! Et, par l'âme de mon père, poursuivit-il avec une sauvage énergie, je ne veux pas mourir avant le jour de la vengeance et du châtiment !

Les riches costumes arméniens furent immédiatement abandonnés par la bande.

Chacun prit alors quelque travestissement différent, mais sans cachet aucun et sans caractère particulier, afin de ne pas attirer l'attention.

Pour se transformer tout à fait, les jeunes gens de la bande, Buridan le premier, prirent l'allure parfaite de vénérables vieillards, et les barbes blanches, les cheveux grisonnants remplacèrent les blondes chevelures et les moustaches noires.

Naturellement, les plus âgés se rajeunirent, de même que les plus jeunes s'étaient vieillis.

Cette métamorphose nouvelle ayant été menée à bonne fin, les frères de l'Abbaye-aux-Bois se munirent chacun d'une volumineuse ceinture toute bourrée de beaux et bons angelots, en bel et bon or, bien vrai et bien pur.

Ayant fortement serré autour de leurs reins les susdites ceintures, nos hommes coururent à leurs chevaux, et des selles grossières, en simple cuir, remplacèrent les housses faufilées de perles et les caparaçons asiatiques.

Il est vrai de dire que si les selles de cuir n'avaient pas d'or extérieurement, elles en étaient intérieurement littéralement pleines.

Quant au petit juif, à part sa ceinture plus rondelette que celles des autres, à part les poches de sa selle beaucoup mieux garnies aussi, il portait encore devant lui une énorme sacoche qu'il parvenait à peu près à faire disparaître sous les larges plis de sa houppelande.

Cette sacoche contenait de l'or faux.

Le vieil israélite n'avait pas eu le courage d'abandonner cela, et malgré les observations de Buridan, il avait tenu à se charger du fardeau, disant à cela qu'à un moment donné, cet or, tout faux qu'il fût, pourrait peut-être avoir son utilité !

Toute la bande à cheval quitta, non sans regret, l'antique monastère, et bientôt on s'engagea mystérieusement dans le sentier secret qui menait directement à la grande route.

L'antique forêt était pleine d'ombre et de silence.

— Allons, dit Buridan, en mon malheur, j'ai du moins, camarades, la consolation de vous voir sortir de cet asile sans nulle malencontre !

A peine disait-il ces mots que, dans une clairière voisine, un hennissement bruyant se fit entendre.

A ce bruit, toute la bande mit l'épée à la main.

— Seigneur bon Dieu ! murmura Cramignole, quelle nouvelle tuile va nous tomber encore sur la tête ! Après avoir été noyé, je vais être rôti, c'est sûr !

Mais, comme les autres, le Normand en fut quitte pour la peur.

Le cheval qui venait de hennir n'était autre que la petite jument attelée à la carriole, celle-là même que maître Fanferdieu qualifiait si vertement de : « vieille rosse ! »

— Par Abraham ! s'écria le juif en reconnaissant la charrette, que veut dire ceci ?

S'adressant à Cramignole :

— Ami, continua-t-il, te rappelles-tu quels costumes portaient les deux inconus ?

— Je me les rappelle très-bien même, répliqua le bonhomme. Les deux coquins étaient vêtus assez misérablement. Le plus petit avait une espèce de casaque rougeâtre, et l'autre, le gueux qui a été cause de mon infusion, portait un pourpoint bleu avec un grand bonnet jaune qui lui tombait jusque sur le nez !...

— C'est cela ! c'est bien cela ! reprit le petit juif en se démenant sur sa monture.

— Que veux-tu dire ? questionna Buridan.

— Je veux dire, monseigneur, que ce matin, sur la route, j'ai vu ces deux hommes !... Je veux dire que, dans l'un d'eux, j'avais cru reconnaître l'ancien prévôt de Paris, Jean de Montigny... Et je jurerais présentement que je ne me trompais pas !

— Jean de Montigny ! répéta toute la bande avec stupéfaction.

— C'est impossible ! reprit le jeune capitaine. Celui dont tu parles est toujours sous les verrous !

— Depuis un mois, répondit l'Israélite, il n'y est plus.

Comme on le voit, Isaac Golden avait tenu secrète son aventure de la forêt.

Il savait l'horreur profonde que professaient les faux-monnayeurs pour les meurtriers, et le vieux juif avait jugé à propos de ne rien leur révéler de ce qui s'était passé entre lui et l'ancien prévôt de Paris.

Pressé de questions, il leur fit tout connaître.

— Je le croyais mort ! ajouta Isaac. Pour notre malheur à tous, je me trompais !

— Mais si c'est lui, si vraiment il a échappé à la mort, quel a pu être son but en commettant ces meurtres ?... en enlevant Geneviève et ses enfants ?

— Les meurtres, monseigneur, ne sont que la conséquence de l'enlèvement, répondit le vieillard. Quant à vos fils, quand à leur mère, ce qu'il en veut faire, ce qu'il en fait, le diable seul peut le savoir !

— Ah ! s'écria Buridan en bondissant, j'entrevois quelque chose d'effroyable et d'infâme !... Enfants ! c'est à Paris qu'ils doivent être !... C'est à Paris qu'il faut nous rendre... Pour ne pas éveiller les soupçons, nous entrerons dans la ville par toutes les portes de la rive gauche, et nous nous retrouverons tous à l'hôtellerie du Pont-aux-Changeurs !...

Sans prendre les précautions ordinaires, toute la bande s'élança hors de la forêt et prit au galop le chemin de la capitale.

Nos cavaliers atteignaient l'enceinte de Philippe-Auguste dans le moment même, à peu près, que Jacques d'Aunay et son épouse pénétraient dans le petit pavillon de la rue de la Ferronnerie.

XL. — COMMENT L'ÉPOUSE ET LES ENFANTS DE JEAN BURIDAN QUITTÈRENT LA CHAMBRE DE LA MORTE.

Depuis une grande heure à peu près, Geneviève était enfermée avec ses enfants.

Les deux frères dormaient sur le lit de la morte.

Et Geneviève, debout à leur chevet, les considérait d'un œil radieux.

— Qu'ils sont beaux ! disait-elle, qu'ils sont beaux, mes fils !... Les autres enfants ont-ils ces traits charmants, ce teint délicieux et ces cheveux d'or qui semblent des rayons dérobés au soleil ? Non ! ce ne sont pas des enfants... ce sont deux petits anges que le Dieu bon m'a donnés pour faire ma vie éternellement heureuse et fortunée !

Elle déposa sur le front de chacun d'eux un baiser doux et tendre, un baiser pur et vrai, un baiser de mère, enfin ; c'est tout dire !

— Chers petits êtres ! reprit Geneviève en les contemplant, dire qu'un jour peut-être, ils souffriront, eux aussi !... N'est-ce pas chose étrange que de songer à cela ! N'est-ce pas inouï de penser que dans quelques années, ces deux pauvres anges seront des hommes ! et qu'il leur faudra forcément continuer l'œuvre de leur père !... Leur père !... Il a regret de s'être jeté dans cette vie aventureuse !... Oui, oui ! je l'ai bien remarqué !... Depuis la naissance de ses fils, il est sombre, inquiet !... Il pense à l'avenir de ces deux enfants... Il gémit de ne pouvoir leur donner en héritage que la proscription et la flétrissure !...

Après quelques instants de silence :

— D'où vient qu'il tarde tant à nous rejoindre !... Il était en cette demeure, m'ont dit ces messagers. Pourquoi n'est-il pas auprès de son épouse ?... auprès de ses enfants ?... Pourquoi, s'il est ici, dans une maison amie, pourquoi suis-je enfermée comme une prisonnière ! Excès de précaution, sans doute, qu'il va bientôt m'expliquer lui-même !

La jeune femme devint soudainement pâle et tremblante.

— S'il n'allait pas venir ! murmura-t-elle. Si l'on m'avait trompée pour m'attirer en un piége !... Oh ! je suis folle ! quel intérêt eût pu guider ces deux hommes... Et que pourrait-on faire d'une pauvre femme comme moi et de ses deux enfants ?...

Bien souvent elle a rougi de honte en implorant la charité publique.

— Vous allez le savoir ! répondit une voix de femme qui semblait sortir de la muraille.

— Saints du ciel ! s'écria Geneviève, on dirait que le portrait vient de parler !

Elle y fixa les yeux.

Et, chose incompréhensible pour elle, il lui sembla en effet que la peinture prenait vie.

— Que signifie cela ? murmura-t-elle.

Mais en cet instant, des pas de chevaux retentirent au dehors, et la porte de la rue de la Ferronnerie s'ouvrit brusquement.

— Ah ! s'exclama Geneviève en s'élançant vers le fond de la chambre, Buridan ! mon Buridan ! c'est toi !

Mais elle recula, terrifiée, en apercevant sur le seuil de la chambre un homme vêtu d'habits riches mais sévères.

Et sa terreur augmenta en reconnaissant en cet homme l'un des inconnus qui l'étaient venu chercher à l'Abbaye-aux-Bois de la part de Buridan.

— Quel est cet homme ? quel est cet homme ? murmura-t-elle.

— Je suis Jean de Montigny, prévôt de Paris ; répondit le nouveau venu.

Il disait vrai.

Le roi Philippe le Bel, sachant que Geneviève et ses fils étaient au pouvoir du magistrat, et convaincu comme lui que cette capture amènerait forcément celle de Buridan et de sa bande, avait récompensé le zèle de l'ancien prévôt en tenant sa promesse, c'est-à-dire en lui rendant son ancienne dignité.

Quant à Jean de Marle, il avait été, comme on dirait de nos jours, appelé à d'autres fonctions.

— Le prévôt ! répéta Geneviève en tombant atterrée sur un fauteuil. Ah ! je comprends tout, maintenant !

Jean de Montigny marcha vers elle.

— Voulez-vous revoir Buridan ? lui demanda-t-il.

La jeune femme se releva d'un bond.

— Si je veux le revoir ! s'écria-t-elle. Que dois-je faire pour cela ?

— Mettez-vous à cette table, prenez cette plume, et sur ces tablettes écrivez ce que je vais vous dicter.

Geneviève, à moitié folle, saisit la plume qui lui était présentée.

— Écrivez, dit Jean de Montigny.

Et il dicta :

« Buridan, je t'attends avec mes fils... Je me meurs... Si tu veux m'embrasser avant mes derniers moments, hâte-toi !... Viens... J'ai été recueillie par des gens charitables, dont le logis est situé rue de la Ferronnerie... Viens !... viens !... ou tu ne me reverras pas ! »

Geneviève avait achevé.

— Signez maintenant, reprit le prévôt, signez !

Au moment d'obéir à cet ordre, la jeune femme se leva brusquement.

— Cette lettre est un nouveau piége pour perdre Buridan... Je ne la signerai pas.

— Malheureuse ! fit le prévôt avec menace.

— Je ne la signerai pas, vous dis-je !

Puis, arrachant des tablettes le feuillet sur lequel elle venait d'écrire, elle le déchira en vingt fragments qu'elle jeta aux pieds de Jean de Montigny.

— Prends garde, Geneviève !

— Je ne crains rien, répondit la jeune femme avec fermeté.

— Tu ne crains rien, répondit le prévôt avec un infernal sourire. Quand tu vas être aux prises avec la torture, ton courage tombera de lui-même, et ce que tu refuses en ce moment, je l'obtiendrai de toi !

— La torture ! je la brave !... Livre-moi à tes bourreaux, et tu verras si je suis assez lâche pour céder.

— Avant de te livrer au tourmenteur, reprit le prévôt d'une voix sourde, je te livrerai à un autre !... Avant de te conduire au Châtelet, je vais te mener à la tour du Louvre, et de cette tour le roi Philippe a seul la clef !... Comprends-tu ?

— J'ai compris, répondit Geneviève en jetant au magistrat un coup d'œil méprisant. La mission est digne de toi, Jean de Montigny.

— Suis-moi donc ! commanda ce dernier.

— Je n'obéirai pas !

— Toute résistance serait inutile ! dit le prévôt à la jeune femme. J'ai là, pour te forcer, tous les archers de la prévôté.

Geneviève s'avança vers Jean de Montigny.

Le regardant en face :

— Je n'obéirai pas, te dis-je !

— Insensée !

La jeune femme, montrant au prévôt un petit serpent d'or qui lui entourait le poignet gauche :

— Vois-tu bien ce bracelet ? lui demanda-t-elle. Il contient un philtre empoisonné !... Pour que ce poison pénètre à l'instant dans mes veines, je n'ai qu'à presser du doigt ce ressort de diamant !

— Tu oserais attenter à ta vie !

— J'oserai tout pour sauver mon honneur !... En me faisant le don de ce joyau précieux, Buridan prévoyait qu'un jour des lâches tels que toi, tel que ton roi, ne rougiraient pas de s'attaquer à son épouse !... Ah ! tu veux me livrer à ton maître, continua Geneviève avec éclat ; par la croix du Sauveur, tu ne lui livreras qu'un cadavre !

A ces mots, elle pressa le ressort de diamant, et presque instantanément ses traits se couvrirent d'une pâleur marmoréenne.

Le poison commençait à faire son foudroyant office.

Geneviève, riant d'un rire frénétique :

— Prends-moi ! dit-elle au prévôt, prends-moi donc maintenant... je ne crains plus les bourreaux ni les rois... Dans un instant tout sera fini et je serai devant Dieu !

Le prévôt étouffa un cri de rage.

— Tes fils me restent, Geneviève, s'écria-t-il, et par eux j'aurai Buridan et tous les siens !

Il fit quelques pas vers le lit pour s'emparer des deux frères.

— Mes fils !... mes fils !... s'exclama Geneviève mourante.

— Ah ! c'est infâme ! c'est infâme !... gémit la même voix de femme qui, une fois déjà, avait retenti aux oreilles de la pauvre mère.

A cette voix, le prévôt tressaillit et leva les yeux vers le portrait.

— Adrienne ! Adrienne ! s'écria-t-il ensuite. Est-ce toi qui me maudis ?

Le portrait se souleva brusquement, et l'épouse de Jacques d'Aunay apparut, pâle d'indignation et d'horreur.

— Ce n'est pas ma mère qui vous maudit, c'est moi !... c'est votre fille !

— Isaurine !

— Oh ! mon père !... mon père !... qu'avez-vous fait ?

Courant à Geneviève :

— Vos enfants seront les miens ! dit-elle à la mourante.

L'époux d'Isaurine apparut à son tour :

— Ils seront les miens aussi !... de ce jour, pauvre femme, ils porteront notre nom !

— Ah ! soyez bénis tous deux ! répondit Geneviève.

Se soulevant avec peine et donnant un dernier baiser à ses fils :

— Philippe !... Gautier !... adieu... mes pauvres

anges!... adieu! mes bien-aimés!... Buridan! Buridan!... je vais t'attendre là-haut!

A ces derniers mots, elle chancela, et, sans pousser un cri, elle tomba.

C'en était fait.

Geneviève n'était plus.

— Morte! elle est morte! murmura douloureusement Isaurine.

Se tournant vers le prévôt :

— Ah! mon père! mon père! Dieu vous pardonnera-t-il jamais?

TROISIÈME PARTIE

LES JUIFS DE PARIS.

I. — DANS LEQUEL MAITRE GAÉTAN FANFERDIEU NARRE A SON AMI CROUPIONNET CE QUI S'EST PASSÉ A PARIS DEPUIS L'ENLÈVEMENT DE GENEVIÈVE ET DE SES DEUX ENFANTS.

Depuis le jour où l'épouse de Jean Buridan a rendu le dernier soupir dans le pavillon de la rue de la Ferronnerie, un an et huit mois se sont écoulés.

C'est dire que le présent chapitre commence le trente mai de l'an mil deux cent quatre-vingt-onze.

Philippe le Bel est donc toujours roi de France; Jean de Montigny, grand prévôt du roi, et Gaétan Fanferdieu confident intime du grand prévôt.

Avec l'autorisation de nos lecteurs, c'est ce dernier coquin, — nous parlons de Fanferdieu et non de Montigny, — c'est ce dernier coquin, disons-nous, qui va nous faire connaître les événements ou du moins une partie des événements qui ont suivi la journée accidentée par laquelle nous avons terminé la précédente partie.

Allons donc trouver maître Fanferdieu non pas au cabaret du *Lapin blanc*, comme on pourrait le supposer, mais au Châtelet même, dans une espèce de petit galetas perdu dans les combles, lequel galetas communique au cabinet du prévôt par un petit escalier dérobé.

C'était le soir, et le couvre-feu était sonné; mais, sous le prétexte qu'il faisait partie du personnel de la prévôté, Fanferdieu se croyait le droit d'enfreindre les règlements.

Si bien qu'une puante chandelle, ornée d'une mèche *champignonnée*, éclairait tant bien que mal le chenil de notre policier.

Ledit chenil ne brillait pas par l'ameublement.

Une paillasse, une vieille table, deux escabelles branlantes, c'est là tout ce qu'on y remarquait.

Il est vrai que deux grands pots en étain se carraient majestueusement sur la table et que ces pots étaient remplis de vin. C'était une compensation.

Comme on le voit, maître Fanferdieu est toujours l'estimable ivrogne que nous connaissons.

Assis sur l'un des escabeaux incomplets que nous venons de mentionner, l'affreux drôle, au moment où nous pénétrons dans son bouge, est en train de vider silencieusement un énorme gobelet.

Reposant son hanap sur la table, notre homme se prit à jurer comme trente-six charretiers réunis.

— Neuf heures! dit-il ensuite, il est neuf heures passées!... Et cette canaille de Croupionnet qui n'arrive pas!... Rendez donc service aux gens!... Ils ne sont même pas polis avec vous!

Il quitta la table et se hissa jusqu'à une espèce de petite lucarne qui donnait sur les toits.

Passant la tête par ce trou, il jeta un coup d'œil dans la Vallée de Misère qui se trouvait juste sous sa lucarne.

— Je ne vois rien, reprit-il. Est-ce que ce petit chafoin me brûlerait la politesse?... Ventre de louve! s'il me jouait un tour pareil, il ne périrait que de ma main!

En ce moment, il aperçut son homme qui débouchait dans la Vallée par la place du Châtelet.

— C'est lui! dit-il avec satisfaction. Je reconnais sa démarche traînante et sa croupe exagérée qui lui eût fait octroyer par les Grecs le surnom de Callipyge, et qui l'a fait appeler tout bonnement par nous « monsieur Croupionnet. » A-t-il une dégaine, ce gredin-là! ajouta Fanferdieu en riant de bon cœur. Rien que de le voir, ça me met tout en riolle!... Regardez-le! regardez-le! poursuivit le drôle. Est-il assez tranquille!... Il est en retard d'une bonne heure!... ça lui est bien égal!... il n'en ira pas plus vite pour ça!... Ne te presse pas, va, mon bonhomme, qu'est-ce que ça te fait qu'on t'attende?

Reprenant brusquement son ton furieux :

— Mais arrive donc, satané lambin! se mit à crier Fanferdieu. Est-ce que tu vas me faire poser jusqu'à *plus soif?*

— Voilà! voilà! répondit de la rue une voix grave et crapuleuse en même temps.

Fanferdieu était toujours à la lucarne.

— As-tu la clef? dit-il à l'homme qui venait de parler.

— As pas peur! lui fut-il répondu.

— Là!... là!... reprit Fanferdieu, juste sous ma fenêtre; la porte basse; y es-tu?

— J'y suis!

La petite porte indiquée par le policier n'était

autre que celle que le lecteur connaît déjà et devant laquelle, deux ans auparavant à peu près, ce même Fanferdieu avait tenté d'égorger Jean Buridan, notre héros.

La susdite porte s'étant refermée, un bruit de pas se fit entendre dans l'escalier, puis, au bout de cinq minutes, l'ami de Fanferdieu atteignit la porte du galetas.

Le policier l'attendait sur le seuil.

— Espèce de rat mort! brailla ce dernier, est-ce que tu te fiches du qu'en dira-t-on de me faire poser ainsi? Tu mériterais que je te caresse le bas des reins à grandissimes coups de botte!

— Vous le regretteriez, monsieur Fanferdieu, répliqua le nouvel arrivant d'un ton placide.

Ce disant, il entra dans le logis du policier.

C'était un homme assez petit et assez maigre que maître Croupionnet.

En revanche, il avait un nez prodigieux, une vraie trompe d'éléphant.

Quant à son costume, c'était quelque chose d'inouï, de mythologique.

Un pourpoint trop large, des chausses trop étroites, des souliers de géant, l'un vert, l'autre jaune, qui ne lui tenaient pas aux pieds, et qui, de temps à autre, restaient au beau milieu du chemin.

Tel était l'habillement du coquin.

Ajoutez à cela une espèce de grand sac en toile qui lui pendait au côté droit, une vieille dague rouillée qui lui pendait au côté gauche, et, pour couronner l'édifice, un grand bonnet de feutre, qui n'était ni rond, ni carré, pas même pointu ni ovale, et qui était cependant tout cela en même temps.

Nous ne parlons pas des taches de graisse qui agrémentaient ses loques. Il y en avait tant, qu'on eût dit que l'homme à la forte croupe sortait d'une cuve d'huile.

Malgré cet accoutrement qui n'avait rien de bien poétique, maître Croupionnet avait une rose à la main.

La porte du chenil ayant été fermée, Fanferdieu fit signe à son ami de prendre place devant la table.

Ledit ami ayant obtempéré à cette invitation :

— Or sus, lui dit le policier en remplissant les deux grands gobelets, pourriez-vous me dire, maître Croupionnet, ce qui vous fait arriver à cette heure indue?

— Je vais vous dire, monsieur Fanferdieu, répondit l'autre d'un ton sentimental, j'étais allé faire visite à papa!... On doit des égards à sa famille!

— Ta famille!... Qui ça, ta famille?... Tu as donc une famille, toi?

— Et une famille pour de vrai, encore!

— Mâtin! plus que ça de genre!... Eh bien, qu'est-ce qu'ils t'ont chanté? Ont-ils été contents de te voir sorti de prison?

— Comment voulez-vous qu'ils soient contents, ces braves gens? mes deux frères ont été roués vifs il y a un an, et papa a été pendu avant-hier.

— Pas possible!

— C'est très-possible, au contraire! riposta Croupionnet en traçant des arabesques avec le suif qui *dégoulinait* du chandelier.

— Voilà qui est tout à fait cocasse! reprit Fanferdieu en se mettant à rire. A ta santé, mon fils!

— A la vôtre, monsieur Fanferdieu!

— Et qui est-ce qui t'a narré cet événement-là? car, enfin, ça ne peut être eux, puisqu'ils sont au tonnerre du diable pour le quart d'heure.

— Bien sûr que ce n'est pas eux, riposta Croupionnet en essuyant ses doigts pleins de graisse sur la manche de son pourpoint.

— Eh bien! qui est-ce alors?

— C'est ma bonne amie, pardine, Nini-sans-Souliers!

Montrant à Fanferdieu la rose qu'il tenait à la main :

— C'est elle, cette chère biche, qui m'a offert cette fleur, moins fraîche qu'elle et moins parfumée!

Ayant dit ces mots d'un ton langoureux, le drôle recommença ses dessins suiffeux, non plus avec ses doigts cette fois, mais avec la queue de sa rose.

— Et quel effet ça t'a-t-il fait quand elle t'a appris ça? interrogea Fanferdieu. Qu'est-ce que tu t'es dit?

— Je me suis dit : Bigre, j'ai tout de même de la chance de ne pas l'avoir dansé comme eux.

— Sans moi, ma vieille, répliqua le policier, tu y passais, pas plus tard que ce matin!

— Ah! monsieur Fanferdieu, vous êtes un ami, vous, et un vrai, j'ose le dire.

— Ma foi, je ne m'en cache pas, répliqua le grand drôle avec bonhomie. Tu me vas!... Non, parole d'honneur, tu me vas! Tu es laid comme un pou!... Tu as un grand polisson de nez qui n'en finit pas... Tu es sale comme le dernier des cochons! Malgré ça tu es mon homme, quoi! Que dis-je : malgré ça! à cause de ça bien plutôt. Sais-tu de quoi tu me fais l'effet, avec ton train de derrière qui est toujours en retard? — d'une grosse araignée! — Or, j'aime les araignées... Et voilà pourquoi tu ne me déplais pas!

L'autre drôle, flatté, se confondit en remerciments.

— Mais ce n'est pas tout ça, reprit Fanferdieu en changeant de ton. Parlons bien. Je ne t'ai pas donné rendez-vous ici ce soir uniquement pour te flanquer de l'encens au museau! Vide ton auge, mouche la chandelle et prête-moi la meilleure de tes deux oreilles!

Croupionnet, s'empressant d'obéir à l'injonction qui

lui était faite, avala le vin qui venait de lui être versé, moucha de ses doigts la mèche extravagante de la chandelle; puis, posant ses deux coudes sur la table et son menton sur ses deux mains, il écouta le plus religieusement du monde.

Fanferdieu s'exprima aussitôt en ces termes :

— Il y a quatre ans, tu as été pincé en même temps que moi et jeté en prison pour certaines espiègleries que nous nous étions permises.

— Des fredaines de jeune homme! répliqua Croupionnet d'un ton léger. Quelques filouteries de rien du tout!... quelques petits coups de couteau!... Des bêtises, quoi, des bêtises!

— Nonobstant, poursuivit le policier, nous avons été mis à l'ombre.

— C'était une injustice! grommela l'autre. Faire pourrir deux camarades sur la paille humide des cachots, ça n'a pas de nom!

— Dieu merci! reprit Fanferdieu, messire Jean de Montigny est arrivé à la prévôté quelques jours après notre incarcération. Il a fait sa petite visite aux prisonniers, et comme je n'ai pas ma langue dans ma poche, j'ai si congrûment jaboté avec lui qu'il a compris immédiatement tout le parti qu'il pouvait tirer d'un gars de mon calibre en m'attachant à son service au lieu de me laisser inactif dans une basse-fosse du Grand-Châtelet.

— Vous êtes si éloquent, monsieur Fanferdieu! fit l'autre avec enthousiasme.

— Je l'avoue! reprit le policier naïvement, j'ai l'élocution assez facile. Or, je devins le confident intime, le factotum, l'*alter ego*, comme disent les sorbonniens, du nouveau prévôt, et à nous deux nous menâmes par le bout du nez messieurs les Parisiens.

— Ils ne l'avaient pas volé, murmura Croupionnet.

— Naturellement, continua Fanferdieu, je demandai à messire de Montigny de te donner la clef des champs. Mais j'eus beau l'assurer que tu pourrais lui rendre toutes sortes de petits services, il refusa obstinément de t'employer. Il avait de la méfiance, cet homme! Jusqu'à un certain point, ça se comprend. J'avais pourtant à peu près fini par le décider; mais va te promener, mon cadet! Voilà mon pauvre dindon de prévôt qui se fait coffrer à son tour!

— Ah bah! s'exclama Croupionnet stupéfié.

— Oui, mon gars! c'est comme j'ai celui de te le dire, il y a de cela quelque chose comme trois ans. Je te narrerai un autre jour des raisons plus ou moins majeures de ce dégommage! Qu'il te suffise de savoir que, pendant tout le temps de son emprisonnement, une vraie averse de fausse monnaie s'est mise à tomber sur tout le royaume en général et sur Paris en particulier.

— De la fausse monnaie!

— On ne voyait plus que de ça!... et Jean de Marlo, le successeur du Montigny, y perdit son latin. Alors, qu'est-ce qu'a fait le roi, qui n'est pas bête? Il a flanqué le nouveau prévôt à la porte et il a relâché l'ancien en lui disant : « Mon petit, il y a des faux-monnayeurs quelque part, cherche et apporte! »

— Très-bien!

— Le Montigny, qui est un malin, a trouvé bien vite la bande en question. Il a saisi les fourneaux, les moules, les coins, tout le diable et son train; et tout cet attirail dangereux a été précieusement déposé aux pieds de S. M. Philippe le Bel, qui a fait enfermer ces engins de l'enfer en quelque impénétrable cachette d'où personne ne songe à les tirer.

— Ah! fit Croupionnet, vous avez fait main basse sur les outils?

— Ça n'a pas été long, va! la nuit même du jour où messire de Montigny est rentré à la prévôté, tout a été enlevé des ruines de l'Abbaye-aux-Bois.

— Et les faux monnayeurs, les avez-vous pincés également? interrogea l'autre.

— Avec quelques habiles limiers du Châtelet, j'ai pu les attraper à peu près tous dans les teintureries de la Bièvre et dans une certaine maison hantée de la rue Mouffetard.

— Et le chef de la bande?

— Oh! celui-là, ce n'est pas un homme, bien sûr, c'est une anguille. Depuis bientôt deux ans, il nous glisse des pattes. On a eu beau mettre à la torture tous ceux de sa troupe, pas un n'a voulu le trahir et le dénoncer. Tous ces chenapans-là professaient à l'endroit de leur capitaine une sorte de fanatisme. On a essayé de tous les moyens pour les faire bavarder! Ah! bien, oui! ça a fait juste l'effet d'un cautère sur une jambe de bois!... Pardon, argent, on leur a tout offert. Et ces canailles-là ont tout refusé!

— Ce n'est pas nous qui aurions été aussi bêtes que ça! pensa judicieusement Croupionnet.

— Quoi qu'il en soit, reprit Fanferdieu après avoir rempli et vidé son gobelet, quoi qu'il en soit, et malgré la capture de ce tas d'imbéciles qui ont préféré se laisser infuser dans l'huile bouillante plutôt que de donner les renseignements demandés, les finances du pays n'en ont pas moins reçu une satanée secousse, comme bien tu penses, et le cher souverain que Dieu nous a octroyé s'est vu tomber petit à petit dans un pétrin... Oh! mais dans un pétrin de tous les diables!... La fausse monnaie avait remplacé l'or vrai. Si bien que personne n'avait plus le sou!

— Je comprends! je comprends! fit Croupionnet, c'est le monarque qui devait faire son nez!

— Comme tu le dis fort élégamment! répliqua le policier, car ce cher Philippe IV est un dépensier de première catégorie... Il ne songe qu'à nocer et qu'à bambocher. Je ne le blâme pas, cet homme!... il n'a que vingt-trois ans... et il est roi !... C'est bien le moins qu'il la passe douce !... Mais pour donner des fêtes, pour jouer, pour banqueter surtout, il faut du quibus, il n'y a pas à dire. Or, le quibus ne répondant pas à l'appel, ce cher sire s'est mis à tirer le diable par la queue d'une affreuse manière, et tous ses courtisans, tous les grands officiers de la couronne ont fait de même. En un mot, c'était une débine générale !

— Eh bien ! comment Philippe est-il sorti de là ?

— Il a emprunté à deux espèces de Crésus, Florentins d'origine, qui furent bientôt aussi rois et plus rois que le roi lui-même.

Là-dessus, le coquin crut devoir s'offrir une nouvelle rasade.

Tandis qu'il boit, disons bien vite que tout ce qu'il narrait à son acolyte était de la plus complète exactitude.

Les deux banquiers en question avaient noms, selon Pierre Clément, « Mouche Gui et Biche Gui », et selon Villani, « Musciatto et Biecio.

Le policier avait achevé sa libation.

— Oui, mon garçon, reprit-il en s'essuyant les lèvres du revers de sa main, oui, les deux Italiens étaient tout bonnement les maîtres et seigneurs du bon pays français. Si bien que tout d'un coup une ribanbelle de leurs compatriotes, alléchés par leur fortune, débondèrent à Paris de tous les côtés à la fois !... Il y en avait partout, dans tous les coins... On ne pouvait faire un pas dans les rues sans entendre leur satané baragouinage. Il va sans dire que tous ces mangeurs de macaroni étaient banquiers, changeurs, marchands d'or enfin !

— Jolie marchandise ! murmura Croupionnet.

— Tous ces charabias furent bientôt ici comme chez eux. Le roi les laissa bien installer, bien prendre leurs aises, et leur fit la mine la plus gracieuse pendant longtemps ; mais quand il les vit bien gros et bien gras, quand il vit l'or gonfler leurs sacs et faire craquer leurs coffres-forts, il se dit comme ça : « Ah ! ah ! mes gaillards, vous êtes tous riches comme père et mère, lorsque je passe ma vie à courir après la monnaie, et vous vous fourrez dans la caboche que ça va continuer ainsi jusque *ad vitam æternam* !... Eh bien, attendez un peu ! nous allons rire ! je vous prépare un petit plat de ma façon dont vous ne vous lécherez par les doigts, c'est moi qui vous le dis. »

— Alors, qu'est-ce qu'on a fait aux charabias ?

Fanferdieu se mit à rire à gorge déployée.

— Ce qu'on leur a fait ? Ah ! mon garçon, ça me met en liesse rien que d'y penser. Dans la nuit de ce même mois où nous sommes, tous les marchands italiens, non-seulement de Paris, mais de toutes les villes de France, ont été réveillés en sursaut par messieurs les gens du roi. Alors, sans même leur donner le temps de passer une cape et des chausses, on les a chargés de chaînes, et tous ces idiots-là, en pet-en-l'air, ont été jetés pêle-mêle dans les cachots, comme accusés d'usure. Ils gueulaient, ils braillaient, ils beuglaient comme des ânes !... Mais tu penses si moi et les miens nous nous inquiétions de leurs jérémiades !...

— Et tout l'or, tout l'argent des Italiens ? questionna Croupionnet.

— Tout a passé immédiatement dans les caisses royales ! répliqua Fanferdieu, et depuis une quinzaine de jours, on mène une crâne vie au Louvre ! Ah ! mon garçon, quelle noce pharamineuse !... Le roi Philippe fait joliment danser les écus qu'il s'est offerts, c'est moi qui te le dis !

— Alors, les marchands sont tous sous clef ? demanda Croupionnet.

— Tous ! reprit le policier, pas positivement. Il y en a de filés et plus qu'on ne croit ! Il y en a aussi d'escoffiés ! Pour ma part, j'en ai abattu plus d'un ! Comprend-on ces truands-là qui, une fois dans la cour du Châtelet, se sont permis de se révolter et de vouloir nous brûler la politesse ! Cette imprudence nous a outrés, et, ma foi, nous les avons fait rentrer dans le devoir à grands coups de bâton et même à grands coups de cognée !... Moi, je tapais dans le tas comme dans du beurre et, comme des bœufs à l'abattoir, les Italiens tombaient pour ne plus se relever !... c'était une tuerie superbe... une vraie boucherie ! Si tu avais été là, tu aurais bien ri, va ! Quant à moi, je ne me suis jamais tant amusé !

— Ventre de grenouille ! fit Croupionnet avec regret, pourquoi n'être pas venu me chercher plus tôt ? J'aurais été si content de vous donner un coup de main !

— Tu me le donneras ce soir.

— Ce soir ! s'exclama l'autre en ouvrant de grands yeux. Il y a donc encore des Italiens récalcitrants ?

— Il ne s'agit plus d'Italiens pour le quart d'heure ! répliqua le policier. Il s'agit présentement des juifs de Paris.

— Les juifs de Paris ?

— Oui ! depuis l'invasion des marchands d'Italie, ces braves fils d'Abraham avaient discrètement pris leurs cliques et leurs claques et avaient fait les morts ; car ils savaient bien qu'ils n'étaient pas de force à lutter contre les nouveaux venus. Mais aussitôt qu'ils virent le terrain libre, ils reparurent à l'horizon et repeuplèrent, comme devant, les échoppes du Pont-aux-Changeurs et de la rue de la Juiverie.

— Bon ! bon ! bon ! fit Croupionnet d'un air fin. Je vois d'ici ce qui va se passer ! Monseigneur le roi, en vrai panier percé qu'il est, a déjà gaspillé l'or des

Italiens, et tout naturellement il éprouve le besoin de regarnir sa bourse avec la monnaie des chiens d'Israël.

— Tu n'y es pas du tout, mon garçon, répliqua Fanferdieu. Le roi n'est pas homme à songer si tôt que cela à tondre la juiverie parisienne !... Ils ne sont pas encore assez gras pour lui !... D'ici à quelque temps, quand ils auront fait leur petite pelote, il montrera les crocs ; mais jusque-là, il ne fera seulement pas semblant de savoir qu'ils sont revenus sur l'eau !... Oh !... je connais mon Philippe le Bel sur le bout du doigt. Plutôt que de me tromper sur son compte, je me tromperais plutôt sur le mien !... Or donc, le roi n'est pas en jeu pour le quart d'heure, et c'est un autre que lui qui a jeté ses vues sur messieurs les juifs de Paris, ou du moins sur leurs picaillons !

— Un autre !

— Oui, mon garçon ; et cet autre, c'est celui qui commande présentement au Châtelet.

— Messire Jean de Montigny ?

— Le prévôt de Paris, ni plus ni moins ! repartit le policier. Il est à court d'argent, comme tout le monde en France, et ça se comprend ; car tous ses biens ont été confisqués jadis au moment de son emprisonnement, et le roi, tout en lui rendant la prévôté, a trouvé bon de garder ce qu'il lui avait soutiré. Règle générale, mon bon Croupionnet, quand Philippe le Bel a pris quelque chose, le diable ne le lui ferait pas restituer ! C'est son idée comme ça à cet homme. Il est libre. Bref, le prévôt est gueux comme un rat d'église, et il éprouve le besoin de se remplumer un peu.

— Besoin bien naturel ! s'empressa de dire Croupionnet.

— C'est aussi mon avis. En conséquence, messire Jean de Montigny m'a mandé ce matin et m'a tenu ce langage, en des termes peut-être moins fleuris que ceux dont je vais me servir, ajouta le coquin, car, soit dit entre nous, ce cher prévôt n'est pas l'éloquence incarnée : « Fanferdieu, m'a-t-il dit, ce que le roi a fait violemment pour la clique italienne, je veux le faire tout doucement pour la racaille juive ! je veux lever sur eux, pour mon propre compte, un petit impôt soi-disant volontaire, et ceux qui refuseront de le payer, je les ferai pendre sans jugement et sans procès. De cette façon, je me referai aisément une honnête fortune, et si le roi se sent un beau matin le désir de manger du juif, j'y aurai toujours goûté avant lui ! »

— C'était tout à fait bien raisonné !

— Le prévôt m'annonça alors que cette nuit même il était décidé à voir quelques-uns de ces drôles pour leur poser ses conditions. Comme il ne voulait mettre personne dans le secret, et pour cause, il me chargea de choisir un compère sûr et pas trop scrupuleux, qui pût avec moi lui servir d'escorte en sa promenade nocturne et lui prêter un coup de main en cas de besoin. J'ai immédiatement pensé à toi, ami Croupionnet, j'ai fait signer au prévôt ta mise en liberté, et voilà la chose. Maintenant, mon garçon, tu sais de quoi il retourne. Je ne te demande pas si ça te va, vu que ça doit t'aller. A partir de cette nuit, tu fais partie des gens du Châtelet. Tu n'es pas bête, tu es coquin comme pas un, filou comme personne. Tu feras ton affaire à la prévôté !... Mais, par exemple, tâche d'avoir un peu de tenue et de ne pas te moucher trop souvent sur ta manche. Le prévôt aime avant tout les bonnes manières, et c'est par ça que je l'ai séduit !

— Compris, fit Croupionnet en se mettant un peu de suif en guise de pommade, on sera comme il faut.

— Sur ce, reprit Fanferdieu, à la tienne, ma vieille !

— A la vôtre, monsieur Fanferdieu, à la vôtre !

En ce moment, un violent coup de sifflet retentit au bas de l'escalier.

— Qui est-ce qui appelle Azor ? demanda Croupionnet.

— Ce n'est pas Azor qu'on appelle, c'est nous.

— Nous !... Ah ! bon ! C'est le prévôt qui pince de cet instrument ?

— Justement !... Allons, ouste, il faut déguerpir !

Là-dessus, Fanferdieu souffla la chandelle, et, suivi de son compère, il quitta son grenier.

Peu après, toujours flanqué de Croupionnet, il pénétrait chez le prévôt de Paris par l'issue secrète dont il a été parlé jadis.

Jean de Montigny avait jeté un large manteau sur ses épaules et son front était caché sous un ample chaperon.

— Il est l'heure, dit-il à Fanferdieu.

— Nous sommes aux ordres de Votre Seigneurie, répliqua le policier en s'inclinant avec déférence devant son chef suprême.

Très-insolent avec lui, comme on le sait, avant sa rentrée en grâce, Fanferdieu était redevenu humble et respectueux dès que la fortune de Jean de Montigny avait repris une nouvelle face.

Croupionnet, naturellement, crut devoir imiter son compère, et le coquin se courba si profondément, que son énorme nez toucha ses énormes savates.

— C'est là l'homme dont tu m'as parlé ? questionna le prévôt en jetant un coup d'œil sur l'ignoble ami du policier.

— Oui, monseigneur, qu'en dites-vous ?

— Je dis qu'il est laid comme les sept péchés mortels ! répliqua le prévôt.

— Oui, sous le rapport du physique, il laisse un peu à désirer, mais c'est un bien honnête garçon.

— Honnête dans ton genre, affreux bandit!

En disant cela, Jean de Montigny ne put s'empêcher de sourire.

— N'importe, reprit-il en s'adressant directement à Croupionnet, j'accepte tes services, drôle... Songe à te rendre digne de la haute faveur que je t'accorde.

— Oh! monseigneur, s'empressa de répondre le coquin, je suis à vous corps et âme, et quoi qu'il me faille faire pour votre bien, je jure devant Dieu...

— Pas de serments, mon compère, interrompit le prévôt. Tu dois bien penser que ta parole ou rien c'est, pour moi, la même chose. Ton intérêt est de me servir, donc tu me serviras. Si, par aventure, il te venait à l'esprit quelque velléité de me trahir, je te ferais pendre et tout serait dit.

Sur ce, Jean de Montigny fit signe aux deux coquins de le suivre.

Un quart d'heure plus tard, tous trois entraient dans la Cité.

Ils eurent bientôt atteint la rue de la Juiverie.

Devant une petite maisonnette de misérable apparence, qui tenait juste le milieu de la rue, Fanferdieu s'arrêta le premier.

Se retournant vers le prévôt :

— C'est ici, monseigneur, dit-il ensuite à voix basse.

Jean de Montigny considéra la pauvre masure :

— Ici! fit-il étonné.

— La bicoque n'est pas riche, reprit le policier, mais cela ne fait rien à l'affaire. J'ai pris toutes les informations nécessaires, et je sais pertinemment qu'en ce logis crasseux se trouvent les principaux, les chefs, pour ainsi dire, de la tribu d'Israël. Ils sont au nombre de cinq, et le plus jeune des frères, car ils sont tous enfants du même père, à ce qu'il paraît, le plus jeune, dis-je, a quelque chose comme soixante-dix ou quatre-vingts ans... Le plus drôle de l'histoire, c'est que ces cinq patriarches sont tous bossus comme des dromadaires.

Le prévôt donna l'ordre au policier de heurter à la porte.

Fanferdieu obéit.

Il se passa un long temps avant que l'on répondît de l'intérieur.

Enfin un petit guichet s'ouvrit, une vieille face ridée apparut, et bientôt une voix chevrotante se fit entendre :

— Qui frappe? demanda la voix.

— Ouvre, Mathusalem! répondit Fanferdieu avec brusquerie.

— Qui es-tu et que veux-tu?

— Ouvre, te dis-je, répliqua Fanferdieu. C'est le prévôt de Paris qui vient te faire visite.

— Le prévôt de Paris?

— En personne.

A ces mots, la porte s'ouvrit comme par enchantement.

— Entrez, monseigneur, dit Fanferdieu.

Jean de Montigny franchit le seuil de la petite bicoque.

Les deux compagnons entrèrent après lui, et la porte se referma.

— Dis à tes frères de venir, commanda le prévôt au vieillard.

Ce dernier s'empressa d'obéir, et bientôt les cinq vieux bossus étaient réunis dans la salle basse.

II. — LES CINQ BOSSUS DE LA RUE DE LA JUIVERIE

Les cinq frères étaient parfaitement semblables d'allure et de forme.

Chose étrange!

Ils étaient même semblables de visage.

Et véritablement, cette ressemblance n'était un bienfait ni pour les uns ni pour les autres.

Car les infortunés faisaient vraiment peine à voir.

Chacun d'eux était affecté d'une double gibbosité, l'une devant, l'autre derrière.

Ils essayaient de dissimuler ces bosses sous les plis épars de grandes houppelandes toutes crasseuses et toutes trouées qui leur tombaient jusqu'aux talons; mais c'était en vain.

Nos cinq juifs avaient de longs cheveux blancs et de longues barbiches de même couleur, et des rides profondes sillonnaient leurs fronts jaunes et leurs joues parcheminées.

Fanferdieu avait dit vrai : assurément, chacun de ces hommes avait passé depuis longtemps la soixantaine.

En effet, leur voix était chevrotante à ce point que l'on pouvait comprendre à peine le sens de leurs paroles, et quand ils marchaient, on eût dit que leurs pauvres vieilles jambes n'étaient plus de force à soutenir leur pauvre vieille carcasse.

Ils semblaient bien près du tombeau, ces malheureux!

Que dis-je?

Ils avaient l'air d'en sortir!

Le regard, — cette flamme du visage, — ne donnait même pas un peu de vie à leur face décolorée...

Car leurs yeux étaient invisibles.

De larges lunettes les dissimulaient entièrement sous leurs verres bleuâtres.

Et ces lunettes, depuis bien longtemps, sans doute, protégeaient la vue affaiblie de nos bossus, car elles paraissaient faire partie intégrante des nez crochus qui les soutenaient.

Chaque jour on voyait arriver à Paris un nouveau Florentin.

Les cinq vieillards, s'étant respectueusement inclinés devant Jean de Montigny et ses deux sicaires, leur offrirent des siéges à tous trois.

Puis debout, et le bonnet à la main, ils attendirent en silence que le magistrat leur fit connaître le but de sa nocturne visite.

Une lampe fumeuse, placée sur une espèce de comptoir tout surchargé de poids et de balances, éclairait seule la petite salle, et ses lueurs incertaines illuminaient fantastiquement les vieillards impassibles.

Après avoir, durant quelques minutes, considéré d'un œil curieux ce singulier spectacle, le prévôt se décida à parler.

— Mes compères, dit-il, le premier de ce mois, vous savez ce qu'il est advenu des marchands florentins établis en cette ville ?

— Nous le savons ! répondit un des vieillards.

— Il dépend de moi que le sort des juifs de Paris soit le même que celui des Italiens !...

— Oh ! monseigneur ! s'écrièrent tous ensemble les Israélites.

— Eh ! coquins ! repartit le prévôt. Ne braillez pas avant qu'on vous écorche !... Je consens à prendre sous ma protection toute la juiverie parisienne.

Les juifs s'exclamèrent de nouveau ; mais cette fois, sur un autre ton.

— Oui ! je vous trouve, mes maîtres, tout à fait intéressants, continua Jean de Montigny. Depuis un trop long temps, les enfants d'Israël sont persécutés, et j'ai résolu de faire cesser, du moins en cette ville, les vexations de toutes sortes dont vous avez été abreuvés jusqu'à ce jour !

— Monseigneur, dit l'un des juifs, c'est là une grande et belle pensée, et Dieu est bon de vous l'avoir inspirée !

— C'est mon avis ! répliqua le prévôt d'un ton railleur ; mais vous le savez, en ce bas monde, on ne fait rien pour rien, et si je vous sers, je veux que vous me serviez aussi.

— Expliquez-vous, monseigneur !

— Vous êtes riches, mes maîtres, fort riches ?

— Riches ! répondit le plus âgé des cinq frères, non, monseigneur !... nous ne le sommes pas !

— Quand je dis : vous, repartit le prévôt, j'entends vous et vos coreligionnaires établis en cette ville.

— Monseigneur, reprit le vieillard, les juifs de Paris ne sont pas riches. Les marchands florentins ont ruiné notre commerce, et depuis quelques jours seulement nous avons rouvert nos pauvres boutiques !

Le prévôt se prit à hausser les épaules.

— Penses-tu, vieux gredin, que je sois la dupe de ton impudent mensonge ?... Je sais ce que je dis, entends-tu bien ?... Vous avez de l'or... et moi je n'en ai pas. Donc, il faut que vous partagiez avec moi.

— Monseigneur !...

— Silence, fit brusquement Jean de Montigny en se levant.

S'approchant des vieillards :

— Écoutez, mes compères, et pesez bien mes paroles. Si dans trois jours, au lever du soleil, vous ne vous présentez pas tous les cinq à la prévôté ayant chacun en main une sacoche contenant deux cents livres parisis, le soir même vos vieilles carcasses difformes seront accrochées aux fourches patibulaires.

Les bossus poussèrent une sourde exclamation d'épouvante.

— Deux cents livres chacun ! reprit l'un d'entre eux. Eh ! monseigneur, cela fait mille livres ! Le savez-vous bien ?

— Mille livres ! Justement, reprit le prévôt, c'est bien cela que j'ai voulu dire.

— Mille livres ! répétèrent tous ensemble les Israélites.

Puis, le plus âgé murmura en secouant la tête d'un ton pleurard :

— En mettant à sec toutes les maisons de cette rue et toutes les boutiques du Pont-au-Change, nous ne parviendrons jamais à compléter une somme aussi forte !

Mille livres parisis représentaient en effet à cette époque vingt-quatre mille francs de notre monnaie actuelle, car la livre parisis valait juste vingt-quatre francs.

— Vous avez entendu, n'est-ce pas ? reprit le prévôt d'un ton doucereusement menaçant. Dans trois jours, au lever du soleil, je compte sur votre visite, mes chers maîtres.

— Mais si les autres refusent l'impôt ? objecta l'un des frères.

— Ils ne le refuseront pas, du moment que vous leur ferez bien comprendre que, s'ils ne veulent pas se défaire, au profit du prévôt, de ces quelques sous, le roi leur prendra tout de force !... Croyez-moi, mes vénérables amis, continua le prévôt, les juifs sont l'intelligence même, et je suis certain à l'avance qu'ils se rendront compte immédiatement de la situation... Sur ce, je vous laisse. Que Dieu vous garde ! Dans trois jours, n'oubliez pas !... l'or ou la potence !

Là-dessus, le prévôt se dirigea vers la porte.

Avant de suivre son maître, Fanferdieu s'approcha vivement des cinq bossus et leur dit à voix basse :

— En venant régler vos comptes avec le prévôt, vous serez assez bons pour m'apporter à moi vingt-cinq pauvres livres ; sans quoi, je me verrais forcé de venir les prendre moi-même.

— Eh bien, et moi ? murmura Croupionnet, qui avait rejoint son ami, je n'aurai donc rien ?

— Ah ! c'est vrai ! reprit Fanferdieu, il faut qu'il ait aussi quelque chose ! C'est un très-bon petit garçon, que Croupionnet !... Vingt-cinq livres aussi pour lui, n'est-ce pas ?

— Vous les aurez, dit l'un des juifs d'un ton singulier.

— A la bonne heure ! répliqua Fanferdieu. Vous êtes laids comme tout, et si difformes, que c'en est bête ; malgré ça, vous êtes gentils comme des cœurs, et si jamais on touche à un seul vieux cheveu de vos vieilles caboches, vous n'aurez qu'à me le dire.

— Et à moi aussi, ajouta Croupionnet.

Ayant ainsi parlé, les deux drôles prirent congé des juifs et s'empressèrent d'aller retrouver le prévôt qui, depuis quelques secondes déjà, était hors du logis.

Lorsque Jean de Montigny et ses honnêtes suppôts se furent éloignés, l'un des vieillards, se redressant brusquement, courut à la porte d'un pas allègre et la referma à double tour.

Ceci fait, il revint vers les autres en disant :

— Les trois coquins sont maintenant au bout de la rue.

Chose bizarre !

La voix de cet homme, un instant auparavant faible et chevrotante, avait acquis subitement une fraîcheur, une sonorité toute juvénile.

Bientôt la métamorphose fut plus complète encore.

Ayant porté la main à ses énormes lunettes bleues, il les enleva, et tout aussitôt les cheveux blancs, le front ridé, les joues creuses, le nez d'oiseau de proie, suivirent les lunettes.

Tout cela tenait ensemble, et le visage sexagénaire de cet homme n'était autre qu'un masque de cire.

De même que ses rides, ses difformités étaient fausses.

Sa houppelande seule était bossue.

Lorsqu'il l'eût arrachée de dessus ses épaules, il apparut sous son véritable aspect.

C'est-à-dire sous celui d'un tout jeune homme, aux longs cheveux noirs, au regard d'aigle, d'allure noble et fière.

C'était Jean Buridan, c'était notre héros.

Ses quatre compagnons portaient, eux aussi, des masques de cire.

Ils les enlevèrent de même que l'étudiant avait enlevé le sien.

Ceux-ci, c'étaient Antoine Cramignole, le vieux Cornélius, Isaac Golden et le petit Mailleux.

D'un œil d'envie, ce dernier considérait les faux bossus se délivrant de leurs gibbosités.

— Êtes-vous heureux, vous autres! leur dit-il, quand vos bosses vous gênent, vous les envoyez au diable!... tandis que moi, il faut que je couche avec, et ce sont deux compagnes de lit dont je me passerais volontiers.

— Par Moïse! riposta le vieux juif, si tu gardes tes bosses, je garde mon nez crochu, moi! Pourquoi te plains-tu? Est-ce que je me plains, moi?

— Ouf! fit Cramignole en respirant, cette canaille de prévôt peut se vanter de m'avoir fait une drôle de frayeur!... Le diable m'emporte! j'ai cru que nous étions reconnus et que l'on venait pour nous arrêter!

— Nous reconnaître! s'exclama Cornélius en haussant les épaules. Ami Normand, ou frère Salomon, à ton choix, permets-moi de te dire que tu es bête comme trente-six oies! Comment diantre veux-tu que l'on nous reconnaisse sous nos visages de cire? Nous ne nous reconnaissons pas nous-mêmes! Ah! ce n'est pas pour vous flatter, capitaine, continua le vieux théologien en s'adressant à Jean Buridan, mais ces masques modelés par vous sont tout bonnement cinq chefs-d'œuvre... Vous possédez tous les talents de la science, et si le ciel était juste, au lieu de vivre comme un lépreux immonde ou comme un chien enragé, vous auriez des statues sur toutes les places de la capitale.

— Le fait est, reprit Cramignole, que sans ces bienheureux masques, nous serions tous à présent où sont nos autres compagnons.

— De notre belle armée, dit à son tour le petit bossu, voilà ce qu'il reste!... Ah! ce gueux de Montigny n'a pas frappé de main morte! et depuis qu'il est rentré à la prévôté, il n'a pas perdu son temps!

— Cré coquin de sort! s'exclama Cramignole, en a-t-il fait bouillir de ces pauvres faux-monnayeurs depuis notre fuite de l'Abbaye-aux-Bois!... cette canaille-là! Quand je pense qu'il a osé leur promettre à tous la vie sauve, en honneur, soi-disant, de sa rentrée au pouvoir!

— Oui! continua le vieux Cornélius, et quand une fois il a tenu nos pauvres camarades entre ses griffes, il les a livrés au bourreau!

— Ils sont rudement stupides aussi de s'être fiés à ce gueux-là! riposta Mailleux. Ce n'est pas moi qu'il mettra jamais dedans!

— Et dire, s'écria le juif avec désespoir, dire qu'il va falloir subir les nouvelles exigences de ce traître!

— Sans compter que ce sera tous les jours à recommencer! reprit Cramignole. Une fois qu'il aura goûté à notre argent, il voudra en manger jusqu'à ce qu'il en crève!

— Je propose une chose, dit le bossu. Quittons Paris, sans quoi nous laisserons ici jusqu'à notre dernier sou en attendant que nous y laissions notre peau!

Mais Buridan prit la parole :

— Non, camarades! leur dit-il, non! il faut demeurer céans!... Et, qui plus est, il faut donner au prévôt ce qu'il exige!... Mille livres parisis!... bast! qu'est-ce que cela?... Sans même recourir aux juifs de Paris, nous pouvons satisfaire le despote du Châtelet!

Les compagnons de Buridan regardèrent le jeune homme avec surprise.

— Eh! quoi, monseigneur? dit enfin Isaac, tirer mille livres de notre bourse!... presque un dizième de notre fortune! y songez-vous bien?

— Oui, sur mon âme! j'y songe. Et jamais argent ne nous aura rapporté de plus gros intérêts!... c'est moi qui te le dis!...

— Je n'y comprends plus rien! murmura l'Israélite.

— Tu vas comprendre! donne-moi les clefs de la cave, mon vieil ami, et prends cette lampe!... Vous, camarades, suivez-nous, continua Buridan en s'adressant aux trois compères, lesquels étaient non moins surpris que le juif.

L'étudiant et ses compagnons quittèrent aussitôt la petite salle et se rendirent dans l'arrière-boutique.

Au fond de cette deuxième chambre, se trouvait une petite porte, fermée au loquet seulement.

Cette porte ayant été ouverte, nos hommes pénétrèrent dans une espèce de petite cour très-étroite, tout encombrée de meubles délabrés, de vieilles ferrailles, de tapisseries hors de service et de mille objets qui se voient de nos jours encore chez les petits brocanteurs parisiens.

Sous cet amas de vieilleries disparates, de loques misérables et d'informes débris, se trouvait une porte basse, solidement bardée de fer et qui semblait de force à résister aux plus rudes assauts.

Il y avait à cette porte quatre grosses serrures et tout autant de cadenas.

Buridan prit un trousseau de clefs que le juif lui avait remis dans la boutique, et l'une après l'autre il ouvrit les quatre serrures, l'un après l'autre il ouvrit les quatre cadenas.

Ceci fait, escorté d'Isaac qui tenait la lumière, et

suivi de Cramignole et des deux autres, il descendit une vingtaine de marches et pénétra peu après dans une espèce de petit caveau.

Ce caveau renfermait quelques vieux pots de grès, voilà tout.

Il est vrai de dire que ces vases, si pauvres d'aspect, étaient pleins jusqu'aux bords de pièces d'or et d'argent.

Ce qui prouve une fois de plus qu'il ne faut jamais se fier aux apparences.

— Notre or! notre bel or! gémit le vieux juif. Va-t-il donc falloir nous en séparer?... Buridan! mon cher seigneur! réfléchissez encore!

Sans lui répondre, Buridan alla prendre en un coin de la cave un sac assez volumineux qui semblait abandonné là depuis fort longtemps, car il était tout couvert de mousse et de moisissure.

L'étudiant jeta le sac aux pieds de ses compagnons.

— Ce sac contient deux mille livres parisis, dit-il ensuite d'un ton singulier. Comptez-en la moitié, camarades.

Le juif et les autres poussèrent une exclamation de surprise.

— Comptez! reprit Buridan.

Instinctivement les quatre hommes obéirent.

Lorsque les mille livres furent comptées :

— C'est bien! fit l'étudiant. Prends cette somme, Isaac!... Tu en feras cinq parts et tu mettras chacune d'elles en une sacoche!... Il faut que les ordres du prévôt soient religieusement exécutés.

Quand le juif eut serré les mille pièces en son escarcelle, Buridan en prit cinquante autres.

— Les valets doivent être servis aussi bien que le maître! dit-il ensuite en raillant. Vingt-cinq livres pour chacun! Ils l'ont commandé!...

Repoussant du pied en son coin le vieux sac allégé :

— Maintenant, allons dormir, compagnons!

L'on quitta la cave, l'on regagna la petite cour, et la porte, fermée et cadenassée comme devant, fut encombrée de nouveau par tout ce qui servait d'ordinaire à la cacher.

Rentrés dans la boutique, nos cinq compagnons se jetèrent sur leurs lits.

Mais avant de s'endormir, Cramignole, le juif, Cornélius et Mailleux se demandèrent plus d'une fois quel pouvait être le projet de Buridan.

Quant à ce dernier, il ne dormit pas, lui.

Étendu sur sa couche, il souriait d'un effroyable sourire et murmurait ces mots presque à voix haute :

— Geneviève!... mes fils!.. vous qui n'êtes plus!... que vos âmes tressaillent là-haut d'une joie indicible! Le moment du châtiment est proche!... l'heure de la vengeance va sonner!...

. . . .

Au jour fixé par le prévôt, les cinq bossus de la rue de la Juiverie franchissaient le seuil du Grand-Châtelet, au moment même où le soleil levant commençait à pailleter d'or les flots noirs de la Seine.

Sur la première marche du large escalier qui conduisait aux appartements du prévôt de Paris, deux ignobles coquins attendaient les frères israélites.

Inutile de dire que les coquins en question avaient noms Fanferdieu et Croupionnet.

A l'aspect des juifs, les deux amis poussèrent un rugissement de joie.

— Ils sont venus! murmurèrent-ils.

— Pourvu qu'ils ne nous aient pas oubliés, ajouta Croupionnet.

— Impossible! reprit Fanferdieu. Ils me connaissent; ils savent que s'ils osaient me faire cette indélicatesse, je leur ferais les cent mille misères.

Buridan et le juif Isaac, après avoir salué avec déférence les deux sicaires de Jean de Montigny, leur glissèrent mystérieusement dans la main ce qu'ils attendaient. Soit, à chacun d'eux vingt-cinq livres parisis.

— Vive Israël! s'exclamèrent Fanferdieu et son acolyte.

Et, rayonnants, ils gravirent les degrés quatre à quatre, afin d'annoncer au prévôt de Paris la bienheureuse arrivée des cinq frères.

Sur l'ordre du maître, ces derniers furent introduits dans le vieux cabinet.

— Gloire à vous, mes compères, leur dit Jean de Montigny en les apercevant; vous êtes gens de parole et d'une exactitude tout à fait remarquable.

Sans parler, les cinq bossus s'inclinèrent.

Tirant ensuite de dessous leur cape cinq petites sacoches au ventre rebondi, ils les déposèrent, en soupirant bien fort, sur la table du prévôt.

Celui-ci se prit à rire.

— Vous soupirez, mes maîtres, leur dit-il. Je comprends cela, l'or, c'est le sang de vos veines, c'est l'âme de votre corps!... Bah! vous vous habituerez à ce genre de sacrifice, car, devant peu, j'attends de vous, chers banquiers de mon cœur, un nouvel emprunt volontaire.

Les cinq juifs firent mine de se récrier.

— Ne gémissez pas encore... Vous avez un mois plein devant vous!

— Oh! monseigneur, monseigneur! C'est donc notre ruine que vous voulez?

— Trêve à tes doléances, vieux païen! interrompit brutalement le prévot. Ce que j'ai dit est dit.

Les cinq frères se disposèrent à prendre congé de Jean de Montigny.

— Un instant, s'il vous plaît, mes compères! fit le prévôt en les retenant, je n'ai pas compté la somme... C'est que je ne tiens pas à être volé!

Il vida les cinq sacoches sur la table.

En voyant cet amas d'or devant lui, il ne put contenir sa joie.

Ses yeux brillèrent fiévreusement et ses narines se dilatèrent.

— C'est beau l'or ! s'écria-t-il ensuite ; oh c'est bien beau !

Ayant compté les pièces, il les remit précieusement dans les sacoches en disant :

— Le compte est exact ! C'est bien, mes compères ! je ne vous retiens plus !

Les cinq juifs s'éloignèrent ; mais avant de disparaître, Buridan put apercevoir Jean de Montigny enfermant son or dans un vieux bahut de chêne.

Peu après, ils rentraient à leur logis de la rue de la Juiverie.

Aussitôt de retour, Buridan écrivit à la hâte quelques lignes sur ses tablettes.

Les remettant ensuite à un enfant juif qui d'ordinaire servait de messager et de valet aux cinq frères et sur la discrétion duquel ils pouvaient compter :

— Jacob, lui dit-il, tu sais où demeure Jean de Marle ?

— L'ancien prévôt de Paris ? Oui, je le sais ! Dans la rue Saint-Martin, non loin de l'Abbaye.

— Porte-lui ces tablettes ! tu lui diras que c'est un étranger, un inconnu qui te les a remises ! ne lui dis rien d'autre.

— Rien d'autre, messire !

— Tu le jures ?

— Sur la vie de ma mère !

— C'est bien !

L'enfant quitta la rue de la Juiverie d'un pas rapide.

En peu de temps, il eut atteint l'hôtel de Jean de Marle.

L'ancien prévôt, ayant pris connaissance de la lettre de Buridan, laquelle lettre n'était pas signée, comme bien on pense, poussa une exclamation de joie furieuse.

— Est-ce bien possible ! murmura-t-il. De par le Dieu vivant ! je donnerais mon bras gauche pour que ce fût vrai !

Il commanda qu'on lui sellât un cheval.

S'élançant sur sa monture, il courut au Louvre.

III. — CE QU'IL ADVINT DE LA VISITE QUE FIT JEAN DE MARLE, EX-PRÉVOT DE PARIS, AU ROI PHILIPPE LE BEL.

Le prédécesseur de Jean de Montigny eut promptement atteint les abords du Louvre.

Mettant pied à terre devant la grande porte d'entrée, il se présenta hardiment aux soldats de garde et voulut pénétrer dans la royale demeure.

Mais, depuis sa destitution, Jean de Marle, profondément irrité, s'était tenu constamment renfermé dans son petit hôtel de la rue Saint-Martin et n'avait pas une seule fois, en un an et huit mois, franchi le seuil du palais de Philippe.

Si bien que les archers ne reconnurent pas ou feignirent de ne pas reconnaître l'ancien prévôt, et que pour faire place, nul ne daigna seulement se déranger.

Mais Jean de Marle était tout jeune encore, il avait le sang chaud et le bras prompt.

Portant brusquement la main à son épée :

— Place ! place ! cria-t-il d'une voix retentissante. Je suis Jean de Marle, ancien prévôt de Paris, et je veux parler au roi Philippe, votre maître.

A ces mots, les soudards, à la tête desquels se trouvait le capitaine Balthazar, partirent d'un formidable éclat de rire.

— Le roi Philippe, reprit Balthazar d'un ton gouailleur, ne reçoit pas à cette heure !... Il s'occupe présentement d'affaires trop sérieuses pour s'interrompre en ses travaux.

En ce moment, de grands éclats de voix, des rires avinés et des chants orgiaques se firent entendre au-dessus de la porte d'honneur, dans les appartements royaux.

— Que veut dire ceci ? murmura Jean de Marle.

— Cela veut dire, répliqua Balthazar, que ce cher sire a passé la nuit tout entière à fêter messire Bacchus et tout ce qui s'ensuit, et qu'il continue, malgré le jour, à se livrer à cette attrayante occupation !

— De par l'enfer ! s'exclama Jean de Marle, j'arriverai jusqu'à lui !

Ce disant, il fit mine de vouloir pénétrer au Louvre, malgré les soldats de garde.

Mais Balthazar et les siens tirèrent leurs rapières et se préparèrent à faire payer cher à l'ex-prévôt son audacieuse tentative.

Celui-ci, furieux, avait, lui aussi, mis l'épée hors du fourreau, et la lutte menaçait de devenir sérieuse, lorsque d'une des verrières royales s'ouvrant soudainement, le roi Philippe, en personne, apparut au grand balcon du palais.

— Or ça, quel est ce bruit ? interrogea le monarque.

— Sire, répondit Jean de Marle d'une voix ferme et haute, il faut que je vous parle. Il y va du salut de votre royaume !

Philippe le Bel reconnut le jeune magistrat et donna tout aussitôt l'ordre de le laisser pénétrer auprès de lui.

L'ex-prévôt de Paris fut conduit immédiatement dans la salle où le roi et ses favoris se livraient d'habitude à leurs licencieux ébats.

Les frères génois et quelques autres étaient nonchalamment étendus sur des ottomanes.

Ceux-ci profondément endormis déjà, ceux-là buvant encore et chantant d'impudiques refrains que reprenaient en chœur des bacchantes échevelées, ivres de vin et d'amour.

On voit que Fanferdieu avait dit vrai, et que le jeune monarque faisait un joyeux usage des écus illégalement extorqués aux marchands florentins.

— Par Dieu qui me fit!... s'écria Philippe le Bel en s'adressant d'un ton sévère à son ancien prévôt, est-ce bien vous que je vois, messire Jean de Marle? Depuis tantôt deux ans, vous nous tenez rigueur et n'avez daigné une seule fois reparaître au Louvre.

— Il est vrai, sire!

— Quelle cause extraordinaire... quel motif grave vous oblige à enfreindre la loi que vous vous étiez vous-même imposée!... Que dis-je? lorsque je vous offris, à défaut de votre charge de grand prévôt, une autre place et d'autres honneurs, vous refusâtes tout et fîtes, si ma mémoire est bonne, un solennel serment?...

— En effet, je jurai de ne reparaître au Louvre que pour y venir chercher les lettres patentes qui, expulsant du Châtelet Jean de Montigny, me conféreraient de nouveau ce pouvoir que j'eusse dû toujours conserver!

— Eh bien? interrogea le roi.

— Eh bien! reprit Jean de Marle avec fermeté, ces lettres patentes, je viens les chercher, sire; Votre Majesté peut donc voir que je ne manque pas à mon serment!

Le roi, stupéfié d'entendre un tel langage, reposa sur la table sa coupe d'or à moitié pleine encore.

— Messire, dit-il ensuite d'un ton sévère, je ne sais deviner les énigmes! Expliquez-vous donc, je vous l'ordonne.

— Ainsi ferai-je, sire!... Mais ce secret que je viens vous révéler est de haute gravité et de grande importance, et c'est au roi Philippe seul que je puis en faire la confidence!

Le roi quitta sa place.

Marchant vers l'une des verrières de plain-pied avec la chambre, il l'entr'ouvrit.

— Venez ça, monsieur! dit-il à Jean de Marle. Sur cette terrasse nous serons au mieux pour nous entretenir.

Peu après, l'ancien prévôt et le roi se trouvaient sur un large balcon qui donnait sur la Seine et qui faisait juste face à la vieille tour de Nesle.

S'accoudant sur l'appui de la terrasse :

— Je vous écoute, messire! reprit Philippe d'une voix brève.

— Sire, reprit Jean de Marle, depuis votre avénement au trône de France, le pays est devenu la proie d'une bande de faux-monnayeurs. Paris surtout a souffert effroyablement de ce formidable fléau!

— Oui, oui! répliqua le roi avec une sourde colère. C'est un fléau terrible, vous dites vrai! Sous ses coups incessants, la France s'est vue près de la ruine, et mon trône a vacillé!

Jean de Marle poursuivit :

— Appelé à la prévôté après la chute de Jean de Montigny, j'ai pu m'emparer d'Olivier d'Orgemont, le chef de cette armée ténébreuse!... Mais il a refusé de nous révéler les noms de ses complices, et, sans faire d'aveux, il est mort dans les tourments!

— Je sais tout cela, messire, interrompit Philippe le Bel. Je sais encore, poursuivit le monarque d'un ton de reproche, je sais que durant dix mois entiers la bande d'Olivier d'Orgemont continua sous un autre chef son œuvre fatale!... Je sais que vous ne pûtes parvenir à découvrir le foyer de cet incendie funeste qui consumait petit à petit mon malheureux royaume!... Si bien que, fatigué de votre impuissance, je rendis à la liberté Jean de Montigny, votre prédécesseur, injustement destitué!

— Injustement! répéta Jean de Marle d'un ton sarcastique.

— Oui, injustement! reprit le roi avec violence. Je sais ce que je dis, monsieur!... Jean de Montigny est un homme d'une habileté rare et d'une fermeté à toute épreuve!... Il a de l'initiative... il ose, enfin, il ose... et c'est beaucoup de savoir oser!

— En effet, répliqua Jean de Marle, M. de Montigny sait oser, et plus que vous ne le croyez, peut-être.

— Vos insinuations n'ébranleront pas ma conviction, interrompit le roi, votre ton de raillerie ne saurait m'émouvoir... Vous en voulez au grand prévôt... cela se comprend... Il a fait ce que vous n'avez su faire!

— Je l'avoue.

— Oui! poursuivit Philippe avec véhémence, un mois à peine après sa sortie de prison, il a découvert la retraite des faux-monnayeurs!... Il s'est emparé de leurs moules et de leurs outils, de tous leurs infâmes matériaux enfin!

Désignant du doigt à Jean de Marle la vieille tour de Nesle, qui se dressait sombre et noire sur la rive voisine :

— En cette tour inhabitée, tout l'arsenal maudit de l'Abbaye-aux-Bois a été renfermé... J'ai vu de mes yeux ces engins terribles qui ont fait tant de mal à la France, et qui eussent fini par lui donner la mort!... Oui! oui! j'ai vu tout cela!... Ce ne sont pas des contes inventés à plaisir par Jean de Montigny pour se faire valoir... j'ai vu!... J'ai vu aussi bouillir en place publique presque tous les anciens complices d'Olivier d'Orgemont!... Ah! ne cherchez pas, je vous le répète, à perdre en mon esprit votre successeur !... Il a trop fait pour moi pour que je méconnaisse ses services !

— Sire, reprit Jean de Marle d'un ton singulier, tous les anciens complices d'Olivier d'Orgemont ont subi, dites-vous, le supplice réservé aux criminels de leur sorte ?

— Tous... ou du moins le plus grand nombre.

— Mais celui qui a commandé cette bande ténébreuse après la mort de d'Orgemont, ce Buridan, qui vous a insulté et menacé ?...

— Buridan ! répéta le roi avec une exclamation de rage.

— Oui, poursuivit Jean de Marle, cet homme que vous haïssez d'une irréconciliable haine, cet ennemi mortel qui a su échapper à toutes mes recherches pendant dix mois entiers, Jean de Montigny vous avait promis sa capture !.. Depuis tantôt deux ans, vous attendez en vain.

— Il est vrai ! répliqua Philippe IV ; mais si ce Buridan a pu jusqu'à ce jour se soustraire aux poursuites de la prévôté, l'épouse de ce traître est tombée du moins au pouvoir de Jean de Montigny. Montfaucon a reçu le cadavre de cette dangereuse aventurière, continua le monarque avec un sombre sourire, je l'ai vue morte et nue accrochée au gibet, et mon cœur a bondi de joie ! car, elle aussi, elle m'avait bravé !... elle aussi m'avait insulté, comme ce Buridan qu'elle aimait !... comme cet audacieux écolier !... En punissant cette infâme créature, M. de Montigny a vengé son roi !... Il saura peut-être avant peu compléter ma vengeance, car les deux fils de Geneviève sont restés entre ses mains, et par eux, il parviendra quelque jour à attirer en un piége Buridan, leur père.

— Non, sire, il ne fera pas cela ! répliqua messire de Marle.

Le roi considéra son interlocuteur d'un regard étonné.

— Il ne fera pas cela, dis-je, reprit l'ancien prévôt.

— Et pourquoi ?

— Pourquoi, sire ? parce que présentement M. de Montigny est le complice de Buridan.

— Le complice de Buridan ! s'exclama le roi. Sur mon âme, vous raillez, messire, ou vous êtes fou !

— J'ai toute ma raison, sire, s'empressa de répondre Jean de Marle, et de ce que j'ose avancer, voici les preuves.

A ces mots, il tira de son aumônière les tablettes qui lui avait remises le petit juif Jacob.

— Qu'est-ce là ? lui demanda le roi.

— Lisez, sire.

Philippe le Bel prit les tablettes et lut ce qui suit :

« A Jean de Marle, ex-prévôt de Paris :

« Monseigneur, vous êtes l'ennemi de Jean de « Montigny ; je le suis autant que vous. Vous con« naîtrez un jour les motifs de ma haine... Qu'il vous « suffise de savoir que cet homme est un infâme qui « trahit le roi... Il y a deux mois, Buridan est tombé « en son pouvoir... »

Le roi s'interrompit en sa lecture pour s'écrier :

— Jean Buridan ! au pouvoir de Jean de Montigny !

— Continuez, sire, continuez.

Philippe reporta les yeux sur les tablettes.

« ... Au moment de le livrer au roi, le prévôt a « tenu au prisonnier le langage que voici : « Le roi « a confisqué tous mes biens. Il m'a rendu la pré« vôté, mais il a gardé ma fortune. Je veux redeve« nir plus riche que Philippe lui-même. Tu possèdes « le secret de faire de l'or. Partage ce secret avec « moi et je te sauverai de la haine du prince, je te « rendrai la liberté. A nous deux, nous continuerons « l'œuvre que tu as entreprise, et de nouveau, la « fausse monnaie se répandra par tout le royaume. « Oublie donc, poursuivit le prévôt, oublie donc la « mort de ton épouse et le supplice de tous les tiens. « Je n'ai agi que d'après les ordres de Philippe IV, « et tu ne peux en vouloir qu'à lui seul. De ce jour, « unissons-nous tous deux, et que notre soudaine « fortune, en ruinant le royaume, nous venge de ce « roi qui t'a proscrit et qui m'a tenu injustement sous « les verrous durant un si long temps. »

Philippe le Bel interrompit une seconde fois sa lecture.

— C'est impossible ! c'est impossible ! murmura-t-il. Le prévôt est incapable d'une telle trahison !

— Je l'ai cru comme vous, sire ! répondit Jean de Marle, mais les dernières lignes de cette missive ont su me convaincre.

Le roi continua :

« De tout ce que je révèle, on trouvera les preuves « en saisissant, dans le cabinet particulier de Jean « de Montigny, l'or renfermé dans le grand bahut de « chêne surmonté du portrait d'Étienne Boyleau, un « honnête prévôt, celui-là ! — Tout cet or est faux. « — D'autres cachettes sans doute renferment d'in« calculables sommes. Il importe donc de prévenir « au plus vite le roi Philippe IV. Lui seul peut, en « châtiant l'indigne magistrat, empêcher la ruine du « pays et le malheur de ses sujets. »

— Eh bien ! sire ? fit Jean de Marle.

— Par la croix du Sauveur ! s'écria le monarque d'une voix altérée par la fureur, si tout cela est vrai, si le prévôt est coupable... ce sera trop peu de tout son sang pour payer sa félonie !

A ces mots, il quitta la terrasse et rentra brusquement dans la grande salle, où ses favoris attendaient, anxieux, l'issue de l'entretien.

Il fit signe aux quatre frères génois de venir à lui :

— Fabio ! Urbain ! Giacomo ! Raphaël ! dit-il avec fièvre, armez-vous, mes compères, et suivez-moi !

Les quatre gentilshommes italiens se hâtèrent d'obéir, et, sans interroger le maître, ils s'élancèrent sur ses pas, ainsi que Jean de Marle, dans la cour d'honneur.

Là, Philippe IV commanda au capitaine Balthazar de lui faire escorte avec douze de ses hommes.

Peu après, le roi et son cortége entraient au Grand-Châtelet.

Les sergents de la grande prévôté, à la vue du monarque, se disposèrent à lui rendre les honneurs habituels.

Mais le roi ordonna que chacun fît silence, et défendit de prévenir Jean de Montigny de sa brusque arrivée.

Puis il courut au grand escalier et, d'un pas rapide, il en gravit les échelons.

A l'entrée du vestibule qui précédait le cabinet particulier du prévôt, deux hommes jouaient aux dés, et sur le banc qui leur servait de table, quelques pièces d'or étaient éparpillées.

En apercevant le roi de France et les siens, Fanferdieu et Croupionnet, car c'étaient nos deux coquins, se levèrent vivement et firent mine de remettre au plus vite les enjeux en leurs escarcelles.

Mais, sur l'ordre de Philippe IV, les pièces d'or furent enlevées aux deux joueurs stupéfiés.

Après avoir attentivement considéré les livres parisis que les bossus avaient octroyées à Fanferdieu et à son acolyte :

— D'où tenez-vous cet or ? demanda le roi.

— Sire !... Majesté... balbutia le policier, c'est un don de messire Jean de Montigny, notre maître !

Comme bien on pense, Fanferdieu n'avait nulle envie de faire connaître à Philippe le Bel la source de sa petite fortune.

— S'il savait que j'ai extorqué ça aux juifs, se dit-il, il serait capable de me faire pendre, car il n'aime pas qu'on plume ses sujets. Il préfère les plumer tout seul.

Naturellement, Croupionnet crut devoir faire le même mensonge que son ami.

— Capitaine Balthazar, commanda le roi, emparez-vous de ces deux hommes, et gardez-les à vue jusqu'à ce que j'aie décidé de leur sort !

S'adressant ensuite aux quatre Génois et à Jean de Marle :

— Venez, messieurs, dit-il d'une voix brève.

Et, silencieusement, Philippe IV et ses cinq compagnons se dirigèrent vers la porte du cabinet prévôtal, laquelle se trouvait à l'extrémité du vestibule.

Pendant ce temps, Jean de Montigny songeait à la sublime idée qu'il avait conçue en imposant extraordinairement les juifs de Paris.

— Mille livres ! murmurait-il avec une joie d'enfant. Mille livres ! — C'est trop peu, reprit-il en changeant de ton, j'aurais dû en demander deux mille !... Le mois prochain, j'en exigerai le double !... le triple même !... Ils sont effroyablement riches, ces gueux-là !... Je les saignerai à blanc, et, de leurs mains crochues, toute leur fortune passera dans les miennes !

Comme il disait ces mots, la porte s'ouvrit brusquement :

— Qui donc ose entrer ici sans mon ordre ? s'écria le prévôt avec colère.

— C'est moi ! répondit une voix ferme et haute.

Jean de Montigny reconnut immédiatement le roi Philippe le Bel, Jean de Marle et les gentilshommes génois.

— Vous !... vous ! sire ! balbutia le prévôt en s'inclinant respectueusement devant son souverain.

— Moi-même !...

— A quel fortuné hasard, demanda ce dernier, dois-je l'insigne honneur de recevoir à cette heure matinale mon maître bien-aimé ?

— Vous allez le savoir, répliqua Philippe le Bel. Messire Jean de Montigny, un bruit étrange est venu jusqu'à moi !

Le prévôt frissonna.

— Il sait tout ! pensa-t-il. Les juifs ont parlé, peut-être !... Quel est ce bruit, sire ? reprit-il en essayant de se remettre.

— On dit, continua le roi, on dit... mais je ne le crois pas... je ne puis le croire... que Jean Buridan, mon ennemi, est tombé, il y a deux mois, en votre pouvoir, et qu'au lieu de me le livrer, vous lui avez, de votre plein gré, rendu la liberté !

Le prévôt respira :

— Il ne sait rien ! se dit-il. — Sire, poursuivit Montigny avec une assurance qui cette fois n'était pas feinte, on vous a fait un indigne mensonge. Jean Buridan, malgré toutes mes recherches, a su jusqu'à ce jour demeurer à ce point invisible, que j'en arrive parfois à douter qu'il soit encore de ce monde. La fin de son épouse, la disparition de ses fils, l'ont peut-être poussé à se donner la mort !

— Le croyez-vous ? questionna le roi d'un ton singulier.

— En mon âme et conscience, je le crois !

— Alors, vous ne l'avez jamais revu ?

— Jamais, sire ! ce dont j'enrage bien fort, je vous le certifie !

— Soit ! fit le roi. Laissons donc ce sujet et parlons d'autre chose !

— Je suis prêt à répondre à toutes les questions que voudra bien m'adresser Votre Majesté !

— Messire de Montigny, vous étiez pauvre en rentrant à la prévôté ?

L'enfant eut en peu de temps atteint l'hôtel de Jean de Marle.

— Très-pauvre, sire ! répliqua le prévôt, qui, malgré lui se reprit à trembler.

— L'êtes-vous encore ?

Montigny garda le silence.

— Vous ne répondez pas ? reprit Philippe le Bel. Êtes-vous pauvre encore ? Je veux le connaître !

— Comment serais-je riche, sire ? repartit le prévôt. J'ai présentement pour vivre ce que me rapporte ma charge.... Et rien de plus.

— Rien de plus ?

— En vérité, sire, répliqua Montigny qui se troublait visiblement, je ne sais où tend cet interrogatoire !

— Vous ne le savez pas, monsieur ! répondit Philippe le Bel qui le couvait du regard. Vous ne le savez pas ?...

— Sire !...

Désignant du doigt le grand bahut que surmontait le portrait du prévôt de saint Louis :

— Ce meuble est-il fermé ? demanda le roi.

— Oui, sire ! répondit Montigny en pâlissant.

— Ouvrez-le !

— Mais, sire....

— Ouvrez-le, vous dis-je !...

— Sire ! balbutia le prévôt, j'obéirais avec joie à Votre Majesté ; mais depuis un long temps la clef est égarée et...

— Égarée, dites-vous ?...

Avisant sur la table du prévôt une petite clef ciselée :

— Pardieu, celle-ci pourra peut-être faire l'office de l'autre : essayez !

Le prévôt la prit d'une main mal assurée et la mit dans la serrure. Mais, comme bien on pense, le meuble demeura fermé.

— Vous vous y prenez mal, sans doute ! répliqua le roi d'un ton railleur. Donnez ! donnez ! monsieur, je vais essayer moi-même !

Sans même attendre que Montigny lui remît la

clef, il la lui arracha des mains, et, peu après, le bahut s'ouvrit sans difficulté aucune.

— Que disiez-vous donc? reprit Philippe IV.

Le prévôt grimaça un sourire et balbutia quelques mots inintelligibles.

A l'aspect des sacoches pleines d'or :

— Qu'est cela, monsieur? demanda le roi.

— Sire..., sire...

— Répondez!

— C'est de l'or! répondit enfin le prévôt d'une voix étranglée.

— De l'or! reprit Philippe IV en regardant en face Jean de Montigny. Vous en êtes sûr?

— Bien sûr, en vérité!

— Jurez, monsieur, jurez sur la mémoire de votre père!

— Sur la mémoire de mon père, je le jure!

Le roi laissa échapper un cri d'indignation.

— Ah! c'est trop d'audace!

Prenant les sacoches l'une après l'autre, il en éparpilla le contenu sur la table.

— Par le sang du Christ! s'exclama le roi, est-il bien possible que ces pièces soient fausses!... Elles ont l'éclat et la sonorité de l'or véritable!

— Que dites-vous, sire? murmura Montigny stupéfié.

— Je dis que je sais tout, traître! je dis que de concert avec Jean Buridan, mon ennemi, tu ne crains pas de poursuivre l'œuvre criminelle entreprise par Olivier d'Orgemont!...

— Moi! moi!

Le roi poursuivit avec force :

— Je dis enfin que Jean de Montigny, chef de la juridiction du Châtelet, premier juge civil et politique, chef de la noblesse de toute la prévôté et vicomté de Paris, est un faux-monnayeur!

— Devant Dieu qui m'entend, je soutiens que c'est là une calomnie infâme! s'écria le prévôt.

— Une calomnie! reprit Philippe le Bel.

Tirant du fourreau une large dague florentine, il en appuya la pointe sur l'une des pièces.

L'acier éprouva d'abord une légère résistance; mais bientôt la dague traversa la livre parisis pour s'enfoncer ensuite dans la table de chêne.

Sans difficulté aucune, la pièce fut séparée en deux.

L'extérieur seul avait l'apparence de l'or.

Quant à l'intérieur, c'était un métal étranger, un alliage inconnu.

Prenant l'une des moitiés de la pièce fausse, le roi la mit sous les yeux de Montigny.

— Vous avez juré par la mémoire de votre père que ceci était de l'or!... A tous vos crimes, vous avez ajouté le parjure!... Ce devait être!

— Sire, je suis innocent! je le jure encore.

— Vous mentez!

— La tête sous la hache, je crierai que je ne suis pas coupable! hurla le malheureux avec des cris désespérés.

En ce moment, le capitaine Balthazar pénétra dans le cabinet.

— Sire, dit-il en présentant au roi un pli soigneusement cacheté, un homme du peuple vient de remettre en bas, au sergent de garde, le message que voici.

Le roi prit la lettre.

Cette missive est à votre adresse, dit-il au prévôt.

Ce dernier tendit la main pour s'en saisir.

— Je la lirai moi-même, messire! continua le roi en brisant le cachet.

Après avoir lu :

— Par la croix du Sauveur! ce pli ne pouvait arriver plus à propos!.., Écoutez, messieurs! écoutez!

« Frère, un homme qui vous hait et qui, depuis « votre réinstallation à la prévôté, s'est institué votre « espion et surveille toutes vos démarches, a surpris « le secret de notre association. Il a tout révélé à « Jean de Marle, votre ennemi, lui aussi. Nous avons « tout à craindre de cet homme. Devant qu'il ait le « temps de tout apprendre au roi, faites disparaître « au plus vite les quelques sous de monnaie fausse que « vous devez avoir encore au Châtelet et qui seraient « des preuves accablantes contre vous. Quant à moi, « j'ai jeté dans la Seine tout ce qui restait en notre « atelier, y compris nos outils et nos moules. On « peut faire toutes perquisitions où vous savez, on ne « trouvera rien. Si l'on vous accuse, niez avec acharnement! et vous sortirez sain et sauf de cette « tempête. Un avis secret m'a informé de tout ceci. « Qui m'a envoyé cet avis? — Je l'ignore! Quoi « qu'il en soit, j'en profite et je quitte la capitale. « Quand vous lirez ces lignes, je serai déjà loin de « Paris, hors des atteintes du roi et de ses lâches « bourreaux, moins lâches encore que lui! Adieu, « frère, nous nous reverrons un jour, bientôt peut-« être! Notre vengeance est incomplète! Dieu nous « permettra sans doute de la mener à bonne fin.

« Brûlez ce billet dès que vous l'aurez lu, et soyez « mien comme je serai vôtre.

« BURIDAN. »

Les gentilshommes génois poussèrent une longue exclamation d'indignation et de colère, et, d'un seul et même mouvement, tirèrent à moitié l'épée hors du fourreau.

Le roi leur commanda de se contenir.

— Ce n'est pas à vous qu'il appartient de punir cet infâme, dit-il, c'est au bourreau!

Jean de Montigny était accablé, anéanti.

Il se croyait le jouet d'un effroyable rêve, et d'un œil stupide, il regardait le roi et ceux qui l'entouraient.

— Jean de Montigny, reprit Philippe le Bel, tu as sé me dire en face que, la tête sous la hache, tu roclamerais ton innocence !... Prépare-toi donc à proclamer, car, de par Dieu, dès demain, ta tête mbera sur l'échafaud !

A ce mot, le prévôt revint à lui soudainement.

— L'échafaud ! l'échafaud !

— Oui, répliqua Philippe avec un cruel sourire. Le gibet est trop loin d'ici !... Je veux que ton suplice ait lieu sur la place même du Châtelet que tu s déshonoré !... Ton sang lavera ta félonie !... Mon euple attend depuis longues années le spectacle de a mort !... Cette fois, il sera satisfait, je t'en fais le erment !

— Sire, vous ne voyez donc pas que je suis la ictime d'une machination infâme !... Ce Buridan... e ne l'ai pas vu... je ne lui ai jamais parlé !

— Mais cette lettre !... cette lettre ! repartit Philippe le Bel avec fureur.

— Cette lettre est une perfidie !... Je n'ai jamais evu Buridan, je le répète, et je le répéterai sans esse !... Et d'ailleurs, comment aurais-je été choiir cet homme pour associé ?... pour complice ?... Il ait mon ennemi... il devait l'être... N'avais-je pas nlevé ses enfants ?

A ce dernier mot, le prévôt poussa un cri de joie.

— Ses enfants ! reprit-il, mais si cette union entre nous deux existait réellement, je les lui aurais endus, et tous deux ne seraient pas enfermés à tte heure même en cette forteresse !

— En effet, murmura le roi dont la conviction arut un moment ébranlée. Et, reprit-il, les fils de ridan sont encore au Châtelet ?... cela est vrai ?... en vrai ?

— Oui, sire, répondit le prévôt. Depuis la mort de ur mère, ils n'ont pas quitté la Tour-Basse, et osine la Tueuse est toujours avec eux !

Comme on le voit, les larmes, les supplications Isaurine, les menaces et les malédictions de Jacques d'Aunay n'avaient pas empêché Montigny de oursuivre jusqu'au bout la tâche odieuse qu'il s'éait imposée.

En effet, tandis que le cadavre de Geneviève, dépouillé de ses vêtements, était conduit aux fourches atibulaires, les deux enfants de la pauvre martyre étaient emmenés au Châtelet.

Là, une fille immonde, arrêtée le matin même pour voir égorgé son fils nouveau-né, avait été emprisonnée dans le Tour-Basse.

On lui jeta les enfants de Geneviève, et le prévôt ui dit :

« — Tu leur serviras de mère et tu seras leur ardienne. Si tu les laisses mourir ou si tu les laisses endre, tu seras enterrée vive sous les dalles de on cachot. »

Et, dans cette prison sinistre, sans soleil et sans air, les deux innocentes créatures avaient sucé le lait de cette mégère que le peuple appelait « Frosine la Tueuse. »

— Menez-nous à la Tour-Basse, messire ! reprit Philippe le Bel. Je veux m'assurer par moi-même si les fils de mon ennemi sont encore céans !

Jean de Montigny prit en ce même bahut qui venait d'être ouvert par le roi deux fortes clefs de forme particulière et dit en s'inclinant :

— Je suis aux ordres de Votre Majesté !

Alors il se dirigea vers l'entrée secrète par laquelle nous avons vu pénétrer, chez le prévôt, trois jours auparavant, Fanferdieu et son complice.

Ayant ouvert l'issue dérobée, Montigny, gardé à vue par les frères génois, gagna une sorte d'étroit palier, sur lequel se trouvait, non loin de l'escalier qui conduisait à la mansarde du policier, une porte massive, solidement verrouillée.

Le prévôt ouvrit cette porte et s'engagea dans une longue galerie.

Le roi et ses gentilshommes y pénétrèrent avec lui.

A l'extrémité de cette galerie toute sombre et tout humide, ils s'arrêtèrent devant une petite porte de fer.

— Ouvrez ! commanda le roi.

Le prévôt obéit, l'huis roula sur ses gonds et l'on franchit le seuil d'un cachot circulaire qu'éclairait faiblement une petite lampe fumeuse.

— Frosine ! cria le prévôt, Frosine !

Mais nulle voix ne répondit à la sienne.

— Frosine ! répéta-t-il avec anxiété. Où donc es-tu ?...

Il jeta un regard inquiet vers un grabat sordide qui faisait face à la porte.

— Dieu soit loué ! la voici ! Elle dort et ne m'a pas entendu !

Il courut au grabat.

Mais bientôt il poussa un cri épouvantable.

— Ciel et terre ! Frosine est morte et les enfants ont disparu !

IV. — DANS LEQUEL APPARAISSENT LES VRAIS JUIFS DE PARIS.

En entendant la furieuse exclamation de Montigny, le roi et ses gentilshommes s'approchèrent vivement du grabat sur lequel était étendu le corps inanimé de Frosine la Tueuse.

— Cette femme est morte ? avez-vous dit, murmura le roi en couvant de l'œil le prévôt de Paris.

— Voyez !... voyez vous-même, sire, répondit ce dernier violemment ému. Voyez, elle a été poignardée... l'arme est encore dans la plaie !

Philippe le Bel commanda à l'un des Génois de détacher la lampe de la voûte et de l'apporter près du lit.

Le Génois ayant obéi :

— Par la sainte croix ! s'écria le roi en considérant le poignard planté dans le cœur de la morte, cette dague est vôtre, messire prévôt !... C'est celle dont je vous fis don à notre dernière entrevue !

Montigny reconnut le poignard à son tour.

— C'est vrai ! c'est vrai ! balbutia-t-il comme en délire. Mon Dieu ! mon Dieu ! quel étrange mystère est-ce là ?

— Ce mystère n'en est pas un pour moi, reprit Philippe le Bel avec sévérité. Je ne suis pas dupe, entendez vous bien, de la comédie que vous jouez en ce moment !... Vous saviez que cette fille était morte !... Vous saviez que les enfants avaient été enlevés de ce cachot !

— Sire, je vous jure...

— Plus de serments ! interrompit brusquement le roi, je n'y crois pas !... Vous saviez tout, vous dis-je, et vous avez assassiné cette misérable femme pour l'empêcher de révéler un jour que les fils de Buridan avaient été rendus par vous-même à leur père !

— Cela n'est pas ! cela n'est pas ! hurla le prévôt avec désespoir.

— Ah ! vous ne vous attendiez pas à la visite matinale que j'ai daigné vous faire !... continua Philippe IV. De par le Dieu vivant ! ce m'est une grande joie d'avoir les preuves de toutes vos trahisons.

Se tournant vers les frères génois :

— Emparez-vous de cet homme, désarmez-le, et reconduisez-le sur l'heure en ses appartements, vous l'y retiendrez prisonnier jusqu'au moment de son supplice.

S'adressant ensuite à Jean de Marle :

— Messire, poursuivit le roi, de par notre volonté suprême, redevenez, de ce jour, notre grand prévôt ! Vous avez démasqué l'infâme : cette récompense vous est due !

S'inclinant devant le jeune souverain, Jean de Marle répondit :

— Comme par le passé, sire, je serai dévoué jusqu'à la mort à mon pays et à mon roi.

— C'est bien, messire, reprit Philippe le Bel, je compte sur votre parole. Comme preuve de votre dévouement, je veux que vous donniez sur l'heure tous les ordres nécessaires pour l'exécution de ce grand coupable !... Demain, au point du jour, il faut que sa tête tombe sous la hache du bourreau. Il le faut ! J'ai dit !

Jean de Marle, sans répondre, s'inclina de nouveau devant son maître et s'éloigna, à sa suite, de la Tour-Basse que venaient de quitter Montigny et les quatre frères génois.

Le prisonnier fut ramené en son cabinet.

Le malheureux était accablé, anéanti.

Il se mettait l'esprit à la torture pour essayer de comprendre d'où partait l'effroyable coup qui le frappait. Mais c'était en vain.

Il lui était impossible de voir clair dans ces épaisses ténèbres.

Enfin, il aperçut sur la table le monceau de pièces fausses dans lesquelles se venaient jouer les rayons du soleil et qui semblaient briller d'un éclat extraordinaire et presque fantastique.

— Est-ce l'enfer qui fait tout ceci ? se demanda-t-il en frémissant. « Dieu vous punira, mon père ! » m'a dit Isaurine, lorsque j'ai arraché les deux enfants de ses bras, après la mort de Geneviève... Oui, oui ! elle m'a dit cela !... elle m'a dit cela !... Est-ce donc sa prédiction qui s'accomplit ?... est-ce donc la divine justice qui me frappe ?

Sur l'ordre du roi, des chaînes avaient été apportées par Balthazar.

— Liez cet homme ! commanda Philippe le Bel.

— Je suis innocent ! je suis innocent ! cria Jean de Montigny en se débattant avec rage.

— Tu mens, traître ! répliqua le roi d'une voix retentissante.

Prenant une poignée de pièces fausses sur la table et la jetant à la face du condamné :

— Cet or t'accuse et te condamne ! et chacune de ces pièces semble élever la voix pour demander ta mort !

— Mais cet or... cet or... je ne le tiens pas de Buridan !

— Et de qui donc le tiens-tu, lâche ?

— Sire, je suis coupable ! répondit le misérable, mais non pas du crime que l'on m'impute ! A votre détriment, j'ai exigé un impôt des juifs de Paris !... et cet or, cet or maudit, cause de toutes mes misères, m'a été remis par les Israélites et non par Buridan !

— Vous avez exigé un impôt, dites-vous ?... un impôt des juifs !... s'exclama Philippe avec colère.

— Sire, je suis pauvre, vous le savez ! je n'ai plus rien... car vous m'avez tout pris... Et pour reconstruire l'édifice de ma fortune, j'ai mis à contribution la juiverie parisienne !... C'est une faute, il est vrai, mais ce n'est pas un crime !... Et mes prédécesseurs l'ont tous fait avant moi !

— Ce n'est pas un crime, dites-vous ! réplique le roi. Vous vous trompez, messire ! Les juifs sont mes sujets comme tout ce qui vit et respire dans le royaume de France ! Or, mes sujets sont à moi, et qui touche à leurs biens me vole personnellement.

S'adressant à Jean de Marle :

— Monsieur notre grand prévôt, ordonnez que, sur l'heure, les principaux d'entre les juifs de Paris se rendent au Châtelet !

Cinq minutes plus tard, les crieurs jurés de la ville parcouraient la rue de la Juiverie, le Pont-aux-Changeurs et tous autres lieux spécialement habités par les juifs, et faisaient sommation, au nom du roi, à tous les israélites tenant boutique dans la capitale, de comparoir séance tenante à la prévôté.

Un quart d'heure à peine après la promenade des crieurs, une foule immense se pressait dans la grande cour du Châtelet.

On eût dit une armée de mendiants.

Tous avaient des chausses en lambeaux et des pourpoints effiloqués et semblaient suer la misère à grosses gouttes.

Tous ces hommes étaient riches cependant, effroyablement riches.

C'étaient les juifs de Paris !

Nous dirons en temps et lieu l'histoire étrange et véritablement dramatique des descendants de Juda.

Nous raconterons leur origine, la cause de leur avilissement, les vexations de toutes sortes et les persécutions incessantes qu'ils eurent à subir.

Nous montrerons leur marche silencieuse, à travers les âges, et nous les retrouverons enfin dans la quatrième partie de ces drames, tels qu'ils sont aujourd'hui, tels qu'ils se sont faits, grâce à leur patience merveilleuse, à leur génie du négoce, grâce surtout à leur esprit d'union et de confraternité.

C'est alors que nous les verrons surgir brusquement de leur ombre, et jeter bien loin d'eux leur sordide enveloppe pour apparaître sous leur véritable forme, c'est-à-dire plus riches que les plus riches, et par contre, plus puissants que les plus puissants.

Car l'or est roi du monde, et l'or est aux juifs.

Mais n'anticipons pas sur les événements, et reprenons la suite de notre récit.

Les israélites mandés par le roi de France, étaient grandement inquiets, et cela se comprend.

Les dignes sectateurs de Moïse savaient à leurs dépens que l'on ne les dérangeait d'ordinaire que pour leur tondre quelque peu la laine sur le dos.

Tout penauds et tout tremblotants, nos juifs se tenaient donc serrés les uns contre les autres, et n'osaient même se faire part à voix basse de leurs terreurs.

Enfin, en haut du grand escalier, Philippe le Bel apparut, escorté de ses gardes, de ses gentilshommes et de son nouveau prévôt.

A l'arrivée du souverain, mille bonnets plus crasseux les uns que les autres s'agitèrent, et mille voix enrouées braillèrent :

— Vive le roi !

Celui-ci ayant imposé silence à la clique déguenillée, commanda à Jean de Marle de faire amener dans la grande cour l'ex-prévôt de Paris.

Montigny parut presque aussitôt.

A la vue du prévôt chargé de chaînes, la foule laissa échapper un long cri d'étonnement.

Mais le roi prit la parole et la foule redevint aussitôt silencieuse.

— Messieurs de la juiverie, dit Philippe le Bel en désignant le prisonnier, l'homme que voici s'est accusé lui-même d'avoir exigé des israélites, résidant en ma bonne ville de Paris, un impôt de mille livres parisis ! Cela est-il vrai ? Répondez.

Le chef de la bande, celui que les chroniqueurs désignent sous le titre de « *magister judæorum*—c'est-à-dire grand maître des juifs, » s'avança hors des rangs.

— Sire, jamais semblable impôt ne nous a été demandé.

— Jamais ? Vous le jurez, mon maître ?

— Par le Dieu de Jacob, je le jure ! répliqua le vieillard d'un ton solennel, et tous mes frères sont prêts à le jurer comme moi !

Tous les juifs répondirent d'une seule et même voix :

— Par le Dieu de Jacob, nous le jurons !

— Ils mentent ! ils mentent ! s'exclama le prévôt en écumant de rage. Cinq d'entre eux m'ont apporté la somme ce matin même...

— Cinq d'entre eux ? sauriez-vous les reconnaître ?

— Oui, sur mon âme, sire, je les reconnaîtrais entre mille ! car tous les cinq, fils d'un même père, possèdent les mêmes traits et les mêmes difformités.

Le roi se retourna contre les juifs.

— Que chacun de vous, commanda-t-il, passe l'un après l'autre devant cet homme !

L'ordre du roi fut ponctuellement exécuté.

Mais, parmi tous ceux qui se présentèrent à lui, le prisonnier ne put reconnaître ses bossus.

— Sire ! s'exclama le prévôt, ceux qui sont venus cejourd'hui au Châtelet étaient difformes, je vous l'ai dit !... On les appelle les cinq bossus de la rue de la Juiverie !

— Quels sont ces hommes ? demanda le roi au grand maître des juifs.

— Je ne saurais répondre à Votre Majesté, répliqua le vieillard. Jamais je n'ai vu ceux dont parle messire de Montigny, et personne d'entre nous n'a pu les voir, car ils n'ont jamais existé !

— Vous osez soutenir cet odieux mensonge ? hurla le prisonnier.

— J'ose soutenir la vérité vraie ! reprit le grand maître. Et tous les juifs de Paris la soutiendront comme moi !

— Enfer ! reprit Jean de Montigny en se contorsionnant, tous ces démons sont contre moi !... Sire, continua-t-il, les bossus habitent tous les cinq dans la première maison de la rue de la Juiverie ! Celle qui fait le coin de la rue des Marmousets ! Par grâce !

par pitié! faites fouiller cette demeure!... Les infâmes s'y tiennent cachés, sans doute.

— Soit! répliqua le roi.

Se retournant vers le capitaine de ses gardes :

— Avec douze de vos hommes, rendez-vous à l'endroit désigné, et, morts ou vifs, ramenez céans tous ceux qui s'y trouvent. Allez!

Balthazar et ses hommes s'élancèrent sur leurs chevaux et partirent dans la direction de la Cité.

Dix minutes après, les archers royaux rentraient à la prévôté.

— Sire, dit Balthazar en mettant pied à terre, de la maison dont il est parlé, il ne reste que quelques poutres à moitié brûlées et quelques rares décombres. Les flammes ont dévoré toute la baraque, et les femmes juives des échoppes voisines m'ont assuré que depuis plusieurs mois déjà la masure est incendiée!

— Depuis plusieurs mois! depuis plusieurs mois! répéta le prévôt à moitié fou. Il y a trois jours... il y a trois jours, entendez-vous bien?.... Mais que dis-je! je n'étais pas seul!

— Et qui donc vous accompagnait? interrogea le roi.

Le prévôt nomma Fanferdieu et son acolyte.

Les deux coquins furent amenés aussitôt.

— Répondez! répondez! s'écria Montigny d'un ton suppliant, n'est-il pas vrai que vous m'avez accompagné chez les bossus de la rue de la Juiverie? N'est-il pas vrai que les cinq frères sont venus eux-mêmes m'apporter les mille livres d'or exigées par moi?... Dites tout!... dites tout!... il y va de ma vie!

Croupionnet ne savait trop quoi répondre.

Fanferdieu lui glissa vivement ces mots à l'oreille :

— Tais ton bec et laisse-moi jaboter tout seul, sans quoi nous serons frits tous les deux.

Montigny s'avança vers le policier :

— Réponds, mais réponds donc, misérable! Ne vois-tu pas que ton silence c'est ma mort!

Le roi s'adressa à son tour à Fanferdieu :

— Je t'ordonne de dire la vérité tout entière, et si tu mens, malheur à toi!

— Puisqu'il en est ainsi, je vais tout vous narrer, Majesté!... et si ce que je dis est faux, je veux tomber sur l'heure foudroyé par le feu du ciel!

— Parle donc!

— Voici la chose... Les bossus! connais pas!... Je n'ai jamais vu de bossus, et ceux dont parle monseigneur le prévôt n'ont jamais existé que dans son imagination!

— Misérable! cria Montigny.

— Oh! vous avez beau me cracher des gros mots à la face, continua Fanferdieu, ça ne m'empêchera pas de dire ce qui est!... Je suis un honnête homme, et les honnêtes gens, ça n'est pas fait pour mentir!

— Infâme!

— Allez! allez! poursuivit le drôle, soulagez votre bile, puisque ça vous amuse, mais je m'en bats l'œil!... Non, Majesté, ajouta le policier en tombant aux genoux de Philippe le Bel, non, grand prince, non, souverain illustre et magnanime, non, je ne commettrai pas l'iniquité indigne de vous conter des couleurs!... L'histoire des bossus est une affreuse calembredaine!... Quant à la prétendue maison de la rue de la Juiverie, ce bon prévôt sait aussi bien que moi qu'elle est incendiée depuis au moins trois mois!... A preuve, c'est que nous passions par là tous les deux au moment du feu et que nous avons même refusé de faire la chaîne... Comme prévôt, il était dans son droit, comme son employé, je n'étais pas dans mon tort.

— Vous le voyez, dit le roi à Jean de Montigny, que l'impudent mensonge de Fanferdieu anéantissait, vous le voyez, tout sert à vous confondre!

Le prisonnier ne répondit pas.

Il était dans une prostration impossible à décrire.

— Cet or, que Votre Majesté a bien voulu nous confisquer, cet or avait été octroyé, à M. Croupionnet et à moi-même, par le prévôt pour que nous eussions l'indélicatesse de soutenir toutes les couleuvres qu'il voulait vous faire avaler. Vous nous avez pincé la monnaie, vous avez bien fait, sire, j'en suis ravi, maintenant surtout que je sais qu'elle était fausse!

Montigny se redressa d'un bond à cette dernière imposture.

— Je t'ai donné de l'or? moi! moi!

— Faites donc l'étonné!... Avec ça que vous ne le savez pas!... Maintenant, sire, poursuivit le coquin, si vous voulez prendre la peine d'interroger M. Croupionnet que voici, vous verrez si j'ai dit un seul mot qui ne soit pas l'exacte vérité!... Alons, avancez un peu, Croupionnet, mon ami, et n'ayez pas peur, le roi est bon prince, il ne vous mangera pas.

Croupionnet s'approcha d'un air quelque peu embarrassé, et, pour se donner une contenance, il s'essuya le nez sur sa manche à plusieurs reprises.

De la tenue! de la tenue! nom d'un tonneau! lui dit Fanferdieu en le poussant du coude. Comprend-on ce sagouin-là, qui se mouche devant une tête couronnée!

Croupionnet, de plus en plus embarrassé, se tenait devant Philippe le Bel sans savoir quoi dire.

— Allons, hue donc, espèce de porc! lui dit Fanferdieu à voix basse, est-ce que tu as laissé ta langue dans ta besace?

Croupionnet se décida à parler :

— Grand roi, dit-il, prince magnanime!...

— Voyez-vous ce filou-là qui me vole mes mots! pensa le policier.

Croupionnet continua :

— Souverain étonnant !...

— Étonnant ! répéta Fanfardieu. Ah ! il n'est pas de moi, celui-là !

— Monarque sans pareil !...

— Ah ! ça, tu n'as pas bientôt fini ?... Va donc au fait, sang Dieu ! va donc au fait !

— On y va ! on y va ! répliqua Croupionnet à voix basse. Oui, reprit-il, oui, tout ce que vient de narrer maître Gaétan Fanferdieu, mon honorable confrère, mon estimable ami, mon compagnon d'enfance, mon...

Ne sachant plus quoi dire, l'orateur se mit à se gratter le nez avec une sorte de rage.

Fanferdieu, furieux, s'approcha de lui :

— Si tu ne laisses pas ta trompe en repos, je te la mords !

Croupionnet eut peur apparemment que le policier ne mît sa menace à exécution, car il recula brusquement.

Mais, en sa retraite, il perdit l'une de ses énormes chaussures.

Il la rattrapa au vol et voulut la remettre à son pied avant de continuer sa déposition.

— Allons, bon! grommela Fanferdieu, ce n'est pas assez de son mufle, il faut qu'il touche à ses sales pattes, à présent !

S'avançant vers le roi :

— Sire, continua le policier, ce jeune homme est tellement ému de se trouver en votre auguste présence, qu'il en perd la parole et ses savates ! Mais d'après le peu de mots qu'il a pu vous dire, vous voyez aisément que sa déposition est en tout point conforme à la mienne !

Philippe le Bel, comme bien on pense, n'avait pas écouté les discours incohérents des deux compères.

Tandis qu'ils parlaient, il avait donné des instructions à Jean de Marle.

Vous m'avez entendu, messire, dit enfin le roi à voix haute en s'adressant à son nouveau prévôt. Je veux que mes ordres soient exécutés.

Sire, vous serez obéi, répondit Jean de Marle.

— C'est bien.

— Se tournant vers les quatre frères génois :

— Je confie le condamné à votre garde, mes fidèles !

— Et nous vous en rendrons bon compte, Majesté, répliquèrent les Génois avec un horrible sourire.

Philippe les remercia de la main.

S'adressant ensuite aux israélites qui, durant toute cette scène, s'étaient tenus immobiles et muets :

— Messieurs de la juiverie, reprit le roi, je ne vous retiens plus ! Avant de vous éloigner, toutefois, écoutez bien ce que je vais vous dire.

Les juifs s'approchèrent craintivement et prêtèrent l'oreille.

— Je vous aime sincèrement, continua le monarque en appuyant sur chacun de ses mots. Je vous porte un intérêt tout particulier, ayez-en l'assurance !... J'ai toujours déploré l'injuste préjugé qui pèse sur votre race !... J'ai blâmé les persécutions, les vexations dont mes prédécesseurs vous ont abreuvés !... Vous êtes pleins de patience, d'intelligence et d'énergie ! vous êtes l'âme du commerce parisien, et je veux que dès ce jour, la capitale de mon royaume vous soit tout à fait hospitalière ! Si j'ai chassé de Paris et de la France toute cette horde de Florentins, c'est pour vous... pour vous seuls... sachez-le bien !... Ainsi donc, demeurez en cette ville sans crainte et sans alarmes !... et faites en sorte que tous vos coreligionnaires y rentrent promptement ! Vous êtes mes enfants ! mes enfants bien-aimés ! et quiconque oserait s'attaquer à vous s'attaquerait à moi-même !

Désignant Jean de Montigny gardé à vue par les frères génois :

— Pour se disculper, cet homme a osé dire que l'or trouvé chez lui provenait d'un impôt illicitement prélevé sur la population juive. Ce qu'il n'a pas fait, un autre pourrait le tenter peut-être !... Je vous enjoins de ne céder, sur ce point, à aucune intimidation, de quelque part qu'elle vienne !... Toute ordonnance qui n'émanerait pas de moi directement et qui ne serait pas revêtue de mon seing devra être par vous considérée comme nulle ! Allez donc, mes féaux, mes bien chers sujets ! soyez heureux et prospérez !

La foule répondit aux bonnes et encourageantes paroles du jeune souverain par des cris mille fois répétés de :

— Vive le roi ! vive Philippe le Bel !

Lorsque les juifs de Paris se furent tous éloignés, un étrange sourire vint errer sur les lèvres du monarque.

— Oui, oui! murmura-t-il en lui-même, prospérez, mes bons amis, devenez riches... bien riches... accumulez dans vos caves tout l'or et tout l'argent de la France et de l'Europe... Et quand vous serez arrivés au point où je veux... eh bien ! je sonnerai l'hallali et la curée commencera !

Les cris enthousiastes de la bande qui s'éloignait parvinrent de nouveau aux oreilles du roi.

— Criez ! criez ! poursuivit le cruel Philippe IV. Devant qu'il soit peu, vous crierez encore, mes bons juifs ; mais cette fois vos clameurs seront d'horribles blasphèmes et d'épouvantables hurlements !

Ayant donné ses derniers ordres au sujet de l'exécution du lendemain, Philippe allait retourner au Louvre, lorsque la voix de Fanferdieu lui fit retourner la tête.

— Majesté, disait le coquin, l'affaire de ce cher monsieur de Montigny est maintenant arrangée; mais vous n'avez pas prononcé sur mon sort et sur celui de mon petit camarade !...

Désignant les archers qui les entouraient depuis le matin :

— Vous nous avez confiés à ces messieurs avant de savoir à quoi vous en tenir sur les escapades de votre grand prévôt ; mais maintenant que le jour s'est fait sur cette affaire et que j'en suis sorti plus blanc que la neige, j'ose espérer que vous voudrez bien m'octroyer la clef des champs ainsi qu'à ce pauvre Croupionnet, qui n'est pas moins innocent que moi !

Le roi n'avait nulle raison pour tenir prisonniers les deux compères.

— Laissez-les libres ! dit-il aux archers.

Le policier se précipita aux genoux de Philippe le Bel :

— Sire, vous êtes grand comme le monde et juste comme les balances de Thémis !

Croupionnet, lui aussi, se jeta aux pieds du roi.

— Sire, vous êtes plus grand que le monde et plus juste que...

Mais Philippe le Bel n'était plus là.

Escorté de ses archers, il avait quitté le Châtelet pour regagner le Louvre.

Fanferdieu releva Croupionnet, toujours agenouillé, avec un grand coup de pied dans le derrière.

— Allons, ouste ! lui dit-il, ne moisissons pas ici, ça pourrait être malsain pour nous ! Le roi nous lâche ! profitons de l'occasion et décampons sans demander notre reste ! c'est plus prudent !

— Décampons, répéta Croupionnet.

. . . .

Le lendemain, au lever du soleil, un échafaud se dressait sur la place du Châtelet.

C'était celui de Jean de Montigny.

V. — CE QUI SE PASSA SUR L'ÉCHAFAUD ENTRE LE CONDAMNÉ ET SON CONFESSEUR.

Une foule innombrable encombrait la place du Châtelet avant même que le soleil fût tout à fait levé.

La nouvelle de la condamnation de Jean de Montigny s'était répandue bien vite par la ville, et de tous les quartiers, de tous les faubourgs, des flots de populaire descendaient en grande hâte pour jouir du spectacle extraordinaire que S. M. Philippe le Bel offrait gratuitement, ce matin-là, à sa bonne ville de Paris.

La grande place était littéralement comble.

C'est à peine si les sergents de la prévôté pouvaient parvenir à faire faire place aux ouvriers chargés d'élever les tréteaux immondes sur lesquels la sinistre farce allait être représentée.

Comme on peut le voir, l'empressement du peuple parisien était aussi grand pour voir mourir le prévôt de Philippe le Bel qu'il avait été grand jadis pour voir supplicier Pierre de Labrosse, le ministre empoisonneur, et Marie de Brâbant, la reine martyre.

Comme le jour où devait avoir lieu l'exécution de l'innocente épouse de Philippe le Hardi, tous les toits sont couverts de curieux ; il y a des têtes à toutes les lucarnes, à toutes les fenêtres.

Jetons les yeux sur l'unique verrière du cabaret borgne qui fait le coin de la place du Châtelet et de la rue du Chevet-Saint-Leufroy.

Près de cette verrière, deux hommes sont attablés, et tout en attendant l'exécution, ils déjeunent le plus tranquillement du monde.

Le premier possède un feutre énorme dont les bords retombent sur son front.

A ce feutre pend un chaperon d'étoffe rouge et fort sale qui entortille le cou de notre gaillard et lui cache tout le bas du visage.

Ajoutez à cela une espèce de pourpoint de couleur indéfinissable, un maillot de tons non moins fantastiques, agrémenté de plusieurs pièces de nuances multicolores, et vous aurez une idée du costume fantaisiste de l'individu.

Quant à ses chaussures, c'étaient des souliers à la poulaine, au bec follement recourbé, et dans un état d'éculement impossible à décrire.

Voilà pour l'accoutrement.

Une barbe rougeâtre, un nez retroussé, une grande bouche contournée, la chevelure au vent, des yeux hardis et scrutateurs.

Voilà pour le physique.

Quand nous disons des yeux, nous faisons erreur. Notre homme n'en avait qu'un de visible.

L'autre était dissimulé avec soin sous un gigantesque emplâtre noir que maintenait un bandeau de même couleur.

Maintenant, disons bien vite les noms de ces deux personnages :

Le premier, l'homme à l'œil emplâtré, portait l'étiquette de Fanferdieu.

Le second, celle de Croupionnet.

Tous deux sont installés dans le bouge depuis la veille.

Le susdit bouge est tenu par la bonne amie de Croupionnet, par Nini-sans-Souliers.

Les deux chenapans sont donc comme chez eux dans le cabaret de *Chèvre la qui n'y voit pas.*

Fanferdieu, tout en lampant, crut devoir demander à son ami le sens de cette enseigne.

Arrière ! hurlait l'archer en courant sur la grève. *Vade retro Satanas !*

— Je vais vous dire, monsieur Fanferdieu, du temps que Nini était jeune, car elle a été jeune, cette chère poule, du temps qu'elle était jeune, elle était comme ça dans une bande de bohémiens qui étaient un peu charlatans, pas mal saltimbanques et tout à fait filous. Or, tous les jours, on était sûr de voir arriver Nini avec un tambour de basque et une chèvre qui était aveugle comme dans un bois. Alors, elle faisait faire à cette bête, bien qu'elle n'y vît goutte, des exercices tellement cocasses que tous les badauds en étaient extasiés... Et les bohémiens de la bande de Nini profitaient de l'extase des susdits badauds pour alléger leurs bourses de tout ce qu'elles pouvaient contenir.

— Bravo ! parfait ! fort bien imaginé ! s'exclama Fanferdieu, en riant de bon cœur. Maintenant que je connais l'étymologie de l'enseigne, narre-moi, je te prie, l'étymologie de la cabaretière. Pourquoi Nini-sans-Souliers ?

— Toujours à cause de son ancien métier. Ornée de son animal et de son instrument, elle était vêtue en bayadère ; mais ses moyens ne lui permettant pas de s'offrir des savates, elle dansait pieds nus ! Aujourd'hui, elle porte des souliers, et n'en est pas plus fière pour ça !

— Elle a raison ! dit philosophiquement Fanferdieu en ingurgitant un large hanap de cervoise, les souliers ne font pas le bonheur !

Jetant un coup d'œil par la fenêtre :

— Ah çà ! mais il fait grand jour !... Est-ce que le Montigny ne va pas se dépêcher un peu ?...

— Ce serait inconvenant de sa part ! répliqua Croupionnet. Car enfin, c'est à son intention que nous déjeunons si matin.

— Sais-tu bien, reprit l'ex-policier, sais-tu, mon bon Croupionnet, que c'est une idée ravissante que nous avons eue là, de venir nous installer à cette fenêtre pour voir l'exécution de ce cher prévôt. Tout en buvant, tout en mangeant, nous jouirons du spectacle !... Ça va être tout à fait amusant, et d'avance, je me pâme d'aise !

— Pourvu que personne ne nous reconnaisse ! dit Croupionnet.

— Oh ! quant à moi, riposta Fanferdieu, je mets au défi toute la clique prévôtale de deviner sous cette enveloppe et sous ce bandeau noir l'ex-intime du prévôt. Pour ce qui est de toi, tu n'es sorti de prison que depuis peu, et tu n'es plus guère connu sur la place.

— C'est juste ! fit Croupionnet. D'ailleurs, le roi nous a donné la clef des champs, et nous n'avons, en définitive, rien de sérieux à craindre !

— Mon bonhomme ! repartit vivement le policier, détrompe-toi. Le roi nous a fait grâce, c'est vrai ; mais le Jean de Marle n'a aucune sympathie pour moi. C'est une espèce de monsieur qui fait sa tête et qui se pose en honnête homme, en magistrat intègre. Il connaît quelques-unes de mes fredaines, et il se pourrait très-bien qu'il me joue quelque méchant tour. En cette occurrence, j'ai trouvé plus prudent de me travestir quelque peu. Sans compter que nous aurions peut-être mieux fait encore de ne pas rester à Paris et de filer dar-dar à la campagne !... Mais, quoi, je n'ai pu résister au plaisir de voir raccourcir ce cher Montigny. Je n'ai jamais vu décapiter de prévôt, et je suis très-curieux de savoir comment ça se passe ! A la tienne, ma vieille :

— A la vôtre, monsieur Fanferdieu, à la vôtre !

— Tiens ! dit le policier, le broc est vide.

— Nini va le remplir, c'est son devoir ! reprit Croupionnet.

Frappant avec son gobelet sur la table :

— Holà ! eh ! Nini-sans-Souliers ! brailla Croupionnet, un second pot de cervoise, ô mon amante ! nous te dirons pourquoi !

Nini-sans-Souliers, qui se tenait en bas à la porte du cabaret, s'empressa d'accourir à la voix de son bien-aimé.

Elle apparut bientôt dans le petit galetas du premier étage avec la boisson demandée.

— O Nini ! Nini de mon cœur ! lui dit langoureusement Croupionnet, tu es la Providence déguisée en gargotière !... As pas peur, ma fille, je te revaudrai tout ça plus tard, et quand ma position sera régularisée tout à fait, je t'offrirai ma main et mon nom.

Mais la cabaretière répondit froidement à Croupionnet.

Jetant à la dérobée un regard sur Fanferdieu.

— Croupionnet est bien ! murmura-t-elle, mais son ami est encore mieux que lui !

— Oh ! oh ! pensa Fanferdieu, je crois que la Providence m'a fait de l'œil ! Elle n'est pas encore trop mal, cette ancienne faiseuse de tours !... Et si ma toquade pour Maritorne n'était pas de plus en plus violente, je ne dis pas que je n'enlèverais pas la belle à Croupionnet !

Nini-sans-Souliers, appelée par les buveurs du rez-de-chaussée, avait quitté les deux amis.

— Quel ange, hein ! quel ange ! dit Croupionnet avec exaltation. Et comme on mange bien chez elle !... Il n'y en a pas deux au monde pour vous apprêter un ragoût aux tripes !

— Oui, oui ! répliqua Fanferdieu. Ses tripes sont savoureuses ; mais les oignons de Maritorne avaient plus de montant !... Ça ne fait rien ! repasse-moi des tripes ! une bonne portion ! ça me fera attendre plus patiemment l'arrivée du Montigny.

— Le fait est qu'il ne se dépêche guère de venir, ce lambin-là ! grommela Croupionnet en servant son ami.

— Ça l'embête peut-être de se lever si tôt ! reprit Fanferdieu. C'est égal, poursuivit le policier en parlant la bouche pleine, il doit être rudement en rage contre moi, ce cher prévôt de mon cœur !...

— Ah ! ça, au fait, interrogea Croupionnet, pourquoi diantre lui as-tu joué ce tour-là ?

— Pourquoi ? Vous êtes simple, mon garçon ! Sachez une fois pour toutes qu'un homme intelligent doit immédiatement tourner le dos à son meilleur ami, du moment que cet ami est dans une passe difficile !

— Ah ! fit Croupionnet.

— Oui ! continua le policier, j'ai vu du premier coup que le prévôt était perdu. Or, en disant comme lui, je ne l'aurais pas sauvé et je me serais fait du tort.

— C'est une drôle d'histoire tout de même que celle de ce pauvre Montigny, reprit l'autre. J'avoue que, pour ma part, je n'y comprends rien.

— Moi, je comprends.

— Ah ! bah !

— Parbleu ! c'est simple comme bonjour. Les bossus n'étaient pas juifs et les juifs n'étaient pas bossus, voilà tout !

— Alors, qu'est-ce que c'est que ces cinq vieux gredins ?

— Mon avis est que c'étaient tout bonnement Buridan et quatre de ses anciens faux-monnayeurs !... Pour se venger de Jean de Montigny, ils lui ont donné de l'or faux pour de l'or vrai, et l'ont fait passer ensuite pour leur complice !

— Mais cependant, tous les juifs ont assuré l'un après l'autre qu'ils ne connaissaient ni d'Ève ni d'Adam les cinq bossus en question.

— C'est que toute la juiverie parisienne s'entend avec Buridan et les siens !... L'étudiant, vois-tu bien, tout chrétien qu'il est, n'en est pas moins le fils d'une juive, et c'est assez pour que tout la clique israélite lui prête son appui. Ces gredins de juifs s'entendent tous comme larrons en foire !... Ils sont plus malins que nous, de ce côté-là, va, et si malgré tout, ils reviennent toujours sur l'eau, c'est grâce à cela !... L'union fait la force ! voilà mon opinion !

— Et je la partage, votre opinion, monsieur Fanferdieu, riposta Croupionnet ; je la partage complètement. Soyons donc unis tous deux comme les cinq doigts de la main, et nous irons loin, c'est moi qui vous le dis !

— Moi, je ne tiens pas à aller si loin que ça ! interrompit vivement le policier. Pourvu que je m'arrête à Fontainebleau, c'est tout ce que je demande.

— Pourquoi à Fontainebleau ?

— Vous êtes curieux, Croupionnet.

— Ce n'est pas que je sois curieux, mais j'aime bien savoir, voilà tout.

— Au fait, je ne dois pas avoir de secret pour toi, mon garçon, tu m'es dévoué, et je puis te faire mes confidences. Sache donc qu'à Fontainebleau réside l'objet de mes rêves.

— La belle Maritorne ?

— En chair et en os ! répliqua Fanferdieu. En chair surtout ! Ah ! mon ami, quelle femme volumineuse ! Depuis tantôt deux ans je ne l'avais pas revue !... mais j'ai eu celui de me retrouver avant-hier avec elle, elle est engraissée de moitié.

— Elle est donc venue à Paris ?

— Comme tu dis, mon garçon !

— A votre intention ?

— A mon intention.

— Vous ne m'avez pas dit ça, monsieur Fanferdieu, fit Croupionnet d'un ton de reproche.

— Ah ! c'est que notre entrevue a été suivie d'un événement que je voulais me priver de te narrer... mais aujourd'hui les cachoteries ne sont plus de saison... Redonne-moi une portion de tripes et je vais tout te dire.

— Je vous ouïs, répliqua l'autre en remplissant l'assiette de son ami.

— Voilà la chose, reprit Fanferdieu. Tu connais l'histoire des enfants de Buridan ; tu sais qu'après la crevaison de la mère, le prévôt a emmené les deux moutards au Châtelet. Malgré sa fille et son gendre, il a fait enfermer les crapauds dans la tour basse avec une espèce de peau de chien, qui s'appelait Frosine la Tueuse.

— Je sais cela, vous avez été assez bon pour me raconter ces détails.

— Jacques d'Aunay et sa moitié, furieux après Montigny, ont quitté Paris en lui disant que jamais ils ne consentiraient à le revoir et à lui pardonner. Où s'étaient-ils sauvés ? Personne n'en savait rien. Pour moi, j'étais dans la désolation.

— Pourquoi ?

— Parce que Maritorne était filée avec eux, pardieu !... Pendant un temps infini, je me mis en quatre pour découvrir leur retraite ; mais, bernique ! c'est comme si j'avais cherché une goutte d'eau dans l'Océan. Enfin, il y a deux jours, j'errais mélancoliquement, à la vesprée, sur les rives fleuries de la Seine ; et je regardais d'un œil d'envie les ébats amoureux des goujons séquaniens, quand tout à coup une voix aimée me fit tressaillir. Je me retourne, et je reconnais... qui ?

— Maritorne !

— Oui, Maritorne ! Maritorne toujours aussi belle... Que dis-je ? deux fois plus belle que dans le temps !

— C'est juste, ajouta judicieusement Croupionnet, puisqu'elle était engraissée de moitié.

— Jamais, au grand jamais, poursuivit Fanferdieu avec enthousiasme, je n'ai rien vu de beau comme cette superbe créature. Ce n'était plus une femme, c'était une tour, un monument, une bastille munie de toute espèce de fortifications !... Émerveillé, je tombai à ses genoux en m'écriant : « Ange du ciel, que veux-tu ? » Elle m'entraîna mystérieusement sous une arche du Pont-au-Change, et là elle me tint ce langage : « — Ma maîtresse Isaurine m'envoie à vous, monsieur Fanferdieu. Cette chère dame a mis au monde deux enfants qui sont morts en naissant. Elle a pensé alors que si Dieu les lui avait repris, c'était pour la punir de n'avoir pas tout mis en œuvre pour arracher à leur triste sort les deux fils de Geneviève, et elle a fait le serment de les enlever du Châtelet. »

— Bon Dieu ! je saisis ! interrompit Croupionnet ; Maritorne, qui savait la turlutaine que vous professez à son égard, s'est chargée de vous demander la chose.

— Oui, mon fils, et, ma foi, j'ai fait tout ce qu'elle a voulu. La nuit venue, j'ai pincé les clefs de la tour Basse dans le cabinet du prévôt, et, comme je me doutais bien que la Frosine s'opposerait à ce que je lui enlevasse les deux mioches, j'ai pris en même temps un bon petit poignard appartenant à ce cher Montigny, et que lui avait donné le roi. Tout s'est passé comme je m'y attendais. La Frosine a voulu gueuler, je l'ai fait taire d'un coup de dague. J'ai enveloppé les moutards dans mon manteau, j'ai refermé toutes les portes et replacé les clefs où je les avais prises. Après quoi, j'ai filé du Châtelet par la porte secrète que tu connais, et qui a permis hier aux cinq bossus de pénétrer ici sans être vus de personne, excepté de nous. Une fois dans la vallée de Misère, j'ai trotté tout droit devant moi jusqu'à la porte du Temple. Là, j'ai trouvé une grosse femme voilée à qui j'ai dit ces mots : « Amour et porc aux oignons. » La femme m'a répondu : « Donne-moi les deux moutards. » Je les lui ai octroyés, et elle m'a quitté en me disant : « Monsieur Fanferdieu, vous êtes un homme pour de vrai et, foi d'honnête fille, je vous revaudrai ça un jour que je serai moins pressée. » Je lui ai demandé un rendez-vous. « Je vais à Fontainebleau, m'a-t-elle répondu, un jour que vous pourrez obtenir un congé du prévôt, venez me voir, et vous serez reçu en conséquence. Nous demeurons dans la petite maison qui est sur le chemin du vieux château. » Là-dessus, cet ange prit son vol en m'envoyant un baiser... Et voilà mon bon Croupionnet, voilà pourquoi, bien loin de faire sortir du pétrin Jean de Montigny, j'ai au contraire poussé à la roue pour le faire dégringoler jusqu'au fin fond du trou que les faux juifs avaient creusé sous ses pas. Ma déposition, comme je m'y attendais, a été pour lui un vrai coup de massue, et le prévôt ne s'en est pas relevé... Maintenant, je suis libre, libre comme l'air, et je vais pouvoir prendre ce qui me sort do cliques et de claques, pour aller retrouver ma sultane adorée.

— Est-ce que vous ne m'emmènerez pas, monsieur Fanferdieu ? demanda Croupionnet d'un ton suppliant. Il y a un temps infini que j'ai envie de voir Fontainebleau ! J'aime la nature.

— Eh bien, tu seras du voyage, ma vieille !... Mais, par exemple, pas de bêtises devant Maritorne ni devant ses bourgeois. On ne connaît pas nos prouesses dans cette famille-là, et je tiens à ce que nous passions là pour de petits saints ; nous nous poserons en victimes du Montigny, ça fera bien. Surtout, ne va pas t'amuser à rien filouter dans la maison ! On pourrait s'en apercevoir, et ça jetterait un froid dans nos relations.

— Quand je suis avec du monde bien, je sais me tenir, répliqua Croupionnet. Emmenez-moi avec confiance, je serai sage et décent.

— Fort bien !... Passe-moi le fromage maintenant, et regarde de tous tes yeux, car ce murmure joyeux m'annonce que le spectacle va commencer.

— Oui, réplique Croupionnet, voilà la grand'porte de la prévôté qui s'ouvre.

— C'est le condamné que l'on amène.

En effet, Jean de Montigny venait de paraître sur le seuil du Châtelet.

Le bourreau était à sa gauche.

A sa droite, se tenait un religieux de l'ordre des cordeliers, chargé d'exhorter le condamné jusqu'à ce que sa tête roulât sur l'échafaud.

C'était par grâce spéciale que l'on avait octroyé un confesseur à Jean de Montigny.

Les autres condamnés à mort n'en avaient que rarement.

« La justice du moyen âge, dit un historien, était tellement inexorable, qu'elle cherchait encore à atteindre le condamné dans une autre vie.

« Elle voulait empêcher son repentir et dévouer son âme aux tourments éternels de l'enfer, en lui refusant la confession.

« Charles VI abolit cette odieuse coutume par une ordonnance royale du 11 février 1396 (vieux style). C'est-à-dire en plaçant le commencement de l'année à Pâques, comme cela se pratiquait ordinairement au quatorzième siècle ; mais en le mettant, au contraire, au 1er janvier, la date ci-dessus appartiendrait à l'année 1397.

« Ladite ordonnance porte que le roi étant instamment supplié par les ducs de Berri, de Bourgogne, d'Orléans, de Bourbon et plusieurs autres personnes recommandables, de faire cesser un usage si opposé à l'esprit de l'Église, il en a mûrement conféré avec un grand nombre de conseillers ; qu'ayant trouvé la grande majorité favorable à l'abolition de l'ancienne coutume, il ordonne en conséquence, qu'avant d'aller au supplice, les condamnés à mort recevront le sacrement de pénitence dans la prison où ils seront détenus.

« Et dans le cas où l'appréhension de la mort les troublerait au point d'oublier de demander un confesseur, il enjoint aux officiers de la justice de leur en amener un d'office. »

Selon certains auteurs, cette ordonnance de Charles VI fut sollicitée par Pierre de Craon, après qu'il eut obtenu sa grâce.

Afin d'accomplir la pénitence qui lui était imposée, en expiation du meurtre commis sur la personne du connétable de Clisson, il fit une dotation au couvent des cordeliers, pour que ces religieux confessassent les condamnés.

Les cordeliers s'affranchirent dans la suite de ce devoir.

La veuve de Henri III, Louise de Lorraine, constitua, sur l'Hôtel-Dieu, 3,600 livres au denier dix-huit, pour la fondation de trois bourses de bacheliers en théologie, chargés de visiter les prisonniers et de les assister à leurs derniers moments.

« Bien que l'on ait accordé aux criminels de pouvoir se confesser à l'article de la mort, la communion, ajoute l'historien cité plus haut, leur fut toujours interdite et leurs restes continuèrent à être privés de sépulture.

« On croyait effrayer les malfaiteurs en exposant ces cadavres aux regards, sur des lieux élevés.

« Ils y servaient de pâture aux corbeaux, jusqu'à ce que la putréfaction détachant leurs membres et les dispersant sur le sol, les loups vinssent à leur tour se disputer cette horrible proie.

« L'usage de ne pas déposer les corps des suppliciés dans les cimetières subsista jusqu'au décret de l'Assemblée nationale du 21 janvier 1790, qui les admit à la sépulture ordinaire ;

« Cependant, même depuis cette époque, et sans doute par un ancien reste de préjugé, on les a toujours enterrés dans des fosses à part, et le plus souvent dans des cimetières abandonnés ;

« Ainsi, on les a portés longtemps à Clamart ;

« Ensuite, on leur a assigné le cimetière de Vaugirard.

« Enfin, comme ce dernier devait être détruit, une décision, prise en 1835, ordonna qu'une fosse spéciale leur serait affectée dans le cimetière des hôpitaux attenant à celui du Sud et du Mont-Parnasse. »

Fanferdieu et Croupionnet considéraient avec grande attention leur ancien maître s'avançant lentement au milieu des sergents de la prévôté jusqu'à l'échafaud que les aides du bourreau avaient achevé de dresser.

— Nom d'un tonnerre! se prit à dire le policier, ce cher prévôt n'a pas l'air d'être à son affaire! Il est dans ses petits souliers, comme on dit!

— Il y a de quoi! riposta Croupionnet.

— Bah! la belle affaire! reprit Fanferdieu en ricanant. C'est l'histoire d'un instant. Cinq minutes après l'on n'y pense plus! Quant à moi, je me moque de la mort comme de l'an mil!.. Il faut toujours qu'on finisse par crever! Qu'est-ce que ça fait que ce soit un peu plus tôt ou un peu plus tard!

— C'est égal! je n'aimerais pas, moi, mourir décapité, répliqua Croupionnet. Si la hache ne coupe pas ou si le bourreau s'y prend mal, ça doit manquer d'agrément!

— Attention! fit Fanferdieu. Voilà le prévôt qui grimpe sur la plate-forme. Pauvre bonhomme! a-t-il une mine de déterré! Sans le moine qui le soutient, je parie qu'il n'aurait pas la force de monter l'escalier, et qu'il tomberait les quatre fers en l'air!... Enfin, il est sur la plate-forme! ce n'est pas malheureux!... Ah! voilà que ça va devenir intéressant! Regarde bien! il va poser sa caboche sur ce tronc d'arbre proprement équarri. L'exécuteur va lui donner un bon coup de hache sur la nuque! La tête tombera sur la paille, le corps roulera d'un autre côté. Et bonsoir la compagnie : la chandelle sera éteinte.

En cet instant, le condamné s'agenouilla, et le cordelier se mit à genoux auprès de lui.

— Eh bien! grommela Fanferdieu, qu'est-ce qu'il fait donc, ce lambin-là?... Voilà qu'il va se mettre à bavarder avec le moine!... Ah! bien, merci!... s'il s'amuse à lui confesser toutes ses gredineries, ça va être long!... D'ici à ce qu'il ait fini, nous aurons le temps de becqueter une seconde platée de tripes!

— Positivement! répliqua Croupionnet, il se confesse!

— Que le diable l'emporte, ce crétin-là! Ça ne l'avancera pas à grand' chose!

Jean de Montigny faisait effectivement sa confession suprême.

Lorsqu'il eut terminé :

— Mon fils, lui dit le cordelier, vous oubliez un dernier crime!

— Un dernier crime!

— Oui! la mort d'une pauvre femme que vous avez arrachée à son époux pour la faire périr misérablement.

— Ce n'est pas moi qui l'ai tuée! répliqua vivement le condamné. Ce n'est pas moi! Elle portait à son doigt une bague empoisonnée!... Elle s'est donné la mort pour ne pas être livrée à Philippe le Bel!

A ces mots, le cordelier leva les yeux au ciel, et, d'une voix attendrie, il murmura :

— Noble femme! noble Geneviève!

Puis, s'adressant au prévôt, il reprit :

— Elle avait deux fils, cette martyre! Ces enfants, que sont-ils devenus?... Ils sont morts aussi peut-être?

— Non! répondit le condamné.

— Écoute, dit vivement le religieux, tu as commis bien des crimes... Tes méfaits sont inouïs et ta vie tout entière n'a été qu'une longue suite d'infamies et de cruautés!... Eh bien! dis-moi ce que sont devenus les enfants de ta victime... dis-moi où je puis les retrouver, et je te donnerai l'absolution à ton heure dernière. Parle! parle! et Dieu te recevra en son sein!

— Hélas! mon père, il est trop tard!... répondit Jean de Montigny avec désespoir.

— Que dis-tu?

— Je dis... je dis, mon père, que la nuit même qui a précédé ma condamnation injuste, les deux enfants ont été enlevés de la prison où je les retenais depuis deux ans!

Enlevés! s'exclama le moine. Ils ont été enlevés!... Par qui?... par qui donc?...

— Je l'ignore... mais si mes soupçons ne me trompent pas, Buridan n'est pas étranger à cet enlèvement.

— Buridan! répéta le cordelier avec un indéfinissable sourire.

— Lui seul avait intérêt à me les ravir!

— Non! non! reprit le moine, les enfants ne sont pas au pouvoir de Buridan! je te le jure!

— Qui peut vous donner cette assurance, mon père? demanda Montigny au comble de la surprise.

— Que t'importe!

— Ah! s'écria le prévôt en fixant un œil hagard sur le religieux. Qui donc es-tu? qui donc es-tu? toi qui sais tous ces secrets?

— Lorsque la hache se lèvera sur ta tête, je te dirai mon nom!

— Ah! je veux te connaître... je veux...

Mais en ce moment, Jean de Marle, prévôt de Paris, qui présidait à l'exécution de son prédécesseur, leva son bâton recouvert d'étoffe d'argent.

A ce signal, les crieurs jurés de la ville psalmodièrent tous en même temps, d'un ton funèbre :

— C'est l'heure! c'est l'heure! c'est l'heure!

Sans laisser au condamné le temps d'achever sa

phrase, les deux aides du bourreau saisirent Jean de Montigny et l'emportèrent auprès du billot.

Le malheureux, fou d'horreur et d'épouvante, tenta de résister; mais les valets de l'exécuteur étaient deux espèces d'Hercules qui n'étaient pas d'humeur à se laisser faire la loi.

Broyant chacun l'un des bras du condamné dans leur poignet de fer, ils obligèrent le patient à demeurer dans une immobilité complète.

Jean de Montigny vit alors que c'en était fait.

S'adressant à l'exécuteur :

— Fais ton devoir, dit-il, je suis prêt!

Et de lui-même, il posa sa tête sur le billot.

Le bourreau saisit sa hache.

En cet instant, le religieux agenouillé près du condamné se pencha vers lui et lui murmura ces mots à l'oreille :

— Je suis Jean Buridan! Tu meurs par moi! J'ai vengé mon épouse et mes fils!

Montigny poussa un cri terrible et releva la tête.

Mais au lieu de se fixer sur le religieux, ses yeux s'arrêtèrent sur une jeune femme vêtue de noir qui venait de s'élancer jusqu'au pied de l'échafaud.

C'était Isaurine, c'était sa fille.

— Mon père! mon père! dit la jeune femme en sanglotant.

— Isaurine! s'écria le prévôt.

— Mon père, je vous pardonne! reprit l'épouse de Jacques d'Aunay.

— Ah! bénie sois-tu! s'écria le condamné avec des larmes. Bénie sois-tu de m'apporter cette consolante parole à mes derniers instants!

Ayant ainsi parlé, il envoya un baiser à sa fille.

Puis, en la contemplant, un pensée lui vint à l'esprit.

— Ecoute, dit-il à voix basse au religieux, ou mieux à Buridan, écoute et ne crains rien! Je ne révélerai pas ton nom! je dois mourir et je mourrai! Mais je ne veux pas mourir dans l'impénitence finale! Je veux, en te rendant tes fils, mériter ton pardon et l'emporter là-haut avec celui de ma fille!

— Mes enfants!... mes enfants!... s'exclama Buridan en frémissant de joie. Tu sais donc où ils sont?

— Je ne le sais pas, moi, répondit le condamné, mais elle le sait, elle! continua-t-il en désignant du doigt Isaurine qui venait de s'agenouiller devant la sinistre estrade.

— Quoi!... votre fille!... elle sait?...

— Oui, oui! à cette heure suprême, une voix mystérieuse me révèle toute la vérité!... Ma fille aimait tes fils... Elle voulait leur servir de mère... j'ai résisté à ses larmes, à ses prières!

— Achève! achève!

— Eh bien! ces enfants que je lui ai enlevés, en ma cruauté stupide, elle me les a repris... oh! j'en suis sûr..... interroge-la.... et tu sauras tout!

— Ah! murmura Buridan en versant des larmes... tu me rends mes fils... je te pardonne la mort de leur mère!

— Merci à toi! répondit le prévôt. Je meurs heureux!

A ces mots, il replaça sa tête sur le billot, et, dans le même instant, l'exécuteur leva sa hache.

Peu après un coup sourd retentissait, et la tête roulait sanglante sur la plate-forme de l'échafaud.

Le bourreau prit cette tête par les cheveux et la montra au peuple en criant par trois reprises, d'une voix haute et sonore :

— Justice est faite!

Pendant ce temps, Buridan, agenouillé près du cadavre, récitait la prière des morts.

Ce pieux devoir accompli, le faux religieux descendit à la hâte les degrés de l'échafaud et courut à cette femme en deuil que le défunt prévôt lui avait désignée.

VI. — QUI SE PASSE DANS LA BASSE-GEÔLE OU MORGUE DU GRAND-CHATELET.

A la fin du précédent chapitre, nous avons laissé Buridan, travesti en religieux, s'élançant vers Isaurine pour tenter de connaître par elle ce qu'étaient devenus les deux fils de Geneviève.

Ému, tremblant, frissonnant de crainte et d'espoir, le malheureux jeune homme traversa les rangs pressés des sergents du Châtelet et des sergents d'armes qui se tenaient au pied de l'échafaud.

Enfin il parvint auprès de l'épouse de Jacques d'Aunay.

Mais quelle fut sa terreur en voyant la pauvre femme étendue sur le sol, immobile, inerte, inanimée.

Il prit entre ses bras le corps d'Isaurine.

— Madame!... madame!... lui dit-il, au nom du Dieu vivant, revenez à vous!...

Mais la fille du supplicié demeurait sans mouvement.

Son visage se couvrit d'une pâleur livide, son cœur cessa de battre et ses membres devinrent effroyablement rigides.

— Saints du ciel! s'exclama alors Buridan au comble du désespoir, mais cette femme se meurt!... Cette femme est morte!...

Ce cri déchirant parvint jusqu'aux oreilles de Jean de Marle.

— Qu'est-ce donc, mon père? demanda-t-il en s'avançant.

— Monseigneur! monseigneur! répondit Buridan, qui, dans son trouble, songeait à peine à continuer son rôle et à déguiser sa voix, monseigneur, voyez cette malheureuse, c'est la fille de celui qui vient de périr sur l'échafaud ! Le même coup a frappé le père et l'enfant !

Sur l'ordre du prévôt, le corps d'Isaurine fut emporté dans cour du Châtelet. Pendant ce temps, le cadavre de Montigny était mené à Montfaucon « pour y être pendu par les pieds jusqu'à ce que son squelette fût réduit en poussière. »

Quant à la tête du supplicié, « elle fut promenée au bout d'une pique par les rues de la ville et placée ensuite à l'entrée du Pont-aux-Changeurs. »

Ainsi l'ordonnait l'arrêt rendu par Philippe le Bel.

Buridan avait escorté le corps d'Isaurine dans la grande cour du Châtelet.

Il prodiguait à la malheureuse femme les soins les plus touchants et les plus empressés.

Tout ce que la science put lui conseiller pour la rappeler à la vie, il le mit en usage.

Mais ce fut en vain.

Le visage devenait plus pâle de minute en minute et le corps plus rigide.

C'était la mort !

— C'en est fait ! c'en est fait ! gémit Buridan.

Le décès d'Isaurine ayant été bien et dûment constaté, Jean de Marle commanda que l'on allât quérir l'époux de la défunte.

Le nouveau prévôt connaissait Jacques d'Aunay.

Tous deux étaient du même âge, et maintes fois il leur avait été donné de se trouver ensemble.

En entendant l'ordre de Jean de Marle, Buridan sentit l'espoir lui revenir au cœur.

— Ce secret d'où dépend le bonheur de ma vie, Jacques d'Aunay me le révélera ! pensa-t-il.

Mais l'homme chargé d'annoncer à l'époux de la morte la sinistre nouvelle revint seul au Châtelet.

Il fit connaître alors que depuis tantôt deux ans, Jacques d'Aunay avait vendu son petit hôtel de la rue Saint-Denis et qu'il s'était enfui de Paris avec Isaurine.

— J'ai interrogé tous les voisins, tous les marchands du quartier, continua le messager, mais nul n'a pu me faire connaître le lieu de sa retraite. Ils ont effectué leur départ au milieu de la nuit, avec le plus grand mystère !

— Oh ! Dieu est contre moi ! murmura Buridan accablé.

Mais reprenant courage :

— N'importe ! reprit-il, dussé-je visiter le monde entier, je retrouverai Jacques d'Aunay !... je retrouverai mes enfants !

Jean de Marle désignant le corps d'Isaurine à deux hommes vêtus de noir, qui venaient d'apparaître sur le seuil de la basse geôle :

— Déposez ce cadavre en la chambre de la Morgue !... Ne voyant pas reparaître son épouse, Jacques d'Aunay, sans nul doute, viendra lui-même la chercher ici !

— Oui, oui ! murmura Buridan, dont le front se rasséréna, cela est vrai ! Jacques d'Aunay ne peut manquer d'accourir pour retrouver cette pauvre femme !... Je l'attendrai ici !

S'approchant du prévôt de Paris :

— Monseigneur, dit-il, j'étais l'ami de la famille d'Aunay. Daignerez-vous, à ce titre, m'octroyer la licence de demeurer toute cette nuit en prières près du cadavre de cette chère enfant dont je fus jadis le confesseur ?

— Eh ! quoi ! mon père, fit Jean de Marle avec surprise, rester toute une nuit dans la chambre de la Morgue ! Y songez-vous ?

— Le spectacle de la mort, si terrible qu'il soit, ne saurait effrayer les servants du Seigneur ! répondit Buridan en croisant les bras sur sa poitrine.

— Mais ce que vous demandez est chose grave, mon père ! reprit le prévôt, et jamais, je crois, semblable fait ne s'est produit céans !

— Monseigneur, vous avez vous-même connu l'époux de cette malheureuse... vous fûtes son ami, comme je le fus moi-même... au nom du ciel, ne me refusez pas !... Qui sait même, qui sait si une dernière étincelle de vie n'est pas encore cachée sous ce néant apparent ? Qui sait si Dieu ne réserve pas à cette femme l'étonnant miracle de la résurrection ?... En revenant à l'existence, la pauvre femme, seule dans l'affreux charnier de la basse geôle, deviendrait folle peut-être, ou retomberait morte sur sa couche de pierre, et cette fois pour ne plus se relever !... Par grâce, par pitié, monseigneur, faites pour elle ce qui ne s'est fait encore pour nul autre !... C'est aujourd'hui le premier jour de votre rentrée au pouvoir... faites droit à ma prière, monseigneur, et cela vous portera bonheur !

— Soit donc ! répliqua Jean de Marle.

Se retournant vers les hommes de la basse geôle :

— Vous laisserez ce saint père en la salle des morts !

Après avoir donné cet ordre, il s'éloigna suivi de ses sergents.

Dans la cour, à gauche de la grande entrée du milieu, se trouvaient deux portes étroites et basses.

La première était la porte de la Morgue.

La seconde conduisait à une espèce de cour, dans un coin de laquelle était un puits.

L'eau de ce puits servait à laver les corps de ceux que l'on trouvait « tués ou noyés, ou qui avaient péri misérablement. »

C'est dans cette cour que fut emporté le corps d'Isaurine.

La malheureuse fut dépouillée de ses vêtements par les morgueurs.

Les deux hommes accomplissaient leur besogne de l'air le plus indifférent du monde.

C'était tout simple.

Ne recevaient-ils pas à toute heure du jour et de la nuit quelque visite de ce genre?

L'un des deux hommes surtout semblait être d'une gaieté folle.

Il était gros et gras, et sa face rebondie était la plus réjouie et la plus réjouissante qui se pût voir.

— Dis donc, Coco-bel-Œil, mon ami, disait-il en riant à son camarade, sais-tu la bonne farce qui m'est arrivée cette nuit ?

— Ma foi, non, puisque c'est toi qui étais de garde et que je ronflais comme un bienheureux!

— Eh bien, mon vieux, voilà ce que c'est... Figure-toi que j'étais dans la basse geôle à monter ma faction, quand tout à coup, toc! toc! toc! on frappe à grandissimes coups de pied. — Nom d'un chien! que je me dis, voilà quelqu'un qui vient nous voir. — Et j'ouvre.

— Eh bien, qu'est-ce que c'était?

— Devine.

— Tu sais bien, Landouillard, que je n'aime pas deviner, répliqua Coco-bel-Œil en bâillant, ça me fatigue.

— Eh bien, voilà... J'ouvre, pas vrai ?

— Tu ouvres... c'est convenu.

— Et je vois...

— Tu vois, quoi?

— Je vois une espèce de grand gaillard qui était soûl... oh! mais soûl que le diable en aurait pris les armes! — Qu'est-ce qu'il y a pour ton service, ivrogne? que je lui dis. — Alors voilà mon gars qui me dit comme ça : — Il y a quatre jours que je ne dessoûle pas... je ne suis pas rentré au logis depuis ce temps-là et ça m'inquiète... Je viens voir si je ne suis pas à la Morgue.

Ayant achevé ce récit, Landouillard se prit à rire à gorge déployée, et Coco-bel-Œil, malgré son air endormi, crut devoir imiter son confrère.

— Elle n'est pas mauvaise tout de même ton histoire, dit-il ensuite.

Buridan souffrait mille tortures en entendant ces rires et ces plaisanteries.

Enfin, les deux morgueurs ayant achevé le lavage du cadavre, le placèrent sur une civière et le portèrent dans une salle basse de la cour du Châtelet, laquelle salle était située « près du vestibule du principal escalier. Sous le vestibule, à gauche, une lucarne avait vue sur ce lugubre caveau. »

L'obscurité la plus complète régnait en cet endroit.

L'un des morgueurs alluma une lanterne et la plaça dans une espèce de niche creusée dans la muraille.

Buridan, fidèle à la mission qu'il s'était imposée, pénétra résolûment dans l'asile de la mort.

Une douzaine de cadavres y étaient étendus déjà sur le sol, pavé de longues dalles.

A côté de ces cadavres, Isaurine fut placée.

Les deux hommes quittèrent le caveau.

Lorsque Buridan fut délivré de leur présence, il respira plus à l'aise.

S'approchant du cadavre d'Isaurine, il plaça la main sur son cœur :

— Rien! rien! murmura-t-il, tout est fini!... tout!... Oh! je le savais!... je le savais bien!... J'ai osé parler de résurrection, tout à l'heure!... j'étais fou!... ou plutôt, non, je mentais!... Oui! je mentais pour vaincre les dernières hésitations de Jean de Marle!

S'agenouillant auprès de la morte :

— Pauvre jeune femme! dit-il, tu étais belle!... tu étais bonne!... et je t'ai tuée!... car c'est moi... moi seul qui suis cause de tout!... C'est moi qui ai perdu Jean de Montigny! Sans moi, mes compagnons n'eussent rien tenté contre lui!... Sans moi, les juifs de Paris eussent payé l'impôt exigé, et nul d'entre eux n'aurait élevé la voix contre Jean de Montigny!... Hélas! je maudis ma vengeance!... Mieux eût valu laisser vivre ce grand coupable que de faire périr cette femme innocente! Mais Dieu l'a voulu ainsi!... Il m'a dit de frapper le meurtrier de Geneviève, et j'ai obéi!

Se relevant vivement et marchant avec agitation dans le caveau :

— Si Jacques d'Aunay ne venait pas! murmura-t-il avec un frémissement involontaire. Si pour jamais mes fils allaient être séparés de moi!... Oh! ce serait épouvantable!... Je n'ai plus qu'eux, maintenant! Si Dieu ne me les rend pas, je serai seul au monde!... seul pour pleurer, seul pour souffrir!

Et, gémissant, le malheureux jeune homme se laissa tomber en un coin, sur un banc de pierre placé sous la lanterne.

Un long temps s'écoula sans qu'aucun bruit extérieur vînt annoncer à Buridan l'arrivée de celui qu'il attendait avec tant d'anxiété.

— Jacques d'Aunay ne viendra pas! murmura-t-il enfin. Dieu est contre moi et je ne saurai rien!

Quittant brusquement le banc de pierre sur lequel il était demeuré jusqu'alors immobile, il s'approcha des cadavres étendus sur les dalles de la basse geôle.

Tous ces cadavres étaient effroyables d'aspect.

Le crime et le suicide les avaient tous amenés à la Morgue.

Après les avoir considérés l'un après l'autre, Buridan se prit à hausser les épaules ;

— Stupide chose que la vie! dit-il ensuite. Nous souffrons, nous pleurons, nous nous désespérons! Puis, la mort souffle sur nous, et ne sommes plus rien!...

Ils ne respectent rien, pasmême les biens des monastères.

Riant d'un rire frénétique :

— Tout cela est horrible !... pis encore ! absurde !... Oui, sur mon âme, absurde... insensé... révoltant! Pourquoi vivre? pourquoi?... puisque tous nous en arrivons là !... Bons ou mauvais, fous ou sages, enfants et vieillards, la mort prend tout !...

Marchant avec agitation par la chambre funèbre :

— Tout cela n'est pas possible! poursuivit-il. Ce que disent les philosophes anciens est la seule chose vraie! La vie est un sommeil, un rêve, un songe horrible.. et la mort, c'est le réveil et la résurrection!

Retombant accablé sur son banc de pierre :

— Et pourtant, reprit-il, si tout finissait là!.. Si le néant commençait à partir du moment où s'éteint en nous l'étincelle de la vie! Doute poignant et fatal, plein d'angoisses et de tortures !...

Jetant un regard sur le corps d'Isaurine :

— Si cette pauvre femme, qui fut bonne et vertueuse, et que sa vertu, que sa bonté ont conduite en ce sépulcre immonde, si cette femme n'est plus rien, n'est-ce pas monstrueux?... Mais non... non!... cela n'est pas possible !....

Comme il disait ces mots, un tumulte violent se fit entendre dans la cour du Châtelet.

Courant à la porte de la basse geôle, Buridan regarda par le petit guichet ce qui se passait dans la cour.

Peu après, il s'écria désespéré :

— Je me trompais! Ce n'est pas encore celui que j'attends! Ce sont deux hommes enchaînés que l'on entraîne de ce côté!... Ce sont des criminels, sans doute !... des voleurs !... des meurtriers !... Qui sait? des innocents, peut-être!

Non! ce n'étaient pas des innocents.

C'étaient deux assassins.

Les sergents de la prévôté venaient de les arrêter hors des murs de la ville, et, non sans peine, ils étaient parvenus à les amener au Châtelet.

Comme les prisons de la sombre forteresse regorgeaient de monde, on dut incarcérer provisoirement les deux bandits dans un petit caveau voisin de la Morgue.

Buridan revint tristement s'asseoir sur son banc de pierre.

— Attendons encore! murmura-t-il.

La porte du cachot voisin se referma à triple tour, puis les sergents et les guichetiers s'éloignèrent et tout retomba dans le plus profond silence.

Au bout d'un instant, le calme fut troublé par un effroyable juron.

C'était l'un des deux prisonniers qui le proférait.

Buridan leva la tête.

Alors il s'aperçut qu'une lucarne, munie de forts barreaux de fer, était percée dans le mur de séparation.

Cette fenêtre avait été pratiquée là, non pas comme on pourrait le croire, pour que les gens du cachot pussent voir dans la Morgue, ou que les gens de la Morgue pussent voir dans le cachot, mais bien pour donner un peu plus d'air à l'infect charnier.

Machinalement, Buridan prêta l'oreille.

Il put entendre presque distinctement la conversation suivante, car ne supposant pas que quelqu'un pût les écouter de la chambre des morts, les prisonniers parlaient à haute voix :

— Vingt-cinq mille noms d'un tonnerre! reprit l'un des deux coquins, je te le disais bien, moi, que nous n'aurions pas dû escofier le voyageur!

— Monsieur Fanferdieu, répliqua l'autre, ce n'est pas plus ma faute que la vôtre!... Remémorons-nous un peu les faits. Ce matin, chez Nini, nous nous piquons le nez comme deux portefaix. Une fois soûls, nous nous mettons à injurier une douzaine d'archers qui lampaient en bas. Les archers nous cognent, nous cognons les archers. L'un d'eux reçoit même de vous un joli coup d'escabeau qui lui casse la tête. On gueule à l'assassin, et nous fichons notre camp sans demander notre reste. Voilà l'unique source de nos déboires.

Inutile de dire au lecteur que le complice de Fanferdieu était cette affreuse canaille de Croupionnet.

—C'est égal! reprit l'ex-policier, nous pouvons nous vanter d'avoir fait là un joli chef-d'œuvre! Au moment d'être heureux comme des coqs en pâte, nous faire pincer aussi bêtement que ça!

— Qu'est-ce que vous voulez? monsieur Fanferdieu, riposta Croupionnet, il y a des gens qu'a de la chance, il y en a d'autres qu'en a pas, et nous sommes de la seconde catégorie, nous!

—Sans compter que notre affaire est mauvaise! s'exclama l'autre d'un ton désolé. Le nouveau prévôt m'abomine, et, quand mon emplâtre enlevé, je serai reconnu, je suis aussi sûr d'être pendu que si c'était déjà fait.

— Si le prévôt ne pendait que vous encore, ce ne serait qu'un demi-mal! reprit Croupionnet. L'embêtant, c'est que j'y passerai aussi, moi.

— Il ne manquerait plus que ça que tu n'y passes pas, espèce de vermine! C'est toi qui es cause de tout!

— Moi?

— Oui, toi!

— Si on peut dire! se récria Croupionnet.

— Avec ça que ce n'est pas vrai! hurla Fanferdieu avec fureur. Une fois hors de Paris, et par conséquent à l'abri des archers royaux, nous arpentions tranquillement la route qui mène à Fontainebleau, et, quant à moi, je ne songeais à rien si ce n'est à la belle Maritorne et à la douce existence que j'allais passer auprès d'elle, lorsque tout à coup tu te mets à dire, avec ta sale voix crapuleuse : « Nom d'un chien! que je boirais bien n'importe quoi ou autre chose! » As-tu dit ça?

— J'en conviens, j'ai dit ça!... J'avais soif comme père et mère! C'étaient ces satanées tripes qui étaient épicées et salées à faire frémir, et j'avais la gueule emportée!

— Eh! mort diable! moi aussi, j'avais la gueule emportée! reprit Fanferdieu, et je prenais mon mal en patience!... Mais aussitôt que tu t'es mis à parler, ça m'a flanqué une rage de liquide telle que j'ai cru que j'avais des charbons ardents dans le gosier. Par malheur, à un quart de lieue de Paris, qu'est-ce que nous trouvons? une auberge!

— Oui, l'auberge du *Grand-Bacchus!*

— Cette auberge ranime nos souffrances tantalesques! Alors, n'y tenant plus, nous entrons...

— Et nous buvons...

— Comme des trous.

— Et nous nous repiquons le nez de la bonne façon!... Pour payer, comment faire?

— C'était là le *hic!*

— Comme nous ruminions en nous-mêmes un moyen adroit de filer sans être arrêtés par l'aubergiste, un homme masqué entre dans l'hôtellerie. Son cheval, harassé de fatigue, venait de tomber à moitié crevé sur la route, et lui-même était blessé assez grièvement à la jambe pour qu'il lui fût impossible de gagner à pied la capitale.

— Pourquoi s'était-il blessé? grommela Croupionnet. Tout ce qui est arrivé, c'est de sa faute. Il a réclamé un cheval, et, comme il n'y en avait pas dans l'endroit, il a été assez bête pour tirer de son escarcelle une grosse poignée d'or, afin d'engager l'aubergiste à lui en procurer un... Pourquoi a-t-il montré son or, ce gueux-là? ça nous a tiré l'œil... c'est tout naturel.

—Si naturel, poursuivit Fanferdieu, que je me suis levé de table en disant : « Je suis médecin, et je me charge de guérir votre blessure durant le temps que notre hôte va vous quérir un destrier. » Alors, toi et moi, nous emmenons le voyageur dans une chambre, nous l'étendons proprement sur un lit, et, comme nous sommes seuls avec lui, nous lui demandons poliment la bourse ou la vie !

— Chien d'avaricieux ! s'exclama Croupionnet, il a eu la petitesse de nous refuser sa bourse.

— Oui, reprit Fanferdieu, et il a voulu faire le récalcitrant avec nous !..... Il a braillé comme un sourd et nous a traités de filous et de chenapans !... Alors, ma foi, j'ai pris ma dague et j'ai puni l'insolent!

— Pendant ce temps-là, j'ai palpé la monnaie, continua Croupionnet, et nous allions nous envoler à tire d'ailes, quand *subito* une escouade d'archers nous barre la route et nous met la main au collet. C'étaient les coquins avec qui nous nous étions pris de bec et que nous avions rossés le matin même.

— Oui, poursuivit Fanferdieu avec rage, ces chiens-là avaient retrouvé notre piste.

— Ces rosses d'archers ! maugréa Croupionnet, ont-ils assez beuglé en voyant le voyageur égorgé ! Je vous demande un peu ! comme si c'était quelque chose de bien étonnant de voir un homme assassiné !

— Si les soudards ont poussé des cris de paon à la vue de l'homme en question, dit à son tour Fanferdieu, je ne fus pas moins surpris qu'eux et moins atterré quand ils arrachèrent le masque noir de dessus son visage!

— Et, demanda le complice de l'ex-policier, vous êtes bien sûr que c'était l'homme de Fontainebleau ?

— Par le diable ! oui, j'en suis sûr !... Je connaissais le personnage... je l'avais vu mainte et mainte fois jadis, dans le commencement que Montigny était à la prévôté !

— Quelle drôle de chose que le hasard ! murmura Croupionnet.

— Oui, reprit Fanferdieu. Que le diable me brûle si je pensais que le cavalier blessé fût le bourgeois de Maritorne !

— J'en reviens à ce que j'ai dit, interrompit l'autre coquin, tout ça, c'est de sa faute ! Il n'avait qu'à ne pas mettre de masque pour venir à Paris.

— Espèce de brute ! apparemment qu'il avait des raisons pour prendre cette précaution. Il voulait, sans être reconnu, avoir des renseignements sur l'exécution du papa Montigny. Quoi qu'il en soit, le mal est fait, et nous ne pouvons rien pour le réparer. Ah ! mes beaux rêves de villégiature ! vous êtes envolés, maintenant, et pour toujours !... Adieu, vie champêtre que j'entrevoyais là-bas à l'ombre de la vieille forêt de Fontainebleau! Adieu, mes amours! adieu ma grosse Maritorne !

— Adieu, ma petite Nini ! gémit à son tour Croupionnet.

— Je ne mangerai plus de porc aux oignons ! reprit l'ex-policier d'un ton lamentable.

Et l'autre s'exclama, non moins désolé :

— Je ne mangerai plus de tripes !... Hélas ! hélas ! je n'en mangerai plus !

Comme les deux bandits se livraient à qui mieux mieux à leurs jérémiades, la porte de la Morgue s'ouvrit brusquement, et les deux morgueurs pénétrèrent dans la salle funèbre, portant sur une civière le corps d'un homme assassiné.

— Mon père, dit Landouillard à Buridan, vous étiez l'ami de la famille d'Aunay, disiez-vous tout à l'heure, eh bien, jetez un coup d'œil sur le cadavre que voici ; le reconnaissez-vous ?

Buridan, au comble de l'émotion, courut à la civière, et considéra l'homme assassiné.

— Quel est ce malheureux? demanda-t-il.

— Eh ! parbleu ! répliqua le morgueur, c'est le mari de cette jeune femme ; c'est le gendre du Montigny !... Monseigneur Jean de Marle l'a reconnu tout de suite. D'où vient que vous ne le reconnaissez pas, vous ?

— Jacques d'Aunay ! Jacques d'Aunay ! sécria Buridan avec désespoir.

Mais se remettant bientôt :

— Oui, oui, reprit-il, c'est lui, c'est bien lui !... Pauvre jeune homme !

Buridan n'avait jamais vu Jacques d'Aunay, mais il faisait ce mensonge pour n'éveiller aucun soupçon dans l'esprit des gardiens.

— En priant pour son épouse, reprit Landouillard en riant selon son habitude, vous pourrez en même temps prier pour lui. De cette façon vous ferez d'une pierre deux coups !

Sur ce, il disparut avec son camarade après avoir placé le cadavre de Jacques d'Aunay près de celui d'Isaurine.

Buridan accablé, était demeuré muet, immobile à sa place.

— Mort ! mort! s'exclama-t-il enfin ; lui aussi !... Oh ! mon Dieu ! mon Dieu ! vous êtes impitoyable pour moi !

En cet instant la voix de Croupionnet parvint jusqu'à lui.

— Il me semble que j'entends grouiller dans le caveau d'à côté, disait le coquin.

— Grouiller à côté ! répliqua Fanferdieu en haussant les épaules, eh ! non, espèce d'âne ! il n'y a que des morts à côté, et les morts ça ne grouille pas... ça a bien autre chose à faire !

— Comment ! des morts ! reprit Croupionnet.

— Eh ! oui, idiot ! à côté, c'est la chambre de la Morgue.

— Qu'est-ce qui vous a dit ça ?

— Est-il bête ! s'exclama l'ex-policier. Tu oublies donc que dans ce même Châtelet, où je suis présentement prisonnier, j'étais, pas plus tard qu'avant-hier, exactement comme chez moi.

— C'est juste !

— De sorte que je connais les êtres comme ma poche !

— Ah ! c'est la Morgue qui est là ? reprit Croupionnet. Dites donc, monsieur Fanferdieu, il me vient une idée !

— Fais-moi part de ton idée ! je verrai si elle est bonne.

— Si nous nous introduisions cette nuit dans la chambre des morts, par le soupirail que je distingue là-haut ! nous pourrions peut-être filer de ce gueux de Châtelet. Car je suppose que les cadavres ne sont pas enfermés à clef !

— En effet, mon bonhomme, un simple loquet ferme la porte de la Morgue, et rien n'est plus aisé que de sortir de cet endroit nauséabond !... Le difficile est d'y pénétrer !

— Difficile ! pourquoi difficile ? interrogea l'autre chenapan.

— Vilaine buse, tu ne vois donc pas à la lucarne ces deux énormes barreaux de fer!... Pour passer par là, il faudrait scier ces barreaux, et nous manquons, pour ce faire, des instruments indispensables !

— C'est vrai ! répliqua Croupionnet, ils m'ont pincé ma besace au greffe !... Et j'avais dedans tout ce qu'il fallait !

— Si j'avais seulement un poignard, une dague, une arme quelconque, s'exclama Fanferdieu, je saurais bien desceller cette chienne de ferraille ! Mais, rien qu'avec nos ongles, la besogne n'est pas possible !

— Une dague ! je t'en donnerai une, moi, si tu me dis toute la vérité !

Ces mots, c'était Buridan qui venait de les proférer.

Il avait compris instinctivement que l'homme assassiné par les deux misérables sur la route de Fontainebleau n'était autre que Jacques d'Aunay, et, de nouveau, l'espoir de retrouver ses enfants lui était revenu au cœur.

En entendant parler dans la chambre funèbre, Fanferdieu et son complice avaient brusquement interrompu leur conversation.

Stupéfiés, ils restaient la bouche ouverte et les yeux écarquillés.

Enfin Croupionnet reprit la parole :

— Cette fois, dit-il, les morts font mieux que de grouiller, ils parlent.

— Qu'est-ce que tout ça veut dire ? murmura Fanferdieu encore tout étourdi. Est-ce qu'il y aurait de la diablerie là-dessous ?

— Est-ce que vous croyez au diable, monsieur Fanferdieu ? questionna Croupionnet.

— Pas beaucoup ! et toi ?

— Moi ? pas du tout !... Si quelqu'un parle dans la Morgue, ce n'est ni un démon ni un mort, c'est un vivant, assurément !

— Oui, un vivant ! reprit la voix du caveau, un vivant qu'un mot de vous peut faire heureux ou malheureux à jamais !

— Un mot de nous ! répliqua Fanferdieu, de plus en plus surpris. Quelle énigme est-ce là ? Je n'y comprends rien, d'honneur ! et je donne ma langue aux chiens !

Croupionnet s'était empressé de placer sous le soupirail le banc de bois qui composait à lui seul tout le mobilier de l'humide réduit.

— Montons là-dessus, dit-il ensuite, et jetons un coup d'œil dans le trou aux cadavres ! nous saurons qui nous parle et connaîtrons le fin mot de tout ceci !

Joignant l'action à la parole, le drôle grimpa sur le banc et put saisir l'un des barreaux de la lucarne.

Se soulevant alors à la force des poignets, il put regarder dans la chambre de la Morgue, laquelle était à peu près éclairée, nous l'avons dit, par une lanterne singulièrement fumeuse.

— Eh bien ! qu'est-ce que tu vois ? demanda Fanferdieu.

— Je vois des hommes et des femmes, et même des enfants !

— Qu'est-ce qu'il y a encore dans la cave ?

— Rien !

— Comment rien ! c'est impossible ! qui donc nous a parlé, alors !

C'est moi ! répondit Buridan dont le visage se montra soudainement derrière les barreaux du soupirail.

A cette apparition, Croupionnet, épouvanté, lâcha la lucarne et tomba de tout son poids sur Fanferdieu en s'écriant :

— C'est Satanas ! sauve qui peut !

— Que le tonnerre te patafiole, vilain chafoin !... grommela le policier en se frottant le visage, comprend-on cette brute-là qui me descend sur le nez !

— Tiens ! vous êtes bon, reprit l'autre en se remettant à grand'peine de sa terreur, puisque je vous dis que c'est le diable !... j'ai vu ses cornes !

— Eh non! vilaine bête, répliqua Fanferdieu, ce n'est pas le diable. C'est un brave homme de moine au contraire. Je distingue son froc à travers les barreaux et sa grande barbe blanche !

— Un moine! répéta Croupionnet en levant le nez.

Tiens! c'est vrai, ajouta-t-il en apercevant Buridan.

— Qu'est-ce qu'il y a pour votre service, mon brave homme? demanda Fanferdieu.

— Écoute, repartit Buridan ; l'homme assassiné par vous sur la route de Fontainebleau, c'était Jacques d'Aunay? c'était lui? répondez !

— Ouais ! grommela Fanferdieu, sommes-nous donc prêts déjà à marcher au gibet que l'on nous envoie un confesseur ?

— Vous gardez le silence ! reprit le faux religieux. Vous vous défiez de moi ... vous craignez què je sois ici par ordre du prévôt pour vous arracher par la ruse l'aveu de votre crime ?... Non, non ! ne craignez rien !... D'ailleurs, de cette chambre funèbre où j'étais en prières, j'ai pu entendre tout votre entretien !

Fanferdieu donna un grand coup de poing à Croupionnet.

— Qu'est-ce qui vous prend donc ? gémit ce dernier.

— Il me prend que tu as la manie de parler toujours de tes affaires à haute voix, et que ça finit par m'agacer !

— Tiens ! fit l'autre, est-ce que je savais qu'il y avait quelqu'un là-dedans, moi?

— Sache, une fois pour toutes, que les murs ont des oreilles ! Et dorénavant, ne jabote plus tout haut ou je te coupe la langue !

— Quel sauvage, que cet être-là ! maugréa Croupionnet. L'autre jour il voulait me mordre le nez, aujourd'hui il veut me couper la langue ! Je commence à être très-vexé de m'être associé avec lui !

Fanferdieu était monté sur le banc.

— Du moment que vous avez ouï notre petite conversation, mon brave homme, dit-il à Buridan en ayant soin de baisser la voix, je ne vois pas de nécessité à vous taire ce que vous tenez tant à savoir !

— Parle ! parle !

— Eh bien ! oui, là, le voyageur de l'auberge du *Grand-Bacchus* c'était celui que vous venez de nommer.

— Jacques d'Aunay?

— Mon Dieu, oui ! mais, parole sacrée, s'il n'avait pas eu de masque, et si, par conséquent, j'avais pu le reconnaître, je vous jure que je n'aurais pas versé une seule goutte de son sang!... Car, entre nous, c'était un ami, et non pas un ennemi !

— Au nom du ciel ! reprit Buridan avec instance, toi qui le connaissais, dis-moi... oh ! par pitié, dis-moi s'il n'avait pas reçu dans sa demeure deux jeunes enfants ...

— Deux enfants ! s'exclama Fanferdieu stupéfait. Qui diable a pu vous parler de cette histoire - là ? Est-ce que par hasard vous auriez des relations avec Maritorne ?

— J'étais son confesseur, répliqua vivement Buridan. J'étais aussi celui de sa pauvre maîtresse !

— Ah ! c'est donc ça ! Je commence à comprendre !... A propos, continua le policier, pourquoi dites-vous de sa pauvre maîtresse ?... Lui est - il donc arrivé aussi quelque malencontre ?

— Son corps repose présentement en la chambre de la Morgue, auprès de celui de Jacques d'Aunay. La mort de Jean de Montigny a tué la malheureuse jeune femme, et si je me trouve céans, c'est pour prier sur son cadavre !

— Morte ! elle aussi ! s'exclama Fanferdieu. Ah ! bien, par exemple, voilà du nouveau !... Hein ! ce que c'est que de nous cependant! Quand la mort se faufile dans une famille, il faut que tout y passe ! Allons ! de toute la bande, il ne reste que Maritorne, et les deux enfants, bien entendu !

— Les deux enfants !... reprit Buridan avec émotion.

— Bien sûr que Maritorne ne les abandonnera pas ! répliqua le policier. C'est une bonne fille, allez, que Maritorne ! D'abord, les femmes grasses, ça a beaucoup de cœur, généralement !... Ça vient probablement qu'elles ont de la place pour le caser !... Ainsi quand après avoir enlevé les deux moutards de la tour Basse, je les lui ai remis, elle a pleuré comme une vraie Madeleine !

— C'est toi... s'écria Buridan avec des larmes dans la voix, c'est toi qui as arraché ces deux pauvres petits à leur odieuse prison ?

— Eh pardieu, oui, c'est moi !... Maritorne n'a pas voulu vous dire ça dans sa confession, à ce que je vois ! Elle a craint de se compromettre !

— Où sont-ils ?... où sont-ils, ces enfants ?...

— Dame, ils sont où on les a menés !... Mais vous le savez aussi bien que moi, mon père, puisque vous dites que vous étiez le confesseur de dame Isaurine !

— Non ! non ! je sais que c'est à Fontainebleau, mais, j'ignore...

— Mon bonhomme ! interrompit brusquement Fanferdieu, vous me faites l'effet d'un vieux farceur, et, si je ne me trompe, vous voulez me mettre dedans !

— C'est aussi mon opinion ! dit Croupionnet, qui n'avait pas perdu un mot de la conversation.

Fanferdieu lui envoya un coup de talon dans le nez :

—On ne te demande pas ton avis, à toi ! Écoute et profite. Oui, cher moine de mon cœur, poursuivit le policier en s'adressant à Buridan, j'en suis pour ce que je disais, vous n'êtes qu'un vieux farceur, et c'est le prévôt qui vous a dit de jouer cette petite comédie pour nous tirer les vers du nez!... Vous n'êtes pas plus le confesseur de dame Isaurine que de ma bonne amie Maritorne, et vous m'avez conté toutes ces calembredaines uniquement pour que je vous dise où sont les deux mioches de Buridan!... Mais je ne suis pas assez bête pour tomber dans ces godants-là!... J'ai été de la police aussi, moi, mon vieux! et quand on a fait partie de cette utile corporation, on en garde toujours quelque chose! Ainsi donc, tu peux quitter ta lucarne, je ne te dirai plus un seul mot!... J'ai avoué que j'avais escofié Jacques d'Aunay, j'ai eu tort. Quant à te narrer où sont ses deux fils d'adoption, jamais de la vie!

— Et moi, je te jure que tu me diras tout!

— Oui! compte là-dessus et bois de l'eau!

— Tu me diras tout! reprit Buridan avec force. Tiens! tiens! poursuivit-il en faisant tomber sur ses épaules le large capuchon qui couvrait son visage. Regarde bien mes traits, Gaétan Fanferdieu, ne me reconnais-tu pas?

Ce disant, il enleva sa longue barbe blanche.

— Sang et tonnerre! s'exclama Fanferdieu avec une indicible surprise. Est-ce vous, est-ce bien vous, messire Buridan?

— Oui, c'est moi! répondit le jeune homme. Sous ce costume, j'ai confessé, sur l'échafaud, Jean de Montigny, et je me suis ensuite introduit au Châtelet!... Refuseras-tu maintenant de parler? refuseras-tu de me dire où sont mes deux enfants?

— Non, certes, monseigneur! je ne refuse rien!... Car si les pauvres petits diables ont quelque misère à attendre, ça ne viendra pas de vous!

— Parle! parle donc!... j'ai hâte de savoir...

— Eh bien! filez bien vite à Fontainebleau, monseigneur, et arrêtez-vous à la petite maison qui est sur le chemin du vieux château!... Là, vous trouverez une énorme gaillarde qui a des mains immenses et des pieds gigantesques!... C'est Maritorne!... Vous lui direz que vous venez de ma part et vous lui demanderez vos deux mioches!

— Oh! merci! merci! s'écria Buridan ivre de joie Maintenant, ajouta-t-il en passant à travers les barreaux une forte et large dague, prends cette arme, descelle ces barreaux, et quand la nuit sera venue, échappe-toi!... Tu me rends le bonheur, je te donne la liberté! C'est un à-compte sur ce que te doit ma reconnaissance! Tout ce que tu me demanderas plus tard, je te l'octroierai!... Adieu! adieu!...

— Adieu! mon cher seigneur! répondit Fanferdieu avec ravissement. C'est égal, vous avez eu une crâne idée de vous déguiser en moine, vous! sans ça, j'étais déguisé en pendu!

— Et moi itou! reprit Croupionnet.

— On ne te parle pas à toi! fit le policier en donnant une bourrade à son compagnon.

Buridan s'était empressé de quitter la lucarne. Il rejeta vivement son capuchon sur sa tête et rattacha sa longue barbe.

Ceci fait, il jeta un dernier regard sur les cadavres de Jacques d'Aunay et de son épouse.

— Adieu! adieu! dit-il, chers infortunés. Emportez dans la tombe qui va bientôt se refermer sur vous tous mes regrets et toute ma gratitude!... Il eût été doux pour mon cœur de pouvoir vous tenir compte en ce monde de la sainte action que vous aviez faite! Dieu me refuse cette joie... Nous nous retrouverons là-haut!

Buridan essuya les larmes qui sillonnaient sa joue, et se dirigea vers la porte de la basse geôle.

Comme il allait soulever le loquet, la porte s'ouvrit brusquement, et quatre sergents de la prévôté parurent sur le seuil.

— Mon père, dit l'un des hommes d'armes, monseigneur Jean de Marle, prévôt de Paris, vous mande sur l'heure.

— Moi!

— Vous-même!

Buridan frissonna.

— Serais-je reconnu! murmura-t-il.

Il eut un moment la pensée de vouloir s'échapper.

Il avait encore un poignard caché sous sa robe de moine.

Mais, après avoir jeté un coup d'œil dans la cour, il comprit que la fuite était impossible.

En effet, la grande cour était pleine de soldats.

— Mon Dieu! murmura-t-il en lui-même, je remets mon sort entre vos mains!

S'inclinant ensuite devant les hommes du prévôt:

— Je suis prêt à vous suivre.

Peu après, Buridan était introduit dans ce même cabinet où, deux jours auparavant, il avait pénétré sous le costume de l'Israélite de la rue de la Juiverie.

Lorsque le faux moine fut en présence de Jean de Marle, ce dernier commanda à ses hommes de s'éloigner.

Ceux-ci ayant obéi:

— Approchez, approchez, mon père! dit le prévôt.

Le jeune homme fit quelques pas vers Jean de Marle.

Alors ce dernier lui saisit la main et lui dit à voix basse:

— Jean Buridan, tu es reconnu!

L'étudiant fit un bond en arrière et porta la main à son poignard.

Mais le prévôt reprit vivement et toujours à voix basse:

— Si tu fais un mouvement, si tu pousses un cri, je

frappe sur ce timbre et tu tombes percé de mille coups !

VII. — OU L'ON VOIT QUE LES PRÉVOTS SE SUIVENT ET NE SE RESSEMBLENT PAS.

Buridan laissa son poignard au fourreau, et se prit à sourire avec une indicible amertume.

— Je suis damné, murmura-t-il, oh ! je suis bien damné !

Avec rage, il arracha sa robe de bure, son capuchon et sa barbe.

— Allons ! monseigneur, reprit-il en s'adressant au prévôt, j'ai perdu la partie !... faites de moi ce que bon vous semblera ! Au surplus, continua le jeune homme, ma vie est un fardeau ! qu'on m'en délivre et je ne me plaindrai pas !

— Le roi ne m'a pas commandé de vous faire périr ! répliqua Jean de Marle.

— Peut-être préfère-t-il se charger lui-même de cette noble mission ! poursuivit l'étudiant avec un sourire de mépris.

— J'ignore ses desseins ! repartit le prévôt.

— Je les devine, moi ! Mais je vous le répète : peu m'importe de mourir !... je serai heureux de mourir sous ses yeux. J'aurai au moins la joie suprême de lui jeter à la face quelque dernier outrage !... Allons ! monseigneur, appelez vos hommes et faites-moi jeter sur l'heure en un sombre cachot de cette sombre retraite !... Tels sont sans doute les ordres du roi Philippe !

— En effet, répondit Jean de Marle, c'est la chausse d'Hypocras qui vous est destinée.

— La chausse d'Hypocras ! fort bien, reprit le jeune homme en raillant. Je n'en attendais pas moins de la bonté royale !

La chausse d'Hypocras, nous l'avons dit en la première partie de ces drames, avait la forme d'un cône renversé.

Les condamnés que l'on jetait dans ce cornet de pierre ne pouvaient s'y tenir ni debout ni couchés, et avaient constamment les pieds dans l'eau.

Au bout de quinze jours, ces hommes étaient des cadavres.

Jean de Marle considérait Buridan d'un air de pitié.

— Qu'attendez-vous, monseigneur ? s'exclama le jeune homme d'un ton de bravade, je suis prêt, moi ; ne l'êtes-vous pas, vous ?

— Votre malheur m'intéresse ! répliqua le prévôt.

— En vérité ? fit Buridan surpris.

— Cela vous étonne ?

— Assurément !... Vous êtes prévôt de Philippe le Bel, c'est tout dire !

— Oui, reprit Jean de Marle, le roi est sévère et ses magistrats doivent l'être comme lui !... Cependant, je vous le répète, je déplore votre sort, et si votre liberté dépendait de moi seul, je vous ouvrirais sans hésiter les portes du Châtelet.

— Que dites-vous, monseigneur ?

— Je dis la vérité !... je vous en donne ma parole d'honneur, me croyez-vous ?

— Je vous crois, monseigneur !... En la situation présente, rien ne saurait vous obliger à me tenir ce langage, s'il n'était pas le sentiment intime de votre pensée !

— Oui, poursuivit Jean de Marle avec une émotion qu'il tentait vainement de surmonter. Votre grande jeunesse, votre haute réputation de bravoure, votre nom que chacun citait il y a si peu de temps encore, avec tant de justes louanges et d'estime méritée, tout enfin m'inspire pour vous une sympathie véritable !... Et je gémis... oui, je gémis du fond de l'âme que votre mauvaise destinée vous fasse aujourd'hui mon prisonnier !

— Ma foi, monseigneur, quoi qu'il advienne, merci de vos bonnes paroles !... je ne m'attendais pas à les entendre sortir de vos lèvres !

Le prévôt frappa du poing sur la table de chêne :

— Grand enfant que vous êtes !... maudit écervelé !... dit-il ensuite. Quelle folle idée vous a passé par la tête, je vous le demande, de prendre la place du père Dominique !... Le vieux frocard s'est échappé de la maison hantée où vous et les vôtres l'aviez incarcéré, et son premier soin a été de courir au Louvre et de tout dire au roi !...

— Ah ! c'est lui qui m'a trahi ? le lâche ! murmura Buridan. Il m'avait juré sur le Christ de ne rien révéler !

— Quel était votre but, enfin, reprit Jean de Marle, en prenant ce déguisement ?

— Mon but !...

— Oh ! je le devine ! Jean de Montigny était votre complice, et vous espériez, de concert avec les vôtres, le faire échapper au supplice !

— Jean de Montigny n'était pas mon complice !

— Que dites-vous ?

— Je l'ai fait passer à vos yeux et aux yeux du roi pour un faux-monnayeur, et ce n'était qu'un assassin !

— Un assassin !

— Oui ! l'infâme avait tué mon épouse... je me suis vengé de lui !

— Était-ce donc encore par vengeance que vous avez voulu assister, sur son échafaud même, à son exécution !

— Par vengeance, non ! répondit Buridan avec une émotion soudaine. C'était pour qu'en sa confession suprême il me révélât ce qu'il avait fait de mes deux fils !

— Vos fils ! murmura le prévôt. Oui, oui, en effet, je me souviens...

Jean de Marle se rappelait l'emprisonnement des enfants dans la tour Basse.

— Depuis deux ans, ces deux pauvres petits êtres sont séparés de moi... Depuis deux ans, je ne les ai pas embrassés !

— Depuis deux ans !

— Oui, monseigneur ! et si j'ai quelque regret en mourant, ce sera d'être livré au bourreau avant de les avoir, une fois au moins, pressés contre mon cœur !

Et malgré lui, Buridan, si fort jusque-là, sentit ses yeux se remplir de larmes.

— De par Dieu ! s'exclama le prévôt, il ne sera pas dit que j'aurai vu pleurer un homme comme vous sans essayer au moins de tarir ses larmes !

Prenant la main de l'étudiant :

— Vous verrez vos enfants ! lui dit-il à voix basse.

— Monseigneur !... monseigneur !... est-ce bien vous que j'entends ?

— Eh oui ! c'est moi... moi-même !... Que diable, je ne suis pas un Jean de Montigny, moi ! je suis un Jean de Marle, et la différence est grande !...

Buridan était radieux.

— Sur ma foi, monseigneur, s'écria-t-il enfin, vous êtes un honnête homme !

— Eh ! je le sais bien, mordieu ! répondit gaiement le prévôt. Par-ci, par-là, c'est bien le moins qu'il s'en rencontre un par hasard ! Vous savez où sont les deux chérubins ?

Buridan hésita à répondre.

— Vous gardez le silence ! vous avez peur, sans doute, que je vous tende quelque piége pour m'emparer de vos fils !... Allons ! je vois que vous n'êtes pas bien convaincu de ma loyauté !

— J'ai tort, monseigneur, et je suis prêt à tout vous dire !

— Eh ! je ne veux rien savoir, mon cher ! interrompit Jean de Marle. Vous connaissez le lieu de leur retraite, c'est tout ce qu'il faut ! Quant à moi, je n'en ai que faire. Je ne prétends pas vous accompagner jusque-là ! je ne veux pas gêner vos embrassements !

Buridan croyait avoir mal entendu.

— Monseigneur, pardonnez, mais je ne saisis pas bien le sens de vos paroles !... Vous ne prétendez-pas, dites-vous, m'accompagner... Que signifie cela ?

— Cela signifie que vous pouvez quitter sur l'heure cette forteresse, si vous faites entre mes mains le serment solennel de revenir de vous-même, vous constituer mon prisonnier, demain au lever du soleil.

— Quoi? ma parole... vous croiriez à ma parole?

— Vous avez bien cru à la mienne, vous !

— Sur ma vie éternelle, dit alors Buridan, sur mon honneur, sur la mémoire vénérée de mon père, je jure, monseigneur, que demain, au point du jour, je serai au Châtelet !

— C'est bien, répliqua Jean de Marle ; maintenant, reprenez votre froc, et venez.

A ces mots, il ouvrit l'issue secrète et fit signe à Buridan de le suivre.

Au bas de l'escalier, il tira une clef de son escarcelle et la mit dans la serrure de la porte Basse qui donnait sur la vallée de Misère !

— Allez, dit le prévôt au jeune homme, allez, et que Dieu vous protége !

— Demain, à l'heure dite, vous me verrez, monseigneur, répliqua le jeune homme.

— J'y compte ! reprit Jean de Marle. Donnez-moi votre main, jeune homme.

Buridan prit la main que lui tendait le prévôt et la porta à ses lèvres.

Puis, tout étourdi encore de ce qui venait de se passer, il gagna le dehors et prit d'un pas allègre la route de Fontainebleau.

Lorsque l'étudiant eut disparu, Jean de Marle referma la porte basse et regagna son vieux cabinet.

— S'il ne revenait pas? se dit-il alors en secouant la tête. Oh ! je suis fou de douter !... Il reviendra !... C'est un homme de cœur... il tiendra son serment !... Et s'il ne le tient pas... eh bien... eh bien... je crois, sur ma parole, que j'en serai enchanté... Oui... mais le roi... le roi... que dira-t-il ?... quelle sera sa colère ?... Bast ! il n'osera pas me pendre, moi !... Et puis, s'il me pend, il ne me pendra pas deux fois !

Laissons le prévôt de Paris à ses réflexions et retournons dans le cachot de Croupionnet et de Fanferdieu.

Ce dernier, aussitôt après le départ de Buridan, s'était mis à l'œuvre.

Comme la nuit commençait à venir, le dernier barreau était enlevé de la lucarne.

— Ouf ! fit le policier en considérant la dague que lui avait remise l'étudiant, voilà, j'ose le dire, un fameux outil !... voilà trois heures que je travaille avec, il n'est pas seulement ébréché ! Quelle belle et bonne lame ! ça serait un vrai plaisir de l'enfoncer dans le ventre d'un camarade !... Veux-tu que j'essaye sur toi, mon petit Croupionnet ?

— Hé ! là-bas ! pas de bêtises ! s'exclama ce dernier en se reculant vivement.

— N'aie donc pas peur, nigaud ! reprit Fanferdieu en se mettant à rire, c'est pour plaisanter que je dis ça !

— Oh ! mais c'est que je vous connais avec vos plaisanteries, et j'ai de la méfiance.

— Ce n'est pas tout ça, répliqua le policier, il s'agit maintenant de nous insinuer dans la chambre de messieurs les morts ; une fois là, nous sommes sauvés !

On affluait encore dans la ville de tous les côtés à la fois.

— Je serai surtout sûr de mon salut quand je serai hors du Châtelet ! riposta Croupionnet. J'avoue que je suis mal à mon aise dans cet établissement.

— Malgré ton désir de filer, désir que je partage, au reste, je suis d'avis d'attendre que le couvre-feu soit sonné et que toute la clique prévôtale soit en train de ronfler !... sans quoi, nous risquerions fort d'être arrêtés au beau moment et d'être remis en cage !

— Soit, dit Croupionnet, attendons encore !

Et les deux complices attendirent.

Enfin, le couvre-feu sonna.

— Ça y est ! dirent Fanferdieu et son complice.

Sautant lestement sur le banc placé sous la lucarne, Fanferdieu saisit le rebord du soupirail.

Appuyant ensuite ses genoux sur la muraille, il commença à se hisser jusqu'à l'ouverture.

Mais, en ce moment, un bruit de pas se fit entendre dans la cour.

— On vient de ce côté, dit vivement Croupionnet ; ce sont les guichetiers sans doute.

Fanferdieu regagna le sol prestement.

— Bigre ! dit-il, si ces gens-là me trouvaient perché de la sorte, ils me feraient dégringoler à coups de piques !

— Tenons-nous cois ! murmura Croupionnet en se blottissant dans un coin. Ils viennent peut-être nous apporter notre repas du soir.

— Notre repas du soir ! as-tu fini ? riposta Fanferdieu, qui venait de se jeter sur la paille. Ils nous ont octroyé ce matin une cruche d'eau et une miche de pain noir, en voilà pour huit jours !

— Mâtin ! murmura Croupionnet, la nourriture n'est guère variée ici ! c'est mieux que cela chez Nini-sans-Souliers !

Comme il achevait ces mots, la porte de leur cachot s'ouvrit brusquement. Un guichetier parut, escorté d'une douzaine de sergents.

— Allons ! dit le guichetier, debout, mes gaillards ; le prévôt éprouve le besoin de vous dire un petit bonsoir avant de se coucher.

— Ventre de grenouille ! gémit Croupionnet, est-ce qu'il va nous faire pendre cette nuit ?

— Nom d'un tonnerre ! dit à son tour Fanferdieu, nous voilà dans de beaux draps ! C'était bien la peine de m'éreinter à desceller les barreaux de la lucarne!

Tout en maugréant, il quitta sa paille; mais il eut grand soin de rabaisser sur son œil gauche son bandeau noir et son emplâtre.

Relevant ensuite par-dessus son menton le chaperon qui lui servait de cravate, il dit vivement à Croupionnet, à voix basse naturellement :

— Baisse ton bonnet sur tes yeux, et même sur ton nez, si faire se peut; si Jean de Marle nous reconnaît, ils nous fera écorcher vifs!

Croupionnet s'empressa de se conformer au conseil de son ami, et tous deux, entre une double haie d'archers, se rendirent au cabinet du prévôt.

Celui-ci les considéra d'un œil curieux.

Croupionnet, surtout, semblait tout particulièrement attirer son attention.

— J'ai déjà vu ce coquin quelque part!

— Cache ta trompe et renfonce ta croupe! murmura Fanferdieu à l'oreille de son compère.

Croupionnet eut beau faire cette fois, il lui fut impossible d'obtempérer au désir du policier.

— Eh! je me rappelle, repartit le prévôt en se frappant le front.

— Aïe! aïe! aïe! fit Fanferdieu, il se rappelle, nous sommes toisés!

Les yeux de Jean de Marle avaient quitté Croupionnet pour se fixer sur Fanferdieu.

— Ote ton bandeau! lui commanda-t-il.

— Merci bien, il ne me gêne pas! balbutia le policier.

— Ote ton bandeau, canaille!

— Il m'appelle canaille!... il m'a reconnu!... Vermine de Croupionnet! c'est son train de derrière et son nez qui nous auront perdus!

— Sang et tonnerre! obéis ou sinon...

Fanferdieu, bon gré, mal gré, finit par enlever son bandeau et son emplâtre.

— Ah! ah! c'est bien vous, maître Fanferdieu!

Le policier se jeta aux pieds de Jean de Marle.

— Grâce! grâce! monseigneur! s'écria-t-il.

Croupionnet imita son compagnon.

— Monsieur le prévôt, soyez grand et miséricordieux!

— Arrière, bandits! répliqua le magistrat d'un ton sévère. Vous avez injustement accusé Jean de Montigny!

Les deux drôles voulurent se récrier.

— Je sais tout! interrompit Jean de Marle en les regardant en face. Ce matin, dans un bouge où vous buviez tous deux, vous avez blessé à mort l'un de mes archers?...

— Oh! pour ce qui est de ça, riposta Fanferdieu, c'est lui qui était dans son tort... Et puis, si je l'ai blessé à la tête, il m'avait blessé dans mon amour propre, en m'appelant grand saltimbanque... Du reste, j'ai causé avec lui à coups d'escabeau, c'est vrai; mais ce n'était pas pour lui faire du mal, c'était histoire de rire et pas autre chose!... demandez plutôt à Croupionnet.

— Oh! ça, c'est positif! histoire de rire et voilà tout! s'empressa de dire ce dernier.

— Silence! cria impérieusement le prévôt. Non contents de ce premier crime, vous avez assassiné un homme sans défense, un homme blessé!

— Jamais! oh! jamais! s'écrièrent en même temps les deux misérables.

— Vous osez nier?... N'a-t-on pas saisi sur vous l'or de Jacques d'Aunay? Il était encore dans son escarcelle marquée à ses armes.

— Monseigneur, répliqua Fanferdieu avec une impudence mirifique, je jure sur votre tête que c'est lui qui nous en avait fait cadeau!... Vous comprenez, c'était tout naturel. Il se sentait près de mourir!... Il s'est dit comme ça : « Tiens, je vais faire plaisir à ces deux braves gens, en leur octroyant ma monnaie! » Si vous ne me croyez pas, demandez plutôt à Croupionnet!

— Oh! pour ce qui est de ça...

Le prévôt ne le laissa pas achever.

— Vous êtes deux infâmes scélérats, et vous devriez être pendus depuis longtemps!... Justice se fera, mes maîtres! Dès demain, au point du jour, vous serez menés aux fourches patibulaires!

Se retournant vers les archers :

— Reconduisez ces hommes en leur cachot, et que, toute la nuit, deux archers demeurent en faction devant leur porte! Allez!

S'adressant aux deux morgueurs qui se tenaient au fond du cabinet prévôtal :

— Vous enlèverez de la basse geôle les cadavres de Jacques d'Aunay et de son épouse et vous les porterez sous le grand vestibule. Vous irez ensuite chercher un prêtre à l'église voisine. Je veux que, toute cette nuit, il demeure en oraisons près de ces deux infortunés!... Demain, des funérailles dignes d'eux leur seront faites!

Sur ce, il fit signe à tous de s'éloigner.

Fanferdieu et Croupionnet furent renfermés de nouveau dans leur cachot.

— Eh! allez donc! murmura Fanferdieu, nous voilà recoffrés!

Collant l'oreille à la porte :

— Ils n'ont pas oublié l'ordre du prévôt, ces gredins-là!... Il y a deux sentinelles devant notre niche!... Quel satané dur à cuire que ce Jean de Marle!... Il est tendre comme un pot de grès!... Et a-t-il un flair, ce filou-là!... Il nous a sentis du premier coup!

— C'est encore heureux, riposta Croupionnet, qu'il

n'ait pas eu l'idée de nous faire pendre séance tenante !

— Oh ! pardieu, une belle grâce qu'il nous a faite là !... Cette nuit, ou demain matin, c'est tout comme !

— Comment ! demain matin ! s'écria Croupionnet avec effarement. Nous ne nous évadons plus ?

— Espèce de buse ! Est-ce que nous pouvons nous évader maintenant ?

— Pourquoi donc pas?

— Pourquoi ? eh bien ! et les deux soudards qui sont de garde à notre porte, tu crois donc qu'ils nous verront sortir de la Morgue sans nous demander où nous allons ?

— Saperdieu ! gémit Croupionnet, mais c'est horrible tout ça, ma parole d'honneur !

— Horrible ou non ! il n'y a rien à y changer !

Croupionnet était furieux.

— Que le bon Dieu vous pataflole de m'avoir fait sortir de prison ! s'écria-t-il. C'est vrai, j'étais là bien tranquille... personne ne songeait à moi, et je serais peut-être mort dans mon trou, de ma belle mort !... Au lieu de ça, je vais être pendu ! Comme c'est gai pour moi !

— Je te conseille de te plaindre ! Est-ce que je ne vais pas tâter comme toi du gibet ?

— Ça me fait une belle jambe que vous soyez pendu aussi !

— Tais ton bec, oiseau maudru ! on entre dans la chambre des morts ! Il est inutile de mettre les morgueurs dans la confidence de ta pusillanimité !

En effet, Coco-bel-Œil et Landouillard venaient de pénétrer dans la chambre voisine.

Le premier tenait deux linceuls sous son bras.

— Ce n'est pas pour dire, grommela-t-il en bâillant à se démancher la mâchoire, mais le prévôt nous fait faire là une besogne bien inutile !... Comme si des gens morts n'étaient pas bien partout !...

— C'est mon avis, répliqua Landouillard, mais quand Jean de Marle commande, il faut obéir.

— Je sais cela ! reprit l'autre d'un ton maussade. C'est égal, c'est une chienne de corvée tout de même !... Ainsi pour commencer, il va falloir habiller Jacques d'Aunay et son épouse !... après cela, dresser un catafalque sous le grand vestibule, allumer des cierges... et puis courir après un prêtre ! En voilà-t-il des histoires à n'en plus finir !

— Pour abréger le travail, repartit Landouillard, nous n'avons qu'une chose à faire.

— Laquelle ?

— Tu vas entortiller les deux morts dans les suaires, et puis après tu dresseras l'estrade !... Pendant ce temps-là, j'irai quérir le prêtre, et quand je reviendrai, nous prendrons les cadavres et nous les porterons à l'endroit convenu !

Landouillard avait quitté la Morgue.

Coco-bel-Œil, tout en rechignant, s'approcha du corps d'Isaurine et le roula dans l'un des linceuls.

Lorsqu'il eut terminé cette première partie de son travail :

— A l'autre, maintenant.

Il fit pour Jacques ce qu'il avait fait pour Isaurine.

Après un bâillement non moins sonore que le premier, il quitta la chambre de la Morgue.

Fanferdieu n'avait pas perdu un seul mot de ce qui s'était dit dans le caveau funèbre.

Lorsqu'il entendit Coco-bel-Œil fermer la porte, il frappa brusquement sur l'épaule de Croupionnet.

— Allons ! prends tes jambes à ton cou et suis-moi !

— Vous partez en voyage ? demanda l'autre coquin.

— Allons ! allons ! ne fais pas de réflexion et imite ton ami ! Il n'est que temps !

Ce disant, Fanferdieu grimpa sur le banc et gagna la lucarne avec une agilité singulière.

Peu après, il se laissait glisser dans la chambre des morts.

Croupionnet se décida à rejoindre son ami.

— Vite, débarrasse-moi l'un de ces deux cadavres de son linceul, je me charge de l'autre !

Croupionnet obéit.

Un instant après, Jacques d'Aunay et Isaurine, dépouillés de leur suaire, étaient emportés par les deux bandits au fond du caveau.

— Maintenant, reprit Fanferdieu, enveloppons-nous là-dedans et ne bougeons plus !

— Mais les morgueurs s'apercevront de la substitution !

— Allons donc ! tu es petit et grassouillet ! ils te prendront pour la dame de la Chose !... Quant à moi, je suis juste de la taille du monsieur ! ça ira tout seul, et ils n'y verront que du feu !

Croupionnet, non sans une certaine appréhension, s'enveloppa dans l'un des suaires.

Fanferdieu s'entortilla dans l'autre.

Puis, muets, immobiles, ils attendirent.

Ils n'attendirent pas longtemps.

Les deux morgueurs apparurent bientôt portant une civière.

VIII. — COMMENT FANFERDIEU ET SON AMI QUITTÈRENT LE CHATELET ET CE QU'ILS CRURENT DEVOIR FAIRE AVANT DE S'ENFUIR.

Les morgueurs avaient déposé la civière non loin des deux compères ensevelis.

Coco-bel-Œil, selon sa louable habitude, se livrait à de frénétiques bâillements.

— Allons ! allons ! lui dit son camarade, dégourdis-toi un peu, que diable !... Nous n'avons plus maintenant grand'chose à bâcler ! L'estrade est dressée, pas vrai ?

Coco-bel-Œil répondit affirmativement.

— Les cierges sont allumés ? interrogea de nouveau Landouillard.

— Ils flambent !

— Parfait !... Le père Dominique est à son poste : enlevons donc prestement les deux cadavres et portons-les sous le vestibule. Après ça, tu ronfleras tout ton soûl... et je ferai comme toi... car, le diable m'emporte, à force de te voir bâiller, ça m'endort aussi !

A ces mots, il prit Croupionnet par les jambes, et Coco-bel-Œil prit le coquin par la tête.

Le complice de Fanferdieu se roidissait de son mieux, comme bien on pense, pour mieux donner le change aux deux morgueurs.

Ceux-ci déposèrent notre homme sur la civière.

Machinalement, le regard endormi de Coco-bel-Œil se porta sur les énormes pieds de Croupionnet qui se dessinaient sous le linceul.

— C'est égal, dit-il, elle avait tout de même de rudes pattes, cette petite dame-là !

Landouillard, lui, considérait le nez prodigieux du bandit que les plis du suaire ne dissimulaient qu'imparfaitement.

— Sans compter, dit-il en riant, qu'elle avait un nez d'un assez joli calibre !

Croupionnet n'avait pas une goutte de sang dans les veines.

Quant à Fanferdieu, sous le drap qui l'étouffait, il grommelait à part lui :

— La trompe de mon compère va nous jouer encore quelque méchant tour, c'est sûr !

Les deux drôles en furent quittes pour la peur.

Fanferdieu fut placé sur la civière à côté de Croupionnet et les morgueurs quittèrent sans autres observations la chambre funèbre.

— Qui va là ? crièrent les deux archers de garde à la porte de la Basse-Geôle.

— Eh ! c'est nous, camarades ! répliqua Landouillard. Vous ne nous reconnaissez donc pas ? Nous emportons là-bas les corps de Jacques d'Aunay et de son épouse !

— Ah ! bon ! fit l'un des archers, c'est que la nuit est si noire qu'on n'y voit goutte !...

— Le fait est que le ciel est couleur d'encre ! reprit le morgueur. On dirait que le temps va se gâter !

Comme il achevait, le tonnerre se prit à gronder sourdement et de larges gouttes d'eau commencèrent à tomber.

— Oh ! oh ! voilà l'ondée ! cria Landouillard. Gare là-dessous ! Allons ! ajouta-t-il en s'adressant aux archers, ne vous enrhumez pas trop, camarades, et surtout faites bonne garde ! Les deux chenapans qui sont sous clef pour le quart d'heure sont de fins matois, et peut-être songent-ils déjà à s'évader !

— S'évader ! repartit l'un des soldats en haussant les épaules. Tant que nous serons en faction devant la cage, les oiseaux ne s'envoleront pas !

Les deux morgueurs s'éloignèrent de la Basse-Geôle, traversèrent la grande cour en hâtant le pas, afin d'éviter l'orage qui prenait de minute en minute des proportions plus diluviennes.

Ils pénétrèrent sous le vestibule où le père Dominique attendait.

Ce père Dominique n'était autre que le vieux religieux de l'ordre des cordeliers dont Buridan avait pris la place, le matin même, sur l'échafaud de Jean de Montigny.

Fanferdieu et Croupionnet furent enlevés de dessus la civière et placés l'un à côté de l'autre sur l'estrade funèbre, devant laquelle brûlaient deux grands cierges de cire jaune.

— Voici les morts, mon père, dit Landouillard au religieux.

— C'est bien ! répondit le vieux moine.

— Dites donc, reprit le morgueur, c'est tout de même un drôle de hasard qui m'a fait vous rencontrer ce soir !

— En effet, dit le bonhomme d'un air embarrassé.

Landouillard poursuivit :

— Et, j'ose le dire, un hasard heureux ! Car enfin, j'avais cogné pour rien pendant un grand quart d'heure à la chapelle Saint-Leufroy, selon l'ordre du prévôt, et je me tenais tout penaud sur la place sans savoir à quel saint me vouer, quand tout à coup vous débouchez de la rue Saint-Denis.

— Oui, répliqua vivement le cordelier, je sortais de chez un pauvre homme malade, bien malade !

— Si malade que ça ? fit Landouillard. Tiens, c'est curieux : il m'a semblé que vous fredonniez une petite chanson !

— Erreur ! interrompit le moine. Je gémissais en moi-même sur le sort de ce malheureux !

— Quoi qu'il en soit, je vais à vous et vous fais part de mon embarras !... Vous consentez à m'accompagner au Châtelet, et chemin faisant, vous me dites votre nom, et il se trouve que vous êtes justement ce père Dominique qui devait confesser ce matin l'ancien prévôt !

— Oui, mon ami, répliqua le religieux. Ce que j'ai dit est la vérité vraie : hier soir, en quittant le grand couvent de l'Observance pour me rendre céans, je fus saisi, bâillonné et finalement emporté dans une maison de la rue Mouffetard, que l'on appelle la Maison-Hantée. Là, Buridan et les siens me tinrent enfermé dans une chambre souterraine, où je demeurai toute la nuit et d'où je ne parvins à m'échapper que cejourd'hui vers le soir.

— Eh bien! celui qui a pris votre place ne s'échappera pas si facilement que vous! reprit Landouillard en se mettant à rire. Le prévôt de Paris s'est chargé en personne de garder le Buridan, et je vous réponds que son affaire est bonne!... Sur ce, bonne nuit, mon saint père!...

Allant à Coco-bel-Œil qui s'était assis sur la civière et qui dormait déjà, il lui frappa rudement sur l'épaule.

L'autre se réveilla en sursaut.

— En route, mon compère, lui dit Landouillard.

Les morgueurs regagnèrent leur gîte en grande hâte et, peu après, tous deux s'endormaient.

Quand le père Dominique fut seul avec les deux morts ou du moins avec les soi-disant tels, il écouta gronder l'orage.

— Je me réjouis fort en vérité, dit-il ensuite, d'avoir obtempéré au désir de ce rustre!... Je m'étais attardé là-bas chez l'ami Grenouillot, et peut-être eussé-je passé la nuit à la porte du couvent!... tandis que céans je suis à l'abri du déluge!... Ouais! je frémis à l'idée seule d'être mouillé!... J'ai une horreur instinctive de l'eau!... J'aime mieux le vin! ajouta le bonhomme.

Ce disant, il tira d'une besace, qu'il portait attachée sous son manteau, une énorme fiole remplie d'un pierrefite généreux.

Prenant alors dans sa besace un gobelet d'étain, il le remplit jusques aux bords.

Mais comme il allait le porter à ses lèvres, un éclair ensanglanta la nue et le tonnerre se prit à pousser de formidables rugissements.

Le bonhomme, effrayé, posa vivement flacon et gobelet sur un escabeau placé près du lit funèbre et se jeta à genoux sur les dalles.

Tandis que le vieux moine marmottait ses prières, Fanferdieu écarta doucement son linceul et jeta un coup d'œil autour de lui.

Le père Dominique n'avait pas la face tournée de son côté.

Notre coquin crut devoir profiter de la circonstance.

Il étendit le bras, saisit le gobelet plein et le vida d'un trait.

Replaçant ensuite le verre sur l'escabeau :

— Il n'est pas mauvais tout de même, le vin de l'ami Grenouillot! murmura-t-il en ricanant.

Croupionnet entendit l'aparté de son camarade.

— A-t-il de la chance, ce Fanferdieu! pensa le drôle. Il serait au fin fond de la mer, qu'il trouverait encore moyen de boire du vin!

Le tonnerre avait cessé de gronder.

Le père Dominique fit un dernier signe de croix et se releva.

— Quelle secousse! dit-il, encore tout effaré. J'ai cru que le Châtelet allait s'écrouler!... Ouf! buvons un coup de pierrefite! ça me remettra!

Il reprit son gobelet et le porta à ses lèvres avec sensualité.

Mais bientôt il poussa une exclamation de stupeur :

— Grand saint Dominique! mon verre est vide!... Quel prodige est-ce là? Est-ce donc le tonnerre qui a bu mon vin?

Mais se remettant bientôt :

— Je suis fou, sans doute! reprit le religieux. J'ai bu avant le coup de foudre, et je l'avais oublié!

Reprenant le flacon, il remplit de nouveau son gobelet.

Comme il allait le porter à sa bouche, une main lui retint le bras.

Le moine leva les yeux, et, terrifié, il aperçut, immobile devant lui, l'un des deux cadavres qu'il avait mission de veiller.

C'était Fanferdieu, toujours enveloppé de son linceul.

Le malheureux cordelier n'avait pas la force de pousser un cri ni de faire un geste.

Les yeux effarés, la bouche ouverte, il considérait le terrible fantôme.

Celui-ci prit lentement le gobelet de la main tremblante du père Dominique et le vida comme la première fois.

Posant ensuite sa main sur l'épaule du moine, le faux spectre lui dit d'une voix caverneuse :

— Quand on garde les morts, on ne boit pas!

Croupionnet, lui aussi, avait quitté le lit funèbre.

Caché sous son suaire, il vint, à pas comptés, se placer près du bonhomme.

Comme Fanferdieu, il appuya sa large main sur l'épaule du religieux, et de la même voix sépulcrale qu'avait prise son compère, il murmura à l'oreille du moine épouvanté la même phrase que l'autre coquin venait de proférer :

— Quand on garde les morts, on ne boit pas!

Le pauvre vieux voulut pousser un cri...

Mais les hurlements du tonnerre reprirent avec une rage nouvelle et couvrirent aisément la voix du religieux.

Alors, au comble de l'effroi, de la terreur, le bonhomme ferma les yeux et tomba sans connaissance aux pieds des deux coquins.

Fanferdieu avait déjà tiré sa dague pour enlever au vieillard toute velléité d'appeler à l'aide.

Il la replaça sous son linceul, en disant :

— Inutile de saigner le frocard! Devant qu'il revienne à la vie, s'il y revient toutefois, nous serons loin du Châtelet! Sur ce, décampons vite, mon compère, ajouta le drôle en se retournant vers Croupionnet, qui était en train de s'offrir un plein gobelet de vin.

— Eh bien! qu'est-ce que tu fais donc?

— Vous le voyez, monsieur Fanferdieu. J'avais besoin de ça! C'est étonnant comme ça altère d'être mort!

— Allons! allons! ne demeurons pas céans davantage, dit vivement l'autre drôle. Tant que je ne serai pas hors d'ici, je ne serai pas tranquille!

— Dites-donc, monsieur Fanferdieu?

— Que veux-tu?

— Est-ce que nous allons garder nos linceuls? C'est gênant en diable pour jouer des pattes.

Disant cela, Croupionnet fit mine de se débarrasser de l'ample drap blanc qui l'enveloppait.

— Garde-toi bien d'ôter cela! fit Fanferdieu en lui retenant le bras. Si par hasard quelque importun se trouve sur notre route, il nous prendra pour des spectres, pour des fantômes, et sa terreur nous donnera le temps de prendre la poudre d'escampette!

— Soit! conservons nos pelures de déterrés! Quand il sera temps de ne plus être morts, vous me ferez signe!

— Prends l'un de ces cierges et suis-moi!

Ayant ainsi parlé, Fanferdieu s'élança d'un pas rapide dans le large escalier qui conduisait au vieux cabinet prévôtal que connaît le lecteur.

— Nous allons dire adieu à Jean de Marle avant de filer? objecta Croupionnet. Je trouve ça imprudent!

— Eh! non, grand niais! Jean de Marle dort présentement comme un bienheureux et fait les plus doux rêves qui se puissent faire!... Nous allons tout bonnement pénétrer dans son cabinet afin de prendre la clef de l'issue dérobée qui donne sur la vallée de Misère!...

— Fort bien! répliqua Croupionnet, je saisis!

Les deux coquins eurent promptement atteint la longue galerie qui précédait le cabinet prévôtal.

Cette galerie était vide.

— Tu vois que nous sommes ici chez nous! dit Fanferdieu. Toute la clique soldatesque ronfle en ce moment dans la salle basse.

— Mais comment allons-nous pénétrer chez ce cher prévôt? interrogea Croupionnet. Je ne suppose pas qu'il ait laissé sa porte toute grande ouverte à notre intention!

— Avant-hier, mon compère, quand je me suis livré, pour plaire à Maritorne, à la soustraction des deux moutards, j'ai dû entrer en ce cabinet pour pincer les clefs de la tour Basse.

— Eh bien, comment vous y êtes-vous pris?

— Je m'y suis pris comme tout honnête homme doit s'y prendre; j'ai crocheté la serrure, voilà tout!

— Vous aviez donc des outils?

Fanferdieu courut à l'extrémité de la galerie et prit sous un banc de chêne un paquet de ces fausses clefs, connues de temps immémorial sous le nom de *rossignols*.

— Les outils demandés! voilà! dit-il en se dirigeant vers la grande porte du cabinet. Avance un peu ton cierge, fantôme mon ami, et surtout ne mets pas le feu à mes nippes funèbres!

Croupionnet obéit.

En quelques secondes la porte fut ouverte.

— Quelle jolie invention que les fausses clefs! s'exclama Croupionnet extasié.

— Tais ton bec, et marche sur la pointe des pieds! il ne faut pas réveiller le prévôt qui dort!

Les deux coquins s'avancèrent mystérieusement dans la chambre et refermèrent avec précaution la porte derrière eux.

— Nous sommes dans la place! reprit Fanferdieu; maintenant nous sommes sauvés!

— Tu sais où est la clef de la porte Basse?

— Je le sais. Ce soir, quand le prévôt nous a fait appeler, j'ai vu l'objet sur sa grande table.

Il se dirigea vers la table en question.

— La voici! dit-il en s'emparant de la clef.

— Vivat! fit Croupionnet.

— Ne braille donc pas si fort, satané gueulard!... Tu veux donc réveiller Jean de Marle?

— Je n'y tiens pas du tout, au contraire... filons!

Fanferdieu était demeuré près de la table et lisait attentivement un grand parchemin qui s'y trouvait.

— Qu'est-ce que vous regardez donc? demanda Croupionnet.

— Approche un peu la lumière!... C'est cela! c'est bien cela! je ne me trompais pas!

— Qu'est-ce donc que cette paperasse?

— Cette paperasse, mon fils, c'est l'ordre de pendre demain ton ami Fanferdieu et son ami Croupionnet, dès que l'Aurore aux doigts de roses entrebâillera les portes de l'Orient.

— Voyez-vous ça! fit l'autre coquin, il n'y va pas de main morte, ce bon prévôt!

Fanferdieu prit le parchemin, le plia soigneusement et le mit dans sa poche.

— Vous voulez conserver cela comme souvenir?

Fanferdieu ne lui répondit pas.

Il était devenu sombre et sinistre, et sa main tourmentait fiévreusement la poignée de sa dague.

— Ah çà! qu'est-ce que vous avez donc? demanda Croupionnet surpris de l'air soudainement féroce de son compère.

— Ce que j'ai? ce que j'ai? répliqua l'autre à voix basse; j'ai que j'y vois rouge!

— Comment! vous y voyez rouge! fit Croupionnet de plus en plus étonné. Ah! j'y suis, c'est le vin que vous avez bu qui vous monte aux yeux!

— Non, ce n'est pas le vin que j'ai bu, répondit Fanferdieu d'un ton sauvage, c'est le sang que je vais verser !

— Le sang !... Vous voulez verser du sang !... Ce n'est pas le mien, j'espère ?

— Non, triple fou, ce n'est pas le tien !... c'est celui de l'homme qui a signé cet arrêt de mort !

— Quoi ! le prévôt ?

— Eh bien, oui, mille tonnerres ! le prévôt !... Il me hait, cet honnête homme-là, et, tôt ou tard, je finirais par retomber sous ses griffes... je veux me délivrer à tout jamais de son inimitié... Si ce parchemin maudit ne m'était pas tombé sous les yeux, je n'aurais peut-être pas songé à prendre ma revanche... Avant de se livrer au repos, Jean de Marle a cru signer notre condamnation, il se trompait... c'était la sienne !

— Au fait, vous avez peut-être raison, dit Croupionnet. Un magistrat si probe que ça, c'est dangereux pour des gaillards de notre trempe !

— Viens ! reprit Fanferdieu d'une voix sourde.

— Je n'ai pas d'arme, moi ! objecta Croupionnet.

Fanferdieu lui donna sa dague.

— Prends, lui dit-il.

— Et vous ?

— Moi... sois sans inquiétude, j'ai mon affaire !

Ayant ainsi parlé, il se dirigea vers la fenêtre qui donnait sur la vallée de Misère, et, d'une main assurée, enleva une énorme barre de fer qui servait à maintenir les contrevents.

— Avec ce joujou je commencerai l'attaque ! S'il a l'air de se rebiffer, tu tomberas dessus à coups de dague !

— Par où prend-on pour se rendre à la chambre à coucher du particulier ?

Fanferdieu désigna une porte que recouvrait une épaisse tenture :

— Par là, dit-il.

— Pourvu qu'il soit seul ! murmura Croupionnet.

— Il est toujours seul. C'est une espèce de sauvage, qui vit comme un ours, et qui ne veut jamais avoir auprès de lui le moindre laquais... Il n'a peur de rien, à ce qu'il dit... Nous allons lui prouver qu'il a tort.

Il écarta doucement la draperie sans difficulté aucune, il entr'ouvrit la porte, qui n'était même pas fermée à clef.

— Tu vois ! reprit Fanferdieu, ce cher prévôt néglige à dessein les précautions les plus élémentaires.

Les deux coquins traversèrent une première pièce toute encombrée de livres et de manuscrits.

C'était la bibliothèque de la prévôté.

Sur leur passage, nos hommes faisaient fuir des hordes innombrables de souris et de rats.

— Désolé de vous déranger ! dit Fanferdieu en riant ; mais c'est pour affaire urgente !

Ils atteignirent enfin la porte de la chambre à coucher.

— C'est ici qu'il s'agit de ne pas faire de boulettes ! La plus grande dextérité est de rigueur.

Tout en parlant, Fanferdieu assurait dans sa main l'énorme barre de fer dont il s'était armé.

— Pourvu, ajouta-il, que cette porte-ci ne soit pas plus fermée que l'autre.

Son espoir se réalisa.

Ladite porte n'était ni verrouillée ni fermée à clef.

Jean de Marle avait un profond mépris du danger, et ce mépris avait sa raison d'être :

En son Châtelet, qu'avait-il à craindre?

Les deux coquins franchirent le seuil de la chambre, et ce, avec des précautions telles, que le prévôt, qui sommeillait, ne tressaillit même pas sur sa couche.

Nos hommes marchèrent à bas bruit vers le lit.

Le tonnerre n'avait pas cessé de gronder durant tout le temps qu'avait duré la scène précédente.

Comme Fanferdieu brandissait déjà sa masse de fer sur le crâne nu du prévôt, un formidable coup de foudre éclata soudainement et réveilla Jean de Marle en sursaut.

Instinctivement les deux assassins se reculèrent de quelques pas et baissèrent leurs armes.

Le prévôt s'était dressé sur son séant, et ses regards stupéfiés se portaient en même temps sur ces deux inconnus, vêtus de grands linceuls blancs, qui se tenaient au milieu de sa chambre.

— Que veut dire ceci, mes maîtres ? demanda-t-il. Quelle comédie est-ce là ?... Prenez-vous Jean de Marle pour un enfant ou pour une femmelette, que vous pensiez l'effrayer avec vos oripeaux de l'autre monde ?... Qui êtes-vous ? parlez.

Les deux coquins demeurèrent immobiles et muets.

— Vous ne répondez pas ! reprit le prévôt en sautant à bas de sa couche. De par Dieu ! je saurai qui vous êtes !

A ces mots, il marcha droit à Fanferdieu.

Celui-ci s'attendait à ce mouvement.

Lorsque Jean de Marle ne fut plus qu'à quelques pas de lui, il écarta brusquement son linceul et leva son arme terrible.

— Fanferdieu ! cria le prévôt.

Mais il ne put en dire davantage.

En même temps qu'il reconnaissait le bandit, la barre de fer lui fracassait le front.

Le malheureux s'abattit sur le parquet comme une masse inerte, la face sur le sol, les bras étendus et la tête ensanglantée.

— Ce qui prouve que nous sommes tous mortels !

reprit Fanferdieu avec un ignoble cynisme. Maintenant, poursuivit-il en poussant du pied le corps de Jean de Marle, si je suis pendu, tu n'auras pas le plaisir du moins de me voir gigotter au bout de ma ficelle.

— Est-il bien mort au moins? reprit Croupionnet en se baissant vers Jean de Marle.

— Si tu en doutes, répliqua l'autre, achève-le!

Croupionnet souleva le cadavre et lui plongea sa dague dans le cœur.

— Maintenant s'il en revient, dit-il en se relevant, il y mettra de l'obstination!

— Reprends ton lumignon et plus vite que bise!

Avisant sur un meuble l'escarcelle du prévôt, il prit les quelques pièces d'or et d'argent qui s'y trouvaient et les fit disparaître dans sa poche :

— Serrons la monnaie du monsieur! dit-il ensuite. C'est vrai, il y a tant de voleurs à Paris, qu'il ne faut jamais rien laisser traîner!

Les deux bandits eurent promptement regagné le cabinet prévôtal.

Ils coururent au panneau mobile qui servait de porte de communication entre la chambre et le palier, au bout duquel se trouvait l'escalier qui conduisait à la vallée de Misère.

Bientôt nos hommes-fantômes eurent atteint la dernière marche.

Fanferdieu mit dans la serrure de la porte Basse la clef qu'il avait prise dans le vieux cabinet.

— Dieu soit loué! dit Croupionnet joyeusement. Maintenant, nous n'avons plus rien à craindre et je peux éteindre ma chandelle!

— Arrête, malheureux! répliqua vivement Fanferdieu qui venait d'entrouvrir la porte Basse. Garde ta torche funèbre au contraire, et redeviens plus spectre que jamais!

— Pourquoi?

— Pourquoi? parce qu'un archer est en faction devant cette issue!

— Un archer!

— Oui! Encore une nouvelle idée de ce prévôt de malheur!

— Et vous êtes sûr de ce que vous dites?

— Parbleu! je vois briller sa pique dans les ténèbres et sa carapace d'acier!

— Ouais! fit Croupionnet, rebroussons chemin alors!

— Impossible! répliqua Fanferdieu en prêtant l'oreille, j'entends là-haut un mouvement qui ne me semble pas naturel!... Le frocard est revenu à lui sans doute, il a bavardé, et l'on est à notre poursuite!

— Que faire alors?

— Il faut fuir quand même!

— Fuir! mais l'homme de garde!...

— Il nous prendra pour des âmes en peine et nous laissera passer!... Et puis, s'il veut faire le méchant, nous lui répondrons sur le même ton!

Ce disant, il ouvrit toute grande la porte Basse qui grinça lugubrement sur ses gonds.

A ce bruit, l'archer cria :

— Qui vive?

Mais à la vue des deux fantômes, le pauvre diable, saisi d'une terreur indicible, se prit à fuir en poussant des cris effarés qui se mêlaient aux furieux rugissements de la tempête.

— Arrière!... arrière, hurlait l'archer en courant sur la grève. *Vade retro, Satanas!*

Mais les deux spectres s'étaient élancés hors du Châtelet.

Si bien que le soldat, fou d'épouvante, ne trouva rien de mieux, pour éviter la flamme infernale qui brillait dans la main de l'un des fantômes, que de se précipiter dans le fleuve.

— Un idiot à la mer! dit Fanferdieu en partant d'un éclat de rire. Maintenant, éteins ton lumignon, mon fils, et prends tes jambes à ton cou!

Les deux bandits se livrèrent à la fuite la plus furieuse, la plus désordonnée qui se fût jamais vue.

Heureusement pour eux, l'effroyable orage qui ne discontinuait pas faisait de toute la ville une vaste solitude, si bien que, sans encombre, ils purent passer les ponts et gagner les abords de la porte Saint-Marcel.

Dans sa course vertigineuse, Fanferdieu avait perdu son suaire, et le drôle était trempé jusqu'aux os.

Croupionnet avait conservé le sien; mais il n'en valait guère mieux pour cela, au contraire.

Harassé, brisé, anéanti, il se laissa tomber au pied d'une croix de pierre qui s'élevait au milieu d'un carrefour.

— Mort diable! lui dit Fanferdieu, est-ce que tu as l'intention de coucher là, espèce de fesse-mathieu?... Avec tes loques trempées qui te collent aux reins, tu me fais l'effet d'une vieille femelle qu'on vient de repêcher!

— Ah! monsieur Fanferdieu, je suis bien mal en point, je vous assure!... J'ai froid comme dans un bois, et pourtant je suis en nage!... C'est bête de faire des courses pareilles par un temps semblable! C'est comme ça qu'on attrape des maladies de poitrine!

— Je te conseille de geindre! interrompit Fanferdieu. Si tu étais resté au Châtelet, tu aurais été bien plus malade que ça tout à l'heure, je t'en réponds!...

— C'est juste! murmura Croupionnet. La potence!... Ah! cette pensée me rend mon courage et mes jambes! Filons de rechef!... Où allons-nous?

— A Fontainebleau, parbleu! auprès de Maritorne!

— Tout de suite?

Le pauvre Mailleux tomba sur les degrés de l'église en poussant un cri d'angoisse.

— Tout de suite !

— Eh bien ! mais il ne fait pas encore jour et les portes ne sont pas ouvertes.

— J'ai pincé sur la table prévôtale, en même temps que notre arrêt de mort, un laissez-passer parfaitement en règle, au nom d'un certain gentilhomme lyonnais et de son écuyer !

— Vous pensez à tout, monsieur Fanferdieu ! décidément vous êtes un homme bien remarquable !

— Remarquable, soit, mais qui ne tient pas à être remarqué, surtout pour le quart d'heure ! Jette donc dans le ruisseau ton linceul funèbre et suis-moi chez le prochain fripier ! Il est urgent de nous vêtir dorénavant d'une façon plus congrue !

— Et du quibus pour payer nos frusques ?

Fanferdieu tira de sa poche l'or qu'il y avait insinué après le meurtre de Jean de Marle.

— Du quibus ! dit-il ensuite, en voici.

— D'où diable vous viennent ces gentilles médailles ?

— Je les ai cueillies dans l'escarcelle de ce cher prévôt, tandis que tu avais le dos tourné !

Croupionnet était enthousiasmé :

— Quelle présence d'esprit !... Vous n'êtes pas seulement remarquable, monsieur Fanferdieu ! vous êtes sublime !

— Je ne dis pas non ! mais trêve à ces coups d'encensoir et filons rue Mouffetard, chez le fripier en question.

Croupionnet hésitait à abandonner son linceul.

— C'est malheureux de perdre cette belle toile-là ! dit-il. On pourrait s'en faire des mouchoirs !

— Bah ! bah ! ta manche te reste !

— C'est juste ! répliqua l'autre.

Et, sans plus d'observations, il jeta loin de lui son drap mouillé.

Peu après, nos deux hommes frappaient à coups redoublés à la porte du fripier de la rue Mouffetard.

Celui-ci, au bout d'un long temps, se décida à entr'ouvrir sa porte.

— Qu'est-ce ? qu'y a-t-il ? grommela le vieux marchand.

— C'est moi, père Corbillon ! répondit Fanferdieu. Mon jeune ami et moi, nous avons à faire cette nuit même un petit voyage par ordre du prévôt, et nous venons quérir en vos magasins de bons manteaux bien doublés, qui nous permettent de braver l'orage!

Le père Corbillon reconnut la voix de Fanferdieu et s'empressa d'ouvrir toute grande sa porte qu'il avait tenue jusqu'alors seulement entre-bâillée.

Bientôt après, nos deux coquins, vêtus à neuf, se présentaient hardiment à la porte Saint-Marcel, que l'on appelait aussi porte Bordet ou porte Bordelle.

Devant leur laissez-passer, les soldats de garde s'inclinèrent et leur livrèrent passage sans la moindre hésitation.

Quand Fanferdieu et son complice virent le pont-levis se relever derrière eux, ils se prirent tous les deux par la main et dansèrent follement au milieu de la route :

— Enfoncés la potence et les potenciers! criait le premier.

— Enfoncés la prévôté et les prévôts! disait l'autre.

Une heure plus tard, nos deux chenapans étaient attablés dans une hôtellerie de Conflans-lès-Paris.

Ce n'était pas, comme bien on pense, l'auberge du *Grand-Bacchus*.

Les assassins de Jacques d'Aunay avaient de fortes raisons pour ne plus reparaître en cet établissement.

Les deux bandits étaient encore en train de manger et de boire lorsque le jour commença à poindre.

— Dis donc, eh! Croupionnet, mon fils! dit Fanferdieu à voix basse à son camarade, quand je pense qu'en ce moment nous devrions être sur la route de Montfaucon, ça me donne de furieuses envies de rire!

— Moi! ça me fait froid dans le dos! répondit Croupionnet.

— Eh! tu as toujours froid quelque part! toi, espèce de poule mouillée!

— Que voulez-vous! c'est plus fort que moi! Il me semble, à tout instant, que la porte va s'ouvrir pour livrer passage aux gens du roi!

Comme il disait ces mots, le galop d'un cheval se fit entendre sur la grand'route.

Les deux bandits dressèrent l'oreille.

— As pas peur, dit ensuite Fanferdieu, ça ne vient pas du côté de Paris.

Le cheval s'arrêta bientôt devant l'hôtellerie.

Puis la porte s'ouvrit et, sur le seuil, un voyageur apparut.

Fanferdieu et Croupionnet ne purent retenir une exclamation de surprise.

Le cavalier n'était autre que Buridan.

IX. — QUI SE PASSE DANS L'HÔTELLERIE DE CONFLANS-LÈS-PARIS.

Buridan, pour quitter le Châtelet, avait, on s'en souvient, sur l'invitation du prévôt lui-même, repris son froc de cordelier, et sur ses yeux avait rabattu son capuchon.

Tout étourdi, tout émerveillé encore du dénoûment inattendu de son entretien avec Jean de Marle, notre étudiant, avant de prendre la route de Fontainebleau, avait gagné la Cité d'un pas rapide.

Après s'être bien assuré que nul ne l'avait suivi, il s'était engagé dans la rue de la Juiverie et, précipitamment, il avait franchi le seuil d'une échoppe de brocanteur tout encombrée de vieux meubles, de pièces d'étoffe, de vêtements neufs ou surannés, d'armes de tous pays, de bijoux de toute sorte, en un mot de mille et un bibelots, provenant de mille et une sources différentes.

Cette échoppe était surmontée d'une enseigne représentant le sacrifice d'Abraham.

C'était la demeure du père Ismaël, celui-là même que nous avons présenté une fois déjà à nos lecteurs comme grand maître des juifs.

Le vieillard se tenait seul en son capharnaüm.

A la vue de Buridan, il poussa un cri de joie et quitta son comptoir pour courir au-devant du jeune homme.

— Ah! béni soit le ciel qui te ramène céans, mon cher fils, lui dit-il, je tremblais, et les nôtres tremblaient comme moi qu'il ne te fût advenu quelque malheur!

— Père, répondit Buridan, malheur m'est advenu en effet, mais bonheur en même temps!...

Le vieillard voulut l'interroger.

— Je vais tout vous dire, répondit l'étudiant, à vous et aux nôtres! venez!

En ce moment, le couvre-feu sonna.

Ismaël s'empressa de mettre les contre-vents à sa boutique.

Lorsque tout fut hermétiquement clos, il ouvrit une petite porte dissimulée derrière le comptoir.

— Viens! dit-il ensuite à Buridan. Ils sont là-haut! ils t'attendent!

Le vieillard et l'étudiant gravirent un étroit escalier au haut duquel se trouvait une sorte de palier sans ouverture aucune ou du moins sans ouverture visible.

Ismaël s'agenouilla sur le sol, et, le front appuyé sur la muraille, s'écria à trois reprises différentes :

— Dieu d'Abraham, soyez béni!

Comme le « Sésame, ouvre-toi! » des contes arabes, ces mots trois fois répétés firent soudainement s'écarter le mur du palier.

Buridan et le vieillard pénétrèrent alors dans une vaste chambre éclairée par le haut.

Cette chambre, meublée avec un luxe inouï et qui renfermait d'incalculables richesses, servait d'abri à Buridan et à ses compagnons d'infortune depuis que, de leurs propres mains, ils avaient incendié la petite masure qui leur servait de gîte jusqu'à la visite de Jean de Montigny.

Cramignole, Cornélius, Isaac Golden et le petit Mailleux étaient là réunis.

Inutile de dire que tous avaient repris leur physionomie véritable.

Mailleux avait seul gardé ses deux bosses, et pour cause.

Leur joie fut grande en revoyant Buridan.

Tous lui pressèrent les mains et l'embrassèrent bien fort.

Cramignole surtout ne se sentait pas d'aise.

— Mon cher seigneur, disait le bonhomme avec attendrissement, c'est vous, enfin!... Quelle journée vous nous avez fait passer, *bone Deus!*

— La journée fut dure aussi pour moi, mon vieil ami!... répondit Buridan avec amertume, et le jour de demain sera plus dur encore!

A ces mots, tous pâlirent soudainement et demeurèrent muets.

Ils comprenaient qu'un grand malheur était advenu à leur jeune capitaine; mais ils n'osaient l'interroger.

Buridan leur fit connaître en quelques mots la triste vérité.

— Oui, mes amis, dit-il en terminant, au moment même où Dieu me rend mes fils, je retombe aux mains de mes ennemis!...

— Sang et tonnerre! s'écria Cramignole, ferez-vous donc la folie de retourner au Châtelet?

— Je l'ai juré!

— Bah! ces serments-là ne doivent pas se tenir!

— J'ai juré sur mon honneur et sur la mémoire de mon père!... Ces serments-là se tiennent! ajouta le jeune homme avec fermeté.

— Par les os de Moïse! s'exclama Isaac Golden à son tour, quand je devrais étrangler de mes propres mains le prévôt de Paris, je jure, moi, mon cher neveu, que tu ne retourneras pas au Châtelet.

— Vous vous trompez, Isaac, répliqua Buridan, Jean de Marle est un juste... Jean de Marle est un grand cœur... Il a eu pitié de mes larmes; il me permet d'embrasser mes enfants avant d'être livré au supplice, je veux que cet honnête homme soit à jamais sacré pour tous!... Si l'un d'entre vous osait, pour me sauver, attenter à ses jours; j'irais moi-même au roi de France et je lui dirais : « Me voici, prends-moi! »

Cramignole et les autres supplièrent le jeune homme de renoncer à son dessein.

Ils se jetèrent à ses pieds et les baignèrent de larmes.

Ce fut en vain.

Buridan fut inébranlable.

— Ce que j'ai dit est dit! leur dit-il en leur serrant la main. N'insistez pas, ou je croirais que vous me méprisez! Maintenant, dit-il, embrassez-moi pour la dernière fois, camarades, car nous ne nous verrons plus!

Lorsque tous l'eurent, en sanglotant, pressé sur leur cœur, Buridan se tourna vers le vieil Ismaël :

— Maître, lui dit-il, remerciez en mon nom tous les juifs de Paris! Ils ont eu, pour moi et pour mes frères de proscription et de misère, un dévouement sans borne! Dieu les en récompensera un jour!... Adieu! adieu!

Ayant, une fois encore, embrassé ses amis :

— Ne pleurez pas, reprit le jeune homme en souriant, ne plaignez pas mon sort! je suis heureux! je vais revoir mes enfants, les enfants de ma pauvre Geneviève!

Tous voulurent demeurer avec Buridan jusqu'au moment fatal;

L'étudiant s'y opposa :

— Ces adieux déchirants ne doivent pas se renouveler... ils émousseraient mon courage, et je ne le veux pas!

Cramignole et les autres baissèrent la tête.

Ils comprenaient que Buridan avait raison.

Ce dernier remplaça son froc de moine par un ample manteau de voyage, et prit congé de ses amis.

Comme il mettait le pied dans la rue, l'orage commençait à se déchaîner.

— Dussé-je passer à travers un fleuve de feu, dit-il, je ne m'arrêterai pas!

Dans une auberge de la Cité, il se procura une monture, et prit au galop la route de Fontainebleau.

Il va sans dire que Jean de Marle lui avait donné un laissez-passer qui lui permit de quitter Paris sans être inquiété.

Que s'était-il passé à Fontainebleau?

Quelle avait été l'issue du voyage de notre héros?

C'est ce que la scène suivante va faire connaître à nos lecteurs.

Buridan venait donc de pénétrer dans l'auberge de Conflans.

Il semblait accablé, anéanti.

— Mon ami, dit-il à l'hôtelier, prenez soin de mon cheval, je vous prie!... Le pauvre animal est exténué de fatigue et ne pourrait marcher plus longtemps. Quelques instants de repos lui sont indispensables!... Allez.

— Mais vous, messire, n'avez-vous besoin de rien?

— Allez! allez! mon ami, vous vous occuperez de moi tout à l'heure!

L'hôtelier s'inclina et quitta la salle basse, tandis que Buridan s'approchait de la haute cheminée dans laquelle quelques brassées de sarment achevaient de se consommer.

Le jeune homme se laissa tomber plutôt qu'il ne

s'assit sur un banc de bois placé devant l'âtre et se prit à regarder d'un œil distrait les dernières étincelles qui s'échappaient des cendres.

— Voilà la vie! murmura-t-il. Un peu de bruit... un peu d'éclat... puis tout est fini!... Eh! reprit-il avec une sourde colère, que tout finisse donc et que ce soit chose dite!... Souffrir... toujours souffrir!... mieux vaut la mort!

Aussitôt après la sortie de l'hôtelier, Fanferdieu s'était levé de table et s'était doucement approché de l'étudiant.

Après l'avoir considéré quelques secondes en silence, il se pencha vers lui et murmura à son oreille :

— Messire Buridan, est-ce vous?

Celui-ci se leva vivement.

— Qui m'appelle?

— C'est bien lui! s'exclama Fanferdieu avec joie. Eh bien! parole sacrée, ça me fait plaisir de vous voir sain et sauf!

— Qui donc êtes-vous? demanda le jeune homme.

Fanferdieu enleva l'énorme chaperon qui cachait son visage.

— C'est moi, monseigneur! reprit le chenapan. Prêt à vous servir, si vous le voulez bien!

— Fanferdieu!... murmura Buridan. Allons! vous avez pu vous échapper... tant mieux pour vous!

— Grâce à votre coutelas, monseigneur, réplique le coquin, notre évasion s'est opérée comme de cire. Mais ce qui me réjouit fort, c'est que vous aussi, vous avez pu filer de ce gueux de Châtelet!

— Oui, répondit Buridan avec un triste sourire.

— Eh bien! continua Fanferdieu, vous revenez de là-bas, de Fontainebleau?... Et les moutards... et Maritorne, vous les avez vus?...

— Non! répliqua l'étudiant avec désespoir.

— Vous n'avez pas trouvé la maison?

— La maison de Jacques d'Aunay était vide!

— Pas possible!

— Le matin même, la servante était partie avec les deux enfants aussitôt après le départ de Jacques d'Aunay. Un vieux jardinier et sa femme gardent seuls présentement cette demeure. Ce sont eux qui m'ont appris cette nouvelle qui me tue!

— Et ces gens ignorent où Maritorne a filé? interrogea Fanferdieu.

— Ils l'ignorent! Je leur ai offert de l'or, je les ai conjurés de tout me dire, ils m'ont juré qu'ils ne savaient rien!

— Mille millions de tonnerres! s'écria Fanferdieu. Que m'apprenez-vous là! Maritorne en fuite!

Groupionnet s'était, lui aussi, approché de Buridan.

— Eh bien, nous voilà propres! grommela-t-il. Nous qui comptions nous retirer à Fontainebleau pour la fin de nos jours!...

— Monseigneur, reprit Fanferdieu avec assurance, ne vous désolez pas! je retrouverai Maritorne, c'est moi qui vous le dis!... Que diantre! une gaillarde de ce calibre ne peut se cacher dans un trou de souris!... Quand je devrais fouiller toutes les villes, tous les villages et tous les bourgs du royaume de France, je vous garantis que je dénicherai mon amante! Ce que j'en ferai, ce sera un peu pour moi, je vous l'avoue, car enfin j'ai un faible pour cette femme forte; mais ce sera beaucoup pour vous, monseigneur! car vous m'avez sauvé du gibet, et, foi de gredin, je tiens à vous faire une gracieuseté en vous rendant vos héritiers!

— Si jamais vous retrouvez mes fils, interrompit Buridan en secouant la tête, je ne pourrai les embrasser, moi!... il sera trop tard!

— Comment, il sera trop tard! quelle heure croyez-vous donc qu'il sera?

— Il est trop tard, te dis-je! car la prison m'attend et l'échafaud me réclame!

— La prison vous attend, je ne dis pas le contraire! l'échafaud vous réclame, je n'en disconviens pas! Mais, ça n'empêche pas les sentiments!... M. Groupionnet et moi, nous sommes exactement dans le même cas que Votre Seigneurie!... Seulement nous laisserons la prison et l'échafaud nous réclamer sans nous soucier en quoi que ce soit de leurs réclamations!... Vous êtes libre présentement autant que nous le sommes nous-mêmes... Vous n'avez qu'à vous tenir sur vos gardes et à ne plus vous laisser pincer!

— Je n'ai quitté le Châtelet qu'en jurant d'y rentrer ce matin même!... Le jour commence à poindre et je pars!... Si jamais il vous est donné de voir mes fils, dites-leur que je suis mort en pensant à eux et en les bénissant!

A ces mots, Buridan fit quelques pas vers le hangar où l'hôtelier venait de conduire sa monture.

Fanferdieu retint l'étudiant par le bras.

— Pardon, excuse, mon gentilhomme; mais, sans vous commander, je n'ai pas saisi le sens de vos paroles! Vous rentrez au Châtelet, avez-vous dit?... Serait-il indiscret de vous demander avec quel particulier vous avez rendez-vous de si bon matin?

— Jean de Marle ne m'a octroyé ma liberté qu'en échange de ma parole, que je lui ai donnée, de revenir moi-même reprendre mes chaînes!.. Comprenez-vous, maintenant, pourquoi je suis à jamais séparé de mes enfants? Adieu! adieu!

Fanferdieu l'arrêta de nouveau.

— Eh là! là! mon gentilhomme, ne vous pressez pas si fort, que diable! la foire n'est pas sur le pont!... Quant à Jean de Marle, il vous attendra sans impatience aucune, c'est moi qui vous le dis.

Buridan considéra le coquin d'un œil étonné.

— Que signifie ceci, mon maître?

— Cela signifie, repartit Fanferdieu, que Jean de Marle est mort cette nuit même, et que, par conséquent, le serment que vous lui avez fait est mort en même temps que lui.

— Sang du Christ! s'exclama l'étudiant.

— Eh bien, quoi? est-ce que ça vous chagrine, par hasard? Réjouissez-vous, au contraire, son trépas vous rend la liberté! car, d'après ce que vous venez de dire, vous seriez allé, par grandeur d'âme, vous refourrer tout vif dans la gueule du loup! Vous êtes, comme l'on dit, un homme d'honneur!... A mon sens, vous auriez fait une lourde sottise!... Mais moi j'avoue que j'ai une manière de voir qui n'est pas celle de tout le monde!

— Jean de Marle mort! reprit Buridan, qui ne pouvait croire encore que ce qu'il venait d'entendre fût la vérité.

— Mon Dieu, oui, mort! répliqua Fanferdieu.

— On ne peut plus mort! dit à son tour Croupionnet.

L'étudiant considéra l'un après l'autre les deux bandits.

— Il est mort assassiné, n'est-ce pas? murmura-t-il ensuite.

— Oui, répondit Fanferdieu avec une sombre joie, assassiné par deux hommes condamnés par lui à la peine de mort!

Tirant brusquement de son escarcelle l'arrêt signé par le prévôt de Paris :

— Si vous voulez, messire, connaître les noms des deux meurtriers, ces noms sont inscrits sur le parchemin... Lisez.

A ces mots, il déplia le papier et le mit sous les yeux de l'étudiant.

— Oh! c'est horrible! murmura celui-ci après avoir lu.

— Horrible!... allons donc! reprit Fanferdieu. Si nous n'en avions pas fini cette nuit avec Jean de Marle, il nous aurait repincés demain!... C'était une lutte à mort engagée entre lui et nous!... Il a été vaincu! tant pis pour sa peau!

— Malheureux! reprit Buridan, qu'avez-vous fait?

— Ah! vous êtes trop sensible, mon gentilhomme. Sacrebleu! depuis le temps qu'on vous fait des misères, vous devriez au moins être un peu endurci!... Est-il besoin de pousser tant d'hélas parce qu'un prévôt va voir là-haut si j'y suis!... Du reste, ce n'est pas pour dire, continua le coquin en se mettant à rire, mais les prévôts du roi n'ont pas trop d'agrément depuis hier. Le matin, vous en faites décapiter un; le soir, j'en escofle un autre!... A qui le tour maintenant?... Messieurs les prévôts, prenez vos numéros.

— Jean de Montigny était un infâme! répliqua Buridan, et, parce qu'il était infâme, je l'ai puni!... Mais Jean de Marle était l'honneur et la vertu même!

— Bien obligé! interrompit Fanferdieu, avec tout son honneur et toute sa vertu, il voulait me faire pendre!

— Et moi aussi, ajouta Croupionnet.

— Oh! toi, répliqua l'autre coquin, tu ne l'aurais pas volé!... car, entre nous, tu ne vaux pas cher, et quand ça ne serait qu'à cause de ton vilain mufle, tu as mérité cent fois d'être estourbi!

— Grand merci, fit Croupionnet en saluant, vous êtes bien honnête!

— Quoi qu'il en soit, reprit Fanferdieu, ce qui est fait est fait, et, Dieu merci, il n'y a plus à revenir sur tout cela. Le prévôt n'est plus, qu'il aille au diable! n'en parlons plus et occupons-nous de nos affaires... Dès ce soir, je me mets à la recherche de Maritorne; si je la retrouve, je vous en fais part!...

— Allez donc, dit Buridan, et prenez cet or!

— Ce n'est pas de refus, riposta le bandit en empochant une dizaine de livres parisis que lui offrait l'étudiant. J'ai emprunté quelque menue monnaie à ce cher prévôt... mais ça sera vite dépensé!... les voyages coûtent cher!... Où vous retrouverai-je, monseigneur, si mes perquisitions aboutissent à quelque chose?

Écoute, reprit Buridan, le jour où, Dieu aidant tu auras retrouvé la trace de ceux que je pleure, trace avec ton poignard, sur la porte des tours Notre-Dame, quatre croix à la suite l'une de l'autre!... Chaque soir, je me rendrai à l'église, ou, si je ne viens pas, quelqu'un des miens viendra à ma place! Le lendemain du jour où je serai informé de ta présence, au moment même où les trompettes du guet royal annonceront le lever du soleil, trouve-toi sur la place du Parvis. Alors un homme viendra à toi et te dira ce seul mot : Fénestrange. Tu répondras Lorraine; et l'homme te suivra!

— Cet homme ne sera donc pas vous, messire?

— Moi ou un autre, qu'importe! répondit Buridan. tu mettras alors cet homme en présence des deux enfants, et ceci fait, cent livres parisis te seront comptées!

— Cent livres parisis! s'exclama Fanferdieu émerveillé.

— Cent livres parisis! dit à son tour Croupionnet. Part à deux, hein, pas vrai?

— Nous verrons ça, si tu es sage!

— Je compte sur toi! reprit Buridan.

— Et moi sur vous! mon gentilhomme. Je vous rendrai vos mioches ou j'y perdrai mon nom!

En ce moment, l'hôtelier reparut.

Les trois hommes se séparèrent vivement.

Fanferdieu et Croupionnet se remirent à leur table et l'étudiant regagna son banc.

— Monseigneur, dit l'hôte en s'adressant à ce dernier, votre monture est dans un piètre état, et devant qu'elle se puisse remettre en route, elle a, je pense, besoin de plusieurs heures de repos.

— Soit ! répliqua Buridan, prenez tout le temps nécessaire !

— Dois-je préparer un repas pour Votre Seigneurie ? demanda l'aubergiste.

— C'est inutile ! je vais sur l'heure rentrer en ville.

— Ah ! fit le bonhomme désappointé.

Mais son désappointement fit place à la satisfaction la plus parfaite lorsqu'il vit Buridan fouiller dans son escarcelle.

— Tenez ! lui dit l'étudiant en lui mettant en main une pièce d'or, voici pour vos soins !

— Oh ! Monseigneur... mon prince... fit l'hôte en s'inclinant jusqu'à terre. Ah çà ! mais, dit-il en se relevant, et votre cheval ?

— Mon cheval ! repartit l'étudiant, vous le donnerez au compère que voici !

Tout en parlant, il désignait Fanferdieu.

Ce dernier se leva vivement :

— J'accepte, monseigneur, et je vous rends mille grâces ! Décidément, ajouta-t-il à part lui, c'est un aimable homme que ce Buridan. Sa générosité me va à l'âme !...

— Ce Fanferdieu a toutes les chances ! grommela Croupionnet avec jalousie. Voilà qu'il a un cheval maintenant !... Moi, je n'ai pas seulement un petit âne !

Buridan, avant de s'éloigner, murmura ces mots à l'oreille de Fanferdieu :

— Si Dieu le permet, nous nous reverrons tantôt !... Au moment de nous quitter, veux-tu me faire une promesse ?

— Une promesse !... Dame, c'est selon. De quoi s'agit-il ?

— Jure-moi, reprit l'étudiant, de ne plus assassiner !

— Eh bien ! ma foi, je ne vous dis pas non ! Il y a si longtemps que je suis un gredin, que ça ne m'amuse plus !... Je vais devenir un peu honnête pour voir, ça me changera !

Peu après, Buridan reprenait pédestrement la route de la capitale.

Avant de rentrer en ville, il eut grand soin toutefois de se couvrir le visage d'un masque noir.

Une heure plus tard, il était dans la mystérieuse demeure du juif Ismaël, et ses amis accueillaient son retour avec des transports de joie impossibles à décrire.

Dans le même moment que l'étudiant mettait le pied dans l'échoppe de la Cité, Fanferdieu et son complice quittaient l'hôtellerie où nous les avons laissés.

Fanferdieu avait bravement enfourché la bête de Buridan, et Croupionnet le suivait à pied d'un air maussade et rechigné.

— Croupionnet, mon ami, lui dit l'ex-policier en se retournant, vous avez, ce matin, une mine longue d'une aune ! qu'avez-vous, je vous prie ?

— J'ai... j'ai, riposta l'autre, que j'ai l'air de votre domestique et que ça m'humilie !

— Tudieu ! vous devenez acariâtre, mon bon !

— Tiens ! c'est vrai, vous vous carrez sur un bon cheval tandis que je patauge dans la crotte !

— N'est-ce que cela ? Je consens à te payer une monture !... La première rosse que nous allons trouver, je te l'achète... pourvu toutefois que ce soit dans les prix doux !

Et pour se procurer le destrier en question, nos deux drôles se prirent à parcourir tout le village.

Mais, ils eurent beau faire, ils ne purent découvrir en tout et pour tout, qu'une pauvre ânesse étique qu'un vieux paysan consentit à leur vendre.

— Ton baudet est laid à faire peur et maigre comme un clou, dit gaiement Fanferdieu ; mais c'est égal, il a l'air d'un bon enfant !...

Croupionnet, tout en grognant, finit par monter sur son âne.

— Ventre de loup ! quelle échine osseuse ! maugréa-t-il.

— Bah ! bah ! tu t'y feras ! riposta Fanferdieu.

Après avoir considéré un instant l'homme et la bête :

— Eh bien ! mais je t'assure que tu n'es pas mal du tout comme ça !... Tu sembles fait pour ton ânesse, et ton ânesse faite pour toi !

— Décidément, il m'agace avec ses plaisanteries, celui-là ! pensa Croupionnet. Un de ces quatre matins, ajouta-t-il en lui-même, en lançant à son compagnon un regard haineux, je te revaudrai tout ça !

Puis, à voix haute :

— En définitive, où allons-nous ? demanda le coquin.

— D'abord à Fontainebleau...

— Et ensuite ?

— Ensuite ?... Ma foi, je n'en sais rien... l'amour me guidera.

Et les deux bandits, talonnant leurs montures, quittèrent bientôt Conflans et gagnèrent la grande route.

X. — OU L'ON APPREND CE QUI SE PASSA DANS LE ROYAUME DES LIS DURANT LES TREIZE ANNÉES QUI SUIVIRENT L'EXÉCUTION DE MONTIGNY, LE MEURTRE DE JEAN DE MARLE ET LES AUTRES SCÈNES RACONTÉES DANS LES PRÉCÉDENTS CHAPITRES.

Laissons Buridan et ses fidèles compagnons dans leur mystérieuse retraite de la rue de la Juiverie, laissons maître Gaétan Fanferdieu et son complice parcourant les villes, les villages et les bourgs dans le but de retrouver Maritorne et les deux fils de l'étudiant, et disons quels événements se passèrent en France durant les treize années qui suivirent notre dernier chapitre, c'est-à-dire depuis 1291 jusqu'en 1304.

Ce récit, purement historique, est de toute indispensabilité.

Nous aurons soin, du reste, de le faire aussi simple, aussi succinct que possible.

Nous avons vu Philippe le Bel, marié à dix-sept ans, absorbé par les plaisirs de son âge et foulant tout sous ses pieds pour satisfaire ses ardentes passions.

Nous l'avons vu encore, peu soucieux du renom de chevalerie, préférant à la gloire des armes les joies folles de l'orgie, les terribles jouissances du jeu et les enivrements de la luxure.

Mais la société des courtisanes n'était pas la seule qu'il recherchât.

Chose vraiment étrange ! anomalie singulière ! Philippe aimait à s'entourer « de légistes pâlis sur les *Pandectes* ; il écoutait avidement leurs paroles ; il apprenait avec eux la théorie de l'absolutisme, dont l'instinct était inné dans son âme. »

Ainsi parle Henri Martin.

« On ne le connaît point comme saint Louis, ajoute l'historien, par les récits de ses amis et de ses familiers ; les arides chroniqueurs de son règne n'en savent ni n'en osent tant dire sur son compte ; on ne le connaît que par ses actes, et le vague même où les historiens contemporains laissent ses mœurs et ses sentiments privés, a quelque chose qui effraye et qui glace.

« Pas un mot, pas un trait qui indique si cet homme a eu un cœur et des entrailles. »

Le faste de la cour, l'accroissement perpétuel du corps des légistes et de l'armée de sergents à pied et à cheval, qui veillaient à l'exécution de leurs arrêts, avaient décuplé les besoins du trésor, tandis que le revenu du domaine demeurait, ou peu s'en faut, dans le même état.

De là les extorsions continuelles de Philippe IV, extorsions que ses conseillers approuvaient bel et bien.

Tout ce qui pouvait enrichir et fortifier la royauté était juste à leurs yeux.

Dès le commencement de ce règne, apparaît ce désastreux système financier « qui devait s'attacher à la France, pour des siècles, comme un chancre rongeur. »

Nous voulons parler de l'affermage des impôts.

Dans le premier chapitre de cette troisième époque, il a été dit quelques mots des deux frères florentins Musciatto et Biccio.

Philippe, toujours à court d'argent, leur avait fait maints emprunts considérables.

Pour les rembourser il leur céda les tailles et autres impôts de plusieurs provinces, et les autorisa à en exercer la perception eux-mêmes.

Jusqu'à la Révolution de 89, cette ressource extraordinaire passa en usage.

Ce fut l'un des plus grands fléaux de la France.

Sous Louis XIV, le peuple payait le double de ce qui entrait dans les coffres de l'État.

Sous Philippe le Bel, que devait-il payer, ce pauvre peuple !

Mais le roi ne se souciait guère de cela.

Il lui fallait de l'argent, toujours et quand même, et pour s'en procurer, tous les moyens lui étaient bons.

Tandis que le royal tireur d'or s'absorbait dans la fondation du despotisme légal et fiscal, les débris des possessions latines en Orient achevaient de crouler.

Le 18 mai 1291, les musulmans pénétraient dans la puissante cité d'Acre, « le boulevard et le refuge de la chrétienté aux pays d'outre-mer », y mettaient le feu et frappaient de mort ou d'esclavage soixante mille chrétiens.

Sourd aux longs cris d'angoisse qui venaient de la Palestine, Philippe ne songeait qu'à accroître la puissance et les richesses de sa maison.

Jeanne de Navarre lui avait donné un second fils.

Il fiança ce fils, qui régna plus tard sous le nom de Philippe le Long, à la fille du comte Othon V.

Par cette union, il assurait à sa famille le comté de Bourgogne.

« Mais chaque progrès de la royauté alourdissait le fardeau populaire. »

En effet, les impôts prenaient de jour en jour de plus formidables proportions.

En 1292, fut établie « une nouvelle manière de taille » si oppressive, que la voix publique lui imposa le nom de *maltôte*, ce qui voulait dire mauvaise levée, mauvais impôt.

Le petit peuple de Rouen, écrasé par la maltôte, leva l'étendard de la révolte. Il ravagea la maison du collecteur et sema par les rues les deniers du fisc.

Il va sans dire que cette sédition se dénoua comme les autres.

Les chefs furent arrêtés, emprisonnés et pendus.

Philippe le Bel était insatiable. Il s'en prit à sa propre famille.

Il dépouilla son oncle, don Jayme d'Aragon, d'une moitié de la seigneurie de Montpellier.

Après don Jayme d'Aragon, ce fut le tour d'Édouard d'Angleterre.

Philippe lui déroba l'Aquitaine, « par une ruse de procureur », ajoutent les historiens.

Édouard remua aussitôt toute l'Europe pour organiser une ligue contre le roi de France.

Sans s'inquiéter des menaces de l'Angleterre, celui-ci s'occupa de lever de l'argent.

Par une ordonnance, datée de l'an 1294, Philippe défendit à quiconque ne possédait pas six mille livres tournois de rente, c'est-à-dire 120,000 francs de monnaie actuelle, d'user « pour boire, manger ou autres usages » de vaisselle d'or et d'argent.

Il enjoignit, en outre, à tous ceux qui en possédaient, d'en déposer la troisième partie aux hôtels des monnaies et autres lieux indiqués, en leur donnant promesse de leur en payer la valeur.

Ces matières précieuses étaient destinées à battre de nouvelle monnaie.

Cette monnaie parut en effet l'année suivante.

Le peuple s'aperçut alors avec stupeur qu'elle était de beaucoup inférieure en aloi à celle des prédécesseurs de Philippe le Bel.

Le roi en avait altéré le poids et le titre.

Le bénéfice qu'il tira de cet expédient fut incalculable.

« L'ordonnance royale rendue à ce sujet semblerait attester que Philippe ne se dissimulait ni l'immoralité ni les funestes conséquences d'une telle ressource :

« Il emploie tous les moyens pour rassurer les esprits ;

« Il allègue les besoins urgents du royaume, s'engage à rembourser plus tard la différence de valeur à quiconque aura reçu la nouvelle monnaie, et promet que le fisc recevra en payement ladite monnaie pour sa valeur nominale, jusqu'à ce qu'elle soit toute rentrée au trésor ;

« Il va jusqu'à hypothéquer au remboursement de la plus-value le domaine royal tout entier.

« Tout cela, ajoute M. Henri Martin, n'était que fraude et mensonge ; tout cela n'avait d'autre but que d'abuser un moment la credulité du peuple. »

— L'argent de mes sujets est à moi ! disait l'étrange monarque.

Fort de cette conviction, il rendit une autre ordonnance qui défendait à son peuple de disposer de cet argent.

Cet édit fixait, sous peine d'amende, aux bourgeois et bourgeoises, aux châtelains, dames et damoiselles aux écuyers, chevaliers, barons, ducs et prélats, le nombre des robes et des habits que l'on pourrait avoir par an, ainsi que le prix, la forme et la couleur de ces vêtements.

Cela était exorbitant.

L'article consacré à la police des repas est plus exorbitant que tout le reste.

Voici cet article, dont nous *modernisons* le style, cela s'entend de reste :

« Nul ne donnera, au grand manger (à dîner), que deux mets et un potage au lard ;

« Et au petit manger (à souper), un mets et un entremets ;

« Les jours de jeûne, deux potages aux harengs et deux mets, ou trois mets et un seul potage ;

« Et ne mettra en une écuelle qu'une seule espèce de viande ou une seule espèce de poisson.

« Et toute grosse viande sera comptée pour mets.

« Et n'entendons pas que fromage soit mets s'il n'est en pâte ou cuit dans l'eau. »

Il va sans dire que si le roi condamnait son peuple à la frugalité et à la modération dans les dépenses, il n'entendait pas, lui, se restreindre en quoi que ce fût.

Un compte de sa maison fait connaître le nombre et le nom de ses panetiers, échansons, cuisiniers, fruitiers, écuyers, fourriers, chambellans, chapelains, médecins, garde-notes ou notaires, clercs de la chapelle et du conseil, chevaliers de l'hôtel, ainsi que les immunités dont ils jouissaient.

D'après ce compte, les dépenses de l'hôtel royal s'élevaient par mois à quatre mille livres, représentant cinq cent mille francs de notre monnaie, et celles de Jeanne de Navarre à deux mille livres par mois.

« Plus tard, lisons-nous dans M. Pierre Clément, vers les dernières années de son règne, la dépense personnelle de Philippe le Bel dut atteindre un chiffre plus considérable.

« Le roi, en effet, jouait et perdait souvent.

« Un fragment d'un autre compte des dépenses de sa maison constate qu'on lui donna pour cet objet, dans l'espace de trois jours seulement, cent soixante florins, équivalant à près de neuf mille francs d'aujourd'hui. »

La guerre avait commencé en Gascogne vers la fin de décembre 1294, et les troupes anglaises étaient descendues à l'île d'Oléron et de là sur les côtes de Guyenne.

Mais la guerre fut défavorable aux Anglais.

Les Français en arrivèrent même à prendre l'offensive sur mer. Les côtes d'Angleterre furent infestées. Douvres fut surprise et brûlée.

Les deux frères furent élevés ensemble dans la petite école du village.

Édouard se dédommagea en envahissant l'Écosse, de la perte de l'Aquitaine.

Le pape Boniface VIII crut alors devoir prendre part aux débats.

Il signifia aux rois de France et d'Angleterre qu'ils eussent à suspendre les hostilités durant trois années, à compter du 24 juin 1296, et ce, sous peine d'excommunication.

Édouard était tout disposé à accepter l'arbitrage de Boniface ; mais Philippe le Bel entra dans une furieuse colère :

Il jura de renverser la puissance romaine et se mit à l'œuvre immédiatement.

Pour commencer, il greva ses sujets, pour la seconde fois, d'une maltôte.

La maltôte ne fut d'abord imposée que sur les marchands.

Mais ensuite Philippe le Bel exigea la centième, puis la cinquantième partie des biens de tous, tant clercs que laïques.

Boniface n'eût rien dit si les exactions du roi de France n'eussent atteint que le peuple ; mais du moment que l'on touchait au clergé, c'était bien différent.

Il lança aussitôt une bulle, dans laquelle il déclarait que tout laïque, fût-il duc, prince, roi ou empereur, qui exigerait du clergé la dîme ou toute autre part de son revenu, ou une contribution quelconque, et tout évêque, abbé, prêtre, moine ou clerc qui s'y soumettrait, sans l'expresse autorisation du Saint-Siége, encourraient pour ce seul fait l'anathème et l'excommunication, sans pouvoir en être relevés par qui que ce fût, hormis par le pape en personne.

La veille même du jour où la bulle de Boniface fut publiée, c'est-à-dire le 18 août 1296, Philippe le Bel avait promulgué un édit par lequel il interdisait absolument d'exporter hors du royaume, sans sa permission expresse, l'or et l'argent, soit monnayé, soit en lingots, vaisselle ou joyaux, ainsi que les vivres, les armes, les chevaux et les munitions de guerre.

S'il agissait ainsi, c'était non-seulement pour suivre son système, c'est-à-dire pour conserver sous sa main toutes les richesses de son peuple, mais c'était surtout pour couper les vivres à la cour de Rome.

Le pape crut devoir alors cesser la lutte avec le roi de France.

Bien plus, « à la grande joie des populations françaises », disent les historiens, Boniface proclama la canonisation de Louis IX.

Les hostilités cependant continuaient entre la France et l'Angleterre.

Le comte de Flandre, qui avait eu maintes fois à se plaindre des perfidies de Philippe le Bel, se déclara ouvertement contre lui et signa une alliance perpétuelle avec le roi Édouard.

Philippe le Bel partit, à la tête de dix mille cavaliers et d'une multitude de gens de pied.

Le 23 juin 1297, il mit le siége devant Lille.

Toute la West-Flandre se soumit peu après.

Le roi n'eut pas moins de succès dans la Flandre wallone.

Lille fut rendu au roi, qui prit Courtrai et marcha sur Bruges.

Édouard d'Angleterre et les princes flamands se réfugièrent à Gand et demandèrent une suspension d'armes.

Boniface s'offrit alors pour médiateur, et Philippe le reconnut comme tel.

Le roi Édouard épousa la princesse Marguerite, sœur du roi de France, et le fils d'Édouard fut fiancé à Isabelle de France, fille de Philippe le Bel et de Jeanne de Navarre.

Les deux rois se sacrifièrent alors mutuellement leurs alliés.

Philippe abandonna les Écossais, Édouard abandonna le comte de Flandre.

Dès le commencement de l'an 1300, Charles de Valois, frère du roi de France, s'avança en Flandre, à la tête d'une nombreuse armée, s'empara de Douai, de Béthune, de Dam, menaça bientôt Gand, dernier refuge du comte Gui et de ses fils.

Le perfide Charles promit au comte de Flandre que s'il se livrait avec sa famille à la discrétion de Philippe, nul dommage ne lui serait causé, et que tous ses domaines, toutes ses prérogatives lui seraient rendus.

Le comte de Flandre ouvrit les portes de Gand et se remit, lui, ses deux fils et ses principaux barons, entre les mains de Charles de Valois, qui l'envoya à Paris.

Arrivés à la cour de Philippe le Bel, tous furent enfermés dans les prisons royales, et le comté de Flandre fut confisqué et réuni à la couronne.

Maître de la Flandre, Philippe s'estimait assuré de ne plus manquer d'or pour ses grandes entreprises.

Il n'était pas encore satisfait cependant.

Le désir lui vint de s'approprier le comté de Melgueil, que l'évêque de Maguelonne tenait en fief du Saint-Siége.

Boniface bondit à cette réclamation. Il défendit à ses prélats toute transaction et blâma publiquement l'avidité du monarque.

L'évêque de Pamiers, créature du pape, se rendit à la cour de France en qualité de légat, à seule fin de s'entendre de vive voix avec Philippe IV au sujet de ses prétentions dernières.

L'envoyé du saint-père ne cacha pas au petit-fils de saint Louis sa façon de penser.

Non content de l'invectiver, il osa, dit-on, conspirer contre lui.

Philippe le Bel, au premier bruit de trahison, vraie ou fausse, du légat, le fit arrêter et conduire à Senlis, devant le parlement, sans oublier, bien entendu, de faire mettre les domestiques de l'évêque à la torture, pour leur arracher les aveux dont on avait besoin.

L'indignation du souverain pontife fut à son comble.

Il envoya au roi de France une bulle foudroyante.

Philippe haussa les épaules, et fit brûler la bulle du pape en place publique.

« Cette vigoureuse déclaration de guerre fut soutenue avec une opiniâtreté inflexible. Ce gouvernement tortueux, obscur et fourbe, soulevé par la force de la situation, montra une sorte de grandeur. »

Ainsi parle l'auteur cité plus haut.

« Le renard redevint à moitié lion, dit-il encore; Boniface appelait le clergé de France à Rome, et annonçait l'intention de soulever toutes les classes de la population contre le roi, en s'emparant de leurs griefs et de leurs plaintes.

« Philippe et son conseil résolurent de combattre l'ennemi par ses propres armes, d'en appeler, de leur côté, au sentiment public, et de se mettre à couvert derrière une grande manifestation nationale. »

Les trois états de France furent convoqués à Notre-Dame de Paris, le 10 avril 1302, afin de prendre connaissance du différend du roi et du pape.

« Pour la première fois depuis la formation du royaume de France, les députés des villes étaient appelés à siéger en corps dans une assemblée nationale, à côté des prélats et des barons.

« Ce grand fait était la reconnaissance officielle de la bourgeoisie en tant que tiers-état, et attestait que les communes, les bonnes villes, la bourgeoisie formaient désormais un être collectif, un ordre politique.

« Le premier appel aux communes d'Angleterre avait été fait par les barons contre la royauté, au nom des libertés publiques.

« Le premier appel au tiers-état de France fut fait par la royauté contre le pape, au nom de l'indépendance nationale, et ce fut, chose singulière! le plus despotique des rois du moyen-âge qui réunit nos premiers états généraux. »

Le résultat fut tel que Philippe l'espérait.

Mais sa joie fut de courte durée.

La domination française exaspérait la Flandre; Bruges se révolta.

Le 21 mars 1302, les Français résidant dans cette ville furent surpris au milieu de la nuit et mis à mort en leurs demeures.

Les femmes, les enfants se jetaient sur les gens de Philippe le Bel et les égorgeaient tout endormis encore.

Ceux que l'on fit prisonniers furent conduits aux halles et massacrés.

Le lendemain, le soleil levant éclaira plus de trois mille cadavres entassés sur les places et les marchés de Bruges.

C'étaient les hommes d'armes du roi de France.

Les Vêpres Siciliennes avaient leur pendant.

La sanglante bataille de Courtrai suivit de près cette effroyable tuerie : l'armée de Philippe le Bel fut littéralement anéantie.

« Jamais, disent les historiens, pareil désastre n'avait frappé la noblesse française, pas même dans la déplorable expédition de saint Louis en Égypte. »

On compta sur le champ de bataille, à part les hommes de grand nom, les cadavres de deux cents chevaliers bannerets et six mille hommes d'armes.

Les Flamands combattaient pour leur indépendance. Ils devaient vaincre!

Philippe le Bel, un moment abattu, releva bientôt le front.

Il se procura de l'argent, Dieu sait comme! et, deux mois après la fatale bataille de Courtrai, laquelle avait été livrée le 11 juillet 1302, il parvint à réunir à Arras une armée de dix mille cavaliers et de soixante mille fantassins :

Il était assuré de prendre sur les Flamands une éclatante revanche!

Mais il avait compté sans les pluies d'automne :

Les canaux débordèrent, les rivières s'élancèrent de leurs lits, les chemins inondés devinrent impraticables, et Philippe, honteux et pleurant de rage, fut obligé de licencier son armée, qui reprit, sans coup férir, la route du pays français.

Furieux, exaspéré, le roi voulut faire tomber sa colère sur quelqu'un.

Il fit mettre le séquestre sur les biens des prélats partis malgré sa défense.

Cette fois, le pape mit de côté toute réserve et tous ménagements.

Le 13 avril 1303, il adressa au légat en France une bulle d'excommunication.

En voici la formule :

« Au nom de Dieu tout-puissant, du Père, du Fils et du Saint-Esprit, des saints Canons, de la sainte Vierge Marie, mère de Dieu, et de toutes les Vertus célestes, des Anges, des Archanges, des Trônes, des Dominations, des Puissances, des Chérubins et Séraphins, des saints Patriarches et Prophètes, de tous les Apôtres et Évangélistes, des saints Innocents qui, seuls, ont été trouvés dignes de chanter le nouveau cantique en présence de l'Éternel, des saints Martyrs et des saints Confesseurs, des saintes Vierges et aussi de tous les saints Élus de Dieu!

« Nous excommunions et nous anathématisons Philippe, quatrième du nom, roi de France et de Navarre, et nous le séquestrons des sentiers de la sainte Église de Dieu, afin que, condamné aux supplices éternels, il soit englouti avec Dathan et Abiron, ainsi qu'avec tous ceux qui osèrent dire au Dieu fort :

« Retire-toi de nous, nous ne voulons point connaître tes voies. »

« Et de même que le feu est éteint par l'eau, ainsi soit éteinte son âme dans l'éternité des siècles, à moins qu'il ne s'amende et ne vienne à résipiscence.

« Qu'il soit maudit par Dieu le père, créateur des hommes! — qu'il soit maudit par Dieu le fils, qui a souffert pour l'humanité! — qu'il soit maudit par le Saint-Esprit, qui est descendu sur lui par le baptême!

« Puisse le maudire la sainte Croix sur laquelle le Christ est monté triomphant pour notre salut!

« Que la sainte mère de Dieu, Marie, toujours vierge, le maudisse!

« Que saint Michel, le gardien, le protecteur des âmes sacrées, le maudisse!

« Le maudissent également tous les Anges et Archanges, les Princes et les Puissances, avec toute la milice de l'armée céleste!

« Que les nombreux Patriarches et Prophètes le maudissent!

« Maudit soit-il par saint Jean précurseur, qui versa l'eau du baptême sur le Christ!

« Qu'il reçoive la malédiction de saint Pierre, de saint Paul, de saint André, de tous les Apôtres, ainsi que des autres Disciples du Christ et des quatre Évangélistes, dont la prédication a converti le monde entier!

« Qu'il soit maudit de la troupe merveilleuse des Martyrs et des Confesseurs qui ont été agréables à Dieu par leurs bonnes œuvres! — Qu'il soit maudit du chœur des Vierges sacrées qui ont méprisé les biens de ce monde pour l'honneur du Christ! — Qu'il soit maudit de tous les Saints qui, depuis le commencement du monde jusqu'à la fin des siècles, ont été ou seront agréables à Dieu! — Puisse-t-il enfin être maudit des Cieux, de la terre et de toutes les choses saintes qui résident en eux!

« Maudit soit-il partout où il sera, soit dans sa maison, dans son champ, sur la route, dans le sentier, dans la forêt, dans l'eau ou dans l'église!

« Maudit soit-il en vivant, en mourant!... en mangeant, en calmant sa faim, en calmant sa soif, en jeûnant, en sommeillant, en dormant, en veillant, en se promenant, en se tenant debout, en s'asseyant, en se couchant, en travaillant, en se reposant, *mingendo, cacando, flebotomando!*

« Maudit soit-il dans toutes les forces de son corps, à l'intérieur et à l'extérieur, dans ses cheveux et dans son cerveau !

« Maudit soit-il à la tête, aux tempes, au front, aux oreilles, aux sourcils, aux yeux, aux joues, aux mâchoires, aux narines, aux dents incisives, aux dents machelières ou molaires, aux lèvres, au gosier, aux épaules, aux bras, aux mains, aux doigts, à la poitrine, au cœur et dans toutes les parties internes du corps, aux reins, aux aines, au fémur, *in genitalibus*, aux cuisses, aux genoux, aux jambes, aux pieds, à toutes les articulations et aux ongles !

« Maudit soit-il dans l'enchaînement de toutes les parties des membres ! — Que pas un point de son corps ne soit sain, depuis le haut de la tête jusqu'à la plante des pieds !

« Que le Christ, fils du Dieu vivant, le maudisse de toute la puissance de sa majesté et soulève contre lui le ciel, avec toutes les vertus qui y séjournent, pour le livrer à la damnation éternelle, à moins qu'il ne se repente et ne vienne à résipiscence !

« Ainsi soit-il ! que cela soit fait !

« Que cela soit fait ! ainsi soit-il ! »

Philippe le Bel, qui se riait des foudres pontificales autant que de tout le reste, fit saisir la bulle d'excommunication et donna l'ordre de jeter le porteur de ladite bulle dans un cul de basse-fosse.

Non content de cela, et pour bien prouver au pape Boniface le profond mépris qu'il professait pour son autorité, il frappa de confiscation les biens de quarante-cinq prélats qui étaient allés à Rome, et des poursuites criminelles furent intentées contre eux.

Le roi de France n'avait plus qu'une pensée, la perte de Boniface.

Pour en arriver à son but, il lui fallait de l'or, beaucoup d'or.

C'est alors qu'il eut la pensée de vendre la liberté aux serfs et la noblesse aux roturiers.

Il faisait argent de tout, comme l'on voit.

Après avoir lancé la bulle d'excommunication, le saint-père se décida enfin à la faire suivre de la sentence de déposition.

Par cette sentence, Boniface « mettait la France en interdit, cassait tous les privilèges accordés au roi par le saint-siége, déliait tous les sujets de Philippe de leur serment de fidélité, et enveloppait dans l'excommunication encourue par le roi quiconque lui porterait assistance ou recevrait quelque chose de lui. »

Mais la veille du jour où devait être affiché l'arrêt pontifical, sous le portail de la cathédrale d'Anagni, où le pape avait réuni un consistoire de cardinaux, une troupe furieuse, stipendiée par Philippe le Bel et menée par des hommes à lui, força le palais du pape en hurlant

— Mort à Boniface ! vive le roi de France !

En entendant les cris de sa milice égorgée, le vieux pontife « se revêtit du manteau de saint Pierre, mit la couronne impériale sur sa tête, et, la croix dans une main, les clefs de saint Pierre dans l'autre, il s'assit sur son trône pour attendre la mort. »

Deux cardinaux étaient demeurés seuls à ses côtés.

Colonna et Nogaret, créatures de Philippe IV, et chefs de l'insurrection, sommèrent le vieillard « de déposer la tiare et de résigner la papauté. »

— Voilà mon cou, voilà ma tête ! répondit le pontife. Trahi comme Jésus-Christ, s'il me faut mourir comme lui, du moins je mourrai pape !

Colonna le souffleta de son gantelet de fer, puis, l'arrachant violemment de son trône, il tira son épée et voulut la lui plonger dans le cœur.

Nogaret s'opposa à ce meurtre et dit ensuite au vieillard :

— O toi, chétif pape, considère et regarde la bonté de monseigneur le roi de France, qui, si loin que soit de toi son royaume, par moi te garde et te défend !

Le peuple d'Anagni se souleva enfin en faveur du souverain pontife, et força Colonna, Nogaret et leur bande de s'enfuir au grand galop de leurs montures, « abandonnant la bannière de France qu'ils avaient arborée sur le palais pontifical. »

Le pape rentra dans Rome, mais presque immédiatement il fut pris d'une fièvre chaude. Une sorte de fureur s'empara de lui.

Il se débattait, grinçait des dents et se mangeait les mains.

D'effroyables blasphèmes s'échappaient de ses lèvres couvertes d'écume.

Le 11 octobre 1303, il mourut sans confession ni viatique, à l'âge de quatre-vingt-six ans.

L'un des deux cardinaux qui étaient demeurés aux côtés du saint-père pendant la scène d'Anagni fut élu pape par le sacré collége, sous le nom de Benoit XI.

Les hautes vertus et le grand courage du nouveau pape gênaient Philippe le Bel.

Lorsque Nogaret lui vint annoncer l'élection de Benoit XI, le roi de France entra dans une violente colère.

— Cet homme me perdra ! cet homme me perdra ! répétait-il d'une voix sourde.

Mais Nogaret se penchant à l'oreille de son maître :

— Sire, lui dit-il tout bas, je repars pour l'Italie !... Devant qu'il soit peu, le successeur de Boniface ne sera plus à craindre.

Le monarque et son agent échangèrent un sinistre regard.

— Pars donc, mon fils, reprit alors Philippe IV, pars et que Dieu te protège !

Se tournant alors vers l'un de ses pages :

— Que l'on mande sur l'heure mon grand chambellan ! dit-il.

Peu après, celui-ci pénétrait dans le cabinet royal.

C'était un homme de haute et noble stature, et de traits remarquables.

Son front, ses yeux, tout son être enfin respirait un suprême contentement, une satisfaction indicible.

Cet homme semblait le type parfait de l'orgueil assouvi, de l'ambition arrivée au but.

Et cela était en effet.

Car cet homme n'était autre que l'un des deux étudiants que nous avons vus dans la taverne de Cramignole, au début de cette histoire.

C'était l'époux de Jeanne de Saint-Martin.

C'était Enguerrand de Marigny !

XI. — LE GRAND CHAMBELLAN DE PHILIPPE LE BEL.

Enguerrand, nous l'avons fait connaître jadis, était issu d'une noble et ancienne famille de Normandie, laquelle avait été connue durant un long temps sous le nom de « Le Portier. »

Vers l'an 1200, cette famille avait pris le nom de Marigny, à la suite du mariage de Hugues Le Portier, seigneur de Lihons et de Rosay, avec Mahaut de Marigny, du nom d'une terre située également en Normandie, dans le pays de Bray.

Enguerrand était fils unique d'un premier mariage.

Notre héros était né vers 1265.

Quand nous l'avons présenté à nos lecteurs pour la première fois, il avait donc vingt-trois ans à peu près.

Au point où nous sommes arrivés, c'est-à-dire en l'an 1304, il touche à sa trente-neuvième année.

Ses commencements, nous les avons fait connaître.

Nous l'avons vu, tout jeune encore, suivant les cours de la Sorbonne et n'ayant qu'une pensée, qu'un but, qu'une ambition :

La fortune et la grandeur !

Nous l'avons vu encore, grâce à Buridan, devenant l'époux de celle qu'il chérissait, de cette Jeanne de Saint-Martin, qui joua dans les drames de la tour de Nesle un si terrible rôle !

« Ce mariage, dit M. Pierre Clément, dut être très utile aux intérêts d'Enguerrand de Marigny.

« En 1298, Philippe le Bel lui donna la garde du château d'Issoudun.

« Deux ans après, il le gratifiait d'une rente sur son trésor.

« A partir de ce moment, la fortune sembla conduire Enguerrand de Marigny par la main ; chaque jour une grâce nouvelle s'ajoutait à celles dont le roi l'avait déjà comblé.

« Bientôt son crédit ne connut plus de limites. En peu d'années, il fut fait chevalier, chambellan, comte de Longueville, intendant des finances et des bâtiments, capitaine du Louvre.

« En même temps, le roi continuait à lui donner des terres, des rentes, des immunités de toutes sortes et des plus considérables. »

On sait quelle était la haine du comte Charles de Valois pour son heureux rival.

Il vit avec une indicible rage son étonnante et rapide fortune.

Mais Philippe le Bel se souciait peu des plaintes et des récriminations de son frère.

Du premier coup d'œil, il avait reconnu dans Enguerrand un homme d'élite ; et, d'instinct, il avait compris l'immense parti qu'il pouvait tirer de ses hautes capacités.

Aussi l'avait-il revêtu de la charge éminente de premier ministre, de grand chambellan.

Tous les historiens s'accordent pour dire que nul document officiel ne constate la part qu'Enguerrand a pu prendre dans les désastreuses mesures financières de Philippe le Bel.

C'était un homme probe et juste.

Il ne pouvait approuver les exactions odieuses, les extorsions de toutes sortes, et surtout les éternelles altérations de monnaies, que pratiquait le roi de France avec tant de laisser-aller et tant d'impudence.

Lorsqu'il parut devant son souverain :

— Approchez, lui dit ce dernier, approchez, monsieur notre grand chambellan, et seyez-vous à nos côtés.

Enguerrand ayant obéi :

— Prêtez-nous maintenant une oreille attentive ! continua le monarque.

Après quelques instants de silence :

— Messire de Marigny, durant la grande lutte que nous venons de soutenir contre Boniface, il nous a fallu négliger grandement la belle chasse entreprise contre les sangliers flamands !... Pendant la campagne de 1303, je leur ai laissé l'offensive. Ils ont entamé le domaine de France !... pris et brûlé Térouenne et mis le siége devant Tournay. Pour sauver cette ville, j'ai dû signer une trêve avec les rebelles, et rendre la liberté au vieux comte de Flandre ! Devant qu'il soit peu, la trêve expirera ! Je veux être prêt à agir avec vigueur contre mes ennemis !... Ils m'ont battu à Courtrai !... Je veux une éclatante revanche, et de par Dieu, je l'aurai !

— Sire, répliqua Enguerrand, pour faire la guerre, il faut de l'or, beaucoup d'or, et les coffres de l'État sont vides, tout à fait vides !... La conspiration d'Anagni a épuisé nos dernières ressources !

— Eh ! je le sais, mort diable ! répliqua Philippe en secouant la tête. Ah ! mon féal Enguerrand, cela coûte cher, bien cher, de supprimer un pape ! N'importe, les coffres vides peuvent se remplir, et c'est de cela qu'il faut nous occuper présentement !

— Les remplir !

— C'est difficile, allez-vous me dire, poursuivit le monarque. Difficile ! soit ! mais non pas impossible !

— Peut-être, sire ! répondit Enguerrand avec tristesse. Peut-être !

Philippe considéra son ministre anxieusement :

— Le peuple est épuisé, reprit ce dernier. Depuis le commencement de votre règne, vous lui avez fait suer l'or par tous les pores. L'affermage des impôts et la maltôte ont commencé sa ruine. L'altération des monnaies l'a complétée !

Le roi fit un mouvement d'impatience.

— Pourquoi revenir sur ce sujet ? murmura-t-il, Musciatto et son frère, intendants de mes finances, ont approuvé ces mesures, si désastreuses à vos yeux !

— Musciatto et son frère sont étrangers, sire, et le salut du pays leur importe peu !... Moi, je suis Français, monseigneur, et je dois gémir sur le malheur de la France !

— Le malheur de la France !

— Oui, sur mon âme, sire ! L'altération des monnaies a été jusqu'à ce jour la plaie de votre gouvernement. Si, par grâce divine, il m'eût été donné d'être investi plus tôt du pouvoir que vous m'avez conféré, peut-être eussé-je eu l'éloquence de convaincre mon roi et de le détourner de la route qu'il voulait suivre !... Ministre depuis un an seulement, je n'ai pu que déplorer les fautes passées et tenter de les faire mettre en oubli par une administration sage, régulière et surtout honnête !

— Oui, oui, répliqua le roi, je sais tout ce que vous avez fait. Et chacun le sait comme moi !... Le peuple vous aime, mon cher Enguerrand, que dis-je ? il vous adore !... Oh ! je n'ignorais pas que vous deviendriez bien vite son idole ! Et c'est pour cela que je vous ai fait ce que vous êtes, malgré l'opposition que j'étais sûr de rencontrer chez vous ! Pardieu, continua Philippe, nous pouvons entre nous parler avec franchise. Si depuis tantôt seize ans, je vous comble de faveurs, si je vous ai sacrifié toutes mes créatures, si toujours et quand même, j'ai pris votre défense contre Charles de Valois, mon frère, et le plus acharné de vos ennemis, c'est que mon intérêt me dictait ma conduite !

— Votre intérêt !

— Ne jouez pas l'étonnement, mon bien cher Enguerrand. Il est convenu que nous devons user tous deux de sincérité. C'est donc mon intérêt, mon intérêt seul, je le répète, et vous le savez comme moi, qui m'a fait vous mettre à la tête de mon royaume. Lorsque madame Jeanne de Navarre vous attacha à sa personne et vous fit épouser sa filleule, je sus deviner immédiatement en vous un homme peu ordinaire. Vos vues larges et justes, votre grande droiture et votre incontestable probité me frappèrent tout d'abord. Je compris alors tout le parti que je pourrais un jour tirer d'un homme comme vous, et je sus vous attirer à moi !... J'eus peu de peine, au reste, car vous étiez ambitieux, messire de Marigny, et, sans nulle résistance, vous me laissâtes vous élever graduellement jusqu'à la première marche de mon trône !

— Vous dites vrai, sire, répliqua Enguerrand, j'étais ambitieux, ambitieux comme pas un ! Mais, sur ma vie en ce monde et mon éternité en l'autre, je jure devant Dieu que pour satisfaire mon ambition, si grande qu'elle pût être, je n'eusse jamais fait une bassesse ou transigé avec l'honneur !

— Eh ! je le sais, mort diable ! interrompit le roi, et c'est ce que, depuis une heure, je me tue de vous dire. C'est justement parce que vous étiez un parfait honnête homme que je songeai à faire de vous mon second et presque mon égal !... Ma réputation à moi n'est pas des plus rayonnantes.

— Sire, que dites-vous ?... s'exclama Enguerrand.

— Ne niez pas cela ! continua le roi avec un sourire, on dit de moi pis que pendre, et l'on a pardieu bien raison. Oh ! je me connais, mon cher, je me connais, et je vous avouerai entre nous que je n'ai pas là une bien jolie connaissance. Je suis joueur, libertin, rapace et cruel. Auprès de moi, Sardanapale est un enfant, et Tibère un agneau. Or, le peuple, qui n'est pas si bête que l'on veut bien le croire, et qui sait très-bien voir clair quand il lui plaît, le peuple, dis-je, s'est mis à m'exécrer avec une unanimité vraiment merveilleuse !

Enguerrand poussa un soupir et ne répondit rien.

Le roi se prit à rire.

— Ceci veut dire que je ne me trompe pas plus sur le compte de mes sujets que sur le mien !... Voici donc qui est convenu. Mon peuple bien-aimé voudrait me voir aux cinq cent mille diables !... J'approuve son désir. Je conviens que si j'étais peuple, je ne serais nullement flatté d'avoir un monarque comme moi !... Durant un long temps, mes excellents sujets m'ont exécré en silence ! Ensuite, ils ont grogné ! Dernièrement enfin, ils ont mordu ! Les Rouennais ont montré les crocs les premiers ! Cela devenait grave ! De ce moment, je songeai à faire cesser le mécontentement général, et pour arriver à ce but, je mis à la tête des affaires le plus honnête homme de mon royaume ! L'effet prévu se manifesta. Le peuple oublia les crimes du roi pour ne songer qu'aux hautes vertus du ministre et, depuis ce jour, tranquillement à l'abri derrière votre probité, je continue ma vie peu exemplaire sans entrave et sans gêne !... Vous me connaissez maintenant, mon cher chambellan, aussi parfaitement que je me connais moi-même !... Si je me révèle à vous aujourd'hui, c'est pour éviter à l'avenir des récriminations et des conseils inutiles ! Je suis ce que j'ai toujours été, et je serai toujours ce que je suis ! Ceci posé, revenons à notre sujet ! c'est-à-dire au moyen de reprendre fructueusement les hostilités en Flandre.

— Sire, répondit Enguerrand avec fermeté, je vous l'ai dit, cela est présentement impossible !... Le peuple n'a plus rien et ne peut rien donner !

Le roi se leva brusquement.

— Soit ! dit-il, plus d'impôts ! plus de tailles ! Au surplus, c'est mieux que cela qu'il nous faut ! Je veux marcher vers le Nord avec une armée innombrable, et, pour la lever, des millions sont nécessaires !

— Des millions ! Eh ! comment nous les procurer ?

Un sourire effrayant vint errer sur les lèvres du roi.

Se rapprochant d'Enguerrand et s'appuyant sur son épaule, il lui dit avec un ton de voix singulier :

— Messire, depuis que j'ai expulsé du royaume les négociants florentins, combien d'années écoulées, je vous prie ?

— C'était en 1391 ! répliqua Enguerrand en jetant sur son terrible maître un regard interrogateur et presque effrayé.

— En 1391 ! répéta le monarque. C'est cela ! c'est bien cela ! Il y aura donc treize ans tout à l'heure que cet événement a eu lieu ! Treize ans ! c'est long ! bien long ! reprit-il. En treize ans, *ils* ont eu le temps de redevenir riches, bien riches !... N'est-ce pas votre avis ?

— Je ne vous comprends pas, sire ! De qui parle Votre Majesté ?

— Vous le savez !...

— Je l'ignore !

— Eh ! je parle des juifs, messire, de ces bons et dignes juifs qui, depuis l'expulsion des Florentins, sont les seuls et vrais maîtres du négoce de Paris et des grandes villes de France, et dont les coffres doivent présentement regorger d'or et d'argent !

— Grand Dieu ! quel est votre projet, sire ?

— Mon projet est de chasser toutes ces canailles d'usuriers et de confisquer leurs richesses ! Voilà mon projet ! vous voyez qu'il est simple et d'exécution facile. Sans compter qu'en agissant de la sorte, je rentrerai dans les bonnes grâces de la cour de Rome, qui n'aime pas fort les fils d'Israël, vous ne l'ignorez pas !

— Sire, vous ne ferez pas cela !

— De par Dieu, si, je le ferai ! Si ce n'est aujourd'hui, ce sera demain ! Je ne les ai laissés en mes États jusqu'à ce jour sans les inquiéter que pour leur donner le loisir d'accumuler dans leurs repaires tout l'or que je n'ai pu prendre moi-même à mes bien-aimés sujets !

— Mais ces malheureux, quel est leur crime ?... qu'ont-ils fait ?...

— Ils sont juifs ! voilà tout, et c'est assez pour moi ! Les rois mes prédécesseurs les ont-ils ménagés ? Pourquoi les ménagerais-je ? Louis IX, mon aïeul, les a martyrisés !... C'était un saint, cependant, puisque le défunt pape l'a canonisé !... Moi, qui ne suis pas saint, bien au contraire, je puis, sans nul scrupule, imiter son exemple !...

— Sire, vous avez donné votre parole aux Israélites de ne les point inquiéter.

— Les paroles sont femelles et les écrits sont mâles ! répondit le monarque. Ont-ils un écrit de moi ? Non ! En ce cas, je reprends ma parole !

— Sire, prenez garde ! les juifs sont l'âme du commerce parisien. Leur expulsion vous coûtera plus qu'elle ne vous rapportera !

— N'importe, il faut qu'il en soit ainsi !... je veux me venger des Flamands !

— Pauvres parias, gémit Enguerrand, malheureux martyrs, qui depuis tant de siècles souffrez, sans vous plaindre, toutes les avanies et toutes les misères, nul monarque n'aura-t-il donc la gloire de se déclarer votre protecteur et votre ami ?

— Vous vous apitoyez à tort, messire, interrompit Philippe. Croyez-moi, les juifs n'ont été créés et mis au monde que pour être la grande ressource des rois ! Et, d'ailleurs, sont-ils donc tant à plaindre ? S'ils courbent si doucement l'échine sous la verge de la persécution, s'ils mettent à se laisser dépouiller tant de bonne grâce, c'est qu'ils savent bien qu'un jour ou l'autre ils prendront leur revanche ! C'est qu'ils savent bien qu'à un moment donné, sans même qu'ils le demandent, le prince qui les chasse est forcé de les rappeler. Alors, par les mille canaux de l'usure, leur revient l'or qu'on leur a extorqué ! Gentilshommes et prélats, seigneurs et courtisanes deviennent leurs tributaires, et, pour rattraper le double et le triple de ce qu'on leur a pris, ils mettent deux fois moins de temps qu'on n'en a mis à le leur prendre !... Ne les plaignez donc pas et servez mes projets. Les juifs peuvent seuls payer les frais de la guerre que je vais entreprendre ! qu'ils payent et que tout soit dit !

En ce moment, la porte du vieux cabinet s'entrouvrit et l'un des frères génois apparut sur le seuil.

— Qu'est-ce, Giacomo ? demanda Philippe le Bel, que me voulez-vous ?

— Sire, répondit le gentilhomme, une sorte de drôle déguenillé vient de se présenter au Louvre. Les soldats de garde ont voulu l'éconduire ; mais il a juré ses grands dieux qu'il avait à révéler à Votre Majesté un secret de la plus haute importance, et le capitaine Balthazar a cru devoir me l'amener. Je l'ai interrogé ; il a refusé de me répondre et ne veut parler que devant vous !

— Quel est cet homme ? questionna le roi.

— Je ne saurais vous le dire ! J'ai comme un vague souvenir de l'avoir vu jadis, mais je ne puis me rappeler en quelle circonstance !

— Faites-le fouiller et voyez s'il n'a pas sur lui quelque arme cachée !

— J'ai déjà pris ce soin ! répliqua Giacomo. Il portait au côté une dague qu'il nous a remise. Assurément, il ne venait pas ici dans un but criminel.

— Faites entrer cet homme ! commanda le roi.

Peu après, Giacomo reparaissait escorté du personnage en question.

C'était un hideux coquin vêtu de loques sordides.

Son nez gigantesque, ses pieds formidables et sa dégaîne crapuleuse nous dispensent d'apprendre au lecteur que le susdit coquin n'était autre que Croupionnet.

— Nom d'un chien ! grommela le bandit en parcourant du regard le cabinet royal, c'est joliment meublé ici !... mais c'est trop propre... je n'aime pas ça !

— Approche ! dit le roi.

— Oui, Majesté ! répliqua le drôle en avançant. C'est égal ! fit-il à part lui en considérant Philippe le Bel, depuis tantôt treize ans que je ne l'ai vu, il est rudement dégommé, comme physique. Sans fatuité, j'ose dire que je suis mieux conservé que lui !

— Parle ! qu'as-tu à m'apprendre ? interrogea le roi brusquement.

— Ouais ! faut pas me mordre, mon doux monarque, s'exclama Croupionnet en faisant quelques pas en arrière.

— Parleras-tu ?

— Voilà la chose ! Alors pour lors, continua le bandit, j'avais quitté Conflans avec Fanferdieu...

— Fanferdieu ! répéta Philippe sans comprendre.

— Eh bien, oui, quoi ! Fanferdieu, le grand Fanferdieu, vous savez bien, qui était de la police dans le temps ! Comment, vous ne vous rappelez pas ? C'est lui qui était avec moi au Châtelet quand je vous ai donné de si bons renseignements sur ce cher monsieur de Montigny !

Le roi ayant examiné le coquin plus attentivement :

— Je me souviens, en effet, répliqua-t-il.

— Je me souviens aussi ! murmura Giacomo, qui était demeuré, ainsi qu'Enguerrand, dans le cabinet royal. Je savais bien que cette face de gredin ne m'était pas inconnue !

— Poursuis !

— Oui, mon bon roi, reprit notre homme, c'est moi, Croupionnet, pour vous servir, s'il en était capable !... Vous me trouvez peut-être un peu maigri ? C'est que j'ai tiré plus d'une fois le diable par la queue, depuis que je n'ai eu celui de vous voir, et, dame ! ça maigrit beaucoup de tirer le susdit par l'objet en question ! Nonobstant, je n'ai pas trop à me plaindre... la santé n'est pas mauvaise..... je vous remercie bien !

— Par la mort Dieu ! mon compère, interrompit Philippe avec impatience, arrive au fait, ou je te fais jete rhors de céans.

— Vous en seriez fâché, mon excellent souverain, car ce que j'ai à vous révéler est tout à fait intéressant et grandement utile !

— Révèle donc alors cet important secret, et ne me fatigue pas plus longtemps de tes sornettes.

— Je vous disais donc, poursuivit Croupionnet, que Fanferdieu et moi, nous avions pris notre course du côté de Fontainebleau... Connaissez-vous Fontainebleau ? C'est un joli endroit, mais pas gai pour deux liards !... Mais nous y allions pour affaire. C'était pour retrouver les deux moutards de Buridan !

— Les fils de Buridan ! s'écrièrent en même temps Enguerrand et le roi, mais avec une intonation différente.

— Ah ! ah ! reprit Croupionnet, voilà que ça commence à vous sembler intéressant, pas vrai ?

— Achève ! achève !

— Comment, que j'achève ! je ne fais que commencer... Avant de finir, permettez que je continue... A Fontainebleau, pas plus de mioches que sur la main ! Nous nous y attendions ; ce qui nous embêta profondément, c'est que personne ne put nous donner le moindre indice sur la route que Maritorne avait prise. Il faut vous dire, sauf votre respect, que Maritorne, c'est la bonne amie de Fanferdieu, et qu'elle était filée avec les deux petits Buridan sans avoir eu la délicatesse de laisser son adresse ! Si bien que depuis treize ans, mon camarade et moi, nous nous trimballons par toutes les satanées villes de votre satané royaume dans le but de rattraper la grosse fille dont je vous parle et les deux gamins, qui, soit dit par parenthèse, ne doivent plus être si gamins que ça, vu qu'ils ont pour le quart d'heure trente printemps à eux deux, ce qui fait quinze ans par tête.

A ces mots, Croupionnet se mit à éternuer violemment.

— Je vous demande excuse, mon bon prince, mais je suis si peu vêtu depuis quelque temps, que j'ai depuis une dizaine d'années un chien de rhume de cerveau qui ne me lâche pas.

Ayant éternué de nouveau :

— Ils sont polis comme ma savate, ces gars-là, grommela-t-il en lui-même. Comprend-on ces trois goujats, qui ne me disent seulement pas : A vos souhaits !... Oh ! ces rois ! oh ! ces gens de cour !... quelle clique, bon Dieu ! quelle clique !

Le roi fit un mouvement d'impatience.

Enfant, dit la femme pâle en brandissant sa torche, dans un instant ce clocher sera réduit en cendres !

— Je reprends le fil de ma narration, continua Groupionnet. Dans le commencement de nos courses ça n'alla pas trop mal. D'abord nous avions des chevaux pour voyager, et c'était assez agréable ! Quand je dis des chevaux, mon cheval, à moi, c'était un âne… que dis-je ? ce n'était pas même un âne… c'était une ânesse !… et qui était d'un maigre… oh ! mais d'un maigre ! à faire honte à tous les coucous du monde !… Mais ça ne fait rien, je m'y étais habitué tout de même… Nous avions ensuite de l'or plein nos poches, et nous menions la vie tout à fait joyeusement. Mais, hélas ! un beau matin, nous nous aperçûmes avec terreur que nous n'avions plus un sou dans notre escarcelle… Alors, nous vendîmes le cheval, après le cheval l'ânesse y passa, et pédestrement il nous fallut continuer nos courses vagabondes… Ah ! pauvre vieille Nini, je l'ai bien pleurée, allez !… Il faut vous dire que je lui avais donné cette étiquette à cause d'une amoureuse à moi, que j'avais dans ce temps-là. Fanferdieu, lui, avait octroyé à sa bête le nom de Maritorne, à cause de la grosse dinde après laquelle nous courions… Bref, il y a un mois, nous nous sommes hasardés à remettre le pied dans cette capitale. Mais ici, pas plus qu'ailleurs, nous ne pûmes trouver ceux que nous cherchions… Sans compter que cette mâtine de Nini m'avait fait des traits avec un savetier qui s'était installé chez elle, et qui me reçut à grandissimes coups de tire-pied quand je me présentai à son cabaret… Ah ! sire ! sire ! poursuivit le coquin d'un ton déclamatoire, toutes les femmes, c'est des drogues ! voilà mon opinion !

Sur ce, un nouvel éternument :

— Merci, fit-il ensuite, ça ne sera rien que ça ! Vous êtes en train, pas vrai, Majesté, reprit-il en changeant de ton, de vous dire en vous-même : « Ah çà ! en l'honneur de quel saint ce farceur de Croupionnet et son ami Fanferdieu ont-ils passé comme ça treize années de leur vie à courailler après les héritiers de Buridan ? » Voilà pourquoi la chose : c'est que le jour où nous devions rendre au susdit ses deux moutards ou tout au moins lui faire savoir où ils perchaient, il devait, lui, nous compter cent livres parisis.

— Par Dieu qui me fit ! s'écria le roi, tu sais où l'étudiant s'est réfugié, après l'assassinat de Jean de Marle ! Parle ! parle !

— Tais-toi ! tais-toi ! malheureux ! s'exclama de son côté Enguerrand de Marigny.

— Hein ? quoi ? plaît-il ? fit le coquin stupéfié, l'un me dit de jaboter, l'autre m'ordonne de clore mon bec !

qu'est-ce que cela signifie?... Mon cher sire, reprit-il, et vous, mon bon seigneur, octroyez-moi encore quelques secondes d'attention. Quand j'ai commencé à raconter quelque chose, j'aime à aller jusqu'au bout. Lorsque vous m'aurez ouï, tout du long, vous saurez ce que vous voulez savoir, et vous n'ignorerez pas le motif qui vous procure le plaisir de me voir si matin!

Ayant ainsi parlé, Croupionnet éternua une quatrième fois, salua le roi et s'apprêta à reprendre le plus tranquillement du monde la suite de son récit.

XIII. — OU L'ON SAIT A QUOI S'EN TENIR AU SUJET DE LA VISITE QUE FIT AU ROI DE FRANCE LE COMPLICE DE FANFERDIEU.

Philippe le Bel, bouillant d'impatience, avait brusquement ordonné à Croupionnet de poursuivre.

— Tout vient à point pour qui sait attendre! reprit le coquin avec une placidité imperturbable. Moi, voyez-vous, mon bon roi, je suis d'avis qu'il ne faut jamais se presser, sans ça, on ne fait rien de bon!... « Hâte-toi lentement », dit le sage. Je suis de l'opinion de ce monsieur, que je ne connais pas, du reste!...

— Par les plaies du Sauveur! s'exclama le roi avec colère, parleras-tu, truand?... Pour te forcer à tout dire, est-il donc besoin que je mande le tourmenteur?

— Eh! bon Dieu, Majesté, laissez le tourmenteur en repos, je vous prie! Je parlerai sans lui, je vous jure, et ne suis venu céans que dans cette intention!

— Fais donc vite, mon compère, répliqua Philippe IV d'un ton menaçant, ou, de par Dieu, tu t'en repentiras!

— Voilà! voilà! mon aimable monarque! du moment que vous me prenez par la douceur, je suis votre homme!... Alors pour lors, depuis un mois à peu près, Fanferdieu et moi, nous foulons le sol parisien. Pendant une huitaine de jours, ne pouvant percher à *la Chèvre qui n'y voit pas*, nous nous sommes installés au *Lapin blanc*... un endroit bien composé, ma foi!... Ah! la société n'y est pas mêlée : c'est tout canailles!... Malheureusement, la semaine écoulée, on nous pria de filer sous prétexte que nous n'avions pas le sou et qu'on ne voulait pas nous faire crédit plus longtemps!

Le roi frappa du pied avec rage.

— Faut pas vous enlever! continua Croupionnet, j'arrive au fait. Seulement, je tiens à tout vous narrer en son entier! sans quoi, je m'embrouillerais et je ne ferais que de la bouillie pour les chats! Éconduits, peu poliment, je dois le dire, du cabaret de la rue aux Fèves, nous avons porté nos pénates sous le pont au Change!... Ah! Majesté! c'est là qu'on est peu à son aise!... C'est humide! et il y a des courants d'air!... Si je n'avais pas eu mon rhume de cerveau en arrivant là, j'en aurais pincé un, bien sûr!... Le mien n'a fait que croître et embellir! Or donc, nous étions mal logés en diable sous ce satané pont. Sans compter que nous n'y étions pas nourris du tout! Par exemple, nous n'avions qu'à nous baisser pour boire tout notre soûl!... La Seine était à notre disposition! Quant au jus de la treille, bernique! Si bien que je finis par avoir plein le dos de cette existence-là, et qu'hier je dis comme ça à mon compagnon : « Il faut que ça change, et pas plus tard que tout de suite! » — « Changer, me répondit Fanferdieu, je ne demande pas mieux, mais comment faire? » Alors, moi qui suis malin comme un singe et rusé comme un serpentin, je lui rappelle mot pour mot ce que nous avait dit Buridan avant de nous quitter.

A ces mots, Enguerrand et le roi se rapprochèrent vivement et prêtèrent plus attentivement l'oreille.

Le narrateur poursuivit en ces termes :

— Voici ce que nous avait dit l'étudiant en partant : « Mes petits amis, le jour où vous aurez mis le nez sur la piste de mes deux mioches, arrivez dar-dar à Paris, et, sur la porte des tours Notre-Dame, tracez quatre croix à la queue leuleu. Tous les soirs, j'irai flâner de ce côté-là, ou si j'ai affaire, j'y enverrai un camarade... Le lendemain du jour où je serai instruit de votre présence par les quatre croix en question, poursuivit Buridan, trouvez-vous sur la place du Parvis au moment où les trompettes du guet royal annonceront que le blond Phébus passe ses chausses. Alors un homme viendra à vous et vous dira : « Fénestrange, » vous lui répondrez : « Lorraine. » L'homme vous suivra. Vous le conduirez près des deux moutards, et ceci fait, on vous octroiera, séance tenante, cent livres parisis. »

— Quel était ton projet? interrogea le roi.

— C'est justement ce que me demanda Fanferdieu. « Mon projet, lui répondis-je, c'est de faire ce soir même les quatre croix sur la porte des tours, et de venir au rendez-vous indiqué. Buridan ou son messager s'y trouvera avec la somme promise. Nous l'emmènerons un peu loin de Paris, du côté de la forêt de Bondy, par exemple; et dame! là, nous lui emprunterons poliment les cents livres parisis, s'il ne nous les offre pas lui-même. » Voilà quel était mon projet. Vous voyez qu'il était simple et facile d'exécution.

— Et, demanda le roi en souriant, ton camarade accepta, je suppose, ta proposition?

— Eh bien! voilà ce qui vous trompe! Fanferdieu a refusé. Depuis treize ans, il faut vous dire que ce faux ami n'est plus reconnaissable. Il a son coup de vieux, comme l'on dit. Il a fait, prétend-il, promesse à Buridan de devenir honnête et modéré, et il n'y a plus rien de bon à faire avec lui. C'est un garçon toisé. Il s'est formellement opposé à l'exécution de mon plan et m'a juré ses grands dieux qu'il aimerait mieux crever de faim que de faire à Buridan l'espièglerie que j'avais imaginée. Tout seul, je ne pouvais songer à la réussite de la chose. Alors, je pensai à vous, mon doux souverain!

— Que veux-tu dire, coquin?

— Je veux dire que je n'ignorais pas que Buridan s'était conduit à votre endroit comme un pas grand'-chose. Je savais que, depuis un temps illimité, vous lui couriez après, sans jamais l'attraper, et que vous feriez un joli cadeau à celui qui le ferait tomber entre vos augustes pattes... je veux dire entre vos augustes mains! Et ma foi, je suis venu carrément à vous pour vous livrer votre ennemi, en échange d'une petite place au Louvre avec de forts appointements!

— Me livrer mon ennemi! Tu sais donc où il est?

— Parbleu! sans cela, je ne serais pas ici, monseigneur!

— Sang du Christ! exclama le roi, si ce que tu dis est vrai, mon compère, tu seras royalement récompensé!

— C'est bien comme ça que je l'entends! Or donc, devant l'ami Fanferdieu, j'ai eu l'air de renoncer à mon projet... j'ai fait même semblant d'approuver ses scrupules et de trouver sa délicatesse tout à fait de saison... Seulement, à un moment donné, j'ai filé sous un prétexte quelconque, j'ai gagné Notre-Dame et là, avec ce même poignard qui m'a été confisqué tout à l'heure...

— Tu as tracé les quatre croix sur la porte des tours?

— Comme vous le dites, Majesté! répliqua le drôle. Après ça, comme si de rien n'était, je suis allé retrouver Fanferdieu au pont au Change... Mais, bien avant le jour, je lui ai brûlé la politesse et j'ai couru me mettre aux aguets dans une échoppe de savetier, veuve de son locataire.

— Au lever du soleil, tu as vu Buridan?

— Buridan! non! pas positivement; mais une espèce de gros petit bonhomme qui était juste bossu à lui seul comme une paire de dromadaires!

— Un bossu!

— Oui! je l'avais vu et connu jadis! C'était le petit Mailleux de Saint-Séverin!... Pendant toute une grande heure, il demeura sur la place, allant, venant, tournant, regardant, à gauche, à droite, partout et ailleurs!

— C'était le messager de Buridan?

— Évidemment!... Comme bien vous pensez, je me tins coi dans ma cachette et ne donnai point signe de vie!... J'avais cependant de furieuses envies de venir au difforme et de l'entraîner je ne sais où... mais il me semblait fort comme un Turc, et, de plus, il était parfaitement armé!... Je m'en tins à ma première idée, et quand, fatigué de faire le pied de grue en pure perte, il se décida à décaniller, je quittai tout doucement mon échoppe et je le suivis à une distance respectueuse.

— Bien! bien! fit le roi dont les regards brillaient d'une joie féroce. Poursuis.

— Tais-toi, malheureux! murmura une voix à l'oreille de Croupionnet.

Celui-ci se retourna et reconnut Enguerrand de Marigny.

— Voilà encore qu'il veut me clore le bec, celui-là! Que diantre ça peut-il lui faire que je parle?... Au surplus, il n'est que ministre et l'autre est monarque. Obéissons au plus fort!

— Achève donc! reprit Philippe le Bel avec impatience.

— On y va, mon doux roi, on y va!... Le bossu, d'un pas rapide, avait quitté le Parvis. Sans se douter aucunement que j'étais à ses trousses, il passa comme un éclair devant l'église Saint-Christophe, enfila la rue du même nom et s'arrêta enfin.

— Silence! silence! s'exclama brusquement Enguerrand.

— Chambellan! fit le roi en se contenant à grand'-peine. Lorsque je commande à cet homme de tout me dire, osez-vous bien lui ordonner le contraire!

Enguerrand se jeta aux genoux de Philippe IV.

— Sire! dit-il, Buridan fut l'ami de ma jeunesse. Si la fatalité l'a fait ce qu'il est aujourd'hui, je ne puis oublier, moi, ce qu'il était jadis!... O mon roi, par pitié, par pitié pour vous-même, renvoyez ce misérable espion sans l'entendre davantage... Ne cherchez pas à enlever de nouveau à l'infortuné Buridan la triste liberté dont il jouit...

— Messire Enguerrand de Marigny, répliqua le roi d'une voix sourde et terrible, Jean Buridan est mon ennemi, et la haine que je lui ai vouée ne s'éteindra qu'après sa mort!

— Sire!... supplia de nouveau Enguerrand.

— Demandez-moi tout au monde, poursuivit le monarque, pour vous, je suis prêt à tout faire... Mais la grâce de Buridan... jamais! jamais!

Et le roi ajouta, en pâlissant de rage et de honte à ce seul souvenir :

— Il m'a forcé à m'agenouiller devant lui, cet infâme!... Il m'a vu tremblant et priant!... Et il a levé l'épée sur son roi!... Pas de grâce! pas de grâce!

— Sire, repartit Enguerrand, son épouse est morte et ses fils ne sont plus avec lui!... Le châtiment n'est-il donc pas assez terrible?

— Non, non! répondit Philippe avec une sombre

fureur. Son trépas seul peut assouvir ma vengeance, je vous l'ai dit!... Qui sait même, qui sait si ma haine ne le suivra pas au delà de la mort?

Enguerrand de Marigny se releva lentement :

Des pleurs sillonnaient ses joues.

Essuyant fébrilement ses larmes, il lança un regard froudroyant au traître qui perdait Buridan.

— Ouais! murmura Croupionnet, le chambellan me reluque d'une drôle de manière!... J'ai envie de filer, moi!

Et, machinalement, le coquin fit quelques pas vers la porte.

— Achève! lui commanda le roi d'un ton impérieux.

Croupionnet se rapprocha en se grattant l'oreille.

— Vous voulez que j'achève, Majesté? balbutia le drôle, en regardant du coin de l'œil Enguerrand de Marigny.

— Obéis!

— Si nous remettions la fin de mon récit à dimanche prochain? Ça sera fête justement! nous nous amuserons bien plus!

— Obéis, misérable! ou, sur l'heure, je te fais mettre à la torture!

— La torture! Oh! oh! fit notre homme, voilà qui ne vaut rien!... Je crois décidément que j'ai eu tort de fourrer mon nez par ici, moi!

— J'attends! reprit le roi.

— C'est que je vais vous dire, mon joli monarque, riposta le gredin en jetant un nouveau coup d'œil du côté d'Enguerrand, je ne me rappelle pas très-bien l'endroit où s'est arrêté le petit bosco... C'était dans la Cité... oh! pour ça, j'en suis sûr... Quant à la rue, je ne m'en souviens pas du tout!.. oh! mais du tout... du tout!

— C'est bien, répliqua le roi.

S'adressant alors au gentilhomme génois :

— Giacomo! continua-t-il, que le tourmenteur se rende céans avec un brasier et des tenailles! Allez!

Le Génois fit mine d'exécuter l'ordre qu'il venait de recevoir.

Croupionnet courut à lui et le retint par le bras :

— Eh! là! là! mon bon monsieur Giacomo! s'écria-t-il, ne vous dérangez pas, je vous en prie... je me souviens.. Oh! je me souviens parfaitement! La mémoire m'est revenue comme par enchantement!

— Parle donc alors! commanda le roi avec menace.

— Sire, connaissez-vous la rue de la Juiverie, qui commence rue des Marmousets et qui finit rue de la Calandre?

— La rue de la Juiverie! répéta le roi, dont l'œil étincela soudainement.

— C'est là que le bosco s'est arrêté, devant la demeure du vieil Ismaël, le magister des Juifs! Vous savez? à l'enseigne du *Sacrifice d'Abraham.*

— Sang du Christ! s'exclama Philippe IV, que dis-tu là, mon compère?

— La vérité, mon doux sire, oh! la vraie vérité du bon Dieu! La boutique était encore close... Le Mailleux a frappé trois coups à la porte... Alors le guichet s'est ouvert, une voix a dit : « Fénestrange», le bossu a répondu : « Lorraine », et l'huis s'est ouvert. Après ça, j'étais sûr de mon affaire... c'était chez le vieil Ismaël que se tenait cette canaille... non, je veux dire cet honnête homme de Buridan!

Le roi poussa une exclamation d'indignation.

— Buridan chez les Juifs! murmura-t-il ensuite ; Satan! merci!

Fouillant en son escarcelle, il en tira une poignée d'angelots.

— Prends cet or, mon compère, dit-il à Croupionnet, prends, tu l'as bien gagné.

— Oh! majesté, fit le drôle en empochant son trésor, vous êtes la crème des monarques!

Ayant ainsi parlé, le coquin prit le chemin de la porte.

— Un instant! cria Enguerrand.

— Hein? quoi? balbutia Croupionnet, aurais-je oublié mon mouchoir?... Ça m'étonnerait... je n'en use pas!

— Sire, continua le chambellan, quelque faveur que je vous demande, vous me l'accorderez avez-vous dit?

— Et je le dis encore!

— Eh bien, je sollicite de Votre Majesté l'incarcération immédiate de ce misérable! reprit Enguerrand en désignant Croupionnet.

— Plaît-il? gémit ce dernier avec terreur.

— Oui, répondit le chambellan avec force, la prison pour les traîtres, la mort pour les espions, les plus hideux supplices pour les dénonciateurs!

— Ah! mais non! ah! mais non! hurla Croupionnet, ne me faites pas cette farce-là... elle est mauvaise!

Se jetant aux pieds du roi :

— Sire, je vous en supplie... sire, je vous en conjure, continua le coquin avec désespoir, refusez à ce monsieur la grâce qu'il sollicite... La prison!... la mort!... Ah! mais non! ah! mais non!... Sire, ordonnez qu'on me permette de décamper et qu'on me laisse la vie sauve!... Grâce! grâce! je suis un honnête père de famille sans ouvrage... Ne me séparez pas de l'épouse que je pourrais avoir et des chers petits enfants que je n'ai jamais eus!

— Je t'ai donné ta récompense, répliqua Philippe IV, je suis quitte avec toi.

S'adressant ensuite à Enguerrand :

— Messire chambellan, faites de ce drôle ce que bon vous semble.

Enguerrand fit signe au gentilhomme génois, qui s'éloigna aussitôt pour rentrer peu après escorté du capitaine Balthasar et de ses hommes.

Désignant aux archers Croupionnet atterré :

— Que cet homme soit conduit au Châtelet, ordonna-t-il, et que, chargé de chaînes, il soit jeté dans un cul de basse-fosse !... Messire Pierre Jumeau sera informé cejourd'hui même de ce qu'il doit faire de ce prisonnier ! Allez !

Pierre Jumeau était le nouveau prévôt de Paris.

C'était le sixième depuis Jean de Marle.

Les cinq autres avaient noms :

Guillaume d'Hangest (1291).

Jean de Saint-Léonard (1296).

Robert Mauger (1297).

Guillaume Thiboust (1298).

Et Pierre de Dicy (1302).

Balthasar et ses hommes s'étaient emparés de Croupionnet.

— Cré coquin de sort ! grommela celui-ci, si jamais il m'arrive de vouloir rendre service au roi, il pleuvra des saucisses plates !... Chien de monarque ! gueusard de chambellan !... Que je sorte de leurs griffes, et ils verront ce qu'ils n'ont jamais vu !

Quelques minutes plus tard, il était bien et dûment incarcéré dans ce même cachot d'où la protection de Fanferdieu l'avait tiré treize ans auparavant.

— Et voilà ce que c'est que d'avoir voulu faire le malin ! gémit le coquin en entendant se refermer la lourde porte de sa prison ; me voilà coffré maintenant jusqu'à ce que mort s'ensuive !

Tandis que le drôle quittait le Louvre, le roi commandait aux quatre frères génois de courir sur l'heure, avec un gros d'archers, chez le vieil Ismaël afin d'arrêter Buridan et ses complices.

Enguerrand n'intercéda pas de nouveau pour celui qui avait été son ami. Il comprenait que le roi serait inflexible.

Lorsque les Génois et leur escorte se furent éloignés au grand galop de leurs montures :

— Sire, s'exclama le chambellan avec douleur, fasse le ciel que de tout ceci ne résulte pas grand dommage pour le royaume et pour le roi !

— Grand dommage, dites-vous ? riposta Philippe le Bel avec un sourire, de par Dieu ! vous voulez dire grand bonheur, mon compère !

Enguerrand secoua la tête.

— Oui, sur ma foi, grand bonheur ! reprit le monarque, car maintenant, je n'ai plus l'ombre d'un scrupule, et mes dernières hésitations se sont évanouies !

— Que voulez-vous dire ?

— Je veux dire que ce projet, dont je vous ai fait part tout à l'heure, j'y eusse peut-être renoncé... Oui, j'eusse consenti à ne pas proscrire de nouveau les juifs de mon royaume... j'aurais eu quelque honte à manquer à la parole que je leur avais octroyée !... Mais, à présent, c'en est fait !... Ils ont osé donner asile à mon ennemi, ces traîtres !... ils n'ont pas craint de le mettre à l'abri de ma juste colère !... ils méritent un châtiment terrible, épouvantable... et, de par l'enfer ! ils ne l'attendront pas longtemps !... A moi donc les richesses de ces mécréants !... Je veux leur prendre jusqu'à leur dernier liard, jusqu'à leur dernière loque !... ils sortiront du pays français nus comme des vers !... Je ne leur laisserai rien !... non, pas même un manteau pour se couvrir, pas même un morceau de pain pour manger !

Enguerrand étouffa un douloureux soupir.

— Ah ! vous les plaigniez, messire, reprit le roi, vous les défendiez ?

— Oui, sire, je les plaignais et je les défendais, répliqua le ministre avec force, car ils avaient eu pitié de Jean Buridan et lui avaient donné aide et protection !

— Sang du Christ ! interrompit Philippe, vous le saviez donc ?

— Je le savais ! répondit noblement Enguerrand de Marigny.

— Et vous ne m'avez pas livré mon ennemi !

— Je ne vous ai pas livré mon ami !

— Ah ! je comprends maintenant votre étrange sympathie pour toute la clique israélite !

— J'aurai toujours amitié et respect pour les hommes bons et compatissants !... Au péril de leurs têtes, les juifs de Paris se sont faits les frères d'un malheureux proscrit ; en récompense de cette généreuse action, je me suis fait, moi, leur avocat et leur champion depuis que je suis au pouvoir !... Si vous prononcez contre eux l'arrêt de proscription dont vous les menacez, j'aurai du moins la triste joie d'avoir retardé cet arrêt autant que je l'aurai pu !... Au surplus, je le dis hautement, sire, les préjugés qui pèsent depuis des siècles sur cette race malheureuse sont, à mes yeux, injustes et lâches ; les juifs valent les chrétiens, tel est mon sentiment.

— Les juifs sont des chiens ! des maudits ! interrompit Philippe IV. Usuriers dans l'âme, l'or est leur seule divinité !... S'ils ont protégé Buridan jusqu'à ce jour, c'est qu'ils avaient intérêt à agir de la sorte !... Croyez-moi, mon bien cher Enguerrand, du moment qu'ils verront que leur fortune est en jeu, ils s'empresseront de me le livrer pieds et poings liés.

En cet instant, Giacomo et ses frères reparurent.

— Mon Dieu ! mon Dieu ! gémit Enguerrand. Faites que Buridan ait pu s'échapper !

— Eh bien, Giacomo! s'écria le roi en allant au-devant de son gentilhomme. Buridan?

— Buridan n'était plus chez Ismaël, sire! répondit le Génois.

— Sauvé! murmura Enguerrand avec joie.

— Enfer! s'exclama Philippe le Bel.

— Après avoir inutilement fouillé de fond en comble la demeure du vieux juif, reprit Giacomo, nous avons enfoncé une porte secrète dissimulée avec soin dans la muraille. Espérant découvrir enfin celui que nous cherchions, nous nous sommes élancés l'épée au poing dans un escalier étroit et sombre; mais au haut de ces degrés, nous n'avons trouvé qu'une sorte de palier sans issue, et complétement inhabité!

— Damnation! hurla le roi. Et le juif?... le juif, qu'en avez-vous fait?

— Après l'avoir interrogé sans résultat, nous l'avons garrotté et conduit au Louvre!

— Qu'on l'amène céans!

Le vieil Ismaël fut introduit dans la chambre royale.

— Approche, canaille! commanda le roi avec fureur.

Le vieillard s'avança de quelques pas :

— Tu as recueilli en ta demeure Jean Buridan de Fénestrange?

— Cela est vrai!

— Tu sais où il est présentement?

— Je le sais!

— Et tu refuses de révéler le lieu de sa retraite?

— Je le refuse!

— Prends garde, vieillard! prends garde!

— Les menaces de vos sbires n'ont pu m'épouvanter, sire, répondit avec calme le vieil Israélite. Les vôtres ne sauront m'émouvoir.

— C'est bien! Trêve donc aux menaces! reprit le roi avec un horrible sourire.

Se tournant vers les gardes :

— Que cet homme soit conduit dans la grande cour, qu'on le dépouille de ses vêtements et qu'on le fouette jusqu'à ce qu'il parle!

— Je mourrai, sire, mais je ne parlerai pas!

Le roi se prit à rire.

Je ne parlerai pas, répéta le vieillard avec force. Jean Buridan est le fils d'une juive, et les juifs ne trahissent pas leurs frères!

— De par Dieu, c'est ce que nous allons voir!

A ces mots, Philippe fit un signe et les gardes s'apprêtèrent à entraîner Ismaël.

Enguerrand se précipita vers le roi en s'écriant :

— Sire, ne commettez pas une cruauté inutile!... Vous voyez bien que cet homme gardera le silence!

Ismaël jeta un regard étonné vers le grand chambellan :

— Un chrétien parle en faveur d'un juif! dit-il avec une voix émue.

— Un chrétien doit parler en faveur de tous! répondit Enguerrand. Sire! reprit le généreux ministre, épargnez ce vieillard... je vous demande sa grâce à deux genoux!

Le roi le releva :

— Je veux bien accéder à votre prière, messire chambellan, dit-il. Au surplus, les châtiments corporels sont sans effet sur ces mécréants!

Se retournant vers Ismaël :

—Tu refuses de parler, d'autres parleront pour toi!

Le vieillard secoua la tête d'un air de doute :

— Que l'on mande sur l'heure en la grande salle du Louvre tous les juifs de Paris! ajouta le roi en s'adressant aux frères Génois. La mort pour tous ceux qui n'obéiront pas! Allez, messieurs! transmettez cet ordre à notre grand prévôt!

Une heure plus tard, toute la juiverie de la capitale était réunie au Louvre.

C'étaient les mêmes types, les mêmes physionomies que nous avons fait connaître à nos lecteurs, dans un précédent chapitre, à l'assemblée du Grand-Châtelet.

Parmi ces hommes, une centaine au moins possédaient le secret de Buridan; les autres l'ignoraient complétement.

Plus pâles et plus tremblants encore que nous ne les avons vus jadis, tous ces malheureux se tenaient serrés les uns contre les autres, s'interrogeant mutuellement du regard et n'osant souffler mot.

Bientôt le roi Philippe le Bel pénétra dans la grande salle, le front chargé de nuages et les yeux pleins de terribles menaces.

Enguerrand de Marigny marchait à sa droite, palpitant d'anxiété, et frémissant de crainte.

A sa gauche était messire Pierre Jumeau, prévôt de Paris.

Peu après l'entrée du souverain, les frères Génois et les archers apparurent escortant Ismaël, toujours garrotté.

A l'aspect de leur vieux maître, les juifs laissèrent échapper un sourd murmure de compassion.

Un regard foudroyant du roi de France rétablit soudainement le silence.

S'avançant ensuite à pas lents vers la foule, Philippe le Bel parla ainsi :

— Cet homme a reçu en son logis mon ennemi mortel! Il refuse de révéler en quel asile se cache Jean Buridan! Parmi vous, mes compères, il en est, je le sais, qui peuvent m'apprendre ce que cet insolent vieillard s'obtine à ne pas divulguer!... je vous somme donc à cette heure de me livrer le traître! Parlez! je vous écoute!

Enguerrand faissonna.

Mais aux paroles du roi, succéda un silence de mort.

Le roi s'approcha plus encore des Israélites :

— Vous ne répondez pas ! leur dit-il avec une indicible rage, vous ne répondez pas !... Ah ! tremblez, misérables !

Les juifs restèrent muets.

— C'est bien, reprit Philippe le Bel. C'est vous qui l'aurez voulu !... Écoutez donc, mes maîtres : si cejourd'hui même, devant que le soleil ne se couche, vous ne m'avez pas livré Jean Buridan, ce soir même, vous et les vôtres serez chassés de cette ville, et demain vos coreligionnaires seront expulsés du royaume ! vos biens seront confisqués et vos demeures détruites de fond en comble !

S'adressant aux archers et leur désignant Ismaël :

— Quant à vous, mes fidèles, entraînez ce vieux chien et livrez-le au bourreau ! J'ordonne qu'il soit pendu à l'entrée du pont au Change !

Revenant aux juifs :

— Il en sera ainsi pour soixante d'entre vous, canailles, si, le délai passé, vous n'avez pas remis mon ennemi entre mes mains ! Allez !

Tous ces malheureux poussèrent une sourde exclamation d'horreur et d'épouvante ; mais en ce moment une voix retentissante se fit entendre au fond de la salle, et cette voix disait :

— Cesse tes menaces, roi Philippe, et sur moi seul assouvis ton implacable haine !

Tous se tournèrent stupéfiés et s'écrièrent avec terreur :

— Jean Buridan !

XIV. — OU JEAN BURIDAN VIENT SE JETER DE LUI-MÊME DANS LA GUEULE DU LOUP.

Buridan s'était frayé un passage à travers la foule interdite. Le front haut, il s'avança vers le roi.

— Lui ! murmura Philippe le Bel avec une effroyable joie.

— Oui, sire, répliqua le jeune homme d'un ton calme, c'est bien moi !...

S'adressant aux Israélites :

— Pensiez-vous donc, mes maîtres, que j'accepterais votre généreux sacrifice ?... Non, sur mon âme !... Mieux vaut la mort et le supplice d'un seul homme que la ruine et la misère de toute une nation !... Ce jour, ô mes amis, est le dernier peut-être où nous nous trouverons ensemble. A cette heure suprême, recevez mes remercîments et l'assurance de mon éternelle gratitude !

Arrachant son épée du fourreau et la jetant aux pieds du roi :

— Prenez-moi, sire, reprit l'étudiant avec noblesse, et que mon sort s'accomplisse !

Désignant Ismaël :

— Ordonnez que ce vieillard soit délivré de ses liens, Majesté !... Vous avez maintenant la victime que vous vouliez ; ne condamnez donc que moi et laissez aller ces hommes qui n'ont commis d'autre crime que celui d'être dévoués au malheur et fidèles à la foi jurée !

Le roi s'attendait à quelque furieuse sortie de la part de Buridan. Sa placidité, son calme, l'étonnèrent, et malgré lui, bien qu'il y eût peu de place en son âme pour les beaux et bons sentiments, il ne put s'empêcher d'admirer cet homme qui venait volontairement se jeter aux mains de son plus farouche ennemi. Mais sa fureur et sa haine reprirent bientôt le dessus.

— Enchaînez cet homme ! commanda-t-il d'une voix sourde, et menez-le sur l'heure à la tour du Louvre !

— Avant que mes mains ne soient chargées de liens, dit Buridan, permettez, sire, que je remette à l'un des vôtres la médaille que voici !

Ayant ainsi parlé, il enleva de dessus sa poitrine la petite image de sainte Geneviève qui lui avait été donnée jadis par Enguerrand. Celui-ci était pâle et se soutenait à peine. Buridan s'avança vers le chambellan :

— Messire de Marigny, lui dit-il sans même le regarder, il y a longtemps, bien longtemps, j'avais un ami, un frère... Un jour le sort nous sépara. Avant de me quitter, il plaça sur mon cœur cette sainte relique qui lui venait de sa mère. C'était ce qu'il avait de plus cher, de plus précieux au monde, c'était son seul trésor. « Quoi qu'il puisse advenir, me dit-il, je te donne ici ma foi, cher compagnon de mon enfance, que tu seras toujours et quand même mon seul frère et mon seul ami. Comme gage de ma parole, reçois cette sainte relique. Si jamais j'oubliais mon serment, montre-la-moi et je me souviendrai ! » Telles furent ses paroles. Aujourd'hui, monseigneur, cet ami, ce frère n'existe plus pour moi ! Il est devenu le frère et l'ami de ceux qui me persécutent ! Prenez donc cette médaille, messire de Marigny, et rendez-la en mon nom à celui qui m'a trahi et que vous seul connaissez !

Enguerrand n'eut pas la force d'en entendre davantage. S'élançant d'un bond vers Buridan, il le serra contre son cœur en éclatant en sanglots :

— Buridan ! Buridan ! s'écria-t-il ensuite, garde cette relique, ô mon frère! Celui qui te l'a donnée se rappelle son serment !... Celui que tu sauvas jadis est toujours ton ami !

Les deux hommes se tinrent longtemps embrassés. Philippe le Bel considérait ce tableau d'un air sombre et soucieux.

— Qu'adviendra-t-il de tout ceci ? pensait-il.

Il le connut bientôt. Le chambellan, tenant entre ses mains les mains du proscrit, s'avança vers son royal maître :

— Sire, lui dit-il, Jean Buridan de Fénestrange ne doit pas être prisonnier là où je commande le premier après le roi !... Je ne vous demande pas, sire, la grâce de mon camarade d'enfance. Cette grâce, vous me l'avez refusée, malgré mes prières, malgré mes larmes... mais, de ce jour, je résigne en vos mains la puissance et les honneurs que je tiens de vous... De ce jour, je redeviens le plus humble et le dernier de vos sujets !...

— Que dites-vous ? s'écria le roi atterré.

— L'ami, le frère de Buridan ne peut être le ministre de Philippe IV, reprit Enguerrand calme et digne. Poussé par l'ambition, guidé peut-être par l'espoir d'être utile à mon pays, j'avais su jusqu'à ce moment m'aveugler et me tromper moi-même... J'étais parvenu à étouffer en moi cette voix qui me disait de fuir la cour et le pouvoir... Mais à cette heure, sire, mes yeux sont dessillés, et, ferme, résolu, je descends de ma grandeur, je me démets de toutes mes dignités, de toutes mes charges, et pour toujours, je rentre dans mon obscurité !

Depuis quelques instants, des clameurs sourdes se faisaient entendre dans l'éloignement. Nul des assistants n'avait fait attention à ces murmures. Tout à la scène qui se passait au Louvre, les juifs et les gens du roi n'avaient garde de s'inquiéter de ce qui pouvait se passer au dehors. Mais Philippe le Bel, toujours sur le qui-vive, et pour cause, avait dressé l'oreille. Du premier coup, il avait deviné que ce lointain bourdonnement était pour lui un danger ou tout au moins une menace, et, sur son ordre, Giacomo avait précipitamment quitté la grande salle pour aller aux informations. Comme Enguerrand achevait de parler, le Génois reparaissait, tout pâle et tout troublé, aux côtés de son maître.

— Sire, lui dit-il vivement à voix basse, l'Université tout entière se dirige en armes vers le Louvre. Elle acclame Buridan et pousse contre vous de longs cris de menace !...

— Pas un mot de plus ! répliqua le roi sans seulement tourner la tête du côté de Giacomo.

Composant aussitôt son visage, il s'avança lentement vers l'ami de Buridan :

— Messire Enguerrand de Marigny, lui dit-il ensuite avec une émotion supérieurement feinte, vous êtes un grand et noble cœur !

Un murmure d'indicible étonnement, d'inénarrable joie accueillit les paroles du monarque.

— Vous avez dit vrai, reprit ce dernier avec un sourire plein de douceur et d'aménité, en ce Louvre où vous partagez avec moi la souveraine puissance, votre ami, votre frère ne peut être captif !

S'adressant à Buridan, immobile de surprise :

— Messire de Fénestrange, ajouta le roi, de longues années ont passé sur nos tristes querelles. Oubliez vos griefs comme j'oublie les miens !... Nous étions bien jeunes lorsque surgit entre nous la fatale haine qui nous a séparés. Aujourd'hui, nous ne sommes plus des enfants, nous sommes des hommes. Tournons donc les yeux vers l'avenir et que le passé soit à jamais mort entre nous !

— Sire, est-ce bien vous que j'entends ? murmura Buridan.

— Vous êtes libre, messire de Fénestrange ! répondit le monarque avec un geste majestueux.

— Libre ! fit l'étudiant

— Libre ! répéta la foule avec des larmes de bonheur.

— Votre père Guy-Raymond fut le serviteur et l'ami de saint Louis, mon aïeul, et de Philippe III, mon père. Soyez mon ami et mon serviteur, Buridan, ou mieux, soyez l'ami et le serviteur de la France, notre mère bien-aimée !... Le voulez-vous ?...

— Sire, répondit l'étudiant en mettant la main sur son cœur, tout ressentiment et toute haine viennent de s'éteindre en moi ! C'en est fait du passé, je ne m'en souviens plus !

— C'est bien ! répliqua le prince. O Louis ! ô Philippe ! ajouta le royal hypocrite en croisant les bras sur sa poitrine, vous m'êtes apparus et m'avez dicté mon devoir ! Êtes-vous contents de moi ?

— Vive le roi ! vive Philippe le Bel ! hurla la foule des juifs et des courtisans avec un enthousiasme indescriptible.

Mais à ces cris joyeux répondirent du dehors des clameurs furieuses et menaçantes.

— Qu'est cela ? demanda le monarque en feignant la plus violente surprise.

Enguerrand et quelques autres coururent à la fenêtre qui donnait sur la place du Louvre.

— Sire, dit le chambellan, tous les enfants de l'Université cernent ce palais... bannières déployées, armes en main, ils demandent Buridan !

— Ils font mieux encore ! ajouta Philippe qui s'était approché, ils crient : Mort au roi de France ! Pauvres enfants ! continua le monarque en prenant un air benin et paterne, ils croient que j'en veux aux jours de leur bien-aimé capitaine !... Honneur à vous, messire, reprit Philippe en s'adressant à Buridan, bien qu'éloigné des Écoles depuis treize longues années, votre souvenir est encore vivant dans tous les cœurs !

Sur son ordre, la haute verrière qui donnait sur la place fut ouverte à deux battants.

— Donnez-moi votre main, sire de Fénestrange, dit alors le monarque, et venez avec moi rassurer cette ardente jeunesse !

J'ai été un peu voleur dans le temps.

Buridan, avant de donner la main à Philippe le Bel, éprouva une hésitation involontaire.

Ce ne fut qu'un mouvement imperceptible, mais cependant il n'échappa pas au roi.

— Venez ! venez ! reprit-il.

— Me voici, Majesté ! répondit Buridan.

Et tous deux, se tenant par la main, se montrèrent à la foule qui hurlait sur la place et simulait à merveille les flots tumultueux d'une mer en furie. A l'aspect du monarque s'appuyant amicalement sur l'épaule du proscrit, les cris de rage et les menaces de mort s'éteignirent comme par enchantement, et des murmures de surprise, de joyeuses clameurs leur succédèrent.

— Messires écoliers ! cria Philippe le Bel d'une voix sonore et retentissante, de tout temps l'Université, fille de Charlemagne, fut notre plus chère affection. Cette grande amitié que je ressens pour elle, je la prouve en ce jour en me réconciliant publiquement avec celui que les étudiants de Paris nommèrent jadis leur capitaine !... Jean Buridan de Fénestrange, reprit le prince en tendant les bras au jeune homme, embrassez votre roi ! embrassez votre ami !

Ayant ainsi parlé, Philippe le Bel donna l'accolade à Buridan.

— En embrassant votre chef, c'est vous tous que j'embrasse, mes jeunes compères ! reprit le roi avec bonhomie.

Mais il ajouta en lui-même :

— Canailles maudites ! puissé-je en effet vous embrasser tous à la fois et vous étouffer entre mes bras !

En sentant la poitrine du roi battre contre la sienne, Buridan avait éprouvé une insurmontable répulsion.

— Oh ! c'est le baiser de Judas, peut-être ! avait-il pensé.

Mais chassant bien vite de son esprit cette sinistre idée :

— Oh ! je suis fou !... avait-il ajouté, je suis injuste ! Quel intérêt aurait-il à me ménager ?...

— Allez en paix ! messieurs des Écoles, reprit le roi. Allez et soyez assurés que, durant tout le temps de son règne, Philippe IV sera le plus fervent défenseur de vos droits et de vos privilèges.

Ce disant, le monarque et son nouvel allié quittèrent le balcon tandis que l'innombrable foule, enthousiasmée, radieuse, hurlait sur tous les tons, à cent reprises différentes :

— Vive Philippe le Bel! vive Buridan! et vive l'Université!

Les mêmes acclamations accueillirent le roi et l'étudiant à leur rentrée dans la grande salle. Lorsque cette effervescence se fut quelque peu calmée, Philippe IV s'approcha d'Enguerrand de Marigny :

— Monsieur notre grand chambellan, lui dit-il en lui tendant la main, refusez-vous encore de partager avec nous les soucis du pouvoir?

— Oh! sire! s'écria Enguerrand en couvrant de baisers la main de son maître, à vous maintenant, à vous et à la France jusqu'à mon dernier soupir!

Philippe le Bel avait ramassé de sa propre main l'épée de Buridan.

— Reprenez votre épée, sire de Fénestrange, lui dit-il, bientôt peut-être vous faudra-t-il la tirer pour le service du pays!... Nous avons à venger les massacres de Bruges et la défaite de Courtrai. Si Dieu le permet, nous marcherons avant peu contre nos ennemis de Flandre!

— Vienne la guerre, sire! s'écria le jeune homme avec exaltation, je l'appelle de tous mes vœux et de toute mon âme!... En face des Flamands, je saurai prouver à tous que le capitaine Buridan n'a pas volé son titre!

— Par le Dieu vivant! je serai ravi de vous voir à l'œuvre, mon jeune lion! murmura le monarque.

Et, non sans intention, il ajouta :

— Que le ciel m'envoie l'or qui me fait défaut présentement, je fais serment de me mettre en campagne le jour même où la trêve expirera!... Sur ce, que Dieu vous garde, capitaine.

Se retournant vers les juifs, à la tête desquels Ismaël, délivré de ses liens, venait de se replacer :

— Messieurs de la juiverie, je ne vous retiens plus!... Comme par le passé, comptez sur ma haute protection! Allez!

Le vieil Ismaël s'avança vers le roi :

— Sire, dit-il, avant de m'éloigner du Louvre, je viens au nom de mes frères, vous dire ceci : Les juifs de Paris feront les frais de la guerre de Flandre. Quelle que soit la somme que vous demandiez, sire, cette somme sera versée demain dans les coffres de l'État!

— Allons donc! se dit le roi à part lui, je savais bien qu'ils y viendraient d'eux-mêmes!... Messieurs les juifs, reprit-il à haute voix, votre dévouement à la France me pénètre le cœur et me touche jusqu'aux larmes!... J'accepte, ô mes amis, ce grand et noble sacrifice, et je vous en remercie au nom de mes fidèles sujets lâchement égorgés par les bourgeois de Bruges, au nom de mes braves soldats, de ma vaillante noblesse, dont les cadavres ont jonché les plaines flamandes en la sanglante journée de Courtrai!... Je vous remercie, enfin, au nom de la France tout entière, qui saura vous prouver bientôt, ainsi que son roi, toute sa reconnaissance et son entière gratitude!... Allez, mes bons et féaux sujets, allez!

Toute la juiverie, étourdie par ce flux de paroles, entraînée par toutes ces belles protestations, quitta le Louvre en pleurant à chaudes larmes et chantant sur tous les tons les louanges de Philippe le Bel. Buridan s'étant éloigné à la suite d'Ismaël, en faisant promesse à Enguerrand de l'aller trouver le soir même à son hôtel particulier, « lequel, disent les chroniques, était sis rue d'Osteriche, à l'opposite du Louvre, tenant d'une part à l'hôtel ou manoir de madame Blanche, et d'autre part à une place, qui s'étendait, par derrière, jusqu'à la rue des Poulies. » Tout étourdi encore de ce qui venait de se passer, Buridan, sans regarder et sans voir, descendait machinalement les larges degrés qui conduisaient à la cour d'honneur. Tout d'un coup, il sentit une main de femme qui s'emparait de la sienne, et une voix, qui ne lui était pas inconnue, lui murmura doucement à l'oreille :

— Messire Buridan, ne voulez-vous donc pas me dire un seul mot avant de vous éloigner?

Le jeune homme se retourna surpris :

— Fiammetta! s'écria-t-il en reconnaissant la bohémienne.

— Vous vous souvenez de moi? fit avec ravissement la chambrière de la reine.

— Eh! sans doute, ma charmante!

— Ma charmante! répéta Fiammetta, je ne suis donc pas trop changée, malgré mon grand âge?

— *Ton grand âge*, friponne, reprit en souriant notre capitaine, ne t'empêche pas d'être toujours l'adorable fille que j'ai connue jadis.

— Vrai?

— Vrai!

— Eh bien, ça me fait plaisir, ce que vous dites là! Sur ma foi, depuis que j'ai dépassé la trentaine, il me semble que je deviens laide à faire peur!... Mais ce n'est pas de moi qu'il s'agit pour le moment.

— Eh! de qui donc?

— C'est de ma chère maîtresse!

Buridan se troubla :

— Jeanne de Navarre! murmura-t-il avec émotion. C'est de sa part que tu viens à moi?

— De sa part, oui, messire, et de la mienne aussi, vraiment, car, parole sacrée! j'avais grand désir de vous voir!

— Jeanne de Navarre, reprit Buridan, se souvient-elle donc encore de moi?

— Eh! pensez-vous, mon gentilhomme, que, nous autres femmes, nous oubliions aussi vite que vous?

— Depuis tantôt seize ans !

— Les années n'effacent pas l'amour vrai !

— L'amour !... Depuis longtemps, ma belle, la reine ne m'aime plus !

— Eh ! qui vous a si bien instruit, messire ?... Ne plus vous aimer, la pauvre âme ! c'est-à-dire que toujours elle pense à vous, ou plutôt, elle ne pense qu'à vous !

— Tu es folle, Fiammetta ! répliqua Buridan, ne sais-je pas que le roi de France a des héritiers ?

— La belle raison !... Est-ce que vous n'en avez pas, vous ?... Le mariage, c'est le mariage, je ne connais que ça !... Eh bien, je parie que, malgré tout, vous avez toujours aimé la reine, et que vous l'aimez encore ?

— Qui te l'a dit ?

— Avec ça que je ne m'y connais pas ! Rien qu'en entendant son nom, tout à l'heure, vous avez pâli et rougi tout à la fois, vous avez tressailli des pieds à la tête, et sous votre pourpoint j'ai vu bondir votre cœur !

— Eh bien, oui, oui, c'est vrai, Fiammetta ! je l'aime encore, je l'aimerai toujours !

— Ah ! je comprends ça, une reine, ce n'est pas une femme comme une autre !

— Et que t'a-t-elle chargée de me dire ? reprit Buridan avec empressement.

— Qu'elle avait chaque jour prié le ciel pour vous, et qu'elle était heureuse, oh ! mais bien heureuse, de vous savoir hors de tout péril et de tout chagrin !

— Elle sait donc ?...

— Elle sait tout. Cachée, ainsi que moi, derrière une tapisserie, nous avons pu tout entendre et tout voir !... Ah ! la pauvre aimée ! quelle émotion quand votre voix a retenti au fond de la salle !... quel trouble lorsque vous avez surgi du milieu de la foule !... Ah ! c'était bien autre chose que vous tout à l'heure, allez !... Croiriez-vous qu'elle a été sur le point de s'élancer vers vous !... Heureusement que j'étais là, et je l'ai retenue !

— Chère Jeanne !

— Ah ! oui, chère Jeanne ! vous pouvez le dire !... Dieu ! quelle joie fut la sienne, quels transports furent les siens lorsque le roi s'avança vers vous l'oubli au cœur et le pardon aux lèvres !... elle avait envie de l'embrasser !... Et cette envie-là, entre nous, ne lui était pas encore venue !

— Tu le dis !

— Je le dis parce que cela est, répliqua la bohémienne ; mais, je crois, vraiment, que vous êtes encore jaloux, comme dans le temps !.... Ça, c'est plus fort que tout le reste !... Tenez, voyez-vous, les hommes il n'y a rien de plus drôle que ça !

— Mais, reprit Buridan, est-ce là tout ce que tu avais à m'apprendre de sa part ?

Fiammetta se prit à sourire :

— Qu'est-ce que vous diriez si je vous répondais oui ?

— Je ne dirais rien, mais j'aurais le cœur navré !

— Voyez-vous cela !

— Parle ! parle ! je t'en conjure !

— Eh bien ! mon beau capitaine, cette nuit, madame Jeanne veut vous voir...

— Cette nuit !...

— En tout bien, tout honneur ! cela va sans dire... mais elle veut causer avec vous, cette pauvre reine. Elle veut que vous lui racontiez toutes vos aventures, tous vos ennuis, toutes vos misères ! Refuserez-vous de venir ?

— Refuser ! es-tu folle ! fût-ce en enfer, je serai au rendez-vous !

— En enfer ! fit la petite en riant, cela se dit toujours, ça n'engage à rien !

— Où la verrai-je ?

— Chez elle !

— Chez elle ! Et le roi ?

— Le roi ! n'ayez souci de lui, messire. Depuis bien longtemps, monseigneur Philippe ne songe plus à sa belle épouse ! Il a d'autres soins en tête et d'autres amours au cœur !

— En vérité !

— Tiens, de quel ton dites-vous cela ? Vous êtes donc bien aise que le roi délaisse madame Jeanne ?

— Eh bien ! oui, je l'avoue !... C'est insensé, mais cela est !

— Connaissez-vous le chien du jardinier, messire ? demanda malicieusement Fiammetta.

— Le chien du jardinier ?

— Oui, c'est un chien qui ne touche pas à sa pâtée, et qui, malgré cela, fait les cent dix-neuf coups lorsqu'un autre s'en approche !... Bien des hommes ont le caractère de ce chien-là ! Qu'en pensez-vous ?

— Tu es une méchante fille, Fiammetta !... Dis-moi vite comment je pénétrerai cette nuit dans ce palais.

— Ah ! il paraît que vous aimez autant briser là notre conversation. Au surplus, un long entretien entre nous pourrait sembler étrange et faire naître quelque soupçon !... A l'heure de minuit, trouvez-vous sur la berge devant la petite porte rouge !... Je serai là pour vous ouvrir et vous servir de guide ! Sur ce, adieu, mon gentilhomme !... Vos amis de l'École vous attendent, allez sans plus tarder recevoir leurs chaudes félicitations !... A minuit !

— A minuit ! répéta Buridan. Et, d'un pas rapide, il traversa la grande cour. Dès qu'il eut franchi le seuil de la royale demeure, les vivats des écoliers éclatèrent de plus belle. Puis il fut entouré, pressé, et finalement porté en triomphe jusqu'à la demeure du vieux juif Ismaël. Nous ne raconterons pas ce qui se passa entre notre héros et ses fidèles amis. On le devine. Ce que nous dirons, c'est que, jusqu'à l'heure du couvre-feu, toute la ville fut en fête. C'étaient des chants et des rires, de joyeuses clameurs et des louanges sans fin à l'adresse du roi Philippe le Bel. Sa conduite vis-à-vis de l'étudiant avait fait oublier au peuple de Paris toutes les fautes passées de son souverain. Machiavel ose prétendre que la cruauté, chez un roi, est préférable à la douceur.

En dépit du publiciste florentin, nous dirons avec Montesquieu :

« Les monarques ont tout à gagner à la clémence : elle est suivie de tant d'amour, ils en tirent tant de gloire, que c'est presque toujours un bonheur pour eux d'avoir l'occasion de l'exercer. »

Longtemps, bien longtemps, Philippe le Bel demeura sur la terrasse du Louvre, avec Giacomo, son confident intime et son plus cher favori. Souriant d'un indéfinissable sourire, le roi écoutait les bourdonnements d'allégresse qui s'élevaient de toutes les places, de toutes les rues et de toutes les tavernes. Il regardait au loin les lueurs éclatantes des mille feux de joie allumés par les écoliers et par les juifs.

— Eh bien ! mio Giacomo, dit-il enfin en frappant sur l'épaule du Génois, que dis-tu de tout cela, mon fils?

— Je dis, sire, que vous êtes un habile politique et, qui plus est un grand magicien ; d'une belle et bonne émeute, vous avez fait une fête populaire, et, pour opérer cette métamorphose, un simple coup de baguette vous a suffi !

— Oui, j'ai sagement agi, répliqua Philippe. Si je n'avais pas rendu Buridan à ces jeunes drôles, ils me l'auraient pris de force, et ce, en m'injuriant, en me vilipendant... en faisant pis, peut-être !... Au lieu de cela, j'ai l'air de leur faire une concession, et je suis pour eux le meilleur des rois... jusqu'à nouvel ordre, bien entendu !

— Ah ! fit Giacomo en souriant, vous ne les tenez pas quittes, à ce qu'il paraît?

— Je leur revaudrai cela, mon fils, je leur revaudrai cela !... à ces chers juifs aussi... Ils m'ont bravé, ces chiens !... de par Dieu ! ils ne porteront pas cela en paradis, c'est moi qui te le dis !... Quand, volontairement ils m'auront donné tout ce dont j'ai besoin pour la guerre de Flandre, quand mes ennemis du dehors seront réduits à *quia*, je m'occuperai de mes ennemis du dedans, et je te garantis que cette guerre-là vaudra l'autre !

— Je vous crois sur parole, monseigneur ! répondit le Génois. Et, ajouta-t-il en se penchant vers son maître, et M. de Marigny, sire, n'y penserez-vous pas un peu aussi?

— Tu n'aimes pas Enguerrand ? murmura le roi.

— Excusez-moi, sire, j'ai pour votre premier ministre la même affection qu'il ressent pour mes frères et pour moi.

— Cela veut dire que tu le détestes.

— Je le hais, sire ! et vous ?

— Oh ! moi, c'est différent, je l'exècre ! Mais j'ai besoin de lui.. Si je suis encore sur le trône, malgré tout ce que j'ai fait endurer à mon peuple bien-aimé, c'est grâce à Enguerrand, grâce à lui seul! Le jour où je n'aurais plus pour me couvrir le voile de sa haute probité, les Français me verraient à nu et je serais perdu !... Avec lui au pouvoir, je règnerai mille ans... Peut-être plus, qui sait? Mathusalem a bien vécu neuf cent soixante-neuf ans !... un roi de France a bien droit à quelques années de plus qu'un simple patriarche ! En attendant, je vais reposer, mon fils, et comme Titus, je ne dirai pas ce soir, avant de m'endormir : « J'ai perdu ma journée ! » Ah ! Giacomo *caro*, ajouta le monarque avec un rire railleur, il est doux de faire le bien... quand cela vous profite !

Le soir était venu et les premiers tintements du couvre-feu se mêlaient aux derniers éclats de la joie populaire. Au moment même où le roi et son favori quittaient la terrasse du Louvre, Jean Buridan pénétrait dans l'hôtel d'Enguerrand de Marigny.

Cet hôtel, nous l'avons dit plus haut, était situé rue d'Autriche, que l'on écrivait Osteriche. Au moyen âge, cette rue se prolongeait jusqu'au quai. En 1636, on la nommait rue de l'Autruche. Pourquoi? Nous serions fort en peine de le dire. On la nommait plus tard rue du Louvre, puis cul-de-sac de l'Oratoire. Vers l'an 1780, elle s'appela rue de l'Oratoire-du-Louvre, à cause de l'église de l'Oratoire qui y était située. Cette église avait été construite de 1621 à 1630 sur l'emplacement de l'hôtel du Bouchage qui se nommait auparavant hôtel de Montpensier, et plus anciennement encore, c'est-à-dire en 1594, hôtel d'Estrées, à cause de Gabrielle d'Estrées, cette jolie femme dont l'amour du roi Henri fit une femme célèbre.

Buridan, ayant jeté son nom aux gens de service, deux varlets cousus d'or l'invitèrent à les suivre. Précédé de ses deux guides qui portaient des flambeaux d'argent massif surchargés de bougies odorantes, notre capitaine gravit l'escalier d'honneur, s'émerveillant de ce luxe et souriant malgré lui au souvenir de la pénurie profonde dans laquelle se trouvait autrefois son camarade de la Sorbonne. Après avoir traversé des couloirs, des galeries et des salons splendidement décorés, Buridan fut introduit enfin dans une chambre plus simple et de style plus sévère. C'était le cabinet de travail du grand chambellan. Celui-ci courut à la rencontre de son ami d'enfance et, sans parler, le tint longtemps serré contre son cœur.

Lorsque la porte se fut refermée et que les varlets se furent éloignés, une femme pénétra mystérieusement dans la galerie qui précédait le cabinet du ministre. Sans bruit, elle se dirigea vers la porte et prêta l'oreille en murmurant en elle-même avec une sorte de terreur :

— Que va-t-il dire? S'il allait tout révéler! Oh! non! il ne l'osera pas!

Cette femme, c'était Jeanne de Saint-Martin, c'était l'épouse d'Enguerrand de Marigny!

XV. — CE QU'IL ADVINT DE LA VISITE QUE FIT NOTRE HÉROS AU SIRE DE MARIGNY, EN SON HOTEL DE LA RUE D'AUTRICHE.

Durant un long temps, le ministre de Philippe IV et l'ex-étudiant de Sorbonne se tinrent étroitement embrassés. Les deux frères d'armes versaient de douces larmes d'attendrissement et leurs cœurs bondissaient joyeusement en leur poitrine, à l'envi l'un de l'autre.

— Sur ma vie! sur mon âme! s'exclama enfin Enguerrand, je suis heureux, ami, oh! je suis bien heureux!

— Je ne le suis pas moins que toi! répliqua Buridan. J'avais, je l'avouerai, perdu toute espérance de te revoir jamais, et je gémissais en songeant qu'il me faudrait mourir sans t'avoir serré la main une dernière fois!... sans t'avoir appelé mon ami, comme au temps de notre jeunesse!

On était alors au commencement de mars. Il faisait froid encore, et d'instant en instant le givre et la grêle fouettaient les vitraux enchâssés de plomb de la verrière. Sur l'invitation de son ami, Buridan prit place au coin d'une haute cheminée aux élégantes sculptures, dans laquelle flambaient bruyamment d'énormes bûches de chêne jetées en profusion sur les chenets massifs, en fer ouvragé. A l'autre coin, Enguerrand s'empressa de s'asseoir, après avoir eu soin toutefois de placer entre lui et son vieux camarade d'études une petite table sculptée toute surchargée de flacons de vins et de liqueurs. Il y avait aussi des pâtisseries de toutes sortes, des gelées de fruits de toutes couleurs, des citrons confits et des oranges au sucre, des pâtes sucrées, des échaudés et des oublies, des dragées et des confitures, en un mot, une collation des plus complètes et des mieux ordonnées. Enguerrand remplit de vin de Beaune deux coupes en or ciselé. Il en prit une et la choqua contre celle de Buridan :

— Je bois à toi, dit-il ensuite en la portant à ses lèvres, à toi, Jean Buridan qui m'as fait ce que je suis... à toi, dont la franche et sincère amitié a su écarter les obstacles qui s'opposaient à la réalisation de mes rêves d'ambition et d'amour!... Puisses-tu, ô cher ami de mon cœur, obtenir bientôt pour toi autant de bonheur que tu m'en as octroyé!...

Ayant dit, il vida sa coupe, et Buridan l'imita.

— Tu es donc heureux? interrogea ce dernier.

— Eh! comment ne le serais-je pas? répondit le chambellan. Je suis au comble de mes désirs. Tout m'obéit!... Les plus hauts et les plus nobles du royaume de France s'inclinent sur mon passage... Le roi, le roi lui-même, il me l'a confessé, n'est rien que par moi!... Mais ce qui fait ma joie, mon orgueil, c'est que le peuple m'aime... il sait que je suis son avocat, son défenseur! Il sait que, depuis mon entrée au pouvoir, je prends ses intérêts envers et contre tous... Oh! que Dieu me prête vie, mon Buridan, et tu verras ce que je ferai!... Tu verras peu à peu les impôts diminuer et la misère du peuple disparaître. Tous ces abus infâmes, dont il est la victime depuis des siècles, je parviendrai à les anéantir... C'est une tâche difficile, mais, Dieu aidant, j'en viendrai à bout! Ne te repens donc pas, ami, d'avoir, au péril de ton bonheur, élevé Enguerrand de Marigny au faîte des honneurs et de la fortune!... J'ai su déjà empêcher beaucoup de mal... Devant qu'il soit peu, je saurai faire beaucoup de bien!... Or, tout ce bien, c'est grâce à toi que je l'aurai fait, et des bénédictions du peuple, tu pourras prendre la meilleure part pour toi-même!

— Je me réjouis, en ce cas, repartit Buridan, en serrant avec effusion les mains de son ami, oui, je me réjouis du fond de l'âme d'avoir déblayé pour toi les sentiers de l'avenir!... Ton but est grand et noble, Enguerrand! poursuis-le avec fermeté, avec courage et ne t'en écarte jamais! Quant à moi, je dois oublier mes souffrances et mes misères passées... elles seront la source du bonheur des Français!... Cette grande pensée me console et me rassérène!...

— Mais, reprit Enguerrand, raconte-moi ta vie, cher Buridan, dis-moi les dures épreuves qu'il t'a fallu subir depuis notre séparation!... J'ai besoin de tout connaître pour mieux apprécier ton abnégation présente et ta résignation!

Buridan fit à son ami le récit complet, détaillé, de tous ses chagrins, de tous ses malheurs. Il lui dit ce qui s'était passé après la scène terrible qui avait eu lieu entre lui et Philippe le Bel dans le Châtelet des Saules, à savoir son incarcération dans l'épouvantable charnier de Montfaucon. Il lui fit connaître ensuite comment il avait été miraculeusement sauvé par l'infortunée Titania, comment il avait retrouvé Geneviève chez Angélo le pêcheur et comment il avait eu la pensée de se mettre, par vengeance, à la tête des faux-monnayeurs de l'Abbaye-aux-Bois. Il lui parla enfin de ses deux enfants enlevés avec leur mère par le cruel Montigny.

— De ce moment, ajouta Buridan, je vécus à l'abri

de tout regard, chez Ismaël. Fils d'une juive, je trouvai chez les juifs de Paris un dévouement sans bornes, une amitié inaltérable... Pour empêcher la ruine de ces braves cœurs, je suis venu enfin me livrer à Philippe le Bel... Et dans ce Louvre, où je venais chercher la mort, j'ai trouvé la liberté! mieux que tout cela, j'ai retrouvé l'amitié d'Enguerrand!

— Frère, lui dit ce dernier, Dieu saura te tenir compte de tes souffrances. Nulle preuve n'existe de la mort de tes fils... Nous parviendrons à les découvrir!

Buridan sourit avec tristesse :

— Depuis treize ans, toutes les recherches ont été infructueuses!... Mes enfants ne sont plus de ce monde... s'ils existaient encore, je le saurais!

— Espère, ami! espère! reprit Enguerrand; quelque chose me dit que tu les retrouveras...

— Puissent tes pressentiments ne pas te tromper, frère! s'écria Buridan.

— Oui, tu les retrouveras, poursuivit avec chaleur le grand chambellan, et nous resserrerons plus encore les nœuds de notre vieille amitié, en faisant de tes deux fils les époux de mes deux filles.

— Tes filles!

— Oui, Marie, Isabelle : deux anges, vivantes images de leur mère bien-aimée, de mon épouse bien chère!

— Leur mère! ton épouse! répéta Buridan avec un trouble subit.

— Oui, Jeanne de Saint-Martin!... la filleule de la reine!... toute ma joie en ce monde, tout mon bonheur! celle enfin que j'ai obtenue par toi, frère! par toi seul!...

Buridan était devenu soudainement pâle. Il venait de se rappeler les sombres événements de la tour de Nesle, et le fatal souvenir de la sauvage complice de Jeanne de Navarre, effacé de sa mémoire, lui était brusquement revenu à l'esprit. Il tenta de surmonter son émotion; pour la cacher à son ami, il fit d'indicibles efforts; mais il était trop tard. Enguerrand s'en était aperçu :

— Frère, lui demanda-t-il en se levant vivement et en courant à lui, qu'as-tu donc et quelle funeste pensée vient tout à coup d'obscurcir ton front?...

— Je n'ai rien... rien!... répliqua vivement Buridan.

— Tu n'as rien, dis-tu? Et cependant une pâleur mortelle couvre ton visage! et cependant tu frissonnes et ta main est glacée!

Buridan grimaça un sourire.

— Tu es fou, Enguerrand... et je n'ai rien, te dis-je... Si je frissonne, c'est de froid... Qui pourrait me troubler?

— Je l'ignore... ou plutôt, non, je me souviens... C'est en entendant sortir de mes lèvres le nom de mon épouse que ta main a tremblé et que ton front est devenu pâle!

— Tu te trompes, ami, je te le jure!

— Non, sur mon âme! reprit Enguerrand, non, je ne me trompe pas!... Buridan, il y a entre toi et Jeanne de Saint-Martin un secret que tu me caches!

— Un secret!

— Au nom du Dieu vivant, parle!... parle!... je le veux, je t'en supplie, je t'en conjure!

— Je ne sais rien, frère, je ne puis rien savoir!... Jeanne de Saint-Martin n'a-t-elle pas été toujours pour toi une épouse aimante et fidèle?... n'a-t-elle pas été pour ses enfants une mère attentive et dévouée?

— Toujours!... oh! toujours! s'empressa de répondre Enguerrand. C'est l'ange de mon foyer, c'est le bien de ma vie!... Son amour m'a fait connaître sur terre toutes les joies du paradis, et je l'aime cejourd'hui comme au premier jour!... Mais ton trouble me jette en l'âme d'étranges soupçons et d'inconcevables craintes; car je me rappelle, ami, je me rappelle ce qui s'est passé au Louvre le jour même de mon mariage.

— Que veux-tu dire?

Enguerrand poursuivit :

— Au moment où, chargé de fers, tu allais être conduit à la tour du Louvre, je parus à tes yeux avec ma jeune épouse. En apercevant Jeanne de Marigny, tu l'accusas d'être la complice de ceux qui t'avaient ravi Geneviève! « Fuis, me dis-tu ensuite, fuis ce palais sinistre sans regarder en arrière, oublie ton exécrable hymen. Laisse Jeanne de Saint-Martin au milieu de ses pareils!... il y va de ton bonheur, de ton honneur, de ta vie! »

— Je n'ai pas dit cela! Je n'ai pas dit cela! s'écria Buridan.

— Tu l'as dit! reprit Enguerrand avec force, et ce n'est pas tout... « Frère, as-tu ajouté, écoute, écoute ce qu'elle a fait, cette femme!... » Je t'ai interrogé alors, et tu as refusé de me répondre; mais aujourd'hui il faut que tu me dises tout, Buridan, il le faut, entends-tu bien!... J'avais cru jadis que le désespoir t'avait fait perdre la raison et que le délire seul avait dicté tes paroles... Puis cette scène funeste était sortie peu à peu de ma mémoire, et son souvenir s'était depuis longues années effacé en mon esprit... Mais ton trouble de tout à l'heure me prouve que ton langage n'était pas celui d'un fou, d'un insensé... Je te le répète donc, Buridan, il faut que tu me dises tout, il faut que tu me révèles ce secret fatal que je n'ai pas exigé de toi autrefois!

Buridan avait pu se remettre de son émotion involontaire.

— Je ne sais rien, répondit-il avec calme, je ne sais rien!

En ce moment, les tentures qui dissimulaient la porte d'entrée s'écartèrent brusquement, et Jeanne de Saint-Martin apparut sur le seuil.

— Jeanne ! s'exclama Enguerrand.

— Moi-même, mon cher seigneur ! répondit la jeune femme d'un ton enjoué. Je venais vous embrasser, comme chaque soir, avant de me livrer au repos !... Mais qu'avez-vous donc, Enguerrand? ajouta-t-elle en jouant l'étonnement ; vous semblez tout soucieux et tout sombre !

Alors seulement elle jeta les yeux sur Buridan.

— Ah ! pardon, messire, ajouta-t-elle avec une naïveté merveilleusement feinte en se retournant vers le chambellan, je vous croyais seul ; du moment qu'il en est autrement, je m'éloigne !

Le chambellan lui prit la main.

— Non, Jeanne, demeurez ! lui dit-il. Messire Buridan de Fénestrange n'est pas un étranger pour vous.

— En effet, répondit Jeanne de Saint-Martin en adressant au jeune homme un adorable sourire, votre ami, votre frère, doit être le frère et l'ami de votre épouse !... Ah ! messire, reprit-elle en s'adressant à l'étudiant, votre nom, bien des fois, a été prononcé en cette demeure : bien des fois, messire Enguerrand et moi, nous avons déploré votre exil et gémi sur vos malheurs immérités.

— Grâces vous soient rendues, madame ! répondit Buridan en s'inclinant respectueusement devant la jeune femme. Je vous sais maintenant bonne et compatissante, et mon cœur en est pénétré de joie !

Enguerrand couvait de l'œil son ami et son épouse.

Allant à cette dernière :

— Jeanne, lui dit-il d'une voix tremblante d'émotion, le jour de notre union, Jean Buridan a proféré devant vous des paroles terribles et menaçantes... Ces paroles, n'en avez-vous pas gardé le souvenir?

Jeanne de Saint-Martin considéra en souriant l'ami d'Enguerrand :

— Ces paroles, dit-elle ensuite avec une grâce délicieuse, je les ai oubliées... La douleur, le désespoir égaraient l'esprit de messire de Fénestrange, et me rappeler aujourd'hui ce funeste langage serait peu généreux à moi !

Buridan s'agenouilla lentement devant l'épouse d'Enguerrand.

— Madame, lui dit-il, puisqu'il est vrai que l'esprit de folie s'était emparé de moi jadis au point de me faire vous outrager devant tous, je vous supplie à genoux de m'octroyer un pardon auquel j'ai peu de droits, je le sais, mais que j'ose espérer cependant de votre clémence infinie !

— Votre pardon, répondit Jeanne visiblement émue, oh ! je vous l'accorde de tout cœur et de toute âme, messire, et voici ma main en signe de réconciliation parfaite et d'entière oubliance de ce qui s'est passé autrefois.

Ce disant, la jeune femme tendit sa main à Buridan. Et sur cette même main, l'étudiant put distinguer encore les cicatrices de l'effroyable morsure qu'il lui avait faite dans la tour de Nesle. Surmontant l'horreur et le dégoût qui lui venaient au cœur à ce funèbre souvenir, il déposa sur la main de la jeune femme un respectueux baiser. A ce baiser, Jeanne de Saint-Martin ressentit un tressaillement involontaire.

— Pourquoi tremblé-je ainsi ? murmura-t-elle.

Buridan s'était relevé. Prenant la main d'Enguerrand :

— Ami, lui dit-il, tu ne doutes plus, n'est-ce pas?... tu n'as plus de soupçons?

— Des soupçons ! fit Jeanne en feignant la surprise.

— Oui, répliqua Enguerrand, oui ! je ne sais quelle mauvaise pensée m'était venue au cœur !... Il me semblait que quelque secret terrible existait entre vous et mon ami !

— Un secret ! répéta la jeune femme en affectant de sourire.

— Que voulez-vous, Jeanne, reprit le chambellan, mon bonheur est si grand, que je n'ose croire qu'il puisse durer toujours ! Depuis le jour où le ciel vous a donnée à moi, il me semble que je fais un rêve splendide, merveilleux, et je tremble à toute seconde que quelque coup de foudre ne me réveille de mon extase et ne me replonge dans les sombres abîmes de la réalité !

— Non, frère, répondit Buridan en serrant avec effusion les mains de son ami dans les siennes, non, ta félicité n'est pas un songe !... Tu es bon et tu es juste !... tu es digne d'être heureux... tu le seras toujours !

Et s'adressant à Jeanne de Marigny, il ajouta :

— N'est-il pas vrai, madame, que tous vos efforts n'auront jamais qu'un but, le bonheur d'Enguerrand?

— Oh ! je le jure, messire ! répondit Jeanne avec une émotion singulière.

Dans le trouble de la jeune femme, Buridan ne vit qu'une conséquence toute naturelle de sa situation vis-à-vis de lui. Il se trompait. Jeanne de Saint-Martin ne songeait pas au passé. Le présent seul la préoccupait. Quelle était la cause de cet émoi? Nous le saurons avant peu. Buridan serrant encore une fois les mains d'Enguerrand :

— Adieu, frère, lui dit-il, bientôt je te reverrai. M'en donnes-tu la licence?

— Oh ! je t'en conjure, ami, répondit Enguerrand. Ta présence en ma maison me mettra toujours la joie au cœur et le sourire aux lèvres ! A partir de ce moment, ma demeure est la tienne !... Viens ! viens !... Tu n'as plus de famille, pauvre et cher compagnon de mon enfance!... viens... je serai ton frère, Jeanne sera ta sœur, et nos enfants seront les tiens!... Je veux te voir demain, entends-tu? et mon épouse le veut comme moi.

Buridan hésitait à répondre. Mais Jeanne de Saint-Martin lui adressa un regard si suppliant, et d'une voix si douce elle réitéra la demande d'Enguerrand, que le jeune homme n'eut pas la force de refuser la promesse qu'on exigeait de lui.

— A demain, donc, mon frère! dit-il, à demain, ma sœur!

Quand il se fut éloigné escorté d'Enguerrand, Jeanne de Saint-Martin, demeurée seule, mit la main sur son cœur comme pour en comprimer les battements. Puis, d'une voix étouffée, elle murmura :

— Jeanne de Navarre avait raison! Buridan n'est pas un homme ordinaire!... Je croyais le haïr jusqu'à mon dernier soupir!... et toute haine a fui de mon cœur!... Il est si grand, si noble! si généreux!... O mon Dieu! mon Dieu! ajouta-t-elle avec une sorte d'épouvante, si j'allais l'aimer, cet homme!... si j'allais l'aimer!

Lorsque Buridan fut hors de l'hôtel de Marigny :

— A tout péché miséricorde, se dit-il. Jeanne de Saint-Martin n'est plus à mes yeux qu'une épouse chaste, une mère douce et tendre... Son passé infâme est mort à tout jamais en mon souvenir... Plutôt que de révéler quelle elle fut, je souffrirai mille morts et subirai tous les supplices.

La nuit était grandement avancée. Comme Buridan quittait la rue d'Autriche, les veilleurs annonçaient la douzième heure.

— Minuit! s'exclama-t-il, c'est l'heure du rendez-vous!... O ma reine! me voici!

D'un pas rapide, il gagna le Louvre. Mystérieusement, il se glissa le long des murs du bord de l'eau, et, sans encombre, il atteignit la petite porte rouge. Fiammetta était déjà sur le seuil.

— Fiammetta! murmura Buridan à voix basse.

— Oui, messire, répondit la bohémienne en raillant, Fiammetta, qui ne pensait pas assurément être la première au rendez-vous!

— Pardonne-moi, ma belle, et conduis-moi bien vite aux pieds de ta chère maîtresse!

— Donnez-moi donc votre main, mon beau retardataire, pénétrez avec moi dans cette galerie obscure et laissez-vous guider.

Buridan tendit la main à la camériste, qui referma sans bruit la porte de la berge. Après avoir, durant quelques minutes, marché silencieusement dans l'étroit et sombre corridor, Buridan s'arrêta brusquement :

— Sais-tu, Fiammetta, que ta main est plus douce que le plus doux satin? murmura-t-il à l'oreille de la chambrière.

— Vous trouvez, messire? fit celle-ci.

— Oui, certes, ma charmante! reprit l'autre en serrant la taille de la petite.

— Eh! là! là! dit Fiammetta en riant, pas tant de galanterie, monseigneur!... Si Yacoub était là d'aventure, savez-vous bien qu'il serait capable de vous dévorer!

— Yacoub!... Il est donc toujours de ce monde, ce grand diable noir?

— Toujours! oui, messire, et je vous prie de croire qu'il est à lui seul jaloux comme cent mille tigres!... De m'avoir vue ce matin discourir avec vous sur les grands degrés, il m'a fait une scène... oh! mais une scène!... j'ai cru qu'il allait me tordre le cou.

— Ouais! ç'eût été grand dommage, ma pauvrette! répliqua Buridan en approchant ses lèvres des épaules de la bohémienne, car ton cou est le plus gentil du monde et non moins doux à caresser que tes petites mains de fée!

— Ne m'embrassez donc pas comme ça, messire!... Dans l'obscurité, d'abord, ce n'est pas convenable!.. et puis, je vous le répète, si Yacoub nous surprenait...

— Eh! tu m'ennuies vraiment, avec ton mauricaud! repartit le jeune homme en lui baisant les épaules. Est-il donc ton amant, ce méchant nègre-là, pour s'arroger le droit de se mêler de tes affaires?

— Mon amant! que non pas! mon amoureux, et c'est assez!

— Oh! ton amoureux!... S'il n'était que ton amoureux, tu n'en aurais pas si grande crainte.

— Je vous jure qu'il n'est pas autre chose!... répliqua la chambrière en se récriant. Quand je me déciderai à prendre un amant, je le choisirai moins noir que cela.

— Que dis-tu là? n'as-tu donc jamais eu de galante aventure?

— Jamais, monseigneur!

— Vrai? bien vrai?

— Foi d'honnête fille!

— Pardieu! s'écria Buridan, voilà qui est assez rare et grandement merveilleux! je ne pensais pas qu'il y eût encore des novices à Paris et surtout au Louvre!

— C'est pourtant comme cela!

— Tu veux te jouer de moi, avoue-le!

— Me jouer de vous! non, messire!...

— C'est inouï!... incroyable!... merveilleux!

— Bah! ne vous ébahissez pas si fort, messire! Si je suis si novice que ça, ce n'est pas par vertu... c'est par amour!

— Voilà autre chose, à présent!

— Oui, messire, par amour!

— Celui que tu aimes ne t'aime donc pas?

— Non!

Maître, demanda Jeanne, en est-ce donc fait?

— C'est un grand niais, ma chère, et le plus sot des sots!

— Merci pour lui, monseigneur!

— Ah! mort diable! si j'étais à sa place!...

— Que feriez-vous?

— Eh! je t'adorerais, ma belle, je t'idolâtrerais!... Diantre! une novice! Quel trésor! rien que d'y songer, l'eau m'en vient à la bouche!

Et tout en parlant, il couvrait de nouveaux baisers les épaules de la fillette.

— Voulez-vous bien finir, monseigneur! dit vivement la chambrière, ou, je vous le jure, je me sauve et vous laisse tout seul dans cette galerie souterraine. Vous en sortirez comme vous pourrez!

— Tu es méchante, Fiammetta!... Tu te souviendras de cela!

— C'est bien possible! fit la petite d'un ton singulier.

— Et quel est donc le nom de ce grand imbécile qui refuse de répondre à ta passion?

— D'abord, je ne vous ai pas dit qu'il refusait... Croyez-vous par hasard que je suis allée lui faire une déclaration?

— Il ne sait pas que tu l'aimes? c'est autre chose alors! ou plutôt, non; quand une femme vous aime, on doit s'en apercevoir tout de suite!... Ah! mordieu! ce n'est pas moi qui m'y tromperais!

— En vérité! fit la bohémienne en raillant.

— Essaye un peu de m'aimer, et tu verras! Je ne te dis que ça!...

— Avouez, monseigneur, que vous êtes un peu endiablé!... Comment! dans ce moment, vous vous rendez auprès d'une femme que vous adorez, d'une reine cent fois plus belle et mille fois plus séduisante que moi, et, malgré cela, vous me dites de pareilles choses!

— Tu as raison, Fiammetta, c'est mal... je le confesse... Mais c'est de ta faute aussi!...

— De ma faute!

— Dame! pourquoi diable choisis-tu l'instant où nous sommes seuls, dans l'obscurité, pour me venir dire à brûle-pourpoint que tu es novice!... Avant de me faire une semblable révélation, tu aurais dû prendre des ménagements!... Songe donc, ma chère, voilà treize ans que je vis comme un anachorète! et je t'assure que c'est long, treize années de célibat!

— Silence ! dit vivement la bohémienne, il me semble entendre un bruit de pas au bout du corridor. Parlez bas, je vous en supplie... et surtout, ne m'embrassez plus !... il pourrait nous en advenir malheur !

— Soit ! je consens à tout, mais à une condititon...

— C'est ?...

— C'est que tu me diras le nom du coquin que tu aimes !

— Eh bien ! je vous le promets !...

— Et quand tiendras-tu ta promesse ?..,

— Un de ces jours, monseigneur.

— Un de ces soirs, plutôt ! reprit Buridan. Pour les confidences, rien ne vaut la nuit !

On avait atteint l'extrémité du corridor.

— Sommes-nous arrivés ? demanda le jeune homme.

— Pas encore. Trente ou quarante marches à gravir et nous serons au but.

— Mets-moi donc dans le bon chemin, ma belle, car, sur ma foi ! l'obscurité semble se faire plus profonde à mesure que nous marchons !

— Venez !

Et la petite, tenant Buridan par la main, s'engagea dans un étroit escalier.

— Pardieu ! dit tout à coup l'étudiant, je crois vraiment entendre marcher dans la galerie que nous venons de quitter.

Il prêta l'oreille :

— Plus rien ! reprit-il. Le bruit a cessé. C'est étrange ! ajouta-t-il, il me semble voir briller dans l'ombre deux points lumineux !...

— C'est Yacoub ! réplique Fiammetta à voix basse.

— Yacoub ! dit l'étudiant en riant. Le drôle possède des yeux de chat-tigre, à ce qu'il paraît !

— Prenez garde, messire ! prenez garde ! Il nous épie depuis longtemps peut-être ; il a entendu le bruit de vos baisers ! prenez garde !

Buridan tira tranquillement sa dague du fourreau :

— S'il approche, il est mort !

Mais, sans malencontre, le jeune homme et sa jolie conductrice atteignirent la plus haute marche de l'escalier. Alors, la bohémienne frappa doucement à cette même porte par laquelle nous avons vu jadis pénétrer Cabulis l'Avignonnais dans la chambre à coucher de Jeanne de Navarre. Ladite porte s'entr'ouvrit aussitôt, et, peu après, Buridan était en présence de la reine de France.

XVI. — CE QU'IL ADVINT DE LA VISITE QUE FIT NOTRE HÉROS AU SIRE DE MARIGNY, EN SON HÔTEL DE LA RUE D'AUTRICHE.

L'épouse de Philippe le Bel était aussi belle que jadis, plus belle encore peut-être. Sa beauté était plus qu'humaine ; ses regards avaient quelque chose de céleste. A la voir, on eût dit, non une reine mortelle, mais bien une radieuse divinité. Au début de cette histoire, Jeanne de Navarre avait dix-sept ans à peine. C'était, nous l'avons dit, une adorable jeune femme. Depuis ce jour, seize années s'étaient écoulées, et l'outrage du temps, irréparable pour les autres, avait été sans effet sur elle. Bien au contraire, les ans n'avaient fait que donner plus d'éclat et de splendeur à ses grâces juvéniles. Elle allait atteindre sa trente-troisième année et ne paraissait pas en avoir plus de vingt-cinq ans. Buridan n'avait jamais revu la reine depuis la nuit où il s'était trouvé avec elle dans la cabane d'Angélo le pêcheur. Il s'attendait assurément à la revoir toujours belle et toujours charmante, mais il ne pensait pas la trouver telle que nous venons de la dépeindre. Ravi, émerveillé, ébloui, le jeune homme, sans avoir la force de parler, de dire un seul mot, se laissa tomber à deux genoux devant la rayonnante princesse et, dans un saint recueillement, il l'admira. Jeanne vint à lui, toute souriante et toute gracieuse, et lui tendit la main.

— Levez-vous, lui dit-elle ensuite de cette voix harmonieuse et douce que nous lui connaissons, venez, mon gentilhomme, et seyez-vous à nos côtés !

Buridan, tout étourdi encore, se leva machinalement et se laissa guider vers un lit de repos couvert d'étoffes orientales les plus belles du monde. Lorsque, sur le divan, il eut pris place auprès de la reine, celle-ci fit un signe à Fiammetta, qui s'éloigna discrètement pour aller veiller dans la salle voisine. Jeanne de Navarre prit entre ses deux mains la tête de l'étudiant et le baisa au front en murmurant :

— Buridan ! mon Buridan ! je te revois enfin et je te parle... Ah ! Dieu est bon de me donner cette joie immense avant de mourir !

— Mourir ! repartit le jeune homme. Que parlez-vous de mort, ô ma belle princesse !... Mais à votre vue, la pâle déesse, émerveillée, tomberait à vos pieds comme je viens d'y tomber moi-même ! Mourir, vous !... Oh ! ne prononcez pas ce sombre mot, madame !... Entre la mort et vous, n'y a-t-il pas toute une éternité d'amour et de bonheur !...

— Écoute, Buridan, répliqua la reine avec un triste sourire, toute jeune encore, à la cour du roi Henri, mon père, vint un jour une femme qui était devineresse. On l'appelait la béguine de Nivelle, la sibylle brabançonne, et ses oracles s'étaient toujours accomplis. « Enfant ! me dit-elle après avoir consulté les lignes de mon front et de ma main, tu seras reine un jour du plus puissant royaume de la chrétienté, et de toi naîtront une reine et trois rois !... Tu seras malheureuse pendant ta vie entière ; mais cette vie sera de courte durée... Tu mourras de mort violente, lorsque tu atteindras l'âge qu'avait le Christ lorsqu'il fut crucifié ! » Telles furent les paroles de la devineresse, Buridan. Dans un mois, j'aurai l'âge du Christ ! dans un mois, je mourrai... mais je mourrai heureuse, mon Buridan, je te le dis encore, puisque avant mon heure suprême, je puis te dire que je t'aime et que je n'ai jamais aimé que toi !

— Ah ! par grâce, par pitié, s'exclama l'étudiant, ne parlez pas ainsi, madame !... Pouvez bien ajouter foi aux prédictions d'une folle !

— J'ai consulté d'autres nécromants... reprit Jeanne avec un sourire, tous m'ont annoncé la même fin... Ce n'est pas tout : Hier, pendant la nuit, je m'étais assoupie sur ce même lit où nous sommes, et Fiammetta sommeillait à mes pieds. Vers l'heure de minuit, il me sembla voir le spectre de Robert, mon fils, mort en sa douzième année... De ses petits bras glacés il entoura mon cou... puis il posa sur mes lèvres ses lèvres plus froides que le marbre, et, d'une voix faible et douce comme le souffle de la brise, il me dit : « Ma mère, je suis mort de jalousie parce que je ne pouvais avoir pour moi seul tes baisers et tes caresses ! Bientôt je serai heureux, car devant que ne s'écoule le mois qui va venir, tu seras avec moi, et mes frères ne t'auront plus. »

— Reine, votre esprit frappé enfante ces visions !

— Non, Buridan, répondit Jeanne de Navarre. L'ombre de mon fils est apparue à une autre !

— A une autre ?

— Oui, à Fiammetta !... Je la vis tout en pleurs à son réveil, et je voulus connaître le motif de sa douleur. Alors, en sanglotant, elle me dit que le spectre de Robert l'était venu visiter en son sommeil et lui avait annoncé ma mort prochaine. Tout cela, Buridan, n'est point chose dont il faille se railler. C'est Dieu qui m'avertit et m'ordonne de me préparer à paraître devant lui purifiée par le repentir et l'expiation !...

Buridan ne répondit rien ; mais ses yeux se remplirent de larmes, et doux pleurs brûlants tombèrent sur la main de la reine.

— Tu pleures, mon Buridan, lui dit-elle avec joie. Tu m'aimes donc un peu ? tu me regretteras donc quand je ne serai plus ?

— Si je vous aime, Jeanne ! oh ! pouvez-vous me le demander !... Sur ma vie en ce monde et mon éternité dans l'autre, je vous jure, ô ma reine, que vous êtes la seule femme que j'aie jamais aimée... Ému, reconnaissant du sacrifice de la pauvre Geneviève, j'ai eu pour elle, je ne m'en cache pas, l'affection la plus sincère, l'amitié la plus grande ; mais ce n'était pas de l'amour... Et même, vous l'avouerai-je ? aujourd'hui, je l'ai, non pas oubliée, la pauvre et sainte martyre, mais son souvenir n'éveille en moi qu'une pensée douce et calme, et ces regrets déchirants que l'on doit éprouver lorsque l'on perd un être que l'on aime d'amour, mon cœur ne les a jamais connus !... Non ! non ! Jeanne, entre Geneviève et moi, une rayonnante image venait se placer sans cesse, cette image, c'était la vôtre... c'était celle de ma reine adorée !

— Buridan !... s'écria Jeanne, bénis sois-tu de me dire ces bonnes paroles !... Mais tu ne me mens pas ?... Dis-moi bien que tu ne me mens pas !

— Vous doutez ?... oh ! si ma voix ne peut vous convaincre, lisez dans mes regards et vous ne douterez plus !

— Tu es si bon ! mon Buridan, reprit Jeanne. Tu te dis : « Elle va mourir, cette pauvre reine, faisons-lui ses derniers instants moins douloureux en lui disant que je l'aime et que je n'ai jamais aimé qu'elle ! »

— Reine, ne m'accusez pas de mensonge... vous savez bien que je ne sais pas mentir !

— Non ! non ! je suis injuste !... je dois te croire et je te crois !... Ah ! c'est que je t'aime tant, moi !... Croirais-tu, Buridan, que depuis que je te connais je pense à toi seul !... Tout ce que j'ai fait c'est en souvenir de toi... En Navarre, j'ai fait bâtir de mes deniers une ville tout entière pour les plus malheureux du pays... A Château-Thierry, j'ai fait élever un hôpital pour les pauvres !... Avant ma mort, je veux faire mieux encore, mon Buridan... en cette ville, je fonderai un collège pour les pauvres écoliers !... Ce sera mon monument expiatoire ! ajouta-t-elle avec un long soupir.

— Jeanne ! ma Jeanne bien-aimée ! interrompit Buridan d'une voix suppliante, ne parlez plus de mort ! vous me désespérez !

— Quelle chose étrange que la vie ! reprit la reine avec fièvre. Dire, cependant, dire que si je t'avais vu un an, six mois plus tôt, mon existence tout entière n'eût été qu'une longue fête !... Ah ! tu es venu trop tard, Buridan ! tu es venu trop tard !... Oh ! mais, n'importe, je veux être heureuse au moins durant les quelques jours qu'il me reste à vivre !... Ne me parle plus, continua-t-elle avec une exaltation étrange, ne me parle plus, Buridan, du serment que tu as fait jadis !... J'ai été infâme, j'ai été criminelle, j'ai fait tuer de pauvres enfants dont je ne savais même pas les noms... mais, depuis seize années, je pleure et me repens... c'est assez !... Dieu n'est pas impitoyable et ne peut demander plus !... Oublie donc mon passé, mon bien-aimé, ne vois plus en moi Jeanne de Navarre, la reine sanglante ; je ne veux être à tes yeux qu'une pauvre femme qui t'aime et qui veut être aimée !

Buridan se précipita à ses genoux :

— Eh bien, oui, oui, je t'aime, Jeanne ! je t'aime, ma belle souveraine !... Que le passé disparaisse pour nous !... je ne m'en souviens plus ! je ne veux plus m'en souvenir !... Mes serments insensés... je les foule à mes pieds !... J'étais un enfant quand j'osai les faire... j'étais un fou!... J'ai ma raison, maintenant! et ma raison m'ordonne de t'aimer, ô ma reine! et d'être à toi corps et âme!

Jeanne de Navarre, enivrée, se laissa tomber dans les bras du jeune homme.

— Ah! tu parles de mourir! reprit celui-ci en baisant les beaux cheveux de sa maîtresse. De par le ciel ou de par l'enfer! mon amour saura faire mentir la prédiction!

En cet instant, Fiammetta accourut éperdue dans la chambre de la reine.

— Madame! madame! dit-elle, c'est le roi!

Jeanne de Navarre s'arracha des bras de Buridan, qui, se relevant pâle et furieux, murmura avec rage:

— Oh! cet homme! cet homme! c'est mon mauvais génie!

— Fuyez! fuyez! messire! dit vivement la bohémienne!

— Fuir!

— Écoute, lui dit Jeanne avec exaltation, dis un mot, je pars avec toi!

— Oh! répliqua le jeune homme, tu es plus courageuse et plus grande que moi, Jeanne!... Non! non! je n'accepte pas ce sacrifice, je n'en ai pas le droit!... Dieu vous a faite reine, madame: ce qu'une autre femme pourrait faire, vous ne le pouvez pas, vous!

Fiammetta était retournée vers la porte:

— Le roi approche!

— Il a des soupçons, peut-être! murmura Jeanne avec terreur. Oh! adieu! adieu! Buridan!... S'il te trouvait ici, à pareille heure, c'en serait fait de toi!... Adieu!... à demain! tu reviendras, n'est-ce pas?

— Demain! reprit le jeune homme avec une sourde rage. Et cette nuit!... cette nuit!...

— Oh! tu es jaloux! répliqua Jeanne en le serrant dans ses bras, tu es jaloux!... Ne crains rien, va: telle je suis aujourd'hui, telle je serai demain!... Adieu! adieu!

Au moment où l'issue secrète se refermait sur Buridan et sur Fiammetta, les pages du roi de France frappaient à la porte de la reine. L'étudiant et la bohémienne eurent, en quelques secondes, atteint la galerie souterraine qui menait au bord de l'eau. Buridan ne parlait pas. La rage, la jalousie, lui coupaient la parole.

— Êtes-vous devenu muet, messire? lui demanda la chambrière d'un petit ton railleur.

— Je suis furieux, Fiammetta, je suis exaspéré!

— Je comprends ça, mais ce n'est pas de ma faute!

— Non! c'est la faute du roi!... Oh! je le hais, cet homme. Je l'abhorre!

— Vous voudriez peut-être qu'il vous demandât la permission d'entrer chez sa femme.

— Sa femme! sa femme!

— A votre place, continua la bohémienne avec ironie, je mettrais le roi Philippe à la porte de son Louvre et je lui défendrais d'en franchir le seuil

— Tu railles toujours, Fiammetta! Tu es impitoyable, tu vois que je souffre et que je me désespère, et tu te moques de moi!

— Pourquoi souffrir et vous désespérer, monseigneur? Cela prouve vraiment que vous avez bien du temps de reste. La reine ne vous a-t-elle pas dit qu'elle vous aimait d'amour tendre et qu'en son cœur il n'y avait place pour nul autre que vous?... Vous la reverrez demain, ne vous désolez pas!

— Demain! demain! Est-ce que demain existe? Qui nous dit que nous ne serons pas tous morts avant que le soleil se lève?

— Fi! la vilaine pensée!... Je vois que les tristes pressentiments de ma chère maîtresse ont rejailli sur vous!

— Qui peut amener Philippe chez la reine à cette heure de nuit? murmura Buridan.

— Cela vous intrigue!... et me surprend aussi! Depuis plusieurs années, je vous l'ai dit, monseigneur, le roi n'avait pas pénétré dans les appartements de madame Jeanne. Il y a là-dessous quelque mystère!... car je ne suppose pas qu'un retour de tendresse soit la cause de cette nocturne visite!

— Tu ne le crois pas?

— Je fais mieux que de ne pas le croire! Je suis certaine que ce n'est pas cela!... Le roi est maintenant aussi froid pour madame Jeanne qu'il l'était jadis! Durant les premières années qui ont suivi votre mariage avec Geneviève, la glaciale indifférence de monseigneur Philippe a semblé disparaître quelque peu... Ce cher sire voulait apparemment que le royaume de France ne tombât pas en quenouille; mais à présent qu'il a trois fils pour prendre le sceptre après lui, il se tient pour satisfait et ne trouble jamais la pieuse solitude de son épouse!

— Tu me remets la joie au cœur, ma chère Fiammetta!... car maintenant que j'ai revu ta belle maîtresse, je l'aime, vois-tu, je l'aime plus que je ne l'ai jamais aimée!

— Parions que, sans la brusque arrivée du roi, vous auriez manqué à votre beau serment de n'être jamais pour madame Jeanne que le plus respectueux des frères!

— Tais-toi! tais-toi!

— Fort bien! du moment que vous me dites de me taire, c'est que j'ai deviné juste!... C'était bien la peine, vraiment, ajouta la petite en riant, de faire tant le susceptible jadis pour en arriver là aujourd'hui!

— Depuis lors, tant d'événements sont survenus! Et puis, tout ce que m'a dit cette pauvre reine... cette prédiction fatale!... cette vision terrible!... Ah! je veux chasser de son esprit ces pensées funèbres!... et, de par mon amour, j'y parviendrai!

— Dieu vous entende, messire!

— Il m'entendra, Fiammetta! J'ai fait fuir la mort du chevet de Geneviève... je saurai triompher d'elle une fois encore!...

— Allons, reprit la bohémienne en se remettant à rire, je vois que décidément l'amour est le plus habile des médecins!

— L'amour, c'est la vie! répliqua Buridan avec force.

— Eh bien! repartit la chambrière, quand je serai près de mourir, je vous appellerai. Viendrez-vous?

— Friponne, ce n'est pas moi que tu appelleras, puisque tu en aimes un autre!

— Que diriez-vous si cet autre portait le même nom que vous?

— Eh! je dirais, ma belle, que cela me plairait fort et que je serais tout à ton service!

— En vérité!

— Et pourquoi non, je te prie?

— Pourquoi? pourquoi? parce que vous aimez la reine et que vous ne pouvez pas m'aimer!

— Tu te trompes, ma belle; je ne t'aimerais pas de la même manière, et voilà tout!

— Vous êtes étranges, vous autres hommes!... Vous adorez toutes les femmes!

— Toutes les femmes, non! Toutes les femmes adorables seulement! Et puis d'ailleurs, tu chéris la reine Jeanne, tu es sa sœur de lait, sa compagne d'enfance, vos deux cœurs ne font qu'un et vos âmes s'entendent! Du moment que j'aime ta maîtresse, je dois t'aimer aussi, c'est logique! qu'en dis-tu?

— Je dis que nous sommes au bout de la galerie et qu'il faut sortir du palais avant que le jour paraisse!

— Voilà tout?

— Voilà tout! que voudriez-vous de plus?

— Eh! ma gentille novice, ne le sais-tu donc pas?

— Les novices ne savent rien! A demain! à demain, monseigneur!

— As-tu donc juré de me faire damner, cruelle fille? répliqua Buridan en enlaçant la taille de la camériste. Pourquoi, je te demande, me viens-tu dire que tu m'aimes, si cela doit s'arrêter là?

— Je vous raconterai cela plus tard. Partez! partez, monseigneur!

— Eh bien! non! je ne partirai pas, si tu ne me donnes auparavant un gage de cette affection que tu prétends ressentir pour moi!

— Un gage!... et quoi donc?

— Ne fais pas l'ignorante, mauvaise! Tu as si souvent entendu parler d'amour, que par ouï-dire seulement tu es aussi savante que moi!

— Aussi savante que vous! reprit la petite en se débattant, certes, je serais grandement instruite, en ce cas; car vous avez étudié cette matière-là dans bien des écoles!

— Ne tente pas de t'arracher de mes bras, ma chère, répliqua le jeune homme en étreignant Fiammetta de plus belle. Je ne te lâcherai pas, j'y suis bien résolu!

— Je vous jure que je dirai tout à la reine!

— Tu ne lui diras rien! car tu sais très-bien que cela lui ferait de la peine! et tu l'aimes trop pour lui causer le moindre chagrin!

— Laissez-moi! laissez-moi! je vous en prie!

— Il ne fallait pas me dire que tu m'aimais! je ne t'y ai pas forcée, moi!

— C'est très-mal, ce que vous faites là!

Buridan se mit à rire.

— Tu es folle!... Si je t'étais indifférent, je te jure que je ne te baiserais seulement pas le bout du doigt malgré ta volonté! Mais puisque tu m'aimes, je serais un triple sot de perdre si gentille occasion!

Fiammetta tenta de répliquer encore; mais Buridan lui ferma les lèvres en les couvrant de baisers. En ce moment un rugissement féroce retentit au bout de la galerie, et, dans l'ombre, l'étudiant et la bohémienne virent deux yeux étincelants qui se fixaient sur eux.

— C'est Yacoub! s'écria Fiammetta en s'arrachant des bras de Buridan.

— Encore ce chien! fit le jeune homme en tirant sa dague.

— Pas de bruit, monseigneur, au nom du ciel! Au nom de madame Jeanne, éloignez-vous!

Ce disant, elle ouvrit vivement la porte de la berge et poussa Buridan hors de la galerie en lui disant :

— Demain, à minuit, je serai là!

Puis la porte se referma sur lui brusquement.

— Pardieu, murmura l'étudiant lorsqu'il se trouva seul sur la grève, voilà, sur mon honneur, la plus sotte aventure qui me soit jamais arrivée!.. Diantre soit des nègres et des rois de France! Conçoit-on semblable malencontre! être aimé de deux femmes et n'en posséder aucune! c'est de la fatalité! Qui sait? reprit-il en devenant songeur, peut-être Dieu ne veut-pas que je devienne parjure!...

Mais changeant de ton brusquement :

— Triple niais! comme si Dieu s'occupait de ces choses-là!... En admettant même que, par la volonté divine, Jeanne ait dû se soustraire à mes caresses, Fiammetta tout au moins pouvait...

S'interrompant avec colère :

— Yacoub maudit!... endiablée canaille!... Je crois, en vérité, que je lui en veux plus encore qu'au roi de France!

Tout en maugréant après sa mauvaise chance, Buridan avait quitté les abords du Louvre et, sans but arrêté, avait marché tout droit devant lui. Il se décida enfin à lever les yeux :

— Où suis-je ? se demanda-t-il. Eh ! mais, je ne me trompe pas, ce splendide logis qui se dresse non loin de moi, c'est l'hôtel Marigny !... Oui, oui ! continua le jeune homme, cette rue est bien la rue d'Autriche, je la reconnais !

Avisant une des verrières de la luxueuse demeure :

— Cette fenêtre éclairée m'annonce que les maîtres de céans ne sont pas encore endormis !

Poussant un gros soupir :

— Il est heureux, cet Enguerrand, reprit-il, sans pouvoir détacher son regard de la verrière. Tout lui réussit... fortune... puissance... il a tout à profusion !... Sans compter que cette Jeanne de Saint-Martin est une merveilleuse créature !... Ce nom-là empêche assurément les femmes de vieillir, car, de même que sa belle marraine, l'épouse d'Enguerrand est plus séduisante, plus adorable cent fois que jadis !... Ah! oui, Enguerrand est heureux... il est bien heureux... ca il ne connaît rien du passé !... Ce passé existe-t-il réellement ?... Le diable m'emporte, je n'en sais plus rien moi-même !... Tout cela me fait l'effet de quelque méchant rêve, dont le souvenir n'arrive plus à moi que confus et incompréhensible ! Jetons donc à jamais le voile de l'oubli sur les années disparues !... Au surplus, je suis jeune encore... l'avenir est à moi... Nargue donc les soucis, et que ma vie recommence !

Comme il achevait ces mots, il entendit un léger bruit derrière lui. Il se retourna et reconnut le grand nègre Yacoub. Il porta la main à sa dague ; mais avant même qu'il eût eu le temps de la tirer du fourreau, le Tunisien lui avait enfoncé un poignard dans la poitrine. Buridan tomba aux pieds du nègre en criant :

— A l'aide, Enguerrand, à moi !

Alors l'esclave se pencha vers l'étudiant et lui dit :

— Fiammetta m'avait juré de n'aimer jamais : elle t'aime ; et tous ceux qu'elle aimera, je les tuerai comme je t'ai tué !

Buridan ne répondit pas, il avait perdu connaissance. Le Tunisien s'apprêtait à lui donner un deuxième coup de poignard ; mais le cri de Buridan avait été entendu d'Enguerrand. L'épée à la main, ce dernier s'élança hors de l'hôtel, et, sans achever sa victime, Yacoub prit la fuite. Derrière le chambellan, deux varlets étaient accourus portant des flambeaux.

— Sur mon âme ! s'écria Enguerrand, c'est Buridan !

— Buridan ! répéta une voix de femme.

C'était Jeanne de Saint-Martin qui venait d'apparaître sur un balcon. Les varlets prirent le corps de l'étudiant et le portèrent dans l'une des chambres de l'hôtel. Le blessé, toujours évanoui, fut placé sur un lit de repos, et Jeanne de Saint-Martin, toute pâle et tout émue, accourut se placer à son chevet.

— Vous êtes bonne, Jeanne ! lui dit Enguerrand en lui serrant la main, merci !

— N'est-il pas votre ami, votre frère ? répondit Jeanne.

Les plus célèbres médecins, les mires les plus habiles furent mandés en toute hâte. Durant toute la nuit et toute la journée du lendemain, nul d'entre eux n'osa répondre de la vie du jeune homme. Enfin, vers le soir, il rouvrit les yeux et prononça quelques paroles inintelligibles.

— Maître, demanda Jeanne de Saint-Martin au médecin qui était demeuré auprès du blessé, maître, en est-ce donc fait ?

— Madame, répondit le mire, il vivra !

Radieuse, l'épouse d'Enguerrand regagna ses appartements.

Dès qu'elle fut seule, elle tomba agenouillée sur son prie-dieu.

— Seigneur ! dit-elle ensuite d'une voix tremblante d'émotion, vous avez entendu ma fervente prière !... vous le laissez vivre !... soyez béni ! soyez béni !

Mais, se relevant vivement :

— Que dis-je, malheureuse ! sa vie ne sera-t-elle pas le malheur de la mienne ?... Durant de longs jours encore, il va demeurer ici... je le verrai sans cesse, et je ne verrai que lui... Ce sentiment étrange que sa vue a fait naître soudainement en mon cœur, ce sentiment ne deviendra-t-il pas bientôt de l'amour ?... Que dis-je bientôt ?... mais je l'aime ! je l'aime déjà, cet homme !... et je vais, chaque jour, m'enivrer de sa vue !... Mieux eût valu mille fois que le poignard de l'assassin eût à jamais tranché le fil de ses jours !... Mais, non ! non ! s'il est tombé près de cette demeure, c'est que Dieu l'a voulu !... Dieu !... Satan, peut-être !... Oh ! qu'il me vienne du ciel ou de l'enfer, n'importe, cet amour, je l'accepte et j'en suis heureuse !... Je n'ai jamais eu dans le cœur que de l'indifférence et de la haine !... je n'ai jamais aimé, et j'ai besoin d'amour !

Pendant huit jours entiers, Buridan fut entre la vie et la mort. Mais, peu à peu, un mieux sensible se manifesta, et, vers le quinzième jour, ses esprits lui revinrent et ses yeux se rouvrirent. Le malade n'avait nulle conscience de ce qui s'était passé. Il lui semblait sortir d'un songe. Son regard se promena par la chambre.

— Où suis-je ? se demanda-t-il.

— Vous êtes chez Enguerrand, chez votre ami, chez votre frère ! lui fut-il doucement répondu.

Buridan tourna les yeux vers l'endroit d'où la voix était venue. Il reconnut alors Jeanne de Saint-Martin. Depuis quinze jours, la jeune femme veillait au chevet du blessé, et elle était étrangement pâle. Mais cette pâleur ne lui messeyait pas ; au contraire, elle l'embellissait.

— Vous ! vous ! madame ! murmura Buridan en la considérant d'un œil surpris. Que s'est-il donc passé?... et pourquoi suis-je ici ?... Je tente vainement de rappeler mes souvenirs... ils fuient de ma pensée !

Mais, en ce moment, il ressentit à la poitrine une douleur aiguë, poignante.

— Ah ! je me souviens ! reprit-il en essayant de sourire, je me souviens !... Un coup de poignard m'a jeté sans connaissance devant votre demeure... et vous m'avez secouru... vous m'avez sauvé !... Merci à vous, madame... merci !

Il voulut tendre la main à la jeune femme ; mais il n'en eut pas la force, et ses yeux se refermèrent. En son évanouissement, il lui sembla, chose étrange ! que deux lèvres brûlantes s'appuyaient sur son front. Alors, il revint à lui :

— Jeanne ! Jeanne ! est-ce toi ?

Mais il ne revit auprès de lui que l'épouse d'Enguerrand, plus pâle encore qu'elle n'était tout à l'heure.

— Ah ! pardonnez... pardonnez, madame, murmura le jeune homme. Mon esprit en délire enfante d'inconcevables chimères !

Jeanne de Saint-Martin lui prit la main et se pencha vers lui.

— Buridan, lui dit-elle ensuite d'une voix étouffée, vous l'aimez donc encore?... vous l'aimez donc toujours ?

— De qui parlez-vous, madame ?

— Je parle de celle de celle dont vous venez de prononcer le nom... je parle de Jeanne de Navarre !

— Oui, répondit l'étudiant, je l'aime d'un amour immuable, éternel... Oh ! je puis vous l'avouer, à vous, madame, car vous l'aimez aussi et ses secrets sont les vôtres !

— Oui, oui ! ses secrets sont les miens ! répondit Jeanne de Saint-Martin d'une voix sourde. Le lendemain même du jour où vous êtes tombé sous les coups d'un lâche meurtrier, la reine m'a fait appeler ; car Enguerrand, mon époux, avait fait connaître au Louvre cet événement sinistre !

— Et que vous a-t-elle dit ?

— Elle m'a dit tout, et m'a conjurée de vous prodiguer ces soins qu'elle ne pouvait vous donner elle-même.

— O ma reine bien chère !... murmura Buridan. Que je serais heureux de la voir !... d'entendre sa douce voix... madame !... Ne m'octroierez-vous pas cette joie ?

— C'est impossible, messire, répondit la jeune femme en détournant les yeux pour cacher ses larmes. La reine de France ne peut mettre les pieds en cette demeure tant que vous y serez !... ce serait réveiller les soupçons de Philippe le Bel !...

— Oui, vous dites vrai, vous êtes la raison et la sagesse mêmes !... Il eût été bien doux pour moi cependant... de lui dire, une fois encore, qu'elle était toute ma vie et toute mon âme !

— Plus tard, bientôt peut-être, répondit la jeune femme avec effort, vous serez en état de quitter cette demeure et de retourner au Louvre...

— Mais, reprit Buridan, si je ne puis lui parler, je puis lui écrire.

— Lui écrire !

— Un mot... un seul mot sur vos tablettes, madame... Vous le lui ferez lire... et je serai heureux.

— Comme il l'aime ! Oh ! mon Dieu, comme il l'aime ! gémit Jeanne de Saint-Martin.

— Vous me refusez !

Sans parler, elle présenta ses tablettes au jeune homme. Celui-ci les ouvrit, et, d'une main tremblante, il y traça ces mots :

« Jeanne, ma Jeanne adorée, je t'aime !... »

Mais sa grande faiblesse l'empêcha d'en écrire davantage. A peine eut-il la force de tracer son nom sous ces quelques mots. Puis les tablettes s'échappèrent de sa main. L'épouse d'Enguerrand s'en saisit. D'un œil ardent, elle lut ce que le jeune homme y avait écrit :

« Jeanne, ma Jeanne adorée, je t'aime !... »

— Oh ! reprit-elle en éclatant en sanglots, pourquoi ne suis-je pas cette femme-là, moi ?

Le blessé leva un œil stupéfié sur la jeune femme en murmurant :

— Est-ce bien l'épouse d'Enguerrand que je viens d'entendre ?

XVII. — OU L'ON VOIT QUE SI, POUR BURIDAN, LA TENDRESSE DE LA REINE N'A FAIT QUE CROÎTRE ET EMBELLIR, L'AVERSION DE JEANNE DE SAINT-MARTIN A TERRIBLEMENT DIMINUÉ.

Effaré, épouvanté même, notre blessé s'était à demi soulevé sur sa couche. Les étranges paroles qui venaient de frapper son oreille, de même que les baisers de tout à l'heure, lui semblaient un jeu de son imagination délirante.

— Oui, oui ! murmurait-il, je suis insensé ! C'est la fièvre qui m'affole !... je n'ai rien entendu !

Jeanne de Saint-Martin s'élança vers le jeune homme et saisit ses deux mains entre les siennes.

— Non ! tu n'es pas fou, Buridan ! lui dit-elle à voix basse, mais avec un accent tout brûlant de passion. C'est bien moi que tu as entendue... c'est bien moi qui t'ai parlé !

— Vous !... vous, madame !

— Oui, moi, Jeanne de Marigny ! moi, l'épouse d'Enguerrand, de ton ami, de ton frère !...

— Taisez-vous!... par pitié, madame, taisez-vous!

— Maintenant, il est trop tard... J'ai commencé de rompre le silence, je veux que tu saches tout, Buridan... Je veux que tu saches que je t'aime!

— Vous m'aimez... vous!

— Cela te semble inouï, n'est-ce pas? impossible!... Oh! c'est vrai, cependant, va, c'est bien vrai, je te le jure!... Je te haïssais bien, pourtant; mais ma haine a fui de mon cœur... et je t'aime d'un amour, non pas égal à l'aversion que je ressentais pour toi jadis, mais cent fois plus violent et plus furieux!

Buridan tenta de la repousser.

— Ah! je te fais horreur, n'est-ce pas?... Cet amour te semble un crime... Que veux-tu!... la fatalité me l'a jeté au cœur!... et malgré moi, malgré mes efforts, je n'ai pu parvenir à l'en arracher!

— Au nom du Dieu vivant, madame!... dites-moi que vous mentez... dites-moi que vous me haïssez toujours, et que, poursuivant votre œuvre de vengeance, vous m'avez fait cet aveu terrible pour m'éprouver, pour voir si je serais assez lâche, assez infâme pour y répondre... Caché près de ces lieux, Enguerrand nous voit et nous entend sans doute... Vous avez voulu le faire se repentir d'avoir recueilli son ami mourant en sa demeure... vous avez voulu le séparer à tout jamais de son frère malheureux!... Dites-moi que tout cela est un jeu... et je vous bénirai... Oui, mieux vaut pour moi cette nouvelle preuve de votre haine que l'amour criminel que vous osez m'offrir!

— Écoutez-moi, Buridan, répondit Jeanne de Saint-Martin suppliante, écoutez-moi, je vous en conjure, et vous me plaindrez peut-être... et vous me regarderez d'un œil pitoyable, au lieu de me repousser comme vous le faites!

— C'est donc vrai! c'est donc vrai! murmura Buridan avec désespoir.

— Écoutez-moi, vous dis-je, et vous comprendrez tout!... Je vous haïssais autrefois... oh! je vous haïssais de toutes les forces de mon âme...

Lui mettant sous les yeux sa main cicatrisée :

— Pour raviver ma fureur et mes désirs de vengeance, je n'avais qu'à jeter un regard sur ces stigmates ineffaçables!... Je songeai d'abord à vous faire périr sous le couteau des assassins! Cabulis et ses complices allèrent, sur mon ordre, vous attendre dans les ruines des Thermes... Mais le ciel vous fit sortir sain et sauf de ce guet-apens! De retour au Louvre, madame Jeanne de Navarre me fit connaître l'amour que ressentait pour moi Enguerrand, votre ami le plus cher. « Soit! dis-je alors, je deviendrai l'épouse de cet honnête homme, moi, Jeanne de Saint-Martin, l'indigne courtisane, l'égorgeuse de la tour de Nesle! Et quand, à tout jamais, je serai liée à M. de Marigny, je me révélerai à Buridan, et ses regrets éternels seront ma vengeance! » Tout ce que j'avais résolu, j'eus la force de l'accomplir!...

— Oui, oui! murmura Buridan avec douleur, je me souviens!... je me souviens!

— Hélas! reprit la jeune femme, les persécutions dont vous fûtes l'objet de la part du roi, vos malheurs immérités, votre exil, vos misères, éteignirent peu à peu en mon âme l'aversion féroce que je ressentais pour vous!... Que dis-je? bientôt la pitié, le remords, s'emparèrent de moi. Oui, de ce moment, je me transformai... j'eus honte véritablement de mon passé et je fis le serment de l'expier à force de dévouement et de vertu!... Je n'aimais pas Enguerrand, je ne pouvais l'aimer, et cependant, en souvenir de vous, je fus pour lui une épouse accomplie, je fus pour ses enfants une irréprochable mère!... Adorée de mon époux, chérie de mes filles et de mon fils, j'en étais arrivée presque à n'avoir plus souvenance des sanglantes années de ma jeunesse, et j'étais heureuse... La fatalité vous a fait franchir le seuil de cette demeure, Buridan!... Cachée derrière une tapisserie, j'ai entendu le récit navrant de vos longues souffrances et de vos sombres désespoirs! et je sentais, au fur et à mesure que vous parliez, un trouble singulier qui me montait au cœur... Enfin, lorsque par grandeur d'âme et pour enlever de l'esprit d'Enguerrand les doutes qui venaient de l'envahir, vous avez eu le courage de vous jeter à mes pieds et de me demander pardon, à moi que vous aviez le droit d'accabler de vos mépris et de votre colère, un sentiment jusqu'alors inconnu s'est emparé de tout mon être... Ce n'était pas seulement de la reconnaissance, de l'admiration, non, c'était de l'amour!

— De l'amour! gémit sourdement Buridan en détournant les yeux.

— J'ai voulu résister, poursuivit fiévreusement l'épouse d'Enguerrand. Oui, pour empêcher cette soudaine passion de prendre plus d'empire sur mon âme, je résolus de supplier mon époux de ne plus vous recevoir, de ne plus nous faire retrouver ensemble... Comme j'allais lui adresser cette douloureuse requête, un cri terrible retentit sous nos fenêtres et je reconnus votre voix! Bientôt vous rentriez mourant en cette demeure. C'en était fait! le sort voulait nous rapprocher! J'ai frémi en vous revoyant, car j'ai compris que cet amour fatal allait devenir bientôt quelque chose d'irrésistible et d'effréné... Durant quinze jours, durant quinze nuits entières, j'ai veillé près de vous, Buridan, tantôt implorant le ciel pour qu'il vous laissât vivre, tantôt le conjurant de vous faire expirer sous mes yeux!... Oui, oui! j'ai osé souhaiter ta mort, Buridan, car j'avais peur de toi... Dieu n'a pas exaucé cette prière impie... c'est donc qu'il me permet de t'aimer!...

Le serment des bouchers de Paris.

— Eh bien! continua-t-elle, je t'aime!... je t'aime, et, les mains jointes, les larmes aux yeux, le feu au cœur, je te supplie de m'aimer!

— Jamais! jamais! s'écria Buridan avec horreur. Quoi! moi! je payerais la fraternelle hospitalité d'Enguerrand en apportant le déshonneur en sa demeure!... Oh! vous ne m'avez pas crû à ce point infâme et méprisable!

— Buridan, ne me parle pas ainsi!... Ne me désespère pas!

— Laissez-moi!... laissez-moi, madame! je ne veux pas vous entendre davantage! Votre amour est un crime odieux, abominable... et de ce crime je ne me ferai pas le complice, je le jure par tout ce qu'il y a au monde de vrai et de sacré!

— Buridan, tu ne comprends donc pas que cet amour est ma vie maintenant, toute ma vie!... Tu ne comprends donc pas que si tu me repousses, c'est ma damnation et mon éternel malheur!... Je n'ai jamais aimé, jamais, entends-tu bien?... Tout enfant, cette Jeanne de Navarre que tu me préfères m'a livrée à Césariot le bandit... Aimais-je Césariot? non! sur mon âme! Aimais-je davantage Enguerrand, quand je devins son épouse? non, non! jusqu'à cette heure, l'amour m'a été inconnu... Mais, dès ce moment, il m'a faite son esclave!... Oui, ses feux dévorants me brûlent et me consument. D'inconcevables ardeurs circulent en mes veines... Eh bien! je te le dis, ces flammes surhumaines, ton amour seul peut les éteindre... Encore une fois, je te le demande à genoux, aime-moi, mon Buridan, aime-moi!

Buridan leva les yeux sur la jeune femme.

— Vous êtes belle, madame! oh! vous êtes bien belle! et votre voix enchanteresse fait vibrer toutes les fibres de mon cœur... J'aurai pourtant l'étrange courage de vous résister! J'aurai la force de demeurer fidèle à l'amitié et de ne pas déshonorer sa couche!

— L'amitié! s'exclama Jeanne avec exaltation, que viens-tu parler d'amitié lorsque je te parle d'amour!... Ah! si tu pouvais lire en mon âme, tu comprendrais, Buridan, que dans l'intérêt même de cette grande amitié, tu comprendrais, dis-je, que tu dois répondre à cette passion que j'ai osé te faire connaître!

— Que voulez-vous dire?

— Je veux dire que si tu me repousses encore,

que si le ciel ou l'enfer ne me donne pas la puissance de faire fondre la glace de ton cœur, ce sera le malheur d'Enguerrand comme ce sera le mien... car à partir de cet instant, je le haïrai, sa vue me sera odieuse, insoutenable, et je lui laisserai voir enfin que je ne l'aime pas, que je ne l'ai jamais aimé... Mais, ô mon Buridan! si tu consens à me tendre la main, si tes yeux laissent enfin tomber sur moi un regard de tendresse, alors, je te jure d'être pour Enguerrand, jusqu'à la fin de ma vie, ce que j'ai su paraître durant ton exil!... Aime-moi! aime-moi! et jamais ton ami ne saura rien de ce mystère... Nous cacherons notre amour à tous les yeux... je saurai trouver mille moyens de te voir sans exciter les soupçons! Devant tous, je serai pour toi froide et réservée... j'aurai l'air d'être une étrangère enfin, et de ne te recevoir que pour complaire à mon époux... Mais quand, seule à seul, je pourrai te parler, quand, à l'abri de tous les regards jaloux, je pourrai m'enivrer de ta chère présence, oh! plus de contrainte, alors, plus de comédie, plus de mensonges! ce seront des bonheurs sans fin et d'interminables délices... des joies insensées et de célestes voluptés!... N'est-ce pas, mon bien-aimé, n'est-ce pas que tu n'auras pas la cruauté de repousser plus longtemps cette pauvre femme qui ne vit que pour toi?... N'est-ce pas que tu accepteras la virginité de son cœur?...

— Madame, répondit Buridan, une femme aussi belle que vous, une reine de France, s'est traînée jadis à mes pieds en me disant « Je t'aime! » Comme vous, elle me suppliait de l'aimer... Oui, c'étaient les mêmes accents, les mêmes prières! j'ai eu la force de fuir ses fatales caresses, car j'eusse été coupable en ne le faisant pas!... Aujourd'hui, si je me liais à vous pour tromper Enguerrand, je ne serais plus seulement coupable, je serais le plus lâche des lâches, le plus traître des traîtres, et la lâcheté, la trahison, Buridan ne les a jamais connues, Buridan ne les connaîtra jamais!

Jeanne de Saint-Martin se releva lentement.

Jetant sur le jeune homme un sombre regard, elle reprit d'une voix sourde :

— Si tu m'aimais, Buridan, tu ne songerais pas à Enguerrand!... Ton amitié n'est qu'un prétexte!...

— Je vous jure...

— Je ne te crois pas, interrompit Jeanne avec force, je ne veux pas te croire!... Je te dis que tu me repousses parce que tu ne m'aimes pas... je te dis enfin que si tu ne m'aimes pas, moi, c'est que tu en aimes une autre!

— Une autre!

— Oui, celle-là même dont tu viens de prononcer le nom... cette Jeanne de Navarre, cette reine que tu avais juré de ne plus revoir!

Tirant les tablettes de sa poitrine, elle relut avec rage les mots tracés par Buridan :

« Jeanne, ma Jeanne adorée, je t'aime! »

— Et c'est moi, ajouta la jeune femme avec une sinistre fureur, c'est moi qu'il a choisie pour porter à sa maîtresse cet infernal message.

— Donnez-moi ces tablettes, madame, donnez-les-moi!

— Non! répliqua Jeanne en replaçant l'écrit dans son sein, je les garde... et, par elles, je me vengerai de tes humiliations et de tes mépris!... Adieu!

— Saints du ciel! s'exclama Buridan lorsqu'il eut vu s'éloigner l'épouse d'Enguerrand. Que va-t-elle faire? Quel projet vient-elle de concevoir?... Cette lettre fatale, elle va la mettre sous les yeux de Philippe peut-être... La reine est perdue... perdue... et par ma faute!... Ah! continua-t-il, en faisant d'impuissants efforts pour se lever, je veux reprendre ce funeste billet, je veux sauver Jeanne!

Il ne put achever et retomba sur sa couche, épuisé et presque mourant.

. . . .

Un mois seulement après la scène que nous venons de raconter, c'est-à-dire le vingtième jour d'avril, les hommes de science permirent à Buridan de quitter son lit de souffrances. Bien faible encore et d'esprit et de corps, le malade avait été placé sur un large fauteuil, près de la fenêtre ouverte. Son fidèle Cramignole était à ses côtés. Mandé par Enguerrand, le brave garçon, de concert avec les médecins, avait prodigué au blessé les soins les plus affectueux et les plus tendres. Quant à Jeanne de Saint-Martin, elle n'avait pas une seule fois franchi le seuil de la chambre depuis le jour que l'on sait. Non sans une certaine volupté, Buridan réchauffait ses membres amaigris et frissonnants aux rayons vivifiants du soleil printanier ; mais en son esprit ébranlé, la pensée flottait incertaine, et ses lèvres pâlies ne s'entrouvraient de temps à autre que pour laisser échapper des mots sans suite. Cramignole soupirait bien fort en voyant l'état de son cher seigneur, et de grosses larmes coulaient le long de ses joues. Les médecins avaient cependant répondu de la vie de Buridan ; mais ils n'avaient osé affirmer que sa raison demeurerait saine et sauve. Le malade, sans parler, suivait d'un œil distrait le vol capricieux des hirondelles qui frôlaient de leurs ailes vigoureuses les sculptures de l'hôtel de Marigny. Soudain, il cessa de regarder et dressa l'oreille. Toutes les cloches des églises et des monastères de Paris et des environs faisaient entendre en même temps un glas funèbre.

— Qui donc est mort? murmura Buridan en portant la main à son front, qui donc?

Bientôt, des chants religieux se firent entendre.

— C'est le *De profundis!* reprit le jeune homme.

La rue d'Autriche, nous l'avons dit, se prolongeait jusqu'au quai. La fenêtre près de laquelle se trouvait Buridan donnait de ce côté. Le malade, se soulevant avec peine, se pencha par-dessus l'appui du balcon et regarda. Alors il passer un grand nombre de gentilshommes vêtus d'habits de deuil et montés sur des chevaux houssés de noir. Derrière eux était messire Jumeau, prévôt de Paris, escorté des conseillers et avocats du Châtelet, ainsi que des sergents à verge. Les seigneurs de la cour du parlement venaient ensuite, puis les échevins de la ville, les conseillers de la cour des comptes ; puis les pauvres de Paris et les aveugles des Quinze-Vingts, ayant une fleur de lis attachée sur leurs robes noires. Derrière ceux-ci, marchaient les gens d'Église, les cordeliers, les augustins, les carmes, les bernardins, en un mot, tous les ordres religieux de Paris et des faubourgs. L'Université venait ensuite, suivie des vingt-quatre crieurs de Paris et de quatre hérauts d'armes, vêtus de velours noir. Buridan, d'un œil hagard, effaré, voyait défiler l'interminable cortége. Cramignole tenta de l'arracher à ce spectacle.

— Laissez-moi ! laissez-moi ! répondit le jeune homme en se retenant au balcon avec une vigueur soudaine.

Bientôt un grand chariot couvert de velours noir passa sous la fenêtre, traîné par cinq grands destriers ayant des housses de satin noir. Ce chariot contenait un cercueil, recouvert de drap d'or et de velours bleu semé de fleurs de lis.

— Saints du ciel ! s'exclama Buridan, ce sont des funérailles royales ! Philippe le Bel a-t-il donc trépassé?

Mais, comme il disait cela, il aperçut, marchant à cheval derrière le char funèbre, le roi en personne, vêtu en grand deuil, et suivi de tous ses chambellans et de ses chanceliers, de ses grands écuyers et de ses pages.

— Ce ne sont pas les obsèques du roi ! murmura Buridan.

De ce moment, les vingt-quatre crieurs firent entendre ce cri l'un après l'autre :

— Bourgeois et manants, priez pour le repos de l'âme de très-haute et très-noble princesse madame Jeanne de Navarre, reine de France ! priez !

— Jeanne de Navarre ! morte ! s'écria Buridan en délire.

L'une des dames de la cour qui escortaient le cercueil leva les yeux vers le balcon. Puis, écartant les plis de son long voile de deuil, elle mit à découvert son pâle visage. Buridan poussa un cri étouffé. Il avait reconnu Jeanne de Saint-Martin.

. . . .

L'épouse de Philippe IV était morte à Vincennes, après de terribles souffrances. Elle avait trente-trois ans à peine, et, quand ce mal inconnu qui la conduisit au tombeau se déclara, elle était dans toute sa force et dans toute sa beauté.

« Bien que près d'expirer, disent les chroniqueurs, elle n'oublia pas le vœu qu'elle avait fait, et fonda, le 25 mars 1304, le collége de Navarre, nommé d'abord collége de Champagne, une des premières écoles de l'Europe. »

« Elle dota la maison, ajoutent les historiens, d'un revenu suffisant pour l'entretien de soixante-dix écoliers pauvres, et donna une haute idée de son goût pour les lettres et de sa bienfaisance pour les savants, en enrichissant ce collége d'une bibliothèque précieuse par les manuscrits qu'elle renfermait. »

Ce collége était situé rue de la Montagne-Sainte-Geneviève.

« La première pierre de la chapelle fut posée le 2 avril 1309, et, dès l'an 1315, les autres bâtiments furent en état de recevoir les maîtres et les écoliers.

« Pendant les troubles qui, sous le règne de Charles VI, désolèrent la France et notamment les environs de Paris, ce collége fut ruiné. Rétabli par Louis XI, en 1464, il se soutint avec quelque distinction, obtint des priviléges et un accroissement de revenus et de territoire. »

Ainsi parle Dulaure.

Un autre historien nous apprend que le roi était le premier boursier de ce collége, et que le revenu de sa bourse était affecté « à l'achat des verges destinées à la correction des écoliers. »

Dans les registres manuscrits du parlement, aux 25 et 27 janvier 1575, on lit un fait qui prouve l'abus des fustigations dans ce collége :

« Julien Pelletier, sous-maître des actions, avait fait fustiger un écolier, nommé Denis Lebègue, lequel avait été si extrêmement et cruellement fouetté et battu, qu'à le voir il faisait horreur. »

Le parlement condamna le sous-maître à s'abstenir, durant un an entier, de la sous-maîtrise, à payer à l'écolier soixante livres de dommages, et à garder la prison jusqu'à l'entier payement de la somme. L'enseignement a cessé dans ce collége pendant la Révolution, et ses bâtiments, presque entièrement reconstruits, ont été destinés à l'École polytechnique. Jusqu'en 89, on voyait au-dessus du grand portail la statue de Jeanne de Navarre à côté de celle de Philippe le Bel. La reine défunte, durant les vingt années de son union avec le fils de Philippe III, avait mis au monde sept enfants, quatre princes et trois princesses : Louis X le Hutin, Philippe V, dit le Long, Charles IV, dit le Bel, tous trois morts sans postérité, et Robert, qui mourut en la douzième année de son âge. Les trois princesses sont : Blanche, morte en bas âge, Marguerite, promise à Ferdinand IV, roi de Castille, morte non mariée, et Isabelle, femme d'Édouard II, roi d'Angleterre. « Cette dernière, disent les historiens, fut la honte de son sexe; elle se dégrada et ajouta encore le crime à ses débauches, en détrônant son mari qu'elle fit périr cruellement. Son fils, Édouard III, déchira la France par ses prétentions au trône, après la mort de ses trois oncles. »

Les restes mortels de Jeanne de Navarre avaient été ramenés de Vincennes pour être exposés au Louvre en une chapelle ardente, durant trois jours et trois nuits. La funèbre exposition étant terminée, le corps de la reine était mené en grande pompe à l'église Notre-Dame, et, pour se rendre à la cathédrale, le cortége avait dû longer la Seine et passer sous les fenêtres de l'hôtel de Marigny. A Notre-Dame, l'auguste défunte fut exposée de nouveau en une chapelle ardente, au milieu du chœur, dont « tous les piliers étaient tendus de tiercelin bleu à franges noires, émaillées de fleurs de lis d'or. »

« L'entre-colonnement entier, dit encore la chronique du temps, était orné de satin.

« L'autel était couvert de velours noir, avec fleurs de lis.

« Torches et cierges étaient allumés tout autour. »

Après l'offrande, il y eut sermon, et, l'office terminé, la noble assistance sortit de Notre-Dame avec le corps pour lui faire escorte jusqu'à l'église des cordeliers de Paris. C'est dans le chœur de cette église que fut inhumée la reine Jeanne de Navarre. Au moment même où s'achevait la triste cérémonie, le soleil disparaissait à l'horizon. Lorque la nuit fut venue, un homme plus pâle qu'un mort, et dont la démarche chancelante annonçait la grande faiblesse, apparut aux abords du monastère. Il écouta les chants funèbres des religieux qui avaient mission de demeurer en prières près du cénotaphe royal. Il vit à travers les vitraux de l'église les clartés sombres des lampes mortuaires... Alors, des sanglots s'échappèrent de sa poitrine et, sur l'herbe qui croissait autour du monastère, il tomba agenouillé en s'écriant :

— Jeanne!... ma bien-aimée!... Est-ce le Seigneur qui t'a rappelée à lui, ô reine ?... Est-ce le crime qui t'a ravie à mon amour ?

En ce moment, le jeune homme sentit une main osseuse s'appuyer sur son épaule. Il se retourna surpris.

Une vieille femme octogénaire se tenait à ses côtés.

— Messire, lui dit cette femme, un grand secret doit vous être révélé cette nuit même. Suivez-moi et vous le connaîtrez !

— Te suivre ! fit le jeune homme en se relevant, et dans quel lieu ?

— Ici près !... à deux pas seulement de ce monastère.

— Et chez qui donc veux-tu me conduire ?

— Vous le saurez quand nous serons arrivés.

— Femme, riposta Buridan, je refuse de t'accompagner. Je ne tiens plus à rien en ce monde, et nul secret ne peut maintenant m'intéresser !

— Si pourtant cette révélation avait rapport à celle qui dort en cette église?

— Que dis-tu ? s'écria le jeune homme.

— Viens et tu sauras tout !

— Marche donc, femme ! Mon Dieu, ajouta Buridan, faites que ce nouveau mystère ne soit pas pour mon cœur une nouvelle souffrance !

XVIII. — QUEL NOUVEAU SECRET FUT RÉVÉLÉ A JEAN BURIDAN.

Notre héros avait suivi la vieille messagère. On atteignit bientôt la rue de la Harpe, où se trouvait, ainsi que nous l'avons dit jadis, la porte Gibard ou Gibert. Cette porte, bâtie vers l'an 1200, faisait partie de l'enceinte de Philippe-Auguste. Elle est désignée fréquemment sous le nom de porte d'Enfer et de porte de fer. La vieille ayant parlé bas à l'officier de garde, on la laissa passer ainsi que son jeune compagnon. A la porte Gibard commençait la rue d'Enfer. Disons un mot de l'étymologie de cette rue célèbre. Quelques-uns prétendent que la rue Saint-Jacques portait anciennement le nom de rue Supérieure, et celle-ci, de rue Inférieure (*via infera*). De là son nom de rue d'Enfer. D'autres historiens rapportent que le palais de Vauvert, bâti par le roi Robert au commencement du neuvième siècle, abandonné par ses successeurs, avait été hanté vers le treizième siècle par des revenants et des diables. Le saint roi Louis, très-superstitieux, comme l'on sait, ajouta grande croyance au bruit populaire, et, pour chasser de l'antique manoir les malins esprits, il le céda en toute propriété aux chartreux. Il est bien entendu que ces pieux cénobites s'étaient offerts d'eux-mêmes pour remplir cet office. Certains auteurs assurent à ce sujet que les prétendus diables du château de Vauvert n'étaient autres que nos dignes religieux. Toutes les nuits ils faisaient retentir les voûtes du vieux château de cris démoniaques et traînaient de lourdes chaînes sur les dalles sonores, tandis que des clartés vertes et rouges illuminaient les hautes fenêtres. Selon d'autres encore, le château de Vauvert servait d'asile à une bande de faux-monnayeurs. Toutes ces versions sont vraisemblables. Quoi qu'il en soit, saint Louis n'eut pas plutôt fait don aux chartreux de l'endiablé château, que tous les bruits infernaux cessèrent comme par enchantement. C'est à cette époque, vers 1257 ou 1259, que lesdits chartreux quittèrent le village de Gentilly où ils s'étaient établis en venant en France. Ils changèrent le manoir ensorcelé en un couvent qui fut démoli au commencement du dix-neuvième siècle, et le vaste emplacement de ces bâtiments, jardins, pépinières, etc., a servi à agrandir le jardin du Luxembourg. Bien que les diaboliques habitants eussent disparu pour toujours du château en question, le peuple continua à appeler la rue où il était bâti la rue de l'Enfer. A diverses époques, ladite rue s'est appelée chemin d'Issy et chemin de Vanves. Elle s'est appelée aussi chemin et rue de Vauvert, puis rue de la porte Gibard, rue des Chartreux, enfin rue Saint-Michel et rue du Faubourg-Saint-Michel. La seule dénomination de rue d'Enfer lui est restée.

« La terreur qu'inspirait ce lieu s'était si puissamment emparée des imaginations que le souvenir s'en est conservé longtemps après et a donné naissance à cette phrase proverbiale : « Aller au diable Vauvert », pour signifier une course pénible et dangereuse ; et aujourd'hui, par corruption, on dit encore : « Aller au diable Auvert. »

Dulaure, à qui nous empruntons ces dernières lignes ajoute que les vastes carrières qui s'ouvraient sur cette rue servaient et servirent encore longtemps d'asile aux malfaiteurs et aux brigands qui avaient intérêt à maintenir l'épouvante publique. Quant aux chartreux, la bourrasque révolutionnaire les emporta bien loin de la capitale. Un bal public, décoré de l'étiquette de Grande-Chartreuse, rappela seul plus tard le long séjour des disciples de saint Bruno dans la rue d'Enfer. Nous parlerons de ce bal fantaisiste dans la quatrième partie de ces drames. En attendant, rejoignons notre héros et sa conductrice octogénaire, lesquels viennent de s'arrêter devant une mystérieuse demeure, située à peu de distance de l'ex-château de Vauvert.

— C'est ici ! dit la vieille.

— Ici ! reprit Buridan en jetant un regard soupçonneux. Or çà, sorcière, ma mie, me mènes-tu d'aventure en quelque coupe-gorge ?

— Ayez-vous peur, mon beau gentilhomme ? demanda la vieille en ricanant.

— Peur ! répliqua le jeune homme avec un sourire. Si tu me connaissais, femme, tu saurais que la peur et moi n'avons jamais fait route ensemble !... D'ailleurs, triste et navré comme je le suis présentement, je verrais venir la mort en face que je ne romprais pas d'une semelle pour l'éviter !... Mène-moi donc en ce bouge ! Servît-il de gîte à tous les bandits du monde, je suis prêt à en franchir le seuil !

— Ouais, mon gentil damoiseau, qui vous dit que ce retrait soit hanté par les mauvais garçons que vous croyez ?... Je vous jure, par les trois dents qui me restent, que l'accueil qui vous sera fait vous agréera fort et n'a rien de commun avec ce que vous soupçonnez.

— Pas tant de verbiage, ma commère, ouvre l'huis de ce taudions et entrons !... Tout souffrant encore de ma blessure, j'ai hâte de m'asseoir et de me reposer !

— Qu'il soit fait selon votre désir, mon cher seigneur !

Ce disant, la vieille ouvrit la porte de la maisonnette :

— Entrez, messire !

Buridan pénétra dans le logis.

— Par l'enfer ! murmura le jeune homme en se laissant tomber sur un escabeau, je suis plus mort que vif, et me sens prêt de défaillir !

La vieille ayant refermé la porte, prit une petite lampe et se dirigea vers un bahut antique, qui composait, avec un grabat, une table boiteuse et deux ou trois escabelles détériorées, tout l'ameublement de la pièce. Dans le bahut, la vieille prit une fiole, et, dans une tasse d'eau, elle versa treize gouttes d'un philtre que le flacon renfermait. Présentant ensuite la tasse à Buridan :

— Buvez ceci, messire, et votre faiblesse va cesser comme par miracle !

L'étudiant lui jeta un regard étonné.

— Qui donc es-tu ? lui demanda-t-il.

— Je suis la nourrice de Jacques Paviot le sorcier, et ces secrets merveilleux qu'il connaît aujourd'hui, c'est moi qui les lui ai appris ! Buvez donc, mon jeune maître ; ce philtre que je vous offre a été composé par mes mains, et, de par Hermès, le médecin même de notre sire le roi ne saurait vous en octroyer un semblable !

Après quelques secondes d'hésitation, Buridan prit la tasse et la vida d'un trait. Presque instantanément, il respira plus à l'aise, une chaleur bienfaisante lui descendit au cœur et se répandit peu après dans tout son corps. Finalement ses forces lui revinrent, sa torpeur physique et morale disparut presque entièrement.

— Par Dieu ! ma chère, dit le jeune homme en se remettant sur pied, grâces te soient rendues ! Ton breuvage est d'un goût détestable, mais ses effets sont les plus beaux du monde !... Que ne t'a-t-on appelée pour me soigner à la place de tous les ânes bâtés qui me sont venus visiter !... Au lieu de demeurer au lit pendant un mois et demi, je me fusse guéri bien vite, et le grand malheur qui m'afflige ne serait peut-être pas advenu !

— Cela est possible ! répliqua la vieille d'un ton singulier.

— Mais, reprit Buridan, ce n'est pas, je le suppose, uniquement pour me donner un échantillon de ta science médicale que tu m'as amené céans !... Arrivons-en, je te prie, au secret que j'attends... Il a rapport à celle que je pleure... Parle donc, je suis prêt à t'entendre !

— Ouais, mon doux gentilhomme, vous êtes grandement pressé, à ce que je puis voir...

— Tu l'as dit, j'ai hâte de tout connaître.

— En ce cas, gravissez le petit escalier que voici,

et l'on va tout vous apprendre !... car ce n'est pas moi, comme vous le pensez, qui suis chargée de vous initier à ce grand mystère !

— Soit donc, fit le jeune homme, j'irai jusqu'au bout. Avant de te quitter toutefois, ajouta-t-il, prends ces deux livres d'or, ma commère, pour les bons soins que tu m'as octroyés !

— Grand merci, monseigneur, fit la vieille en empochant les pièces d'or; dans l'occasion, pensez à moi !

— Je t'en fais la promesse, ma digne hôtesse ; et, de par Dieu ! l'obligé, ce sera moi !

Tout en disant ces derniers mots, Buridan s'était engagé dans l'étroit escalier.

— Tenez-vous bien à la corde qui sert de rampe, lui cria la sorcière en l'éclairant d'en bas, l'escalier est un peu roide, et, sans cette précaution, vous pourriez vous rompre le cou !

— Certes, pensa le jeune homme en montant, si je sais quelle nouvelle aventure m'attend là-haut, je consens de grand cœur à ce que Satan m'emporte !

Il avait atteint la dernière marche.

Une porte fermée l'empêcha d'aller plus avant.

Comme il cherchait à l'ouvrir, l'huis roula de lui-même sur ses gonds, et des torrents de lumière vinrent éblouir Buridan stupéfié.

Sa stupéfaction fut bien plus violente encore lorsqu'il eut jeté un coup d'œil dans la chambre.

Il se tenait sur le seuil et n'osait avancer.

— Où suis-je? dit-il enfin. Suis-je le jouet d'un songe? ou bien ce philtre que je viens de prendre a-t-il quelque vertu magique qui m'affole? Cette chambre... je l'ai vue jadis... C'est la chambre de la tour de Nesle!... C'est là que, pour la première fois, Jeanne de Navarre m'est apparue.... C'est là que ses lèvres brûlantes se sont appuyées sur les miennes en me disant : « Je t'aime ! » Oh ! Satan, poursuivit le jeune homme en se laissant tomber éperdu sur une ottomane, si tout cela n'est qu'une vision fantastique créée par ta puissance, achève ton ouvrage en évoquant à mes yeux l'image adorée de celle qui n'est plus.

Ce que Buridan voyait existait bien réellement. La chambre dans laquelle il venait de pénétrer était, sinon la chambre même de la tour de Nesle, du moins sa copie exacte, rigoureuse. Elle était ronde comme l'autre et décorée dans le style oriental. Des tapis de même étoffe et de même couleur recouvraient le plancher. L'ottomane sur laquelle il venait de se placer garnissait, comme celle de la tour, le tiers de la muraille circulaire, et, dans le milieu de la salle, les mêmes parfums enivrants s'échappaient de la même cassolette d'or. Les mêmes étoiles parsemaient l'azur de la coupole que soutenaient les mêmes colonnettes asiatiques, au pied desquelles se trouvaient des vases de porphyre tout semblables aux autres, dans lesquels mille fleurs exotiques étalaient leurs splendeurs. Au milieu de la voûte sphérique, un Amour aux ailes étendues soutenait, comme dans la chambre de la tour, un lustre d'argent ciselé à douze branches, et chacune de ses branches simulait une colombe dont le bec entr'ouvert lançait des jets de flamme odorante. On le voit, aucun détail n'avait été mis en oubli, et l'homme le plus fort et le plus sensé eût pu prendre la copie pour le modèle ; à plus forte raison, Buridan, dont l'esprit était non-seulement enfiévré par la longue maladie dont il sortait à peine, mais dont les sens étaient surexcités encore par le philtre que la vieille lui avait fait prendre à dessein. Durant quelques secondes, le jeune homme demeura ébloui et délirant. Une voix mystérieuse et qui semblait sortir de la cassolette d'or lui fit lever la front.

« — Buridan, disait cette voix, tu as formé le vœu de revoir celle que tu aimais... que ton désir s'accomplisse ! »

A ces mots, une épaisse vapeur s'échappa du brûle-parfums et se répandit par toute la chambre. Quand elle fut dissipée, Buridan jeta un grand cri et tomba à genoux. Au milieu de la salle, gracieusement appuyée sur la cassolette, se tenait une jeune femme dont le haut du visage, comme celui de Jeanne de Navarre dans la tour de Nesle, était recouvert d'un masque noir. Comme la reine, elle était vêtue d'une tunique blanche brodée d'or, laquelle, ouverte sur les côtés selon la mode antique, laissait la jambe entièrement nue. Ses bras étaient nus aussi, et de formes sculpturales comme ses épaules, sur lesquelles se déroulaient de longues tresses noires, constellées des mêmes perles fines qui constellaient la splendide chevelure de Jeanne de Navarre, lors de sa première entrevue avec Buridan.

— Jeanne! ma reine bien-aimée! s'exclama le jeune homme en délire. Ombre chérie!... viens !... oh ! viens en mes bras... dussé-je tomber mort sous tes baisers!... dussé-je, après cette nuit d'amour, être enfermé avec toi dans cette tombe que tu viens de quitter !

La femme masquée ne répondit pas. Mais elle fit un signe et tout aussitôt les flammes du lustre s'éteignirent. Buridan s'élança vers le fantôme et le saisit entre ses bras. Dans le même moment, une voix psalmodia dans la rue ce cri que d'autres voix répétèrent :

— Priez pour l'âme de madame Jeanne de Navarre !

— Jeanne, ma bien-aimée, reprit le jeune homme éperdu, vivante, tu ne pouvais être à moi sans que je fusse parjure ; morte, tu m'appartiens. . . . . . .

La même voix mystérieuse qui une fois déjà s'était fait entendre retentit de nouveau, et ces mots vinrent arracher Buridan à l'extase voluptueuse dans laquelle il était plongé :

— Les veilleurs de nuit annoncent la douzième heure ! C'est l'instant du retour !

— Perdita ! s'écria la compagne de notre héros, me voici !

Deux longues heures s'étaient écoulées depuis l'apparition de la femme masquée. Durant ce temps, elle n'avait pas prononcé un seul mot. En entendant sa voix, Buridan s'arracha de ses bras en murmurant avec une terreur instinctive :

— Saints du ciel ! qui donc vient de parler ?

— C'est moi, répondit le fantôme d'un ton sonore et triomphant.

A ce même moment, le lustre se ralluma de lui-même, et des torrents de clarté inondèrent le visage démasqué. Buridan poussa un cri terrible, formidable, surhumain ; puis il se recula de cette femme comme d'un reptile venimeux, en balbutiant :

— C'était elle ! c'était elle !

— Oui, répliqua la jeune femme avec force, c'est bien moi, et si tu doutes encore, après avoir vu mon visage... regarde cette main que tu as déchirée jadis !

— Jeanne de Saint-Martin ! répéta l'étudiant au comble de l'horreur et de l'épouvante. Oh ! mais non ! non ! ce n'est pas vrai... ce n'est pas possible !... Le breuvage maudit me trouble l'esprit et me fait voir ce qui n'est pas !

— Allons, mon beau gentilhomme, cesse de jeter sur moi ces regards de colère... cesse de proférer ces murmures outrageants ,et ces regrets indignes d'un galant chevalier !...

— Madame... madame... répliqua Buridan, mais c'est odieux ce que vous avez fait... c'est monstrueux ! c'est infâme !

— Aimerais-tu donc mieux, insensé, voir à cette heure auprès de toi le cadavre de ta reine !

— Oui ! sur mon âme... le plus hideux squelette, le démon le plus repoussant, je le préférerais à toi !... Ciel et terre !... moi !... moi ! l'amant de Jeanne de Saint-Martin !... l'épouse de mon ami !... Oh ! dites-moi que je suis fou, dites-moi que cela n'est pas !

— Encore une fois, répondit Jeanne d'un ton ironique, faites trêve, messire, à vos récriminations insultantes ! De quoi sert tout cela ? ce qui est fait est fait, et toutes les puissances réunies du ciel et de l'enfer ne sauraient annuler ce qui vient de se passer en cette demeure ! Oui, tu es mon amant, et je suis ta maîtresse ! Vois donc d'un œil tranquille ta nouvelle situation et la mienne ! laisse enfin de côté tes désespoirs inutiles, tends-moi la main et demeure à jamais uni à moi qui t'aime et qui serai ton esclave, si tu le veux.

Jeanne s'était avancée, la main tendue, vers Buridan. Celui-ci la repoussa avec violence.

— Arrière, malheureuse ! s'écria-t-il. N'espère pas me tenter de nouveau ; ma raison est revenue maintenant, et mon dégoût pour toi est revenu avec elle ! Oh ! créature sans âme, tu n'as pas craint de faire de moi un lâche incestueux !... tu n'as pas craint de mettre le comble à toutes mes misères, à toutes mes souffrances, en jetant sur ma vie cette honte... Sois maudite ! sois maudite ! et fuis de ma présence, vile prostituée, ou, de par le Dieu vivant, je pourrais oublier que tu n'es qu'une femme, et cette épée pourrait sortir du fourreau pour aller jusqu'à ton cœur !

— Buridan, prends garde !... Ne me laisse pas m'éloigner ainsi... car mon amour pour toi, assouvi maintenant, serait capable de s'éteindre ! Prends garde, car ma haine d'autrefois pourrait lui succéder, plus furieuse encore et plus implacable !

— Et que pourrais-tu donc, misérable ? reprit le jeune homme avec bravade. Jeanne est morte, et je suis maintenant seul au monde. Je ne crains plus rien pour moi ! Tout ce que tu oserais tenter ne saurait égaler ce que tu as osé faire !

— Peut-être ! repartit Jeanne de Saint-Martin avec un indicible accent de menace. Adieu !

A ces mots, une porte secrète s'entrouvrit dans la muraille et l'épouse d'Enguerrand disparut, dans le même moment que la vieille sorcière apparaissait sur le seuil de l'autre porte.

Buridan courut à la vieille femme.

— Chienne damnée, lui dit-il, tu mériterais que je te pendisse aux poudres de ton repaire, pour t'être aussi cruellement jouée de moi !...

— Ouais, mon gentilhomme, plus d'un seigneur de la cour, et des plus nobles, me remercierait sans doute au lieu de me traiter ainsi !... La dame n'est-elle pas belle et tout à fait séduisante ?...

— Assez, maudite, et fais-moi place ! interrompit l'étudiant en s'élançant dans l'escalier.

Peu après, il était hors de la fantastique demeure. Durant la nuit entière, il erra par la campagne déserte. Au point du jour seulement, il rentra en ville et reprit le chemin de la demeure d'Ismaël. C'est là qu'il avait laissé ses amis. Morne et le front baissé, il venait de s'engager dans la rue de la Juiverie, quand un bruit d'armures et des piétinements de chevaux lui firent lever la tête. Il s'aperçut alors, non sans surprise, que la rue de la Juiverie était occupée par les archers royaux. Le capitaine Balthazar était à la tête des soldats. Mettant pied à terre, il s'avança vers notre héros stupéfait.

Déployant un parchemin, il le plaça sous ses yeux en lui disant :

— Ordre de monseigneur le grand chambellan de vous conduire sur l'heure en sa présence !

— Grand Dieu ! murmura Buridan, que s'est-il donc passé, et quel nouveau coup va me frapper ?

S'adressant à Balthazar :

— Je suis prêt à vous suivre !

Un quart d'heure plus tard, le jeune homme pénétrait dans ce même cabinet de l'hôtel de Marigny dont il a été parlé une fois déjà. Enguerrand se promenait de long en large et semblait en proie à l'agitation la plus violente. En apercevant Buridan qu'escortaient Balthazar et ses hommes, il étouffa une exclamation de fureur.

— Laissez-nous ! commanda-t-il aux soldats.

Les archers s'éloignèrent. Lorsque la porte se fut refermée sur eux, Enguerrand s'avança vers Buridan, et, se croisant les bras, il le toisa durant quelques secondes sans prononcer un mot. Mais ses yeux lançaient des éclairs et ses lèvres contractées semblaient prêtes à laisser échapper les plus épouvantables menaces. Se contenant cependant, il prononça d'une voix sourde ces simples mots :

— Je sais tout !

Buridan frissonna.

— Que veux-tu dire ? demanda-t-il en affectant de paraître calme.

— Ne me tutoyez pas ! oh ! ne me tutoyez pas ! s'écria le chambellan avec une indéfinissable expression de mépris et de colère.

— Que savez-vous donc ? interrogea le jeune homme en comprimant à grand'peine les battements précipités de son cœur.

Enguerrand lui saisit la main et la broya dans la sienne.

— Lâche et perfide ami ! lui dit-il ensuite. C'est ton sang qu'il me faut, entends-tu bien ? oui, tout ton sang pour laver l'injure que tu m'as faite !...

Buridan découvrit sa poitrine :

— Tue ! répliqua-t-il avec calme, la mort sera pour moi le plus grand des bienfaits.

Mais son pourpoint, en s'écartant, offrit aux yeux du ministre la médaille bénie qu'il avait donnée jadis à son ami d'enfance.

— Ah ! c'est pour me rappeler ce que tu as fait pour moi autrefois que tu présentes à mes regards cette sainte relique ! Sur ma vie, ta trahison efface tes bienfaits passés, et j'oublie tout pour ne me souvenir que de ma vengeance !

— Mais qu'ai-je donc fait, enfin ?

— Ce que tu as fait ?... Tu as abusé de ma confiance pour séduire mon épouse ! Démon tentateur, tu as su, à forces de basses manœuvres et d'indignes subterfuges, la détourner de ses devoirs d'épouse et de mère.

— Moi !... moi !...

— Oui, toi !... Cette nuit, enfin, cette nuit, tu as su l'attirer en un guet-apens odieux, et, pour triompher de sa vertu, tu n'as pas craint d'employer la force et la violence !... Elle t'a supplié, cette pauvre femme, elle s'est traînée à tes pieds... tu as ri de ses prières et de ses larmes, et tu ne lui as rendu la liberté qu'avec le déshonneur !

Buridan bondit à ces dernières paroles.

— Elle a dit cela ! s'écria-t-il, elle a osé dire cela !

— Ne nie pas, malheureux !... Depuis qu'en ma demeure mon mauvais génie m'a fait te recueillir, tu la poursuis de ton coupable amour !... Et moi, moi, confiant en ta loyauté, en ton honneur, je te laissais seul avec elle !...

— Enguerrand, peux-tu croire ?...

— Ne nie pas, te dis-je, j'ai les preuves de ton crime !

— Les preuves !

Le ministre tira des tablettes de son sein.

Avec une rage indicible, il lut ces mots :

« Jeanne, ma Jeanne adorée, je t'aime !... »

— Tu as écrit cela, infâme, poursuivit-il, et tu as osé signer de ton nom cet infernal aveu !... Oui ! oui ! c'est bien ta main qui a tracé ces mots... je ne saurais m'y tromper !... Et d'ailleurs, tu n'oses maintenant parler de ton innocence !... Oh ! mais parle... parle donc... traître ! essaye au moins de te défendre... de te disculper... Dis-moi que tu étais fou et que les feux de l'enfer te dévoraient les veines !

— Je n'ai rien à te dire, répondit Buridan. Je suis un lâche, je suis un misérable, et j'ai tout foulé sous mes pieds pour assouvir mon exécrable passion !... Ce que ton épouse t'a révélé est la vérité... rien que la vérité... Vertueuse et chaste, elle avait jusqu'à ce jour résisté à mon amour... j'ai triomphé d'elle par la ruse et par la violence !... Ne l'accuse donc pas... Ne cesse pas de l'aimer, et fais retomber sur moi seul tout le poids de ta colère... J'ai mérité la mort et le dernier supplice... N'attends pas que le bourreau s'empare de moi, et venge-toi de ta propre main... C'est la seule prière que je puisse te faire, c'est la dernière grâce que je sollicite de toi !

— Meurs donc ! hurla Enguerrand, meurs ! Ta vie pour mon honneur, pour mon bonheur perdu !... et nous ne serons pas quittes !

A ces mots, il arracha d'une panoplie une large dague, et, fou de colère, ivre de vengeance, il se précipita sur Buridan.

Mais, entre lui et son ami, il trouva son épouse.

Jeanne de Saint-Martin avait tout entendu, et venait de pénétrer dans la chambre.

— Arrêtez, Enguerrand, lui dit-elle.

— Jeanne ! vous ici ?

— Oui ! pour empêcher votre main de commettre un crime... pour épargner à votre cœur un éternel remords !

— Qu'osez-vous dire ?

Entrevue entre le roi de France et l'archevêque de Bordeaux à Saint-Jean-d'Angély.

— Grand Dieu! murmura Buridan en jetant un regard stupéfié sur la jeune femme.

— Messire, reprit celle-ci en s'adressant à l'étudiant, votre grandeur d'âme m'a touchée... votre générosité surhumaine a fait descendre en moi le repentir et le remords! Monseigneur, tendez la main à ce noble jeune homme, il est digne de toute votre amitié... de tous vos respects!

Enguerrand, atterré, interrogea du geste son épouse, qui continua de la sorte :

— Éprise d'un amour aussi violent que subit, j'osai avouer à Buridan ma flamme adultère... Il me repoussa avec horreur... avec indignation... Cette nuit, enfin, sous le nom d'une femme qu'il aimait, je l'ai attiré dans un repaire inconnu!

— Enfer! s'écria Enguerrand.

— Quand je me fis reconnaître, j'osai lui proposer de rester sa maîtresse; mais il ne me répondit que par de dures paroles et d'insultants mépris... Pour me venger, alors, je me fis son accusatrice, car je savais que votre malheur à vous ferait son malheur à lui!... Je voulais lui ravir son ami enfin comme je lui avais ravi sa maîtresse!

— Que dites-vous? s'écria Buridan.

— Je dis que Jeanne de Navarre est morte empoisonnée, et que c'est moi qui lui ai versé le poison!

XIX. — Dans lequel Jeanne de Saint-Martin se punit elle-même de tous ses crimes.

En entendant la foudroyante révélation de son épouse, Enguerrand de Marigny avait poussé une exclamation d'horreur et d'épouvante. Quant à Buridan, il s'était instinctivement reculé de la terrible créature en murmurant :

— Jeanne de Navarre! morte empoisonnée! Ah! mon cœur l'avait deviné!

Mais revenant bientôt à lui :

— Quoi qu'il en soit, ajouta-t-il en lui-même, je dois poursuivre le rôle que je me suis donné.

Se retournant vers le premier ministre :

— Ce que vient de dire cette femme est un sublime mensonge... Vous ne pouvez ajouter foi à ses paroles!

— Un mensonge! s'écria le chambellan!

— Un mensonge ! répéta Jeanne de Saint-Martin.

Buridan l'interrompit :

— Votre but, je le comprends, madame, continua le jeune homme. En voyant Enguerrand prêt à m'immoler à sa juste colère, vous avez résolu de me disculper en vous accusant vous-même des plus exécrables forfaits !

— Qu'entends-je ! fit le chambellan en relevant les yeux sur son épouse.

— La vérité ! reprit Buridan avec chaleur. Ne savait-elle pas, la pauvre femme, que mon odieuse trahison allait vous percer le cœur !... Pour vous épargner cette indicible souffrance, elle a voulu se sacrifier !... Elle a dit qu'elle m'aimait ! Cela n'est pas, ami, cela ne peut pas être ! Eh quoi ! une femme qui, durant quinze ans, s'est montrée le modèle des épouses, la plus tendre des mères, cette femme aurait, en un seul jour, mis en oubli tout un passé d'honneur et de vertu !... Ne la croyez pas, Enguerrand, elle a menti !...

— Que dois-je croire, mon Dieu ? murmura le chambellan en se laissant tomber sur un fauteuil, la tête entre les mains.

Buridan se pencha vivement vers la jeune femme :

— Madame, lui dit-il à voix basse d'un ton suppliant, laissez-moi passer seul pour coupable à ses yeux... Il vous aime tant !... Si vous le forcez à vous mépriser, ce sera son éternel malheur... sa mort peut-être !... Voyez son désespoir !... Ah ! par grâce, par pitié, rétractez vos aveux, et je vous pardonnerai tout !

— Vous me pardonnerez, dites-vous ! répliqua Jeanne avec force. Je ne puis, à ce prix, acheter mon pardon ! Non, non ! il ne sera pas dit que je mettrai le comble à mes ignominies en faisant passer pour un lâche et pour un misérable le plus noble des hommes et le plus sublime des amis !

S'agenouillant devant Enguerrand :

— O vous que je n'ose plus appeler mon époux, reprit la jeune femme, bannissez le doute de votre esprit, rendez à Buridan cette estime dont il est plus digne encore qu'autrefois, et réservez pour moi seule toute votre colère !... Ce que j'ai osé dire, j'ose le répéter... Oui ! affolée d'amour et de passion, j'ai supplié votre ami de répondre à ma flamme adultère... Comme l'épouse de Putiphar, comme la Phèdre antique, j'ai voulu me venger des mépris de celui que j'adorais, et je vous l'ai présenté comme un monstre !

Désignant les tablettes qu'Enguerrand avait broyées avec rage sous ses pieds, après les avoir lues :

— Quant à cet aveu que Buridan a tracé sur ces pages, continua la malheureuse en faisant d'inconcevables efforts pour ne pas éclater en sanglots, ce n'était pas à moi qu'il était adressé !... c'était à Jeanne de Navarre... à la reine de France !

— A la reine ! murmura Enguerrand.

— Taisez-vous, madame ! taisez-vous ! supplia Buridan.

— Ce secret, continua la jeune femme avec un sombre sourire, ce secret, monsieur de Marigny peut maintenant le connaître... il ne le trahira pas !... D'ailleurs, ajouta-t-elle en frissonnant, Jeanne de Navarre n'est plus, et la vengeance du roi de France n'est plus à craindre pour elle... Seul, le roi du ciel peut lui demander compte aujourd'hui de ses amours et de ses crimes ! Bientôt, ce sera mon juge aussi !

Tout en parlant, Jeanne de Saint-Martin s'était visiblement affaiblie. Ses yeux s'étaient allumés d'un feu étrange et ses traits s'étaient couverts d'une pâleur livide.

— Grand Dieu ! s'écria Enguerrand, mais elle se meurt ! elle se meurt !... Ah ! Jeanne... Jeanne, mon épouse bien-aimée, je te pardonne... j'oublie tout et je veux que tu vives... entends-tu, je le veux !

— Dieu ne le veut pas, lui ! répondit-elle en souriant.

— Ah ! du secours !... du secours !... reprit le chambellan éperdu. Buridan, mon ami, mon frère, sauvons-la !... sauvons-la !...

— Tout secours serait inutile ! répliqua la mourante.

Comme elle disait cela, un petit flacon de métal s'échappa de sa main.

— Voyez, ce flacon est vide ! dit-elle, et c'est la mort qu'il contenait !

Enguerrand saisit le flacon en s'écriant :

— Du poison !

— Oui, du poison ! répéta Jeanne, le même que celui versé par moi à la reine !... C'est un philtre d'enfer dont rien au monde ne saurait atténuer les terribles effets !... Et déjà... déjà, je sens ses sinistres flammes qui dévorent mes veines et m'étreignent le cœur !

— Jeanne ! Jeanne ! s'écria le chambellan en éclatant en sanglots.

— Ne me pleurez pas, reprit la mourante, je ne mérite pas une larme... pas un regret !... J'ai tué la reine de France, ne l'ai-je pas dit !... Et ce n'est pas tout, Enguerrand... à mon heure dernière, recevez la confession de tous mes crimes !

— De tous vos crimes ?

— Interrogez les funèbres murailles de la tour de Nesle... interrogez ses dalles encore tachées de sang !... Tout vous dira qu'en cette sombre retraite deux femmes se trouvaient, qui toutes deux étaient jeunes et nobles. Malgré leur grande jeunesse et leur rang élevé, ces deux femmes étaient d'impures courtisanes, des démons de luxure et de libertinage... Chaque nuit, c'étaient de nouvelles débauches et de nouvelles amours... Puis, quand venait le jour, des assassins paraissaient, et les malheur nfants attirés dans ce repaire tombaient poignardés aux pieds de leurs impitoyables maîtresses, puis leurs cadavres étaient précipités dans la Seine!

— Grand Dieu! s'écria Enguerrand. Que dites-vous, malheureuse...

— Je dis que de ces deux funestes égorgeuses, l'une est morte et l'autre va mourir!

D'une voix haletante, entrecoupée, elle poursuivit :

— Celle qui n'est plus avait nom Jeanne de Navarre.

— La reine de France!

— Sa complice, c'est Jeanne de Saint-Martin! c'est votre épouse!

Buridan avait tenté d'empêcher la jeune femme d'achever la révélation de cet effroyable secret; mais ses efforts avaient été impuissants. En entendant cette confession fatale, Enguerrand avait senti ses cheveux se dresser et sa raison toute prête à l'abandonner.

— Mon Dieu! mon Dieu! criait-il avec désespoir, elle ment, cette femme... ou l'approche de la mort obscurcit sa pensée et trouble son intelligence... Quoi! ces meurtres hideux, demeurés impunis...

— Ces crimes ont été commis par mon ordre et par celui de la reine!... Et, si votre amour pour moi vous faisait douter encore, regardez cette main déchirée... Je vous ai caché jusqu'à ce jour la cause de cette blessure... Buridan peut tout vous apprendre, lui!

— Buridan!

— Oui! car c'est lui qui, pour pouvoir reconnaître plus tard la complice de la reine, lui avait fait de ses dents cette marque ineffaçable!

— Ciel et terre! s'exclama le chambellan, je comprends maintenant... Ah! je me rappelle tout! Et cette femme... cette femme est mon épouse!... cette femme est la mère de mes enfants!

— Je ne suis plus votre épouse!... je ne suis plus leur mère!... J'appartiens à la mort!

— Ah! démon! pourquoi n'emportes-tu pas avec toi dans la tombe cet exécrable secret?

— Parce que je ne veux pas être pleurée par vous, je veux que mon trépas soit pour vous un bienfait et non une douleur!... Adieu... adieu... pour toujours!

Elle laissa retomber sa tête sur le sol en poussant un faible soupir. C'en était fait de la filleule de la reine Jeanne... Le premier ministre considéra longtemps le cadavre de celle qu'il avait tant aimée.

— Que de crimes! murmura-t-il ensuite, que d'horribles forfaits!

— Elle s'est punie elle-même! répliqua Buridan, pardonnons-lui, frère, et prions pour elle!

— Prions! répéta Enguerrand.

Et les deux hommes s'agenouillèrent près du corps inanimé.

Après quelques minutes d'un morne silence, le chambellan se releva lentement.

— De ce jour, dit-il ensuite d'une voix sourde, je fuis le monde et les honneurs... Je veux cacher au fond de quelque sombre solitude mes douleurs et ma honte!

Buridan vint à son ami et lui prit la main :

— Frère, lui dit-il, reste au pouvoir... tu n'as pas le droit de le quitter!... Sans toi, que deviendrait ce malheureux royaume!... Auprès des souffrances de la patrie, les nôtres ne sont rien!... Oublions donc le passé et que la France soit désormais notre unique amour!

— Qu'il soit fait ainsi que tu le dis, frère! répondit Enguerrand. O mon pays! poursuivit-il en mettant la main sur son cœur, à toi toute ma vie, à toi toute mon âme!

XX. — LEQUEL N'EST AUTRE CHOSE QU'UN ÉPILOGUE EMPRUNTÉ A L'HISTOIRE DE FRANCE.

Trois mois après la mort de la reine Jeanne de sa filleule, une autre mort mit en deuil toute la chrétienté. Le pape Benoît XI expira au commencement de juillet 1304, en d'épouvantables souffrances.

On se rappelle ce que Nogaret avait dit à Philippe le Bel :

« — Je repars pour l'Italie! Devant qu'il soit peu, le successeur de Boniface ne sera plus à craindre. »

Nogaret avait tenu parole :

Benoît XI était mort empoisonné. « L'Église se tut, dit Henri Martin, le sacré Consistoire trembla et l'on n'intenta aucunes poursuites. Durant neuf mois, le conclave ne put s'entendre sur le choix du successeur de Benoît XI, et Philippe, pendant ce temps, prépara tout à loisir les plans par lesquels il comptait mettre la papauté hors d'état de jamais lui nuire ou lui résister. »

Grâce aux juifs de Paris, le roi de France put enfin reprendre la guerre de Flandre à l'expiration de la trêve. Seize galères génoises, à la solde de Philippe IV, firent le tour de l'Espagne pour venir assaillir la Flandre maritime. Quant au roi il assit son camp près de Tournai. « On y comptait, dit l'historien cité plus haut, douze mille hommes d'armes, un des plus grands corps de cavalerie qu'eût jamais levé un roi de France dans une guerre non religieuse (on ne dit pas le nombre des gens de trait à cheval), et soixante mille fantassins des communes et des campagnes, médiocrement équipés et peu exercés aux armes. L'infanterie flamande, au contraire, était presque aussi belle à voir et aussi bien harnachée que la gendarmerie française, quoique moins pesamment armée. Soixante mille Flamands s'étaient rassemblés devant Lille. La campagne s'ouvrit malheureusement pour la Flandre : Les galères génoises du roi battirent la flotte flamande. Philippe, encouragé par ce premier succès, et impatient de laver la tache imprimée à sa renommée par la retraite de 1302, marcha droit à l'armée rebelle, campée près de Mons-en-Puelle, dans la châtellenie de Lille. »

C'était le 18 août, et cette date est à jamais demeurée célèbre dans les annales militaires de la France. « Merveilleuse fut la mêlée, dit la chronique de Saint-Denis; mais les Flamands, à la fin eurent le pire : d'eux fut fait si grand *abatis* qu'ils ne purent plus soutenir le combat, mais tirèrent à la fuite, délaissant charrettes et chariots et tout appareil de guerre. Et ainsi la bataille parfaite et finie, le roi Philippe, à torches de cire allumées, s'en revint aux tentes avec sa noble chevalerie. » Quinze cents hommes d'armes français étaient sur le champ de bataille. Les Flamands avaient perdu six mille hommes.

Immédiatement après la *boucherie* de Mons-en-Puelle, Philippe entama le siège de Lille.

Il croyait l'armée flamande en déroute. Il se trompait. Des hérauts effarés vinrent lui annoncer que les communes de Flandre étaient prêtes à livrer une nouvelle bataille. Chaque commune, en courant aux armes, poussait ce cri de liberté :

— Mieux vaut mourir en guerriers que de vivre en esclaves !

Ils revinrent plus nombreux qu'avant la bataille de Mons-en-Puelle. Philippe n'osa point jouer sa vie et celle des siens contre cet héroïque désespoir, et s'empressa d'accueillir les offres de médiation qui lui furent adressées. Il reconnut les franchises de la Flandre et mit en liberté tous ses prisonniers. Empruntons à M. Henri Martin les réflexions suivantes :

Cette guerre, dit-il, est un des grands événements de notre histoire. Elle avait appris à l'Europe que des bataillons de bourgeois et d'artisans pouvaient triompher de la gendarmerie féodale, et que l'infanterie, si méprisée, pouvait vaincre la cavalerie sur le champ de bataille. Elle avait offert le glorieux spectacle de quelques villes libres résistant avec succès à toutes les forces d'un grand royaume asservi au despotisme d'un seul homme. Après la signature du traité de paix, Philippe le Bel laissa la Flandre de côté et tourna les yeux vers l'Italie. Le sacré collège délibérait depuis neuf mois sans pouvoir s'accorder sur l'élection d'un pape. Philippe le Bel songea à faire nommer Bertrand de Goth, archevêque de Bordeaux. « C'était, disent les historiens, un prélat cupide, accommodant et capable des plus grands sacrifices de conscience. » C'était bien l'homme qu'il fallait au roi de France. Selon certains auteurs, une entrevue eut lieu entre le roi et l'archevêque, à Saint-Jean-d'Angély, en Saintonge, et de vive voix, Philippe le Bel imposa au futur pape les conditions que voici : 1° Réconciliation du roi de France avec l'Église romaine; 2° Révocation de toutes les censures fulminées contre les officiers, sujets et alliés de Philippe; 3° Remise au roi de France de tous les décimes ecclésiastiques, pendant cinq ans, pour couvrir les dépenses de la guerre de Flandre ; 4° Condamnation et *anéantissement* de la mémoire de Boniface ; 5° Rétablissement des Colonna, partisans de Philippe le Bel, proscrits par Boniface, dans tous leurs biens et honneurs, et élévation au cardinalat de plusieurs amis du roi de France.

Il y avait encore une sixième condition.

— Je me réserve de vous la faire connaître plus tard, dit Philippe le Bel à l'archevêque. Je vous requiers, à ce sujet, de jurer sur l'hostie que vous remplirez cette condition dernière quelle qu'elle soit, quelle qu'elle puisse être, à ma première sommation !

Bertrand de Goth voulait être pape. Il se soumit à tout et donna un de ses frères et deux de ses neveux en otage. Quelle était la sixième condition? Nous le saurons avant peu. Le 5 juin 1305, grâce à Philippe le Bel, grâce à son influence, grâce à son or, l'archevêque de Bordeaux fut élu pape sous le nom de Clément V. Il se fit sacrer, non pas à Rome, mais à Lyon, en présence du roi de France. Au sortir de l'église de Saint-Just, où venait d'avoir lieu son couronnement. Clément V monta à cheval ; le roi, pour lui faire honneur, tenait la bride de la monture et marchait à pied près de lui. « Une innombrable multitude de peuple s'étant amassée à ce spectacle, un pan de mur, ébranlé par le poids de la foule, s'écroula avec fracas ; le duc de Bretagne fut écrasé sous les ruines, ainsi qu'un frère du pape. Le comte de Valois fut blessé grièvement ; beaucoup d'autres personnes furent tuées ou meurtries et le pape lui-même tomba de cheval et eut sa tiare mise en pièces. » Ainsi parle le continuateur de Nangis. Cet évènement était de sinistre présage. Le monde chrétien se demanda avec terreur ce que la colère de Dieu lui réservait.

Ces craintes n'étaient que trop fondées.

L'association d'un Philippe le Bel et d'un Clément V était le plus grand des malheurs. « L'Église de France était entre Hérode et Pilate. »

Clément V prolongea son séjour à Lyon, Il y menait la vie la plus gaie du monde et, pour ce faire, il mit le pays tout entier à contribution. Selon l'expression de Henri Martin, il dévora l'église de Lyon en un mois de séjour. » Ce pape, dit un autre historien, avait les dents longues et l'estomac insatiable : — Cette cour pontificale faisait à Lyon l'effet d'une nuée de sauterelles. Quant le pays fut épuisé, quand toutes les bourses furent vides, on prit enfin la résolution de quitter la ville. On pensait généralement qu'il allait prendre le chemin des Alpes et passer en Italie pour s'installer à Rome, mais Clément n'en fit rien. Ce bon pays de France avait des ressources inépuisables pour prolonger à l'infini les noces du couronnement. » Clément V reprit donc la route de Bordeaux. « En route, dit une chronique de l'époque, il mangea les églises de Mâcon, de Cluni, de Nevers, de Bourges et de Limoges surtout. »

Philippe le Bel commença à trouver que son pape en prenait trop à son aise ; il eut peur qu'il ne lui laissât que les miettes du gâteau et fit à Clément V d'énergiques remontrances. D'autant plus que le besoin d'argent se faisait de nouveau sentir, et plus impérieusement que jamais. Une cruelle disette venait de désoler le nord de la France. Le setier de froment se vendit à Paris jusqu'à six livres tournois. Le peuple avait faim : il fouilla les greniers des riches. Philippe le Bel était, une fois encore, à bout de ressources. Il se remit de plus belle à falsifier les monnaies. Malgré l'opposition permanente d'Enguerrand de Marigny, le poids et le titre des monnaies furent changés cinq fois. On comprend aisément quelle perturbation ce déplorable système jetait dans toutes les existences. Les transactions commerciales devenaient, par ce fait, presque impossibles, et le roi « tarissait ses propres revenus par l'appauvrissement de ses sujets. »

Les falsifications monétaires excitèrent le mécontentement général et firent s'ourdir dans le Languedoc une sérieuse conspiration. Le complot fut découvert. Philippe, au comble de la colère, fit pendre les huit consuls de Carcassonne et six de leurs concitoyens. Quarante citoyens de Limoux furent condamnés au même supplice. Enguerrand avait prié, supplié. Le roi de France avait été inflexible. La rage débordait de son cœur. Sa pénurie le rendait insensé.

— De l'argent! de l'argent! criait-il sans cesse comme en délire, à tout prix il m'en faut! à tout prix, j'en aurai!

Et de nouveau il s'adressa aux juifs. Mais ceux-ci s'étaient mis à sec pour tenir leur parole et faire les frais de la guerre de Flandre; si bien qu'il leur fut impossible de satisfaire aux nouvelles exigences du roi.

— C'est bien! murmura sourdement Philippe, messieurs de la juiverie, vous vous souviendrez du refus que vous osez me faire.

La présence d'Enguerrand de Marigny gênait le cruel monarque en son nouveau dessein. Il l'envoya à Rouen pour présider la cour de l'Échiquier rétablie depuis peu.

Dès que le grand chambellan fut dans la capitale de la Normandie, le terrible petit-fils de saint Louis fit arrêter en un seul jour tous les juifs de ses États, et ses gens firent main basse sur tous leurs biens meubles et immeubles. « Les débiteurs des juifs ne profitèrent de cette grande iniquité que par cette remise des intérêts de leurs dettes, car ils furent forcés d'en solder le capital au fisc. L'espèce de protection dont les juifs avaient joui jusqu'alors avait dû les rendre moins défiants; le coup de filet ne fut peut-être pas cependant aussi magnifique que l'avait pensé le roi; les juifs savaient mettre à couvert une bonne partie de leurs richesses. Ils avaient déjà inventé la lettre de change, ce talisman protecteur du négoce moderne. » Ainsi parle l'historien que nous avons nommé plus haut.

Lorsque les gens du roi eurent saccagé toutes les boutiques, toutes les échoppes, tous les chenils de la juiverie parisienne, on relâcha ces malheureux en leur ordonnant de sortir du royaume ensuite, sous peine de mort.

Par suite du préjugé fatal qui pesait alors sur eux, les Israélites étaient exécrés. Ils obtinrent du prévôt la licence de quitter Paris après le couvre-feu, afin d'échapper au moins aux mauvais traitements, aux outrages de la multitude.

M. de Bast a tracé du départ nocturne de ces parias du moyen âge un remarquable tableau. « Le prévôt, de Paris, dit-il, avait désigné trois portes par lesquelles les descendants d'Aaron et de Jacob pouvaient gagner la campagne. C'étaient, au couchant, la porte de Bussy; à l'orient, la porte de l'Oursine, au nord, la porte du Grand-Châtelet. Le magistrat avait eu soin de placer à chacune de ces portes un détachement assez nombreux de soldats. Le petit peuple de Paris, aussi malicieux que la populace d'Athènes, qui, au dire de Plutarque, ne dormait que d'un œil, devina ou pressentit la ruse des juifs. (Aussi, qui fut bien étonné? Ce fut cette triple masse noire, compacte, puante de juifs, qui croyaient traverser les fossés de Philippe-Auguste avec autant de tranquillité qu'autrefois la mer Rouge, quand elle vit les tours et les courtines de la porte de Bussy et de la porte de l'Oursine, les épaisses et noires murailles du grand Châtelet couvertes de têtes d'hommes, de vieillards et d'enfants qui veillaient là, bouche béante, et dans la plus complète immobilité. Mais ce silence, cette immobilité, ne durèrent pas longtemps. Le spectacle que ce peuple vif, léger, railleur, avait sous les yeux lui fit rapidement oublier sa curiosité primitive. Le peintre anglais Wilkie a fait un tableau délicieux qui représente le départ d'un régiment, — certes, il aurait fallu un autre Wilkie pour saisir, pour retracer, pour rendre les scènes grotesques, comiques, bizarres qui se passaient à la lueur des fumeux flambeaux de résine, aux portes de Bussy, de l'Oursine et du Grand-Châtelet. Mais c'était surtout à cette dernière que l'affluence des juifs était plus considérable, et que, par conséquent, les épisodes les plus divertissants se passaient. Chaque famille de juifs, qui se composait au moins, terme moyen, de vingt personnes, en comptant les ascendants et les descendants, possédait une bête de somme pour porter ses bagages. Les plus pauvres avaient des ânes; les gens aisés avaient des chevaux et des mulets; les riches conduisaient des chameaux. Tous ces animaux étaient chargés de manière à rompre sous le faix. Les juifs, comme à leur sortie d'Égypte, emportaient tout ce qui leur était tombé sous la main. On voyait des chevaux superbes traîner jusqu'à des tuiles et des pans de bois qui, naguère, faisaient partie de leurs écuries; des pots de cuivre, des fragments de ferraille, des armes rouillées et incomplètes, des morions, des chanfreins, des casques hors de service, se trouvaient pêle-mêle avec des broches, des essieux de chariots et d'énormes barres de fer, sur lesquels le commerce des juifs s'exerçait alors. Par-dessus le cuivre, l'étain, le fer, pendaient, en forme de housses ou de drapeaux, les plus ignobles haillons, les plus vieilles étoffes et les plus détestables lambeaux de lin, de laine et de soie. Les chevaux et les chameaux, outre les charges que nous venons de décrire, portaient aussi les vieilles femmes, les nourrices et les enfants et donnaient ainsi à ce cortége l'aspect d'une caravane plus encore que d'un déménagement. Si l'on joint à la vue de ces burlesques groupes, qui se mêlaient, s'arrêtaient, s'engouffraient sous les immenses voûtes du Grand-Châtelet, les cris des femmes juchées sur les dromadaires, les hennissements des chevaux, les fanfares des ânes et le baragouinage chaldéen et samaritain des conducteurs, on se fera à peu près une idée de cette mouvante tour de Babel. Le peuple de Paris, ruiné en détail par les usuriers juifs, laissait aux grands du royaume le soin de presser l'éponge, et se contentait de battre des mains à la retraite des juifs, et de crier à tue-tête, assis sur les pierres moussues de Jules César : « Noël! Noël! »

Les derniers de tous, le vieil Ismaël et Isaac Golden, passèrent le pont de bois qui unissait les deux rives.

Quand, à la suite de leurs infortunés coreligionnaires, ils eurent gagné la campagne, Isaac jeta un sombre regard vers la cité antique, dont les remparts se détachaient en vigueur sur le ciel azuré :

— Paris! Paris! dit ensuite l'Israélite d'un ton de menace, un jour peut-être nous rentrerons en tes murailles! alors, malheur!... malheur à toi!

Cornélius et le petit Mailleux avaient voulu prendre fait et cause pour ceux qui les avaient si généreusement accueillis et protégés.

Le premier était tombé, pour ne plus se relever, sous les coups du capitaine Balthazar. Quant au petit bossu, tout sanglant et blessé, il avait pu échapper aux archers royaux. Ceux-ci le rejoignirent non loin de Saint-Séverin. Comme il allait tomber entre leurs mains, le pauvre Mailleux, poussant un cri d'angoisse, tomba sans connaissance sur les marches de l'église où, tout enfant, il avait mendié.

Buridan avait accompagné à Rouen Enguerrand de Marigny, et notre héros avait autorisé son vieil ami Cramignole à faire route avec lui.

Le brave garçon avait avec grande joie accepté la proposition. Il était radieux de revoir la Normandie, son pays natal,

— Quand j'ai quitté le Cotentin, disait le bonhomme, j'avais une douzaine de printemps! J'en possède cinquante-six pour le quart d'heure... Voilà donc, tout compte fait, quarante-quatre ans que le pays normand et moi nous ne nous sommes pas vus! Nous allons, bien sûr, nous trouver changés tous les deux!

Quand notre voyageur eut mis le pied sur le sol natal, il remarqua, non sans surprise, que les pommiers étaient en fleurs, exactement comme le jour où il avait décampé pour courir après la fortune.

— Par saint Antoine, s'exclama-t-il avec sa naïveté habituelle, en quarante-quatre ans, je pensais que les pommes avaient eu le temps de mûrir!...

Cramignole donna ensuite un coup d'œil aux habitants.

— C'est bien étrange, pensa-t-il alors, quand j'ai filé d'ici, tous ces gars-là étaient plus vieux que moi... Aujourd'hui, ils sont tous plus jeunes les uns que les autres!

Le gros innocent ne se rendait pas compte que tous les vieux étaient morts et que c'était leurs enfants qu'il voyait.

Mais laissons la Normandie. Nous y reviendrons en temps et lieu.

Abandonnons maître Cramignole et ne nous occupons présentement que du roi de France.

Des dépouilles des juifs, ce grand mangeur d'argent n'avait fait qu'une bouchée. Il lui fallut recourir à d'autres expédients pour garnir de nouveau ses coffres qui, semblables au tonneau des Danaïdes, se vidaient au fur et à mesure qu'ils se remplissaient.

Philippe le Bel ne pouvait songer une fois encore à falsifier les monnaies. Il comprenait qu'il était temps d'en finir avec ce déplorable système. Sous le règne précédent, la livre tournois valait vingt francs. L'honnête Philippe IV avait commencé par rogner le quart de la livre. Le poids réel de celle-ci représentait donc une valeur de quinze francs. Malgré cela, sa valeur nominale était toujours la même. Inutile de dire que ceux qui refusaient ladite monnaie étaient rossés d'importance, emprisonnés ou pendus, selon le bon plaisir du souverain. Après avoir rogné le quart, Philippe le Bel en était arrivé à rogner la moitié pure et simple. C'était exorbitant. Il osa faire plus encore. Il rogna, rogna encore et rogna si bien que la livre tournois fut diminuée de plus des deux tiers. Ainsi, dans la pièce que l'on était forcé de prendre pour vingt francs, il entrait en tout et pour tout, disent les historiens, « environ cinq francs quatre-vingt-quinze centimes d'or. » Il est bien entendu que ce qui se faisait pour la livre se faisait pour toutes les autres monnaies d'or ou d'argent.

Qu'advint-il de ceci? Dans le commerce, on refusa positivement, malgré les menaces royales, d'admettre les monnaies altérées autrement que pour leur poids et leurs titres réels, et le trésor seul les accepta au taux des ordonnances. Il ne pouvait pas faire autrement. Les revenus publics se trouvaient donc par ce fait réduits des deux tiers. L'auguste rogneur d'écus s'aperçut alors, non sans un grand désappointement, qu'il était lui-même, en fin de compte, la première victime de ses coupables fantaisies.

— Par Dieu qui me fit! se dit-il alors, vous vous raillez de moi, messieurs mes sujets!... Patience! rira bien qui rira le dernier!

Enguerrand était toujours éloigné de la capitale, retenu à Rouen par la session de la cour de l'Échiquier. Lui présent, Philippe eût peut-être cédé aux sages remontrances de son ministre et n'eût pas mis à exécution le nouveau projet qui venait de lui passer par l'esprit.

— Ah! mon peuple, dit-il, mon bon peuple refuse la monnaie rognée! Pardieu, nous allons lui en fabriquer d'autre!

En effet, il fit battre immédiatement de la belle et bonne monnaie au titre de celle de saint Louis, c'est-à-dire d'une valeur représentative égale à sa valeur nominale. La France se prit à respirer.

— Le roi s'amende enfin! pensa-t-on. Dieu soit loué!

Mais quelle fut la stupeur générale lorsque parut la proclamation suivante : « A compter de la Notre-Dame d'août, toutes les recettes de revenus et remboursement de dettes s'opéreront au prix de la nouvelle monnaie. Quant à l'autre (la monnaie altérée), elle ne sera reçue que pour ce qu'elle vaut réellement, c'est-à-dire pour le tiers de la valeur que les ordonnances lui avaient assignée jusqu'à ce jour. » Grâce à ce décret, ceux qui possédaient trois mille livres se trouvaient ne plus en avoir que mille. Ceux qui avaient trois sous n'en avaient plus qu'un.

Peu après cette ordonnance, un édit fut promulgué qui ordonnait de payer les loyers en monnaie nouvelle.

Au mois de septembre, les propriétaires, armés du décret, exigèrent de leurs locataires les loyers des maisons en monnaie au titre de saint Louis, et « la multitude du commun peuple fut désolée de voir le prix accoutumé triplé de la sorte. »

On commença d'abord par gémir.

Après quoi, l'on murmura.

Et finalement, on se prit à hurler. Naturellement, toutes les vociférations s'adressaient au roi de France en même temps qu'aux propriétaires.

Une véritable émeute éclata en même temps dans la Cité, dans l'Université et dans la ville. Le populaire armé appelait tout haut Philippe le Bel :

— Larron et rogneur d'écus!

Tous étaient outrés, et cette rage était légitime, qu'on les obligeât à solder les propriétaires en monnaie de bon aloi, tandis qu'on avait payé jusqu'alors les salaires des ouvriers en monnaie faible. « Bientôt, dit la chronique de Saint-Denis, plusieurs du peuple, comme foulons, tisserands, taverniers et autres, firent alliance ensemble et se tournèrent contre un bourgeois appelé Étienne Barbette, homme riche et puissant, directeur de la Monnaie et de la *voirie* de Paris. » Il était en outre, selon certains auteurs, prévôt des marchands. Le bruit public accusait cet Étienne Barbette d'avoir, par ses insinuations, amené le roi à rendre la funeste ordonnance touchant les loyers.

La multitude commença par envahir un splendide courtil attenant à une maison de plaisance que le directeur de la Monnaie possédait hors des murs de la ville, dans le faubourg, non loin de Saint-Martin-des-Champs.

Peu après, la maison et le courtil étaient livrés aux flammes.

Non satisfaite de ce premier acte de vengeance, la foule, hurlante et menaçante, se rabattit sur le luxueux hôtel que ledit Barbette possédait dans Paris, dans le but de le saccager de fond en comble. Cet hôtel était situé rue Vieille-du-Temple.

Le roi Philippe le Bel, en apprenant que son peuple se permettait de se révolter, était entré dans une épouvantable colère.

— Les truands! les chiens! criait-il, pensent-ils donc me faire peur!... Par la vraie croix! ils verront bientôt qui je suis!

Et tout aussitôt il commanda à ses archers de s'armer à la hâte et de monter à cheval.

Puis, se mettant à leur tête, il s'élança hors du Louvre et courut dans la direction de la rue Vieille-du-Temple.

A sa vue, les vociférations du peuple ne firent qu'augmenter, et, sur le monarque furieux, les injures tombèrent dru comme grêle.

Dans le commencement, l'avantage demeura aux troupes royales; mais bientôt tout changea de face, et l'insurrection victorieuse culbuta et mit en pleine déroute les soldats de Sa Majesté.

Philippe, hurlant de fureur, le front blême et les poings crispés, dut songer, bien qu'à son corps défendant, à retourner au Louvre; mais la retraite lui était coupée.

Pour sauver sa vie, il en fut réduit à se réfugier dans le palais du Temple.

Ce monastère avait pour spécialité de servir de lieu

d'asile aux débiteurs insolvables et aux banqueroutiers.

Naturellement, en apprenant que le roi avait choisi ce refuge, les Parisiens se livrèrent, à l'endroit de leur *bien-aimé* souverain, à mille sarcasmes plus sanglants les uns que les autres.

Mais, après les lazzis, les menaces, les hurlements recommencèrent de plus belle, et la multitude, exaspérée, se rua sur le Temple, dont le roi avait fait fermer toutes les issues.

Les portes, bardées de fer, furent assez solides pour résister aux efforts réunis de cette masse en furie.

Voyant qu'il leur serait impossible de forcer la citadelle et de s'emparer du roi, les révoltés résolurent de prendre Philippe par la famine en empêchant les vivres d'entrer dans le Temple.

En effet, lorsque se présentèrent les gens chargés d'apporter au roi et à sa troupe des viandes et autres provisions de bouche, le peuple se saisit des paniers et en jeta le contenu dans la boue.

Philippe leur dépêcha alors le prévôt de Paris et les maîtres de son hôtel.

Les Parisiens, dont la colère était quelque peu apaisée, quittèrent peu à peu les abords du Temple.

Quand Philippe eut vu les derniers de la multitude lui montrer les talons, il osa sortir enfin de sa retraite avec ses gens.

Mais, dès qu'il eut remis les pieds au Louvre, il commanda que « pour la viande que le peuple lui avait jetée dans la boue et pour le fait du pillage de l'hôtel Barbotte, vingt-huit hommes fussent pendus aux principales entrées de Paris, afin que leur supplice servît d'exemple et de leçon. »

Le trésor royal était complètement vide, les dettes restaient en souffrance, et le pays était dans la plus profonde misère.

Quel moyen, quel expédient nouveau pouvait procurer des à Philippe ressources suffisantes?

— Le clergé est riche!... bien riche! se disait le monarque; mais ses biens sont pour moi du fruit défendu!... Si j'essaye seulement d'y porter la main, toute la prêtraille jettera les hauts cris et me menacera de ses foudres!... Je pourrais rappeler les juifs... mais avant de les pressurer de nouveau, il faudrait leur laisser le temps de ressaisir par l'usure l'or que je viens de leur prendre!... Que faire? que faire?

Bientôt un étrange sourire vint errer sur les lèvres contractées du roi Philippe.

— Durant le séjour que m'ont obligé de faire au Temple ces insolents Parisiens, j'ai pu voir de mes yeux l'étonnante opulence des moines-guerriers!... Les trésors des chevaliers, depuis longues années je songe à me les approprier; mais pour en arriver à ce résultat, il faut supprimer l'ordre... Que dis-je? il faut supprimer les templiers eux-mêmes, et toujours... toujours j'ai reculé devant ce grand attentat!

Sortant brusquement de sa sinistre rêverie :

— De par le Dieu vivant! ai-je le droit d'hésiter encore? s'écria-t-il en marchant à grands pas par son vieux cabinet. Non! ma pénurie présente m'ordonne d'en finir!

Après un silence :

— N'ai-je pas, d'ailleurs, poursuivit le sombre monarque, n'ai-je pas à venger une mortelle injure que m'a faite autrefois ce Jacques de Molay, aujourd'hui grand-maître de l'ordre?... Messire templier! reprit-il avec un terrible sourire, je t'avais promis de me souvenir! Je me souviens!

Ceci se passait vers la fin de l'année 1306.

Or, c'était en 1289 que Jacques de Molay avait pris, au Louvre, la défense de Jean Buridan, et l'avait, en le couvrant de son manteau de lin, sauvé des fureurs de Philippe le Bel.

Depuis ce jour, dix-sept années s'étaient donc écoulées.

Comme on le voit, la haine du roi de France avait bonne mémoire.

Ayant ainsi parlé, Philippe manda son confesseur.

Celui-ci se rendit immédiatement au désir de son auguste maître.

C'était un homme pâle et sinistre, « et qui semblait traîner la mort derrière lui. »

On l'appelait Guillaume de Paris.

C'était un sombre moine dominicain, sanguinaire et cruel.

Il était plus encore :

« Grand Inquisiteur pour la foi. » Telle était sa charge funeste.

Guillaume de Paris avait en haine les chevaliers du Temple. Comme Philippe, il les trouvait trop riches.

— Mon père, lui dit le roi dès qu'il l'aperçut, j'ai résolu la perte des templiers!

L'œil fauve du dominicain s'illumina.

— Oui, reprit le tigre couronné plus mystérieusement encore; mais cet ordre est fort, bien fort... Quinze mille chevaliers, dont les deux tiers sont Français... une multitude d'affiliés... plus de dix mille manoirs en Europe... C'est là, certes, une redoutable puissance! Pour perdre les templiers sans me perdre moi-même, il me faut un moyen, et j'ai compté sur vous!

Après un instant de silence, le grand inquisiteur répliqua tout en souriant d'un infernal sourire :

— Ce moyen, sire, nous le trouverons!

Et ces deux terribles hommes se mirent à l'œuvre.

La prochaine livraison contiendra **Les Nuits royales,** suite des SECRETS DU CAPITAINE BURIDAN.

www.ingramcontent.com/pod-product-compliance
Lightning Source LLC
Chambersburg PA
CBHW070209030726
47505CB00006B/1613
9782019193676